KB046003

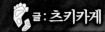

글 : 츠키카게

일러스트 : 치코
Chyko

2

비탄의 망령은

Nageki no bourei ha intai shitai

은퇴하고 싶다

~최약 헌터에 의한 최강 파티 육성술~

크라이 안드리히

에바 렌피드

티노 셰이드

"마스터어의 힘이라면, 팬텀 따위는 문제도 아니에요.

마스터어가 지휘하신다면 저도 갈 거예요!"

슬쩍 분위기를 확인해보니, 어째선지 다들 의욕이 넘치는 것 같다.

영문을 모르겠다.

자기 목숨을 맡길 사람 정도는 잘 고르라고……

에바가 그 영리한 눈으로 날 보고 있다.

가끔씩은 밖에 나가서 일 하라는 뜻인가?

그건 너무 스파르타잖아. 토할 것 같다.

2

~최약 암살자가 이끄는 최강 파티 육성술~

한탄의 망령은 은퇴하고 싶다

Nageki no bourei ha intai shitai

C O N T E N T S

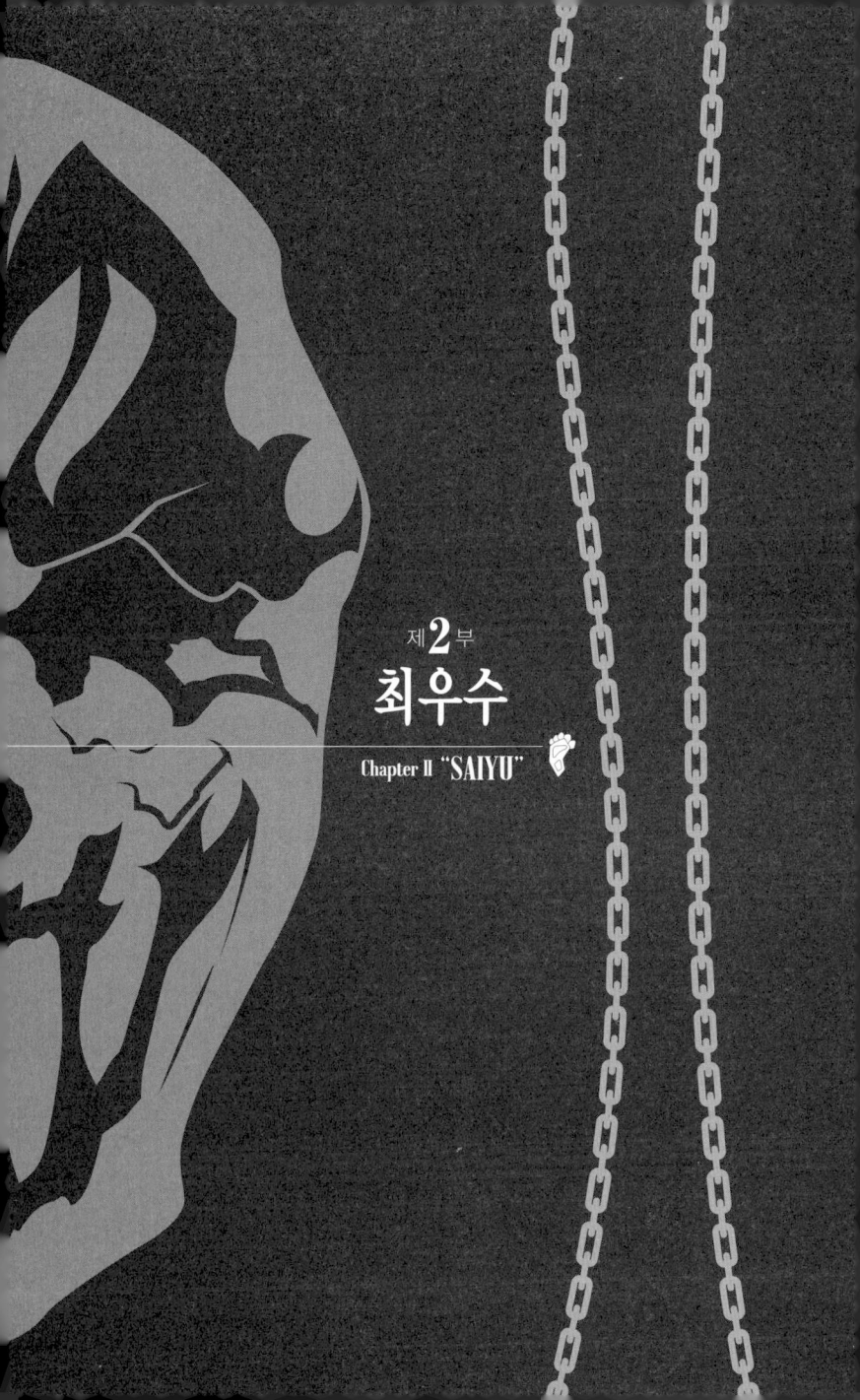

제**2**부

최우수

Chapter II "SAIYU"

Prologue　　　　　분실물

　제도 제블디아는 언제나 떠들썩하다.

　잘 정비된 시내. 주요 도로는 폭이 넓은데다 제도 곳곳에 그물처럼 뻗어 있어서, 항상 셀 수도 없을 만큼 많은 마차와 사람들이 정신없이 지나다니고 있다. 지방 도시에서 온 사람들이 그 모습을 보고, 제블디아에서는 매일 같이 축제가 열리는 거냐고 놀랄 정도였다.

　사람이 모이면 물건들도 모이고, 그것이 도시를 발전시킨다.

　역사는 그리 길지 않지만, 지금 이 제도 제블디아는 세계에서 손꼽히는 대도시 중에 하나로 널리 알려져 있다.

　이 도시에는 온갖 물건들이 모인다.

　강력한 무기와 방어구, 원래 바닷가에 있는 일부 도시에서만 구할 수 있는 진귀한 먹거리, 세계에 몇 권밖에 존재하지 않는다는 희귀한 책, 어떤 병이건 치료해주는 귀중하고 비싼 마법약, 그리고 무엇보다—— 부근에 존재하는 보물전에서 나오는 너무나 신기한 보물들.

　제도 제블디아 주변에는 굵은 지맥이 여러 줄기나 깔려 있어서, 주변 여러 나라들과 비교하면 엄청나게 많은 숫자의 보물전이 존재한다. 바로 그것 때문에 이 도시가 트레저 헌터들의 성지라고 알려졌고, 여기까지 발전한 이유이다.

트레저 헌터는 현대 문명으로는 재현할 수 없는 마법 아이템을 들여오는 뛰어난 상인이기도 하고, 동시에 인간의 상식을 뛰어넘을 정도로 강대한 마물이나 팬텀(환영)을 정면에서 해치울 수 있는 인간의 틀을 벗어난 전사다.

모여드는 재물이 제도를 크게 발전시키고, 트레저 헌터라는 무력이 다른 나라들의 침공을 막아준다.

제도 제블디아는 트레저 헌팅이 활발한 지금 이 시대를 대표하는 도시라고 할 수 있을 것이다.

그리고 그 발전은 아직도 멈출 줄을 모른다.

우리 《비탄의 망령(스트레인지 그리프)》이 트레저 헌터가 되기 위해서 시골 도시에서 이 제도까지 올라온 것도, 이 도시에는 헌터에게 필요한 것들이 전부 갖춰져 있다는 정보가 있었기 때문이다.

이 도시는 우리의 기대에 상상했던 것보다 훨씬 더 많이 보답해줬다.

물론 그때까지 내 소꿉친구들이 노력을 하나도 안 했다느니 같은 헛소리는 입이 찢어져도 못 하지만, 풍부한 물자와 우수한 스승이 동료들을 크게 비약할 수 있게 해줬다. 그렇게 해서 기세가 붙은 《비탄의 망령》은, 그대로 일반인들이 생각하는 영광으로 가는 길을 달려 올라갔다.

사실 제도에 오고 5년 만에 우리 파티(난 빼고)는 이미 제도 주변의 보물전들을 거의 다 공략했다.

그런데도 아직도 이 제도 제블디아를 홈 타운으로 삼고 있는 건 편리하기도 하고 새로 생긴 친구가 있기 때문이기도 한데, 사실 제도의 발전에 조금이나마 공헌하고 싶다는 생각이 있다.

하지만 지금── 그 큰 은혜를 입은 제도 제블디아는, 나 때문에 미증유의 위기를 맞이하고 있었다.

클랜 하우스 꼭대기 층. 내 방 안을 한 시간 동안이나 뒤지고, 나는 이마에 손을 짚었다.

시트리 슬라임이── 아무 데도 없다. 몇 번을 찾아도 없다.

방을 구석부터 구석까지 다 찾아봐도 없다.

꼼꼼하게 장식해둔 수많은 보구들의 틈 사이, 침대 밑까지 전부 찾아봤지만, 흔적도 보이질 않는다.

털썩, 침대 위에 걸터앉았다. 목이 바짝바짝 말랐다.

햇살이 따끈따끈 기분 좋은 오후다. 평소 같으면 호위를 데리고 밖에 나가서 적당히 어슬렁거리며 산책을 하거나, 클랜 마스터 방 의자에 앉아서 낮잠을 잤겠지만, 지금은 도저히 그럴 기분이 아니다.

"큰일 났다…… 어쩌지. 아무 데도 없잖아……."

그게 들어가 있어야 할 금속 캡슐이 텅 비어 있다는 걸 알아차린 것은, 【흰 늑대 소굴】에서 팬텀을 향해서 던지기 직전이었다.

다행히도 탐색 자체는 우리 클랜의 귀여운 제노사이드 몬스터 덕분에 어떻게든 됐지만, 그 뒤에 나한테 커다란 문제가 남아버렸다.

시트리 슬라임, 어디 갔지? 라는.

맹세하는데, 난 지금까지 단 한 번도 그 캡슐을 열었던 적이 없다.

시트리한테서 받자마자 금고 안에 넣어뒀고, 그 뒤로는 절대로 건드리지도 않았다. 반쯤 극약처럼 취급했다. 난 위험한 일은 최대한 피하고 싶어 하는 사람이니까.

시트리 슬라임은 《비탄의 망령》 멤버 중에 한 사람, 『연금술사(알케미스트)』인 시트리 스마트가 만들어낸 슬라임이다.

슬라임이라는 종은 수도 없이 존재하는 마물 중에서도 제일 약하다고 알려진 마물이다. 열기에도 냉기에도 마법에도 물리 공격에도 충격에도 약해서, 시골 애들이라면 누구나 한 번쯤은 근처에 돌아다니는 야생 슬라임을 밟으면서 놀아본 적이 있을 것이다.

특수한 술법으로 만들어낼 수 있다는 것도 유명한데, 적응 능력이 강하고 주위 환경에 따라서 그 성질을 변화하는 특성 때문에 실험 등으로 사용하는 경우도 많은 모양이다.

하지만 적응하는 데도 한도가 있다. 원래 슬라임 한 마리가 도망친 정도 가지고 큰 문제라고 난리를 칠 정도도 아니지만, 이번에 도망친 놈은 그런 흔한 슬라임이 아니다. 시트리가 만들기는 했지만 조금 위험해서 실수로 풀려나면 제도가 멸망할지도 모르니까 맡아달라고 했던, 그런 놈이다.

그리고 시트리의 조금은 조금이 아니다(제도가 멸망하는 수준을 조금이라고 하는 건 좀……).

시트리는 천재다. 몸은 그다지 튼튼하지 않지만, 그걸 메우고도 남을 수준의 지혜를 지녔다.

그리고 괴물들이 잔뜩 모인 《비탄의 망령》 중에서도 가장 크게 성장한 멤버다. 처음에는 나처럼 너무 약해서 고민하던 아이였는데(사실 그 시점에서 이미 나보다는 한참 강했었지만).

《비탄의 망령》 멤버들은 하나같이 처음부터 뛰어난 재능을 보였기 때문에, 그 고민을 이해해주는 사람은 나 하나뿐이었다.

한마디로 대기만성 타입이었겠지. 지금은 강해졌다. 지식과 경험, 그리고 입장을 손에 넣은 뒤로 비약적으로 성장했지만, 시트리가 나한테 느끼고 있던 공감 의식은 사라지지 않았다.

그것 때문인지 시트리는 번번이 나한테 자신의 『성과』를 줬다. 완전한 선의로 주는 그것들을, 나는 도저히 거절하지 못하고 그냥 받아버렸다(사실 안 받으면 그냥 아무 데나 버려서 큰일이 벌어지게 되니까, 받을 수밖에 없다).

게다가 그런 주제에 조금 맹한 구석이 있다 보니 중요한 설명을 빠트리는 경우도 많아서, 내가 잘못 취급하는 경우도 종종 있다.

——그렇다. 바로⋯⋯ 지금처럼.

"⋯⋯아냐, 아냐, 아냐, 아냐. 이번엔 아니겠지. 계속 금고 안에 넣어뒀고, 열지도 않았잖아."

냉정하게 생각해보자.

나는 분명히 시트리 슬라임에 세심한 주의를 기울였다.

시트리 슬라임은 금속 캡슐 안에 들어 있었다. 아무리 이동하다가 보구를 떨어트려도 알아차리지 못하는 얼빠진 나라고 해도,

밀폐된 금색 캡슐의 내용물만 빠트리는 재주가 좋은 짓은 못한다. 못할 거라고 생각한다. 하라고 해도 무리다.

지금은 캡슐이 부서져버려서 자세히 조사할 수는 없지만, 캡슐에도 흠집 하나 없었던 걸로 기억한다. 당연히 구멍이 뚫렸다든지 그런 일은 없었고, 금고 속에서 보관하는 중에 캡슐의 내용물만 도둑맞았다고 생각하기도 힘들다.

금고가 있는 건 내 개인 방—— 경비는 철저하고, 애당초 그걸 보관해둔 금고는—— 보구다. 제3자가 절대로 열 수 없다고까지 말할 수는 없지만, 만약에 누가 열었다면 내가 그걸 알 수 있게 되어 있다.

그렇다면 결론은 단 하나.

——처음부터 비어 있었다. 이거다!

나는 그렇게 나 자신을 납득시키고, 커다란 침대 위에 벌렁 드러누웠다.

"정말이지, 시트리도 참 못됐다니까. 아하하하하……."

시트리는 나처럼 얼빠진 애가 아니고 그런 장난을 칠 사람도 아니지만, 그래도 그렇게 생각할 수밖에 없다.

……그나저나, 이 정도면 됐겠지.

왠지 생각하기도 귀찮고, 진지하게 생각하다 보니 토할 것 같다.

제도는 오늘도 평화롭다. 이거면 됐잖아. 슬라임 일은 없었던 일로 하자.

솔직히 아무리 특제라 해봤자 슬라임. 제일 약한 마물이다. 그런 슬라임 한 마리가 행방불명됐다고 해서, 이 광대한 제도에 대체 어떤 영향을 주겠냐고.

그래. 제도가 멸망하네 하는 건 그냥 허풍이다…… 이 제도에는 실력 있는 헌터들이 잔뜩 있으니까.

나는 따끔따끔 쑤시는 위를 문지르면서, 억지로 나 자신을 납득시켰다.

진홍의 울프 나이트는 그 모습만으로도 자신의 무(武)를 보여주고 있었다.

온몸을 뒤덮은 갑옷은 어느 정도의 공격을 간단히 튕겨냈고, 개체별로 다른 무기를 소지하고 있는 성질 때문에 대책을 하나로 좁힐 수가 없다.

그 강력한 팔을 휘둘러서 펼치는 일격은 보물전에 있는 팬텀과의 싸움에 익숙한 중견 클래스 헌터라도 방심할 수 있는 위력을 지니고 있었다.

──하지만 그건 사전에 정보를 몰랐기 때문에 위협이라고 느낀 것뿐이다.

상대가 단단하다면, 그것을 꿰뚫을 수 있는 무장을 준비하면 된다.

다양한 무기를 가지고 있다면, 사전에 모든 무기에 대한 대책을 마련하면 된다.

그리고 중견 클래스 헌터가 상대하기 힘들다면── 그 이상의 레벨로 인정받은 헌터들을 모으면 된다.

레벨3으로 인정받은 보물전. 울창하게 우거진 숲속에 존재하는 동굴——【흰 늑대 소굴】앞에, 열 명 이상의 트레저 헌터들이 집결해 있었다.

무기나 차림새는 통일되지 않았고, 나이도 성별도 제각각이었다. 기사들처럼 온몸에 갑옷을 걸친 사람도 있었고, 마치 산책이라도 나온 것처럼 가벼운 차림새인 여자도 있었다.

딱 한 가지 공통점은 여기에 모인 헌터들이 하나같이—— 레벨5 이상으로 인정받은 일류 헌터들이라는 점이다.

트레저 헌터의 평균 레벨은 3이라고 알려져 있다. 이것은 그 이상의 레벨로 인정받으려면 재능이나 운이 필요하기 때문이다.

모여 있는 헌터들은 헌터의 성지라고 불리는, 전국 각지에서 갖가지 재능을 지닌 헌터 지원자들이 전부 모여드는 제도 제블디아에서도 이름이 알려진 사람들이었다.

높은 레벨로 인정받은 헌터들은, 각각 어느 정도 차이가 있기는 해도 기본적으로 인간의 영역을 벗어난 자들이다. 수많은 보물전에서 마나 머티리얼을 흡수한 그 헌터들은, 일단 기초적인 신체 능력이 중견 헌터들을 크게 뛰어넘는다.

보통 레벨3보다 훨씬 위로 구분되는 보물전을 탐색하는 헌터들에게는, 원래 등장하는 팬텀보다 몇 단계나 강한 울프 나이트도 크게 경계할 만한 상대는 아니다.

경계를 서고 있는 울프 나이트를 그 두꺼운 갑옷과 함께 통째로 베어버린 젊은 청년 헌터가 손에 느껴진 감촉 때문에 눈이 휘둥그레졌고, 뒤쪽에서 다른 울프 나이트와 맞서 싸우고 있는 동료에게 확인했다.

"……여기 분명히, 레벨 3이었지?"

"아~ 최근 1, 2주 사이에 나타나는 팬텀의 레벨이 급격하게 올라갔다는 건 같아. 창술사 로돌프가 당했다나. 보스가 강적이었다는 것 같아."

"세상에…… 어라? 그런데 오늘 탐협에서 로돌프 그 자식 봤었는데."

"구조대가 제때 도착했다나 봐."

"헤~ 그런 일이 있었구나."

가벼운 대화를 주고받으면서도 손은 멈추지 않았다.

마법 탄환이 날아가서 울프 나이트의 두개골을 꿰뚫어버리자, 거대한 몸이 쓰러져버렸다.

이번에 헌터들이 모인 것은 【흰 늑대 소굴】의 상황을 확인하기 위해서.

보물전의 난이도가 갑자기 크게 올라가는 건 보기 드문 일이지만, 그렇다고 아예 일어나지 않는 일도 아니다.

이런 이레귤러적인 상황이 발생한 경우, 탐색자 협회── 탐협은 충분한 실력을 지닌 헌터들에게 조사 의뢰를 발령하고, 인정 레벨을 수정한다.

그런 사태가 발생한 보물전의 조사는 국가적으로도 중요한 사안이다. 그런 의뢰는 제블디아 제국에서 충분한 보수를 지불하기 때문에, 높은 레벨의 헌터들에게도 수지가 맞는 의뢰였다.

"그나저나 잘도 살아 있었네……."

긴장감이라고는 없는, 신기해하는 목소리.

탐협에서 헌터들에게 조사 의뢰를 발령한 것은 겨우 어제 일이다. 한마디로 구조하러 갔던 헌터들은, 이 보물전의 이상 사태에 대해 모르는 상태로 들어갔다는 뜻이 된다.

레벨5 헌터가 행방불명됐다는 사실은 알고 있었을 테니까 경계는 했겠지만, 땅꾼이 뱀한테 물리는 일이 일어나고도 남을 상황이다.

그 의문에, 동료 헌터가 무뚝뚝한 얼굴로 대답했다.

"아, 그 《천변만화》가 왔었다는 것 같더라고……."

"으헤……?! 레벨 8이잖아. 왜 그런 인간이……."

"글쎄. 원래 종잡을 수 없는 인간이니까. 하지만, 뭔가 우리 같은 것들은 알 수도 없는 의도가 있었겠지."

"그건 그렇겠네."

생각을 그만뒀다.

헌터 인구가 많은 제도에도 레벨8로 인정받은 헌터는 세 사람밖에 없다. 하나같이 수많은 보물전을 공략하거나 각 분야에서크게 공헌한 덕분에, 탐색자 협회가 특별히 인정한 자들이다.

그중에서도 《천변만화》는 트레저 헌터로서의 활동에 특화된 헌터라고 불린다.

특별한 일은 하나도 하지 않았다.

재능 있는 멤버들이 모인 파티 《비탄의 망령》의 리더이자 큰 규모로 성장한 클랜의 마스터, 수많은 보물전을 공략하면서 순조롭게 레벨을 올렸지만── 그러면서도 특별한 소문이 거의 들려오지 않는 기묘한 사내.

평소에는 클랜 본부에서 살고 있다는 것 같고, 바깥에 나오는 일이 거의 없기 때문에 봤다는 사람도 얼마 없다. 하지만 딱 봐서는 레벨8이라고 알아볼 수 없는 시원찮은 풍채의 남자라는 이야기가 있다.

물론 실체는 전혀 다르겠지. 인정 레벨을 올리려면 실적 포인트를 쌓고 시험도 봐야 한다. 실적 포인트를 쌓는 것 자체는 각종 꼼수가 있지만, 레벨 인정 시험은 그렇게 쉽게 통과할 수 있는 게 아니다.

"슬슬 안에 들어가자. 더 높은 랭크의 울프 나이트와 가능하다면 보스를 확인한다. 돈 받은 만큼은 일을 해야지."

"알았어."

순식간에 사고를 전환해서, 전장의 사고방식으로 돌아왔다.

리더의 호령에 제각기 대답하고, 진지한 표정을 짓으며 어두운 보물전 쪽을 봤다.

차가운 공기가 감돌아서, 마치 침략자를 위협하려는 것 같은 포효가 울려 퍼졌다.

제1장   돌아온 《절영》

쓸데없이 크고 훌륭한 책상과 의자.

클랜 마스터 방의 커다란 창은 햇살을 잔뜩 받아들이는 바람에, 겨울도 끝나고 따뜻해지기 시작한 지금 같은 계절에는 자꾸만 잠이 온다.

딱히 급한 일도 없어서 의자에 앉은 채로 멍하니 보구에 광이나 내고 있는데, 부 클랜 마스터인 에바 렌피드가 들어왔다.

에바는 이름만 마스터인 나 대신에, 클랜의 운영을 전부 떠맡고 있다. 오늘도 매우 바빠 보인다.

위에서 아래까지 제복을 완벽하게 차려입었고, 슬림한 빨간 테안경 렌즈 너머에는 영리한 눈동자가 보인다.

나와 둘이 있으면 얼간이 마스터와 민완 비서처럼 보이겠지.

실제로도 그렇지만.

"탐협에서 【흰 늑대 소굴】건에 대해 자세한 이야기를 듣고 싶다는 연락이 왔습니다."

에바는 내 앞까지 걸어오더니, 못난 마스터한테 잔소리하는 게 아니라 바로 본론으로 들어갔다.

정말이지, 진짜 훌륭한 부 마스터라니까. 처음 클랜에 들어왔을 때는 이런저런 쓴소리도 했었는데, 어느샌가 그런 말도 안 하게 됐다. 아마 포기했겠지.

거창하게 하품을 하고 눈을 문지르면서 물었다. 슬라임이 안 보이는 것 때문에 너무 걱정돼서 잠을 제대로 못 잔 탓에, 너무 졸려서 미칠 지경이다.

"아크가 돌아왔던가?"

"……아무리 그래도 거기에 가지도 않았던 아크 씨한테 맡기는 건 힘들 것 같습니다만. 그리고 말이죠, 크라이 씨는 아크 씨한테 너무 의존하고 있어요."

에바가 한심하다는 투로 말했다.

아크가…… 아크가 부족해.

아크는 강하다. 강한데다가 사람이 됐다. 인망도 있고.

내가 같은 클랜의 동료인 아크한테 의존하는 건 어쩔 수 없는 일이다.

게다가 어지간한 강한 헌터들은 머릿속에 있는 나사가 몇 개쯤 풀려 있는 경우가 많다 보니 더더욱 그렇게 되고.

나는 클랜을 만든 이후에 겪은 경험을 통해서, 무슨 일이 있을 때는 일단 아크한테 떠넘기면 어떻게든 된다는 걸 잘 알고 있다. 솔직하게 말하는데, 그냥 아크 네가 마스터 해라.

뭐, 그랬던 탓에 【흰 늑대 소굴】에서는 엄청나게 고생했지만, 그것도 아크가 아니라 내가 잘못한 거니까.

아마 아크라면 슬라임도 어떻게든 해줄 거야.

"티노가 리더였으니까 티노한테 전달해줘. 난 나중에 추가로 갔을 뿐이니까."

도와주러 가기는 했지만, 팬텀(환영)을 쓰러트린 것도 아니고 티노 일행을 구출한 것도 아니다.

리즈가 날 찾아서 왔던 것 같으니까 어떤 의미에서 보면 간접적으로 도움이 됐다고 할 수도 있지만, 냉정하게 생각해보면 정말 꼴사나운 일이다.

나도 옛날에는 누가 위험할 때 멋지게 나타나서 도와주고 칭찬을 듣는 헌터가 되고 싶다, 라는 생각을 한 적이 있었다. 하지만 지금은 그런 거창한 건 바라지도 않는다.

과정이 어떻게 됐건, 결과적으로 티노 일행이 무사해서 다행이다.

달관한 기분으로 한숨을 쉬고, 갑자기 생각이 나서 에바한테 확인했다.

"그것보다 말이야, 제도에 뭔가 이상한 움직임 같은 건 없었고?"

"움직임이라고 하시면, 구체적으로 어떤? 대체 무슨 이야기죠?"

에바 렘피드는 상당히 우수하다.

나의 하나도 구체적이지 않고 애매모호한 클랜 운영 사상을 제대로 읽어서, 내가 전혀 지시하지 않아도 이 클랜을 꾸려나갔다. 에바는 나랑 달라서 규모가 많이 커진 이 클랜──《시작의 발자국(퍼스트 스텝)》을 운영할 수 있는 능력을 지녔다. 이 클랜의 멤버들은 나만 빼고 전부 우수하다.

그리고 그 능력 중에는 정보 수집 능력도 포함돼 있다.

나에게 되묻는 에바의 말투에서 초조함 같은 건 전혀 느껴지지 않았다. 만약 제도에 뭔가 큰 이변이 일어났다면, 에바가 그걸 모를 리가 없다.

한마디로 내가 시트리 슬라임을 놓친 게 아니라는 사실을 말해

주는 것이다.

증명 완료.

나는 다시 의자에 앉아서 한숨을 쉬었다. 괜찮아. 아마 괜찮을 거야.

"아니, 특별한 일이 없으면 그걸로 됐고."

"……시급히 조사하겠습니다."

"아냐, 괜찮아. 그럴 필요는 없어. 괜찮아, 괜찮아…… 아마도. 그냥 기분 탓이니까. 편하게 살자고, 편하게."

"……."

에바가 수상하다는 표정으로 날 보고 있다. 에바의 유일한 약점은 직무에 너무 충실하다는 점인지도 모른다.

괜히 건드려서 탈이 나게 할 필요는 없지. 세상의 어지간한 일들은 저절로 어떻게든 되는 법이다. ……시트리, 너무 늦기 전에 빨리 돌아와 줘.

"그리고 티노 양은 리즈 양에게 실컷 들볶인 탓에, 지금 움직일 수 없는 모양인 거 같습니다."

"헤~ 열심히들 하네."

역시 티노야. 역시 티노.

평범한 마을 아이였던 시절의 티노를 알고 있는 입장에서는 정말 감개무량할 따름이다. 이젠 어엿한 헌터네.

그리고 리즈도 어쩌고저쩌고 하면서도 제대로 사부 노릇을 하는 것 같고.

그래…….

갑자기 밀려온 잠기운 때문에 입이 찢어지게 하품을 했다. 이대로 앉아 있으면 잠이 올 것만 같다.

내가 잠이나 자고 있어도 클랜은 아무 문제 없이 굴러가지만, 열심히 일하는 에바 앞에서 대놓고 그런 꼴을 보여주는 건 좋지 않겠지. 내가 쫓겨나는 건 상관없지만, 에바가 퇴직하면 그건 곤란하다.

"그럼 얘기도 할 겸 한 번 보러 가볼까. 훈련장에 있나?"

"……그게 좋을 것 같습니다. 지하 2층 훈련장입니다."

"오케이~. 그럼 뒷일은 잘 부탁해."

계속 진지한 표정을 유지하고 있던 에바한테 살랑살랑 손을 흔들면서 자리에서 일어났다.

"지금 당장 정보를 수집하세요. 제도에서 일어나고 있는 사건들에 대해, 아무리 사소한 일이라도 좋으니까 모조리 모아 오세요."

"아, 예. 알겠습니다!"

냉철할 정도로 감정이 없는 목소리로 명령하자, 에바의 부하한 명이 재빨리 방에서 뛰쳐나갔다.

에바 렌피드는 원래 상인이었다. 클랜의 부 마스터라는 지위를 맡기 전에는 열강인 제블디아에서도 1, 2위를 다투는 큰 상회—— 벨즈 상회의 일원이었다. 크라이가 발탁했던 당시에는 아직 말단이었지만, 그 일을 그만둔 지금도 그 당시의 인연들은 남아 있다.

《시작의 발자국》은 거대한 클랜이다.

우수한 헌터란 거대한 무력을 뜻한다. 특히 《발자국》 정도의 규모가 되면 나라나 상인, 다른 헌터들, 헌터들을 전문적으로 노리는 도적 등의 범죄자들까지, 온갖 방면에서 눈독을 들이게 된다.

에바는 익숙하지 않으면서도, 그런 클랜의 부 마스터라는 입장을 유용하게 활용해서 제도 전체에 고도의 정보망을 구축했고, 그것을 통해서 클랜의 발전에 기여해왔다.

상인들의 네트워크. 신문을 비롯한 정보 매체. 트레저 헌터들을 이용한 정보 수집도 게을리하지 않았다. 에바의 손길은 탐색자 협회에도 미쳐 있었다.

정보는 신선도가 생명이다. 제도에서 일어난 중요한 일들에 대한 소식은, 대부분 바로 에바에게 들어오게 된다.

그래서 이번에 클랜 마스터한테서 받은 그 질문은 큰 충격이었다.

에바가 알고 있는 한, 현재 제도에 큰 변화는 없다.

굳이 말하자면 【흰 늑대 소굴】에 강력한 팬텀이 나타났다는 게 변화라면 변화지만, 그 변화는 실제로 보물전을 조사한 크라이가 제일 잘 알고 있을 것이다.

나름대로 정보망에 자신을 갖고 있다. 지금까지 크라이의 모습을 보지 않았다면 별생각 없이 던진 그 질문을 신경 쓰는 일은── 적어도 굳이 조사하라는 명령을 내리는 일은 없었을 것이다.

에바의 상사── 크라이 안드리히는 신기한 사람이다.

처음 만났을 때는 레벨8 인정을 받은 것도 아닌 데다 별명도 없는 소년이었다. 그 뒤로 몇 년——클랜의 장(長)과 부 마스터라는 관계가 된 지도 몇 년이 지났는데, 지금까지도 종잡을 수가 없는 인물이다.

평소에는 집무실에서 멍하니 보구를 닦거나 따분하다는 듯이 하품이나 하고 있다.

클랜 운영에 참견하는 일도 없고, 트레저 헌터로서의 업무를 열심히 하는 것 같지도 않다. 강해 보이는 외모도 아니고, 아주 가끔씩 벌이는 이상한 짓들을 제외하면 성격 면에서도 특필할 점이 없다.

클랜에 몇 명인가 소속돼 있는, 장래에 영웅이 될 헌터들이 지닌 빛나는 무언가도 없었다. 게다가 항상 헌터를 그만두고 싶다느니 클랜 마스터 자리를 넘기고 싶다는, 그런 말도 안 되는 소리나 하고 있다.

만약 그 이름을 모르는 사람이 본다면, 틀림없이 멍청이라고 판단했을 것이다. 에바도 처음에는 그 너무나 시원찮은 모습 때문에 불만을 품었었다.

하지만, 지금은 그 본질이 겉모습과 전혀 다르다는 걸 알고 있다.

에바에게 있어 그 말은 신뢰할 가치가 있었다.

제도의 모든 것을 알고 있다고 해도 과언이 아닌 에바의 입장에서 생각해도, 크라이 입에서 갑자기 튀어나온 뜬금없는 말은 농담이라고밖에 여겨지지 않을 수준의 정밀도를 자랑하고 있었다.

지진을 비롯한 천재지변부터 먼 곳에서 발생한 보물전의 이상.

제국 귀족들 사이에서 벌어진 다툼에 비밀 결사의 암약까지, 아무런 전조도 없는 사건을 맞추는 걸 몇 번이나 본 적이 있다.

아무리 생각해도 본인은 그것에 대해 알 수 있는 입장이 아닌데. 그중에는 아무리 큰 정보망을 가지고 있어도 절대로 알 수가 없는 일에 대해서 맞추는 때도 있었다.

한 번이라면 우연이라고 할 수도 있겠지만, 그런 일이 두 번 세번 일어나면 필연이라고 생각할 수밖에 없다.

재능이라는 말로는 표현할 수 없는, 정체불명의 선견지명.

본인은 우연이라느니 운이 없었다느니 같은 소리를 하지만, 그렇게 단순한 말로 납득할 수 있는 일도 아니고, 본인도 누가 믿어줄 거라 생각지 않을 것이다.

정체불명. 《천변만화》란 정말 잘 어울리는 별명이다. 클랜 마스터에게 그런 별명이 생겼다는 걸 들었을 때, 에바는 손뼉까지 치면서 납득했다.

그래서 《발자국》에는 유망한 헌터들이 모였다. 자아가 강하고 자존심도 강한 헌터들이, 얼핏 봤을 때는 시원찮게 보이는 저 청년을 따르고 있다.

때때로 에바의 눈에는 알기 쉽게 괴물 같은 능력을 보여주는 헌터들보다 크라이의 그런 모습이 더 괴물처럼 보였다.

에바는 자신의 능력에 자신을 갖고 있다. 하지만 그것은 어디까지나 상식적인 범주의 능력이다.

크라이가 어떤 일의 조짐을 느꼈다면, 설령 그것이 아무리 뜬금없는 말이라고 해도 에바는 그것을 전제로 삼고 행동할 뿐이다.

부 클랜 마스터 방. 클랜 마스터 크라이 안드리히의 집무실과 비교하면 많이 정신없는 방에서 여러 명의 부하에게 지시를 내린 뒤에, 에바는 뒤를 돌아서 창밖에 있는 지상을 내려다보며 중얼거렸다.

해야 할 잡무들을 전부 머릿속에서 몰아내고, 뭔가 빠트린 게 없는지 필사적으로 생각하며.

"대체, 이 제도에서 무슨 일이……."

그것은 이런 일이 벌어졌을 때 하는, 에바의 일과였다.

보물전 탐색은 거친 일이다. 수많은 함정에 가혹한 환경, 그리고 침입자를 용서하지 않는 마물과 팬텀과의 싸움은 아무리 안전에 신경을 쓴다고 해도 목숨을 건 일이 된다.

그래서 뛰어난 헌터는 자기 연마를 게을리하지 않는다.

제도에는 트레저 헌터가 기술을 갈고닦기 위한 시설들이 여러 곳 있는데, 《시작의 발자국》의 거점── 클랜 하우스를 세울 때 중요하게 생각했던 점 중에 하나가 바로 헌터를 위한 훈련장이었다.

같은 수준의 클랜 중에서도, 클랜 하우스에 훈련장을 보유한 곳은 거의 없을 것이다.

《시작의 발자국》의 훈련장은 지하 5층까지 있고, 클랜 멤버라면 누구나 자유롭게 이용할 수 있다.

높은 레벨의 보물전을 탐색할 수 있는 헌터는 말도 안 되는 힘을 지녔다. 그래서 거기에 견딜 수 있는 설비를 갖춰야 하다 보니 상당한 돈이 들어간 모양인데, 결과적으로 평가는 아주 좋았다. 나는 말만 했기 때문에 자세한 건 모르지만, 에바를 비롯한 사무직 직원 분들이 상당히 고생했다는 것 같다.

훈련장으로 가는 금속 계단을 내려가다가, 어디선가 본 적이 있는 파티와 마주쳤다.

남녀 혼합의 5인 파티. 그중에 한 사람이 날 보고서 눈이 휘둥그레졌다.

뺨에 커다란 상처가 있는 갈색 머리카락의 덩치 큰 남자다. 무기는 전신 갑옷이라도 갈라버릴 것 같은 자루가 긴 도끼.

……분명히 본 적이 있는데, 이름이 생각 안 나네.

"크라이 공. 이거 별일이군요. 훈련하러 오셨습니까?"

나는 클랜 마스터지만 멤버들의 얼굴과 이름을 완전히 파악한 건 아니다. 클랜에 가입하기 위해서는 클랜 마스터의 면접이 필수라는 규칙이 있어서 얼굴을 보기는 했지만, 그게 전혀 생각이 나지 않는다.

조금 익숙해지기는 했지만, 난 이름을 모르는데 상대가 날 알고 있는 건 정말 기묘한 기분이다.

상대는 내가 이름을 기억하지 못한다는 것도 모르고 있겠지.

나는 부드러운 미소를 지어서 얼버무렸다.

"대충 그렇지 뭐. 그쪽도 훈련?"

내 질문에 멤버들이 난처하다는 것처럼 서로 얼굴을 마주 봤다.

안 좋은 반응이다. 이런 때에는 보통 귀찮은 대답이 돌아온다.

전전긍긍하는 나한테, 덩치 큰 남자가 눈살을 찌푸리면서, 파티의 대표로 말했다.

"예……. 그런데, 지금은…… 안 가는 게 좋을지도 모릅니다. 조금, 분위기가 안 좋거든요."

"그건…… 완전히 고문이야."

뒤쪽에 있던 남자가 새파랗게 질린 얼굴로 말했다. 그렇구나…… 그냥 가지 말까.

자세히 묻지 않아도 대충 짐작이 갔다. 리즈 때문이다.

리즈는 혈기가 왕성하고 봐준다는 말을 모른다. 리즈가 있는 곳에 가려면 쓰러진 사람이나 마물들 시체들을 따라가거나, 큰 소동이 벌어진 곳을 찾으면 저절로 도착하게 된다는 슬픈 전설이 있다.

티노는 우수하다. 짧은 기간에 레벨4까지 도달할 수 있는 건 극히 소수의 사람뿐이다. 그리고 그걸 성취하게 만든 리즈의 훈련은, 역전의 헌터들이 봐도 정말 힘들어 보이는 것 같다.

고문까지는 아닌 것 같지만, 리즈도 헌팅에서 돌아온 지 얼마 안 돼서 많이 뜨거워져 있을 가능성이 있다.

"괜찮아, 괜찮아. 리즈는 항상 그런 분위기니까."

"아……《절영》은 크라이 공과 같은 파티였죠."

뭐라 말로 표현할 수 없는 시선으로 날 보는 다섯 사람.

우리 애가 폐를 끼쳐서 정말 죄송합니다.

"말리려고 하면 반격할 것 같으니까, 조용해진 뒤에 가는 쪽이——."

　우리 애가 폐를 끼쳐서 정말정말 죄송합니다.

　대체 얼마나 날뛰고 있는 건지, 평소에 아무렇지도 않게 마물들과 싸우는 헌터들의 얼굴에 그늘이 져 있다.

　기껏 돌아왔으니까 좀 푹 쉬는 게 좋을 텐데 말이야…….

　티노를 훈련시키는 건 좋지만, 다른 사람들한테까지 폐를 끼치는 건 자제해줬으면 싶거든.

　"괜찮아, 괜찮아. 어떻게든 할 테니까."

　"……크라이 공이 그렇게 말한다면…… 말리지는 않겠습니다만."

　엄청나게 무서워하고 있네…… 우리 클랜의 규칙 중 하나가 다 같이 사이좋게 지내자인데 말이야.

　리즈는 원래 봐준다는 걸 모르고 상대가 누가 됐건 싸움을 거는 버릇이 있기는 했는데, 실력이 많이 늘어난 지금은 거의 괴수 같은 존재가 돼버렸다.

　어쨌거나 말리러 왔으니까, 계단을 계속 내려갔다. 어째선지 이름도 모르는 파티가 따라온다.

　지하 2층 훈련 시설 앞에는 멤버가 여러 명 모여 있었다. 이상한 광경이다.

　그중에 한 사람이 내 기척을 눈치채고 고개를 돌렸다.

　짙은 녹색이 섞인 검은 머리카락의 남자다. 신장은 나랑 비슷하지만, 옷을 입고 있어도 보일 정도로 잘 단련된 육체가 역전의 헌터라는 걸 말해주고 있다. 나이는 나보다 몇 살 정도 많지만, 헌터 중에서는 젊은 축에 속한다.

오래전부터 알고 지난 우리 클랜 멤버, 고참 중에 한 사람. 실력 있는 사수(아처). 스벤 앵거.

발자국 안에서도 손꼽히는—— 레벨6으로 인정받은 파티《흑금 십자가》의 리더다.

후배들의 존경을 받는 좋은 형님 같은 기질의 사내는, 날 보자마자 물 만난 고기처럼 말을 걸어왔다.

"……!! 크라이! 이제야 왔구나…… 《절영》 좀 말려줘. 훈련장을 쓸 수가 없다니까."

"괴수 퇴치는 내 본분이 아닌데 말이야."

오히려 스벤을 비롯한 《흑금》이야말로 보물전 탐색보다 마물이나 해수(害獸) 퇴치 전문이잖아. 장식품 클랜 마스터인 내가 나설 필요는 없지 않을까.

"너희 괴수잖아?! 실력이 더 좋아졌더라니까!"

너무하는 거 아냐. 일단은 같은 클랜 동료인데.

하지만 실력이 더 좋아졌단 말이지. 나는 살짝 한숨을 쉬고, 의욕 없는 목소리로 말했다.

"흐응, 그랬구나."

"?!"

아쉽게도 내 친구들은 이미 오래전에 내가 이해할 수 있는 범주를 뛰어넘었다. 얼마나 대단해졌는지 판단할 수도 없을 지경으로.

눈을 가린 상태에서 총알을 떨어트리는(정도가 아니라 잡아채는) 것만 해도 충분하지 않을까?

스벤은 두꺼운 문을 슬쩍 노려보며, 진력이 난다는 것처럼 말했다.

"……안셈도 루시아도, 말릴 수 있는 사람이 하나도 없어. 왜 리즈 혼자만 돌아온 거냐고!"

스벤이라면 실력 행사를 해도 어느 정도 버티겠지만, 그랬다간 리즈가 누구 하나가 쓰러질 때까지 물고 늘어질 테니까…….

《비탄의 망령(스트레인지 그리프)》의 멤버…… 내 소꿉친구들은 크게 두 가지 타입으로 구분할 수 있다.

문제아와 비교적 이성이 강한 멤버. 그리고 우리 파티는 거의 리즈나 루크가 난리를 피우면 안셈이나 루시아가 달래는, 그런 방식으로 굴러간다.

제어장치가 없는 지금의 리즈는 어지간한 마물보다 더 귀찮은 존재다.

우리 애가 폐를 끼쳐서 정말 죄송합니다.

"함정을 전부 해제하고 무사히 보스 방에 도착한 것까지는 좋은데, 갑자기 돌아오고 싶어져서 내팽개치고 돌아왔다나 봐."

"……이번 목적지는 그 【만마의 성(나이트 팰리스)】이었지?"

스벤이 믿을 수 없는 말이라도 들었다는 것처럼 눈살을 찌푸렸다. 나도 믿을 수가 없다.

리즈는 정말 자유분방한 아이다. 원래는 보물전에서 같은 편을 버려두고 혼자 돌아오는 건 헌터로서 용납할 수 없는 일이지만, 우리 파티는 시험 삼아 받아본 신규 참가자 1명을 제외하면 전부 소꿉친구인데다, 은근히 하나같이 자유로운 성격이라서 어떻게든 성립되고 있었다.

뭐, 회복 담당이 빠진 것도 아니고, 도적(시프)은 한 사람 더 있으니까 어떻게든 되겠지.

스벤이 날 재촉하듯 말했다.

"빨리 가서 말리지 않으면 티노가 죽는다고."

"아하하, 너무 오버하지 말아줘. 사람이 그렇게 간단히 죽겠어."

"아, 아니, 정말인데……."

확실히 리즈가 제노사이더인데다가 아무 데나 가리지 않고 물고 늘어지는 버릇이 있는 탓에 몇 번이나 싸움이 벌어져서 경비병한테 잡힌 적이 있는 데다 뒤쪽 세계에서는 상금까지 걸려 있는, 두드리면 먼지가 얼마든지 나오는 그런 인간이지만, 그렇다고 제자를 죽일 사람은 아니다.

스벤 일행이 한 걸음 뒤로 물러났다. 나는 한심하다는 것처럼 미소를 지어 보이고, 훈련장 문을 천천히 열었다.

리즈는 훈련장 한복판에 당당하게 서 있었다.

뒤로 묶은 핑크 블론드 머리카락, 도적 특유의 노출이 많은 의상 밖으로 햇볕에 잘 그을린 살갗이 드러나 있다. 무릎 근처까지 올라온 아주 살벌한 금속제 부츠── 신발 모양 보구, 『하이스트 루트(하늘에 도달하는 기원)』가 없었다면 그냥 노출이 심한 귀여운 여자애로 보였겠지.

그리고 발밑에 굴러다니는 누더기 덩어리 같은 것을 향해서 뼛속까지 오싹해지는 목소리로 담담하게 말을 걸지 않으면 더 예뻐 보일 테고.

"뭐야? 왜 못 일어나는 건데? 어째서 안 일어나는 건데? 벌써 한계야? 그런 거 아니지? 혹시 농땡이 피우는 거야? 날, 바보 취급하는 거야? 죽고 싶어? 죽고 싶은 거야? 안 죽을 거라고 생각하는 거야? 안 죽일 거라고 생각해? 죽인다? 소중한 것도 없어? 지키고 싶은 것도 없고? 팔다리가 멀쩡히 달려 있으면서, 왜 안 움직이는 건데? 아니면, 온 힘을 다해서 할 생각이 없으면——죽어."

"자, 거기까지!"

나는 웃는 얼굴을 유지하고, 손뼉을 짝짝 치면서 리즈한테 말을 걸면서 끼어들었다.

물론 마음속으로는 완전히 질려버렸다. 제발 부탁이니까 조금만 평온하게 살아줬으면 싶다.

누더기처럼 쓰러져 있는 티노 쪽으로 뛰어갔다.

고통과 슬픔이 뒤섞인 작은 신음 소리. 마치 자기 몸을 조금이라도 더 작아 보이게 하려는 것처럼 웅크리고 있던 몸이 떨리고, 헝클어진 채로 바닥에 퍼져 있던 머리카락이 슬며시 움직이더니, 고개를 들어서 날 보려고 했다.

그 눈앞에, 리즈가 발을 내리찍었다.

마치 지진이라도 난 것 같은 소리가 건물 전체를 뒤흔들었다. 티노의 몸이 움찔, 하고 경련했다.

레벨8로 인정된 보물전을 공략할 수 있는 리즈의 다리 힘은 이미 사람의 범주를 벗어났다.

그 힘으로 세게 내리찍은 탓에, 헌터의 능력을 기준으로 튼튼하게 만든 훈련장 바닥에 선명한 발자국이 찍혔다.

저 작은 몸 어디에 그런 힘이 숨어 있는 건지…….

"뭔데? 크라이. 나 지금 티를 교육하고 있거든?"

리즈가 가벼운 목소리로 말하면서 날 쳐다봤다. 보석처럼 아름다운 핑크색 시선이 날 꿰뚫어 봤다.

리즈는 살짝 엄청나게 화를 잘 내지만, 강함을 추구하는 데 있어서는 진지했다. 본인 또한 때로는 죽을 위기를 넘기고 수많은 고난을 헤치며 그 힘을 연마해왔다.

추구하는 경지가 너무 높은 것 같기는 하지만, 리즈는 티노를 진지하게 가르치고 있고, 그걸 방해하는 걸 엄청나게 싫어한다.

클랜을 세운 뒤로 벌써 몇 년이 지났다. 들어온 지 오래된 파티 사람들은 리즈와 나름대로 오랫동안 알고 지냈는데, 그래도 함부로 끼어들지 못하는 건 다들 그 사실을 잘 알고 있기 때문이겠지.

"티는 말이야, 재능이 있어. 어쩌면 나보다 더 뛰어날지도 몰라. 그런데 약하잖아. 대체 왜지, 내가 티 정도였을 때는── 더 강했거든?"

이미 충분히 강해. 다들 강해. 그러면 되는 거 아냐? 다들 다른 거고 다들 강해.

"응, 응. 그랬지."

나는 자꾸만 일그러지려고 하는 웃는 얼굴을 간신히 유지하면서 리즈 앞을 가로막았다.

기분 나쁜 긴장감이 훈련장을 가득 채우고 있었다.

나로서는 티노와 리즈의 차이를 잘 모르겠지만, 아마도 리즈

말이 맞겠지.

자기보다 재능이 있을지도 모른다는 말, 리즈의 성격을 보면 쉽게 할 수 있는 말이 아니다.

하지만 그게 너무나 귀여운 후배를 너덜너덜하게 만들고 정신을 꺾을 이유가 될 수는 없다.

"아직 한참 모자라. 크라이는 착해서 용서해주는지도 모르겠지만, 이대로 가면 그냥 민폐만 끼칠지도 몰라. 내 제자니까 최소한의 실력은 몸에 익혀야 한단 말이야. 티가 피라미 수준이면…… 나도, 얕보일 수도 있으니까……."

리즈가 살짝, 등줄기가 오싹해지는 미소를 지었다.

그 목소리에 숨겨져 있는 폭력적인 기척에 훈련장의 기온이 뚝 떨어졌다.

아무래도 며칠 전에【흰 늑대 소굴】에서 있었던 일이 영향을 준 것 같다.

분명히 티노는 의뢰를 달성하지 못했다. 예상보다 훨씬 강력한 팬텀이 나타난 탓에 상처를 입었고, 중간에 리즈가 도와주러 와주지 않았다면 전멸했겠지. 하지만 그건 어쩔 수 없는 일이고, 전력이 부족한 티노 일행을 보낸 건 내 판단 미스다.

돌아온 뒤에 제대로 설명했는데, 아무래도 효과가 없었던 것 같다.

솔직히 지금 단계에서도 이미 피라미라고 할 수 없고, 얕보는 사람도 없다. 레벨4는 헌터 중에서도 중견이고, 실력도 그 레벨 이상은 된다. 생김새가 귀여운 여자애다 보니 이런저런 문제가 발생할 수도 있지만, 그래도 잘 처신하고 있다.

이번에는 리즈가 마치 벌레라도 보는 것 같은 눈으로 쳐다보며 입을 열었다.

"몇 사람인가 말리려고 했는데 말이야, 쓸데없는 참견이라고. 티는 네깟 것들하고 달라서, 강해져야 할 의무가 있어. 죽을 각오로 하지 않으면 강해지지 않는다고. 쉴 틈 따위는 없어. 놀 틈도 없고. 리즈 님의 제자를 쓰레기로 만들 셈이냐. 콱 죽여버린다."

말로만 그러는 게 아니다. 실제로 저지르고도 남을 것만 같은 살기가, 서슬이 거기에 있었다.

방법은 잘못됐지만, 제자 육성에 대한 열기는 충분하고도 남을 만큼 느껴졌다.

티노가 쓰러진 채로 몸을 웅크리고, 바들바들 떨었다.

리즈가 눈을 가늘게 뜨고, 날 똑바로 쳐다보면서 말했다.

"크라이라면── 알지?"

그 달콤한 목소리를 듣고, 마치 목에 칼을 들이댄 것 같은 착각이 느껴졌다.

나는 표정을 웃는 얼굴로 고정한 상태에서 대답했다.

"응, 응, 알아. 그래도 열심히 하는 건 알겠지만, 티노가 이제 한계인 것 같으니까 오늘은 그만하지그래?"

"?!"

대체 몇 시간을 들볶았는지는 모르겠지만, 바닥에 쓰러진 시점에서 이미 명백한 한계다.

지금은 회복 담당인 안셈이 없으니까 너무 무리하면 후유증이 남을지도 모르고.

나도 리즈의 기분을 상하게 하는 건 피하고 싶지만, 달리 말릴 사람이 없으니까 내가 하는 수밖에 없다.

잠시, 리즈가 무슨 소리를 들은 건지 이해하지 못하겠다는 것처럼 눈을 깜박거리더니, 고개를 살짝 갸웃거리면서 나한테 물었다.

"응~? 어라아? 크라이, 혹시 리즈를 말리려는 거야?"

"응, 맞아. 혹시가 아니라 정말로 그러고 있어."

눈이 휘둥그레졌다. 빨려드는 게 아닌가 싶을 정도로 투명한 핑크색 홍채 안쪽에서는, 조금만 자극해도 폭발할 수 있는 강한 에너지가 꿈틀거리고 있었다.

몇 초 동안 침묵했다. 마치 내가 진심인지 확인하려는 것처럼, 리즈가 내 눈을 똑바로 쳐다봤다.

강한 긴장감에 공기가 삐걱거렸다. 리즈의 손이 천천히 뻗었고, 내 뺨에 닿았다.

그리고 리즈가 활짝 웃었다.

"그럼~ 오늘은 끝!"

조금 전의 오싹한 목소리와 전혀 다른 밝은 목소리.

빙글, 경쾌한 움직임으로 몸을 돌려, 아직 바닥에 엎드려 있는 티노를 보았다.

"미안해에? 죽지는 않게 봐줬고, 아직 움찔움찔 움직이고 있으니까, 내가 보기엔 아직 더 할 수 있을 것 같지만, 크라이가 그렇게 말한다면 한계라고 봐야겠지?"

"마스, 터어……?"

어째서 리즈가 아니라 날 부르는 건데.

티노가 천천히 고개를 들었다. 거기에는, 리즈의 가면이 씌워져 있었다.

《비탄의 망령》의 심볼. 웃는 해골 가면. 눈 부분에 구멍이 뚫려 있지 않아서 무슨 일이 있어도 눈물이 흘러나오지 않고, 그 표정이 밖으로 드러나는 일도 없다.

대체 왜 가면을 씌운 걸까…….

내가 그런 생각을 했다는 걸 눈치챘는지, 리즈가 제자를 엄하게 들볶던 사람이라는 걸 믿을 수 없는 미소를 지으면서 말했다.

"티도 우리 파티에 들어오면 조금 쓸 만해질까, 성장할 수 있을까, 슬슬 들어올 수 있을까, 그런 생각이 들어서 시험해봤거든. 하지만 틀렸어. 가면을 써서 눈이 안 보이는 정도로 아무것도 못 한다면, 우리 파티에는 못 들어오잖아."

그런 규칙은 없거든요?

그런 조건이 있었다면 애당초 나부터 파티에 들어가질 못한다고.

《비탄의 망령》의 파티 가입 조건은 기존 파티 멤버의 추천. 오로지 그것뿐이다.

뭐 하지만…… 티노를 받아들이는 건 아직 시기상조겠지. 새 멤버 추가는 나도 바라는 일이고, 딱히 티노가 약하다는 건 아니지만, 아무래도 지금 우리 파티가 공략하는 보물전들은 난이도가 너무 높다. 성장시키겠다고 던져 넣었다가 티노가 죽기라도 하면 주객전도다.

어쩌면 기존 멤버들의 도움을 받아서 어떻게 잘될지도 모르지만, 난 신중한 사람이니까.

"응, 그래, 그렇겠네. 아직 이를지도 모르겠네."

"크라이는 말이야, 어느 정도 할 수 있으면 들어와도 된다고 생각해?"

그런 건 나한테 물어보지 말라고.

리더라고 해도 반쯤 장식이라서, 지금 파티가 어떤 상황인지는 잘 모른다.

나는 생각하는 척만 하고 사실은 아무 생각도 안 하면서, 웃는 얼굴을 유지한 채로 말했다.

"리즈랑 같은 수준이려나."

"예……?"

발밑에 있는 티노의 목구멍에서, 열심히 쥐어짰지만 그래도 가녀린 비명 같은 목소리가 흘러나왔다.

그런 비통한 소리를 내지 말라고…… 그냥 농담이니까. 리즈도 어엿한 스승이니까, 됐다 싶으면 알아서 제안하겠지.

굳이 내 의견을 물어볼 필요는 없잖아?

리즈가 어째선지 너무나 기쁘다는 것처럼 내 팔을 끌어안았다.

"꺄~! 크라이도 정말 못됐다니까. 그렇게 말하면 죽을 때까지 못 들어오잖아?"

"아니…… 그 정도는 아니잖아."

나도 티노가 파티에 들어오는 날을 기대하고 있으니까.

그리고 지난번【흰 늑대 소굴】탐색을 본 뒤로, 머지않아 그날이 올 거라고 확신하고 있다. 물론 이 일은 전부 리즈 생각에 달린 일이고, 나 참견하지는 않겠지만.

"그런데 크라이는 뭐 하러 온 거야? 혹시 나 만나러 왔어?"

"거크 씨가 티노한테【흰 늑대 소굴】에 대한 이야기를 듣고 싶다고 해서, 그 얘기를 하려고."

"크라이는 참 성실하네. 다른 사람 시켜도 되는데…… 아니지, 누가 좀 가란 말이야."

투덜대는 리즈의 머리를 벅벅 쓰다듬어서 다른 생각을 하게 만들었다.

매끄러운 머리카락 감촉. 리즈가 빙긋 웃었다.

괜찮아. 내가 오고 싶었어. 그리고 사실은 날 부른 거니까…….

리즈는 입술에 손가락을 대고, 바닥에 쓰러져서 몸을 웅크린 채로 꼼짝도 못 하고 있는 티노를 쳐다봤다.

"그거, 급해? 급하면 지금 당장이라도 거크네 가서 던져놓고 오면 되는데."

항상 이런 식으로 대응하는데 왜 티노가 리즈를 무서워하면서도 잘 따르는 건지, 도무지 모르겠다.

거크 씨도 이렇게 엉망이 된 티노를 부를 정도로 엄한 사람은 아니니까.

"급한 건 아냐. 회복한 뒤에 가도 돼. 아마 내일이나 모레쯤 가면 되겠지."

그냥 안 가도 되지 않을까. 그래! 깜박했다고 하자.

"티, 들었어? 들었지? 알았어? 들었으면 고개를 크게 끄덕여."

리즈가 말하자, 티노가 엎드린 채로 고개를 살짝 끄덕였다.

【흰 늑대 소굴】을 탐색했던 때보다 더 엉망이다. 나는 눈을 가늘게 뜨고, 티노를 보면서 한숨을 쉬었다.

뭐랄까, 그저 불쌍할 따름이다.

티노는 헌터고, 리즈의 제자인 동시에 내 후배다.

일단 리즈와 떼어놓을까…… 지금 티노에게는 시간이 필요하니까.

헌터가 할 일은 아닌 것도 같지만, 이것도 리더가 할 일이라고 할 수 있겠지.

리즈 뒤쪽으로 가서, 어깨에 손을 얹고서 꾹꾹 밀었다.

매일같이 보물전에 우글거리는 팬텀들을 때려잡는 사람이라는 걸 믿을 수 없을 정도로 가느다란 어깨다.

"자. 리즈는 어디 딴 데 가자~."

"크라이…… 지금 날 어린애처럼 취급하는 거야?"

"그런 거 아냐. 우리 리즈, 참 대단해."

이렇게 달래주면 되겠지.

입구 근처에서 마른침을 삼키면서 지켜보고 있던 클랜 동료들이 동요해서 얼굴이 일그러졌다.

나도 괜히 오랫동안 리즈와 소꿉친구로 지내 온 건 아니다.

리즈도 싫지는 않은 것 같다.

지금이야 제자를 받아들인 입장이지만, 리즈는 기본적으로 자기 마음대로 사는 애다.

"그런데…… 딴 데라고 했는데, 어디 갈 거야? 데이트?"

"어…… 그러니까………… 아이스크림 먹으러?"

하지만 리즈는 단것을 싫어한다. 시트리도 루시아도 안셈도 싫어한다. 단것을 좋아하는 건 소꿉친구 중에서 나 하나뿐이다. 그래서 주위에서 유일하게 단것을 좋아하는 티노를 데리고 다니는 일이 많고.

예상대로 리즈의 얼굴이 어두워졌다. 그리고 뭔가 말하려고 한 그때, 리즈의 시선이 아래로 향했다.

항상 장비하고 있는 신발형 보구── 하이스트 루트를 신은 발을, 상처가 잔뜩 난 손이 붙잡고 있었다. 리즈의 커다란 눈에 살벌한 빛이 깃들었다.

"으응~? 뭐 하는 거야 티~? 리즈는 지금, 크라이랑 얘기하고 있거든?"

티노는 꼼짝도 하지 않았다. 리즈의 발목을 쥔 손에도 힘이 없어서, 뿌리치려고 하면 얼마든지 뿌리칠 수 있을 것이다.

하지만, 티노가 고개를 숙인 채로 거칠게 숨을 쉬면서 말했다.

"아, 아직…… 움직일, 수 있어요…… 마스, 터어……."

표정은 보이지 않는다. 기밀성이 큰 가면은 그 안쪽에 있는 모든 감정을 웃음으로 바꿔준다. 솔직히 파티 심볼을 다른 걸로 해야 했다고 후회하고 있다.

리즈가 자기 어깨에 얹어놓은 내 손에 자기 손을 대고 살며시 밀쳐내더니, 뒤로 돌았다.

어라? 이거 혹시 위험한 건가?

잠깐 그런 생각을 했지만, 들려온 것은 감탄한 것 같은 목소리였다.

"대단한데~. 조금 전까지는 하나도 못 움직였는데. 제대로 부러트려 놨는데! 이렇게 빨리 회복할 리가 없는데! 이거 봐, 크라이! 우리 티가 드디어 해냈거든?!"

방해했는데도 기분이 좋은 듯한 목소리.

왜 기뻐하는 걸까, 라는 의문을 품는 건 용납이 되려나.

리즈는 눈을 반짝이고 있지만, 나는 완전히 질려버렸다.

바닥에 엎어져 있는 티노는 아무리 봐도 엉망진창이고, 당장이라도 치료하지 않으면 위험할 것 같다.

하지만 티노는 무릎을 꿇은 뒤에, 비틀거리면서 일어섰다.

내가 상대해도 쓰러트릴 수 있을 것처럼 비틀거리고 있다. 가면 때문에 표정은 안 보이지만, 그 순간에 나는 진심으로 저 가면이 있어서 다행이라고 생각했다.

"역시 크라이야! 내가 하면 아무리 해도 마지막 한 걸음이 부족한데—— 질투 난다니까! 그래, 그거야! 아직 약하기는 하지만, 그게 부족했다고!"

뭐가 부족하다는 걸까…… 묻고 싶지만 물어볼 수 없다.

리즈는 흥분해 있었다. 눈이 이글이글 타오르고 피부가 상기되었다.

생명이 불타고 있다. 옆에서 봐도 알 수 있을 만큼 압도적인 에너지.

리즈에게 붙은 별명——《절영(絶影)》은 제블디아에서 가장 유명한 도적이었던 남자의 별명이다. 그리고 그 사람의 제자로 들어가서 몇 년 만에 모든 것을 배우고 그 이름까지 물려받은 리즈는 2대째 《절영》이다.

들은 이야기에 의하면, 《절영》은 사람들과 다른 시간 속에서 살아간다는 것 같다. 그리고 온 힘을 다한 그때, 《절영》의 심장은 격렬하게 떨리고 그 몸은 마치 불꽃처럼 뜨거워진다고 한다.

리즈가 가볍게 팔다리를 뻗어서 몸을 풀면서 웃었다.

"그렇게 됐으니까, 정말 미안하지만 말이야, 잠깐 비켜주면 안될까 크라이?"

"뭐~."

뭐? 설마 훈련을 계속할 생각이야? 조금 움직일 수 있게 됐을 뿐인데? 어…….

원래 실력 자체가 아직 하늘과 땅만큼 차이가 난다. 가면을 쓰고 엉망진창이 된 티노와 있는 힘껏 싸우는 리즈 사이에는, 어른스럽지 못하다는 말 정도로는 한참 모자랄 정도의 차이가 있다. 티노를 보는 눈이 빛나는 정도만 봐도 알 수 있다.

"뭐 크라이가 있어도 되기는 하는데…… 아무래도 티노가 불쌍하잖아? 얼굴은 안 보이지만, 지금부터 피를 토하고 오줌을 질질 흘리고 회복시켜줄 사람이 없어서 반쯤 죽을 수 밖에 없겠지만, 아무튼 못난 꼴을 있는 대로 다 보여주게 될 테니까, 나 같으면 도저히 못 견디거든. 알았지? 다음엔 봐도 되니까, 이번엔 처음이니까 한 번만 봐줄 거지? 응?"

"그, 그래."

대단하다. 리즈는 화가 나도 신이 나도 분위기가 똑같네.

나는 그 해바라기 같은 웃는 얼굴 앞에서 그저 고개를 끄덕일 수밖에 없었다.

티노 쪽을 확인해봤지만, 티노 본인도 훈련을 계속할 의지가 있는 것 같다.

뭐가 두 사람을 그렇게까지 몰아세우는 걸까…… 헌터들은 정말 모르겠다.

"정말 미안해~. 리즈 저 녀석, 저렇게 되면 무슨 말을 해도 안 들어 먹으니까……."

사과하면서 위층으로 올라갔다.

리즈는 상대의 배후에 누가 있거나 말거나 가리지 않고 싸움을 걸어대지만, 유일하게 《비탄의 망령》 초기 멤버…… 소꿉친구들이 하는 말은 일단 들어준다.

하지만 그건 귀로 듣고, 조금 고려할 뿐이다. 일방적으로 명령을 할 수 있는 건 아니다.

클랜 하우스에는 여러 층에 걸쳐서 훈련장을 만들어놨지만, 각 층마다 설비가 다르다.

리즈가 점유하고 있는 곳은 도적을 위한 곳이다. 근접전투 훈련부터 투척용 표적, 함정에 보물 상자까지 도적의 기술 대부분을 시험할 수 있고, 다른 곳에서는 그런 훈련을 할 수가 없다.

원래 혼자서 다 차지할 수 없을 정도로 넓은 곳이지만, 저렇게 돼버리면 요지부동이다.

오늘은 포기하거나 다른 훈련장을 이용하는 수밖에 없지.

내가 사과하자, 스벤이 얼굴을 찌푸리고 신음했다.

"정말이지, 어쩔 수 없네. 마스터의 스파르타식 훈련이 어제오늘 일은 아니니까."

"아니, 난 말렸——."

"알았어, 굳이 말하지 말라고. 알아, 나도 다 안다고. 티노가 강해지는 건 우리한테도 좋은 일이니까 말이야."

하나도 모르는 표정으로 스스로를 납득시키려는 것처럼 말하는 스벤.

……뭐 어때. 리즈의 폭거를 허용해 준다면 더 이상 아무 말도 하지 말자.

스벤의 다른 동료들도 서로 눈을 마주치고는 고개를 끄덕거렸다. 리즈가 이런 협조성을 배웠으면 좋겠다.

실력 있는 헌터들은 중에는 의외로 머리가 이상한 사람들이 많다. 스벤네도 보통 사람들과 비교하면 그렇다고 볼 수 있지만, 리즈와 비교하면 상식적인 사람으로 보인다. 누가 어떻게 좀 해주세요.

지금 나온 훈련장 쪽에서 비명 같은 포효가 들려왔지만, 난 못들은 걸로 하기로 했다.

아…… 그냥 다 잊어버리고 아이스크림이나 먹으러 가고 싶다.

"북쪽 가도가 봉쇄?"

잡담을 나누다가 스벤에게 들은 정보 때문에 눈이 휘둥그레졌다.

제도는 제국의 중심에 존재한다. 동서남북에 각각 주요한 도시와 보물전으로 가는 길이 뻗어 있는데, 겨우 하나라고 해도 가도가 봉쇄당하는 건 보통 일이 아니다.

【흰 늑대 소굴】에서 나온 팬텀이 상단을 덮쳤다는 이야기는 얼마 전에 들었는데, 겨우 그 정도로 봉쇄 결정이 나올 리는 없는데.

"아, 복수의 팬텀이 발견됐다는 것 같다. 자세한 건 조사 중이라는 것 같은데…… 상황을 확인하러 갔던 기사단 녀석들이 몇 명 당했다나 봐."

스벤이 복잡한 표정으로 어깨를 으쓱했다.

팬텀의 행동 영역은 기본적으로 보물전 내부다. 밖에서 조우하는 경우는 드물고, 한 번이라면 우연이라고 넘어갈 수 있는 이 짧은 기간에 두 번, 세 번이나 계속 일어나면, 우연이 아니라 무슨 일이 일어났다고 생각하는 게 좋다.

그러고 보니 【흰 늑대 소굴】도 뭔가 좀 이상했었지…….

지난번에 티노를 구하러 갔을 때의 일을 떠올리면서, 눈을 가늘게 떴다.

원인에 대해서는 전혀 짐작도 못 하겠고, 나는 안전한 제도에서 절대로 나가지 않으니까 상관없는 일이지만, 이 부근의 마물들을 치워버리고 정비해놓은 가도는 제국의 동맥이다. 다수의 상인이 제도로 모여드는 것도 가도가 안전하다는 것을 전제로 하기 때문이다. 우리한테도 그것을 해결하기 위한 협력 요청이 들어올 가능성이 있겠지.

어쩌면 거크 씨가 날 부른 것도 그런 이유 때문이려나.

인정 레벨이 높은 탓인지, 거크 씨는 무슨 일만 있으면 나한테 의견을 물어보고 있다.

나는 살짝 고개를 갸웃거렸지만, 생각하는 걸 그만두고 살짝 한숨을 쉬었다.

생각해봤자 소용없다. 나한테는 비장의 카드가 있다. 물론 달랑 혼자서, 동료들을 내팽개치고 돌아온 글러 먹은 리즈 얘기가 아니다.

이럴 때 도움이 되는 게 아크 로댕이라는 남자다.

아크한테는 인망이 있다. 힘도 있다. 머리도 좋고 이름도 널리 알려져 있다. 지휘 능력도 훌륭하다.

그리고 무엇보다 사람이 좋다. 그 파티 멤버들도 리더인 아크한테는 몇 걸음 못 미치지만, 그래도 충분한 능력을 지니고 있다.

지휘관 역할도 맡을 수 있고 한 사람의 전사로서도 훌륭한 아크는, 그야말로 일석이조인 사람이다.

《발자국》의 헌터들은 대부분 자존심이 강한데, 그런데도 아크의 말이라면 안 듣는 사람이 없다(우리 파티 멤버들만 빼고).

아크에게 지휘권을 주고 던져놓으면 어지간한 일들은 잘 풀린다. 반대로 그렇게 해도 안 풀리면, 도저히 답이 없는 일이라고 할 수 있고.

빨리 돌아왔으면 좋겠다…… 아크가 올 때까지 어떻게든 시간을 벌어야겠지.

오랫동안 제도에서 나가 있을 때는 항상 사전에 연락을 줬으니까, 이번에는 그렇게 오랫동안 나가 있지는 않을 것이다.

멍~하니 서 있었더니 스벤이 그 흉악한 얼굴로 씩 미소를 지으면서 내 어깨를 퍽퍽 두드렸다.

"마스터는 여전히 여유가 넘치네."

아무 말도 하지 않고, 그저 미소만 지었다.

완전히 남의 일이니까.

자랑은 아니지만, 내가 보신 스킬 하나는 상당한 수준이다.

보신이라고 할까 떠넘기기 스킬이지만, 지금까지 계속 그런 식으로 해왔다. 앞으로도 그렇게 살아갈 생각이고.

누가, 치명적인 일이 벌어지기 전에 날 어딘가로 쫓아내 주세요.

"무슨 일이 일어나고 있는지는 모르겠지만, 우리한테 의뢰가 들어올지도 모르잖아. 거기에 대비해서 조정이나 좀 해볼 생각이 었는데…… 뭐, 내일 해야겠네."

정말로, 우리 애가 폐를 끼쳐서 죄송합니다.

다행히도 말하는 내용과는 달리 스벤의 표정에 짜증이 난 기색 같은 건 보이지 않았다. 이 사람들은 내가 제도에 왔을 때부터 알고 지낸 사이이다 보니, 리즈의 폭주에도 익숙했다.

뭐, 《흑금 십자가》는 안정감 있는 멤버 구성과 견실한 수완으로 유명한 실력 있는 파티다.

이 사람들이라면 조정 같은 건 안 해도 길 잃은 팬텀 정도는 여유 있게 해치울 수 있겠지. 최소한 얼마 전에 보물전에서 봤던 올프 나이트 정도는 상대도 안 될 테고.

거기서 좋은 생각이 났다.

《흑금》을 거크 씨한테 보내면, 전부 뒤집어씌울 수 있지 않을까?

거크 씨도 레벨6 파티라면 불만 없겠지. 스벤은 나랑 달라서 팬텀 토벌을 싫어하지도 않으니까 딱 좋잖아.

오늘 나…… 머리가 아주 잘 돌아가는데.

나는 탁, 하고 손뼉을 치고는 《흑금 십자가》 멤버들을 스윽~ 확인하고 웃는 얼굴로 말했다.

"혹시 시간 괜찮으면 퀘스트라도 해보는 게 어때? 그리고 거크 씨한테서 잠깐 들러보라는 얘기가 왔는데, 내가 바빠서 못 간다는 말도 좀 해주고."

기분 좋다는 걸음걸이로, 크라이 안드리히가 가버렸다.

그 뒷모습을 가만히 지켜보고 있는 스벤에게 지금까지 조용히 있던 《흑금 십자가》에서 회복 담당을 맡고 있는 청년, 헨리크 헤프넬이 질렸다는 목소리로 말했다.

"여전히…… 무슨 생각을 하고 있는지 모른다고 할까…… 가벼운, 사람이네요."

"……그렇지, 뭐…… 나쁜 녀석은 아닌데 말이야……."

곤란하다는 것처럼 손가락으로 머리를 긁으면서, 스벤이 씁쓸한 미소를 지었다.

《흑금 십자가》는 《시작의 발자국》의 창설 멤버 중에 하나고, 《성령의 자제(아크 브레이브)》나 《비탄의 망령》과 비교하면 평균 연령이 조금 많기는 하지만, 그래도 이 헌터들의 황금세대를 떠맡고 있는 젊은 파티 중에 하나다.

멤버 전원이 상처를 치유하는 힘을 지닌 보기 드문 파티고, 화려한 공적은 그다지 많지 않아도 균형 있는 파티 구성과 견실한 행동으로 많은 의뢰를 해결해왔다.

운도 없이 같은 세대에 괴물 같은 파티가 둘이나 있어서 크게 눈에 띄지는 않지만, 세대가 달랐다면 정상을 노렸을 거라고 평가받는 파티고, 탐색자 협회나 다른 파티의 신뢰도 두텁다.

"……거절하는 게 좋았으려나…… 솔직히, 저 사람은 평소에 뭘하고 있는 겁니까?"

헨리크가 어두운 표정으로 조심조심 말했다.

그 말에는 질렸다는 심정과 불만이 슬쩍 담겨 있었다.

클랜을 간단하게 말하자면, 복수의 파티로 구성된 파티들이 서로 돕기 위해서 만든 모임이다. 거기에 직위에 의한 우열은 존재하지 않는다. 상대가 클랜 마스터라고 해도 그 말을 들어줄 의리는 없다.

잡일을 하는 건 기분 좋은 일이 아니다. 그리고 헌터란 인간들은 체면을 중요하게 여긴다.

《비탄의 망령》의 편력은 제도에 있는 트레저 헌터라면 누구나 알고 있다.

그 발자취를 한마디로 말하자면 『가열(苛烈)』이다. 《비탄의 망령》은 마치 뭔가를 서두르는 것처럼 높은 난이도의 보물전에 도전했고, 목숨을 걸어가며 영광의 길을 걸어왔다.

말하자면 한 걸음 한 걸음 착실하게 보물전을 탐색해온 《흑금 십자가》와는 정반대다.

신중파인 헨리크는 이해할 수는 없지만 존경은 하고 있다. 그 이름에 두려움을 품지 않는 사람은 없겠지.

하지만 그 길드의 리더만은 별개다.

헨리크는 《천변만화》가 보물전 탐색에 나서는 걸 단 한 번도 본 적이 없었다. 아니, 클랜 하우스 말고 다른 곳에서 본 적도 거의 없다.

헨리크가 《흑금 십자가》에 가입한 건 약 반년 전 일이다. 가입하기 전까지는 그 유명한 《천변만화》를 존경하는 마음이 있었지만, 그것도 최근 반년 사이에 실체를 알고 나서는 완전히 사라져 버렸다.

너무나 노골적인 불만에, 리더인 스벤이 타이르는 것처럼 말했다.

"아니, 됐다…… 어차피 시간은 있으니까. 빚을 만들어두는 것도 나쁘지 않겠지."

평소에는 의연한 태도를 보이던 리더의 대답에 헨리크가 눈살을 찌푸렸다.

"다른 멤버들이 탐색하러 나가 있는데 리더가 혼자 집을 본다고요……? 다른 멤버들은 불만이 없는 건가요?"

"크라이는 옛날부터 그랬어. 헨리크, 넌 들어온 지 얼마 안 돼서 잘 모를 수도 있겠지만. 파티는 잘 굴러가고, 이 클랜도 그렇게 해서 굴러가고 있지."

그 목소리는 가벼웠지만 더 이상의 의문은 허락하지 않겠다는 힘이 담겨 있었다.

민감하게 그 힘을 느낀 헨리크는 입을 다물었다. 불만은 있지만, 아무리 그래도 공공장소에서 자기가 소속된 클랜의 마스터를 비판하는 건 좋지 않겠지.

"……스벤 씨가 그렇게 말씀하신다면, 어쩔 수 없습니다만……."

헨리크도 헌터로서의 경험은 나름대로 쌓아왔다. 《흑금 십자가》와 만나기 전에도 몇몇 파티를 경험하여, 사람을 보는 눈에는 나름대로 자신이 있었다.

하지만 그 사람 보는 눈으로도 크라이 안드리히는 도저히 이해할 수가 없었다.

헌터의 힘을 크게 결정하는 것은 마나 머티리얼을 축적한 양이다. 그리고 그것이 반드시 겉모습에 반영되는 건 아니다. 덩치가 크고 우락부락하게 생긴 남자가 체구가 작고 가련한 여자아이한테 힘으로 지는 일도 충분히 일어나는 세상이다.

그리고 마나 머티리얼의 축적량이라는 것은, 익숙해지면 밖에서도 어느 정도 판단할 수 있다. 하지만 헨리크의 눈으로 아무리 봐도 크라이가 실력 있는 헌터로 보이지 않았다.

별명을 지니고 있다는 것도, 레벨8이라는 것도, 이 거대한 클랜의 장이라는 것도, 그리고 그 유명한 《비탄의 망령》의 리더라는 것도. 누가 말해주지 않으면 믿지 않았을 테고, 알고 있는 지금도 믿기 힘들다. 위엄이라는 게 너무나 없다.

"무엇보다 아무 데나 싸움을 걸어대는 리즈랑 루크를 말려주는 시점에서 불만을 가질 수가 없다고."

그 말을 듣고는 눈을 감고서 조금 전에 훈련장에서 있었던 일을 떠올렸다.

활활 타오르는 것 같은 아우라와 원래 시내에서는 자제해야 하는, 절대로 보여서는 안 되는 살기에 가까운 전의.

아무리 봐도 훈련이 아닌 것 같은 찌릿찌릿한 기백과 온몸이 얼어붙을 것처럼 차가운 목소리는, 문 너머로 듣기만 해도 숨이 멎을 것 같을 정도로 무시무시했다.

《비탄의 망령》의 문제아. 《절영》의 이름은 알고 있다. 레벨6 인정 헌터 중에서도 별명을 가진 사람은 그렇게 많지 않다. 그리고 그 여자는 틀림없이 평판 그대로의 힘을 지니고 있겠지.

그래, 그렇구나…… 저런 인간들 사이에 끼어들 정도니까, 담력 하나만은 인정해줘야겠지.

"……그만두지는 않았지만요……."

불만이 전부 해소된 건 아니지만 일단 얼굴은 풀어진 헨리크를 보면서, 리더인 스벤은 만족한 것처럼 고개를 크게 끄덕였다.

"그리고 넌 아직 이해하지 못했을지도 모르지만, 그 남자도 틀림없이…… 괴물이야. 용사의 후예, 최강이라고 기대받던 그 아크 로댕이…… 유일하게 패배를 인정한 상대거든. 리즈나 루크가 얌전히 따르고 있는 녀석이다. 같은 클랜에 있다 보면 자꾸만 잊어버리게 되지만……."

눈을 가늘게 뜨고서 말하는 스벤을 보고, 헨리크가 마른침을 삼켰다.

"무조건 명령에 따르라고 하는 게 아니야, 그저…… 겉모습만 보고서 방심하지 말라는 얘기지. 그 말을 있는 그대로 받아들이지 마라. 그 뒤에 있는 뜻을 읽어라. 항상 하는 일이잖아, 안 그래?"

"……예!"

같은 편 얘기를 하고 있다고는 생각할 수 없을 정도로 날카로운 눈빛을 보고, 헨리크가 정신이 번쩍 들었다.

그리고는 망설임을 떨쳐버리려는 것처럼, 커다란 목소리로 대답했다.

식은땀이 볼을 타고 흐른다. 방심했다. 상대가 레벨8 헌터라는 사실은 알고 있었는데, 분명히 조금 전에 헨리크가 크라이를 보는 눈빛은 자신보다 훨씬 격이 높은 헌터를 보는 눈이 아니었다.

입장이나 출신을 숨기는 것도 아닌데…… 원래는 있을 수 없는 일이다.

그리고 만약에 그것이 《천변만화》가 의도해서 그렇게 생각하도록 유도한 결과라면, 그리고 자신이 그 사실을 전혀 눈치채지 못했다면, 이게 대체 얼마나 무서운 일인지.

볼을 씰룩거리는 헨리크에게 스벤이 힘내라는 것처럼 말했다.

"그런 얼굴 하지 마라. 무슨 문제가 일어난 것도 아니니까. 그리고…… 《비탄의 망령》에는 그 안셈이 있어. 그 녀석이 있는 한, 크라이도 이상한 짓은 못 하니까."

그 이름을 듣고, 헨리크의 얼굴이 그제서야 풀어졌다.

《흑금 십자가》 멤버들은 하나같이 신성한 신을 섬겨서, 크건 작건 치유의 힘을 지닌 자들이다.

그리고 제도에서 활동하는 치유술사(라이터) 중에서 안셈 스마트의 이름을 모르는 사람은 없다.

일류 헌터는 여러 얼굴을 지닌 경우가 많고, 그런 탓에 많이 바쁘다. 그중에서도 안셈은 특히 바빠서, 같은 클랜에 소속돼 있어도 얼굴을 보기가 상당히 힘들다.

하지만 평판은 자주 듣고 있다. 《비탄의 망령》은 그 살벌한 파티 이름 때문도 있고 해서 그다지 좋은 소문이 들려오지 않지만, 안셈만은 나쁜 소문을 들어본 적이 없다.

안셈에 대한 평가는 한마디로 《비탄의 망령》의 양심. 수비와 치유에 특화된 힘을 지녔고, 파티 멤버들만이 아니라 도움을 바라는 사람이 있으면 누구에게나 힘을 빌려주는, 엄하면서도 어질고 사랑이 넘치는 사내.

어디까지가 진실인지는 모르지만, 난치병에 걸린 대귀족의 병을 치유해서 서훈 이야기가 나왔다느니, 황제 직속 기사단에서 스카우트 제안이 왔다느니, 그런 소문들이 끊이지 않았다.

헌터로서의 실력도 대단해서, 《비탄의 망령》 멤버들이 하나같이 가혹한 탐색을 계속해왔으면서도 사지육신이 멀쩡한 건 전부 안셈 덕분이라는 이야기도 있다.

"……제도에서도 손꼽히는 수호기사(팔라딘)—《부동불변》, 말인가요."

"불의를 일절 용납하지 않는 사내다. 너무 고지식한 게 옥에 티지만 믿음직하지. 우리 파티에 들어와 주었으면 할 정도야. 자…… 잡담은 그만하고 탐협에나 가자. 가도의 상황도 알고 싶으니까."

아직 더 듣고 싶은 분위기인 헨리크를 무시하고, 스벤이 말을 잘랐다.

그즈음에 와서는, 신참의 얼굴에서 아까까지 있었던 불만스러운 기색이 사라져 있었다.

이걸로 앞으로 비슷한 일이 일어난다고 해도 함부로 얕보는 일은 없겠지.

솔직히《비탄의 망령》의 구성은 상식에서 벗어나 있고, 스벤도 처음부터 그들을 인정했던 건 아니다. 그리고 다른 멤버들은 몰라도 리더 한 사람만은 틀림없이 보통 사람처럼 보였다.

그래서 자신을 엄격히 다스려야만 한다. 입장만 보고 사람을 평가하는 것은 어리석은 짓이지만, 완벽한『의태(擬態)』를 자랑하는《천변만화》만큼은 이야기가 다르다.

평소 상태로 돌아온 헨리크를 보면서, 스벤은 예전에《시작의 발자국》을 만들었던 시절의 일을 떠올렸다.

클랜 마스터 방에서 이어지는 숨겨진 방.

방범 때문에 창문을 만들어두지 않은 방 안에는 방이 좁아 보일 정도로 보구들이 장식돼 있었다.

보구. 마나 머티리얼 농도가 높은 곳에서 아주 드물게 나타나는 특수한 도구.

시간과 돈을 들여서 모아온 그것들을 하나하나 확인하고, 나는 답답한 마음에 한숨을 쉬었다.

큰일 났다. 대부분 마력(마나)이 다 빠져 있다.

예상은 했었지만, 상당히 안 좋은 상황이다.

보구 수집은 내 취미 중 하나인 동시에 얼마 안 되는 자위 수단이기도 했다.

실력이 좋은 트레저 헌터들은 비장의 수단으로 도구를 가지고 다니는 경우가 많지만, 재능이라고는 하나도 없는 나 같은 경우라면 얘기가 다르다.

기본적으로 누가 써도 똑같은 효과를 발휘할 수 있는 보구는 나한테 있어 생명줄이나 다름없다.

이 제도에 오고 5년 동안 모아온 보구는 500점 이상.

목숨을 건 탐색에서 어떻게든 살아남기 위해서 모아놓은 보구들은 능력도 모양도 제각각이고, 잘 사용하면 다양한 상황에 대응할 수 있다.

하지만 그것도 마력이 제대로 충전되어 있을 때 이야기다.

지금 내가 자랑하는 보구 콜렉션들 대부분이 마력이 다 떨어져서 쓸모없는 물건이 돼버렸다.

원래 보구에 충전해놓은 마력은, 사용하지 않아도 조금씩 빠져나간다. 소모 속도는 보구에 따라 다르기는 하지만, 어쨌거나 정기적인 마력 충전은 꼭 필요하다.

무구 계열 보구는 전멸 상태다. 공격 계열 힘을 지닌 보구는 그 사용 목적 때문인지 마력의 자연 소모가 심한 경향이 있다. 방어계 무구도 마찬가지다. 아직 사용할 수 있는 보구는 극히 일부밖에 없다.

그리고 마력이 거의 없는 나로서는 이것들을 사용할 수 있게 만드는 건 불가능하다.

탐협에서는 자기 힘으로 마력을 충전할 수 있는 만큼의 보구만 가지고 다니는 걸 추천하지만, 내 보구의 마력은 항상《비탄의 망령》의 마도사(마기)—— 루시아가 충전해주고 있다.

이번에도 일하러 나가기 전에 충전해줬는데, 아무래도 귀환이 예상보다 많이 늦어지고 있다.

아직 사용할 수 있는 것들도 오래 버티지는 못하겠지.

다행히 『세이프 링(결계지)』은 그 특성상 마력 소모 속도가 느리다 보니 당분간은 마력이 떨어지지 않겠지만, 세이프 링은 어디까지나 보험일 뿐이지 중요한 상황에서 위기를 타파하는 데 쓸 수 있는 물건은 아니다.

계속 제도에만 틀어박혀 있으니까 그래도 괜찮지 않냐고 생각할 수도 있지만, 난 겁쟁이다. 너무 눈에 띄지 않으려 하고 있지만 그럭저럭 얼굴이 팔렸다. 게다가 일부 범죄자와 헌터들 중에는 높은 레벨의 헌터를 덮쳐서 이름을 떨치려는 놈들도 있다.

자위 수단이나 도주 수단도 없이 밖에 나가는 건 말도 안 되는 일이다.

나는 마력이 다 떨어져서 평범한 망토가 돼버린 『나이트 하이커(밤하늘의 어둠 날개)』를 대충 던져놓고 침대 위에 쓰러지는 것처럼 누워버렸다.

이대로는 아이스크림 가게도 못 간다.

클랜 멤버들한테 마력 충전을 부탁할 수도 없다. 한두 개 정도라면 모를까 수백 개나 되는 보구들이 죄다 마력이 떨어져 버렸다. 어지간한 마도사는 이걸 전부 충전할 수도 없고, 게다가 보구 충전은 마도사한테 큰 부담을 주는 일이다. 그래서 그런 걸 부탁하면 화를 낸다. 클랜 마스터의 횡포라고 생각할 수도 있겠지.

유일하게 돌아온 리즈도 이럴 때는 도움이 안 된다.

한 번 부탁한 적이 있었는데, 겨우 세 개째에서 마력이 다 떨어져서 비틀거렸다. 그러면서도 계속하려고 해서, 결국 내가 말리는 꼴이 벌어지고 말았다. 브레이크라는 걸 모른다니까, 리즈는.

침대 위에 누워서, 이음매라고는 하나도 없는 천장을 바라보며 천천히 숨을 쉬었다.

그나저나 루크네 파티는 지금쯤 뭘 하고 있으려나.

공략이 예정대로 진행됐다면 슬슬 돌아올 때가 됐는데.

아크가 없는 상황이라도 루크네가 돌아오면 마음이 꽤 든든해지는데…… 리즈가 한 말을 들어보면 뭔가 문제가 일어난 것도 아니라던데, 중간에 딴 데 들렀나? ……필시 그랬을 것 같네.

그때, 통로에서 발소리가 들려왔다.

급하게 누워 있던 침대에서 일어나서는, 바닥에 던져놨던 나이트 하이커를 집어 들고 흐트러진 복장을 바로잡았다.

이 방에 들어오는 사람은 한정돼 있다. 방 입구는 클랜 마스터 방의 책장 뒤쪽에만 있고, 기본적으로 클랜 마스터 방은 헌터들의 출입이 금지돼 있다. 리즈랑 우리 파티 멤버들은 규칙을 완전히 무시하고 제멋대로 들어오지만, 무엇보다 리즈를 비롯한《비탄의 망령》멤버들은 발소리가 하나도 안 난다.

발소리를 내는 방문자는 한 사람밖에 없다.

문 두드리는 소리가 났고, 숨을 고르면서 대답했다.

문이 천천히 열렸고, 들어온 사람은 예상대로 부 마스터 에바였다.

에바는 나이트 하이커를 펼치고 있는 나를 보고는 눈이 휘둥그레졌다.

"……뭘 하시는 겁니까? 이런 데서."

위험해, 위험했어. 농땡이 피우는 모습을 들키는 건 항상 있는 일이지만, 이런 대낮부터 침대에 누워 있으면 무슨 소리를 들을지 모르잖아.

거크 씨한테 호출당한 것도 거부하고 있으니까, 클랜의 창구를 맡고 있는 에바 입장에서는 한마디를 해주고 싶은 상황이겠지.

"아니, 그냥 좀 조사할 게 있어서……."

"???"

에바의 얼굴이 이상하다는 표정으로 변했다.

분명히, 이 방은 내 사적인 공간이다. 보구 이외의 물건은 최소한의 도구밖에 없다.

내가 에바 입장이었다면 이런 아무것도 없는 데서 뭘 조사하겠다는 거야, 라고 생각하겠지.

하지만 에바는 내 본성을 알고 있는 몇 안 되는 사람이다. 분위기 파악도 할 줄 아니까 무슨 소린지 눈치채——.

"뭘 조사하시고 계셨나요? 괜찮으시다면 제가 도와드릴까요?"

하나도 눈치채지 못했다. 설마 내 말을 있는 그대로 받아들인 것도 아닐 텐데…….

똑바로 쳐다보는 시선에서 눈을 돌렸다.

"아냐, 괜찮아. 나만 할 수 있는 일이고, 지금 막 끝난 참이니까."

비로드 같은 촉감의 나이트 하이커를 펼쳐서 옷걸이에 걸었다.

이런 데서 대체 뭘 조사했다는 거냐고. 어떻게 조사했던 거야. 나만 할 수 있는 일이 대체 뭔데. 그게 탐협 높은 분 호출까지 거부하면서까지 해야 할 일이냐.

나 자신에 대한 딴죽이 멈추지 않는다. 참고로 답은 전부 NO 다. 이상한 땀이 나온다.

얼굴이 일그러지는 걸 간신히 참고 있는 내 귀에, 에바의 작은 한숨 소리가 들려왔다.

들켰다…… 농땡이 피고 방에서 데굴거렸다는 걸 들켰다. 틀림없어.

하지만 말이야, 밖에 나갈 방법이 없는 게 문제라고.

"……뭔가 제가 할 수 있는 일은 없을까요?"

"아니?! 없어."

나도 모르게 반사적으로 대답했더니, 에바는 심기가 불편하다는 것처럼 눈살을 찌푸리셨다.

혹시 믿은 건가? 내가 좀 전에 한 말에 믿을 만한 구석이 있었나?

잘못한 건 거짓말을 하고 있는 내 쪽이기는 한데, 평소의 내 모습을 잘 알고 있으면서 대체 왜 날 믿은 걸까.

아니면 빈정대는 건가? 그쪽이 더 가능성이 클 것 같기도 한데.

에바의 연보라색 눈동자가 마치 내 생각을 읽으려는 것처럼 내 얼굴을 빤히 쳐다보고 있다. 정말로 믿고 있는 건지 아니면 거짓말이라는 걸 알면서 은근슬쩍 날 나무라고 있는 건지, 그 표정만 봐서는 판단할 수가 없다.

나는 당황해서 일단 작게 헛기침을 한 번 했다.

"딱히 에바가 도움이 안 된다는 건 아니야. 이건—— 지극히 섬세하고, 그리고…… 위험한 문제거든. 나만 할 수 있어. 아크나리즈한테도 무리고."

"?!"

에바의 볼이 일그러졌다. 그 표정을 보고, 당황해서 보충 설명했다.

"아, 아니. 그렇게까지 어려운 일은 아니니까, 그렇게 놀랄 필요는 없거든…… 도와주겠다는 마음은 고맙지만, 나 혼자서 충분히 할 수 있다는 뜻이야."

《발자국》에서는 기본적으로 헌터보다 클랜을 운영하는 사무원들 쪽의 권한이 더 강하다. 클랜을 만들 때 소속된 헌터들이 사무원들의 말을 안 들으면, 급할 때 귀찮은 일이 벌어질 것 같아서 그런 규칙을 만들어뒀다.

에바가 오해하게 만들어서 이상한 소문이라도 돌면 큰일이다.

왠지 너무 늦은 것 같기도 하지만, 보구를 점검하고 있었다고 말하는 게 좋을 것 같다는 생각이 든다. 거크 씨의 호출을 무시할 정도의 이유는 아니지만……."

"그건——."

"이 얘기는 여기까지. 질문은 안 받을 거고, 딴 데 가서는 말하지 말아줘."

이렇게 말해두면, 실제로는 어떻건 간에 입장상으로는 내가 상사다 보니 에바는 아무 말도 못 하게 된다.

"……알겠습니다."

에바는 아주 잠깐 분한 표정을 지었지만, 바로 무표정한 얼굴로 돌아왔다.

이런 말을 하기는 그렇지만, 날 상대할 틈이 있으면 자기 일을 하는 게 좋을 거야.

긴장된 분위기가 감돌고 있다. 나는 농담처럼 말했다.

"그래…… 굳이 뭔가를 해주고 싶다면, 유명한 아이스크림 가게라도 알아봐 줘……."

"…………알겠습니다."

내 농담에 에바가 피식하고 웃지도 않고, 내키지 않는다는 표정으로 고개를 끄덕였다.

"이 근처 지맥에는 변화가 없단 말이지……."

보고서를 보고, 탐색자 협회 제도 제블디아 지부 지부장인 거크 벨터가 낮은 신음 소리를 냈다.

보는 사람을 압도하는 무서운 얼굴과 은퇴한 지 몇 년이 지났어도 쇠퇴할 기미가 보이지 않는 체구.

그 씁쓸한 표정을 보고, 보고서를 들고 온 제블디아 제국 제3기사단 멤버가 자세를 바로잡았다.

제국에는 기사단이 여럿 있는데, 제3기사단은 제국 군내의 치안 유지를 담당하는 부대다.

그 담당 범위는 인간 범죄자는 물론이고 마물이나 팬텀, 재해 등의 자연 현상까지 포함된다.

이번처럼 보물전과 관련된 문제가 발생한 경우에는 탐협과 함께 해결하는 것이 관례가 되었다.

하지만 아무리 생각해도 이번 사건은—— 이상하다.

조사 결과를 보면서, 커크는 말없이 생각에 잠겼다.

지맥이란 사람으로 따지자면 혈관 같은 것이다.

땅속에 종횡무진 뻗어 있는 지맥은 힘이 통하는 길이고, 지나가는 부근에 크나큰 영향을 미친다.

영향의 내용도 다양하다. 항상 흐르는 강한 힘을 좋아하는 강력한 마물이 모여드는 경우도 있고, 그곳에 흐르는 힘을 유효하게 활용해서 적은 촉매로 대규모 마술 의식을 실시하는 경우도 있다.

그리고 무엇보다, 지맥에 흐르는 그 힘—— 마나 머티리얼은 보물전을 만들어낸다.

보물전과 관련된 이상 사태의 대부분은 지맥의 변화—— 축적된 마나 머티리얼의 양에 대한 변화와 관련된 것들이다. 지맥이 변화해서 마나 머티리얼의 축적이 성립되지 않으면 보물전은 자연 소멸하고, 반대로 축적량이 증가하면 보물전의 레벨이 크게 올라간다. 경우에 따라서는 보물전의 범위가 넓어지고, 서식하는 팬텀이 가도까지 활동 영역을 넓히는 경우도 있다.

하지만 이번 일은 그것 때문이 아니다.

애당초 지맥의 위치는 어지간해서는 바뀌지 않는다. 지맥 변화의 가장 큰 원인은 대지진 등의 자연재해에 의한 대규모 지각변동이다.

당연히 그런 일이 발생하면 제도에도 크나큰 피해가 발생하고, 그런 자연재해가 일어났을 때는 인명 구조와 같은 수준의 우선순위로 지맥을 조사하게 되어 있다.

그리고 이번에는 그런 조짐이 발생하지 않았다.

"그나저나 지맥이 변하지 않았다면, 대체 뭐가 원인이지……?"

거크가 얼굴을 찌푸리고 기억을 더듬었다.

【흰 늑대 소굴】은 레벨3으로 인정된 보물전이다. 나타나는 팬텀의 질도 같은 수준이고.

팬텀은 살아 있기는 하지만, 엄밀하게 따지면 『생물』은 아니다. 마나 머티리얼이 그런 지향성을 부여해서 발생했을 뿐인, 유사 생명체다. 그 질은 그 땅에 충만해 있는 마나 머티리얼의 농도에 비례하며, 그 강함이 갑자기 달라졌다면 제일 먼저 그 원인으로 생각하는 것은 마나 머티리얼의 농도 변화—— 지맥의 변화다.

하지만 이번에 기사단이 전문 조사 부대와 함께 조사한 결과를 보면, 그 원인이 될 만한 것이 보이지 않았다.

분명히 보물전의 레벨은 올라갔다. 나타나는 팬텀의 강함도 크게 상승했고. 자세한 것은 아직 조사하는 중이지만, 레벨로 따졌을 때 2에서 3 정도는 더 올라갔을 것 같다.

제도에는 헌터들이 잔뜩 있다. 【흰 늑대 소굴】의 인정 레벨이 올라간다고 해도 크게 난리를 칠 필요는 없다. 팬텀이 가도로 나오는 문제는 골칫거리지만, 그래도 나온다는 걸 알고만 있으면 얼마든지 대책을 마련할 수 있다.

하지만 역전의 헌터였던 거크에게 있어 원인 불명이라는 점이 기분 나쁘게 느껴졌다.

자료를 보면서 머릿속으로는 다른 생각을 했다.

"인위적인 것인가…… 아냐, 하지만——."

보물전은 위험지대인 동시에 자연이 만들어낸 가장 위대한 신비다. 유사 이래로 헤아릴 수 없을 정도로 많은 연구자가 그곳을 조사했다.

하지만 알아낸 사실은 너무나 적었다.

지형을 바꾸고 지맥을 억지로 비틀어서, 인위적으로 보물전을 만들어내려고 했던 자가 있었다.

다른 보물전에서 팬텀을 포박해서 다른 보물전으로 데려가려고 했던 자가 있었다.

근처에 존재하는 복수의 보물전을 하나의 거대한 보물전으로 바꾸려고 했던 자도 있었고, 보구가 발생하는 장소를 고정해서 안정적이고 정기적으로 보구를 손에 넣으려고 궁리했던 자도 있었다.

하지만 거크의 기억 속을 아무리 뒤져봐도, 이번 경우에 해당되는 일은 없었다.

애당초 보물전을 바꿔버리는 실험이나 대지에 흐르는 마나 머티리얼에 대한 간섭 실험은, 그 위험성 때문에 각국에서 금지되고 있다.

제블디아 제국에서는 가장 무거운 『10대 죄』로 구분되는 죄다. 당연히 제국의 유물 조사원—— 보물전 관련 조사를 전문으로 담당하는 부서도, 지금쯤 난리가 나서 자료들을 뒤져대고 있을 것이다.

잠시 눈을 감고 생각하다가 천천히 눈을 뜨고, 마치 노려보는 것처럼 기사를 보면서 말했다.

"……우리 쪽에서도 사람을 보내겠네. 뭔가 알게 되면 연락 부탁하고."

이번 【흰 늑대 소굴】은 레벨이 그렇게 높은 건 아니지만, 문제는 그 원인이 불명이고 레벨 상승이 여기서 끝난다는 보장이 없다는 점이다.

【흰 늑대 소굴】은 제도에서 가까운 편이다. 그 보물전의 레벨이 이대로 계속 올라가서 누구도 대처할 수 없는 수준이 된다면, 북쪽 가도는 물론이고 수도의 위치를 바꿔야 할 수도 있다.

상황 해명이 시급하다.

거크의 머릿속에도 뭔가 짚이는 것은 없다. 비슷한 일도 생각이 나지 않고.

하지만 알고 있을지도 모르는 사람을 알고 있다.

깊은 한숨을 한 번 내쉬고, 계속 뒤쪽에 서 있던 부 지부장 카이나에게 지시했다.

"크라이와 얘기를 해야겠다. 사람을 보내."

"바쁘다고 거절했습니다만."

"만약에 또 거절하면 내가 직접 가겠다고 해."

거칠게 말하자, 난처해졌는지 카이나의 눈꼬리가 축 처졌다.

탐색자 협회에 등록된 헌터에게는 긴급 사태가 발생하면 협회의 지시에 따라야 할 의무가 있다.

하지만 그 범위는 명확하게 정해진 건 아니다. 거부당하는 경우도 적지 않은 데다, 《발자국》은 이미 제도의 헌터 중에서도 상당한 세력을 자랑하고 있다.

카이나의 내키지 않는다는 표정을 보고, 거크가 이렇게 덧붙였다.

"안심하라고, 아무리 크라이라고 해도 이런 상황에서 도망치지는 않으니까. 무엇보다 그 녀석…… 뭔가 알고 있다. 틀림없이."

잔뜩 구겨진 자료들을 모아서 카이나에게 건넸다.

카이나는 납득할 수 없다는 표정을 지었지만, 거크에게는 확신이 있었다.

"최근에는 보물전 근처에도 안 가던 녀석이 굳이 직접 확인하러 갔잖아. 그만한 이유가 있다는 뜻이겠지."

상대가 평범한 헌터라면 그냥 운이 없다는 말 한마디로 넘어갈 수 있었을 것이다.

하지만 《천변만화》라면 또 다르다. 그 헌터의 행동에는 운이라는 요소가 개재하지 않는다.

이 제도에 온 뒤로 몇 년, 그동안 크라이가 쌓아온 발자취가 그렇게 믿을 수밖에 없도록 만들었다.

거크의 말을 들은 카이나는 더 이상 반론하지 않고 고개를 끄덕였다.

"이게 무슨…… 예상 밖의 일인지. 설마 높은 레벨의 헌터가 관여할 줄이야…… 신도 예측하지 못했을 거야."

그곳은 창문이 없는 방이었다. 넓은 방은 벽도 바닥도 전부 흙으로 되어 있지만, 연금술로 가공해놓은 덕분에 허름하다는 느낌은 들지 않았다.

방 안에는 책상과 책장, 의자 등의 기본적인 가구 외에 기괴한 기구들이 잔뜩 줄지어 있다. 하지만 무엇보다 눈에 들어오는 것은 방 중앙에 설치된 나선형 유리관이겠지. 거대한 유리관 끝부분은 바닥에 꽂혀 있고, 옅은 빛을 내면서 떨리고 있다.

유리관 앞에 노인 한 사람이 서 있었다.

나이에 걸맞은 흰 머리카락과 주름이 새겨진 얼굴. 몸에 걸친 검은 로브는 수수하면서도 강력한 마법이 걸려 있는 최고급품이라서, 그 노인이 마도사로서 보기 드문 이력을 지닌 사람이라는 느낌을 주었다.

사실 이 노인은 예전에 일류라고 불리던 마도사였다.

노토 커클레어. 제도에서 가장 유명한 마도사 중에 한 사람——《대현자(마스터 메이거스)》라 불리며, 지금은 마술결사 『아카샤의 탑』 제도지부 연구소장을 맡고 있는 이 남자는, 위를 우러러보며 깊은 한숨을 쉬었다.

그 뒤에 서 있던 네 명의 남자—— 노토 커클레어의 제자 중에 하나, 어딘가 뱀 같은 느낌을 주는 교활한 두 눈을 지닌 남자가 낮은 목소리로 보고했다.

"이대로 가면 탐색자 협회가 이곳을 찾아내는 것도 시간문제일지도 모릅니다. 제국의 어리석은 것들이 스승님의 위업을 이해할 것 같지는 않습니다만—— 최소한 원인을 판명할 때까지는 이 위에 자리 잡고 있을 것 같습니다."

방의 위쪽——【흰 늑대 소굴】에서는 지금도 수많은 발소리가 울리고 있다. 물론 그것은 마술적인 원리를 이용해서 감시하고 있기 때문에 들리는 것이고, 실제로 바로 위에 사람이 있는 것은 아니다. 어쨌거나 조사를 위해 파견된 헌터들은 조사를 포기하고 돌아갈 기미가 보이지 않았다.

트레저 헌터의 성지로 알려진 제블디아에서, 보물전은 우선도가 상당히 높다. 유물 조사원이라고 하는 전문 조사기관까지 존재할 정도로.

"……그래서, 사람을 들이는 건 너무 이르다고 했거늘."

두 번째 제자의 말에 노토가 아쉽다는 투로 말했다.

유리관처럼 생긴 장치는 지금도 이론대로 가동하고 있었다. 지맥에 흐르는 막대한 에너지에 간섭해서, 이 땅에 보물전을 변용시킬 정도의 에너지를 쌓아두고 있었다.

그것은 노토 커클레어가 지위를 버려가면서까지 달성하고자 했던 비원이고, 망집의 산물이었다.

실험이 진전되고 이론이 증명되면 언젠가는 마음대로 보물전을 생성하는 것도 가능해질 것이다.

하지만 그것은 아직 한참 먼 미래의 일이다. 노토의 연구는 아직 이론 단계일 뿐이고, 컨트롤할 수 있는 단계는 아니다.

"역시, 어느 정도 원망을 사더라도 강하게 거절해야 했나⋯⋯."

보물전의 이상이 알려지는 건 예상하고 있었다. 하지만, 시기가 너무 이르다.

원래 생각대로라면 이상이 알려지는 것은 연구가 조금 더 진전돼서 보물전이 완전히 강화된 뒤의 일이어야 했다. 그래서 제도 부근에 존재하는 보물전 중에서도 특히 인기가 없는【흰 늑대 소굴】을 실험 대상으로 선택했다.

하지만 그런 대비도 헛수고가 되고 말았다.

충분히 강화되지 않은 보물전에 헌터를 들인 탓에 강력한 구원부대가 파견됐고, 보물전의 이상이 탐색자 협회에 알려지고 말았다.

노토의 연구에는 막대한 자금이 투입됐다. 성과를 추구하는 것은 어쩔 수 없는 일이지만, 위법 마법 결사의 멤버가 됐는데도 발생하는 속박 때문에, 노토는 짜증이 난다는 것처럼 한숨을 쉬었다.

실험실의 입구가【흰 늑대 소굴】과 직접 연결된 것은 아니다. 입구에는 위장 처리도 해뒀으니 그리 쉽게 들키지는 않겠지만, 이렇게까지 눈길을 끌어버렸으니 이 연구실은 포기하는 수밖에 없을 것이다.

"이 연구실을 포기하는 수밖에 없는 건가. 처음부터 다시 시작해야겠군."

아직 국가를 상대하기에는 너무 이르다. 실험에 전망이 생기고 성과가 보이기 시작한 것은 최근 이 주일 사이의 일이다.

설비만 무사하다면 실험 자체는 다른 보물전에서도 할 수 있다. 실험에 실패는 항상 따라다니는 것이다. 노토는 예전에 제창한 법에 반대하는 이론을 논하여 제국에서 추방당한 몸이라, 그의 기준에서는 실험이 어느 정도 지연되는 건 허용할 수 있는 일이다.

하지만 아쉬운 일이라는 점에는 변함이 없다.

"로돌프 일행 정도라면 압도할 수 있었는데…… 설마 제국에서 세 명밖에 없는 레벨8이 올 줄이야……."

"팬텀은 강화돼봤자 팬텀이라는 뜻일까요…… 수준 차이도 알아보지 못하다니."

노토가 아쉽다는 것처럼 말하자, 실험을 돕던 부하 마도사들도 불만이라는 목소리를 냈다.

보물전에 발생한 높은 레벨의 팬텀은, 분명히 레벨5의 헌터를 압도할 만큼의 힘을 지니고 있었다.

【흰 늑대 소굴】이 원래 지니고 있던 적성을 한참 뛰어넘은 팬텀이었다. 인정 레벨로 치자면 6에서 7 정도는 되겠지.

노토가 내키지 않으면서도 사람을 들이는 걸 허락했던 이유는, 침입자를 섬멸할 만큼의 능력이 있다고 판단했기 때문이다.

하지만 그런 강력한 존재도 그것을 뛰어넘는 레벨 8—— 제도에서도 톱 클래스인 헌터를 상대하는 건 힘들다.

"정보가 새어 나가지는 않았을 텐데…….《천변만화》, 듣던 대로 방심해선 안 될 사내라는, 그런 뜻인가."

대체 어떻게 보물전의 이상을 알아차린 걸까. 구원 의뢰가 나오리라는 것까지는 예상했지만, 설마 레벨8 헌터가 겨우 레벨3짜리 보물전의 구원 의뢰를 맡을 거라고는 생각지도 못했다.

노토는 헌터가 아니다. 하지만 적이 될 수 있는 존재에 대해서는 잘 알고 있다.

마도사에게 있어, 신체능력만으로 자신의 힘을 능가하는 헌터들은 천적 같은 존재다.

《천변만화》는 레벨8로 인정된, 제도에서도 유명한 헌터다.

그리고 레벨8이라는 시점에서 엄청난 힘을 지니고 있다는 사실을 예측할 수 있지만, 무엇보다 귀찮은 점은 아무리 조사해도 그 수법을 도무지 알아낼 수 없다는 점이다. 아마도 상당한 수준으로 은폐하고 있기 때문이겠지. 신중에 신중을 거듭한 실험이다 보니 들킬 거라고 생각하지는 않지만, 주의해서 나쁠 건 없다.

성공을 앞두고 일어난 사고 때문에 두 번째 제자── 플리크 페트신이 혀를 찼다.

"……쳇. 이런 때 소피아는 『여행』이라고? 대체 뭘 하는 거냐. 방위 시스템은 그 녀석의 담당인데."

다른 제자들도 그 말에 동의를 표했다.

소피아 블랙은 노토의 1번 제자다. 제자가 된 지도 얼마 안 됐고 어설픈 구석도 있지만, 그 보기 드문 식견을 활용해서 실험에 크게 공헌하는, 언젠가 노토의 후계자가 될 거라고 여겨지는 여자다.

뛰어난 재능을 지닌 사람은 질투를 산다. 오랫동안 노토 밑에서 배워온 다른 제자들은 탐탁지 않게 여기고 있지만, 언젠가 그녀의 능력으로 그들이 지닌 질투마저 간단히 짓밟아버릴 것이다.

명실상부한 한쪽 팔인, 그 뛰어난 제자가 마침 개인적인 일 때문에 제도를 벗어난 틈에 일이 벌어진 게, 두 번째로 타이밍이 좋지 않은 점이다.

만약 그녀가 이 자리에 있었다면 좀 더 좋은 방법을 생각해냈을지도 모른다. 아니, 애당초 보물전에 침입한 《천변만화》가 살아서 돌아가지 못했을지도 모른다.

노토는 살짝 한숨을 쉬고, 오른손에 들고 있던 긴 지팡이의 머리 부분을 쓰다듬으면서 말했다.

"그 녀석이 있던 무렵에는 실험에 성공하지 못했었다. 아무래도 이 사태까지 예상하지는 못했겠지."

"그건…… 그럴 수도 있습니다만."

노토의 실험은 금기다. 그것을 지키기 위한 대비책도 마련해뒀다.

지금 상황에서 쓸 수 있는 수단은 여러 가지가 있는데, 소피아가 연구에 집중하고 있던 노토 대신 방위 시스템을 통괄하고 있었다. 노토를 제외하면 가장 큰 전력인 소피아가 없는 상태에서 싸우는 것은 위험 부담이 너무나 크다.

하지만 이 제자들이 방위를 주장하지 않은 것은 그런 이유 때문이 아니겠지.

"소피아에게는 『공음석(共音石)』으로 연락을 취했다. 곧 돌아올

게야."

그 말에 제자들의 안색이 확 밝아지는 것을 보고, 노토는 표정으로는 드러내지 않은 채로 낙담했다.

노토의 제자들은 원래 일류 마도사다. 성격 문제나 분수에 맞지 않은 야망을 품은 탓에 추방당한 자들이다. 그들이 얼마나 우수한지는 굳이 말할 필요도 없고, 윤리에 어긋나는 잔혹한 실험에도 눈 하나 깜박하지 않는다.

하지만 진리를 탐구하기에는 그릇이 너무 작다.

"제도에 연락해라. 이대로 《천변만화》가 방해하게 둘 수는 없다. 정보를 모아야 해."

하지만 어디서 노토의 실험을 냄새 맡은 건지, 어디까지 알고 있는지, 정보가 너무 부족하다.

몇 번이 됐건, 실험을 망칠 가능성이 있다면 손을 써야만 한다.

노토가 명령하자, 제자 중 한 명이 서둘러 방에서 나갔다.

최악의 경우에는 레벨8 헌터와 정면으로 싸우게 될 수도 있다. 그 사실을 상정하면서도, 노토의 표정은 평정을 유지하고 있었다.

암중모색으로 진리를 해명하는 것에 비하면, 헌터 하나를 상대하는 정도는 간단한 일이다.

제2장　　악몽과 걱정거리

　꿈을 꿨다. 제도가 불타버리는 꿈, 이 세상이 끝나는 꿈이다.

　새빨갛게 불타는 하늘. 비명과 고함 소리. 헌터도 기사도 상인도 주민도 전부 입에 거품을 물고 도망친다. 폭이 넓은 길에 사람들이 넘쳐나고, 하나같이 필사적으로 제도 밖을 향하고 있다.

　그리고—— 원래 제도를 지켜야 할 벽에 가로막혔다.

　나는 혼자서 아무도 없는 방—— 제도 상공에서 그 모습을 내려다보고 있다.

　항상 살고 있는《발자국》의 클랜 하우스 꼭대기 층—— 클랜 마스터의 방보다 더 높은 곳이다.

　제도를 내려다보니 상황을 아주 잘 알 수 있었다. 그리고 하늘이 불타고 있는 이유도.

　질서정연한 시가지를, 새빨갛게 타오르는 물이 뒤덮고 있었다.

　걸쭉하고 점도가 높은 물이다.

　마치 커다란 해일이 제도로 밀려들어 오는 것처럼 보이지만, 제도 부근에는 바다가 없다. 그리고 상공에서 보면, 그것이 물이 흐르는 것과 또 다른 규칙성을 보이면서 제도로 흘러들어 오고 있다는 걸 알 수 있다.

　그것은—— 명확하게, 목숨을 노리고 있었다.

　건조물이나 텅 빈 마차, 점원이 없는 노점이 아니라 정신없이 도망치는 아이와 노인, 어떻게든 혼란을 수습하려는 기사들을 우선해서 노렸다.

물에 닿은 생명들은 단 하나의 예외도 없이 횃불처럼 불타올랐고, 몇 초 만에 흔적도 없이 사라져버렸다.

텅 빈 갑옷과 옷, 칼이 길바닥에 굴러다니고 있다. 살갗에 느껴지는 공기가 뜨겁다.

삼백 년 동안 사람들을 주위의 마물과 팬텀(환영)들로부터 지켜왔던 외벽이 도망치는 사람들을 가로막고 있다.

제도 제블디아에는 벽이 빙 둘러 세워져 있는데, 그 출구는 그곳에 사는 사람들의 숫자에 비해 너무나 적었다. 한계를 뛰어넘은 사람들이 모여든 출구에서 길이 막히다 보니, 피난 행렬이 앞으로 나아가지를 못한다.

저 멀리에 보이는 성에는 이미 생명의 기척이 느껴지지 않는다.

시내의 절반은 이미 폐허로 변해버렸다. 건조물에는 피해를 주지 않고, 생명의 시체만 사라져버린 시내는 너무나 기분이 나빴다. 어쩌면 건물 안에 생존자가 있을지도 모르지만, 물이 주위를 둘러싸고 있으니 탈출은 절망적일 것이다.

수량은 줄어들 기미가 보이지 않는다. 오히려 조금씩 늘어나고 있는 것처럼 보인다.

그 물은 언젠가 이 제블디아를 전부 집어삼키고, 벽 밖으로 넘쳐나서 세상 전체로 흘러갈 것이다.

아니, 그건—— 물이 아니다. 나는 알고 있다.

그것은, 생물이다.

원래 이 세상에 존재했던 가장 약한 마물.

그것을 바탕으로 만들어낸, 있어서는 안 되는 광기의 산물.

취급에 주의하라는 말을 들었으면서도 실수로 놓쳐버린(것 같은) 존재.

어느샌가 내 옆에 여자아이가 서 있었고, 나와 같은 광경을 내려다보고 있다.

부드러운 인상을 주는 약간 처진 눈과 짧고 가지런하게 자른 핑크 블론드 머리카락.

특징이 없는 수수한 회색 로브는 마도사(마기)가 보물전을 공략하러 간다든지 할 때 입는 다양한 마법이 걸린 것이 아니라, 더러워지는 것을 전제로 입는 실험용 작업복이다.

여자아이가 고개를 들고, 지금 알았다는 것처럼 내 쪽을 봤다.

그 눈이 크게 떠졌다. 이런 비상사태인데도 그 얼굴에 미소를 짓고, 마치 잡담이라도 나누는 것처럼 부드러운 목소리로 말했다.

목소리가 제대로 들리지 않는다. 무슨 말을 하는지는 모르겠지만, 저 반짝거리는 눈에서는 흥미가 느껴진다.

필사적으로 막으려고 했지만 목소리가 나오지 않는다. 어두운 절망과 초조함이 내 온몸을 가득 채운다.

어깨를 붙잡았더니 여자아이가 쑥스러워하는 미소를 지으며 날 끌어안았다.

아니라고. 칭찬하는 게 아니라고!

양쪽 어깨를 붙잡고 몸을 떠밀었다.

그리고 자기 슬라임의 성과를 보며 만족스러워하는 그 아이의 어깨를 열심히 흔들었고── 나는 눈을 떠버렸다.

새카만 방 안에 있는 침대 위에서 몸을 일으키고, 오싹하는 기분에 몸을 부르르 떨었다.

땀 때문에 등이 차갑다. 심장은 아직도 벌렁벌렁 거세게 뛰고 있다.

끔찍한 꿈이었다. 게다가 은근히 리얼했다. 특히 날 끌어안은 부분이.

나는 걱정이 많은 인간이라서 악몽도 은근히 자주 꾸는 편이지만, 이번 꿈은 최근에 꾼 것 중에서도 틀림없이 넘버원이다.

천천히 호흡하며 숨을 골랐다. 나 자신을 달랬다.

괜찮아, 제도는 그렇게 쉽게 멸망하지 않아.

제블디아의 국력은 강대하다. 불패를 자랑하는 기사단과 수백 명의 마도사를 거느린 마도 부대. 제도를 거점으로 삼는 역전의 헌터들과 전직 헌터들.

강한 것은 군사력만이 아니다. 지식이나 기술, 연구 쪽에서도 제블디아 제국은 선두를 달리고 있다.

주변 국가 중에서는 틀림없이 제일 강한 나라다. 그리고 그 수도이자 무슨 일이 일어날지 모르는 보물전들을 주위에 잔뜩 거느리고 있는 제도는 방위능력도 뛰어나다.

만약 제국이 멸망할 정도의 재앙이 벌어진다면, 다른 나라들도 대응하지 못하겠지.

……어라? 혹시 진짜 위험한가?

나는 어째선지 선명하게 기억하고 있는 꿈속의 광경을 머릿속에 떠올리고는 고개를 거세게 저었다.

"……아냐, 아냐, 아냐, 아냐, 내 꿈은 맞은 적이 없었잖아……."

"응…… 왜 그래에?"

혼잣말했는데, 왼쪽에서 길게 늘어지는 목소리가 들려왔다.

옆을 봤더니, 리즈가 아주 당연하다는 것처럼 몸을 일으키고 있었다.

꿈속에 나왔던 여자아이── 시트리와 닮은 얼굴을 보고는 나도 모르게 얼굴을 찌푸렸다.

리즈와 시트리는 친자매다. 그리고 두 사람은 많이 닮았다.

머리카락 길이라든지 눈 모양이라든지 키라든지 가슴 크기라든지 피부색이라든지, 다른 점도 여러 가지 있지만, 마음을 단단히 먹고 변장하면 누가 누군지 못 알아볼 정도로 닮았다.

실제로 변장해서 알아보지 못한 적이 있으니까 틀림없다.

리즈가 아무렇지도 않게 웃으면서 말했다.

"안녕, 크라이. 잘 잤어?"

얇은 천. 헐렁한 네글리제 차림인 리제는 크게 기지개를 켜고는, 안 좋은 의미로 두근두근 하고 있는 내 팔에 매달렸다.

에너지가 넘쳐나는 리즈의 체온은 나보다 상당히 높다. 이렇게 끌어안으면 땀이 스멀스멀 날 지경이다. 악몽을 꾼 원인, 틀림없이 이거야. 자기 전에는 없었는데…….

리즈가 내 침대에 들어오는 건 옛날부터 고쳐지지 않는 나쁜 버릇이다.

뭐라고 한마디해줘야 할지 고민이 되기는 하지만, 악몽을 꿨다고 얘기해봤자 아무 소용도 없겠지.

아무 대답도 하지 않는 내 다리에 리즈가 자기 다리를 감았다. 발목에 장비한 링이 닿으니까 살짝 차갑다.

리즈의 보구, 하이스트 루트(하늘에 도달하는 기원)의 대기 형태다. 평소에는 신발 모양이지만 사용하지 않을 때는 금속 고리로 변화한다. 상시 전장이 좌우명인 듯 리즈는 샤워할 때도 밤에 잠을 잘 때도 그 보구를 벗지 않는다. 리즈가 하루 중에 보구를 벗는 시간은, 아주 짧은 순간뿐이다.

나한테 밀착한 리즈한테서 살짝 달콤한 향기가 풍겨온다.

날 끌어안은 팔도 가슴도, 나한테 감겨오는 유연한 다리도, 전부 부드럽고 따뜻하다. 내 피부에 느껴지는 리즈의 살갗 때문에, 머릿속 깊은 곳에서부터 관능적인 쾌감이 스멀스멀 기어 올라온다.

얌전히 있으면 평범한 여자아이처럼 보인다.

그리고 거기에 낚여서 다가온 놈들을 제노사이드 하는 것이 리즈의 취미다.

조용히 숨을 고르고 있는 나에게, 리즈가 아양 떠는 것 같은 목소리로 물었다.

"저기~ 크라이, 오늘 시간 돼?"

"티노의 훈련은?"

"음…… 너무 심하게 하면 망가질지도 모르니까, 오늘은 쉴래."

"리즈, 너의 훈련은?"

스승으로부터 모든 것을 전수받고 《절영》이라는 이름까지 물려받았지만, 노력파인 리즈는 티노의 훈련에 자기 자신의 훈련까지 하느라, 제도에 있는 동안에도 은근히 바쁘다.

그렇게 물었더니, 리즈가 헤벌쭉하고 웃었다.

"오늘은 쉬는 날이야아."

……그래도 되나? 뭐, 내가 뭐라고 할 일은 아니겠지만.

뭘 하려는 건지는 모르겠지만, 리즈가 호위를 맡아준다면 밖에 나가도 되겠지. 특별한 예정도 없고.

리즈가 날 이리저리 끌고 다니는 건 이번이 처음도 아니다.

특히 보물전 공략에 참여하지 않게 된 뒤로, 이런 기회가 조금씩 늘어나고 있다.

기분 전환에 어울려주는 것도 리더의 역할이다. 아니, 그것밖에 할 수 있는 게 없으니까…… 부탁하면 들어주고 싶다. 그러는 동안에는 얌전한 것도 이유 중에 하나고.

조금 전에 꿨던 시시한 악몽에 대해서는 일단 잊어버리기로 했다.

악몽이다. 평범한 악몽이다.

시트리, 그리고 리즈가 잠자리를 불편하게 만든 탓에 꿨던 악몽이다. 말도 안 되는 자매다.

"좋아. 같이 나가자."

"꺄~! 고마워, 크라이!"

리즈가 환호성을 지르고, 내 가슴에 얼굴을 묻었다.

스킨십이 격렬한 친구의 머리를 쓰다듬어주고, 나는 살짝 한숨을 쉬었다.

외출 준비를 마치고 리즈와 같이 아래층으로 내려가니, 마침 어디서 본 적이 있는 사람이 출입문을 통해서 들어오고 있었다.

이 제도에서 활동하는 헌터라면 누구나 알고 있는 민머리에 덩치 큰 남자. 탐색자 협회의 제복이 더할 나위 없이 안 어울리는 거크 씨가 내 얼굴을 보고서 눈이 휘둥그레졌다.

귀찮은 일이 벌어질 것 같다는 생각에 마음속으로 얼굴을 찌푸렸다. 경험상 잘 알고 있다. 거크 씨가 우리 클랜에 오는 건 뭔가 커다란 사건이 일어났을 때나 내가 엄청난 실수를 저질렀을 때, 그리고 거크 씨의 호출을 거절했을 때뿐이다. 어느 패턴이 됐건 나한테는 그다지 좋은 일이 아니다. 뒤에 카이나 씨를 비롯한 다른 탐색자 협회 직원이 두 명 있는 걸 보면, 이번엔 날 야단치려고만 온 건 아니겠지.

하지만 내가 뭐라고 말을 하기도 전에, 옆에 있던 리즈가 거친 말투로 이렇게 말했다.

"오늘, 우리 크라이 바쁘거든은? 시시한 일로 리즈네 방해하지 말아줬으면 좋겠거드은? 피라미들 뒤처리나 해주고 있을 틈 없으니까 당장 꺼져."

마물들도 깜짝 놀라서 도망칠 것 같은 험악한 눈빛. 상대가 귀족이건 기사건 역전의 전사건 아는 사람이건, 자기가 소속된 탐색자 협회의 높으신 분이건, 리즈의 태도는 달라지지 않는다.

리즈의 차림새는 평소에 보물전을 공략할 때와 다른, 아무리 봐도 헌터 같지 않은 캐주얼한 복장이다. 단검을 차는 벨트도 없는 데다 무기도 없다. 복장의 기본적인 색이 검은색이라는 것만은 변함이 없지만, 평소에 입는 반바지가 아니라 치마를 입고 있다. 항상 올려 묶었던 머리카락도 풀었다. 하지만 딱 하나, 보물전을 공략할 때와 변함이 없는, 다리 대부분을── 발부터 무릎까지를 덮고 있는 은색 보구로 짜증 났다는 걸 알려주듯 바닥을 톡톡 두드리고 있다.

아직 무슨 볼일인지 듣지도 않았는데, 처음부터 시비조다. 조금 전까지만 해도 기분이 좋았으면서, 낙차가 너무 크잖아.

"리즈……? 너 벌써 돌아왔냐. 【만마의 성(나이트 팰리스)】은 어쩌고? 레벨7 이상의 보물전은 공략한 뒤에 보고하라고 했잖아."

입을 열자마자 투덜대는 소리를 한 작은 광전사를 보며, 거크 씨가 얼굴을 찌푸렸다.

오래 알고 지낸 사이다 보니 기분 나쁠 때의 리즈가 얼마나 귀찮은지 잘 알고 있다.

카이나 씨를 비롯한 탐협 직원들은 얼굴이 새파랗게 질려서 두 사람을 보고 있었다. 타이밍이 너무 안 좋았어.

탐색자 협회는 거대한 조직이다.

인간의 수준을 벗어난 헌터들을 다뤄야 하기에, 직원들도 헌터 출신인 사람들이 많다.

탐색자 협회 제블디아 지부의 지부장 거크 벨터도, 전에는 일류 헌터였다.

전직 레벨7 헌터. 커다란 도끼창(할버드)을 메인 웨폰으로 삼으며 여러 보물전들을 헤집고 다녀서, 당시를 알고 있는 사람들은 아직까지도 《전귀(戰鬼)》라는 별명으로 부르고 있다.

현역에서 물러난 지 오래되다 보니 아무래도 전성기 때보다는 힘이 저하됐겠지만, 그래도 그 실력은 어지간한 헌터들한테는 뒤지지 않는다.

얼마나 강하냐 하면, 리즈를 포함한 우리 여섯 명이 처음 이 제도에 왔을 때, 이미 지부장 자리에 앉아 있었던 거크 씨는 우리 모두가 한꺼번에 덤벼도 상대가 안 될 정도로 강했다.

그리고 그 일을 통해서 우리는 이 제도 헌터들의 수준이 얼마나 높은지 알게 됐다.

루크나 리즈는 비교적 거크 지부장의 말을 잘 듣는 편이기는 하지만 어디까지나 그 시절의 경험 때문인데, 한마디로 뇌까지 근육인 두 사람이 강한 사람을 좋아하기 때문이다.

──하지만, 그것도 벌써 5년 전 일이다.

"솔직히 말해서, 니들은 우리 크라이한테 너무 의지한단 말이야! 대체 뭣 때문에 그 큰돈을 내고 있는 거냐고. 니들끼리 알아서 해결해!"

리즈가 공갈이라도 하는 것처럼, 자기보다 머리 두 개 정도는 더 큰 거크 씨를 위협했다.

아무리 봐도 싸우는 차림새가 아닌 여자애가 덩치 큰 남자를 위협하는 모습은 어린애가 까부는 것처럼 보이겠지만, 사실은 그게 아니다. 실제로 거크 씨의 표정도 상당히 험악했다.

헌터들은 오랜 세월 동안 보물전 탐색을 반복하면서 마나 머티리얼을 흡수해서 힘을 얻는데, 그렇게 흡수한 마나 머티리얼도 시간이 지나면 서서히 빠져나간다.

그 속도에도 개인차는 있지만, 아무리 재능이 있다고 해도 소모를 0으로 만들 수는 없다.

그리고 거크 씨는 거의 전장에—— 보물전에 가지 않았다.

그 힘은 5년 전보다 상당히 쇠퇴했고, 아마도 전성기의 절반도 안 될 것이다. 그리고 리즈의 힘은 제도에 처음 왔을 때와는 비교도 안 될 수준이고. 뭐, 리즈가 역량 차이를 생각하고 시비를 걸어대는 건 아니지만.

리즈가 입을 열자마자 사정을 듣지도 않고 시비부터 걸기 시작했지만, 거크 씨는 화를 내지 않았다. 그냥 질 나쁜 마물이라도 상대하는 것처럼 빈틈을 보이지 않고 리즈를 노려봤다. 내가 거크 씨 입장이었다면 틀림없이 벌벌 떨었을 텐데, 역시 거크 씨는 배짱이 다르다.

"잠깐만, 네가 돌아왔다는 건 시트리도 있다는 거냐?"

"없다고! 데이트에 방해되니까 당장 꺼져!"

거크 씨가 사정없이 공중에 떠올랐다. 리즈가 걷어찼기 때문이다.

리즈의 급한 성질은 거친 헌터라기보다는 질 나쁜 산적이라고 해야 할 수준이다.

2미터도 넘는 거구가 기껏 비싼 돈을 들여서 만든 대리석 바닥 위를 미끄러지고, 화분을 날려버리면서 벽까지 날아갔다.

너무 갑작스러운 일이라서 그저 웃을 수밖에 없을 지경이다.

기습공격처럼 날린 발차기를 팔을 교차해서 받아낸 거크 씨가 천천히 일어났다.

움직임은 느릿하지만, 그 얼굴은 옛날 별명이 생각나게 할 정도로 무시무시했다.

레벨8 보물전에서 싸우는 괴물의 일격을 맞고도 쌩쌩하다니, 역시 대단하다.

그리고 싸울 의욕이 넘친다. 맞고 가만히 있는 사람은 탐색자 협회 지부장 일을 맡을 수 없다.

호신용으로 가지고 다니는 걸까, 허리춤에서 작은 단검을 뽑았다. 작다고는 해도 원래 몸이 엄청나게 크다 보니, 리즈한테는 약간 짧은 숏 소드 정도로 보이겠지.

"……리즈 너 이 자식, 지금 무슨 짓을 했는지는 알고 있지……? 내가 아무리 온후한 사람이라고 해도, 한도라는 게 있단 말이다……."

누가 온후하다고?

임전태세에 들어간 지부장을 보고, 리즈가 입술을 일그러트리면서 웃었다.

햇볕에 그을린 살갗이 점점 상기되고 눈동자가 불타오른다. 기껏 진정되고 있었는데, 다시 시동이 걸려버린 것 같다.

저기, 그만하자? 왜 그렇게 폭력적인 건데?

이러다간 클랜 하우스가 또 부서지겠다. 그러면 내가 에바한테 잔소리를 듣는다고.

카이나 씨 일행도 언제 말려야 좋을지 결정하지 못하고 있다. 이미 늦은 것 같다.

우리 같은 일반인은 몇 사람이 있어도 괴물들의 싸움을 말릴 수 없다. 로비에 있던 다른 클랜 멤버들도 어느새 피난했다.

나는 이글이글 타오르는 눈으로 서로 노려보고 있는 두 사람한 테서 눈을 돌려, 성질 급한 상사를 둔 불쌍한 카이나 씨 이하 두 명의 탐협 직원에게 제안했다.

"…………일단, 위에 가서 차라도 한잔할까."

리즈는 오늘은 하루 종일 제도를 돌아다닐 생각이었기 때문에 무기가 없다.

정말로 죽이려는 것도 아닐 테니까, 아마 괜찮겠지.

아래층에서 울리는 소리가 그치지 않는다. 쩌렁쩌렁, 유리창이 떨린다.

나는 요즘 지진이 많구나~ 라는 생각을 하면서 카이나 씨네랑 잡담을 나누고 있다.

사실은 얼굴이 무섭고 성질이 급한 지부장의 한쪽 팔이라서 나 만큼이나 고생할 것 같은 카이나 씨한테 크게 공감하고 있다. 덕 분에 말투도 저절로 가벼워진다.

"접수창구에 있던 아가씨, 진짜 예쁘던데? 어떻게 모집했어? 우리도 고용하고 싶은데."

사실 《발자국》의 조직 형태는 탐협을 참고했다.

내가 에바를 고용했을 때, 카이나 씨와 닮은 사람을 찾아내서 는 무릎까지 꿇고 빌어서 우리 클랜에 고용했다.

그다음으로 필요한 사람은 미인 접수 아가씨다. 탐색자 협회 제블디아 지부의 접수원은 간판 아가씨다. 밝고 시원시원한데다 무섭게 생기고 더러운 헌터들을 상대하면서도 짜증 난다는 표정 한 번 짓지 않고, 매번 호출당하는 불쌍한 나를 보면서도 태도가 달라지지 않는다.

나는 이름도 모르는 그 아가씨가 원활한 조직 운영에 도움을 주고 있다고 생각한다.

예로부터 사내놈들이라는 것은 예쁜 여자한테 약한 법이다. 제 아무리 헌터라고 해도.

반쯤 농담처럼 던졌지만 진심이 담긴 말에, 카이나 씨가 씁쓸하게 웃었다.

"클로에 말입니까? 그 사람은…… 거크 지부장님의 조카입니다."

"그 유전자가 어디로 어떻게 가면 그렇게 되는 건데."

어째서 《전귀》의 혈연에 그렇게 착한 사람이 나오는 걸까. 잠깐, 어쩌면 거크 씨 때문에 익숙해져서 그런 성격이 된 걸까. 그리고 인맥 취업이었구나…….

한참 동안 시시한 이야기를 주고받았는데, 그대로 온화한 분위기 속에서 카이나 씨한테 여기까지 온 이유를 물었다.

그리고 카이나 씨와 다른 두 사람한테 들은 내용 때문에 완전히 질려버렸다.

아무래도 거크 씨는 【흰 늑대 소굴】의 이변에 대해, 내가 어떤 정보를 가지고 있을 거라는 큰 착각을 하고 있다는 것 같다.

아쉽게도 난 아무것도 모른다. 예상도 못 했고, 할 예정도 없다.

왜냐하면 【흰 늑대 소굴】의 이상 사태는 내 탓이 아니잖아. 불행하게도 조금 엮이기는 했지만, 어쨌거나 벌칙도 무사히 클리어

했으니까. 그다음 조사는 탐색자 협회하고 나라에서 할 일이다.

나는 완전히 남의 일 모드에 들어갔다.

꼭 거크 씨만 그러는 게 아니라, 다들 내 역량을 너무 크게 평가하는 경향이 있다.

내가 레벨8이 된 건 그냥 운이 좋았을 뿐이다. 냉정하게 생각했을 때 지식도 기술도 없는 내가 탐협이나 제국의 전문가들이 조사한 결과보다 더 많은 걸 알고 있을 리가 없잖아.

"헤~ 큰일이네. 지맥에는 문제가 없단 말이지……."

내가 느긋하게 말하자, 카이나 씨가 한 방 먹었다는 것 같은 표정을 지었다.

지맥이란 말하자면 대지라는 육체에 뻗어 있는 혈관 같은 것이고, 거기에 이상이 생기면 한눈에 알 수 있다는 정도는 나도 알고 있지만, 그 이상은 하나도 모른다.

이런 건 시트리가 잘 아는데 말이야.

리즈의 여동생, 시트리 스마트는 『연금술사(알케미스트)』다.

이 세계의 진리를 배우고 법칙을 이용해서 현상을 일으키는, 마도사와 학자 사이라고 여겨지는 직업이다.

그 몸에 담긴 방대한 마력을 무기로 삼아서 현상을 일으키는 일반적인 마도사와 비교하면 공격력이 떨어진다는 점과 그 진가를 발휘하기 위해서는 풍부한 지식과 경험, 많은 희소한 도구들이 필요하다는 점 때문에 일반적인 트레저 헌터들 중에서는 흔히 찾아볼 수 없는 직업이지만, 이럴 때는 상당히 도움이 된다.

특히 시트리는 다른 대다수의 동업자들과 달리 헌터로서 보물전에 가기 때문에, 더욱 실전적인 지식이 풍부하다는 것 같다. 꽝장히 단아하고 리즈의 동생이라는 걸 믿을 수 없을 만큼 고상한 아이다.

참고로 슬라임 같은 마법 생물 생성도 연금술사의 특기 분야 중에 하나다. 부탁이니까 생성물을 좀 더 제대로 관리해주세요.

조금 이상한 구석은 있지만 제국의 학술기관에도 소속돼 있는, 명실상부하게 《비탄의 망령(스트레인지 그리프)》의 두뇌라고 할 수 있는 아이다. 예전에는 최우수 연금술사라고 불렸을 정도로 실력이 뛰어나고.

뭐, 아쉽게도 정말로 돌아오지 않았지만.

"뭔가 사소한 일이라도, 알고 계신 건 없습니까?"

카이나 씨가 물고 늘어졌지만, 오랜만에 보물전에 가면서 느낀 공포와 생각도 못 했던 리즈의 등장 때문에 잔뜩 힘들었던 탓인지, 당시의 기억조차 애매하다.

의자에 몸을 깊이 묻고 눈까지 감고서 보물전에서의 상황을 떠올려봤지만, 모르는 건 모르는 거니까. 솔직히 뭔가 부자연스러운 일이 있으면 기억에 남았겠지.

"음~ 특별한 건 없는데. 사실 내가 계속 신경 쓰고 있던 건 다른 일이고――."

"……다른 일?"

이런. 말이 헛나왔다.

얼굴을 찌푸렸지만 이미 늦었다. 카이나 씨의 갈색 눈동자가 수상하다는 듯이 날 똑바로 쳐다보고 있었다.

그때 나는 보물전의 이상 같은 것보다 시트리 슬라임의 행방만 신경 쓰고 있었기 때문에, 이상한 점을 조사한다는 건 생각도 못 했었다.

지금도 마찬가지다. 어젯밤에 꿨던 악몽이 머릿속에 자꾸만 떠올라서 미칠 지경이다.

내가 보물전의 이상을 조사해봤자 틀림없이 아무것도 알아내지 못할 것 같고, 솔직히 그걸 조사할 시간이 있으면 슬라임이 어디 갔는지 조사하고 싶다.

"…………제게 들려주시겠습니까?"

카이나 씨가 진지한 눈으로 날 쳐다봤지만, 시트리가 만든 슬라임을 놓쳤다는 얘기는 입이 찢어져도 못 한다. 그것도 취급에 주의하라고 했을 정도니까 더더욱 못 하고.

기분 탓이다. 틀림없이 기분 탓이야. 내가 그렇게 정했어.

손깍지를 끼고, 고개를 살짝 숙여서 심각해 보이는 표정을 지었다.

그럴듯한 말로 대충 넘기자. 레벨8 헌터한테는 비밀이 많은 법이니까.

정말 죄송합니다아아아아.

"미안하지만, 아직은 가르쳐줄 수 없어. ……어디서 누가 들을지 모르니까."

"그건……."

쓸데없이 폼 잡는 말에, 카이나 씨 뒤에 있는 직원분들의 얼굴이 굳어졌다.

도저히 견딜 수가 없어서, 자리에서 일어났다.

긍정적으로 생각하자.

생각하기에 따라서는 말실수한 게 잘한 일인지도 모른다. 거크 씨의 협력 의뢰를 거절할 구실도 될 테니까.

물론 보물전의 이상은 헌터의 활동에도 영향을 준다. 《발자국》 차원에서는 최대한 협력할 생각이지만, 나 자신이 움직이지 못하는 데 대한 이유 정도는 되겠지.

나는 위험한 일을 겪거나 정신이 피폐해지지 않으니까 잘된 일이지~.

거크 씨네도 무능한 내 말에 놀아날 필요가 없고, 리즈도 얌전해질 테니까 또 잘됐네~.

이런 게 Win-Win한 관계라는 거겠지?

"난 움직일 수 없지만, 클랜 차원에서는 최대한 협력할 테니까. 아~ 그렇지. 아크가 적임이려나. 아크가 돌아오면 도와달라고 부탁해볼게."

"…………협력해주셔서 감사합니다."

카이나 씨가 고개를 살짝 숙이면서 고맙다는 인사를 했다.

용서해줘, 카이나 씨. 다 내 잘못이야. 난 아무것도 못 한다고. 내가 아는 거라고는 제도의 맛있는 아이스크림 가게 정도니까.

이런 레벨8이라서 미안해. 하지만 날 레벨8로 만든 건 당신들 이잖아.

아크를 빌려줄 테니까 용서해줘. 만능인데다 머리까지 좋은 아크가 있으면 어지간한 일은 해결할 수 있겠지.

나중에 꼭 돌려주고.

그런데도 아직까지 풀이 죽어 있는 것 같은 카이나 씨 일행한테 위로의 말을 건넸다.

마나 머티리얼의 축적과 팬텀의 진화는 말하자면 자연 현상이다. 우리 같은 작은 인간이 어떻게 할 수 있는 일이 아니잖아.

"너무 신경 쓸 필요는 없을 것 같은데 말이야. 지맥에 영향이 없다면 금방 원래대로 돌아가겠지."

그 움직임은 마치 마법 같았다. 극도로 집중하면서 오랜만에 의식이 길게 늘어졌다.

1초가 2초나 3초처럼 느껴진다. 하지만 그런 수준이 돼도 판단이 따라가질 못한다. 회피도 못해서, 온 힘을 다 해도 간신히 막아내는 게 고작이다.

리즈 스마트는 마법을 쓰지 못한다. 무기도 안 쓰고 있다.

공격은 주먹질과 발차기를 이용한 단순한 것이다. 하지만 그런 공격들이 단순하게 『빠르다』.

『도적(시프)』이 원래 민첩성이 뛰어난 직업이긴 한데, 현역 시절에 많은 헌터들과 접하고 은퇴한 뒤에는 탐색자 협회 제블디아 지부장으로서 수많은 헌터들을 봐온 거크가 봐도, 그 속도는 차원이 달랐다.

《절영》. 예전에 제도에 군림했던 가장 빠른 도적의 별명이다.

그 별명을 겨우 몇 년 만에 물려받았다는 이야기를 들었을 때는 무슨 농담인가 싶었지만, 지금 눈앞에 있는 소녀의 움직임은 『그림자조차 보이지 않는다』고 하던 《절영》의 기술이 틀림없다.

금속이 바닥에 쓸리면서, 마찰 때문에 바닥에서 연기가 피어오른다.

최고 속도에서 순식간에 정지해버린 리즈가, 조금 전까지 화를 내던 사람이 맞나 싶을 만큼 가벼운 목소리로 말했다.

"어라라? 거크, 실력이 무뎌진 거 아냐? 책상 앞에만 앉아 있어서 그런가아."

"……헛소리하네."

내가 약해진 게 아니라 네놈이 강해진 거라고.

그렇게 말하고 싶었지만, 간신히 참았다.

몸이 신선한 공기를 원하고 있다.

거크는 거칠어지려는 호흡을 간신히 달래고, 건방진 태도를 보이는 리즈를 매섭게 노려봤다.

익숙한 무기는 아니지만 단검술도 어느 정도는 익혀뒀다. 하지만 이렇게 뽑아 든 칼날이 스치기는커녕 견제 역할도 못 하고 있다. 리즈는 이 단검을 없는 것처럼 생각하고 있다.

일격을 막아낸 팔다리가 아픔을 호소하고 있다. 저 가느다란 팔에서 나왔다는 걸 믿을 수 없는, 두툼한 근육을 뚫고 뼈까지 울리는 묵직한 일격이다. 급소에 제대로 맞으면 기절할 가능성도 있다.

트레저 헌터를 총괄하는 탐색자 협회 지부장이 헌터한테 얻어

맞고 꼴사납게 쓰러지기라도 하면 거크의 체면은 끝장이다. 그것만은 어떻게든 피해야 한다.

하지만 전력 차이가 너무나 분명했다.

리즈는 체구가 작다. 거크 쪽에서 보면 어린애나 마찬가지.

팔다리가 길지만 공격 범위는 거크 쪽이 훨씬 넓다. 하지만 리즈의 몸에서는 보물전 탐색을 게을리하지 않는 근면한 헌터 특유의 에너지가 넘쳐나고 있다.

레벨8 보물전.【만마의 성】.

높은 레벨의 마나 머티리얼로 가득 찬 보물전에서 돌아온 지 얼마 안 되는 리즈는, 흡수한 마나 머티리얼이 거의 빠져나가지 않은 지금이 제일 강하다.

오랫동안 보물전에서 멀리 떨어져 있던 거크와는 정반대다.

임전태세인 거크와 달리, 리즈는 자연스러운 자세였다. 지금 교전해보고 뼈저리게 느꼈다. 아무리 일격을 맞을 각오를 하고 카운터를 날린다고 해도, 스치지도 않겠지.

거크가 팔을 뻗어서 칼을 내리치는 것보다, 리즈가 다리를 움직여서 거리를 벌리는 쪽이 더 빠르다.

그것은 5년 전에, 리즈 일행이 처음 제도에 왔을 때 존재했던 엄청난 역량 차이가 이미 반전됐다는 사실을 의미한다. 공략하는 보물전의 레벨을 보면 상당히 강해졌을 거라고 생각하긴 했지만, 실제로 겪어보니 심장이 타버릴 것처럼 뜨거워졌다.

예전에《전귀》였던 사람을 앞에 두고, 소녀가 갑옷처럼 생긴 이상한 신발로 바닥을 톡톡 두드리면서 놀리는 것처럼 말했다.

"거크도 가끔은 운동해야 하지 않겠어? 아, 혹시 살쪘나? 이래서는 길가에 굴러다니는 헌터가 더 세겠는데?"

"시끄럽다!"

너 같은 헌터가 아무 데나 굴러다니겠냐!

분명히 둔해지기는 했다. 둔해지기는 했지만 아직 레벨5 정도는 된다고!

마치 늙은이를 걱정해주는 것 같은 리즈의 표정을 보고, 이가 부서질 정도로 악물었다.

둔해졌다고 자각은 했지만, 이렇게 대놓고 지적하면 아무리 온후한 거크라도 화가 났다.

이 자식, 레벨을 낮춰버릴까? 그런 어른스럽지 못한 생각까지 들었다.

물론 지부장 한 사람의 개인적인 원한 때문에 인정 레벨을 낮추는 건 용납되지 않지만.

그런 속내도 모르고, 리즈가 씩 웃으면서 말했다.

"나가는 문은 뒤에 있어. 너무 약해져서 불쌍하니까, 오늘은 옛정을 봐서 그냥 보내줄게. 나 너무 착하지!"

순간, 무슨 말을 했는지 이해하지 못했고, 이어서 눈앞이 시뻘겋게 물들었다.

뱃속에서 펄펄 끓는 것 같은 화가 치밀어 올라왔다. 오랜만에 맛보는 감각이다.

힘을 너무 준 탓에, 손에 쥐고 있는 단검 손잡이에 금이 갔다.

거크는 원래 온갖 무기를 다루는 전사(워리어)다. 전사에게는 분노를 폭발시키고, 리미터를 해제하여 힘으로 변환하는 기술이 있다.

레벨7 헌터였던 거크가 《전귀》라는 별명을 얻게 된 이유였다.

최근에는 쓸 기회가 없었지만, 아무래도 몸은 아직도 그걸 쓰는 방법을 기억하고 있었던 것 같다.

"아무래도 벌을 줘야겠군…… 이 망할 꼬맹이."

"아~ 그러면 안 되는데. 나, 간호 같은 건 잘 못하니까, 그건 카이나한테 시켜야 한다?"

지옥 밑바닥에서 울리는 것 같은 목소리에 대해, 리즈가 무시하는 것처럼 콧방귀를 뀌었다.

《발자국》의 헌터들이 거크와 리즈를 흥미진진하게 관찰하고 있다.

출입구 밖에서는 시끄러운 소리를 듣고 몰려온 구경꾼들이 열심히 안쪽을 관찰하고 있다.

역량 차이는 치명적이다. 하지만 얕보인 채로 끝낼 수도 없다.

하다못해 한 방 정도는.

너무 세게 쥔 탓에 단검 손잡이가 부서졌고, 유일한 무기가 없어졌다. 하지만 상관하지 않고 앞으로 뛰쳐나가려고 한 그때, 마치 그 순간을 노렸다는 것처럼 얼빠진 목소리가 들려왔다.

"아직도 이러고 있네. 이렇게 어지럽혀놓고 말이야. 얘기 다 끝났으니까, 거크 씨도 좀 진정하세요……."

어느새 나타난 건지, 전혀 알아차리지 못했다.

카이나를 데리고 계단을 내려온 크라이가 눈앞의 참상을 보고 얼빠진 한숨을 쉬었다.

지금까지 놀리는 것 같은 목소리로 말하면서도 이쪽에 대한 주의를 풀지 않았던 리즈가 그 몸에 감돌던 찌릿찌릿한 분위기를 날려버리더니, 폴짝 뛰어서 크라이한테 매달렸다.

"어서 와, 크라이. 거크가 말을 너무 안 들어서 말이야……."

"이거 수리 업자를 불러야겠네."

카이나가 얼굴을 찌푸리면서 임전태세의 거크에게 다가갔다.

그 얼굴을 보고 거크도 임전태세를 해제했다.

심호흡하니 조금 전까지 마비돼 있었던 온몸의 마디마디에서 아픔이 되살아났다. 치명상은 없지만 뼈에 금이 갔을지도 모른다.

아무래도 자신이 쌈박질이나 하던 사이에 목적을 달성한 것 같다.

거크는 잔소리를 듣는 게 확정된 미래 때문에 눈살을 찌푸리면서, 이 건방진 젊은 헌터가 다시는 얕보지 못하도록 다시 단련해야겠다고 결심했다.

《비탄의 망령》은 적이 많다.

주로 루크나 리즈가 아무 데서나 시비를 걸고 걸렸기 때문이다.

서쪽에 실력 있는 검사(소드맨)가 있다고 하면 실력을 겨루러 가고, 동쪽에 기사단이 패주할 정도로 흉악한 산적단이 나타났다고 하면 굳이 며칠이나 걸리는 거리를 달려서 싸우러 간다. 게다가 권력에 절대로 굴하지 않으니, 얼마나 귀찮은 일이 벌어질지는 쉽게 상상할 수 있겠지. 안 그래도 평판이 그다지 좋지 않은데, 만약 헌터들한테 강자를 존경하는 경향이 없었다면 우리는 오래전에 제도에서 추방당했을지도 모른다.

특히 파티 이름이 너무 살벌한 탓에, 예전에는 도적단이나 비합법적인 의뢰를 전문으로 맡는 범죄자 파티로 오해받고 습격당한 적도 있었다.

지금이야 제도에서 그런 오해를 받는 일은 줄었지만, 가끔 원정을 가면 이상한 눈으로 쳐다보는 경우도 있다고 들었다.

"거크도 완전히 맛이 갔네. 나이는 참 잔혹해."

옆에서 걷고 있는, 오랜만에 탐색자 협회와 한 판 붙은 리즈가 절절하게 말했다.

그 목소리에 조롱하는 기색은 없다. 거크 씨가 화난 걸 보면 놀려댄 건 틀림없어 보이지만, 그 목소리에는 마치 싸울 친구가 없어졌다는 것처럼 쓸쓸한 기색이 담겨 있었다.

"……딱히 약해진 것 같지는 않은데…… 현역인 리즈를 기준으로 생각하지 말라고."

"알았어~."

거크 씨는 리즈가 말한 것처럼 약한 사람이 아니다. 지금도 가끔씩 술에 취해서 주먹질하는 헌터들을 중재하려다가 둘 다 때려눕혔다는데, 솔직히 그 얼굴을 보기만 해도 무섭다.

하지만 아무래도 현역으로 최전선에서 뛰고 있는 리즈와 비교할 수는 없다.

헌터 세계에서 활동 정지란 어쩔 수 없는 약체화를 의미한다.

지금 이렇게 큰 소리를 치는 리즈도 언젠가는 그 힘을 잃겠지.

그래서 은퇴한 헌터들 중에는, 활동하던 홈 타운에서 다른 곳으로 생활 거점을 옮기는 사람들도 많다.

트레저 헌터 중에는 겸업으로 용병이나 현상금 사냥꾼 일을 하는 사람들도 있다 보니, 원한을 사는 경우도 많다. 위험을 자기 힘으로 헤쳐나갈 수 있을 만큼 강할 때는 괜찮지만, 약해졌을 때 습격이라도 당하면 도저히 버틸 수가 없다.

게다가 그게 활활 타오르는 불 속으로 뛰어드는 것 같은 사람이라면 어떻게 될까?

리즈와 친구들은 아직 은퇴할 예정이 없지만, 나는 은퇴할 때를 위해서 이사할 곳을 몇 군데 몰래 생각해두고 있다.

그나저나 거크 씨의 얼굴은 조금 놀린 정도의 수준이 아니었는데 말이야. 리즈 성격은 잘 알고 있을 텐데, 도저히 참을 수가 없었나.

꽤나 지기 싫어하는 성격이니까, 이제 와서 보물전에 뛰어들지도 모른다.

그런 생각을 하면서도 리즈와 이야기를 주고받으며 제도를 걸어갔다. 탐색자 협회에서는 꽤 난리가 난 것 같지만, 시내는 평소와 다름없이 평화롭다.

노출이 많은 차림으로 다리에만 로봇 같은 걸 달고 있는 리즈는 너무나 눈에 띄었다. 시선이 집중되고 있지만 리즈 본인은 전혀 신경도 쓰지 않고, 계속 싱글싱글 웃고만 있다.

항상 이렇게 얌전하면 참 좋을 텐데.

대화 내용은 주로 리즈네가 이번에 공략한 곳에 대한 것이다.

【만마의 성】.

보물전 중에는 헌터들이 쉽사리 찾아갈 수 없는 곳이 있다.

거리가 너무 멀고, 지형이 너무 험하고, 나타나는 팬텀이 너무 강하고, 입수할 수 있는 보구의 종류가 너무 편중된다는 등등 이유는 다양한데, 그런 이유로 오랫동안 공략하지 않아서 마나 머티리얼이 엄청나게 쌓인 보물전은 종종 크게 강화된다.

【만마의 성】은 그런, 상당히 난이도가 높을 것으로 여겨지는 보물전 중에 하나였다.

탐색자 협회의 인정 레벨은 8. 형식은 성. 다양한 팬텀이 수호하는 난공불락의 요새다.

듣자하니 신화를 모티프로 삼았다는 모양인데, 나타나는 팬텀의 종류가 다양하고 대처하기 힘든 데다 사람 사는 곳에서 멀리 떨어져 있기 때문에 오랫동안 아무도 도전하지 않은 곳이었다.

【흰 늑대 소굴】도 인기가 없는 보물전이었지만, 【만마의 성】은 이야기가 또 다르다.

전자는 단순히 짭짤한 뭔가가 없는 보물전이었지만, 후자는 난이도가 너무 어렵기 때문에 인기가 없다.

최근에 공략에 성공했다는 파티도 없어서 내부 정보가 거의 없다.

다수의 보구가 있을 거라는 소문에 낚여서 그곳에 갔던 헌터들도 멀리서 보기만 하고 공략은 포기해버리는 진정한 마경이다.

사실 다음에 그곳을 공략하겠다고 했을 때는 나도 엄청나게 불안했지만, 눈을 반짝거리면서 설명하는 루크와 친구들을 도저히 말릴 수가 없었다.

이래보여도 내가 리더다. 파티의 결정권은 내가 가지고 있다. 내가 말을 하면 그만뒀을지도 모르지만, 어떻게 친구인 내가 모험을 추구하는 여행을 가로막을 수 있겠어.

그리고 실제로 이렇게 무사히 귀환했으니까, 내가 말리지 않은 게 잘한 일이겠지.

리즈의 모험담에도 평소보다 열기가 담겨 있다.

레벨8씩이나 되면 나타나는 팬텀들만 해도 보통이 아니다.

드래곤에 그리폰은 유명해서 알겠지만, 중간부터 의미를 알 수 없는 이름들도 나왔다. 나는 그저 싱글싱글 웃으면서 고개를 끄덕였다.

스큉크네 자쿠루스네. 뭐야 그게, 대체 어떤 생물인데?

"시트리가 말이야, 『흑왕 그랍스』 전설에서 따온 게 아닌가 싶다나 뭐라나…… 그리고 지성이 있는 인간형도 잔뜩 나온 걸 보면, 아마 몇 가지 전설이 섞였겠지? 실내다 보니 그렇게 큰 놈은 안 나올 거라고 생각했는데, 뭔가 시공이 일그러진 것처럼——."

"헤에…… 강했어?"

나는 이것저것 묻고 싶은 것들을 다 참고 한 가지만 확인했다.

『흑왕 그랍스』는 수천 년 전에 이 대륙에 군림했다고 전해지는 패왕의 이름이다.

수많은 짐승을 자유자재로 부리고 사악한 의식으로 여러 마리의 『존재해서는 안 되는 짐승』을 만들어냈다고 한다.

살았던 시기는 제국이 생기기도 훨씬 전의 일이지만 당시에는 정말 엄청나게 위세를 떨쳤는지, 지금도 각지의 보물전에서는 팬텀이라는 형태로, 흑왕의 수하로 여겨지는 자들의 모습이 종종 목격되고 있다.

아무튼 헌터들이 싫어하는 사람 중에 하나다.

내 말을 들은 리즈가 입술에 손가락을 얹고서 잠깐 생각에 잠겼고, 활짝 웃으면서 말했다.

"음…… 지금까지 싸운 것 중에서 제일이려나. 역시나 레벨8이라는 느낌이었어. 흑왕의 짐승이라는 게 단단해서 말이야…… 틀림없이 당시보다 강화됐을 거야. 물리 공격도 거의 안 먹히고, 무리로 덤비고, 솔직히 못 해 먹겠더라고. 도망치는 거라면 어떻게든 되겠지만."

기뻐하면서 말하지 말라고…….

지금에 와서는 그 실력이 어느 정도인지 파악할 수도 없는 리즈가 못 해 먹겠다고 평하는 팬텀이다. 얼마나 위협적일지는 상상도 못 하겠다.

수많은 총탄을 맨손으로 막아내는 수준의 인간이 고전하는 상대라니, 대체 뭐냐고?

"얼마 전에 【흰 늑대 소굴】 보스랑 비교하면 어때?"

"뭐……?"

【흰 늑대 소굴】의 보스…… 사람 해골을 뒤집어쓴 늑대 기사는 이상이 벌어진 보물전 안에서도 유난히 이채로운 존재였다.

레벨5의 베테랑이 이끄는 파티가 당해내지 못할 정도의 상대다. 리즈가 바로 달려와 줘서 직접 싸워본 건 아니지만, 그 빛나는 눈동자를 생각하면 지금 당장이라도 은퇴하고 싶어진다.

내가 묻자, 리즈가 멈춰 섰다.

그대로 십 초 이상 눈살까지 찌푸리면서 생각하고는, 미안하다는 것처럼 이렇게 말했다.

"……보스가…… 있었나?"

"……응, 있었어."

"미안해? 진짜 미안해? 크라이가 그렇게 말했으면 있었겠지? 미안해. 나, 쓰레기까지는 기억을 못해서…… 티가 너무 못났다는 거랑, 우리가 얕보였다는 건 기억하는데 말이야."

아무래도 그 보스도 레벨8에서 나오는 팬텀과 비교하면 기억할 가치도 없는 존재인 것 같다. 역시 내가 《비탄의 망령》의 헌팅에 따라가는 일은, 앞으로 두 번 다시 없겠지.

그렇다고 분한 것도 아니고, 클랜을 만든 뒤에 제1선에서 물러난 걸 후회하는 것도 아니지만, 이렇게까지 인식에서 차이가 나면 아주 조금 쓸쓸하다.

내 미묘한 표정을 보고 무슨 생각을 했는지, 리즈가 내 손을 쥐고서 당황한 것처럼 말했다.

"아, 그치만! 쓰레기처럼 약했지만 말이야, 여러 가지 무기를 가진 놈들이 나왔었잖아! 『훈련』에는 쓸만할 것 같아! 물리 장비밖에 없었다는 게 조금 마음에 걸리기는 하지만, 티한테 딱 좋을 것 같지 않아?"

그건 아무래도 상관없고.

"응, 그렇겠네."

"그치~? 다음에 데려가야지~! 아무래도 상대가 인간이면 자꾸 봐주게 돼서 곤란하거든! 역시 목숨을 걸고 싸워야 하지 않겠어."

이런. 이건 말려야 했나.

티노가 목숨을 건 훈련을 하게 되고 말았다.

……다음에 아이스크림 가게에 데리고 가줘야지.

손을 잡고 시내를 걸어 다니고 있으니, 오랜만에 평온한 기분이 들었다.

이번 데이트는 리즈가 중심이다.

리즈는 격렬하다. 싸우는 걸 아주 좋아하고, 헌터가 될 정도로 호기심도 강하다.

하지만 나와 시내를 돌아다닐 때는 보통 데이트 같은 코스를 좋아한다. 옷가게나 보석상점을 구경하고, 카페에서 차를 마신다. 주점에도 안 가고, 헌터들이 잘 가는 무기점을 구경하거나 굳이 사람들 눈에 띄지 않는 뒷골목을 걸어 다니면서 무뢰배와 싸우지도 않는다.

아무리 리즈라도 계속 보물전이나 훈련이네 하면서 긴장하다 보면 피곤하기도 하겠지. 어쩌면 가끔씩 이렇게 편안한 시간을 보내면서 균형을 맞추고 있는 건지도 모른다.

옆에서 걷고 있는 리즈의 허리에는 지갑 대신 사용하는, 빵빵하게 부풀어 오른 가죽 주머니가 달려 있다.

《비탄의 망령》의 헌팅 수입은, 비품을 구입하는 데 쓸 돈을 제외한 나머지 금액을 멤버 숫자에 맞춰서 균등하게 나누고 있다.

평소에는 거의 물욕이 없는 리즈는, 바로 보구를 사들이는 나랑 달라서 돈이 많다.

내 지갑에는 에바가 급할 때 쓰라고 넣어준 제국 대금화가 다섯 닢—— 50만 길과 내 개인적인 잔금 1만 길밖에 없으니, 엄청난 차이다.

불쑥 들어간 고급 옷가게나 보석 상점에서 돈을 팍팍 쓰는 모습은 보기만 해도 속이 후련해졌다.

유일하게 옷을 입어볼 때마다 물어보는 건 좀 귀찮았지만, 가끔은 이런 것도 좋겠지.

잘은 모르겠지만, 어울린다. 정말 잘 어울리네, 사지그래? 내가 사주지 못하는 게 미안하네. 가격에 동그라미가 두 개만 더 적었어도 내가 선물해줬을 텐데. 비상금을 쓸 수는 없으니까 말이야…….

데이트하는 김에 시트리 슬라임 때문에 난리가 나지는 않았는지 조용히 관찰해봤지만, 딱히 그런 기미는 없다. 북쪽 가도를 봉쇄한다는 이야기는 여기저기서 들려왔지만, 시간 순서를 생각해보면 보물전에서 이상이 발생하고 가도에 팬텀이 나타난 건 슬라임을 잃어버리기 전이니까 아무 상관 없겠지.

"저기~ 크라이, 왜 그래? 아까부터 힘이 없는데."

얼굴에는 드러내지 않으려고 했는데, 갑자기 리즈가 걱정하는 투로 물었다.

다른 사람들한테 걱정만 끼쳐서 미안하네. 나는 잠깐 침묵했다가 조심조심 물었다.

"리즈, 혹시 말이야…… 어디까지나 만약에 인데, 이 제블디아가 멸망할 정도의 사태가 벌어지면…… 어떻게 할 거야?"

농담이라고 생각해도 어쩔 수 없는 당돌한 질문에, 리즈는 쓸데없는 질문을 늘어놓지 않고 웃는 얼굴로 바로 대답했다.

"같이 도망쳐야지?"

아니…… 그럴 수는 없잖아.

"다음엔 남쪽에 있는 나라가 좋으려나…… 나, 바다라는 걸 보고 싶어…… 본 적이 없거든."

나라가 망하는 이야기를 하고 있는데, 아주 긍정적이시네.

하지만 눈이 반짝반짝 빛나는 리즈를 보고 있었더니 아주 조금이나마 기분이 풀렸다.

할 수 있는 일은 해보자.

그랬는데도 도저히 안 되면 리즈가 말한 대로 도망치는 게 좋을지도 모르겠다.

바다. 바다란 말이지. 나쁘지 않네.

"물속에서는 뛸 수 없잖아."

"그건 뭐~ 해보지 않으면 모르는 일이잖아?"

안 해봐도 알거든요. 물리법칙을 초월하지 말아주세요.

"해저에 있는 보물전도 있다는 것 같은데~ 진짜 예쁠 것 같거든. 숨 쉬는 문제는 어떻게든 해야겠지만. 하늘 위 같은 데도 좋으려나…… 제도가 살기에는 편하지만, 여기 온 지도 벌써 몇 년이나 됐으니까——."

리즈의 말투는 가볍고, 그 신이 나서 떠드는 모습은 마치 여행

계획을 말하는 사람 같았다.

맞장구를 치면서 걸어가고 있는데, 갑자기 리즈의 표정이 험악해졌다.

밀착해 있던 몸이 어느새 떨어졌고, 두 손에 들고 있던 쇼핑한 물건들이 바닥에 툭 떨어졌다. 그때 이미, 내 소꿉친구는 몇 미터 떨어진 곳에서 남자를 땅바닥에 쓰러트리고 있었다.

팔을 뒤로 꺾고 등을 밟아서 완전히 움직이지 못하게 만들었다.

상대는 갈색 코트를 입고 수염을 기른 남자였다. 키는 나랑 비슷한 정도. 특징도 없고 수수한 인상이고, 차림새를 보면 헌터도 아니다.

구속당한 남자가 괴로워하며 신음 소리를 냈다. 옆에 있던 내가 그 순간을 보지도 못했으니, 당한 상대도 언제 쓰러졌는지 모를 지경이겠지.

잠시 넋이 나갔다가, 황급히 뛰어갔다.

헌터가 일반인에게 손을 대는 건 위법행위다. 그게 일방적인 것이라면 더더욱 그렇고.

리즈가 폭력적인 인간이기는 하지만, 최근에는 일반인을 때리는 일은 없었다.

이제야 겨우 조금 둥글둥글해졌나 싶었더니 이런 사고를 치네.

"?! 뭐, 뭐 하는 거야, 리즈?"

조금 전까지만 해도 기분이 좋았는데, 대체 어떻게 된 거야?

리즈는 얼굴이 새파랗게 질린 내 얼굴은 보지도 않고, 발밑에 있는 남자만 빤히 쳐다봤다.

붙잡고 있는 팔에서 뿌득뿌득 소리까지 나고 있다.

주위에 지나가던 사람들이 얼굴을 찌푸리면서 빠른 걸음으로 멀리 떨어졌다. 치안을 유지하는 병사가 오는 것도 시간문제다.

리즈가 오싹한 기분이 드는 시선으로 쳐다보며, 그 등을 발로 비비면서 짓밟고 있다. 남자가 발버둥을 쳤지만, 리즈의 구속은 풀릴 기미도 보이지 않았다.

"이 자식, 지금 우리 쳐다봤어."

······그래서 뭐? 눈이 마주치면 덤비는 그런 사람인 거야?

솔직히 말이야, 리즈 넌 너무 시끄러워서 눈에 띄거든. 시선은 나도 느끼고 있었어.

그리고 그 시선들과 이 사람의 시선 사이에 대체 무슨 차이가 있는 걸까.

말도 안 되는 이유로 구속당한 남성이 신음 소리를 냈다. 나는 뒤쪽에서 리즈의 팔을 잡고, 남자의 팔에서 떼어냈다.

"그래, 알았으니까, 일단 이거 놓자."

"······."

리즈가 떨어졌다.

쓰러진 남자가 기침하면서 자세를 바꾸고, 새파랗게 질린 얼굴로 리즈와 나를 올려다봤다.

뺨에 상처가 있는 것도 아니고 헌터처럼 잘 단련된 육체를 지닌 것도 아니다. 지극히 일반적인 중간 체격 중간 키의 아주아주 평범한 중년 남성이다. 무기를 들고 있는 것도 아닌, 어디에나 있는 선량한 시민분이다. 이건 완전히 범죄다.

제도에서 헌터들을 우대해주고 있기는 하지만, 일반인 분에게 폭력을 행사하는 헌터를 용서할 정도는 아니다.

손을 내밀어서, 다리에 힘이 풀려서 일어나지도 못하는 남자를 일으켜줬다.

"죄, 죄송해요. 얘가 좀 정서불안이거든요. 다친 데는 없으신가요?"

"……."

남자는 내 손을 잡지도 않은 채 작은 비명을 질렀고, 입에 거품을 물고 도망쳤다.

등에 발자국이 찍혀 있었다.

……아무래도 다친 덴 없는 것 같은데. 다행이다, 다행이야…… 다행은 무슨.

대체 뭐가 이유가 돼서 일을 저지를지 모르는 일이다. 진짜 조마조마하네.

리즈는 눈살을 찌푸리고 남자가 도망친 쪽을 쳐다봤다. 왠지 불만이라는 얼굴이다.

뭐야? 뭔데? 뭐가 마음에 안 드는 건데? 요즘에는 착하게 지냈잖아?

……일단 그 사람들이 오기 전에 도망치자. 또 너냐는 소리를 듣는단 말이야.

서두르는 나를 리즈가 빤히 쳐다보고, 고개를 살짝 갸웃거렸다.

"어라라? 혹시………… 일부러 그냥 놔둔 거야?"

얘가 무슨 소릴 하는 거야. 그냥 놔두고 자시고, 누가 좀 쳐다

보면 어떻다는 건데.

그래서 나한테 무슨 해라도 끼쳤어? 쳐다보는 건 네가 항상 눈에 띄는 보구를 신고 있기 때문이잖아?

"리즈, 나중에 잔소리해야겠다."

"……뭐야~ 연기 너무 잘한다! 나도 자신 있었는데, 하나도 몰랐다니까…… 다음엔 더 조심할게?"

리즈가 다시 기분이 좋아졌다.

잔소리하겠다고 했는데도, 내 팔을 끌어안은 리즈한테서는 반성하는 기미가 전혀 보이질 않는다.

엄청나게 기분이 좋아져서 나한테 달라붙은 리즈를 데리고, 빠른 걸음으로 범행 현장을 벗어났다.

그렇구나. 리즈는 조심하지 않으면 이런 무차별 폭행을 저지르는구나…… 리즈 얘는 티노를 단련시키기 전에, 티노한테서 상식을 좀 배웠으면 좋겠다.

있는 힘껏 도망쳤다. 숨이 막힐 것 같아도 계속 뛰었다. 남자의 엄청난 서슬을 보고도 앞을 가로막는 사람은 없었다.

제도 제블디아는 남자의 앞마당 같은 곳이다. 찾아오는 여행자나 상인들이 잔뜩 오가는 큰길은 물론이고 일반 시민들은 가까이 가는 걸 꺼리는 뒷골목까지, 어지간한 길은 전부 머릿속에 들어 있다.

하지만 지금은 그런 걸 생각하고 있을 여유가 없었다.

육식 짐승에게 쫓기는 작은 동물처럼 계속 도망쳤다. 산소가 부족해진 머릿속에 떠오르는 것은 소름이 돋을 것 같은 날카로운 눈빛.

결국 남자가 멈춘 것은 10분도 넘게 계속 달린 뒤에 제도 남서부──『퇴폐지구』라고 불리는 치안이 나쁜 지구의 한쪽에 있는 어둠침침한 건물의 뒤쪽에 도착했을 때였다.

숨을 거칠게 쉬면서 그제야 뒤를 돌아봤다. 추적자는 없다. 그걸 확인하고, 겨우 위기를 벗어났다고 생각한 남자가 다시 냉정해졌다.

만약 그 여자가 마음만 먹었다면 이미 체포됐을 것이다. 아니, 그 전에 그 구속을 뿌리치지도 못했겠지. 가느다란 팔에서 나온 엄청난 힘은 물론이고, 포인트를 제대로 잡아서 몸을 전혀 움직이지 못하게 제압한 탓에, 마치 온몸이 밧줄로 꽁꽁 묶인 것만 같았다.

건물 틈새로 비치는 흐릿하고 희미한 햇빛만이 피곤해서 깜박이는 시야를 비춰주고 있었다.

"헉, 헉…… 큭…… 뭐야, 그건…….."

숨을 헐떡이고, 두 팔로 몸을 꼭 끌어안아서 멈추지 않는 떨림을 견뎠다.

절대로, 들킬 만한 짓은 하지 않았다.

상대는 레벨8과 레벨6 헌터다. 남자 쪽은 그럭저럭 각오를 다지고 임했다.

두 명의 모습은 상당히 시선을 끌었고, 사람들이 많은 길을 걸어가고 있었다. 해를 끼치려고 한다면 또 모를까, 남자의 시선과 다른 사람들의 시선을 구별할 수는 없을 것이다.

이번 목적은 어디까지나 확인이다. 최우선 사항은 들키지 않는 것이고.

자신이 있었다. 남자의 외모는 눈에 띄지 않았고, 헌터도 아니다. 행동도 자연스러운데다 오랫동안 부자연스럽게 쳐다보지도 않았고, 살기를 내뿜지도 않았다.

항상 사각에 위치하고, 시야에 들어가지 않도록 주의도 했다. 도적의 기술도 배웠다. 실수는 전혀 없었다.

실제로 남자는 땅에 쓰러질 때까지, 자신이 미행하고 있다는 걸 들킬 가능성에 대해서는 전혀 생각하지 않았다.

강하게 구속당했던 팔이 아직도 욱신욱신 아팠다. 그 팔을 누르면서 숨을 골랐다.

우연이라고 생각하고 싶지만, 《절영》은 틀림없이 남자의 시선을 눈치챘다. 그리고 생각해야 할 문제는, 어째서 《천변만화》가 구속까지 했던 자신을 놓아준 걸까.

뒤를 밟고 있던 남자를 아무 이유도 없이 보내줬을 거라고는 생각하기 힘들다. 솔직히 아무것도 안 하고 놓아줄 거라면 《절영》한테 구속하라고 시킬 필요도 없으니까.

사죄하는 말을 하기는 했지만, 그게 진심에서 나온 말은 아닐 거다.

심문당해도 정보를 불 생각은 없었지만, 그러지도 않고 그냥 놓아주니까 뭔가 다른 의도가 있다는 생각이 든다.

목적은── 경고, 인가? 젠장, 어디까지 들킨 거지.

소리를 내지 않고, 그저 이를 갈았다.

정보가 누설되지는 않았다. 자신들의 계획은 완벽할 텐데.

보물전에서 구축한 이론을 바탕으로 실험하던 팀── 노토 커클레어로부터 《천변만화》를 감시하라는 지시가 내려왔을 때는 쓸데없는 걱정이 아닌가도 싶었지만, 이건──.

사과하던 청년의 얼굴을 떠올리고, 남자는 눈을 한계까지 크게 뜨고는 어깨를 부르르 떨었다.

남자는 해가 저물기 직전에야 겨우 다시 움직이기 시작했다. .

【흰 늑대 소굴】은 이제 틀렸다. 아니, 우리의 존재조차 완전히 간파당했다.

그 의도가 무엇이건 상황은 최악에 가깝다. 계획을 변경해야 한다고 전해야겠지.

비틀비틀 걸음을 옮기는 남자의 모습을 보고 있던 사람은 아무도 없었다.

제3장　　슬라임과 결집하는 전력

제도 제블디아는 주위에 서식하는 마물들에 대처하기 위해서 두꺼운 외벽으로 둘러싸여 있다.

상공에서 보면 직사각형으로 보이는 도시의 중심에는 황제가 사는 『성』이 있고, 도시의 성립 과정이라는 사정상 중앙으로 갈수록 역사가 오래되고 번성하는 경향이 있다.

도시를 둘러싸고 있는 외벽은 지금도 제도의 발전에 따라서 계속 확장하고 있다. 밖에 나가는 데 필수인 네 개의 문 부근만큼은 예외지만, 외벽에 가까운 곳은 제도에서도 치안이 가장 나쁜 지역이다.

특히 심한 곳은 강이 가까운 탓에 오랫동안 벽을 확장하지 않았던 제도 서남부 지역이다.

제도의 어둠을 응축시켜놓은 것처럼 난잡하게 뻗어 있는 길은 사람 몇 명이 나란히 지나가기만 해도 꽉 찰 정도로 좁고, 낮에도 어둠침침하다.

두꺼운 석조 외벽에 발전을 압박당한 것처럼 증축된 건물은 마치 누더기처럼 복잡하고 기괴해서, 여유와 활기가 넘치는 제도 중심부의 경관과는 하늘과 땅만큼의 차이가 있었다.

『제블디아 남서 퇴폐지구』. 보통 사람들은 대낮에도 가까이 가지 않는 곳이다. 치안 유지가 임무인 기사단도 큰 사건이 일어나지 않는 한은 가까이 가지 않는다.

그리고 그곳에 사는 사람들도 뭔가 사연이 있는 사람들이나 가난한 사람들이 많다.

죄를 저지르고 탐협에서 쫓겨난 전직 헌터부터 가지고 있기만 해도 죄가 되는 금기 물품들을 취급하는 어둠의 상인. 사연이 있는 물건들을 원래 가치를 보면 생각할 수도 없을 만큼 헐값에 팔아치우는 장물아비. 범죄조직 구성원부터 어떤 사정 때문에 숨어서 살고 있는 저명한 헌터까지. 온갖 선과 악, 유용한 물건과 필요 없는 물건들이 뒤섞인, 제도의 어둠을 응축시켜놓은 것 같은 혼돈의 도가니다.

그 속에서 얼마 안 되는 가치 있는 물건을 찾아내기 위해서는 힘과 명성, 돈과 연줄이 필요하다.

나와는 전혀 상관없는 이야기다.

하지만 그런, 제블디아에 온 뒤로 거의 들어가 본 적이 없는 지역을, 나는 지금 천천히 주위를 둘러보면서 걸어가고 있다.

주위에서 날아오는 시선이 느껴진다. 집과 집 사이에서 엿보는 어린아이의 시선. 당장이라도 무너질 것 같은 집 2층 창문에서 이쪽을 빤히 쳐다보는 수상하게 여기는 시선. 내 생김새는 빈말로라도 강해 보이지는 않으니까 신기하기도 하겠지. 그다지 편한 느낌은 아니지만, 어쨌거나 지금은 싸움을 걸러 온 게 아니다.

"저기, 크라이. 무슨 일 때문에 이런 데 온 거야?"

그런 거친 주민들보다 훨씬 성질이 급한 리즈가 이상하다는 표정으로 물었다.

리즈는 좋고 싫은 게 확실하지만, 내 부탁은 어지간하면 들어준다.

지금 리즈는 지난번 데이트 때랑 다르게 헌터의 차림새를 하고 있다. 움직이기 편한 숏 팬츠에 가벼운 움직임을 중시해서 최소한의 방어력을 갖춘 빨간색과 검은색 위주의 옷. 허리에 찬 벨트에는 언제라도 쓸 수 있도록 포션과 피킹 툴이 들어간 가방을 달아놨고, 오른팔에는 리즈의 무기인 특수한 건틀렛을 차고 있다. 하이스트 루트(하늘에 도달하는 기원)는 상시 장비하는 물건이지만, 어쨌거나 완전무장한 헌터가 거기에 있다.

나로서는 장갑이 좀 더 두꺼워도 좋을 것 같지만, 도적(시프)은 원래 그런 거니까.

"방심하면 안 된다?"

"방심? 방심이 뭔데? 크라이를 호위하는데 방심할 리가 있겠어."

리즈가 내 오른팔에 매달리려는 것처럼 가까이 다가왔다. 살짝 달콤한 향기가 풍겨온다.

그런 게 방심이라고 생각되는데, 역전의 헌터한테는 그게 아닌 걸까?

"솔직히 여기는 내 앞마당이나 마찬가지니까. 데이트 계속하는 거라고 생각해도 되거든?"

"……자주 와?"

"소매치기도 있고, 티나 시트랑 같이 다니다 보면 공격해오기도 하거든. 최근에는 별로 안 왔지만……."

……대답이 좀 이상하지 않아?

하지만 그 말을 듣고 보니, 치안이 나쁘기로 유명한 퇴폐지구에 왔는데도 아직까지 공격해온 사람이 하나도 없다. 가까이 다가오는 사람조차 없고. 피어스나 반지 같은, 귀금속처럼 생긴 보구를 산더미처럼 장비하고 있는 내가 있는데, 이건 일종의 이변이라고 해야 하려나.

냉정하게 주위를 둘러보니 한눈에 봐도 건달이라는 걸 알려주는 자들도, 눈빛이 매서운 헌터 출신인 남자들도, 하나같이 리즈를 보자마자 얼굴이 새파랗게 질려서 도망쳐버렸다.

리즈는 기분 좋게 콧노래까지 흥얼거리고 있다. 난 모른 척하기로 했다.

"이상한 거 보면 얘기해줘야 한다?"

"음~ 그게 뭔데?"

리즈는 내 편이다. 나는 나 자신보다 리즈를 더 믿고 있다.

나는 잠시 망설이고, 애매하게 말했다.

"슬라임 같은 뭔가라든지, 그런 거. 나온다면, 말이지만."

『퇴폐지구에 사는 아이들이 여러 명 실종됐다는 것 같습니다.』

에바가 어제 저녁에 그런 정보를 가져다줬다.

아무래도 에바는 내가 알아보지 않아도 된다고 말한 뒤에도 계속 제도에서 일어난 사건들을 조사한 것 같다.

나랑 달라서 많이 바쁠 텐데, 정말 열심히 일하는 사람이다.

그런데 퇴폐지구는 완전히 치외법권이다. 치안 유지를 담당하는 제3기사단도 이곳만은 어지간해서는 들어오지 않고, 마피아나 마술결사 같은 뒤가 구린 조직이 거점으로 삼고 있다는 소문도 있는, 제도에서도 손꼽히는 위험지대다.

존재는 알고 있었지만 직접 와본 적은 없었고, 가능하다면 평생 오고 싶지 않았다

아무리 그래도, 그런 곳에 시트리 슬라임이 있으려나?

만약에, 혹시나 내가 슬라임을 떨어트렸다고 해도, 금고에서 캡슐을 꺼낸 뒤에 내가 지나갔던 곳은 클랜 하우스와【흰 늑대 소굴】사이에 있는 곳뿐이다. 그리고 퇴폐지구는 그 범위에 해당되지 않고.

애들이 행방불명된 원인이 슬라임일 가능성은 한없이 낮다고 할 수 있다.

그래도 굳이 이런 곳까지 와 있는 것은, 확률이 조금이라도 있다면 어떻게든 해야겠다는 생각과── 에바가 덤으로 가져다준 정보 중에, 평판이 좋은 아이스크림 가게가 퇴폐지구에 있다는 이야기가 있었기 때문이다.

아무래도 내가 괜찮은 아이스크림 가게를 찾고 있다고 말했던 것도 기억한 모양이다.

그런 점을 정말 좋아해요.

퇴폐지구에서는 유명한 가게라는 것 같다. 가난한 주민들에게 아주 싼값에 아이스크림을 제공하고 있다는 것 같은데, 단것을 좋아하는 나로서는 절대로 놓칠 수 없는 정보다.

"흐음~. 애들 말이지…… 크라이 너도 별걸 다 신경 쓰네. 여기 애들이 이렇게 많은데, 없어져봤자 아무도 신경 안 쓸걸."

슬라임 일은 숨기고 말한 대략적인 경위를 들은 리즈는 따분하다는 투로 그렇게 말했다. 에바가 왠지 자신 없는 투로 말했던 것도, 원래 그런 곳이기 때문이겠지.

퇴폐지구는 소문대로 끔찍한 곳이었다. 복잡한 골목길에 길가에 방치된 쓰레기. 어디선가 비명과 고함 소리가 들려오고, 가까운 곳에 개울이 있는 탓인지 코가 비뚤어질 것 같은 악취가 난다.

기사단이 순찰하기 싫어하는 것도 이해가 된다. 멀쩡한 감성을 가진 사람이라면 여기 올 생각도 안 할 테니까.

하지만 그런 끔찍한 곳에서 씩씩하게 살아가는 주민들도 리즈한테는 다가오지 않았다.

"……죽인 건 아니겠지?"

"크라이가 말한 대로 내가 먼저 건드린 적은 없거든?"

Yes인지 No인지 확실하게 말해줬으면 싶거든.

대충 본 바로는, 리즈가 말한 대로 퇴폐지구에는 상상보다 훨씬 많은 사람이 살고 있는 것 같다. 제도는 풍요로운 곳이라고 하는데, 빛이 강하면 어둠도 짙어진다는 뜻인가.

어른들은 물론이고 누더기를 걸친 애들이 흥미진진하게 우리를 쳐다보고 있다. 최소한의 영양만 간신히 섭취하고 있는지, 비쩍 마른 사람들도 많다. 리즈의 팔다리에도 군살이라고는 하나도 없기는 하지만, 그것과는 질이 다르다.

"그런데 크라이, 어떻게 찾을 생각이야? 사람들한테 물어봐도 소용없을 것 같거든?"

리즈가 주위를 견제하려는 것처럼 시선을 던지면서 물었다.

"아, 괜찮아. 보면 알거든."

"역시 크라이는 대단해!"

리즈가 환호성을 질렀다.

나는 딱히 빈곤을 해결해주러 온 것도 아니고, 행방불명된 아이들을 찾으러 온 것도 아니다. 나는 잃어버린(가능성이 있는) 시트리 슬라임을 찾으러 왔을 뿐이다.

그리고 과연 여기에 있는지 아닌지는 모르겠지만, 만약에 있다면 상당한 참사가 벌어지고 있을 것이다.

아무래도 시트리 슬라임은 예전에 『최우수』라고 불렸던 연금술사(알케미스트) 시트리가 주의해서 취급하라고 말했을 정도의 물건이니까. 그 꿈을 믿는 건 아니지만, 제도가 멸망할지도 모른다는 놈이 풀려나서 주위에 큰 영향을 미치는 건 충분히 있을 수 있는 일이다.

그리고 다행히도, 대충 보기에는 딱히 눈에 띄는 문제는 벌어지지 않은 것 같았다.

리즈는 《비탄의 망령(스트레인지 그리프)》에서 색적을 담당하는 도적이다. 위기 탐지의 프로페셔널인 리즈는 미지의 무언가에 대해 아주 민감하다. 그런 리즈가 아무 말도 안 한다면, 아무 일도 없을 가능성이 크다.

머리를 긁으면서, 안심한 것 같기도 하고 헛걸음한 것 같다는 기분도 맛보면서 중얼거렸다.

"이번에는 정말로, 그냥 데이트가 될지도 모르겠네."

"뭐야뭐야? 크라이가 무서워서 도망친 건 아닐까?"

"굳이 따지자면, 리즈가 무서워서 그랬을 가능성이 더 클 것 같은데……."

뭐, 애당초 슬라임한테 무서워한다는 기능이 있는지 아닌지도 모를 일이지만…….

리즈는 내 말을 듣고, 어째서인지 활짝 웃으면서 팔을 끌어안았다.

일단 아이스크림 가게로 가면서, 가는 길에 확인해보자.

검은색 재킷을 입은 시시해 보이는 남자와 어깨와 복부 등을 훤히 드러낸 노출이 많은 소녀 콤비는, 퇴폐지구 주민들 속에서 이채로운 느낌을 내뿜고 있었다.

한눈에 봐도 돈 냄새가 풀풀 나는 두 사람이지만 감히 덤비는 자는 없다.

퇴폐지구에 치안 유지를 맡은 병사들이 들어오지는 않지만, 그렇다고 무질서한 곳은 아니다. 슬럼에는 슬럼의 법이 존재한다. 그중에는 절대로 싸움을 걸어서는 안 되는 자들에 대한 정보도 포함돼 있다.

저 두 사람 중에 하나──《절영》리즈 스마트는 그 대표적인 존재였다.

산적들이 얌전해 보일 정도로 넘쳐나는 혈기와 남녀노소를 가리지 않고 자신에게 거역하는 자는 주저하지 않고 박살 내는 그

무자비한 성격 때문에, 하루 세 끼 밥도 제대로 챙겨먹지 못하는 사람들이 많은 퇴폐지구 주민들에게는 천적으로 인정돼 있었다.

퇴폐지구 입구에서 감시하라고 부탁해둔 노인이 신속하게 남자가 있는 곳으로 그 소식을 보낸 것도, 돈을 쥐여줬다는 것보다는 그 천적의 얼굴과 이름이 주민들에게 널리 알려져 있기 때문이다.

퇴폐지구의 중심. 칠이 벗겨진 집들이 줄지어 있는 그곳의 한 방에서, 남자가 멍하니 중얼거렸다.

"세상에…… 말도 안 돼. 미행하는 자는 없었는데. 여기까지 올 리가 없다고."

『아카샤의 탑』. 그것은 수많은 마술결사 중에서도 가장 규모가 큰 것이다.

진리의 탐구가 주목적이고, 수단을 가리지 않는 활동 방법 때문에 세계적으로 지명수배가 내려진 조직이지만, 소속된 마도사(마기)들의 실력과 보유한 기술력 때문에 협력하는 자들도 상당히 많다. 특히 우수한 마도사들 중에는 지식과 힘을 추구한 끝에 법을 어기는 실험에 손을 대는 자들도 많은데, 조직은 그런 자들을 흡수하면서 계속 커져갔다.

거대한 마술결사이기에 가능한 풍부한 자금과 일류 헌터들조차도 물리칠 수 있는 폭력. 퇴폐지구에는 보이지 않는 세력들이 여럿 자리 잡고 있는데, 『아카샤의 탑』은 그중에서도 제일 위쪽에 위치하고 있다.

남자는 『아카샤의 탑』의 실행부대 중 한 명이었다. 실력에는 나름대로 자신이 있고 경험도 있다.

하지만 그건 어디까지나 일반인을 대상으로 했을 경우의 이야기다. 남자의 주된 역할은 미행이나 정보수집 등이고, 상대가 현역에 높은 레벨의 헌터라면 도저히 당해낼 수가 없다.

"젠장, 어쩌지?! 대체 어떻게 해야 하냐고?!"

초조해하며 실내를 확인했다.

치안 유지 담당 기사단조차 이유가 없으면 가까이 오지 않는 이 퇴폐지구는, 『아카샤의 탑』에게는 중요한 제도 내부 거점이다.

지금 실시하고 있는 실험은 보물전에서만 할 수 있지만, 이곳에도 들키면 곤란한 것들은 얼마든지 있다.

지금까지의 연구를 정리한 보고서. 제국에서는 취급이 금지된 희귀하고 위험한 촉매와── 지하실에 가둬놓은 『실험동물』. 하나같이 들키면 제도에서 연구하는 데 악영향을 미치는 것들이다.

만약 그런 상황이 벌어지기라도 한다면, 이 연구를 주도하는 《대현자(마스터 메이거스)》가 어떻게 생각할까.

노토 커클레어는 도리를 알고 있는 사람이지만, 동시에 잘못을 저지른 부하를 용서할 정도로 어설픈 자는 아니다.

비쩍 마른 노인 같은 생김새와 반대로 탁한 듯이 번쩍번쩍 빛나던 두 눈을 떠올리며, 남자는 오싹한 기분에 몸을 부르르 떨었다.

자료와 소재를 이동시킬까? 아니, 시간이 없다. 그나저나 대체 어디까지 눈치챈 거지?

어떻게 된 일인지 영문을 모르겠다. 은폐에는 세심한 주의를 기울여왔는데.

『아카샤의 탑』은 국제적으로 수배되고 상금까지 걸려 있다. 털

끌 하나라도 들켜서는 안 된다. 그리고 실제로 그렇게 해왔다고 생각한다.

제국 내부에도 협력자가 있기는 하지만, 높은 레벨의 헌터가 명확한 증거를 들이대면 감싸줄 도리가 없겠지.

머리를 쥐어뜯고 있는 남자에게 새로운 소식이 들어왔다. 그 내용을 듣고, 남자의 눈앞이 새카매졌다.

《천변만화》가 향하는 곳은—— 아이스크림 가게!

절망적이다. 전부 다 들켰다. 최소한 의심하고 있다는 건 틀림 없다.

제국의 어두운 측면 그 자체인 이 퇴폐지구에 아이스크림 가게 는 딱 한 곳밖에 없다.

퇴폐지구의 메리트 중 하나가 인체실험 소재를 쉽게 구할 수 있 다는 것—— 가까운 곳에 없어져도 신경 쓰는 사람이 없는 인간 들이 잔뜩 있다는 점이다. 특히 자아가 발달하지 않은데다 판단 능력도 부족하고 힘이 약해서 납치하기 쉬운 어린애들이 좋다. 단것을 미끼로 사용하면 얼마든지 낚을 수 있고—— 원하는 타이 밍에 없애버릴 수도 있다.

반쯤 실험적으로 만들어본 아이스크림 가게는, 이 동네에서는 신기한 곳이기도 해서 기대 이상의 기능을 발휘하고 있다.

어쩌면 그게 탈이 난 걸까. 아니, 아직 실수는 저지르지 않았을 텐데. 『아카샤의 탑』이 손을 쓰지 않더라도, 약육강식의 세계인 퇴폐지구에서 어린애들이 사라지는 것은 흔한 일이다.

가슴 속에서 후회가 소용돌이친다.

아직 정보가 제국 상층부까지 들어가지는 않았겠지. 국가는 명확한 정보가 있어야만 움직인다.

하지만 일이 이렇게까지 됐다면, 증거를 전부 말소하고 제국에서의 실험을 완전히 중지하는 수밖에――.

거기서 남자는, 또 한 가지 아이디어를 생각해냈다.

그렇다. 여기저기 뒤지고 있는 《천변만화》와 《절영》을 없애버리면 된다.

특히 《천변만화》. 애당초 그 남자만 없었으면 로돌프가 살아 돌아가서 【흰 늑대 소굴】의 이상이 알려지는 일도 일어나지 않았을 것이다. 어지간한 헌터라면 여기까지 오지도 않았을 테고, 탐색자 협회와 제국은 정해진 범위 이상의 일은 하지 않는다. 그래서 《천변만화》가 가장 큰 적이다.

하지만 그런 아이디어를 떠올리기는 했어도 남자의 기분은 풀리지 않았다.

살인을 꺼리는 건 아니다. 경험도 헤아릴 수도 없을 만큼 많다.

하지만 수단이 없다. 상대는 제도에도 세 명밖에 없는 레벨8.

오랫동안 거친 일을 해왔기 때문에 알고 있다. 높은 레벨의 헌터는 괴물이다.

그리고 인간의 영역을 벗어나지 못한 남자에게는 괴물을 죽일 방법이 없다. 겉보기에는 시시한 남자다. 헌터 특유의 분위기가 감도는 것도 아니다. 하지만 남자는 그런 겉모습에 속을 정도로 어리석지 않았다.

심장이 아플 정도로 거세게 뛰고 있다. 이번에 노토가 주도하고 있는 실험은 『아카샤의 탑』 내부에서도 주목받고 있다. 노토 커클레어의 숙원이다. 일개 헌터 따위에게 당하기라도 하면 숙청은 피할 수 없을 것이다.

가만히 움직임을 멈추고, 온몸의 감각에 신경을 집중시켰다. 실내는 귀가 아플 정도의 침묵이 감돌고 있었다.

《천변만화》가 여기까지 알고 있을까. 지금 당장이라도 쳐들어오는 건 아닐까. 그런 영문 모를 공포에 짓눌릴 것만 같은 기분이다.

그때, 갑자기 문이 열렸다.

발소리는 들리지 않았다. 남자는 벌떡 일어나서 반사적으로 호신용 단검을 뽑았다.

레벨8의 괴물을 상대로 이런 마법 하나 걸리지 않은 평범한 단검이 도움이 될까.

남아 있는 이성이 그렇게 속삭였지만, 다른 무기는 가지고 있지 않았다.

그때, 당장이라도 쓰러질 것 같은 표정으로 떨고 있는 남자에게 상대가 말을 걸어왔다.

"스승의 명에 따라, 지금 돌아왔습니다. 왜 그러고 계십니까, 그런 꼴로?"

"……당신——."

"아, 이건 선물입니다."

상상했던 것과 달리 귀에 익은 목소리였다. 긴장감이라고는 없는 부드러운 목소리 때문에 다리가 풀렸다.

불꽃을 뭉쳐놓은 것 같은 진홍색 눈이 남자를 보고 있다.

목소리의 주인은 10대 중반 정도의 여자아이였다. 숱이 많고 허리께까지 내려와 있는 진홍색 머리카락과 소매가 긴 검은색 로브. 노출도 없고 어딘가 투박해 보이는 차림새지만, 살갗에는 잡티 하나 없고 얼굴도 예쁘다. 나이에 걸맞은 차림새를 하면 꽤나 예쁘게 보이겠지.

겉보기에는 그 나이와 예쁘장한 용모 때문에 경험이 적은 여자 마도사로 보이지만, 눈앞에 있는 존재가 그런 어설픈 것이 아니라는 것은 남자도 잘 알고 있다.

《대현자》의 1번 제자. 노토 커클레어가 진리의 노예라고 표현한 광기의 마도사.

남자의 목에서 메마른 목소리가 나왔다. 그 이름을 부른다.

"소피아……! 도, 돌아온 건가!"

소피아 블랙. 여러 연구에서 뛰어난 수완을 발휘해서 수많은 병기를 만들어냈고, 지금까지 몇 번이나 곤란을 타파해온 그녀는, 그 공적과 달리 난처하다는 표정을 지으며 남자를 바라보고 있었다.

리즈와 같이 클랜 하우스로 돌아왔을 때는 이미 해가 저물어 있었다.

결국 예상대로라고나 할까, 시트리 슬라임은 흔적조차 찾아볼 수 없었다. 사람들한테 물어보기도 했지만 특별한 정보는 없었다. 퇴폐지구에서는 사람이 없어지는 일이 흔하게 일어나는 것 같지만, 역시 에바가 가르쳐준 행방불명 사건은 다른 건이라고 봐야겠지.

혹시 몰라서 시트리와 관계된 일이라는 건 숨기고 리즈한테도 확인해달라고 했지만, 결과는 마찬가지였다.《비탄의 망령》에서 가장 예민한 오감을 지닌 리즈가 그렇게 말했으니까 틀림없겠지.

"음…… 내 감각, 무뎌졌나?"

"아냐, 신경 쓸 것 없어. 리즈가 잘못한 게 아니야. 아마 그냥 내 기분 탓이니까."

보기 드물게 약한 소리를 하면서 고개를 갸웃거리는 리즈를 달래줬다. 리즈는 항상 힘이 넘치고 걸핏하면 싸우는 버릇이 있기는 하지만, 옛날부터 너무 내 기대에 맞춰주려고 하는 경향이 있었다.

아마도 그런 성격이 제자인 티노를 가르치는데도 영향을 주고 있겠지. 티노가 나한테 보이는 신뢰는, 아마도 일반적인 파티 멤버들이 리더에게 보이는 것보다 훨씬 무겁다.

그래서 나는 적당히 판단할 수는 없다. 아니, 적당히 판단했을 때는 적당히 판단했다고 확실하게 말해야만 한다.

……하지만 이렇게 되면, 역시 시트리의 힘이 필수인 것 같다.

시트리는 상당히 우수한 연금술사다.

리즈한테는 친동생인데, 외면은 닮았어도 내면은 정반대다.

온후하고 공부를 열심히 하고, 뭐든지 척척 해내는 우등생. 인정 레벨은 어떤 슬픈 사정 때문에《비탄의 망령》중에서 제일 낮지만, 그 실력은 다른 멤버들한테 절대로 뒤떨어지지 않는다.

신체능력이나 오감이라는 점만 따지면 리즈한테 크게 뒤떨어지지만, 다양한 방면에 대한 방대한 지식에 대해서는 다른 멤버들이 도저히 따라갈 수 없는 경지에 있다.

원래 시트리 슬라임은 시트리가 만들어낸 것이다. 시트리라면 틀림없이 그 지식과 경험을 활용해서 어떻게 금속 캡슐에 들어 있는 슬라임이 행방불명됐는지, 그리고 그 성질을 통해서 지금 어디에 있을 가능성이 가장 클까, 라는 질문에 대해 납득할 수 있는 답을 내줄 것이다.

그리고 만약에 시트리가 깜박하고 슬라임을 금속 캡슐에 넣지 않았다고 한다면, 넣을 예정이었던 슬라임이 어떻게 됐는지가 문제다. 어느 쪽이건 간에 상담이 필요하다.

문제는 시트리가 언제 【만마의 성(나이트 팰리스)】에서 돌아올지 모른다는 점이다.

리즈가 혼자서 제도로 돌아온 지 일주일 가까이 지났다. 리즈가 【만마의 성】에서 빠져나온 건 그곳의 보스 방에 도착한 다음이라고 했으니까, 슬슬 돌아올 때가 되기는 했는데.

"시트리가 언제쯤 돌아올지 혹시 알아?"

"? 왜? 크라이, 시트한테 볼일 있어?"

커다란 눈을 깜박거리면서, 리즈가 고개를 갸웃거렸다.

제도는 평온하다. 하지만 나는 안전하다는 보장이 필요하다.

예를 들자면 제도에 큰 재해가 일어나서 멸망할 위기에 처한다고 해도, 나는 거기에 맞설 생각 따위는 하지도 않고 아무 생각도 없이 도주하는 쪽을 선택할 인간이지만, 나 때문에 그런 일이 벌어지면 꿈자리가 사나울 테니까.

"나도 몰라~. 내가 할 수 있는 일이라면…… 내가 할 텐데 말이야? 뭐든지 할 거거든?"

"자세한 건 아직 확정된 게 아니라서 말 못 하지만, 마법 생물에 관한 지식이 필요하거든."

"아…… 지식…… 말이지. 그건 시트가 아니면 무리겠네."

리즈가 그 작은 가슴 앞에 팔짱을 끼고 눈살을 찌푸렸다.

게다가 이번 대상은 일반적인 마법 생물이 아니라 특별한 녀석이다. 자세한 것은 물론이고 생태가 어떤지에 대해서도 듣지 못했으니까, 다른 사람에게 물어볼 수도 없다.

이야기를 들으면 무서워서 맡아두지도 못할 것 같다는 생각에 도피했었는데, 너무 심하게 도피했던 것 같다.

설마 이런 일이 벌어질 줄이야…….

신경 쓰인다…… 하지만 너무 신경 쓰면 다른 사람들이 불안해하겠지. 클랜 마스터 방에서 항상 하던 대로 의자에 몸을 깊이 묻고, 최대한 태연한 척했다. 슬라임을 분실했다는 걸 알아차린 지도 벌써 일주일이 지났다. 그랬는데도 제도에 특별한 변화가 없는 걸 보면, 당장 뭔가 문제가 일어날 가능성은 낮아 보인다.

"뭐, 시트리도 곧 돌아오겠지."

"음~ 레벨8 보물전은 여러모로 신기했는지 신이 났었으니까, 시간이 걸릴지도 몰라. 뭔지 모를 기재 같은 것도 가지고 갔고. 내가 없으니까 그렇게 오래 있을 것 같지는 않지만."

시트리는 뭔가를 시작하면 끝을 보는 성격이니까……. 지금까지 시트리의 호기심 때문에 귀환이 늦어진 적이 몇 번이나 있었다.

그리고 다른 멤버들도 거기에 휩쓸리는 모양으로 늦어지는 경우가 많고. 언니고 동생이고 너무 프리덤한 것 같다니까.

조금 불안해져서 헛기침을 했다.

보구를 닦으면서 마음을 진정시키고 싶지만, 이미 다 닦아놔서 번쩍번쩍 광이 나고 있다.

"괜찮아, 금방 돌아올 거야. 금방 돌아올 거야……."

그렇게 나 자신을 달래고 있는데, 갑자기 클랜 마스터 방의 문이 열렸다. 빠른 걸음으로 들어온 에바가 소파에 앉아서 쉬고 있는 리즈를 슬쩍 보고는 아무 말도 없이 날 쳐다봤다.

금세 화를 내는 리즈도 에바한테만은 덤벼들지 않는다. 잘 타일러둔 덕분이다. 이 유능한 직원한테는 절대로 손대면 안 된다고 몇 번이나, 몇 번이나 잘 타일러뒀다. 도망치기라도 하면 끝장이니까.

리즈가 손을 살랑살랑 흔들면서, 의욕이라고는 하나도 없는 목소리로 말했다.

"헬로~ 에바?"

"헬로~! ……크라이 씨, 【흰 늑대 소굴】조사 협력에 관한 이야기입니다만, 멤버를 선정했습니다. 제 생각입니다만——."

"아~ 고마워. 에바한테 맡겨둘게…… 아크도 없으니까."

"낮에 거크 씨가 오셔서—— 제가 대신 교섭했습니다. 크라이 씨가 부재중이라고 했더니 그쪽도 상당히 불안해했습니다만."

내가 있어봤자 아무것도 못하잖아. "응, 그래, 그렇구나" 하면서 맞장구나 치는 게 고작이다. 장식품 클랜 마스터보다는 에바가 더 올바른 판단을 할 수도 있고.

다른 클랜과 달라서, 우리 클랜은 마스터보다 부 마스터가 더 우수하다. 그리고 난 무능하지만, 그래도 무능하다는 걸 자각하고 있는 것만 해도 다행이라고 생각한다.

"평소대로 기본적인 건 에바한테 맡길게. 뭔가 문제가 있으면 내가 들어줄 테고, 뭔가 마음에 걸리는 게 있으면 확인할 테니까…………… 항상 힘들게 해서 미안해."

엉터리 같은 태도와 마음이 거의 실리지 않은 위로의 말을 했지만, 에바는 눈썹 하나 까딱하지 않았다.

"아닙니다. 저는 진정한 의미에서는 크라이 씨를 도와드릴 수는 없으니까요."

무슨 농담을 하는 얼굴은 아닌데, 대체 무슨 소리를 하는 건지 하나도 모르겠다.

네 멋대로 굴지 말라고 빈정대는 걸까? 센스가 너무 뛰어나서 판단할 수가 없다.

"……정말 큰 도움을 받고 있는데 말이야. 우리 클랜, 에바가 없으면 돌아가지도 않을 것 같거든."

"……모아온 정보는 도움이 되셨습니까? 웬일로 낮부터 밖에 나가셨던 것 같습니다만."

에바한테는 항상 고생을 시키고 있다. 아무도 가까이 가고 싶어 하지 않는『퇴폐지구』의 정보를 모으려면 평소와 또 다른 루트가 필요했겠지.

하지만 아쉽게도 나는 그 정보의 진위를 확인하지도 못했다.

도움이 됐는지 안 됐는지를 따지자면—— 안 됐다. 하지만 내 애매한 질문에 열심히 대답해준 에바한테 그대로 NO라고 말할 수도 없다.

하지만 여기서 거짓말을 해봤자 다 들키겠지. 같이 행동했던 리즈도 있으니까.

나는 눈을 감고서 그럴듯하게 말했다.

"내가 원하던 건 찾아내지 못했어. ……하지만 도움이 안 됐던 것도 아니야."

퇴폐지구에는 아무것도 없다. 안전하다는 사실을 알았다. 그걸로 충분하니까.

에바는 내 대답을 듣고 의아해하는 표정을 지었다. 너무 노골적으로 얼버무렸나.

당황해서, 농담이라는 것처럼 웃어 보였다.

"아, 그렇지. 전에 가르쳐줬던 아이스크림 가게에 가봤는데, 문 닫았더라고."

"…………그, 그랬습니까. 정기휴일에 대한 정보는 없었습니다만."

"셔터까지 내려가 있더라고, 정말 아쉬웠어. 어쩌면 임시 휴일이었는지도 모르지."

나중에 또 거기에 가야 한다고 생각하니까 마음이 좀 무겁다. 다음엔 티노를 데리고 가볼까.

"달콤한 냄새도 났고 사람 기척도 느껴졌으니까, 우리가 가기 조금 전까지는 문을 열었던 것 같은데 말이야. 기껏 크라이가 거기까지 가줬는데, 정말 실례야."

소파 팔걸이에 턱을 얹어놓고 다리를 흔들면서, 리즈가 말했다.

리즈가 문을 쾅쾅 두드리고 억지로 가게 안에 들어가려고 하는 걸 말리느라 큰일이었다. 리즈는 달콤한 음식을 싫어해서 완전히 날 위해서 한 일이었지만, 날 위해서라면 그런 행위를 자제해줬으면 싶거든.

아이스크림 가게도 쉬고 싶을 때가 있지 않겠냐고. 나도 항상 쉬고 싶으니까.

에바가 어흠, 하고 살짝 헛기침을 한 뒤에 하던 이야기로 돌아갔다.

"알고 계실지도 모르겠습니다만, 보물전 조사는 며칠 안에 행해질 예정입니다. 전문가를 동반하여【흰 늑대 소굴】을 샅샅이 조사하겠다고 합니다."

꽤 큰일이 됐네…… 우리 쪽에서도 몇 명쯤 가야 하려나. 뭐, 나야 안 가니까 상관없지만.

그리고 그런 보물전에 혼자서 돌입해서 무사히 살아 돌아온 나 자신을 칭찬해주고 싶은 기분이다.

조용히 이야기를 듣고 있는 나에게, 에바가 인상을 쓰고 도끼 눈을 뜨고서 물어봤다.

"……뭔가 신경 쓰이는 점이라도 있으십니까?"

"……응? 특별한 건 없는데…… 뭐, 괜찮지 않겠어? 《발자국》

멤버라면 뭐, 괜찮을 테니까. 이상이라고 해봤자, 원래는 레벨3 밖에 안 됐던 보물전이니까……."

"……."

무엇보다 이번 조사는 보물전에 이상이 있다는 걸 알고 있는 상태에서 하는 일이다. 아무 생각도 없이 티노네를 보냈던 지난번 하고는 사정이 다르다는 얘기다. 대책도 마련했으니까, 어지간한 팬텀(환영)이라면 물리칠 수 있을 것이다.

나는 딱 잘라서 확실하게 말했지만, 나를 보는 에바의 눈빛은 왠지 회의적이다.

뭔가 불안한 점이라도 있는 건가?

퇴폐지구에서 떨어진 곳에 있는 『아카샤의 탑』의 제도 거점 중 하나에, 지금 노토와 그 부하들이 모였다.

연구에 관여하는 노토와 그 제자들. 제도의 정보 수집과 『아카샤의 탑』 본부와의 연계를 담당하는 정보요원, 만약의 경우를 대비한 호위.

결코 바깥세상에 드러나서는 안 되는 조직이기 때문에, 노토의 연구실 구성원 대부분이 이렇게 모인 것은 처음이다.

각자 굳은 표정이 지금 긴급 사태라는 것을 확실하게 보여주고 있었다.

시선의 중심에 있는 것은 한 여자 마도사—— 조금 전에 귀환한 소피아 블랙이다.

노토의 2번 제자── 플리크 페트신이 눈을 부릅뜨고 거친 목소리로 소피아에게 말했다.

"이제야 돌아왔나…… 이 힘든 때에, 지금까지 뭘 하고 있었지!"

"죄송합니다. 조금 멀리 나가 있다 보니…… 실험 소재 회수를──."

소피아가 미안하다는 것처럼 고개를 숙였다. 하지만 그 말을 듣고도 2번 제자의 표정은 달라지지 않았다.

그 눈에는 동료를 보는 것이 아닌, 확실한 악의에 찬 감정이 깃들어 있었다. 자신보다 마술 실력이 떨어지는 자에 대한 모멸과 미숙한 주제에 스승의 눈에 든 자에 대한 질투.

사실 소피아 블랙의 마술 실력은 다른 제자들과 비교해서 확연하게 떨어진다. 원거리에서 공격마법을 사용한다면 다른 제자들 쪽이 훨씬 잘할 것이다.

마도사에게 있어 마술 실력은 긍지다. 실력이 뒤떨어지는 마도사가 자신을 제치고 스승의 1번 제자가 됐다는 것은 참기 힘든 굴욕일 것이다. 소피아가 마술을 조금만 더 잘 사용했다면 다른 제자들의 시선도 조금이나마 부드러워졌을 것이다.

그럼에도 불구하고── 소피아가 노토의 1번 제자가 된 데는 다른 이유가 있다.

지금 상황은 노토와 제자들에게 상당히 좋지 않았다.

이렇게 전부 모인 것도, 이 회의의 결과가 향후의 진퇴에 큰 영향을 주기 때문이다.

실험이 들켰다. 탐색자 협회와 제국이 움직이고, 게다가 《천변만화》한테 거점 위치를 들켰다.

실험은 이제야 겨우 전망이 보이기 시작한── 어중간한 상태다.

노토의 연구에는 돈과 시간은 물론이고 그에 적합한 『장소』가 필요 불가결이다. 여기서 연구소를 버리게 되면, 설령 실험성과가 남아 있다고 해도 다른 나라에서 같은 조건을 갖추는 데 시간이 걸린다.

하지만 만에 하나라도 포박당하고 연구 내용을 제국에게 몰수당하기라도 하면, 그것이야말로 돌이킬 수 없는 사태다. 전원이 목을 매달리는 것은 당연한 일이고, 경계가 강화돼서 제국에서는 두 번 다시 연구할 수도 없게 될 것이다. 『아카샤의 탑』에 폐를 끼치게 될 가능성도 상당히 크다.

노토에게 존재하는 것은 진리에 대한 끊임없는 탐구심뿐이다. 금기를 저질러서 추방된 자신을 거둬준 조직에 대한 애착 따위는 털끝만큼도 없지만, 대국을 상대하는 것은 너무나 불리하다고 말할 수밖에 없다.

철수인가 철저 항전인가. 가장 큰 문제는──《천변만화》라는 존재다.

상대가 제국이나 탐협이라면 그나마 다행이다. 지금까지 발각된 것은 보물전에서 이상이 발생했다는 사상(事象)뿐이다. 연구소를 폐기하고 철수하면 노토 일행의 존재가 들키는 일은 없을 것이다. 아니면 일단 조용해질 때까지 실험을 잠시 쉬기만 하고, 철수할 필요까지는 없을지도 모른다.

보물전의 이상은 일시적이다. 노토 일행이 손을 떼고 시간이 지나면 원래대로 돌아간다. 아무것도 모르는 놈들은 이번에 벌어진 보물전의 이상을 단순한 우연이라는 말로 넘겨버릴 것이다.

하지만 한 사람이라도 사정을 알고 있는 자가—— 예측하는 자가 있다면 이야기가 달라진다.

틀림없이 큰 장애가 된다. 예전에 《대현자》라고 불렸던 남자는 결정을 내리지 못하고 있었다.

천변만화가 어디까지 알고 있을까. 어째서 알고 있는 걸까. 그리고—— 알고 있다면 왜 노토 일행을 그냥 놔두고 있는 것일까.

예전에 제도에서 고명한 마도사로서 이름을 떨치던 시절, 노토는 헌터들을 얕잡아봤었다.

마나 머티리얼의 영향으로 힘을 좀 얻었다고 건방지게 구는 하등한 존재라고, 그 원리를 탐구할 생각 따위는 추호도 없이 욕심만 가지고 살아가는 쓰레기들이라고 생각했었다. 하지만 지금은—— 조금 다르다.

보물전에서의 연구를 통해서, 노토 자신도 적잖은 마나 머티리얼을 흡수했다. 그리고 이해했다. 이 힘은—— 강력하다. 헌터들이 건방지게 구는 것도 납득할 만큼 강력하다.

그리고 중견 헌터들이 탐색하는 마나 머티리얼이 희박한 보물전에 있었을 뿐인 자신들이 이 정도 힘을 얻었다. 그 몇 배, 몇 십배나 되는 난이도의 보물전을 계속 답파하고 이름을 떨치고 있는 《비탄의 망령》 멤버들은 대체 얼마나 강한 힘을 얻었을까.

노토는 자신의 마술 실력에 절대적인 자신을 가지고 있지만,

그렇다고 바보는 아니다.

정면에서 싸웠을 때 확실하게 이길 수 있다는 확증이 없었다. 그리고 제자들도 같은 생각을 하고 있었기 때문에, 누구도 철저 항전을 주장하지 않았다. 굳이 따지자면 항전보다 철수하자는 쪽 이 많은 것 같다.

자신이 없을 때 발생한 일── 상황을 들은 소피아는 낯빛 하 나 달라지지 않고 눈을 감았다.

잠시 입을 다물었다. 다른 제자들이 침묵을 견디지 못하고 입 을 열려고 했을 때, 겨우 소피아가 눈을 떴다.

마치 피처럼 새빨간 눈동자. 그 작은 입술이 벌어졌다.

"싸우죠. 그래야만 합니다."

조용한 목소리였지만 망설임은 없었다. 그 말을 들은 플리크가 탁자를 세게 두드렸다.

"하, 하지만, 소피아! 상대는── 레벨8이다! 승산이 어디 있냐?"

《천변만화》. 아무리 조사를 해봐도 그자의 수법은 전혀 드러나 지 않았다. 물론 다른 헌터나 제국이 보낼 조사원도 문제지만, 마 도사에게 있어 미지란 해명하는 것이고 동시에 공포의 대상이기 도 했다.

"왜 그렇게 초조해하시는 건가요…… 플리크 씨. 저희는 진리 의 탐구자── 설령 법이 인정하지 않는다고 해도 우리가 물러날 필요는── 전혀 없습니다."

소피아는 입꼬리를 치켜올리며, 어딘가 소심해 보이는 미소를 지었다. 자신보다 한참 젊은 그 여자의 표정에 주눅이라도 든 것처럼, 플리크가 한 걸음 물러났다.

다른 제자들도 그 의견에 대해 아무 말도 하지 않았다. 납득한 게 아니라 부정을 허락하지 않는 절대적인 의지에 집어삼켜져 버린 것이다.

정신이 다르다. 노토가 소피아 블랙을 1번 제자로 삼은 것은 그 것 때문이었다.

절대적인 의지. 만물의 근본에 존재하는 진리—— 별의 신에 대한 광신자.

그 행동이 윤리나 규범, 다른 이의 의견에 휘둘리는 일은 없다. 경우에 따라서는 스승인 자신의 말조차도 듣지 않을, 지금까지 받아들인 제자 중에서도 특히 귀찮고 특이한 한 사람. 동시에 앞 날이 가장 기대되는 한 사람이기도 했다.

그야말로 『아카샤의 탑』 구성원에 걸맞은 사람이다.

소피아가 노토 쪽을 보면서, 좋은 일이라도 생각났다는 것처럼 두 손을 맞잡으면서 말했다.

"그렇군요. 상대는 높은 레벨의 헌터 집단…… 지금까지 만들 어낸 방위 시스템이 얼마나 효과가 있는지 시험하는 데 아주 적 합합니다. 전멸시키면 더 이상 정보가 퍼질 일도 없을 테고. 어떠 신가요, 스승님?"

모든 이가 우려했던 헌터들을 단순한 실험 재료로 삼겠다는 것 인가.

그 말에 노토가 눈을 가늘게 떴다. 소피아의 표정에 불안한 기 색은 없다.

패배를 전혀 생각하지 않는다. 어딘가 즐거워하는 것처럼 보이기도 한다.

"……좋다, 마음껏 해보도록 해라."

그 표정을 보고, 노토 커클레어는 마음을 굳혔다.

《천변만화》에게 들킨 이상 무사히 넘어갈 방법 따위는 없다.

그렇다면 일망타진할 뿐.

『아카샤의 탑』이 제국과 헌터들을 물리친 그때, 《대현자》의 인생을 건 연구는 그 누구의 방해도 받지 않고 완수하게 될 것이다.

"소피아, 네가 지휘를 맡아라. 필요한 것은 뭐든지 써도 좋다. 놈들의 목을 내게 바쳐라."

"……맡겨만 주십시오, 스승님. 이런 기회를 주셔서 정말 감사합니다."

소피아가 촉촉한 눈으로 고맙다는 말을 했다.

다른 제자들은 그저 질투와 두려움이 뒤섞인 눈으로 쳐다볼 뿐이고, 이의를 제기하는 자는 없었다.

온몸이 뜨거웠다. 눈을 뜬 것과 동시에 온몸 여기저기에서 느껴지는 묵직한 아픔에, 티노는 몸을 배배 꼬면서 작은 신음을 냈다.

온몸을 감싸주는 부드러운 침대의 감촉도 그 고통을 풀어주지는 않았다. 고개를 뻗어서 이불 밖으로 얼굴을 내밀어봤더니 클랜 하우스 근처에 얻은, 장식이라고는 하나도 없는 자신의 방 풍

경이 흐릿하게 눈에 들어왔다.

『훈련에서 못하는 걸, 실전에서 할 수 있을 리가 없잖아?』

그것이 티노 셰이드가 모시는 스승의 입버릇이었다.

죽기 직전. 삶과 죽음 사이에서만 허락되는 한계를 돌파한 힘에 익숙해지고 컨트롤할 수 있게 될 것. 그것을 목표로 삼고 있는 듯한 대련을 할 때마다, 티노는 지옥과도 같은 시간을 보냈다.

처음 실전 훈련을 했던 때부터 꽤 오랜 시간이 지났지만 전혀 익숙해지지가 않았다.

몸이 질러 대는 비명 소리를 무뚝뚝한 얼굴 속에 감춰두고, 티노는 간신히 침대 위에서 몸을 일으켰다.

방 안에 걸려 있는 거울에는 버석버석해진 머리카락에 뚱한 표정의 소녀가 비치고 있었다.

무엇보다, 티노는 옷을 입지 않았다.

아마도 훈련이 끝난 뒤에 죽기 직전의 피로와 대미지 때문에 움직이지 못하게 된 자신을, 스승이 엉망진창이 된 옷을 벗긴 뒤에 물로 씻어주고 그대로 침대에 던져놨을 것이다.

처음에는 그런 것도 해주지 않고 그냥 훈련장에 방치했었지만, 너무 심한 대응을 보다 못한 마스터가 한마디 한 덕분에 최소한의 일을 해주었다. 상당히 난폭한 뒤처리지만, 몇 시간이나 클랜 멤버들의 눈에 보이는 곳에 방치되는 것보다는 훨씬 낫다.

티노의 팔다리에 상처는 없었다. 깔끔한 거울 속에는 아무리 봐도 거친 일을 생업으로 삼는 사람처럼 보이지 않는, 하얗고 매끄러운 피부가 비치고 있다.

의식이 없는 동안에 저절로 회복된 건지, 물로 씻어주기 전에 포션에 담그기라도 했던지, 아니면 봐주면서 때리는 방법을 모르는 스승이 드디어 상처를 남기지 않으면서 사람을 괴롭히는 기술을 몸에 익혔는지.

어쨌거나 몸에 상처가 남지 않았다는 사실에 감사했다. 몸에 남아 있는 아픔이나 묵직한 피로도 머지않아 사라지겠지. 티노도 그 정도는 가능할 만큼의 마나 머티리얼을 흡수했으니까.

비틀거리면서 몸을 일으켜서는, 욕실로 가서 샤워하면서 정신을 차렸다.

차가운 물이 뜨거워진 육체가 눈뜨게 해줬다. 아픔이 식어가는 기분 좋은 감각에 눈을 가늘게 뜨고, 동시에 자기 몸의 상태를 확인했다.

헌터에게 있어 육체의 조정, 관리는 필수 기능이다. 특히 스승은 티노의 컨디션을 확인하지도 않고 훈련을 시키기 때문에, 저절로 신경을 쓰게 된다. 물이 흘러내리는 어깨부터 팔을 문지르면서, 티노가 질렸다는 것처럼 중얼거렸다.

"역시 언니야…… 멍이 든 데가 하나도 없어……."

원래 『도적』은 공격력이 낮은 직종이다. 하지만 지금의 티노에게, 리즈의 일격은 설령 막아낸다고 해도 무사히 넘어가지 못할 만큼 묵직했다.

무기는 쓰지 않지만 주먹질은 물론이고 발차기까지 아무렇지도 않게 날리는 데다, 태연하게 관절까지 노린다. 조금만 잘못 대응하면 치명적인 일격이다. 뼈가 몇 개는 부러졌을 것이다. 내출

혈이 일어나지 않은 게 신기했다.

기억이 흐릿했다. 훈련 중에 있었던 일을 떠올리려고 눈을 감았지만, 의식이 드문드문 끊어진 탓인지 거의 기억이 나지 않았다. 하지만, 잘했겠지. 죽을 각오로 공격을 막아냈겠지.

그러지 않았다면 이렇게 살아서 눈을 떴을 리가 없으니까.

제도에는 전투 기술을 배울 수 있는 곳이 많다. 그중에는 은퇴한 실력 있는 헌터가 사범을 맡고 있는 곳들도 적지 않다. 학교도 있고. 레벨3 이상의 헌터들은 대부분 어떤 훈련 기관에서 훈련을 받고 있다는 통계가 있다.

그런데 다른 헌터들도 이렇게 가혹한 훈련을 받고 있을까?

땅바닥에 입을 맞추고, 피를 토하고, 아무리 봐도 진심으로 느껴지는 엄청난 살기를 그 몸으로 받아내면서——.

티노가 리즈 스마트를 스승으로 모시게 된 것은 티노 자신의 의지에 의한 일이었다.

티노가 그러기를 원했고, 처음에 리즈는 그것을 거부했었다. 다른 사람을 가르칠 만큼 한가한 몸이 아니라는 이유로. 티노가 리즈의 단 하나뿐인 제자가 된 것은 그저 행운에 의한 결과다. 그때 우연히 근처에 있던 마스터가 설득해주지 않았다면, 지금 티노는 헌터가 되지도 못했을 것이다.

강하다는 말을 듣는다. 그 나이에 잘도 그만큼 단련했다는 칭찬을 듣는다. 시샘을 사는 일도 있다.

어느샌가 죽을힘을 다하는 게 당연한 일이 됐다.

죽을 만큼 가혹하지만, 고문이라는 소리를 듣기도 하지만, 티노는 제자를 그만둘 생각이 없다. 걸핏하면 좌절하고 싶어지지만 좌절한 적은 없다. 지금까지는.

그런데 과연 나는 스승님이 정한 목표에 도달해 있는 걸까?

갑자기 생각난 그런 의문에 몸을 부르르 떨었고, 티노는 떨리는 손으로 수도꼭지를 잠갔다.

티노는 옷을 갈아입고서 평소처럼 클랜 하우스로 갔다.

가깝다는 이유로 빌린 집에서 클랜 하우스까지는 걸어서 10분 정도 거리다.

클랜 하우스는 주위에 있는 건물들보다 훨씬 높아서, 티노의 집 창문에서 고개를 내밀면 그 꼭대기 부분을 볼 수 있다. 티노의 시력으로는 전혀 보이지 않지만, 스승님의 말로는 그 방에서《발자국》의 클랜 하우스 꼭대기 층―― 클랜 마스터의 방이 보인다는 것 같다.

티노는 아직 한 사람 몫을 하는 헌터가 되지 못했다. 레벨은 중견 이상을 뜻하는 4인데다 보물전 탐색을 해본 적도 있지만, 그래도 아직 스승님에게 인정받지 못했다. 티노가 거의 제도에서 나가지 않는 것도, 원래라면 파티를 맺는 것을 추천하는 헌터 일을 솔로로 하는 것도, 아직 수행 중인 몸이기 때문이다.

그렇기 때문에, 티노의 생활은 전부 수련을 하는 데 들이고 있다.

리즈는 스승인 동시에 헌터이기도 하다. 쉽기 질리는 성격에 자유분방한 『언니』의 가르침을 받을 수 있는 시간은 그렇게 많지 않다. 아무 말도 없이 갑자기 사라지는 것도 일상다반사.

그래서 스승이 제도에 있다는 걸 확실하게 알고 있을 때는 최대한 가까이에 있고 싶었다.

클랜 하우스 앞에는 웬일로 마차 몇 대가 서 있었다.

여러 사람이 탈 수 있는 대형 마차다. 귀족들이 소유한 것과 달라서 장식이라고는 하나도 없는 철제 마차는, 무슨 전차(戰車) 같다는 인상을 줬다.

그 마차에 매어놓은, 마물이나 팬텀이 나타나는 땅을 주파할 수 있도록 특별히 배합한 다부진 말이 짜증 난다는 것처럼 바닥을 긁고 있다. 그런 것들을 별생각 없이 보면서 안으로 들어갔다.

클랜 하우스 1층—— 로비에는 수십 명의 헌터들이 모여 있었다.

직업도 복장도 레벨도 제각각인 헌터들의 유일한 공통점은 이 클랜——《시작의 발자국(퍼스트 스텝)》에 소속됐다는 점 하나뿐이다.

그런 무장한 트레저 헌터들이 모여 있는 모습을 보니, 마치 전쟁이라도 벌어지는 게 아닌가 싶을 정도였다.

그 모습을 보고, 티노는 눈살을 찌푸렸다.

왜 이렇게 잔뜩…… 원정이라도 가는 걸까……?

《발자국》에 소속된 헌터의 숫자는 제도에 존재하는 클랜 중에서도 손꼽을 정도로 많지만, 이렇게 소속된 헌터들이 한곳에 잔뜩 모이는 일은 보기 드물다.

티노도 발족 초기부터 클랜에 소속된 입장이다 보니, 어지간한 헌터들의 얼굴은 알고 있다.

근처에 있던 클랜 멤버 검사(소드맨)에게 물었다.

"무슨 일 있어?"

"음…… 아, 티노. 얘기 못 들었냐? 소집이 걸렸어. 나라에서 의뢰…… 탐협하고 공동 작전으로 【흰 늑대 소굴】에 쳐들어간다는 것 같아."

"……이 많은 사람이?"

많이 들어본 보물전의 이름에 눈이 휘둥그레졌고, 다시 한번 로비를 둘러봤다.

로비에는 쟁쟁한 멤버들이 모여 있었다.

숫자만 봐도 《발자국》 멤버의 절반이 모여 있다. 제도 밖에 나가 있는 멤버들도 있을 텐데, 어쩌면 제도에 체재하고 있는 멤버 대부분이 모였을 수도 있다.

이상한 숫자였다. 분명히 【흰 늑대 소굴】이 귀찮은 곳이기는 했지만, 《발자국》의 멤버들은 정예다. 티노는 중견 이상의 레벨 인정을 받았지만, 그런 티노보다 레벨이 높은 멤버들도 많다.

조사한다는 이야기를 듣기는 했지만, 이건 조사 정도 규모가 아니다. 마치 마물 무리의 섬멸을 상정하고 있는 것 같다. 이렇게 많은 헌터들을 동원하다니, 대체 얼마나 어려운 일이 발생한 걸까.

무엇보다, 【흰 늑대 소굴】의 보스는 이미 처치했다. 마나 머티리얼이 모이면 부활하겠지만, 그렇게까지 강력한 팬텀은 쉽사리 발생하지 않을 것이다.

이상하다는 티노의 표정을 보고, 헌터 사내가 대놓고 목소리를 줄여서 말했다.

"우리끼리만 하는 얘긴데…… 마스터가 처음에는 아크 씨를 파견하겠다고 했다나 봐."

"……뭐?"

무슨 소리를 하는 거야, 이 사람……?

티노가 눈을 깜박이는 것도 잊어버리고 남자의 얼굴을 빤히 쳐다봤지만, 농담을 하는 것 같지는 않았다.

그 표정을 보고, 남자가 보란 듯이 씻 웃었다.

"큭큭큭, 농담 같지? 겨우 레벨3밖에 안 되는 보물전 조사를, 우리 클랜에서도 제일가는 헌터에게 부탁하겠다니."

"……."

"하지만 아크 씨는 지금 제도에 없거든. 여기 모인 사람들은…… 그 사람 대신이야."

그 말을 듣고, 티노는 여기 모여 있는 헌터들한테 어딘가 날이 선 분위기가 감돌고 있는 이유를 알았다.

아크 로댕. 그 사람은 제도에서 가장 유명한 헌터 중 한 사람이다.

천상의 여러 신들로부터 축복을 받고 태어난, 영웅의 지위를 약속받은 남자.

온갖 마법, 기술을 익힌 만능 헌터. 그 검 줄기는 수만 갈래의 벼락처럼 세계를 갈라버린다고 한다.

가장 완성된 헌터, 차세대 헌터의 별이라고 불리는 남자다.

제국 상층부에도, 《발자국》에도 강렬한 신봉자들이 있다. 티노의 스승 일행의 라이벌이기도 하고.

원래 레벨3 정도의 보물전에 이상이 발생했다고 움직일…… 움직여도 되는 사람이 아니다.

모든 일에는 적절한 대처라는 것이 존재한다.

탐색자 협회에서도 헌터는 적절한 레벨의 보물전을 탐색해야 한다고 정해뒀다.

높은 레벨로 인정된 헌터가 낮은 레벨의 보물전을 어지럽히고, 팬텀을 전부 해치워서 보물을 싹 털어가면 낮은 레벨의 헌터들이 곤궁해진다.

급한 상황이 발생했을 때 높은 레벨의 헌터들이 움직이지 못하게 될 가능성도 있고.

당연한 일이지만 두뇌가 명석한 마스터가 그 사실을 모를 리가 없다.

한마디로 그것은—— 지금 그 보물전에서는 아크 로댕이 움직여야 할 정도로 이상한 사태가 벌어지고 있다는 뜻이다.

티노는 신이 아니다 보니 무슨 일이 일어나고 있는지는 그저 상상할 수밖에 없지만, 만약에 티노가 이 자리에 있는 헌터들과 같은 입장이었다면, 똑같이 굳은 얼굴로 유서를 쓰고 있었을 것이다.

최소한 지난번에 티노가 조우했던 팬텀 이상의 것이 나올 게 분명하다.

잠깐만, 지금 언니와 만나기라도 하면, 여기에 집어넣어 버릴 가능성도——.

"……겨우 이 정도 숫자로, 뭐가 되기나 하겠어?"

"뭐야, 지금 우릴 물로 보는 거냐. 라고 말하고 싶지만, 뭐……."

티노가 불안을 떨쳐내고 그렇게 물었더니, 검사 남자가 머리를 벅벅 긁었다.

아크 로댕은 그 누구도 의심하지 않는, 이 제도에서 최강의 헌터 중 한 사람이다.

마술과 검. 어느 한쪽의 극에 달하기만 해도 초일류 헌터가 될 수 있는데, 용사라고도 불리는 아크는 그 양쪽 모두 극에 달했고, 그것을 고도의 레벨에서 융합시키고 있다.

그 힘은 최강이라고 자부하는 티노의 스승이 인정할 정도였다.

만약에 아크의 파티──《성령의 자제(아크 브레이브)》의 다른 멤 버들이 아크의 70% 정도의 힘만 지녔더라도, 그들이 젊은 헌터 들 중에 최강의 파티라고 불리게 됐을지도 모른다.

트레저 헌터들은 개인차가 크다. 숫자로 메우는 데도 한계가 있다.

과연, 사람 숫자만 늘렸다고 해서 최강 헌터를 대신할 수 있을까?

하지만 남자는 굳은 얼굴로 웃어 보였다. 강한 의지와 약간의 두려움.

"뭐, 이 정도 인원이 있으면 어떻게든 되겠지.《발자국》말고 다 른 파티도 왔다는 것 같으니까──."

거기까지 말했을 때, 갑자기 사람들이 술렁거렸다.

천천히 계단을 내려온 한 청년에게 시선이 집중됐다.

《천변만화》.《발자국》의 수장이자 만물을 들여다보는 힘을 지 닌 남자. 그 옆에는 그와 정반대로 허리를 곧게 펴고 있는, 그의 한쪽 팔인 부 마스터가 영리해 보이는 눈으로 모여 있는 사람들 의 얼굴을 확인하고 있다.

술렁이는 소리가 가라앉았다. 모두가 마스터의 말을 기다리고 있다.

지난번에 도와주러 보물전에 왔던 때와 다르게 캐주얼한 차림새인 마스터는, 완전무장을 하고 긴장된 분위기인 헌터들 속에서 너무나 눈에 띄었다. 마스터가 황당하다는 것처럼 말했다.

"응? 어라? 뭐야? 어떻게 된 거야, 이렇게 잔뜩 모이고? 축제라도 있던가?"

"크라이 씨, 어제 말씀드린 그 건입니다."

"아~ 그거 말이지. 그런데 이렇게 잔뜩──."

"크라이 씨는 아크 씨를 보내려고 하셨지만, 아크 씨가 부재중이다 보니…… 그 대신에 이렇게 소집했습니다. 제 계산에 의하면 충분한 전력이 모였다고 생각됩니다."

에바의 말에 마스터의 눈이 휘둥그레졌다.

일반인 중에는 헌터의 역량에 대해서 착각하고 있는 사람들이 많다.

아무리 강하다고 해도 같은 인간이니까 조심하면 괜찮을 거라고 생각하면서 보물전으로 가, 그대로 돌아오지 못하는 일반인이 일 년에 몇 명이나 있다. 어설픈 인식이 초래하는 불행이다.

에바는 헌터가 아니지만, 얼마나 우수한지는 이 자리에 있는 모든 사람이 알고 있다.

아마도 마스터를 제외하면 이 클랜의 헌터들에 대해서 제일 잘 알고 있는 사람일 것이다.

이렇게 아무도 불만을 늘어놓지 않는다는 사실이 그 계산이 타당하다는 것을 보여주고 있다.

　모든 이가 납득한 인원이지만, 마스터만이 뭐라 말로 표현할 수 없는 표정을 짓고 있었다.

　"어?! …………아, 응. 응, 그래, 그랬었지. 그렇구나~ 이렇게 나…….."

　"?! ……뭔가, 부족한 점이 있다면, 말씀해주십시오."

　사람들이 조용해졌다. 아크는 이 클랜에서도 유난히 뛰어난 최강의 단독 전력이다.

　이 클랜에서 아크의 그 엄청난 힘을 모르는 사람은 없다. 아크를 보고도 자기가 최강이라고 주장하는 건《비탄의 망령》멤버들 정도겠지.

　그 누구도 이의를 제기하지 않았던 편성을 마스터는 잠시 고개를 갸웃거리며 바라보더니, 어딘가 자신 없어 보이는 미소를 지으며 이렇게 말했다.

　"음…… 우리는 하나같이 정예들뿐이니까, 이 절반만 돼도 괜찮지 않을까?"

　"뭐라고…… 절반?! 그건 불가능해!"

　"그 아크가 필요한 상황이잖아요?! 솔직히 숫자만 가지고 어떻게 되는 일이기는 한 거야?!"

　이게 대체 무슨 일이지. 나는 눈앞에서 벌어진 소동 때문에 곤혹스러운 표정을 감추지 못했다.

에바가 질렸다는 눈으로 날 보고 있다.

아니…… 내가 무슨 이상한 소리라도 했나?

자화자찬 같지만, 《발자국》은 이 제도에 본부를 둔 클랜 중에서도 톱클래스의 규모를 자랑한다. 그 실력도 평균적으로 따져보면 상당히 높은 편이고.

원래 이 클랜을 세운 목적은 두 가지였다.

하나는── 클랜 운영을 구실로 전선에서 떠나는 것.

그리고 두 번째는── 다른 파티와의 교류를 강화해서 《비탄의 망령》 멤버들의 사회성을 강화하는 것.

재능이 너무 뛰어나다는 것은 일종의 고독이다. 뛰어난 재능은 대다수의 재능 없는 사람들과 멀어지게 만든다.

《비탄의 망령》의 경우에는 나 말고 다른 멤버들이 하나같이 다른 데서 찾아볼 수 없는 타고난 재능을 지녔기 때문에 고독하지는 않았지만, 그렇기 때문에 다른 파티와의 교류가 없다고, 당시의 나는 그렇게 생각했었다.

그래서 《발자국》 창설을 결심했고, 협력해서 클랜을 창설해줄 파티들을 모을 때, 나는 멤버들의 재능과 나이를 선정 기준으로 삼았다.

나이가 비슷하고 루크네와 동등하거나 그 이상으로 우수한 헌터라면 루크네도 받아들여 줄 거라고.

교류를 통해서 《비탄의 망령》 멤버(거의 루크와 리즈)의 사회성을 크게 키우고, 최종적으로는 방해만 되는 나 대신에 외부에서 들어온 누군가를 멤버로 추가하면 좋겠다고.

나는 그런 기대를 가슴에 품고, 당시에 제도에서 이름을 떨치고 있던 파티들을 전부 찾아가서 말을 걸었다.

모두가 회복 능력을 지니고, 사상자를 거의 내지 않으면서 높은 난이도의 보물전을 공략하는 《흑금 십자가》.

강력한 공격형 마도사를 여러 명 거느리고, 광범위한 섬멸 능력이라면 타의 추종을 불허하는 《별의 성뢰(스타 라이트)》.

엄격한 규율과 체계적인 훈련을 통해서 열 명이 넘는 멤버 전원이 평균적으로 높은 능력을 유지하고 있는 《등화 기사단(토치 나이츠)》.

그리고 무엇보다 모든 이가 인정하는 영웅이 이끄는, 《비탄의 망령》의 라이벌이었던 《성령의 자제》.

교섭을 담당했던 건 나 말고 다른 멤버들이었지만, 그 교섭을 놀라울 정도로 잘 풀렸다.

클랜을 세운 목적은 아직까지 달성하지 못했지만, 일은 잘돼가고 있다. 나는 전선을 떠날 수 있었고, 리즈네도 뭐…… 클랜을 만들기 전보다는 많이 좋아졌다고 생각하고 싶다.

자, 그건 그렇다 치고, 쟁쟁한 멤버들을 끌어들여서 거창하게 시작한 이 클랜인데, 당연한 얘기지만 여기에 소속된 멤버들은 하나같이 우수하다.

아마도 좋은 자극이 됐겠지. 제2진 이후의 파티들은 능력과 상관없이 은근히 대충 받아들였지만 《발자국》은 아직까지 정예라는 평판을 유지하고 있고, 성장 중인 클랜이라는 평판을 듣고 있다.

이 자리에 있는 멤버들도 평균 이상의 힘을 지녔다.

분명히 아크가 특출나게 강하기는 하지만, 내가 아크를 선택한 건 그게 제일 안심할 수 있는 데다 부탁하기 쉬워서 그랬을 뿐이지, 꼭 아크가 필요해서 그랬던 건 아니다.

큰일이다. 냉정하게 생각해서 아크가 필요 불가결한 상황이면 정말 큰일인데. 대체 무슨 일이 일어날까요?

짧은 시간에 이렇게 많은 헌터들을 모은 에바 쪽을 봤다.

솔직히 거크 씨한테 전면적으로 협력하겠다는 얘기도 그냥 예의상 한 거나 마찬가지였는데, 일을 너무 제대로 벌였잖아. 잘도 이렇게 잔뜩 모았네…….

뭐, 에바 씨가 우수한 건 이미 오래전부터 알고 있는 일이지만, 내 안에 있는 불안 요소는 딱 한 가지다.

헌터들을 움직이려면 돈이 든다. 이 비용은 대체 어디서 나오는 거지…….

전면 협력하겠다고 말한 건 바로 나다. 하지만 내 지갑은 거의 텅텅 비어 있다.

내 시선을 눈치챈 에바는 진지한 표정으로 고개를 한 번 끄덕이고는, 로비 전체에 울려 퍼지는 목소리로 말했다.

"여러분, 조용히. 크라이 씨가 하실 말씀이 있다고 하십니다."

그 목소리에, 모든 이가 바로 잡담을 멈추고 이쪽을 봤다.

물리적인 아픔이 느껴질 정도의 침묵과 시선에, 나는 일단 분위기를 어떻게 해보려고 헛기침을 했다.

뭐냐고…… 크라이 씨가 할 말이 있다니…… 대체 어떤 크라이 씨인데?

뭐라고 말해야 좋을지 고민하고, 나는 마음속의 동요를 감추려는 것처럼 미소를 지어보였다.

"자, 자, 여러분 진정하시고. 다들 냉정하게 생각해보자고. 이번에 문제가 발생한 보물전은 원래 레벨3이었어. 그렇게 걱정할 필요는 없으니까."

"거짓말!"

제일 앞에 서 있던, 검은 로브를 입은 마도사로 보이는 헌터가 소리쳤다.

나보다 훨씬 강한 헌터가 전율하는 표정으로 날 노려봤다.

거짓말 아닌데. 난 거짓말 안 하는데. 그런 적 없는데.

"솔직히 거크 지부장도 다른 파티들을 움직이고 있을 거야. 이건 우리만의 문제가 아니니까. 하긴, 지금【흰 늑대 소굴】은 평소보다 위험하긴 해. 불안해하는 심정도 이해는 하지만……."

사실 과도한 전력에 의한 보물전 유린은 헌터들이 해서는 안 될 짓인데 말이야. 이 사람들은 기본적으로『모험가』니까.

내가 윤리적으로 설득했지만, 어째선지 사람들의 표정은 달라지지 않았다. 내 말을 전혀 안 믿고 있다.

티노의 눈빛까지 너무나 차가웠다. 뭐, 티노는 바로 얼마 전에【흰 늑대 소굴】과 관련된 일이 있었으니까 어쩔 수 없겠지…….

내 말에 어딘가 이상한 점이 있었나…….

다시 한번 고개를 갸웃거리면서 사람들의 얼굴을 봤지만, 다들 내 눈을 피했다.

헌터 일을 안 한 지도 오래돼서 그런지, 사고방식이 너무 물렁해졌나? 그렇게 과도하게 거부하면 내가 잘못한 것 같다는 생각이 든다. 사실 원래 그렇게 나한테 자신이 있는 편은 아니지만.

옆에 있는 에바한테 짧게 물었다.

"어떻게 생각해?"

"……지금은 상황이 상황입니다. 여유를 두는 쪽이 좋을 것 같습니다."

"……음……."

아무래도 에바도 저 사람들 의견에 찬성인 것 같다.

멤버들을 빙 둘러봤다.

자세히 보니 숫자는 많지만 아주 강한 실력자들은 없는 것 같다. 귀족네 일 때문에 나가 있는 아크는 물론이고 《흑금》이나 《성뢰》 같은 다른 파티들도 안 보인다.

뭐, 우리 쪽 실력 있는 사람들은 그만큼 바쁜 몸이니까 어쩔 수 없는 일이기는 하지만.

하지만 아무리 그래도 과잉 전력인 것 같단 말이야……. 이렇게 많은 파티들이 살기가 등등해서 쳐들어가면 【흰 늑대 소굴】에는 풀 한 포기 자라지 못할 텐데 말이야.

"음~ 파티 몇 개 정도는 빼는 게 어떨까?"

보수 문제는 일단 미뤄두더라도, 《발자국》의 모든 파티가 나가 버리게 되면 무슨 일이 벌어졌을 때 내가 의지할 상대가 없어지잖아. 물론 그렇게 한심한 소리를 대놓고 할 수는 없지만…….

미적지근한 내 태도를 보고, 헌터 한 사람이 콧김까지 거칠게 내뿜으면서 항의했다.

"마스터, 우리가 인원을 더 늘려달라고 하는 것도 아니잖아! 아무 문제 없지 않나?"

"음……."

"솔직히 우리는 같은 클랜이기는 해도 파티는 다르잖아. 협력 관계이기는 해도 지시에 따를 의무는 없어. 아니면, 뭔가 꼭 숫자를 줄여야 할 이유가 있다면 말해달라고!"

"음…… 지당한 의견이다."

뒤쪽에서 헌터 몇 명이 그 의견에 동조한다는 것처럼 고개를 끄덕였다.

당신들, 그렇게 숫자를 줄이는 게 싫은 거야. 대체 뭐가 그렇게 무서운 건데…….

하지만, 그래…….

이번에 나는 예의상 거크 씨한테 협력한다고 말했는데, 그렇다고 봉사활동을 하겠다는 뜻은 아니다. 뭐, 우리 클랜은 자유가 모토다 보니 의뢰를 받아들이는 건 각자가 재량껏 하면 된다. 클랜 마스터로서 그런 부분은 확실하게 챙겨야겠지.

"에바, 보수는 인원수만큼 줄 수 있겠어? 그쪽 예산에도 한도가 있잖아. 이렇게 많은 인원을 고용할 거라고는 생각하지 못했을 텐데?"

조사를 의뢰한 것은 제국이다. 예상은 상정된 조사 난이도에 따라서 어느 정도 정해져 있다.

이번에 보물전에서 발생한 것은 커다란 이상이지만, 그래도《발자국》의 절반을 고용해야 할 정도라고는 생각되지 않는다.

포기할 줄 모르는 나한테, 에바가 아무렇지도 않은 얼굴로 대답했다.

"문제없습니다. 거크 지부장님이 추가 예산을 받아 온 모양입니다. 확인했는데 충분한 금액이었습니다."

"정말이야. 헌터를 이렇게 잔뜩 동원할 예산을 뜯어냈다니……
대단하네."

제국이 쪼잔한 건 아니지만, 상대가 제시한 금액에서 예산을 더 늘리기 위해서는 교섭 재료가 필요했을 텐데.

그렇다면 생각할 수 있는 건…… 먼저 조사하러 갔던 헌터들이 뭔가를 가지고 왔다든지?

나한테 이야기를 들으러 왔던 시점에서는 아무것도 알아내지 못했던 것 같았는데, 내가 리즈랑 데이트하는 사이에 뭔가 새로운 정보가 들어왔을 가능성도 없지는 않다.

그리고 그 새로운 정보 속에 불안한 뭔가가 있었기 때문에 우리 클랜의 정예들이 인원을 줄이는 것을 꺼리고 있다는, 그런 얘긴가.

음, 이게 제일 그럴듯하네.

퍼즐 조각이 딱 맞아 들어간 것 같은 기분이다.

주위에서 알아차리지 못하게, 얼굴에 드러나지 않게 안도의 한숨을 쉬었다.

우리 멤버들이 내가 하는 말을 있는 그대로 받아들이는 사람들이 아니라서 다행이다. 티노 때랑 똑같은 실패를 저지를 뻔했다.

하지만 뭔가 새로운 정보가 있다면 나한테도 미리 알려줬으면 싶은데 말이야. 뭐 알았다고 해서 뭘 할 수 있는 것도 아니고, 내 입으로 전부 맡긴다고 했으니까.

에바 쪽을 봤더니, 에바 씨가 평소처럼 안경 렌즈를 번뜩이면서 살짝 고개를 끄덕였다.

"예. 듣자 하니 거크 지부장님은 크라이 씨께서 제공한 정보를 재료로 삼았다는 것 같습니다."

"호~."

??? 무슨 소린지 하나도 모르겠는데.

난 뭐라고 해야 좋을지를 몰라서, 어쩔 수 없이 그냥 고개만 끄덕였다.

이 도시에 나 말고 다른 크라이 씨가 있는 건가. 대단한 실력을 가진 정보상이라든지…… 그런 사람이 있다면 나도 좀 빌붙고 싶다.

……내가 그렇게 중요한 정보를 제공했던가?

눈살을 찌푸리고 고개를 갸웃거렸다.

하나도 모르겠습니다. 협력은 하겠습니다.

아크가 있으면 보내겠지만 없으니까 어쩔 수 없지, 라고만 말한 것 같은데.

구체적인 얘기는 하나도 안 했는데, 대체 뭘 어떻게 하면 나라를 설득할 수 있는 재료가 되는 걸까…….

아~ 협력한다고 하지 말 걸 그랬네. 굳이 협력할 의무도 없으니까, 다른 일 때문에 바빠서 아무것도 못 하겠다고 할 걸 그랬다.

후회는 아무리 빨리해도 이미 늦은 거라고 하는데, 정말 맞는 말이다. 토할 것 같다.

이거 혹시, 딱히 아무 일도 일어나지 않으면 다 내 탓이 되는 걸까?

이마에 손을 짚고, 자기혐오에 빠졌다.

아~ 어째서 내 입은 이렇게 가벼운 걸까. 매사에 적당히 떠들어대니까 이렇게 되는 거라니까…… 뭐, 내 말을 이상하게 받아들인 카이나 씨랑 그쪽 사람들한테도 상당히 문제가 있다고 보지만.

자, 이걸 어떻게 할까…… 예산을 늘려가면서까지 대응하게 됐으니, 이제 와서 내 유일한 자랑거리인 고레벨 엎드려 빌기 스킬을 써서 사죄해도 용서해주지 않겠지.

눈앞에 있는, 모여 있는 클랜 멤버들의 시선이 전부 나한테 꽂히고 있다.

하나같이 심각한 표정이다. 이미 인원을 줄일 이유도 없어져버렸다.

음…… 막다른 골목인가?

나는 그 진지한 표정을 보면서 잠시 신음 소리를 냈지만, 아무생각도 안 났기 때문에 그냥 포기하기로 했다.

"……뭐, 좋겠지."

"예?!"

난 아무 말도 안 했는데. 일을 이렇게 크게 만들 생각도 없었고. 협력한다는 말만 했을 뿐인데. 예산을 늘리기로 정한 건 거크 씨고.

제국 쪽에서 무슨 말이 나오면 거크 씨가 알아서 어떻게든 하겠지. 무슨 말이 나와도 내 고레벨 잡아떼기 스킬로 무시해버리자.

"어…… 괜찮은, 거야? 마스터? 정말로 전부 가도 되냐고."

"뭐~ 여러분이 그렇게 하고 싶다면 나한테 말릴 권리는 없으니까."

맘대로 하라고, 맘대로.

이제 완전히 포기해버리는 모드에 들어간 나를 보며, 모여 있는 멤버들이 한 방 먹었다는 것 같은 미묘한 표정을 지었다.

만약 임무의 난이도가 예상보다 낮더라도 날 원망하지 말라고. 난 줄여도 좋을 것 같다고 했어. 분명히 말했으니까.

"같잖은 소리나 줄줄이 늘어놓고 말이야, 그렇게 떼로 다니고 싶으면 헌터 짓 그만두지그래?"

그때, 뒤쪽에서 지금 나타나지 말아줬으면 싶은 사람의 목소리가 들려왔다.

수많은 헌터들의 얼굴이 굳어졌다.

발소리도 내지 않고, 내 등에 부드러운 감촉을 딱 들이대고, 그 가느다란 팔이 내 몸 앞쪽으로 뻗어 나왔다.

"리즈, 무시한다고 오해받을 수 있는 말은 자제해줄래?"

데이트를 마친 덕분에, 오늘은 평소보다 기분이 좋은 것 같다.

티노가 자연스러운 움직임으로 옆에 있던 덩치 큰 헌터 뒤로 숨었다.

뒤쪽에 있어서 표정은 안 보이지만, 아마 지금 리즈는 웃고 있겠지.

"무시한다는 오해? 무시하고 있거든. 소리 지를 생각도 안 들 정도야. 솔직히 그렇잖아?"

끈적끈적한 말투로, 마치 들으라는 것처럼 말한다.

큰 소리를 지르지는 않았지만, 거기에 담겨 있는 위압감은 평소와 다를 게 없다.

"분명히 크라이의 요구가 항상 절망적으로 높기는 해도, 죽음을 무서워하면 헌터 짓 못 하거든. 우리 같으면── 절대로 거절 안 해."

그리고 나는 그냥 넘어갈 수 없는 말을 들었다.

……뭐? 잠깐만…… 절망적으로, 높아? 정말로?

리즈가 뇌까지 근육으로 돼 있기는 해도 헌터로서는 초일류다. 그런 리즈가 보기에도 절망적으로 높다는 건, 내 생각이 근본적으로 잘못됐다는 걸 의미한다.

"……안 높은데."

작은 소리로 반론했더니, 날 꼭 끌어안고 있던 팔에 살짝 힘이 들어갔다.

"그건…… 《절영》, 댁이 강하니까 그런 거지."

한 헌터가 반론하자 리즈가 피식 웃었다.

"크라이가 한심하다고 하는 이유를 알겠네…… 그러니까 아무리 해도 앞으로 나아가질 못하는 거라고. 저기 말이야, 그렇게 편하게 살고 싶어?"

한심해한다고? 아니, 그런 적 없거든? 내가 언제 그랬는데?

나는 지금의 《발자국》에 그럭저럭 만족하고 있다. 분명히 뭘 그렇게 무서워하는 거냐고 생각하기는 했지만, 리즈가 절망적으로 높다고 생각할 정도의 안건이라면 납득할 수도 있다.

사실 신중한 건 좋은 일이다. 나는 죽고 싶지 않아서 헌터를 그만두기로 했다.

"뭐, 됐어. 나랑은 상관없는 일이니까…… 오히려 거부해주는 쪽이 고마울 정도야."

그리고 모든 사람의 시선을 받으면서, 리즈가 응석 부리는 목소리로 말했다.

"저기, 크라이. 이 의뢰, 나랑 티가 맡을게. 그래도 되지?【흰 늑대 소굴】에 있는 팬텀은 다양한 무기를 가지고 있어서 훈련하기 딱 좋을 것 같다고 생각했었는데, 마침 잘됐네. 다른 잡것들은 필요 없고."

"뭐……?!"

어지간한 일에는 익숙한 정예들이 리즈의 말을 듣고 술렁거리기 시작했다.

갑자기 지명을 받은 티노가 짧은 비명을 질렀다. 티노, 너 요새 운이 너무 없다?

리즈는 내 앞으로 나서더니, 내 가슴에 손가락으로 동그라미를 그려대면서 계속해서 말했다.

"그래서 말이야. 아무래도 아크가 꼭 필요하면 티노한테는 너무 위험하니까, 그걸 좀 나눠줬으면 해. 안셈 오빠도 없고, 회복할 사람도 없으니까, 팔다리가 한두 개 날아가거나, 내장이 몇 개

뭉개지면 어쩔 도리가 없으니까 말이야. 크라이도 하나 가지고 있지?『하이 엘릭서(창조의 신약)』. 응? 제발."

내 귓가에서 속삭이는 달콤하고 열기가 담겨 있었다. 이 녀석, 팔다리가 날아가도 싸울 생각이다……

티노가 겁먹은 강아지처럼 바들바들 떨고 있다. 나는 미소를 지으면서 딱 잘라 말했다.

"안 돼."

"에~ 왜 안 되는데?!"

솔직히 너, 단체행동 못 하잖아.

각하야, 각하. 【흰 늑대 소굴】에는 우리 말고 다른 헌터들도 가니까, 둘만 보낼 수는 없다고.

강하면 그만인 얘기가 아니다. 사회성이 생겼어도 기껏해야 완전히 죽여버린 것에서 반쯤 죽이는 정도로 변했을 뿐인 리즈는, 경우에 따라서는 팬텀보다 무섭다.

그리고 아무리 그래도…… 티노가 너무 불쌍하고.

불만이라는 것처럼 투덜대는 리즈의 팔을 쓰다듬어서 달래고, 나는 진지한 표정을 지었다.

"미안하지만, 지금 막 상황이 달라졌어. 숫자를 반으로 줄여야겠다고 했었는데, 그 말 취소. 에바가 선택한 대로, 여기 있는 사람이 전부 가기로 하자."

"……?!"

"레벨이 그렇게 높지는 않은 보물전이지만, 끝까지 방심하지 말고."

갑자기 말을 바꿨더니, 다들 얼굴을 마주 보면서 당혹스러워하고 있다. 그중에는 어째선지 이를 딱딱 부딪치면서 벌벌 떠는 사람도 있고. 나중에 리즈한테 이번 의뢰의 어디가 『절망적으로 위험해』 보이는지 가르쳐달라고 해야겠다…….

그때, 갑자기 에바가 내 눈치를 살피더니 엄청난 소리를 했다.

"그런데 크라이 씨…… 문제가 없다면…… 지휘를 맡아주실 수 있겠습니까?"

"……흐에?"

순간, 시간이 멈춰버리고 사람들이 술렁거렸다.

뭐? 지, 뭐? 지휘? 지휘라고? ……나한테 지휘를 하라고?

리즈가 눈이 휘둥그레졌다.

"……아냐, 아냐, 내가 지휘를 맡을 정도는…….."

"하지만 아크 씨한테 필적할 정도의 사람은, 레벨을 봐도 크라이 씨밖에── 탐색자 협회에 대한 퍼포먼스도 되고…….."

아냐, 대체 무슨 소리를. 에바의 농담인지 진심인지 모를 말 때문에 이상한 땀이 흘러나왔다.

자랑은 아니지만, 난 약하다. 하지만 그 대신에 지휘능력이 높으냐면, 그것도 아니다.

나는 소꿉친구들의 힘으로 출세한 인간이다. 그리고 나는 내가 무능하다는 걸 명확하게 자각하고 있다.

내 지휘 능력은 엉망진창이다. 사람이 능력을 파악할 줄도 모르고, 클랜 멤버 중에 얼굴과 이름이 일치하지 않는 사람들도 잔뜩 있을 정도니까, 나한테 지휘를 맡기느니 차라리 리즈한테 시키는 쪽이 낫다. 그리고 보물전 탐색을 한참 동안 안 했던 공백도 있고.

그리고 무엇보다, 눈에 보이는 성과를 낸 적도 없는 내 지휘를 누가 듣기나 하겠냐고.

"그렇군…… 역시나 부 마스터, 그런 방법이 있었나. 이 클랜에 대해 아주 잘 아는 사람답군."

"자주 움직이지는 않지만, 레벨8인 마스터가 있으면 안심이지."

"마스터어의 힘이 있으면, 팬텀 따위는 먼지나 마찬가지. 마스터어가 지휘한다면 저도 갈래요!"

슬쩍 분위기를 확인해보니, 어째선지 다들 의욕이 넘치고 있다. 의미를 모르겠네.

자기 목숨을 맡길 사람은 잘 선택하라고…….

에바가 그 영리한 눈으로 날 보고 있다. 가끔은 밖에 나가서 일하라는 얘긴가?

이건 너무 스파르타식이잖아. 토할 것 같다.

나는 이번 조사의 난이도를 그렇게까지 높게 생각하지 않았는데, 다른 사람들의 목숨을 맡게 된다면 이야기가 달라진다. 애당초 내가 파티의 탐색에 따라가지 못하게 된 이유 중 하나가 내 실수로 인해 소꿉친구의 목숨을 잃는 일을 겪고 싶지 않았기 때문이다.

초조함을 감추고, 그럴듯한 목소리로 말했다.

"음…… 지휘라면 나보다 적합한 사람이 있는 것 같은데……."

하기 싫다. 난 죽어도 하기 싫어. 전해져라, 내 마음!

"······아마《흑금 십자가》가 선행해서 들어갔습니다만, 그들은 어디까지나 사냥이 전문입니다. 파티로서의 능력은 몰라도, 전체적인 지휘 능력은 크라이 씨 정도는 아닐 것 같습니다만."

에바가 한심하다는 것처럼 말했다. 아무래도 내 마음은 전해지지 않은 것 같······지만————.

"!! 아, 그래. 그렇구나······."

"? 왜 그러시나요?"

에바의 말을 듣고, 나는 이제 와서《흑금 십자가》를 거크 씨 쪽에 보냈다는 것이 생각났다.

아무래도 내가 아주 조금 기대한 대로, 거크 씨는《흑금 십자가》한테 조사를 의뢰한 것 같다.

그 파티는《발자국》에서도 다섯 손가락 안에 들어가는 파티다. 실력도 좋지만 인격을 따져봐도 그 파티의 리더 스벤은 믿음직한 형님 같은 사람이다. 클랜 안에서의 신뢰도 상당히 크니까, 스벤이라면 여기 모여 있는 많은 헌터들을 지휘할 수도 있겠지.

에바의 말투를 보면 내 지휘 능력이 더 뛰어나다고 생각하는 것 같은데, 그건 전혀 아니다.

호의적인 생각에, 단숨에 몸이 가벼워졌다.

《흑금 십자가》는 일류 파티다. 그 파티가 참가해준다면 조사는 이미 성공한 것이나 마찬가지다. 탐색자 협회가 예산을 대체 얼마나 끌어왔을까?

나는 눈살을 찌푸리고, 마치 생각에 잠긴 것 같은 분위기를 자아내면서 말했다.

"그래. 나도 같이 가볼까."

"뭐? 크라이, 진심이야?!"

리즈가 깜짝 놀란 목소리로 말했다. 예전부터 날 잘 알고 있는 리즈이기에, 내 발로 위험지대에 가려고 하는 것이 이상하게 보이겠지.

"단——."

물론 진심은 아니다.

나는 주위에 있는 동료들을 둘러보며 말했다. 보라, 이 몸의 넘기기 스킬을!

"잠깐, 꼭 처리해야 하는 볼일이 있어. 나는 나중에 합류하도록 할 테니까. 그때까지는《흑금 십자가》에게 지휘를 맡기기로 하고."

조사가 끝났을 즘에 느긋하게 결과를 보러 갈 테니까, 열심히 들 하라고.

"저기, 크라이? 이번 의뢰가 그렇게 어려운 거야?"

《발자국》멤버들이 밖으로 나갔다. 그 모습을 지켜보고 있었더니, 리즈가 나한테 물었다.

헌터들의 표정에서는 평소에 모험하러 나갈 때 같은 고양감이나 기대를 찾아볼 수 없다. 거기에는 마치 지금부터 죽으러 가는 사람들 같은 긴박감이 감돌고 있다.

이번 조사 의뢰가 어렵다고 말한 기억은 전혀 없는데…… 물론 간단한 일이라는 말도 입이 찢어져도 못 하지만, 안전을 위한 여유는 충분히 챙겼다고 본다.

저 사람들은 대체 무슨 정보를 바탕으로 난이도를 판단한 거지?

"솔직히 말이야, 크라이는 예전부터 웬만하면 지휘를 안 맡으려고 했었잖아? 이번에는 나중에 간다고는 했어도 합류할 거지? 우리 헌팅에도 같이 안 가고 있으면서."

입술을 삐죽 내밀고 항의하는 리즈가 약간 어린애 같다.

지휘를 『안 맡는』게 아니라 『안 맡는 게 좋은』거야.

분명히, 나는 《비탄의 망령》의 파티 리더로서 헌팅에 끌려다니던 때부터 명확하게 지휘했던 적이 거의 없었다. 그건 내가 중요한 상황에서 실수를 저질러버리는 말도 안 되는 성질을 지니고 있기 때문이다. 당시에 리더로서 내 임무는 멤버들의 질문에 예스나 노라고 대답하는 정도 였지만, 그런 지휘라고 할 수도 없는 지휘가 말도 안 되는 사고의 트리거가 돼버린 일이 몇 번이나 있었다. 《비탄의 망령》이 아직 한 사람도 죽지 않은 건 내 지휘 능력이 좋아서가 아니라, 멍청한 리더 밑에서 치명적인 문제가 발생해도 어떻게든 결과를 낼 수 있을 만큼, 리즈와 다른 친구들이 강했기 때문이다. 그리고 내가 무능하다는 걸 확실하게 이해한 뒤로, 나는 지휘하는 걸 그만뒀다.

그 사실을 제일 잘 알고 있을 리즈가 그런 표정을 짓는 걸 도저히 이해할 수가 없다.

나는 그 표정을 보고, 평소처럼 적당한 태도로 대응했다.

"뭐, 이런저런 사정이 있으니까."

"뭐야! 이런저런이 뭔데? 저기. 왜 안 되는 거야? 응, 왜? 아크가 가야 할 정도 상대잖아? 나도 가고 싶어. 응! 크라이, 제발. 응?"

아양 떠는 목소리. 리즈가 제노사이더이긴 하지만, 아크를 인정하고 있다. 천하의 《절영》한테도 만능 마검사인 아크 로댕은 상당히 힘든 상대인 것 같다.

리즈의 핑크색 홍채가 가혹한 싸움의 조짐을 느끼고 이글이글 빛나고 있다.

틀렸다. 뇌 일부분이 날아가 버렸다.

떼 쓰는 어린애처럼 내 팔에 매달려서 흔들어대는 리즈를 보고 한숨을 쉬었다.

"그게, 왜냐하면 너, 협조성이 없잖아."

"어…… 괜찮은데. 다른 사람들이 나한테 맞춰주니까."

그런 걸 협조성이 없다고 하는 거야.

티노가 얼굴이 새파래져서, 걱정된다는 깃처럼 리즈의 안색을 살피고 있다.

나는 그런 리즈의 볼을 꼬집었다.

리즈가 깜짝 놀란 표정으로 날 쳐다봤다. 그대로 볼을 주물주물 가지고 놀면서 말했다.

"그리고 말이야, 리즈는 지난번에 헌팅 갔다 온 지 얼마 안 됐잖아. 좀 쉬는 게 좋다고."

얌전히 가만히 있어주면 많은 사람이 행복해진다. 당연히 나도 행복해지고.

리즈는 내 말을 듣고서 눈부시게 활짝 웃었다. 항상 그런 표정을 지어주세요.

"꺄~ 크라이 너무 착해~! 난 괜찮은데 말이야. 그치, 티?"

"아, 예! 괜찮습니다, 언니. ······마스터어."

"거봐, 그치?"

티노가 완전히 새파랗게 질려서 필사적으로 고개를 끄덕였다. 아무리 봐도 협박당하는 것처럼 보이는데 말이야.

나와 리즈는 오랫동안 알고 지냈다. 거의, 막 철이 들었을 때부터.

그래서 무슨 생각을 하는지 대충 알 수 있다.

저 장난거리라도 생각난 듯한 눈빛. 너, 몰래 갈 생각이지. 그러면 안 된다고.

딱히 하이 엘릭서가 아까운 건 아니지만, 보물전 안에서 신중하게 나아가는 다른 파티들을 날려버리면서 제멋대로 돌진하는 모습이 눈에 선하다.

나는 어쩔 수 없이 리즈의 어깨에 팔을 굴렀다. 비밀 이야기라도 하는 것처럼 작은 목소리로, 설득했다.

"자, 자, 진정하자 리즈. 리즈한테는······ 그래, 다른 할 일이 있으니까······."

리즈한테는 나중에 내가 합류할 때 호위로 같이 가자고 하자.

그렇게 말했더니 리즈가 잠깐 눈을 깜박거렸고, 아쉽다는 목소리로 말했다.

"······어? 그런 거야? 음······ 그럼 어쩔 수 없겠네."

이렇게 해주면 멋대로 밖에 나가지는 않겠지. 오래 알고 지냈다는 건 어떻게든 다룰 방법도 알고 있다는 뜻이다. 이 클랜에 있는 모든 사람이 인정하는 아크가 있는데도 아직까지 내가 클랜 마스터를 맡고 있는 건, 문제아들을 제어하는 방법을 알고 있다는 이유 때문이겠지.

리즈가 곁눈질로 날 보면서, 입꼬리를 살짝 끌어 올렸다.

"음~ 그럼 말이야, 티만 보낼까? 여러 가지 무기를 가진 팬텀이 있었으니까, 슬슬 티한테 시켜보려고 했던 수행에 딱 좋거든⋯⋯."

뭐야, 그건 위험하거든.

이번에는 《발자국》 멤버들도 있으니까 지난번처럼 험한 꼴을 당하지는 않겠지만, 티노랑【흰 늑대 소굴】은 상성이 안 좋은 것 같다. 그렇지 않으면 지난번처럼 갑자기 괴물과 조우할 리가 없으니까.

사실 솔로인 티노는 이런 광범위 조사 임무와 상성이 좋지 않고, 전문지식도 없다. 나타나는 팬텀의 능력도 조금 높은 것 같고.

리즈, 넌 모르겠지만⋯⋯ 보물전이라는 곳은 충분한 안전 대책을 마련한 뒤에 가는 곳이야.

지난번 일도 있는데 또【흰 늑대 소굴】에 보내면, 내가 나쁜 마스터어가 돼버리지 않겠냐고.

나는── 멋있게 보이고 싶다고. 아무리 후배라고 해도, 상대가 젊은 여자애라면 더더욱 그렇고.

"안 돼."

"왜에."

"그 얘기는 여기서 끝."

"어……."

아직 불만이 남은 것 같은 리즈를 다독이고, 어깨동무를 풀고, 고개를 들었다.

그때 덩치 큰 청년 헌터…… 라일이 다가왔다.

초기 멤버는 아니지만 고참이다. 키가 나보다 조금 큰 몸에 걸치고 있는 오래 사용한 금속 갑옷이, 수많은 싸움을 헤쳐 나온 것 특유의 묵직한 빛을 내뿜고 있다.

인정 레벨은 5. 나이가 비슷해서 클렌 멤버들 중에서는 사이가 좋은 편이다.

라일은 잠시 불편하다는 표정으로 옆에 있는 리즈를 쳐다봤지만, 마침내 마음을 정했다는 것처럼 이렇게 말했다.

"크라이, 이번 의뢰…… 그러니까…… 정말로, 괜찮은 건가?"

조금 떨어진 곳에서 다른 멤버들이 이쪽을 슬쩍슬쩍 엿보고 있는 게 보인다. 아무래도 저 사람들은 꽝을 뽑은 것 같다.

하지만 나한테 그런 걸 물어봐도 곤란하거든. 이번 임무에 대해, 내가 알고 있는 정보가 너무나 적다. 어쩌면 실제로 임무를 맡기 위해서 모인 라일을 비롯한 다른 헌터들보다 적을지도 모른다.

하지만…… 그래. 난 마스터다. 마스터니까 마스터답게 행동해야겠지.

엄지손가락을 세워 보여서 동료들을 고무했다.

"괜찮아, 곤란한 임무일 수도 있지만, 너희들이라면 틀림없이 임무를 완수할 거라고 확신하고 있어!"

"……."

……어라? 이상하네.

분위기를 보면 환호성이나 고함 소리가 터져 나올 줄 알았는데, 침묵이 찾아왔다.

뒤에 있는 헌터들도, 라일도, 말로 뭐라 표현할 수 없는 표정을 짓고 있다.

그리고 라일이 미안하다는 것처럼 물었다.

"음…… 그러니까…… 말이야? 가능하다면…… 이 클랜의 마스터로서, 그리고 레벨8 헌터로서, 주의점이라든지를, 가르쳐줄 수 있을까?"

"주의점……?"

또 어려운 소리를 하네. 뭘 해야 할지도 모르는 나한테 주의점이라니?

주의점, 주의점이라. 보물전의 탐색에 필요한 주의점은, 일류 헌터인 이 사람들한테 이제 와서 굳이 말할 필요도 없겠지. 팬텀을 조심하세요. 동료들끼리 싸우지 마세요. 도적을 먼저 보내서 함정을 찾아내세요. 솔로는 최대한 피하세요. 그런 조언을 해줘봤자 곤란할 테니까.

하지만 그것 말고 다른 주의점이라면…… 그래.

나는 잠시 눈살을 찌푸리고 신음 소리를 냈지만, 고개를 들고 한숨을 쉬며 말했다.

"나올지 안 나올지는 모르겠지만, 슬라임 같은 게 나오면 조심하는 게 좋을 거야."

뭐, 주의점 같은 건 적당히 말해줘도 되겠지. 시트리 슬라임, 대체 어디로 간 거냐고.

내 말을 들은 라일이 미친 사람이라도 보는 것 같은 눈으로 날 쳐다봤다. 실례 아니냐고.

"슬라임?! 【흰 늑대 소굴】에 슬라임이 나올 리가 없잖아?"

보물전에서는 보통 그 장소에 적합한 팬텀이 나온다. 외부에서 다른 마물이 흘러들어 간다고 해도, 대부분 경우에는 자연 발생한 팬텀이 죽여버리기 때문에, 보물전 내부에서 다른 마물을 볼 기회는 흔치 않다.

게다가 그 마물 중에서도 제일 약하다는 슬라임이면, 그런 반응을 보일 만도 하겠지.

"그러니까 나올지 안 나올지 모른다고 했잖아."

"……아니, 의심하는 건 아니지만, 그래도, 말이야. 하나만 물어보겠는데, 대체 무슨 판단으로 슬라임이 나온다고 생각한 거야?"

나는 아무 대답도 하지 않고, 미소만 지어 보였다.

뒤쪽에서는 우리 이야기를 들은 헌터들이 바로 슬라임에 대처할 방법에 대해 이야기하기 시작했다.

여러분, 너무 솔직하신 것 아닙니까…….

"그냥. 혹시나 나온다면, 보통 슬라임이 아닐 테니까 조심하고."

"뭐?! 보통 슬라임이 아니라고? 무슨 뜻이야?"

나도 몰라. 슬라임이라는 이름이 붙어 있으니까, 아마 약점도 슬라임이랑 똑같지 않을까 싶은데, 시트리 성격을 보면 말이야…….

다시 혼란에 빠지기 시작한 라일 일행에게 싱글싱글 웃어 보이면서도, 마음속에서는 계속 엎드려 빌고 있었다.

"지부장님, 정말로 가실 겁니까?"

곤란하다는 것처럼 눈썹을 축 늘어트린 카이나에게 거크 벨터가 콧방귀를 뀌어 보였다.

그 차림새는 평소에 탐색자 협회 제블디아 지부에서 일할 때 입는 것이 아니었다.

팔다리의 움직임을 방해하지 않도록 중요한 부분만 가려주는 진홍색 갑옷과 머리를 지켜주는 뿔 달린 투구.

허리에 찬, 포션 등의 각종 도구를 바로 꺼낼 수 있는 벨트와 전투할 때가 아니더라도 다양한 용도로 사용할 수 있는 커다란 벌채 칼 등등. 거크가 헌터 시절에 사용했고 지금도 가지고 있는 장비들을 착용했다.

하지만 무엇보다 눈길을 끄는 것은 그 오른손에 쥐고 있는, 사람 키 정도나 되는 『도끼창(핼버드)』일 것이다.

푸르스름한 기운이 감도는 검은색의 신기한 도끼창이었다. 끝부분과 비교해서 도끼의 날 부분이 상당히 커서, 옆으로 후려치는 것을 상정하고 만들어진 무기로 보인다.

예전에 모든 역사를 경험했다고 호언하던 『초명종(超命種)』조차도 존재하지 않았던 시절에, 야금술과 전쟁을 너무나 사랑하던 자들이 있었다.

그자들은 그 삶 속에서 야금 기술을 다듬어갔고, 금속에 마법의 힘을 불어넣어서 새로운 금속을 만들어내는 독자적인 기술을 연마했다. 전쟁을 사랑하고 숙달한 전사였던 그들은 그 기술을 충분히 발휘해서 특수한 무구들을 다수 만들어냈고, 수도 없이 찾아온 재앙들을 물리치면서 오랫동안 영화를 누렸다고 전해진다.

기나긴 세월이 지나, 그 옛 문명은 흔적조차 찾아보기 힘들다.

문명의 근간을 이뤘던 특수 금속의 정제 기법도 실전돼서, 많은 마도사와 대장장이들이 그것을 재현해보려고 했지만, 그 단서조차 찾아내지 못했다.

──하지만, 그 산물은 다르다.

현재 보물전에서 발견되는 무기형 보구 중에 대부분은 그 시절── 고도 마도 무기 문명이 만들어낸 것을 재현한 것으로 여겨진다.

불꽃을 다루는 대검. 절대로 부러지지도 않고 구부러지지도 않는 가벼운 칼. 공기를 가르고 몇 미터 떨어진 곳을 꿰뚫어버리는 랜스.

어지간한 금속을 뛰어넘은 단단한 몸을 가진 마물이나 팬텀조차도 간단히 꿰뚫어버리는 고대의 유산이다.

보구를 사용하려면 오랜 단련이 필요하다. 그래서 헌터들은 보구를 많이 사용하지 않는다.

하지만 대부분의 헌터들은 그 소수의 보구에 자신의 목숨을 맡기는 파트너로 삼아, 이 시대의 무기로 선택한다.

거크가 들고 있는 도끼창도 그런 보구 중에 하나다.

트레저 헌터 시절의 거크 벨터를 레벨7까지 올라가게 해줬던 파트너.

강한 냉기를 두르고, 베어버린 상대를 내부에서부터 얼려버리는 도끼창형 보구 『빙람전아(氷嵐戰牙)』.

은퇴할 때 팔아달라는 얘기가 여러 번 있었지만, 그래도 결국 팔아버리지 않았던 물건이다.

오랜만에 쥐어보고, 손바닥에 전해지는 차가운 자루의 감각을 느낀 거크가 진지한 표정을 지었다.

그 뚱하고 험악한 얼굴에서 기분 좋은 느낌을 찾아내고, 카이나가 깊은 한숨을 쉬었다.

"지부장님, 이젠 더 이상 헌터가 아닙니다. 알고 계시는 겁니까?"

"알고 있다. 무리는 안 할 테니까."

"《시작의 발자국》이 전면적으로 협력해주고 있으니까 문제는 없을 텐데 말입니다. 《흑금 십자가》도 선행했고…… 지부장님이 가실 필요는……."

"……쳇."

난색을 표하는 부 지부장 카이나의 말에, 거크가 혀를 차고서 몸을 움직였다.

도끼창 끝이 천장을 스치고, 서리가 떨어진다. 무기와 갑옷, 합계 100kg이 넘는 장비를 두르고도, 거크의 움직임은 평소와 다를 게 없다.

"리즈한테 바보 취급을 당한 채로 가만히 있을 수는 없잖아! 힘이 빠졌어도, 난 아직까지 현역 헌터한테 지지 않아. 나한테는 경험이 있으니까!"

"……그런 어린애 같은 소리를……."

흘러나온 작은 목소리에, 거크가 눈을 돌렸다.

거크는 원래 레벨7의 헌터였다. 현역 헌터 중에 《전귀》라는 별명을 가지고 있던 거크를 얕보는 사람은 거의 없지만, 리즈가 실컷 무시해댄 것 때문에 더 이상 가만히 있지 못하는 모양이다.

마치 변명이라도 하는 것처럼, 머리 두 개만큼이나 작은 카이나에게 말했다.

"그리고 이번 일은 뭔가 수상한 냄새가 나. 아크가 필요하다니, 그건 있을 수 없는 일이야. 내가 현지에 있는 쪽이 좋겠지. 반쯤 억지로 예산을 땄으니까…… 나라에 뭔가를 보여줘야 하지 않겠어."

구체적인 정보도 없이 그런 예산 요구가 통한 것은, 정보를 제공한 자가 레벨8이라는 것도 있지만, 거크의 이름이 제국 상층부까지 알려져 있다는 점도 컸다.

정말로 이렇게까지 많은 헌터를 고용할 필요가 있을까. 거크가 동원한 헌터의 숫자는 나라에서 상정했던 숫자의 두 배 이상이나 된다. 의뢰의 주체이자 제국에서 보물전 관련 업무를 관리하고 있는 『유물 조사원』도 회의적인 눈으로 보고 있다. 자신도 움직이는 쪽이 상대를 납득하게 만들기 쉽겠지.

카이나는 이마에 손을 짚고 깊은 한숨을 쉬었다. 말릴 수 없다. 말릴 방법이 없었다.

지부장도 은퇴하기는 했어도 아직 헌터라는 건가.

"일은 남겨둘 테니까, 돌아오시면 당분간 잔업하셔야 합니다."

"⋯⋯⋯⋯그냥 처리해줘도 되는데?"

"사양하겠습니다."

카이나의 쌀쌀맞은 목소리에, 이번에는 거크가 한숨을 쉬었다.

그곳은 지하라고 생각할 수도 없는, 넓고 밝은 공간이었다.

줄지어 있는 탁자 위에 난잡하게 놓여 있는 서류. 벽에 붙여놓은 책장에는 두꺼운 책자들이 가득 차 있고, 차가운 공기에는 코를 찌르는 것 같은 자극적인 냄새가 배어 있었다.

선반에는 약품이 들어 있는 병들이 잔뜩 줄지어 있고, 넓은 테이블 위에는 제국에서 사용하는 공용어와 전혀 다른, 기묘한 문자로 적인 리포트가 빼곡하게 놓여 있다. 벽과 천장은 흙이 훤히 드러나 있기는 해도, 잘 다져둔 덕분에 얼핏 보면 평범한 방처럼 보인다.

그곳에 지금, 하나같이 로브를 걸친 마도사들이 집결해 있다. 대규모 전투를 앞둔 고양감. 전의. 그리고 약간의 두려움. 각자가 짓고 있는 표정을 확인하고, 중심에 서 있던 《대현자》가 고개를 크게 끄덕였다.

"탐협 놈들⋯⋯ 꽤나 분발한 것 같구나."

【흰 늑대 소굴】. 지금쯤, 노토의 실험장이었던 그 보물전에는

다수의 헌터가 집결해 있을 것이다.

제도의 협력자들이 보내온 정보── 이상 조사를 위해서 동원된 헌터들의 숫자는 노토의 예상을 크게 뛰어넘었다. 원래 보물전의 이상 조사를 맡는 헌터들은 레벨이 높은 경향이 있기는 하지만, 이번에는 헌터들의 레벨이 높을 뿐만 아니라 그 숫자 또한 평범한 조사에 동원될 게 아니었다.

게다가 그 대다수가 그《시작의 발자국》의 멤버들이니, 이 군세라고 불러야 할 헌터들이 누구의 부추김을 받고 조사에 참여했는지 저절로 판명되었다.

"《천변만화》 놈. 일개 헌터 주제에 아카샤와 정면으로 적대할 셈인가!"

지금까지 『아카샤의 탑』에 대해 여러 번 행동을 보여왔다. 이대로 손을 뗄 거라고 생각하지는 않았지만, 이것은 노토를 완전히 얕보는 행동이었다.

기습도 아니고 제도 지부를 덮치는 것도 아닌, 증원. 노토 같은 마도사는 준비를 하면 할수록 강해지는 법이다. 기본적으로, 마도사와 싸울 때는 상대가 태세를 갖추기 전에 공격하는 것이 중요하다.

한편으로 이번에《천변만화》의 움직임은 그 기본에 대놓고 어긋나는 것이었다.

거점을 알면서, 사전에 경고까지 했다. 게다가 많은 인원을 모아서 돌파하는 작전은 마치── 노토와 제자들 따위는 조금도 신경 쓰지 않는다는 것 같다. 오만하다고 해야 할까, 아니면 강자의 여유라고 해야 할까.

　세계 최악의 마술결사에게 보여주는 그 여유는, 노토와 제자들의 신경을 거스르기에 충분했다.

　상대의 의도는 모르겠다. 하지만 이미 마음은 정했다. 소피아도 제때에 돌아왔다. 진리의 탐구를 방해하겠다면, 두 번 다시 거스르지 못하도록 짓밟아버릴 뿐이다.

　"헌데 스승님. 다행히 그 아크 로댕은 제도에 없는 것 같습니다만, 상대는 레벨이 높은 자들의 집단입니다. 《비탄의 망령》도 있습니다. 조금 귀찮을지도 모르겠습니다."

　2번 제자인 플리크가 한쪽 눈을 일그러트리면서 노토에게 말했다.

　노토와 제자들이 연구를 원활하게 진행하기 위해서 준비한 방위 시스템은, 어지간한 헌터들은 감당할 수도 없는 것이다. 노토와 그 제자들도 마도사로서 파괴력이 큰 공격 마법을 여러 가지 익힌 데다, 보물전 지하의 연구소에 있는 동안 마나 머티리얼을 흡수한 덕분에 충분한 전력이 되었다.

　하지만 상대가 제 몸을 던지면서 높은 레벨의 보물전을 속속 공략하는 정신 나간 파티로 유명한 《비탄의 망령》이라면, 일말의 불안이 남는다.

　플리크의 작은 불안이 담긴 말에, 지금까지 조용히 있던 홍일점—— 소피아가 대답했다.

　"문제없습니다. 그 파티는 원정 중—— 제도에 있는 것은 겨우 두 명—— 아니, 세 명뿐입니다. 항상 제도에서 눈을 번뜩이고 있는《천변만화》. 갑자기 혼자서 귀환한《절영》리즈 스마트. 그리고—— 그 뒤를 쫓아서 돌아온, 저주받아 마땅한 연금술사. 시트리 스마트."

진홍색 눈동자가 불타는 것처럼 흔들리고, 방 중앙에 설치된 기괴한 장치를 바라봤다.

노토 커클레어가 해온 연구의 집대성. 제국에서 쫓겨나고 명예를 빼앗기고, 그러면서까지 추구했고 드디어 완성 직전까지 도달한—— 마나 머티리얼 교란 장치. 마나 머티리얼의 흐름을 어지럽혀서【흰 늑대 소굴】의 생태계를 변하게 만들어버린, 상식을 벗어난 물건이다.

이것과 비교하면 노토가 제국에서《대현자》라고 불리던 시절에 내놓은 연구 결과 따위는 애들 장난에 불과했다.

이 세상의 근원 요소 중에 하나로 여겨지는 마나 머티리얼에 관한 연구는, 어느 나라에서나 금지하고 있다.

마나 머티리얼은 강대한 힘이다. 그 원리는 신비 그 자체이며, 원리의 해명은 신의 영역이기도 하다.

예로부터 마나 머티리얼의 연구가 극에 달하면 세상을 멸망시킬 수도 있는 재앙을 낳는다고 전해져왔다.

겨우 도달한, 노토가 추구하는 진리로 가는 이정표. 더 이상 시간을 빼앗길 수는 없다.

"잘 아는구나.《비탄의 망령》대부분이 부재, 라고? 너, 어떻게 조사했지?"

"플리크 씨. 저는 연구밖에 모르는 바보가 아닙니다. 아카샤에 의지하지 않는 『눈』 정도는 잠입시켜뒀습니다."

나이 많은 2번 제자의 짜증 섞인 말에, 소피아가 빙긋 웃었다.

제도에서의 첩보와 정보 수집을 담당하고 있던 남자가 얼굴을 찌푸렸지만, 소피아는 그것도 신경 쓰지 않았다.

거짓말은 아닌 것 같다. 그녀의 표정에 확실한 자신감이 보인다. 마술 실력을 제외한 모든 면에서 우수한 이 제자라면, 연구를 위해서라면 어떤 수단이건 가리지 않는 이 제자라면, 분명 그 정도 일을 하고도 남을 것이다.

"짓밟아버릴 자신은 있나?"

"원래 《비탄의 망령》은 제도에서도 정상에 있는 파티 중에 하나. 방위 시스템은 그들의 격퇴를 상정해서 만들었습니다."

"흥. 그렇게 많은 자금을 들였으니까. 그 정도는 당연히 해야지."

『아카샤의 탑』은 마술 결사 중에서는 톱클래스지만, 연구 자금이 무한은 아니다. 방위 시스템에 어느 정도의 돈을 사용할지를 두고, 소피아와 다른 제자들 사이에서 의견이 크게 어긋났다.

빈정대는 기색을 담은 나이 많은 제자의 말에, 소피아는 기분이 상한 기색도 없이 말했다.

"《절영》은 도적입니다. 경이로운 속도를 자랑하지만 공격력은 그다지 강하지 않죠. 물리공격에 대한 대책을 마련하면 대응은 간단. 《천변만화》는 그 수법이 판단할 수 없을 정도로 다채롭지만, 그는 두뇌입니다. 그 지휘능력을 충분히 받아들일 파티 멤버가 없으면 힘을 제대로 발휘할 수 없습니다. 《발자국》 멤버들도 실력이 좋기는 하지만, 그래도 그 지휘를 받아들일 만큼의 능력은 없습니다."

"불행 중 다행, 이라는 것인가. 그렇다면 문제는——『그』시트리가 되겠군."

노토의 입에서 나온 이름을 듣고, 처음으로 소피아의 얼굴이 어두워졌다.

시트리 스마트. 제도에서 오랫동안 마도사 짓을 해온 자들 중에서 그 이름을 모르는 자는 없다.

예전에 『최우수』라고 불렸던 연금술사. 동시에 억울한 누명 때문에 인정 레벨에 페널티를 입은 연금술사이기도 하다.

노토는 만나본 적이 없지만 상당히 우수한 술자인 것 같다. 제도에서 추방된 노토는 항상 그 여자 연금술사에게 적잖게 공감하고 있었다. 어쩌면 그녀가 조금만 길을 잘못 들었다면, 헌터가 아니라 『아카샤의 탑』에 스카우트하여 같이 연구해나가는 미래도 있었을지 모른다.

소피아가 대답을 못 하자, 플리크와 다른 제자들이 화난 기색을 보였다. 하지만 침묵은 잠깐이었다.

"아닙니다, 문제는 없습니다. 시트리가 분명히 우수하기는 하지만, 저희와는 마음가짐이 다릅니다. 마나 머티리얼이 신체를 강화하기는 합니다만, 그게 전부입니다. 제가 온갖 수단을 사용해서 구축한 방위 시스템을, 법 때문에 수단이 제한된 연금술사가 뛰어넘을 거 같습니까? 플리크 씨."

"…………!"

질문을 받은 플리크가 분노한 표정으로 입술을 깨물었다.

일류 마도사로서, 지식을 쌓아온 자로서 이해하고 있다. 마술 실력은 자신이 훨씬 뛰어나지만—— 연구라는 분야에서는, 자신의 재능이 눈앞에 있는 소피아의 발밑에도 미치지 못한다는 것을.

자존심은 그것을 인정하지 않으려 했지만, 이성은 그것을 이해하고 있다. 스승의 발상에서 시작된 연구는 굳이 따지자면 마도사보다는 연금술의 분야였고, 소피아는 그 분야에 대해 타고난 재능을 지녔다.

"……그렇다면 어째서 얼굴을 찌푸렸지, 소피아."

제자들간의 이야기가 끝나기를 기다려서, 노토가 물었다.

곧게 뻗은 불타는 것 같은 머리카락과 똑같은 색의 눈동자를 지닌 1번 제자는, 보기 드물게 거친 목소리로 대답했다.

"스승님. 《천변만화》와 마찬가지로 시트리는 저희의 존재를, 그리고 이 연구를 어렴풋이 눈치채고 있습니다. 스승님께서 제국에 남겨둔 논문을 바탕으로, 계속 스승님의 연구를 캐고 다녔습니다."

그 말에 노토의 표정이 달라졌다.

논문. 노토가 마나 머티리얼을 조작하겠다는 뜻을 품은 것은, 그가 아직 제도의 학술기관에 소속돼 있던 시절의 일이었다. 젊었다. 그래서 세상에서 금기로 여기는 사상을 겉으로 드러내고 말았다. 그 결과로 제도에서 쫓겨나게 됐는데, 계기가 된 연구의 근본적인 부분을 적어놓은 논문은 제국에 제출해놓은 상태였다. 지금도 제도 어딘가에 남아 있어도 이상할 게 없다.

소피아의 표정에는 엄청난 기백이 서려 있었다. 평소의 냉정한 연구자와 전혀 다른 귀기 서린 표정을 보고, 항상 소피아에 대한 질투를 감추지 않고 드러내던 다른 제자들의 얼굴에 두려워하는 표정이 나타났다.

"그 여자는 연구자로서 제── 숙적이기도 합니다. 저는 무슨 일이 있어도 그 여자를── 짓밟아야만 합니다. 스승이시여, 훼방꾼을 말살하기 위해서 지금까지 만들어낸 것들을 전부 써버리는 것을, 허락해주십시오."

"……좋다. 전부 허락하겠다. 연구의 모든 것을 써서 장애물을 없애도록 해라. 소피아, 내 제자 중에서 가장 우수한 술자여. 플리크, 그리고 이 자리에 있는 모든 이에게 고한다. 소피아의 지휘에 따르도록 해라. 소피아의 말을 내 말이라고 여겨라."

"예! 모든 것은 스승님의 숭고한 사명을 위해."

소피아가 고개 숙여 인사했다. 태연한 척했지만, 표정에는 도저히 참을 수 없는 희열이 담겨 있었다.

제4장　　흑금 십자가와 시작의 발자국

　좁은 동굴 속, 무기들이 격렬하게 부딪치는 소리가 울리고 있다. 그리고 늑대의 하울링 소리와 뭔가가 무너져서 떨어지는 소리가 그 뒤를 이었다.

　발생한 이래로 인기가 없었던 【흰 늑대 소굴】에 지금까지 볼 수 없었던 숫자의 헌터들이 모여 있다.

　《발자국》의 창시 파티 중에 하나. 《흑금 십자가》도 여기에 모여 있는 파티 중에 하나다.

　멤버 숫자는 여섯 명. 소속된 멤버의 평균 레벨이 5가 넘는다. 아직 20대 중반인데도 이 정도 레벨이면, 제도에서도 유망하다는 소리를 들을 수 있다.

　그중에서도 레벨7이 눈앞인 리더 스벤 앵거는 《남격(嵐擊)》이라는 별명으로 불리는, 제도의 헌터 중에서도 손꼽히는 『사수(아처)』다.

　원거리 공격에는 마법을 사용하는 것이 반쯤 상식인 헌터들 중에서, 사수라는 직업은 아주 보기 드물다.

　일격의 위력은 강하지만 화살 숫자에 전투 지속 능력이 좌우되고, 마도사처럼 폭넓은 대응력을 지니지 못한 사수는, 보물전 탐색에 적합하지 못하다고 여겨진다.

　그럼에도 스벤은 활이라는 무기를 선택했고 별명을 얻는 경지까지 이르렀다.

그것은 그들《흑금 십자가》의 활동이 헌터들 중에서는 보기 드물게 보물전 탐색보다 마물 토벌에 중점을 두고 있기 때문이다.

　선두에서 걸어가는 사람은 리더 스벤이다. 중장비를 갖춘 동료들이 그 뒤를 따른다.

　흑철색 전신 갑옷. 검과 방패로 온갖 공격을 막아내는 검사(소드맨)가 두 사람, 보호 마법이 특기인 마도사와 광역 섬멸을 담당하는 마도사, 그리고 마지막으로 최근에 들어온 회복 전문가, 치유술사(라이터) 헨리크.

　어두운 통로지만 파티의 걸음걸이에는 망설임도 공포도 없다. 어둠도 축축한 공기도, 살갗에 느껴지는 전장 특유의 얼얼한 감각도, 강적이 있을 필드에 뛰어드는 것까지, 《흑금 십자가》에게는 일상이라는 범주에 해당된다.

　문득, 선두에 있는 스벤이 걸음을 멈추고 손에 쥔 장궁을 들어 올렸다. 거기에 따라서, 뒤에서 따라오던 동료들도 마찬가지로 걸음을 멈췄다.

　그리고 스벤이 자연스러운 동작으로 등에 멘 화살집에서 긴 화살을 한 발 뽑더니, 물 흐르는 것 같은 동작으로 시위에 메겼다.

　활도 화살도 헌터가 사용하는 특별제다. 강성과 강도에 특화되어 제작한 활은 보통 사람은 당길 수도 없고, 거기에 메기는 화살도 말도 안 될 만큼 굵고, 길고, 그리고 무겁다.

　현이 뿌드득 소리를 냈고, 금속 활이 그 힘으로 인해 더욱더 크게 휘어졌다.

　진행 방향의 모퉁이에서 문득, 움직이는 자가 머리를 내밀었다. 동시에 스벤이 화살을 날렸다.

마치 포탄처럼. 화살이 바람 가르는 소리라는 걸 믿을 수 없는 묵직한 소리와 함께 발사된 화살은 정확히 진홍색 울프 나이트의 두개골에 꽂혔는데, 거기서 끝나지 않고 그 머리 자체를 완전히 날려버렸다.

머리를 잃은 울프 나이트의 육체는 잠시 경련했지만, 그대로 공기 속에 녹아서 사라져버렸다.

포효조차, 단말마의 비명조차 존재하지 않는 극한의 한 발. 팬텀(환영)이 반응할 틈도 없이 간단히 해치워버린 스벤은, 머리를 날려버리는 데서 멈추지 않고 벽에 박혀버린 화살을 회수해서 다시 화살집에 집어넣고는, 그대로 아무 일도 없었다는 것처럼 다시 걸음을 옮겼다.

《흑금 십자가》앞에 나타나는 팬텀의 숫자는 절대 적지 않았다. 하지만 모든 팬텀, 빨간 털의 늑대도 백은색 털의 늑대도 상관없이 마주치자마자 발사된 스벤의 화살에 머리를 꿰뚫렸고, 포효를 지를 틈도 없이 사라져버렸다.

《흑금 십자가》는 마물 토벌이 특기인 헌터다. 하지만 그렇다고 보물전 공략을 못하는 것도 아니다. 특히 【흰 늑대 소굴】처럼 위험한 기믹도 없고 다수의 팬텀에게 포위당할 일도 없는 이 보물전은, 그들에게 있어 상당히 싸우기 쉬운 보물전이라고 할 수 있다.

파티 멤버들의 표정도 전장에 있으면서도 어딘가 풀어져 있었다. 유일하게 약간 긴장하고 있는 것은 최근에 새로 들어온 청년── 치유술사 헨리크 뿐이다.

지도의 절반 부분까지 왔을 때, 스벤이 멈춰 서서 가벼운 목소리로 말했다.

"음~ 분명히 레벨이 올라가기는 했지만, 특별히 이상한 점은 없는 것 같은데."

"선행한 헌터들도 아무것도 못 봤다는 것 같더라고."

파티 멤버 중에 마도사── 마리에타가 느긋한 목소리로 맞장구를 쳤다.

이상 사태가 일어난 건 틀림없지만 원인은 모른다. 눈에 띄는 이상한 점도 없는 것 같다.

원래 《흑금 십자가》는 전투능력에 특화된 파티여서, 조사능력은 보통 파티와 다름이 없었다.

의뢰를 맡긴 탐색자 협회도 그렇게 많은 것을 바라지는 않을 것이다. 자세한 조사가 필요하다면 조사 전문 연구자를 붙여줬을 테니까.

편한 분위기로 이야기를 나누는 스벤 일행 사이에, 헨리크가 조심조심 끼어들었다.

"스벤 씨, 굳이 저희가 할 필요도 없지 않았나요?"

"음…… 부탁을 받았으니까……."

그 말에, 스벤이 머리를 긁었다.

《흑금 십자가》가 【흰 늑대 소굴】 조사를 부탁받은 것은, 탐색자 협회에 들른 김에 크라이가 전해달라고 부탁한 말을 전했을 때였다. 굳이 의뢰를 받아들일 이유는 없지만, 마침 시간도 있었고 의뢰 이야기를 꺼낸 사람이 다름 아닌 탐색자 협회 제도 지부의 지부장 거크 본인이었다. 굳이 거절할 이유도 없다.

헨리크는 어딘가 불만스러운 표정이다. 자신의 파티가 심부름이나 하고, 게다가 말려드는 것처럼 의뢰를 맡게 된 것이 마음에 안 들겠지.

스벤이 그 표정을 보고는 달래는 것처럼 말했다.

"뭐, 보물전 탐색도 다 공부니까. 그리고 탐색하기 전에 말했잖아? 제도에 남아 있어도 된다고."

"……그럴 수는 없습니다. 저도 이 파티의 일원이니까……."

자세를 바로잡는 청년의 등을, 과묵하게 뒤쪽을 지키고 있던 검사가 두드렸다.

헨리크가 기침하자 웃음소리가 터져 나왔다.

"──콜록, 콜록…… 하, 하지만, 마치, 그 마스터의 뒤를 닦아 주는 것 같아서──"

"뒤를 닦아……? 음…… 뭐, 헨리크, 너도 언젠간 알게 될 거다."

뭔가 할 말이 더 있는 것 같은 그 얼굴을 보며, 스벤이 야성미 넘치는 웃음을 보였다.

그 뒤에도 탐색은 고전하는 일 없이 진행됐다. 원래 평소에 상대하던 마물이나 팬텀과 비교하면 수준이 한참 떨어지는 상대다. 유일하게, 레벨5짜리 헌터가 당해내지 못했다는 보스를 경계하고 있는데, 나타날 기미가 없다. 《절영》이 쓰러트려서 아직 부활하지 않았기 때문이겠지.

이상은 없다…… 하지만──.

파티의 퍼포먼스는 좋다. 범위 섬멸 능력에서는 파티에서 제일가는 마리에타를 온존해두고 있다. 보물전의 다른 길을 탐색하고 있는 다른 파티에서도 이상이 발생했다는 연락은 들어오지 않았다.

하지만 그 아무 일도 없다는 사실이, 스벤에게는 너무나도 기분 나쁘게 느껴졌다.

신중하게 계속 전진하고, 보스 방까지 앞으로 절반 정도 남았을 때, 문득 스벤이 허리에 차고 있는 가방이 떨렸다. 바로 걸음을 멈추고 가방 안에서 까만색 돌을 꺼냈다.

《발자국》은 커다란 클랜이다. 그 클랜이 다른 클랜과 다른 커다란 점은, 다른 클랜들이 단순하게 여러 개의 파티가 모여서 만들어진 모임이라는 측면이 강한 데 비해, 《발자국》은 헌터 외에도 다수의 사무원들을 고용해서 고도로 조직화된 클랜으로 만들었다는 점이다. 얽매이는 것을 싫어하는 헌터들에게서는 쉽게 찾아볼 수 없는 특징이다.

스벤이 꺼낸 까만 돌은 『공음석』이라고 하는 특수한 도구다. 두 개가 한 쌍으로 발견되며, 한쪽 돌에 말을 하면 그 말이 다른 돌로 전해진다. 다루는 방법이 귀찮기는 하지만, 정보 전달 수단으로서는 상당히 뛰어난 물건이다.

스벤이 가지고 있는 공음석은 《흑금 십자가》 내에서 상담하여 구입한 것이고, 나머지 한쪽은 긴급 시에 언제든지 연락할 수 있도록 클랜 본부에 두고 왔다.

『공음석』은 아무튼 비싼 물건이다. 비싸도 다른 보구들처럼 사용하려면 어느 정도 훈련이 필요하지만, 그래도 수요가 많다 보니 발견하여 시장에 가지고 가면 바로 팔려나간다.

스벤이 가진 것도 연줄을 이용해서 간신히 손에 넣은 것이다.

돌에 귀를 대고 있던 스벤의 얼굴이 점점 찌푸려졌다. 대화는 몇 마디뿐이었다.

"그래, 알았다. 고맙다."

동력을 잃은 돌을 집어넣었다. 말없이 주위를 경계하고 있는 동료들 쪽으로 고개를 돌렸다.

"일단 밖으로 나가자. 상황이 달라진 것 같다. 크라이의 지시로 《발자국》의 증원이 온다. 슬라임을 조심해라. 다른 파티에도 전달하고. 철수 피리를 불어."

"예? ……뭐요?"

"알았다."

당황하는 헨리크를 그냥 두고, 검사 한 사람이 피리를 불었다. 비상사태를 알리는 날카로운 소리가 동굴 안에 울려 퍼졌다.

"이봐 《흑금》 양반, 적당히 좀 하라고……."

눈을 부릅뜨고, 갈색 머리카락의 남자 헌터가 스벤을 내려다봤다.

스벤과 다른 루트에서 【흰 늑대 소굴】을 조사하던 파티의 멤버다.

돌입하기 전에 했던 자기소개를 떠올리며, 눈앞에 있는 남자의 이름을 생각해냈다.

게인. 검사, 인정 레벨은 5. 말버릇과 소행은 그다지 좋지 않아

보였지만, 이 조사 임무에 동원될 정도라면 실력은 확실하겠지.

【흰 늑대 소굴】입구. 감시하고 있던 팬텀을 섬멸하여 빈 공간이 된 곳에서 찌릿찌릿한 공기가 감돌고 있었다. 그 공기는 스벤이 울리라고 했던 비상사태 신호를 듣고 탈출한 파티들에서 나오고 있었다.

트레저 헌터들은 모두 라이벌이다.

보물전이 만들어내는 리소스는 거의 무한이지만, 일정 시간 동안에 얻을 수 있는 양은 한정돼 있다.

보물전에서 우연히 마주친 헌터들이 싸우는 경우도 적지 않다.

도시 밖은 치외법권이다. 개중에는 다른 트레저 헌터들을 노리는 도적 같은 수법으로 돈을 버는 파티도 있다. 그래서 파티의 전술이 알려지면 불리해지는 경우도 있다.

이렇게 하나의 의뢰에 복수의 파티가 참가하는 경우에는, 각각 파티별로 움직이는 것이 관례다.

하지만 이번 의뢰는 나라에서 발주한 정식 조사 의뢰다. 무슨 일이 일어날지 모르는 조사 의뢰에서는 어느 정도의 연계도 필요하다. 경계 신호는 그 타협점이었다.

각자 알아서 한다. 감당할 수 없을 것 같은 비상사태가 발생하면 소리로 알린다. 그렇게 합의했다.

【흰 늑대 소굴】입구 부근에 만들어준 임시 진지에는 스무 명가량의 헌터들이 모여 있다. 하나 같이 스벤 일행이 울린 피리 소리를 듣고서 돌아온 사람들이다.

대놓고 규탄한 사람은 게인 한 사람뿐이었지만, 다른 멤버들도 속으로는 비슷한 생각을 하고 있을 거다.

"그래서 뭐야? 당신은 딱히 이상이 발생한 것도 아닌데, 그 연락이라는 걸 듣고서 비상사태 신호를 울렸다는 거야?"

"그래."

적개심이 담긴 눈. 관찰하는 눈. 비웃는 눈에 감탄한 것 같은 눈.

완전무장한 헌터들이 기이한 시선으로 쳐다봐도, 스벤의 표정은 흔들리지 않았다.

딱 잘라서 확실하게 대답한 그 말에, 모여 있던 헌터들이 술렁거렸다.

《흑금 십자가》는 유명한 파티다. 헌터들 중에는 전원이 회복능력을 지니고 있다는 구성과 그 안정성을 중시한 행동을 겁쟁이라고 비웃는 자들도 있지만, 실적은 거짓말을 하지 않는다.

무엇보다 멤버를 한 사람도 잃지 않고 높은 레벨까지 도달했다는 사실은 존경할 가치가 있다.

하지만 그것과 이번 일은 이야기가 다르다. 파벌도 레벨도 다른 파티가 합동으로 진행하고 있는 조사인 이상, 상황을 어지럽게 만드는 행위는 최대한 피해야 했다.

게인이 혀를 차고, 다른 파티 멤버들을 보면서 큰 소리로 확인했다.

"······이 중에 뭔가 발견한 사람 있나? 그 보스라도 좋고."

게인이 묻자, 모여 있던 파티의 리더가 각자 짧게 대답했다.

"딱히 없음."

"······보스는《절영》이 죽였다고 들었다. 한동안은 발생하지 않겠지."

【흰 늑대 소굴】은 중간 규모 정도의 넓이를 지닌 보물전이다. 길이 복잡하고 사각(死角)도 많지만, 베테랑 헌터가 이만큼이나 있으면 경계하면서 진행해도 지도 전체를 뒤지는 데 그리 오랜 시간은 걸리지 않는다.

강적일 거라고 걱정했던 보스도 이미 토벌당했다.

이상 현상이 특정되지 않았다는 점을 제외하면 편하다고 할 수 있는 의뢰다.

그리고 헌터들이 받은 의뢰는 현장 상황의 조사일 뿐이지 원인 규명이 아니다.

게인이 콧방귀를 뀌고 스벤을 노려봤다. 스벤은 아무 말도 하지 않고 그 눈을 똑바로 마주 봤다.

"……그렇다는데? 맥은 우리 판단보다 현장에 오지도 않고 시내에서 건방 떨고 있는 인간의 말을 믿는다. 그렇게 말하는 거지?"

위압하는 것 같은 눈. 칼을 뽑지는 않았지만, 어디까지나 보는 눈이 있기 때문이겠지.

게인의 태도는 좋지 않지만 그의 주장은 맞는 말이었다. 아니, 만약 스벤이 눈앞에 있는 사내의 입장이었다고 해도, 그런 이유로 피리를 불었다면 한마디 정도는 했을 것이다.

신참인 헨리크가 불안해하며, 스벤과 당장이라도 덤벼들 것 같은 게인의 얼굴을 번갈아가며 봤다.

스벤은 주위를 한 바퀴 천천히 둘러보고, 어깨를 으쓱거려 보였다.

"그래, 맞아."

"……!"

게인이 눈을 크게 떴다. 그 얼굴이 서서히 빨개지고, 눈썹이 일그러졌다.

한 대 후려칠 기세로 앞으로 나섰지만, 스벤은 깊은 한숨을 쉬었다.

"불쌍하군."

"?! 뭐라고?!"

"미리 말해두겠는데…… 우리는 『온정』으로 피리를 불어줬다."

화를 내는 사람들을 보며, 스벤이 담담한 목소리로 말했다.

동굴 안쪽 깊은 곳에서 늑대 하울링 소리가 들려온다. 갑자기 사라진 침입자들── 스벤 일행을 위협하려는 걸까. 스벤에게는 그 포효가 어떤 일의 전조를 알리는 것처럼 느껴졌다.

"《비탄의 망령(스트레인지 그리프)》놈들이라면…… 피리를 불지도 않았어. 크라이라면 괜찮다고 할 거다. 리즈나 루크라면 흥미 자체를 보이지 않고, 시트리라면── 오히려 너희를 먼저 가게 하겠지. 하지만 우리는 이래 봬도 일단은 『힐러』니까. 발생한다는 걸 알고 있는 사상자를 방치하는 건 『우리 스타일』에 어긋나는 일이다."

헌터는 스스로 책임을 져야 한다. 암묵적인 양해를 통해서 긴급 상황에서는 서로 협력하기도 하지만, 불만을 들어가면서까지 경계해줘야 할 의리는 없다.

하지만 스벤은 그렇게 했다.

애당초 스벤은 이 전개를 예측하고 있었다. 불만을 듣고서도 냉정한 건 그것 때문이다.

스벤이 나무에 등을 기대고 풀이 자란 땅을 밟으면서 말했다.

"금세 우리 클랜 멤버들이 잔뜩 몰려올 거야. 재조사는 그 뒤에 해도 늦지 않고. 죽고 싶으면 마음대로 하든지. 우리는 여기서 기다릴 테니까."

"……."

"고액의 보수도 죽어버리면 아무 의미도 없다고. 정보료는 공짜로 해주지. 운이 좋았어."

조사 의뢰는 일정 금액의 보수를 약속해주는데, 특별히 유력한 정보를 손에 넣은 자에게는 추가 보수가 나온다. 복수의 헌터를 투입하는 것은 경쟁이라는 측면도 있기 때문이다.

게인이 입술을 깨물었다. 추가 보수는 무시할 수 있는 금액이 아니다. 하지만 《흑금》이 오기 전부터 조사하고 있기는 했지만 유력한 정보는 얻지 못했다. 이대로 조사를 계속해봤자 뭔가를 얻을 가능성은 거의 없겠지.

하지만, 이대로 여기서 대기하다가 《발자국》의 파티가 다수 참전한다면 경쟁률은 더더욱 높아질 것이다.

게인도 헌터다. 남들만큼 욕심이 있다. 그리고 지금 상황에 큰 위험은 느끼고 있지 않았다.

다른 헌터들도 당혹스럽다는 것처럼 얼굴을 마주 보고 있다. 같은 생각을 하고 있겠지.

원래는 한 번쯤 그냥 웃어넘길 수 있는 경고다. 하지만 상대가 저명한 파티라는 점이 그러지 못하게 만들었다.

헌터 중에 한 사람이 분위기를 견디지 못하겠다는 것처럼 입을 열었다.

"여기에 나오는 팬텀은 늑대다…… 슬라임 같은 게…… 나올 리가 없어! 그리고 나온다고 해도 아무 문제 없어! 우리 파티에는 마도사도 있으니까."

슬라임이 나올 가능성. 거기에 대해 묻는다면 하나같이 '제로' 라고 대답하겠지. 제로는 아니더라도 제로에 가까운 확률이라는 건 분명하다. 원래 생각해볼 필요도 없는 확률이다.

그 목소리에, 스벤이 무거운 한숨을 한 번 쉬고서 입을 열었다.

"──도저히 잊을 수도 없는 일인데, 예전에, 《발자국》이 막 생겼을 무렵의 이야기야. 크라이가…… 우리 클랜 마스터가, 제도 밖으로 꽃구경을 하러 가자고 했던 적이 있었지."

심각한 표정을 보고 주위에 있는 사람들이 조용해졌다.

이가 깨지는 게 아닌가 싶을 정도로 이를 갈면서 신음 소리를 내던 게인도 고개를 들었다.

그 말을 하는 스벤 뒤에 있는 《흑금 십자가》 멤버들이 씁쓸한 표정을 짓고 있었다.

유일하게 들어온 지 얼마 안 되는 헨리크만이 영문을 모르겠다는 눈으로 동료들의 얼굴을 보고 있다.

"다 같이 가면 호위를 고용할 필요도 없으니까 딱 좋다. 밖에 나가는 거니까 일단 무기 같은 건 잊지 말고 챙기라고 했었거든……."

"? ……무슨 소리야?"

"그리고 지금 그 장소는── 보물전이 됐다."

"?!"

"여기 있는 사람 중에도 기억하는 사람이 있을지도 모르겠는데, 지진 때문에 『지맥』이 아주 조금 틀어졌거든. 틀어져서, 마침 꽃구경하러 갔던 시기에 딱 맞춰서 부딪치고 터졌어. 너희들, 보물전이 발생하는 순간을 본 적 있나? 그건── 정말 장관이었다. 마치 이 세상에 지옥이 나타난 것 같은 꼴이었거든. 뭐, 일단 볼 기회 자체가 없겠지만."

누구도, 아무 말도 하지 않았다. 아니, 못 했다.

보물전의 정보를 알아내는 것은 헌터라면 당연한 일이다. 당시에 그 보물전의 출현은 큰 뉴스였다. 조사 의뢰를 받을 정도의 실력을 지닌 헌터라면 어떤 보물전인지 알고 있을 것이다.

제도 근처에 있지만 너무나 열악한 환경 때문에 대부분의 헌터가 도전조차 못 하는 고난도 보물전.

게인이 깜짝 놀란 얼굴로, 더듬거리면서 물었다.

"그거 혹시…… 그 【화원(花園)】인가?"

나타난 지 3년 만에 레벨7 인정을 받은, 제도 근처에서는 최악이라고 불리는 보물전이다.

최근에 그 아크 로댕이 공략해서 화제가 됐었는데, 지금 이 제도에서 거기에 도전할 수 있는 헌터가 몇 명이나 있을지.

어느샌가 클랜 안에서 소문이 돌기 시작했다. 처음에는 다들 황당무계한 소리라고 무시하려고 했던 그 소문도, 실적이 쌓이면서 서서히 클랜 안에 퍼져나갔다.

"《천변만화》한테는──『미래』가 보인다."

도저히 믿을 수 없는 말에, 게인의 눈이 휘둥그레졌다.

예측할 리가 없는 일을 딱 맞추는 영문 모를 선견지명.

그리고 그것을 바탕으로 뜬금없이 내려오는 『천 개의 시련』은, 클랜에 소속된 헌터들에게는 공포의 대상이었다.

"그런 『보구』를 가지고 있다는 것 같아. 그냥 소문이라고 본인은 부정하고 있지만── 난 내가 보는 것만 믿으니까. 그래서 큰돈을 들여서 굳이 『공음석』을 구했지. 한시라도 빨리 정보를 얻기 위해서── 이 정보에는 큰돈이 들었다."

무엇보다, 스벤은 알고 있다. 그 자유분방에 방약무인하고 아무한테나 함부로 시비를 걸어대는 《비탄의 망령》의 멤버가, 유일하게 크라이가 하는 말은 듣는다.

경계할 이유로는 충분했다. 사냥꾼은 용맹하기만 해서는 안 된다.

어느샌가 주위가 조용해져 있었다. 스벤이 사나워 보이는 미소를 짓고 큰 소리로 말했다.

"자, 난 이유를 말했다. 분명히 말해두는데 《천변만화》는 어지간한 일에는 참견 안 한다. 이걸 알고도 계속 앞으로 가고 싶은 놈은 알아서 하든지."

"…………젠장. 증원이 올 때까지 그렇게 오래 걸리진 않겠지? 농땡이 피웠다고 생각하기라도 하면 안 되잖아."

게인이 그렇게 투덜대면서 바닥에 주저앉았다.

클랜 마스터 방에는 평온한 시간이 흐르고 있었다. 다들 보물 전에 가버린 탓인지, 평소에 비교적 떠들썩했던 클랜 하우스는 어딘가 조용한 분위기가 감돌고 있다.

"저기, 크라이? 언제 갈 거야? 볼일이라는 게 뭐야? 난 준비 다 됐거든? 응?"

그런 와중에 리즈 혼자만 정신없이 내 주위를 얼쩡얼쩡 돌아다 니고 있다. 책상 뒤에 숨거나 에바가 가져다준 커피를 마시거나 등 뒤에서 날 끌어안고 몸을 마구 비벼대고 해서 정신이 없다.

소파에 얌전히 앉아 있는 티노가, 스승의 추태 때문에 몸이 근 질거린다는 것처럼 부르르 떨고 있다.

나의 질렸다는 시선을 알아차렸는지, 리즈가 환하게 웃으면서 말했다.

"미안해? 크라이랑 같이 밖에 나가는 게 오랜만이라서 말이야."

"아냐, 괜찮아."

그렇게 기대하고 있는데 미안하지만, 난 리즈가 날뛸 기회를 마련해줄 생각은 없다.

리즈가 날뛰는 수준은, 거친 헌터들 중에서도 쉽게 찾아볼 수 없는 정도다. 스트레스가 쌓인 것도 아닐 텐데, 높은 레벨의 헌터 들조차도 피할 수준이니까. 공동 작전을 하다가 다른 헌터들이 보기라도 하면 틀림없이 완전히 질려버리겠지.

리즈 본인은 신경 쓰지 않는 것 같지만, 더 이상 평판을 떨어트릴 필요는 없다.

내 속마음도 모르고, 리즈가 몸을 떨면서 요염한 목소리로 말했다. 눈이 촉촉하다.

"아아…… 지난번엔 진심으로 싸우는 걸 보여주지 못했으니까, 크라이가 보는 데서 싸우는 게 정말 기대돼. 잘 봐줘야 해?"

"응, 그래, 그래야지……."

다 봤거든. 지난번에 그걸로 충분해.

헌터가 되기 전에, 준비 기간 동안에 훈련하던 때부터, 리즈는 자기가 성장했다는 걸 자각하면 내 앞으로 와서 그 성과를 보여주는 습관이 있었다. 처음에는 잘한다, 잘한다 칭찬해줬지만, 어느 때부터인가 움직임이 너무 빨라서 보이지도 않았던 건 비밀이다.

최근에는 보여주러 오는 일이 거의 없어서 벌써 질린 건가 싶었는데, 아니었나 보다.

"그, 그런데, 언니. 그 보물전에 언니가 진심으로 싸울 정도의 팬텀이 나타난다는 얘기는?! 죄송해요, 죄송해요, 방해해서 정말 죄송해요 마스터어."

끼어들려고 했던 티노의 몸이, 언니가 날려 보낸 험악한 시선 때문에 움찔하고 떨렸다.

이봐요 스승님, 정서 불안이 너무 심하잖아. 방해받았다는 생각 안 하거든.

내 앞쪽으로 나와 있는 손등을 쓰다듬어줬더니, 리즈가 살짝 한숨을 쉬었다.

"티, 쓸데없는 소리는 하지 말아줄래? 크라이의 볼일이 그렇게 시시한 일일 리가 없잖아? 보물전 인정 레벨이 낮으니까, 같은 건 이유도 안 돼. 크라이의 의도를 헤아리려고 들다니, 건방진 짓은 하지 마라?"

뭔지는 모르겠지만 점점 난이도가 올라가고 있다. 큰일이다.

알다시피 나는—— 평화주의자인데 말이야…….

"난 쓸데없는 얘기 좋아하는데…… 데이트라도 할래?"

"!! 할래!! 쓸데없는 건 아니지만!"

같이 시내를 돌아다니는 정도인데, 그걸 데이트라고 해도 되는 걸까.

최근에 두 번이나 했는데도, 대답하는 리즈의 목소리에는 기뻐서 미칠 지경이라는 느낌이 담겨 있었다. 볼은 발그레하게 달아올랐고 눈동자는 반짝반짝 빛났다. 먼저 말한 내가 미안해질 지경으로.

실컷 무시당한 티노가 스승의 갑작스러운 변화를 보고는 고개를 숙이고 몸을 바들바들 떨고 있다.

기분파인 리즈는 기분에 따라서 제자에 대한 대응이 달라지니까, 이것도 티노한테 도움이 되겠지.

내 소꿉친구가 폐를 끼쳐서 정말 죄송합니다.

"저, 저기…… 그러니까…… 마스터어는, 볼일이 있으신 게—— 히익."

"리즈 너 말이야, 너무 그렇게 겁주지 말라고. 티노가 불쌍하잖아."

"……겁준 거 아니거든. 티노가 멋대로 무서워하는 거야. 착한
아이인 티노가 내 기분을 상하게 할 리가 없잖아? 그치, 티~?"

"……!!"

……봐, 겁먹었잖아. 리즈도 시트리처럼 조금만 부드러운 성격
이 되면 좋을 텐데.

팔을 쓰다듬어서 진정시키면서 생각했다.

티노의 말이 맞다. 뭔가 일이 귀찮아지기는 했지만, 간다고 했
으니까 일단 얼굴은 비춰야 한다. 하지만 타이밍을 맞추기가 어
렵다.

벽에 걸린 시계를 확인했다. 아직 좀 일렀다.

중요한 슬라임 찾기도 아직 안 끝났다. 내 힘만 가지고는 도저
히 어떻게 할 수 없는 일이 너무 많아서 토할 것 같다.

전부 자업자득이라는 게 슬픈 점이지만. 시트리 슬라임 일은
차라리 에바한테 솔직히 말하고 어떻게든 좋은 아이디어를 달라
고 해야 하려나.

머릿속에서 생각이 빙글빙글 맴돈다. 몸을 태우는 것 같은 초
조함을 어떻게든 해보려고 의자 등받이에 몸을 기댔다. 왠지 무
지무지 엎드려 빌고 싶은 기분이다.

《비탄의 망령》 멤버들이 전부 모여 있었다면 조금이나마 여유
가 생겼겠지. 나한테 허물없이 터놓고 이야기할 수 있는 루크와
친구들은 최강의 전력인 동시에 마음의 지주니까.

"왜 그래, 크라이? 걱정하는 얼굴인데."

"······아냐, 괜찮아. 나 그런 얼굴이었어?"

"응! 나라도 괜찮다면 얘기해도 되는데?"

안 되겠네. 리즈가 신경 쓸 정도로 끔찍한 얼굴이었나 보네.

나는 리더다. 최소한 다른 사람들이 안심할 수 있도록 의젓하게 굴어야 한다.

"그냥, 지금쯤 다른 사람들은 어떻게 하고 있을까 싶어서 말이야. 특히 시트리. 예정보다 많이 늦어지고 있잖아?"

슬라임도 문제지만, 루시아가 담당하고 있는 보구 충전도 많이 밀려 있다.

그런 의미에서 보면 리즈가 탐색을 팽개치고 후다닥 돌아온 건 불행 중 다행인지도 모른다. 한 사람만 있어도 정신적인 평정을 상당히 유지할 수 있다는 기분이 드니까.

"음~ 크라이 너무 착하다. 그런데 말이야, 난 좀 더 있다가 와도 좋을 것 같거든."

리즈가 마치 장난거리라도 생각났다는 듯한 목소리로 말했다. 내 뒤통수에 가슴이 꾸욱 하고 닿았고, 손이 옷깃 사이로 슬며시 파고든다. 가느다란 손가락이 살갗을 어루만지는 감촉.

"오랜만에 느긋하게 보낼 수 있었고, 크라이를 좀 더 독차지하고 싶기도 하니까 말이야······. 시트가 있으면 방해하잖아······ 그치?"

방해했던 기억 같은 건 없고, 리즈한테 시간을 제일 많이 할애해주고 있는 것 같은데 말이야.

내가 할 수 있는 건 정신적 지주가 돼주는 것밖에 없으니까 응석을 부리는 건 상관없지만, 후배가 보는 앞에서 해도 되는 짓은 아닌 것 같단 말이야. 스킨십이 너무 과격하잖아.

슬쩍 쳐다보는 티노의 시선이 상당히 신경 쓰인다.

한마디 하려고 할 때, 마치 간질이는 것처럼 살갗을 어루만지던 손가락이 딱 멈췄다.

"음…… 응……? 어라, 왜?"

"? 왜 그래?"

당황한 것 같은 목소리. 내 살갗에 닿았던 부드러운 감촉이 떨어지고, 리즈가 문 쪽을 쳐다봤다.

"……음…… 벌써 끝이야? 혹시 기다리고 있었나? 아까부터 계속 시계를 보는 것 같더라니…….

혼자서 뭐라고 중얼거리는 리즈. 벌써 끝……?

뭔가를 느낀 걸까? 리즈는 도적(시프), 먼 곳에 있는 기척을 느끼는 건 일도 아니다.

끝이라는 건…… 혹시 조사 얘기인가? 아무리 그래도 여기서 【흰 늑대 소굴】의 상태를 파악할 수는 없을 것 같고, 무엇보다 증원을 보낸 지도 얼마 안 됐는데 말이야. 다른 건 생각나는 일도 없고.

물론 나로서는 걱정거리가 하나라도 줄어드는 건 크게 환영이다.

우리 멤버들, 정말 우수하다니까. 무능한 나랑 더하니까 상당히 균형이 잘 맞는 것 같다.

시시한 생각을 하면서 미소를 짓고 있는데, 문이 조용히 열렸다.

"──다녀왔습니다."

……어?

들려온 것은, 전혀 예상도 못 했던 목소리였다.

차분하고 듣기 좋은 조용한 목소리. 리즈가 눈살을 찌푸리고 깊은 한숨을 쉬었다.

"너무 빨리 왔잖아~. 왜 혼자서 돌아온 건데? 좀 더 있다 와도 되는데 말이야…… 네 역할은 준비랑 뒤처리잖아?"

"뭐야! 파티를 내팽개치고 혼자서 돌아온 언니가 할 소리는 아닐 텐데."

몸의 라인이 드러나지 않는 큰 사이즈의 수수한 색 외투. 더러워져도 눈에 띄지 않는 커다란 회색 배낭. 리즈와 똑같은 색의 머리카락은 어깨 높이에서 깔끔하게 맞췄는데, 약간 처진 눈에 살짝 걸친 앞머리와 어우러지면서 보는 사람에게 부드러운 인상을 준다.

무기를 들지 않은 것은 그녀의 역할이 전투가 아니기 때문이다.

인정 레벨2. 연금술사(알케미스트).

《비탄의 망령》의 사령탑. 역할은 정보 수집. 사전 준비와 뒤처리.

시트리 스마트.

최근에 계속 돌아오기만 기다렸던 소녀가 거기에 있었다.

리즈가 태양이라면, 시트리는 달이다. 커다란 꽃송이 같은 화려한 느낌은 없지만 차분한 아름다움이 있다.

시트리가 커다란 배낭을 내려놓고 날 보면서 미소를 지었다.

"폐를 끼쳤습니다. 크라이 씨."

"…………그래, 잘 왔어. 시트리."

머리가 다시 돌아가기 시작했다. 나는 일단 모든 의문을 내려놓고, 그 웃는 얼굴에 이끌린 것처럼 나도 미소를 지었다.

"안 좋은 예감이…… 들었어요."

《비탄의 망령》 최고의 두뇌파가, 내 질문을 듣고 작은 목소리로 대답했다.

연금술사, 시트리 스마트는 머리가 좋다. 생각하기 전에 때리고 보는 리즈와 친자매라고는 믿을 수 없을 정도로 매사에 계획을 세운 뒤에 행동하여, 자꾸만 계획성 없이 행동하려고 드는 《비탄의 망령》을 지탱해왔다.

본인의 전투능력은 나 다음으로 낮은 수준이지만 그건 연금술사의 숙명 같은 것이고, 대신에 모자란 전투능력을 메우고도 남을 지혜를 가지고 있다.

언니 리즈가 재미없다는 표정으로 시트리를 보고 있다. 티노는 소파 뒤에 숨어 있고.

"큰일이…… 일어날 것 같아요. 아주, 좋지 않은 일이…… 제 힘이 필요할 거라고 생각했어요. 그래서, 먼저 돌아왔죠. 언니처럼, 크라이 씨를 만나고 싶어서 그런 게 아니라―― 아니, 물론 만나고 싶은 마음도 있지만―― 저기…… 아닌가요, 크라이 씨?"

그렇게 말하는 시트리는 감이 정말 좋다. 내가 아는 사람 중에 이 정도로 감이 좋은 사람은 없다.

아마도 나와 보고 있는 세상이 다르기 때문이겠지.

수많은 마술 기관에서 절찬을 받았던 폭넓은 지식과 독특한 발상. 무엇보다 머리의 회전 속도 때문에, 언니와 또 다른 차원에서 천재라고 할 수 있다. 예전에는 연금술사의 도달점—— 현자의 돌에 가장 가까운 존재라고 불린 적도 있다.

그리고 지금까지의 경험상, 시트리의 예감은 특히 안 좋은 쪽에서 아주 높은 정확도를 자랑하고 있다.

자기 옷소매를 꼭 쥐고 언니와 티노를 슬쩍 봤다.

"강력한 적—— 제 적, 이에요. 세력을 늘리기 전에 없애버려야 해요. 크라이 씨."

이건…… 들켰나? 슬라임 일이, 들킨 거야?

하지만 정말 잘됐다. 시트리는 항상 필요한 때에 와준다니까. 또 그 지혜를 빌려야겠다.

"……리즈, 티노. 미안하지만 좀 비켜주겠어? 시트리하고 진지한 얘기를 좀 해야 하니까."

"뭐어어어어어어!? 싫어. 나도 들을래~!"

"어, 언니. 비켜드리도록 하죠. 마스터어의 부탁이잖아요. 하얀 까마귀예요."

티노의 과감한 손길에, 입을 삐죽 내민 리즈가 끌려 나간다. 다음에 아이스크림이라도 사주자.

다른 사람들은 전부 나간 방. 상황을 눈치챘으면서도 여유 있는 미소를 유지하고 있는 시트리를 보고 마음이 든든하다고 생각하면서, 나는 최근에 일어난 귀찮은 상황에 관해서 설명하기 시작했다.

시트리가 눈을 감고 생각에 잠겼다.

예전에는 항상 책만 읽던 얌전한 아이였다.

머리카락과 눈동자 색은 같지만, 언니 리즈와는 다른 점이 많다. 키도 약간 크고 가슴도 리즈보다 크고. 햇볕에 그을리지도 않았고 얼굴도 조금 부드럽지만, 그렇다고 자매처럼 보이지 않는 것도 아니다.

그렇게 침묵하기를 몇 분. 생각이 정리됐는지, 시트리가 빙긋 웃으면서 살짝 고개를 숙였다.

하지만 그 눈은 빛나고 있었다. 마치 언니처럼.

"죄송해요. 예상 밖이었어요. 설마 그 슬라임이 그렇게까지 성장했다니── 가장 먼 금속으로 만든 캡슐이었는데……."

"뭐? 성장?"

"슬라임의 진화 속도── 환경 적응력은 온갖 생명체 중에서도 손꼽히니까요. 크라이 씨에게 맡겼던 슬라임은 아시다시피, 그 측면을 크게 강화하기 위해서 개량했거든요. ……실패작이지만."

아시다시피라고 했지만, 난 하나도 모르거든.

연금술사란 한마디로 학자다. 미지에 대한 욕구는 언니 리즈보다 훨씬 강하다. 내가 치명적인 실수를 했다고 말해도, 그 표정은 온화하고 냉정했다.

어쩌면 내가 슬라임을 놓친 것도 시트리가 예상했던 일인지도 모른다.

"그 성장을 하면서 금속으로 밀폐된 캡슐을 빠져나갈 수 있게 된 거야?"

"예. 가능성은 있었지만…… 상상 이상이었어요."

그런 걸 나한테 주지 말라고. 직접 관리하란 말이야. 그렇게 생각했지만 말하지는 않았다. 슬라임이 밀폐된 금속 캡슐에서 빠져나가는 것보다, 내 실수 때문에 도망쳤을 가능성이 더 클 것 같으니까.

시트리와 함께 내 개인 방으로 갔다.

잘 정돈된 가구와 깔끔하게 치워놓은 침대. 시트리는 이리저리 두리번거리면서 내가 슬라임을 보존했던 금고가 아니라 방 여기저기를 돌아다녔다.

방 안은 내가 샅샅이 찾아봤는데…….

시트리가 종종걸음으로 방 안을 확인하면서, 멍한 목소리로 중얼거렸다. 집중하고 있다는 증거다.

"캡슐의 금속은 빠져나갔다고 해도, 크라이 씨의 보구 금고는 빠져나가지 못했을 거예요. 『포트 스페이스(격절하는 벽)』의 안팎은 공간의 위상이 어긋나 있으니까요. 물리적인 진화로 그걸 뛰어넘으려면 막대한 시간이 걸릴 테고, 안쪽에서 잠금장치를 풀기에는 지성이 성장하기 위한 재료가 부족하고. 물질 투과성 능력을 얻으려면 상당한 시간이 걸렸을 테고—— 환경 적응 능력으로 얻은 투과 대상은 캡슐 제작에 사용한 메탈릭 합금뿐이고."

"……미안. 간결하게 말해줄래?"

"아마도 금고를 열었을 때 캡슐 밖에 숨어 있던 슬라임이 도망친 것 같아요. 정답인가요?"

시트리가 마치 답을 맞춰보는 것처럼 두 손을 맞잡고서 빙긋 웃었다.

그렇게 말해도 난 모르거든…….

어라, 잠깐만? 그렇다면 뭐지? 캡슐을 꺼내려고 손을 집어넣었을 때, 바로 옆에서 내용물이 마음대로 움직이고 있었다는 거야? 분명히 금고 안이 어두웠고, 그때는 서두르고 있었으니까. 있을 수 있는 일이기는 하네.

이제 와서 차가운 뭔가가 등줄기를 쓰다듬었다.

뭐야? 제도를 멸망시킬 수도 있는, 팬텀이 기척만 가지고도 경계하는 그런 슬라임이 근처에 있었던 거야?

"잘도 살아남았네…… 나."

"? 크라이 씨를 공격하지 않도록 조정해 뒀으니까……."

나도 모르게 흘러나온 목소리에, 시트리가 내 쪽을 보면서 이상하다는 표정을 지었다.

위험하니까 맡아달라는 말밖에 안 했었는데? 이제 와서 하는 말이지만 설명이 너무 부족했어.

"……아, 그렇구나, 안전하기는 했나 보네."

"뭐, 저희한테는 안전하지만…… 아무리 조정해도 포식 대상에서 제외하는 건 두 사람이 한계였고—— 크라이 씨. 분명히 말씀드리는데, 그건 시련에 사용하기에는 너무 위험해요. 제 연구 결과를 사용해주시는 건 정말 영광이지만…… 만에 하나, 팬텀으로서 세계에 등록돼버리기라도 하면 정말 큰일이거든요?"

"???"

무슨 말을 하는 건지…… 모르겠다. 나와 시트리는 공격하지 않지만 다른 대상은 무차별로 공격한다는 거야?

아냐, 그런 말도 안 되는 일이. 우수한 연금술사가 그런 결함품을 나한테 줄 리가 없잖아. 그럴 리가 없는데…… 지금까지의 실적을 보면, 시트리는 실험을 시작하면 너무 열중하는 구석이 있다.

시트리는 바닥과 벽 등을 확인하고, 그대로 한쪽 구석에 있는 문 쪽으로 향했다.

문을 열면 욕실이 있다.

"이 방에 통풍구나 파이프는 없어요. 그것도 슬라임이니까 본능적으로 습기를 좋아하거든요. 아마도 욕실이겠죠. 배수구를 통해서 나갔을 가능성이 제일 큰데…… 정답인가요?"

"……안 쓸 때는 문을 잠가두는데?"

"바깥세상과 완전히 차단된 『포트 스페이스』 안에서는 체적을 늘리기가 쉽지 않았을 거예요…… 보구라면 또 모를까, 문과 문틀 사이 정도의 틈새라면 쉽게 들어가겠죠…… 아닌가요?"

"응, 그래, 그렇겠지?"

토할 것 같다. 아니냐고 물어도, 나는 모른다고 대답하는 수밖에 없다.

시트리가 생각하는 나는 그 정도는 당연히 예측하는 사람인가?

그나저나 냉정하게 생각해보면 위험하지 않나? 욕실 파이프는 하수도와 연결돼 있다. 그리고 잘 정비된 제도의 지하 하수도는 시내 전체와 연결돼 있고.

시트리가 로브 앞자락을 탁탁 털고, 귀엽게 고개를 갸웃거렸다.

"보통 슬라임이라면 모를까, 그 슬라임은 지하 하수도에서 살아남는 게 어렵지는 않을 거예요…… 먹이로 삼을 수 있는 벌레나 작은 동물들이 잔뜩 살고 있으니까. 어두운 금고 안에 적응했다면 어둠을 좋아할 테니까…… 인적 피해가 발생할 가능성은 낮고…… 그렇군요…… 잘 생각했어요."

하나도 모르겠지만, 시트리가 보기에는 잘 생각한 것 같다. 뭘 생각했다는 건지는 모르겠지만, 다행히 인적 피해가 나올 가능성은 낮다는 것 같다.

몰래 안도의 한숨을 쉬었다. 최악의 패턴은 회피했다, 그렇지만.

보통 사람이 보기에도 하수도 탐색은 상당히 힘들 것 같다. 아직 살아 있는지도 모를 일이고, 구정물 속으로 들어가 버리면 구분도 안 된다. 어떻게든 회수해야겠지.

시트리는 잠시 눈을 감고 생각에 잠겼다. 방해되지 않게 조용히 있었는데, 갑자기 시트리가 눈을 뜨고는 왠지 기뻐하면서 고개를 끄덕였다.

"…………그렇군요. 알았어요. 이 일은 저한테 맡겨주세요. 그래서, 이건 다른 일에 관한 이야기인데——"

"응? 맡겨달라고 하면 맡길 생각이긴 한데, 다른 일이라니?"

맡겨달라고 하는 건 정말 고마운 일인데, 시트리 슬라임 말고 또 다른 일이라는 게 대체 무슨 이야기려나?

시트리가 슬며시 가까이 다가왔다. 리즈보다는 키가 크지만 평균 키보다는 작아서, 이렇게 가까이 다가오면 내려다보는 모양이된다. 날씬한 몸에서 달콤한 약초 냄새가 은은하게 풍겨왔다.

하지만 그 표정에는 달콤한 구석이 하나도 없고, 지극히 진지했다.

그리고 시트리는 내가 생각도 못 한 일에 대해서 말했다.

"알고 계시겠지만——【흰 늑대 소굴】에 관한 일이에요. 원인에 대해 짐작이 가는 게 있는데…… 크라이 씨, 아마도 이대로 가면 조사대가 전멸할 거예요."

땅을 뒤흔들며, 《발자국》의 문장이 달린 대형 마차가 여러 대 도착했다.

금속 마갑(馬甲)을 몸에 두른 덩치 큰 말은 훈련이 잘돼서, 보물전 특유의 분위기에도 동요하지 않았다.

마차에서 내린 사람들은 《발자국》 소속 헌터들이다. 무장도 복장도 제각각이라, 몸 어딘가에 《발자국》 소속이라는 상징을 달고 있다는 점을 빼면 공통점이 하나도 없다.

하지만 자유분방한 헌터라는 걸 믿을 수 없는, 마치 죽으러 가는 사람들 같은 진지한 표정과 군더더기 없는 숙달된 움직임에서는, 어딘가 잘 훈련된 군대 같은 부위기도 느껴졌다.

먼저 이 보물전을 조사하러 간 《흑금》을 제외한 헌터들은, 얼빠진 표정으로 그 증원부대를 맞이했다. 분위기가 이질적인 것도 있지만, 무엇보다 그 숫자가 예상을 한참 뛰어넘었기 때문이다.

"뭐야…… 증원이라더니, 대체 얼마나 부른 거야……."

계속 투덜대면서 대기하고 있던 게인이 황당함과 두려움이 섞인 목소리로 말했다.

【흰 늑대 소굴】 정도 규모의 보물전에 동원하는 숫자치고는 이례적이다.

"……보물전을 아예 소멸시켜버릴 생각인가?"

보물전이라는 곳은 『장소(場)』다. 건물을 파괴한다고 해서 없어지는 건 아니다.

지맥을 어떻게든 하면 그 장소를 파괴할 수도 있지만, 현실적으로는 거의 불가능한 일이다.

하지만 그들에게 감도는 분위기에서는, 그런 바보 같은 말이 나올 정도로 절대적인 의지가 느껴졌다.

선두에 있는 마차에서 내린 청년 헌터가 스벤을 보고 달려왔다.

이목구비가 또렷하고 날렵한 얼굴의 청년── 라일이다. 나이는 스벤보다 한 살 어리다. 헌터 레벨은 스벤보다 낮지만, 《발자국》 소속 파티는 모두 대등한 입장이다.

차례차례 내린 사람들은 잠깐 앉지도 않고 바로 흩어지더니 주위를 경계하기 시작했다.

라일이 스벤에게 간단히 물었다.

"수고했어, 스벤. 상황은?"

"그래. 지금까지는 아무 일도 없어. 누구 지휘를 맡은 사람은 있나? 알아서 해도 되기는 하지만, 일이 일이니까 말이야."

스벤이 재빨리 증원으로 온 사람들을 확인했다.

파티라는 것은 원래 그 자체로 완성된 것이다.

같은 클랜의 멤버라고 해도 지휘 계통을 통일하는 건 말도 안 되는 일이지만, 규모가 이렇게까지 커지면 이야기가 또 달라진다. 방향성 정도는 정하지 않으면 피해가 쓸데없이 확대될 뿐이다.

경계하는 눈으로 멤버들을 확인하는 스벤에게, 라일이 입술을 슬쩍 끌어 올리면서 웃어 보였다.

"《흑금》이 제일 높아. 다른 레벨 높은 파티는 다 나가 있으니까. 크라이한테서 《흑금》의 지휘하에 들어가라는 말을 들었는데."

"크라이가 안 오는 건 항상 있는 일이니까 그렇다 치고, 리즈는 어떻게 됐지? 틀림없이 오려고 했을 텐데?"

전장을 찾아서, 제 발로 죽을 수도 있는 곳으로 뛰어드는 말도 안 되는 도적의 이름을 꺼냈다.

실력 하나는 확실하지만, 지휘를 맡을 생각도 없으면서 지휘에 따르지도 않는, 아주 제멋대로 구는 헌터인데. 적이면 귀찮지만 아군이라도 귀찮은, 정말 답이 없는 존재다.

어느 정도나마 말을 듣게 할 수 있는 건, 같은 《비탄의 망령》 멤버들뿐이다.

"티노랑 같이 크라이가 붙잡아뒀어. 따로 부탁할 일이 있다는 것 같더라고."

"그건………… 정말 고맙네."

라일이 씁쓸한 표정으로 한 말을 듣고, 무슨 일이 있었는지 눈치를 챘으면서도 더 이상 묻지 않았다.

리즈가 없는 건 요행이다. 이렇게 연계가 필요한 상황에서 그 방약무인한 인간이 있으면 해가 될 뿐이니까.

부탁할 일이라는 게 마음에 걸리기는 하지만, 지금은 생각하지 말자.

스벤은 일단 고개를 끄덕이고, 모든 이에게 들리도록 큰 소리로 외쳤다.

"좋았어, 다들 모여봐. 작전 회의를 하자."

슬라임이라는 마물이 있다. 점액으로 된 몸을 가졌고, 늪지 등의 습도가 높고 물이 있는 곳에서 서식하는 마물이다.

생김새는 평범한 물웅덩이. 근육도 없고 뼈도 없는 데다 피도 없다. 아무리 봐도 생물이 아닌 것처럼 생겼지만 일단은 자기 의지라는 것이 있는지, 천천히 움직이면서 작은 곤충 등을 자기 몸 안에 집어넣고 소화시키면서 활동한다.

일종의 마법 생물이고, 자연 발생 외에 연금술사가 만들어내는 경우도 있다고 알려졌는데, 스벤의 인식으로는 마물이라고 부를 가치도 없는, 경계할 필요도 없는 존재였다.

슬라임은 약하다. 마법에도 물리공격에도 약하다.

코어라고 불리는 작은 심장을 중심으로 활동하는 액체 몸은 너무나 약해서, 맨손으로 한 번 긁기만 해도 저항도 못 하고 몸이 분할돼버린다. 떨어져나간 몸에는 코어의 지령이 전해지지 않아서, 그만큼 슬라임의 존재 자체가 작아지게 된다.

몸이 산성이기는 하지만 그것도 작은 벌레면 모를까 인간처럼 큰 생물에게는 효과가 없어서, 설령 뒤덮인다고 해도 소화당해서 죽는 일은 없다.

보통 사람이 보기에도 거의 해가 없는 마물로 여겨지고 있다.

게다가 인간의 범주를 반쯤 뛰어넘은 힘을 가진 트레저 헌터에게는 지려고 해도 질 수가 없는 상대다. 애당초 마물이라고 인식하지 않는 사람도 있겠지.

무장한 채로 둥글게 둘러앉아 있는 동료들을 조금 높은 곳에서 둘러보며, 스벤이 물었다.

"이 중에서 슬라임과 제대로 싸워본 사람은 있나?"

"없어."

"없어."

"없는데."

"솔직히 그건 싸울 상대도 아니잖아……."

"나도 모르게 밟아 죽인 적은 있는데……."

각자가 당혹스러운 표정으로 알아서 떠들어대는 헌터들을 보고, 스벤이 얼굴을 찌푸렸다.

스벤과 《흑금 십자가》 멤버들은 지금까지 다양한 마물과 팬텀들을 토벌해왔다. 이번에 모인 헌터들 중에서도, 아마도 가장 경험이 많을 것이다.

하지만 그래도 슬라임과 싸워본 경험은 지금 대답한 사람들과 거의 다를 바가 없다.

한마디로 슬라임이라고 하지만 슬라임에도 종류가 많다. 저 멀리 동쪽에는 슬라임만 나타난다는 기괴한 보물전도 있다고 한다. 그중에는 헌터를 죽일 정도의 힘을 가진 슬라임도 있다는 소문을 들은 적도 있는데, 지금까지 헛소리라고 생각했었다. 당연히 싸워본 적도 없다.

스벤은 머리를 벅벅 긁고 깊은 한숨을 쉬었다.

"하필이면 슬라임이라니…… 드래곤이 차라리 낫겠네."

"이봐, 그건 너무 심한데."

둘러앉아 있던 헌터 중에 한 사람이 그 말을 듣고서 놀리는 것처럼 말했지만, 그렇다고 완전히 웃어넘길 일은 아니다.

용종이라면 싸워본 경험이 있다. 기나긴 준비를 한 뒤에 죽을 각오로 도전했고, 사투를 펼친 끝에 승리한 적이 있다.

하지만 슬라임은 그런 경험이 없다. 뭐가 나올지 도무지 짐작도 할 수가 없다.

그 《천변만화》가 말한 이상한 슬라임이 어떤 성질을 가졌고, 어떤 수법으로 공격하고, 어디가 약점이고, 어떻게 하면 유리하게 싸울 수 있는지, 예상조차 못 하겠다.

"슬라임에 대비한 대책을 마련한 사람은 있나?"

눈을 감고 몇 초 동안 기다렸다가 묻자, 모여 있는 사람들이 제각기 대답했다.

"참격에 약하니까 평소대로 검을."

"해머를 가지고 왔어. 슬라임은 타격에 약하다니까. 코어를 뭉개버리면 되잖아."

"우리 파티 마도사의 화염 마법이라면 한방에 끝이지."

"내 바람 마법도 한 방이야."

"슬라임이 못 덤비게 하는 스프레이를 사 왔어요. 가게에서 파는 700길짜리인데, 효과가 있는지는……."

"방패로 뭉개버린다."

제각기, 지극히 진지한 표정이다.

이거, 괜찮으려나?

스프레이는 넘어가더라도, 슬라임의 약점은 『뭐든지』다.

스벤의 화살은 점을 공격하기 때문에 상성이 좋지 않지만, 그래도 코어만 꿰뚫으면 해치울 수 있다. 그리고 스벤의 실력이라면 아무리 작은 코어라도 빗나가는 일은 없다.

문제없다. 문제없을 것이다. 지금 당장 눈앞에 나타나더라도 간단히 해치울 수 있을 것이다.

"크라이가 무슨 다른 말은 안 했고?"

하지만 그래도 불안을 떨쳐낼 수가 없다. 판단할 재료가 너무 없다. 크라이한테는 이미 여러 번 전과가 있었다.

스벤의 질문에, 왼쪽 세 번째에 앉아 있던 라일이 눈썹을 축 늘어트린 한심한 표정으로 말했다.

"보통 슬라임이 아니다, 라는 얘기만……."

"젠장, 그런 건 알고 있다고! 그 녀석, 정보를 주다가 마는 버릇 좀 어떻게 안 되나?! 매번 이런다니까."

"물어봐도 모른다고만 하니까……."

게다가 정말로 모르는 것 같은 표정을 지으니까 더 문제다. 크라이의 포커페이스는 일류다.

침묵이 찾아왔다. 원에서 한 걸음 떨어진 자리에서 조용히 이야기를 듣고 있던 게인이 또다시 끼어들었다.

증원으로 온 사람들의 소심한 태도가 마음에 안 들었는지, 그 목소리에는 무시하는 것 같은 기색이 담겨 있었다.

"⋯⋯쳇, 웃기고들 있네. 생각해봤자 끝이 없다고. 인원수도 늘었으니까, 미래를 보는지 아닌지는 모르겠지만, 빨리 탐색을 재개해야 하지 않겠어? 그렇게 무서우면 그 슬라임인가 하는 건 우리가 해치워줄게. 나온다면 말이지만."

《발자국》의 헌터들은 아무 말도 하지 않았다. 그저 불쌍하다는 눈으로 쳐다볼 뿐이었다.

자신의 실력에 긍지를 갖고 있다면 반론해도 이상하지 않을 상황이다. 지금까지 접했던 헌터들과 전혀 다른 예상치 못한 반응에, 게인의 볼이 씰룩거렸다.

"뭐, 뭐야, 그 눈은?!"

"모르겠어? 다들 네가 첫 번째 희생자라고 생각하는 거야. 일단 말은 해줄게. 난 말렸다. 분명히 말렸다? 나중에 귀신 돼서 나오지 마라? 아⋯⋯ 그냥 죽지는 말고 정보는 남겨. 원수는 우리가 갚아줄 테니까."

"큭⋯⋯ 정신 나간 놈들! 그렇게까지 떠들어놓고 아무 일도 없으면 어쩔 건데?!"

스벤은 거기에 대답하지 않고, 다시 동료들 쪽을 봤다. 헌터의 죽음은 자기 책임이다.

피해는 적은 쪽이 좋지만, 정보가 너무 적은 데다 손쓸 도리가 없는 희생이라는 것도 있다.

"그래, 알았다. 좋은 방법은 없군. 그럼 다음으로──."

말하는 중에, 스벤은 원 바깥쪽에서 살짝 손을 든 사람이 있는

걸 봤다.

덩치 큰 헌터가 앞에 앉아 있어서 모습이 잘 보이지 않는다.

스벤의 시선을 눈치채고, 앞에 앉아 있던 헌터가 옆으로 비켜
줬다.

거기 있는 사람은 소심해 보이는 소녀였다. 살짝 고개를 숙인
데다 후드를 뒤집어쓰고 있어서 수수한 인상이지만, 살짝 보이는
머리카락과 눈동자는 불타는 것 같은 진홍색이다.

헌터치고는 보기 드물게, 굵은 테 안경을 쓰고 있다. 클랜 멤버
인 것 같은데 얼굴을 본 기억이 없다.

"뭐지?"

"저는, 연금술사…… 탈리아── 탈리아 윈드먼입니다."

"연금술사?! 우리 클랜에 시트리 말고도 연금술사가 있었나."

스벤의 목소리에, 탈리아라는 소녀가 미안하다는 표정으로 몸
을 움츠렸다.

『연금술사』는 과학과 마도를 융합해서 다양한 물질을 정제하는
것이 특기인 직종이다.

강력하기는 하지만 막대한 지식과 방대한 자본이 있을 때 비로
소 힘을 발휘하는 직업이다 보니 헌터 중에서는 사수보다 더 적
고, 국가의 학술기관이나 다양한 약품을 취급하는 상회에 소속되
는 경우가 많다.

《비탄의 망령》 중 한 사람인 시트리가 연금술사면서도 유명하
지만, 그건 아주 보기 드문 사례다.

"아직 레벨3이지만…… 《발자국》에 연금술사는 저랑 시트리 둘

뿐입니다. 평소에는 같이 클랜의 연구실에 있는데——."

헌터라는 걸 믿을 수 없을 정도로 자신 없는 목소리. 보물전이 아니라 도서관 같은 데 있는 쪽이 어울리는 모습이다.

하지만 지금 이 자리에서 연금술사만큼 믿음직한 사람도 없다.

슬라임은 연금술의 영역이다. 그렇기에, 지금 탈리아가 이렇게 입을 열었겠지.

옆에서는 파티 멤버로 보이는 또래 소녀가 용기를 내라는 것처럼 어깨를 두드리고 있다.

너무나 못 미더워 보이지만, 레벨 3이라면 헌터로서 최소한의 힘은 있다고 봐야겠지.

그나저나 시트리도 그렇고, 연금술사들은 왜 이렇게 특이한 사람들이 많은 걸까?

스벤은 잠깐 그런 생각이 들었지만, 지금은 뭐가 됐건 도움이 필요한 상황이다.

"연금술을…… 과학과 마도의 융합이고…… 분야가 넓고, 깊어요. 슬라임—— 마법 생물도 그중에 하나인데…… 그러니까. 슬라임은 그다지 인기 있는 분야가 아니지만, 가능성을 찾으려고, 시트리랑 같이, 얼마 전까지 연구했고——."

"슬라임을 연구했다는 말이지. 약점은 있나?"

너무 크게 자극하지 않도록, 스벤이 일부러 밝은 목소리로 물었다. 아주 좋은 전개다. 어쩌면 이것도 크라이가 손을 쓴 걸까? 잠깐 그런 생각까지 들었지만, 이건 그냥 행운이겠지.

스벤의 눈앞에서 탈리아는 허리에 차고 있던, 보통 헌터들이

가지고 다니는 포션 파우치보다 큰 파우치에서 유리통을 하나 꺼냈다. 그리고는 그것을 신중한 동작으로 들어 올렸다.

뭘로 만들었는지, 안에 있는 어두운색 액체가 살짝 흔들렸다.

렌즈 너머에 있는 탈리아의 동공이 크게 열려 있다. 긴장했는지 호흡도 거칠다.

"슬라임을, 죽이는 약── 특효약이 있어요. 슬라임 말고 다른 대상한테는 소용이 없지만── 슬라임에 속하는 생물이라면 99% 죽일 수 있어요."

그 말에 작은 환호성이 터져 나왔다. 그야말로 지금 이 자리에 있던 헌터들이 원하던 것이다.

스벤도 잠깐 넋이 나간 기분이었지만, 바로 눈살을 찌푸리고 그 액체를 빤히 쳐다봤다.

"그건………… 대단하긴 한데……."

과연…… 괜찮은 걸까?

슬라임만 죽이는 약이라는 건 본 적도 들은 적도 없다.

원래 슬라임은 가장 약한 존재다. 이번에 크라이가 슬라임이 적이라고, 나타날 거라고 선언한 게 바로 몇 시간 전. 그런 짧은 시간 동안에 새로운 약을 만들어낼 수 있는 걸까?

그리고 무엇보다 이번 슬라임은 보통 슬라임이 아니…… 라는 것 같다.

일이 너무 잘 돌아가는 것 같다. 무엇보다, 탈리아는 레벨3이다.

레벨3이면 중견 클래스라고 하지만, 스벤이 보기에는 아직 신참이다.

만약에 《비탄의 망령》의 시트리라면 이야기가 또 다르겠지.

시트리는 완벽주의자다. 문제가 있는 것은 아예 내놓지도 않는다. 지금의 인정 레벨은 《비탄의 망령》 중에서 제일 낮은—— 아니, 탈리아보다도 낮지만, 가끔씩 자기가 만든 포션을 클랜 멤버들한테 주기도 해서, 그 실력은 《발자국》 사람이라면 대부분이 알고 있다.

비장의 카드로 삼기에는 신뢰도가 너무 낮다.

아무도 말로 표현하지는 않았지만, 다들 같은 생각을 하고 있을 것이다.

의심하는 시선을 느낀 탈리아가 씁쓸하게 웃었다.

그리고 조금 전까지 자신 없어 보이던 태도와 달리 또렷하게 말했다.

"안심하세요, 스벤 씨. 이걸 만든 건 제가 아니라…… 시트리에요. 저는 공부하는 데 쓰려고 조금 나눠받았을 뿐이고…… 만약이게 안 통하는 슬라임이 있고, 그걸 잡아서 가지고 온다면 10억 길에 사겠다고 했어요."

강력한 마물이나 팬텀을 계속 사냥하다 보면, 그 무용을 칭찬받는 경우가 많다.

하지만 스벤 앵거는 자기 파티의 본질을 조심성이라고 생각한다.

《흑금 십자가》는 강하다. 하지만 같은 또래 중에는 그들을 한참 뛰어넘는 강력한 파티가 있다.

일류 파티에는 각자 강점이 존재한다. 멤버 전원이 압도적인 힘을 자랑하는 《비탄의 망령》. 모든 이가 인정하는 영웅이 이끄는 《성령의 자제(아크 브레이브)》. 그리고 그 모든 장애를 힘과 재능으로 뛰어넘어온 초일류 파티들을 자신의 파티가 간신히 따라가고 있는 건, 그저 매사에 신중했기 때문이다.

《비탄의 망령》의 강점이 죽음을 두려워하지 않는 것이라면, 《흑금 십자가》의 강점은 그 반대다.

전원이 치료 마법을 익힌 안정적인 구성. 크라이의 영문 모를 선견지명을 이해하고, 정보 수집을 위해서 큰돈을 들여 공음석을 입수하고, 공동 작전 때는 치밀하게 작전을 정한다.

지금까지 만전의 태세를 갖춘 덕분에 수많은 강적을 쓰러트려 왔다. 그 자세는 보통 사람들이 생각하는 헌터의 이미지와 정 반대지만, 분명히 프로페셔널한 태도이기는 했다.

【흰 늑대 소굴】 입구. 그 앞에 구축한 진 안에서, 헌터들이 제각기 최종 조정을 하고 있었다.

중심에 자리 잡은 것은 이번에 파티의 총지휘를 맡게 된 《흑금 십자가》.

파티 이름의 유래. 흑금이라고 불리는 특수 합금으로 만든 갑옷은, 현대 기술의 정수를 모두 쏟아부어서 만든 것이다. 마법 내성을 지닌 데다 충격을 완화해주는, 가장 보구에 가깝다고 하는 소재로 만든 갑옷이다.

그런 갑옷을 입고 있는, 잘 단련된 육체가 떨리고 있다. 무서워서가 아니다. 기대 때문이다.

스벤은 자신이 최강이라고 생각하지 않는다. 별명을 얻고, 트레저 헌터 중에서도 일류라는 소리를 듣지만── 미래를 예지하는 능력도 없고, 아크처럼 혼자서 하나의 군(軍)을 섬멸할 정도의 재주를 타고나지도 않았다. 하지만, 그래도── 헌터다.

이번에 참전한 파티의 숫자는 총 열두 곳이나 된다. 파티 하나의 평균 인원은 여섯 명. 전체 인원은 백 명이 안 된다. 군대라고 생각하면 그다지 많은 인원이 아니지만, 하나하나가 보물전에서 단련한 헌터들이다.

마나 머티리얼로 강화된 헌터가 보물전 하나에 이렇게까지 많이 보이는 일은 거의 없다.

그 전력은 단순한 머릿수로는 헤아릴 수 없다. 무구형 보구를 가진 사람도 있다.

하지만 누구 하나 마음을 놓은 사람은 없다. 《발자국》 소속 헌터들은 『천 개의 시련』이 얼마나 위험한지 이해하고 있기 때문에. 그리고 소속이 아닌 헌터들은 《발자국》 헌터들의 기백에 휘말리는 모양으로. 【흰 늑대 소굴】은 동굴형 보물전이다. 보물전에서는 종종 볼 수 있는 측면인데(사실 그렇게 때문에 트레저 헌터가 존재하는 것이지만), 많은 인원이 들어가서 숫자의 이점을 살릴 수 있는 구조가 아니다.

작전은 단순하다. 아니, 처음부터 취할 수 있는 수단이 한정돼 있었다.

파티 단위로 부대를 나누고, 세심한 주의를 기울이면서 내부를 제압한다.

파티마다 조사 구역을 전하고 피리로 연락을 주고받는다. 연속으로 부는 숫자에 따라서 의미를 정한다.

비상사태나 뭔가를 발견했을 때는 그것을 알리고 일단 철수한다. 슬라임을 발견한 경우에는 가능하다면 밖으로 유인하고, 다같이 해치운다.

딱히 아무 문제가 없어도 일정 시간이 지나면 돌아온다. 돌아오지 않으면 피리를 불 틈도 없이 죽은 것으로 간주한다.

각개격파 당할 위험은 있지만, 한 번에 전멸하는 것은 피할 수 있겠지.

보물전에 들어가지 않는 파티는 구조요원으로 밖에서 대기한다. 물론 주변 경계도 게을리하지 않는다.

원래 헌터 파티들의 혼성 부대에서는 찾아볼 수 있는 견실한 편성. 장기전을 상정한 구성.

적의 정보가 불명이라서 힘들다. 아니, 있다는 걸 안 것만 해도 다행이라고 해야 할까.

적어도 사전에 각오는 할 수 있다.

스벤은 다시 한번 혀를 차고, 이글거리는 눈으로 보물전을 노려봤다.

"시련, 시련이란, 말이지…… 크라이 그 자식, 귀찮은 걸 떠넘기고. 나중에 꼭 한 대 때려줘야지."

"말은 잘하지, 《절영》이 무서운 주제에."

"시끄러. 그 자식이 평범한 화살에 맞을 리가 없잖아! 상성이 너무 안 좋단 말이야."

놀리는 것처럼 말한 파티 멤버에게, 스벤이 콧김을 거칠게 내

뽑으면서 소리를 질렀다.

비장의 카드인 슬라임을 죽이는 약을 가진 탈리아는 자신의 동료들과 함께 보물전 입구에서 떨어진 곳에서 대기하고 있다.

긴장한 탓인지 필사적으로 호흡을 진정시키고 있는 모습이 보인다.

포션은 어디까지나 만에 하나의 경우를 위한 것이다. 상대가 정말로 슬라임이라면 다른 헌터들의 공격 수단으로도 충분히 쓰러트릴 수 있겠지만, 도저히 답이 없을 때는 그걸 써야겠지.

연금술사는 전투능력이 부족하지만, 꼼꼼하게 준비했을 때의 대응력은 다른 직업들보다 뛰어나다.

포션의 제작자인 시트리에 대해서는 잘 알고 있다. 그 효과는 의심하지 않는다.

그런데 그때, 헨리크가 말을 걸어왔다.

"……저기…… 시트리라는 게 누구죠? 다들 알고 있는 것 같은데……."

"아, 헨리크 넌 아직 본 적이 없었나……."

헨리크가 《흑금 십자가》에 들어온 건 대략 반년 전이다. 그리고 그때 《비탄의 망령》 멤버들은 이미 톱 파티로 군림하고 있었고.

헌터 중에서도 일류 파티의 멤버들은 각각 헌터 이외에 다른 얼굴을 가진 경우가 많다.

그중에서도 우수한 연금술사로의 얼굴을 가진 시트리는 많이 바쁘다. 지금은 라운지에 오는 일도 거의 없고, 그렇게 노출이 줄면서 그 이름을 듣는 일도 저절로 줄어들었다.

"요즘 거의 안 보였었지, 시트리."

멤버 중에 한 사람, 마도사 마리에타도 그립다는 것처럼 눈을 가늘게 떴다.

하지만 그 눈동자 깊은 곳에는 부드러운 감정과 함께 두려워하는 감정도 얼핏 보였다.

뛰어난 재능을 지닌 자에게는 동경은 물론이고, 두려워하는 이도 생기게 된다. 스벤도 자신을 보는 시선에 공포가 섞여 있다고 느끼는 건 일상다반사고, 마리에타나 다른 멤버들도 질투하는 시선을 받아본 적이 있을 것이다.

시트리 스마트도 마찬가지였다.

머리 회전이 빠르고 온갖 지식을 탐욕스레 흡수했다. 최고의 학부에 있고, 뛰어난 술사들도 여러 명이나 있는 이 제도에서도 특히 눈에 띄는, 누구나가 부러워하는 재능을 지녔다.

하지만 사람들이 때때로 시트리를 두려워하는 것은 그 능력 때문이 아니다.

조심스러운 눈으로 바라보고 있는 헨리크를 마주 봤다.

그 조심스러운 눈빛에서 왠지 그『연금술사』의 모습이 생각난다.

스벤은 잠깐 숨을 멈췄다가, 이마에 주름까지 새기고서 쥐어짜는 것 같은 목소리로 말했다."

"뭐, 한마디로 말하자면…… 시트리는……『강한』약자다."

"강한…… 약자?"

강했다. 우수했다. 재능이 있었다.

하지만 무엇보다, 누구도 이해하지 못할 만큼『이질적』이었다.

기본적으로는 붙임성이 좋은 소녀다. 하지만 그 소녀와 어울리면서 위화감을 느끼지 않았던 사람은 없겠지.

　그래서 영광이 과거가 돼버린 지금도, 그 이름을 말하는 사람은 없다.

　기피하는 건 아니다. 하지만 자연스레 입에 담지 않게 됐다.

　마치 기억에서 말소시키려고 하는 것처럼.

　그리고 지금의《발자국》에는 헨리크처럼 그 이름을 모르는 멤버들도 생겼다.

　스벤은 고개를 들고, 헨리크에서 탈리아 쪽으로 시선을 옮겼다.

　"그리고 우리《흑금 십자가》를 포함한 여러 파티가 시트리한테 설득당해서《시작의 발자국(퍼스트 스텝)》설립에 참가하게 됐지. 시트리는 예전에《비탄의 망령》에서—— 크라이 다음으로 높은 레벨을 자랑했던 대단한 실력의 연금술사거든."

　"스벤. 이쪽, 준비 다 됐어."

　"그래, 알았다. 미안하지만 그다음은 나중에 말해주겠다."

　라일이 불렀고, 스벤이 한 걸음 내디디면서 그렇게 말했다.

　전의는 충분하다. 겁먹은 사람도 없다.《발자국》은 우수하다. 평균 레벨이 높은 데는 이유가 있다.

　약자는 이미 도태됐다. 겁쟁이들은 이미 오래전에 클랜을 떠났다.

　여기 있는 사람들은 크건 적건 시련을 헤쳐 나온, 말 그대로 정예들이다. 그리고 전우이기도 하고.

　그 사실이 큰 자신감을 주고 있다.

　《시작의 발자국》은 강하다.

톱 클래스의 파티가 이끌고 있다. 설비도 잘 갖춰져 있고 관리 체제도 제대로 되어 있다.

하지만 그런 것들은 그저 덤에 불과하다.

시체가 산을 이루고 피가 강을 이루는 전장을 함께 해왔다는 데서 나오는 결속이 이 클랜의 진수다.

발자국의 심볼은 지금까지 새겨온 궤적을 의미한다. 그것이 어느샌가 긍지가 되어 있었다.

헌터가 목숨을 걸기에 충분한 이유다. 여기에는 외부 파티도 있지만, 알 게 뭐냐.

스벤은 숨을 크게 들이쉬고, 초목이 흔들릴 만큼 큰 소리로 외쳤다.

전의가 고양되어간다. 그것이 전파되기라도 한 것처럼, 헌터들이 다부진 표정을 지었다.

"자, 이 녀석들아. 기합 넣고 가자! 유린하자! 발자국을 새기자! 전부 살아 돌아가서, 그 망할 클랜 마스터한테 말해주자! 이 정도는 일도 아니었다고 말이야!"

"우와아아아아아아아아아아아아!"

폭발적인 포효가 보물전 주위를 둘러싼 숲을 뒤흔들었다.

《발자국》에 소속된 파티도 외부에서 참가한 파티도, 다 같이 목이 쉬어라 소리를 질렀다.

그리고 도저히 일사불란하다고 표현할 수 없는 급류와도 같은 기세로, 헌터들이 침략을 개시했다.

"때가 됐나…… 늦지 않았군……."

준비는 갖춰졌다. 노토 커를레어 앞에, 소피아를 제외한 멤버들이 모여 있다.

【흰 늑대 소굴】지하에 존재했던 연구실에서 장소를 옮겨, 각지에 분산돼 있던 연구 성과—— 자신들을 지키기 위한 방위 시스템이, 지금 하나의 동굴형 거점에 결집하고 있다. 지키기 쉽고 만약의 경우에는 도망칠 수도 있는 거점이다. 여기에 노토 커를레어가 지닌 멀리 떨어진 곳의 상태를 보여주는 멀리보기(遠視) 마법까지 있으니, 결정적인 패배란 있을 수 없다.

탁자 위에 배치된 공음석이 소피아의 자신만만한 목소리를 전해줬다.

"스승님의 연구는 강력합니다. 준비를 마친 지금, 만에 하나라도 질 리가 없습니다."

노토와 소피아가 설계한 방위 시스템은 자신들의 연구 성과이기도 했다.

게다가 조직의 힘을 배경으로 만들어낸 획기적이고 최신예 시스템이라, 『아카샤의 탑』에서도 톱클래스라는 평가를 받고 있다.

격퇴를 선택한 소피아를 말리지 않은 것은 노토의 자신감 때문이기도 했다. 다른 자들이 따른 것도 그 힘을 잘 알고 있기 때문이다.

"상대가 별명을 지닌 헌터를 포함한 약 백 명…… 숫자에서는 차이가 나지만 충분히 섬멸할 수 있겠죠. 이 정도를 상대할 수 있다면── 연구도 인정을 받겠죠. 이건── 기회이기도 합니다."

플리크와 다른 제자들이 짜증 난다는 얼굴로 공음석을 보고 있다. 노토는 짧게 물었다.

"헌데, 첫수는 어떻게 나설 생각인가?"

모든 이가 주목하는 속에서, 소피아가 평소대로 냉정한 말투로 작전을 설명하기 시작했다.

긴급사태 피리 소리가 울리는 일도 없이, 그저 시간만이 경과했다.

예상보다 더, 아무것도 눈에 띄지 않는다.

돌아온 파티들의 보고를 들은 스벤은, 바닥에 펼쳐놓은 지도와 대조해봤다.

【흰 늑대 소굴】은 그렇게 난이도가 높은 보물전이 아니다. 거의 완전한 지도까지 유통되고 있다.

가지고 온 정밀도가 높은 지도에 조사한 범위를 기록했다. 신중하게 가는 방법을 선택했기 때문에 진전은 느리지만, 그래도 이미 수도 없이 뻗어 있는 길들의 70% 정도는 확인했다.

"이상 없음, 이란 말이지."

"여전히 나타나는 팬텀들의 레벨은 높은 것 같지만……."

동료의 말에, 스벤이 팔짱을 꼈다.

죽을 각오를 하고 쳐들어갔던 파티들도, 지금까지 누구 한 사람도 빠지지 않고 무사히 돌아왔다. 중경상자가 몇 명 나오기는 했지만 사망자는 없고, 다친 사람들도 이미 회복됐다.

슬라임이 발생할 가능성이 가장 크다고 생각했던 보스 방도 이미 확인을 마쳤다. 특별히 주의해서 조사하라는 지시를 내리기는 했지만 딱히 이상한 점은 없었던 것 같다.

아직 조사하지 않은 나머지 30%는 막다른 길이다. 그곳도 몇 시간만 있으면 전부 확인할 수 있겠지.

처음에 품고 있던 위기감은 이미 희박해져 있었다. 물론 풀어진 순간에 뭔가가 일어나는 것이 《천변만화》의 상습 수단이니까 방심하지는 않지만, 그 긴장도 오래가지는 않았다.

"크라이의 신의 눈도 한물갔나?"

"이러다가 아무 일도 일어나지 않으면 어쩌지?"

"운이 좋다고 해야겠지."

동료들의 말에 스벤이 농담처럼 대답했다.

조사가 진행될수록, 《흑금 십자가》를 멍청이라도 되는 양 쳐다보는 파티들이 나오기 시작했다. 그 난리를 쳐놓고 아무 일도 일어나지 않았으니, 웃음거리가 되는 것도 어쩔 수 없는 일이겠지.

헨리크가 발끈해서 마주 봤지만, 실실 웃기만 하고 아무 문제도 일어나지 않았으니 이쪽에서도 뭐라고 할 수가 없다. 아직 대놓고 규탄하지 않는 것은, 나머지 30%의 조사가 끝난 뒤에 규탄할 생각이기 때문일까.

지휘를 맡은 《흑금 십자가》와 마찬가지로, 슬라임 대책 파티라는 이유로 한 번도 보물전에 들어가지 않은 탈리아 일행도 많이 불편해 보였다.

　조금 미안하지만 잘못된 판단을 할 수는 없다.

　"조사는 아직 안 끝났어."

　"댁들이 쓸데없는 짓만 안 했어도 벌써 끝났을 텐데 말이야?"

　야유하는 것 같은 말투에 스벤이 고개를 들었다. 그의 눈앞에 있는 것은 번번이 스벤 일행에게 트집을 잡아댔던 게인의 파티다.

　귀에는 피어스를 달았고 머리에는 브리지로 염색을 했다. 외모만 봐도 날건달처럼 보이는데, 짜증을 내면서도 스벤의 작전에 따르고 있는 헌터다.

　파티 멤버들도 같은 생각인지, 우호적이지 않은 시선으로 스벤 일행을 보고 있다.

　"불만은 나중에 들어줄 테니까. 너희 순서는 지금 막 끝났으니까 얌전히 대기하라고."

　"……쳇. 여기 오지도 않은 마스터인가 하는 놈한테 기도나 열심히 하라고."

　화를 억누르고, 그런 말을 내뱉고서 게일 일행이 멀어져갔다.

　하지만 그렇게 말하고 싶은 심정도 이해하지 못하는 건 아니다. 신중하게 가지 않으면 나머지 30%의 조사도 이미 오래전에 끝냈겠지. 그랬다면 지금쯤 술집에서 뒤풀이라도 하고 있을 테고.

　물론 나머지 30%에서 아무 일도 일어나지 않는다는 전제하에.

　문득 게인이 파티에서 떨어져서 덤불 속 깊은 곳으로 가는 걸 보고, 스벤이 큰 소리를 질렀다.

"이봐, 자기 자리를 지키라고!"

"시끄러, 오줌 싸러 가는 거야! 금방 올 거니까. 무기도 가지고 있어."

허리에 차고 있는 칼을 두드려 보이고는 나무들 사이로 사라졌다. 스벤이 깊은 한숨을 쉬었다.

뭐, 다른 파티 멤버들은 남아 있고, 혼자서【흰 늑대 소굴】로 들어간 것도 아니다.

여기가 위험지대라는 정도는 알고 있을 테니까, 금방 돌아온다면 아무 문제도 없겠지.

"저 사람, 죽겠네요."

"이봐, 무시무시한 소리 하지 말라고."

헨리크가 농담처럼 던진 말에 스벤이 씁쓸하게 웃었다.

처음에는《천변만화》의 말을 의심하던 신참도, 스벤 일행의 입장이 안 좋아지면서 신기하게도 마음을 터놓기 시작했다. 자신들을 쳐다보는 시선에 담긴 감정을 느끼고, 헨리크가 쑥스럽다는 것처럼 웃었다.

"제가 크라이 씨에 대해서는 잘 모르지만, 스벤 씨랑 동료들은 믿고 있으니까요."

"……그럼, 그 신뢰에 보답할 수 있게 마스터한테 기도나 해보자고."

풀과 나무가 울창하게 우거진 길을, 게인은 바쁘게 걸어가고 있었다.

별명을 가진 헌터씩이나 소속돼 있는 《흑금 십자가》가 저 정도로 겁쟁이들이라고는 생각도 못 했다.

게인의 트레저 헌터 경력은 길다. 별명은 없지만 이 헌터들의 성지라고 불리는 제도에서 어엿한 헌터로서 살아왔다. 그런 게인에게, 시시하면서도 한 걸음 한 걸음 실적을 쌓아서 일류라고 불리게 된 《흑금 십자가》는 존경하는 대상이기도 했다.

그렇기에, 그런 대상이 헌터 경력이 자신의 절반도 안 되고, 게다가 이 전장에 와 있지도 않은 사내의 말을 있는 그대로 받아들이는 모습을 보고, 불쌍하다는 정도를 넘어서 화까지 났다.

게다가 상대가 수많은 전설을 낳아서 제도에서도 유명한 로단의 직계라면 또 모를까, 외부에서 온데다 보물전에는 거의 가지도 않는 남자다 보니 더더욱 그랬다. 따라야 하는 이유를 듣기는 했지만, 감정적으로는 납득할 수가 없었다.

보물전이 나타나는 걸 예지했다고? 상식적으로 생각해서 불가능한 일이다.

그냥 정말로 꽃구경이나 하러 갈 생각이었는데 운도 없게 보물전이 출현하는 것과 마주쳤다고 하는 쪽이 납득할 수 있다.

《비탄의 망령》의 활약 이야기는 잘 알고 있지만, 게인은 어째서 그 하나도 강해 보이지 않는 남자가 리더를 맡고 있는지, 아크 로댕과 쌍벽을 이루고 있는지를 이해할 수가 없다.

어차피 금세 들통이 날 것이다. 제도에 있으면서 멀리서 일어나는 일을 예지하는 것은 신의 영역이다. 【흰 늑대 소굴】 주변은 울창하게 우거진 숲이다. 허리까지 오는 덤불 때문에 걷는 게 너무 힘들고, 푸르게 우거진 잎들이 햇빛을 가려서 낮에도 어둡다. 마물도 나오기는 하지만, 보물전이 가까이에 있다 보니 자주 나타나지는 않는다. 원래 제도 근처에 있는 숲이다 보니 강력한 마물도 없고.

이런 숲에서 슬라임?

술집에 있는 주정뱅이도 그런 소리는 안 할 것이다. 상식을 벗어나도 정도가 있지.

숲속은 조용했다. 보물전의 범위에서 어느 정도 떨어지자, 주위를 경계하면서 볼일을 봤다.

그나저나 정말로 이 보물전에 뭔가 이상한 일이 벌어지고 있는 걸까. 이렇게까지 찾아봤는데도 원인 같은 것의 흔적조차 보이지 않는다는 게 이상하다. 아무것도 찾아내지 못해도 보수는 그대로 준다고 했지만, 그래도 한 방 먹은 기분이다.

아무 일도 일어나지 않으면 그 《남격》도 생각을 바꾸겠지.

그때, 숲속에서 작은 신음 소리가 들렸다. 나뭇잎 흔들리는 소리에 묻혀버릴 것만 같은 작은 소리다. 마나 머티리얼로 감각을 대폭 강화시킨 헌터가 아니라면 알아차리지 못했을 것이다.

울프 나이트의 목소리…… 밖으로 도망친 개체가 있었나. 일단 해치워야겠다.

【흰 늑대 소굴】이라는 보물전은 동굴과 그 주위 일대가 그 범위에 해당된다. 조사하기 전에 눈에 띄는 팬텀을 처치하고 진을 구축했는데, 새로운 팬텀이 나타날 가능성도 없는 건 아니다.

만약에 대비해서 긴급할 때 사용하는 피리를 가지고 있는지 확인했다. 칼을 뽑고, 신중하게 소리가 들려온 쪽으로 향했다.

……뭐지 이 목소리는?

위화감 때문에 눈살을 찌푸렸다. 이번 조사 과정에서, 게인의 파티는 울프 나이트를 여러 마리 해치웠다. 그때도 목소리를 들었는데, 바람을 타고 들려오는 신음 소리는 지금까지 들었던 것과 달랐다.

분노. 공포. 슬픔. 고통. 정체는 모르겠지만 뭔가 이상하다.

그리고, 단숨에 눈앞이 탁 트였다. 나타난 광경에, 게인은 깜짝 놀랐다.

굵은 나무 뒤에 몸을 숨기고, 고개만 내밀어서 자세히 살펴봤다.

거기는 은색 털가죽의 울프 나이트가 한 마리 있었다. 진홍색 털가죽의 통상적인 것들보다 강력한 팬텀. 게인 일행도 딱 한 번 접촉했던, 동료들 사이에서는 문 나이트라고 부르는 개체다.

그런데 지금 그 목과 팔다리에는 굵은 사슬이 묶여 있고, 강인한 턱에도 구속구가 채워져 있었다. 몸통에 감긴 사슬은 땅바닥에 박혀 있어서, 아무리 움직여도 벗겨질 기미가 보이지 않는다.

근처에 검은 로브를 입은 남자들이 두 명 서 있었다. 그 손에 쥐고 있는 지팡이를 보고서 마도사라는 걸 알 수 있었다.

"정말로, 처음 한 수가 이런 걸로 괜찮은 걸까? 상대는 백 명이나 되는 규모인데."

"그 실험광 같으니. 마술도 제대로 쓸 줄도 모르고 자기 손을 더럽힐 각오도 없는 주제에, 스승님 마음에 들었다고 제멋대로 굴고 말이야. 절대로 실패하지 말아주세요, 라고? 말 안 해도 그렇게 할 거야!"

무슨…… 소리를 하는 거지?

이런 보물전과 가까운 곳에서 팬텀을 붙잡고 있다. 어쨌거나 제대로 된 꿍꿍이는 아니겠지.

혹시 이 이상 사태의 원인일까? 그 발견에, 순간적으로 심장이 거세게 뛰었다.

마도사는 강력한 직업이다. 숙달된 마도사의 공격 마법은 다른 직업의 공격력을 한참 뛰어넘는다. 파티에 한 사람 정도 있으면 마음이 든든해지는 직업이라서 게인의 파티에도 한 명이 있는데, 그렇기 때문에 약점도 알고 있다.

마도사의 약점은 마법 발동에 시간이 걸린다는 점이다. 그래서 탐색할 때는 전위가 지켜줘야만 한다.

뛰어난 헌터에게 전위가 없는 마법사는 단순한 사냥감이다.

팬텀 근처에 있는 건 마도사 뿐이다. 게인이라면 상대가 마법을 쏘기 전에 제압할 수 있다. 전투 경험이 낮았는지, 나무 그늘에 몸을 숨기고 있는 게인을 알아차리지도 못했다.

"하지만 강력하기는 하지. 찾아낸 건 그 녀석이지만, 처음 실험한 것은 우리들이다."

"마나 머티리얼의 강제 마화(魔化)…… 우리한테 양보했다는 건가. 젠장!"

짜증을 감추지 못하는 목소리에, 다른 마도사가 인상을 찌푸렸다.

"……후딱 하자고. 그 성과를 봐야 하지 않겠어."

타이밍은 한순간이다. 숫자를 봤을 때는 저쪽이 유리하다. 구속돼 있다고는 해도 울프나이트 앞에 겨우 두 명만 있다. 실력에 자신이 있다는 뜻이겠지. 마나 머티리얼을 흡수한 게 틀림없다.

하지만 힘을 조절해야 한다. 한없이 의심이 가는 상태지만, 아직 사정을 모르는 단계니까 단칼로 베어서 죽여버려서는 안 된다. 긴장감 때문에 입속이 바짝 마른다. 노리는 타이밍은── 상대 두 사람이 나무에서 눈을 돌린 순간이다. 구속된 울프 나이트는 신경 쓸 필요 없겠지.

그리고, 바로 그때가 찾아왔다.

마도사 한 사람이 자루에서 팔뚝 만한 주사기를 꺼냈고, 두 사람의 시선이 팬텀 쪽으로 집중됐다.

그 순간, 게인은 나무 그늘에서 뛰쳐나갔다. 지면을 거세게 박찼다.

울프 나이트가 몸을 크게 떨었다. 몇 미터 거리를 몇 초 만에 달려 나갔다.

이제 와서 마도사 하나가 이쪽으로 고개를 돌렸지만, 그때 게인은 이미 칼을 들어 올리고 있었다.

"웨, 웬 놈이냐!"

"흥. 헌터 님이시다!"

방어하려고 앞으로 내민 지팡이와 내리친 칼이 부딪쳤다. 손에 느껴진 감촉에 눈살을 찌푸렸지만, 그대로 빈틈인 몸을 발로 걷어찼다. 강인한 다리 힘으로 날린 발차기. 몸을 제대로 단련하지도 않은, 이미 반쯤 자세가 무너져 있던 마도사가 견딜 수 있는 게 아니다.

땅바닥에서 바운드하며 굴러가는 사내를 방치하고, 또 한 사람의 마도사 쪽으로 향했다. 갑자기 일행이 공격당한 마도사는 당황하면서도 습격해온 남자 쪽으로 지팡이를 내밀었다. 주위에 시뻘겋게 타오르는 화살 다섯 개가 떠 있었다.

빈틈은 한순간이었다. 그 짧은 시간에 마법을 발동했다는 건가?!

그 실력에 전율했다. 불꽃 화살을 날리는 공격 마법은 초급이지만, 반사적으로 쏠 수 있으려면 기나긴 단련이 필요하다. 상상했던 것보다 훨씬 강력한 마도사다.

판단은 빨랐다. 거리를 벌리고, 시간을 주면 강력한 공격 마법이 날아온다. 그렇게 되면 불리해지는 건 게인 쪽이다.

왼팔을 방패로 삼아서 전진. 불꽃 화살이 머리를 노리고 날아왔고, 왼팔에 맞았다. 장비한 팔목 보호대 덕분에 숯덩이가 돼버리지는 않았지만, 엄청난 아픔이 왼팔에 느껴졌다.

하지만 도박에는 이겼다. 온몸의 체중을 실어서 세게 부딪치자, 마도사가 멀리 날아가 버렸다.

비명 소리가 들려왔다. 발차기를 맞고 쓰러져서 아직 일어나지도 못한 남자를 또 걸어찼다.

마술을 행사하려면 강한 집중력이 필요하다. 아픔이나 충격으로 집중을 흐트러트리면, 설령 행사하더라도 위력이 크게 떨어진다. 검사이자 전위인 게인의 내구력이라면 버텨낼 수 있다.

"허억, 허억. 젠, 장…… 아프잖아?! 하지만, 해냈다. 해냈어,

해냈다고."

색이 변해버린 왼팔의 보호대를 확인했다. 게인은 장비에 꽤 신경을 쓰는 편이다. 마술에도 어느 정도 내성이 있는 물건인데 단순한 초급 마법에 이 정도까지 대미지를 받다니. 틀림없이 일류 마도사다.

"허억, 허억, 하지만, 전사로서는 삼류야."

대미지는 게인 쪽이 더 크다. 하지만 이긴 건 자신이다.

땅바닥에 굴러다니는 지팡이를 걷어차서 멀리 날려버리고, 마도사들을 내려다봤다. 뼈가 한두 개쯤 부러졌을지도 모르지만, 말은 할 수 있는 상태다. 이제 스벤 일행에게 구원을 요청하면 된다.

그 이야기 내용을 들어보면 아무것도 모르는 건 아니겠지. 대어를 잡았다.

"미안하지만, 불어 주셔야겠어. 전부, 말이야."

"……조사, 대, 멤버, 인가. 어떻게 여기를 알았지, 또《천변만화》의 짓인가?!"

"뭐!? 그럴 리가 있겠어. 그놈은 안 왔어! 네놈들이 여기 자빠져 있는 건, 전부 내 공적이라고!!"

이놈이고 저놈이고《천변만화》,《천변만화》. 그 남자가 대체 어쨌다는 거야.

땅바닥에 쓰러져 있는 마도사들을 한 번씩 걷어차고, 가지고 있던 밧줄로 몸을 구속했다.

게인은 불타오르는 것 같은 감정이 담긴 장절한 미소를 지었지만, 마도사들은 입술을 일그러트리면서 웃을 뿐이었다.

문득, 뒤쪽에서 들려온 고통을 참는 신음 소리에 황급히 뒤를 돌아봤다.

"그런, 가. 소피아가 말한 대로, 놈은 없는, 건가. 큭큭, 큭."

거대한 울프 나이트의 팔. 건틀릿 틈새에 거대한 주사기가 꽂혀 있었다.

안에 있는 액체는 이미 절반으로 줄어 있다. 오싹한 뭔가가 게인의 등줄기를 스치고 지나갔다.

팬텀한테 주사? 무슨 포션이지? 아니, 그보다 이놈들은 대체 무슨 실험을 하고 있었던 거야?!

자신이 제압한 두 사람을 봤지만, 그들은 희미한 미소만 짓고 있었다.

"이 자식들, 무슨 짓을 한 거야?!"

뚝, 하고. 뭔가가 끊어지는 소리가 났다. 무거운 금속이 바닥에 떨어지는 소리.

울프 나이트를 구속하고 있던 사슬이 뜯겨져 나갔다. 턱의 구속구가 그 힘을 견디지 못한 것처럼 튕겨져 날아가 버렸다. 수갑이, 족쇄가, 마치 눈에 보이지 않는 힘으로 뜯어낸 것처럼 벗겨졌다.

하지만 무엇보다 게인이 두려워하게 만든 것은 그 눈이었다.

얼굴 절반에 해골을 뒤집어쓴 머리가 녹아 있었다. 흑철 갑옷을 입고 있던 거구가 녹아버렸다. 철사 같은 털은 완전히 액체로 변했고, 표면은 마치 개구리 살갗처럼 축축했다. 녹아버린 살이 액체가 돼서 바닥에 뚝뚝 떨어졌다. 지금 이 모습에서 아까 그 울프 나이트를 연상할 수 있는 사람이, 과연 있기나 할까.

그리고 번쩍번쩍 빛나는 눈. 그것만이 변함없이 게인을 노려보고 있다. 그 녹아버린 팔을 크게 치켜들었다. 그 어떤 섭리 때문인지, 그 주위가 아지랑이처럼 흔들리고 있었다.

뭐야?! 이 괴물은……?

지금까지 몇 번이나 추악한 마물들과 싸워온 게인도, 이런 팬텀은 본 적이 없다.

"육체를, 강제로 마화시킨, 팬텀은, 그 괴로움에서 도망치기 위해, 고농도의 마나 머티리얼을 찾는다. 큭큭큭…… 우리와, 네놈들, 누가, 더 많은 마나 머티리얼을 흡수했을까?!"

게인에게는 더 이상 마도사들의 말이 들리지 않았다.

머릿속에 떠오른 것은 격렬한 의문과 두려움이었다. 갑옷도 모피고 가리지 않고 녹여버린 액체. 지금도 계속 붕괴하고 있는 그 모습은 마치—— 이 보물전에 있을 리가 없는 『슬라임』이 아닌가?

몸에 배어 있는 생존본능이 몸을 움직이게 했다. 완만하게 움직이는 울프 나이트 『였던 것』을 앞에 두고, 몇 걸음 뒤로 물러났다. 어느새 꺼냈는지 손에는 피리를 쥐고 있었다.

"말도 안 돼…… 내가, 조금만 빨리 돌격했으면——."

요란한 피리 소리가 조용한 숲속에 울려 퍼졌다.

스벤 앵거는 문득 기어들어 가는 것 같은 작은 소리를 듣고서 고개를 번쩍 들었다.

"피리 소리가 들렸다."

장거리 저격이 특기인 스벤의 감각은 다른 헌터들보다 예민하다. 하지만 스벤만이 그것을 알아차렸다는 것은 아마도 이 상황에 대해 위화감을 품고, 긴장을 풀지 않았기 때문이겠지.

"어, 그랬나요?"

그 말을 듣고 헨리크의 눈이 휘둥그레졌다. 스벤은 활을 손에 들고 일어섰다.

거점에서 쉬고 있던 다른 파티들이 주목했다. 스벤은 다른 사람들에게 들리도록 큰 소리로 외쳤다.

"전원 경계태세! 안에 있는 놈들도 나오라고 해, 밖으로! 피리 소리는 한 번이다!"

그 망설임 없는 행동에, 다른 파티들이 감화되기라도 한 것처럼 임전태세를 취했다.

짧은 피리 소리 한 번. 이상 사태의 신호다.

망설이지 않는다. 한때의 판단이 죽음으로 이어진다는 것을, 천 개의 시련을 몇 번이나 겪어온 스벤은 이해하고 있었다.

탈리아가 슬라임을 죽이는 포션을 꼭 쥐고 있는 걸 확인했다.

"이봐! 게인은 돌아왔나?!"

"아, 아직, 안 왔어!"

스벤이 묻자, 게인의 파티 멤버가 창백한 얼굴로 대답했다.

지금 만들어놓은 간이적인 진 밖으로 나간 조사대 멤버는 한 사람뿐이다.

대체 무슨 일이 있었던 걸까. 역시 혼자서 밖에 나가게 두는 게 아니었다. 입술을 깨무는 스벤의 귀에 기괴한 포효소리가 들려왔다. 울프 나이트의 포효와 비슷하면서도 분명히 다른 그 소리를 들었더니 오싹한 기분이 들었다.

이제야 납셨나.

다행히 보물전 조사가 거의 끝난 덕분에, 대부분의 헌터들이 거점에 남아 있었다. 그 어떤 괴물이 나타난다고 해도, 이 정도 인원이 있으면 격퇴할 수 있겠지.

"척후를 보내! 게인을 구출한다!"

다툼은 있었지만 지금은 같은 조사를 맡은 동료다. 스벤의 말에, 각 파티에서 평소에 척후를 담당하던 멤버들이 앞으로 나섰다.

피리 소리를 들은 건 스벤 뿐이지만, 그 으르렁대는 소리는 모든 이가 들을 수 있을 만큼 가까워져 있었다.

땅바닥이 살짝 울린다. 나무 쓰러지는 소리. 가깝다.

지시를 내리려고 한 그때, 지금 구조하려던 사람이 숲속에서 나타났다.

절망 때문에 새파랗게 질린 표정. 크게 뜬 눈에는 핏발이 서 있고, 감싸는 것처럼 붙잡고 있는 오른손에서는 피가 끝도 없이 흘러내린다. 게인이 거점에서 나가 있었던 시간은 그다지 길지 않았는데, 겨우 십여 분 사이에 무슨 일이 일어난 걸까.

죽은 사람 같은 그 얼굴을 보고, 게인네 파티의 도적이 뛰쳐나갔다.

"괴물, 이다! 슬라임, 괴물이라고!《천변만화》, 말이, 사실이었어!"

게인이 쉰 목소리로 소리쳤다. 그의 동시에, 그 뒤에 있던 나무가 부러졌다.

땅이 크게 흔들렸다.

나타난 것은 그야말로 괴물이라고 불러 마땅한 존재였다.

"뭐야, 저거……?"

마리에타가 멍하니 중얼거렸다.

"슬라……임?"

그것은 다양한 마물과 싸워온 스벤 일행도 본 적이 없는 모양이었다.

흰색과 검정색이 섞인 얼룩무늬의 살덩어리. 키는 스벤보다 크고, 표면은 질척질척하게 녹아 있었다. 간신히 네 발 같은 것이 보이기는 하지만, 잘 움직이지 못하는지 발을 질질 끌었다. 두 개의 진홍색 눈만이, 그것이 생물이라는 증거라도 되는 양 번쩍번쩍 빛나고 있었다.

살아 있는 나무를, 울창하게 우거진 덤불을, 모든 것들을 무시하고 게인을 쫓아오는 그 모습은 마치 살로 된 파도 같았다. 거기에 삼켜지면 어떻게 될지, 상상하는 건 어렵지 않다.

슬라임?! 저게, 슬라임이라고?!

분명히 특징만 따져보면 슬라임이라도 할 수도 있겠지만, 그렇게 부르기에는 너무나도 추악했다.

"……녹고…… 있어?"

그 이상한 모습에 탈리아가 깜짝 놀랐고, 한 걸음 뒤로 물러났다.

생명의 모조품. 어째서인지, 그 말이 스벤의 머릿속에 떠올랐다.

이 너무나도 추악한 생명체를, 그 《천변만화》는 『슬라임』이라고 표현했던 건가?!

정말 상상도 못 했던 그 모습에, 게인을 도우려고 하던 파티 멤버들의 발이 멈췄다. 지팡이를 들고 있는 마도사들도 마치 잡아먹히기라도 한 것처럼 움직임이 멈춰 있었다.

스벤은 바로 파트너인 활을 겨누고, 동료들을 질타했다.

"멈추지 마, 저놈은 움직임이 느리다! 마도사는 견제!"

찰나의 순간에 조준을 마쳤다. 수천, 수만 번이나 반복한 동작이다. 표적과의 거리는 수십 미터 정도, 빗맞힐 이유가 없다. 반쯤 반사적으로 거리와 상대의 속도를 계산하고, 스벤이 화살을 날렸다.

칠흑의 화살이 허공을 갈랐다. 도와주러 뛰어가는 도적의 옆을 지나, 비틀비틀 달려가는 게인 옆을 지나, 뒤에서 쫓아오던 슬라임 같은 것의 발밑에 박혔다.

마치 포격과도 같은 일격에 슬라임 같은 것의 발밑에 있는 땅이 뒤집혔다. 슬라임 같은 것의 자세가 무너지고, 크게 넘어졌다. 그 몸에 닿은 한 아름이나 되는 나무가 쥐어짠 것처럼 부자연스럽게 부러졌다.

마법도 물리공격도 아니다. 정체불명의 『현상』. 그 모습에, 스벤의 눈이 휘둥그레졌다.

피인지 살인지도 모를 신체 표면에 부글부글 거품이 일었다. 넘어진 슬라임 같은 것은 마치 아무 일도 없다는 것처럼 일어났다. 거기에 마도사들이 뒤늦게 발사한 공격 마법이 쏟아졌다.

고속으로 날아온 물 탄환이, 눈에 보이지 않는 바람 칼날이, 압축된 빛의 화살이, 불덩어리가, 일제히 슬라임 같은 것에게 착탄했다. 굉음과 연기가 피어올라서 시야를 가로막았다.

도적의 부축을 받으면서 돌아온 게인의 상태를 확인했다.

공포 때문에 일그러지고 새파랗게 질린 얼굴. 흙먼지 때문에 더럽혀진 갑옷과 헉헉, 당장이라도 쓰러질 것 같은 거친 호흡. 하지만 그 무엇보다, 게인의 오른팔이—— 중간에서 잘려 나가 있었다.

"헨리크ㅇㅇㅇㅇㅇㅇ! 치료다!"

"아, 예!"

참격에 의한 상처가 아니다. 마치 힘으로 쥐어 뜯어낸 것 같은 상처 자국. 그것 자체는 치명상이 아니지만, 이대로 계속 피를 잃으면 죽을 것이다.

헨리크가 급하게 뛰어와, 그 상처에 치료마법을 걸었다.

"무슨 일이 있었지?!"

"허억, 허억…… 마도사, 다. 마도사가—— 울프 나이트에 주사를—— 슬라임. 《천변만화》의 말은—— 진실이었어."

손바닥에서 나온 밝은 녹색 빛이 상처에 스몄다. 피가 멈추고, 살이 부풀어 올라서 상처를 메웠다.

고통이 가라앉았는지 게인의 안색이 좋아졌다. 헨리크가 입술을 깨물고 스벤을 보면서 말했다.

"스벤 씨! 제 치료마법 가지고는, 없어진 팔까지는——."

"큭…… 어쩔 수 없지. 할 수 있는 데까지 해! 떨어트린 팔은 나중에 찾으면 붙일 수 있어!"

게인은 이제 싸울 수 없다. 무기를 쓰던 팔을 잃은 검사는 쓸모없는 존재다.

헨리크는 뛰어난 치유술사(라이터)다. 헨리크가 치료하지 못하는 상처는 스벤의 파티 멤버 중에 누구도 치료하지 못한다.

손실된 부위를 재생시키려면 최고 레벨의 치유술사가 필요하다. 하지만, 지금은 그럴 상황이 아니다.

"물러나!"

스벤의 말에, 게인이 오른팔을 붙잡고서 뒤로 물러났다. 확인하고 싶은 건 많지만, 당장은 이 상황을 헤쳐나가는 것이 우선이다.

흙먼지가 가라앉는다. 귀에 거슬리는 포효가 거점 전체에 울려 퍼진다.

공격을 날린 마도사 중에 한 사람이, 그 모습을 보고서 멍하니 중얼거렸다.

"말도 안돼…… 그 정도 공격을 맞고서도── 멀쩡……해……?"

슬라임 같은 것은 한 걸음도 움직이지 않았다. 분명히 공격을 맞았지만, 상처 하나 입지 않았고, 걸쭉하게 녹아버린 표면은 변함없이 주위의 광경을 반사시키고 있다.

거점에 있던 모든 사람이 움직이지 못했다. 마치 뱀 앞의 개구리처럼, 그 기괴한 괴물을 보고 있다.

《천변만화》가 클랜 최강의 용사를 파견하려고 했던 『적』.

스벤은 머릿속에 떠오른 그런 생각을 떨쳐버리고, 활시위를 크게 당기면서 외쳤다.

"멀쩡할 리가 없다! 겁먹지 마! 거리를 벌리고 원거리에서 해치운다! 크라이 자식, 이게 어디가 슬라임이야! 웃기지 말라고!"

빛이 떨어졌다. 스벤의 호령에 따라서, 일사불란한 타이밍에 공격마법이 발사됐다.

다양한 기믹과 다종다양한 팬텀과 싸워야만 하는 헌터들은 대응 능력이 뛰어나다.

돌발적인 사태와 예상치 못한 상대를 만나더라도, 그 성질은 제대로 발휘된다.

어지간한 팬텀이라면—— 설령 상대가 백은의 울프 나이트라고 해도 손도 써보지 못한 상태에서 해치워버릴 수 있는 수많은 공격이, 슬라임 같은 것의 머리에, 팔에, 몸통에 착탄했다.

그 숫자는 견제로 날린 것의 거의 두 배. 슬라임 같은 것은 회피 동작조차 하지 않았다.

귀를 막고 싶어지는 기괴한 슬라임의 목소리가 울려 퍼진다.

슬라임은 마법 공격에 아주 약하다. 설령 상대가 슬라임의 아종이라고 해도, 지금 이 공격이면 흔적도 없이 사라졌을 것이다. 핵을 노릴 필요도 없이, 완전히 소멸했어도 이상하지 않을 만큼의 위력.

피어오른 흙먼지가 슬라임의 거구를 뒤덮었다. 상대가 소멸한 것을 확인하지도 않고, 또다시 흙먼지 속을 향해서 공격 마법을 발사했다. 빛이 허공을 태워, 엄청난 충격이 10미터 가까이 떨어진 스벤에게도 전해졌다.

과도하다고 할 수도 있는 연속 공격이 끝나고, 정숙이 돌아왔다.

"이봐, 게인. 너, 아까 『울프 나이트』라고 했나?"

"그, 그래. 맞아! 저건── 분명히, 울프 나이트였어!! 이상한 놈들이 주사를 놨더니, 녹아서── 젠장!"

땅바닥에 엎드린 게인이 떨리는 목소리로 대답했다. 그리고 연기 속에서 거대한 그림자가 천천히 모습을 드러냈다. 일그러진 모양의 슬라임 같은 것. 그렇게 엄청난 공격을 맞는데, 역시나 그 몸에는 상처 하나 없다.

두 번의 일제 사격으로 승리를 확신했던 마도사들의 얼굴이 일그러졌다. 《흑금 십자가》의 마도사 마리에타도 말도 안 되는 것을 봤다는 표정을 짓고 있었다.

"세상에…… 상대가, 울프 나이트라고 해도 확실하게 해치울 수 있는 공격……인데…….

……이건 대체, 뭐지……?

《발자국》에 들어온 뒤에 몇 번이나 『천 개의 시련』에 말려들어 가서 죽을 뻔했었는데, 이렇게 이상한 건 본 적이 없다. 그 모습에 《발자국》 멤버들은 물론이고, 이런 예상치 못한 사태에 익숙하지 못한 외부 파티들이 완전히 겁을 먹고서 뒤로 물러나기 시작했다

마법에 대해 강한 내성이 있는 건가……?

위험해. 이대로 가면 위험하다. 싸우기도 전에 전의를 상실하면 100% 진다.

게인이 떨리는 목소리로 말했다. 없어진 오른팔을 쭉 뻗고서.

"조심⋯⋯해! 저놈을, 건드리지 마! 힘이, 엄청나! 뭐가 뭔지 모르겠어! 분명히, 분명히 칼로 벴는데! 하지만, 내 팔이! 나는, 그놈을 건드리지도 않았다고!"

"⋯⋯!"

짧게 숨을 쉬었다. 강한 바람이 휘몰아쳤다.

스벤이 화살을 날린 것이다.

그 누구도 보지 못했다. 찰나의 순간에 발사된 한 개의 검은 화살은 마치 광선처럼 슬라임 같은 것의 머리로 빨려 들어갔다.

그것은 틀림없이 궁술의 극에 달한 자에게만 허락된 극한의 일격이었다.

뒤로 빠져 있던 헨리크가 승리를 확신했다.

용종의 비늘조차도 꿰뚫는 화살이다. 저 말랑해 보이는 슬라임 같은 것이 견뎌낼 리가 없다.

그리고 방대한 힘이 담긴 화살이 슬라임 같은 것의 머리에 박히려는 그 순간── 크게 『튕겨냈다』.

부자연스럽게 빗나간 화살은 그대로 기세를 유지한 채, 몇 미터 떨어진 곳에 있는 나무를 날려버렸다.

말도 안 되는 현상에 사람들이 얼빠진 표정을 지었다.

하지만 스벤은 손을 멈추지 않고, 재빠른 동작으로 화살을 메겼다.

"⋯⋯!"

말도 안 되는 일 따위는 없다. 예전에는 이 일격에 절대적인 자신감을 가졌었다.

하지만 지금은 알고 있다. 이 세상에는 상상도 못 할 괴물들이 존재한다. 예를 들자면── 수도 없이 날아오는 화살들을 맨손으로 잡아내는 도적이라든지, 명중했는데도 꿈쩍도 하지 않는 수호 기사(팔라딘).

그딴 것들에 비교하면 튕겨내는 정도는 아무것도 아니다.

팔 근육에서 뿌드득 소리가 난다. 검은 화살을 연속으로 발사했다. 그 숫자는── 열 개. 어지간한 팬텀이라면 단번에 날려버릴 수 있는 화살이 열 개, 그 별명처럼 폭풍과도 같은 기세로 슬라임 같은 것을 향해 날아갔다.

《남격》스벤 앵거.

그 별명의 유래가 된 절기를 헌터들이 넋을 놓고 바라봤다. 하지만 다음 순간, 깜짝 놀라고 말았다.

스벤이 쏜 화살이 모조리, 슬라임 같은 것의 눈앞에서 튕겨져 나갔다. 마치 도탄(跳彈)된 것처럼 이리저리 날아간 화살이 땅바닥을, 초목들을 날려버렸다. 만약 근처에 동료가 있었다면 무사하지 못했을 것이다.

슬라임 같은 것에는 상처 하나 없었다. 주위를 둘러싼 스벤 일행을 향해, 마치 실력을 확인하겠다는 것처럼, 걸쭉하게 녹아버린 두 팔을 들어 올렸다.

"말도 안 돼⋯⋯ 물리 무효? 하지만, 마법도 소용없었지. 장벽이라도 치고 있는 건가? 아냐, 단순한 장벽이라면 그렇게 튕겨나지는 않을 텐데."

막아낸 게 아니라 억지로 밀어내는, 그런 느낌으로 튕겨져나갔다. 스벤의 일격은 돌파력 하나만은 타의 추종을 불허한다. 그게 안 먹히고, 마법 공격마저도 통하지 않는다면 남은 방법은——.

슬라임 같은 것이 점프를 하면서, 포위망 한쪽을 향해 달려들었다. 그곳을 지키고 있던 헌터들이 큰 소리로 비명을 지르면서 후퇴했다.

두 팔이 땅바닥을 도려냈다. 마치 폭발이라도 일어난 것처럼 땅이 뒤집힌다. 엄청난 위력—— 마나 머티리얼의 은혜를 입어서 단련한 헌터라도, 그 일격을 맞으면 무사하지 못할 것이다.

일이 귀찮게 됐다. 레벨6에 별명을 가진 헌터의 공격이 전혀 통하지 않는 팬텀을 상대로, 숫자 따위는 아무 의미도 없다.

"어쩌지, 스벤?!"

"……아슬아슬한 상황까지는 도망칠 수 없겠지. 게인 말로는, 이놈을 만들어낸 놈이 있다는 것 같아. 그냥 둘 수는 없잖아."

포위망 한쪽을 지키고 있던 라일의 목소리에, 생각할 필요도 없이 바로 대답했다.

스벤에게도 헌터로서의 자존심이 있다. 라일은 머리를 벅벅 긁었다.

"젠장. 크라이 자식, 뭐가 슬라임 같은 게 나온다는 거야. 돌아가면 꼭 한마디 해줘야지."

내뱉는 것처럼 말한 라일의 말에, 스벤은 일부러 씩 웃어 보였다.

정말이지, 손해 보는 일이다.

슬라임 같은 것이 바운드하는 것 같은 움직임으로 가까이에 있는 헌터들을 덮쳤다.

지금은 시간을 버는 수밖에 없다.

"다가오지 못하게 해! 움직임은 그렇게 빠르지 않으니까! 저놈이 다가오면 회피에 전념, 주위에 있는 사람은 움직임을 막아! 무적의 생물이 있을 리가 없다. 어떻게 된 건지 간파하자고!"

방심하지 않고 사람들을 모아준 에바의 수완에 감사했다. 크라이는 절반 정도면 될 것 같다고 말했다던데, 말도 안 되는 소리다.

슬라임 같은 것의 행동을 방해한다. 공격 마법도 물리 공격도 튕겨내지만, 저놈도 땅에 발을 디디고 있다. 발밑을 노리면 잠깐이나마 움직임이 멈춘다. 그리고 아무래도 그다지 복잡한 움직임은 못 하는 것 같고, 감각도 그렇게까지 예민하지는 않은 것 같다. 여전히 공격은 안 통하지만, 머리도 그다지 좋은 것 같지 않아 보이니 다행이다.

이쪽에 유리한 재료들을 모아가며, 동료들을 고무했다.

"행동 원리는 단순해! 가까운 놈부터 공격하고 있다! 공격 수단도 몸으로 부딪치거나 팔을 휘두르는 행동뿐이고——— 하품이 나올 정도로 느리다. 자, 힘들 내라고!"

스벤의 말에 포위망을 짠 헌터들이 다시 공격을 시작했다.

수많은 마법이 슬라임 같은 것의 발을 멈추게 했다.

불가사의한 장벽에 묵직한 한 방. 만약 슬라임 같은 것에게 제일 가까운 대상이 아니라 한 사람만 계속 공격할 수 있는 머리가 있었다면 지금보다 훨씬 고생했을 것이다.

하지만 상황은 좋지 않았다. 마법은 무한정으로 쏠 수 있는 것이 아니다. 시간이 지날수록 동료들의 소모가 심해진다. 체력 소모는 물론이고, 마도사들은 마력(마나)이 떨어지면 싸울 수가 없다.

상대는 팬텀이다. 나약한 인간과는 근본적으로 다르다. 지구전으로 가면 이쪽이 불리.

스벤의 뺨에 식은땀이 흐른다. 역시 공격은 표면에서 튕겨날 뿐이고, 전혀 먹히지가 않는다.

하지만 비장의 카드가 있었다. 탈리아가 가지고 있는 슬라임을 죽이는 약.

기회는 단 한 번. 포션을 던졌는데 그게 튕겨지면, 이번에야말로 승산이 없어진다.

일은 신중하게 처리해야 한다. 동료들의 얼굴에 피곤한 기색이 보이기 시작한다. 아직 간신히 공격을 회피하고는 있지만, 더 이상 시간을 끌면 누군가가 중상을 입겠지.

스벤은 결단했다. 저것의 행동은 간파했다. 위험부담은 크지만, 할 수 있을 것이다.

처음에 《천변만화》는 아크를 지명했다고 한다. 솔직히 스벤에게는 《은성만뢰》 아크 정도의 무용은 없다.

하지만, 그래도, 스밴 앵거도 별명을 지닌 헌터다.

정신적인 면에서는 물론이고 육체적으로도 피로는 없다. 동료가 죽음을 각오하고 공격을 받아내고 있다.

"탈리아, 포션을 이리 줘. 내가 하겠다."

"아, 예!"

탈리아가 비틀비틀 뛰어와서 스벤에게 포션을 건네줬다.

깨지기 쉬운 투척용 유리병에 들어 있는 암갈색 액체가, 눈앞에서 출렁거렸다.

"뿌리면 그곳을 중심으로 붕괴될 거라고…… 했어요."

"이봐, 너희들. 그 망할 놈을 이쪽으로 유인해!"

스벤은 뛰어갔다. 이미 저 움직임과 속도를 간파했다.

슬라임 같은 것이 지금 쫓아다니던 헌터에서, 가까이 접근한 스벤 쪽으로 표적을 바꿨다.

눈이 마주쳤다. 걸쭉하게 녹은, 코도 입도 없는 얼굴에서 눈만이 번쩍번쩍 빛나고 있었다. 그 거대한 체구가 마치 몸을 숙이는 것처럼 압축되었다.

스벤도 입술을 일그러트려서 미소를 지었다.

분명히 괴물이다. 엄청난 괴물이다. 하지만 이놈은 스벤 일행을 적으로 여기지도 않는다.

이놈은 이쪽을 적이 아닌 단순한 사냥감으로 여기고 있다. 경계심이 없다.

바보 같으면서도 한 가지 재주는 있는 것 같은 동작. 지성이 보이지 않는 움직임. 거기에 파고 들어갈 틈이 있다.

그리고, 슬라임 같은 것이 몸을 움츠리더니, 마치 용수철이라도 된 것처럼 뛰어올랐다.

"?!"

그 일격은, 지금까지 스벤이 봤던 것과는 비교도 안 되는 속도였다.

포위하고 있던 헌터들이 깜짝 놀랐다. 하지만, 단숨에 거리를 좁히고 상공을 뒤덮어버릴 것처럼 덤벼드는 슬라임을 보며, 스벤은 코웃음을 쳤다.

이 정도는 예측했다. 던져서 맞히는 건 무리다. 화살은 물론이고 마법도, 천천히 던진 돌멩이까지도 튕겨냈다. 병을 던져도 튕겨내겠지. 그렇다면 답은 간단하다.

"얕보지 말라고,《천변만화》."

빠르다. 분명히 빠르지만, 어디까지나 지금까지의 움직임과 비교했을 때 빠를 뿐이다.

평소에 싸우던 팬텀과 비교하면 간단히 간파할 수 있는 속도다.《흑금 십자가》는 분명히 재미없는 파티지만, 지금까지 쌓아온 단련은, 경험은 거짓말을 하지 않는다.

상공에서 떨어지는 슬라임 같은 것을 상대로, 스벤은 몸을 숙이고 미끄러지는 것처럼 움직였다.

슬라임 같은 것의 팔다리가 스벤을 놓치고, 허공을 가르고, 그대로 땅바닥에 착지했다.

스벤이 회피하기 직전에 땅바닥에 놓아둔──── 슬라임을 죽이는 약 위에.

유리 깨지는 소리가 작게 울렸다.

온몸을 뒤덮고 있는 장벽이 강력하기는 하지만 무적은 아니다. 뭐든지 다 차단하는 건 아니다.

강력한 결계를 치는 걸로 유명한 『세이프 링(결계지)』에도 틈은 있다.

슬라임을 죽이는 약을 밟아서 부순 슬라임의 움직임이 순간적으로 멈췄다.

"죽어라⋯⋯!"

탈리아가, 마리에타가, 라일이, 게인이, 그밖에 다른 헌터들도 그 움직임을 응시했다.

──그리고 슬라임 같은 것이 팔을 쭉 뻗자 스벤은 한 걸음 뒤로 물러났고, 여유 있게 회피했다.

슬라임 같은 것이 아무 일도 없다는 것처럼 움직였다. 걸쭉하게 녹아 있는 상태에는 변함이 없지만, 그 움직임은 처음에 나타났을 때부터 훨씬 매끄러웠다.

슬라임을 죽이는 약을 제공한 탈리아가 입술을 부들부들 떨면서, 마치 다리가 풀린 것처럼 그 자리에 주저앉았다.

스벤은 발을 동동 구르면서 소리를 질렀다.

"⋯⋯제엔자아아아아아아앙! 역시 슬라임이 아니었잖아아아아아아아!"

절규가 밤하늘에 울려 퍼졌다.

예상은 하고 있었다. 스벤은 크라이와 오랫동안 알고 지낸 사이니까.

이 눈앞에 있는 생물은 아무리 봐도 슬라임이라는 범주에서 벗어나 있다. 게인의 증언을 들어봐도 슬라임은 아니다.

조언을 들었던 라일이 새파랗게 질린 얼굴로, 이제 와서 생각났다는 것처럼 말했다.

"그, 그러고 보니까, 크라이가………… 슬라임이 아니라, 슬라임 같은 뭔가라고——"

"그 자식이 정말, 작작 좀 하라고! 정보는 정확히 전달하란 말이야! 뭐든지 힘으로 돌파할 수 있는 《비탄》을 기준으로 생각하지 말고! 대체 몇 번이나 우리를 죽이려고 들어야 직성이 풀리는 거냐고!!"

슬라임 같은 것이 가벼운 발놀림으로 덤벼왔다.

충격적인 현실 때문에 놀란 사람들 앞에서, 스벤은 몸을 낮춰서 간신히 회피했다.

긴장 때문에 흐른 식은땀이 흩날린다. 축축한 것이 땅바닥을 때리는 소리가 뒤쪽에서 들려온다.

"젠장, 이딴 것 어떻게 처리하라는 거야, 크라이! 콱 죽어버려!"

"하, 하지만, 크라이는, 절반이면 된다고……."

"웃기지 마! 죽여버린다! 자기가 하든지!!"

고함을 지르면서 재주도 좋게 회피하는 스벤의 목소리에, 마법 공격도 황급히 재개됐다.

그 충격 때문에 슬라임 같은 것의 움직임이 멈췄고, 그 틈에 거리를 벌리는 데 성공했다.

발사된 마법 중에는 복수의 팬텀을 단번에 숯덩어리로 만들어버리는 상급 공격 마법도 있었지만, 슬라임 같은 것의 움직임은 전혀 달라지지 않았다. 게다가 피폐해져 가는 동료들과 달리, 슬라임 같은 것의 움직임은 서서히 빨라지는 것처럼 보였다.

해결의 실마리가…… 보이지 않는다.

반격했지만, 충분히 준비해온 화살도 얼마 남지 않았다.

"스벤 씨, 이젠 틀렸습니다. 철수를——."

어쩌지? 도망칠 수는 있다. 하지만 그것은 의뢰 실패를 뜻한다.

이 괴물을 여기에 방치하면 피해가 커지지 않을까?

움직임이 더 빨라진 슬라임을 보면서 필사적으로 생각했다. 그때, 분위기에 안 맞게 차분한 목소리가 들려왔다.

"——마력장벽, 입니다."

"…………뭐?"

이 상황에 어울리지 않는, 마치 강의라도 하는 것 같은 목소리.

지금까지의 혼란이 거짓말처럼 가라앉았다. 스벤이 했던 고무와 또 다른, 진정을 불러오는 목소리.

슬라임 같은 것을 둘러싸고 있던 포위망이 갈라지고, 사람 하나가 나타났다.

전장을 걸어 다니는 사람 같지 않은 느릿한 발걸음. 연두색 로브에 허리에 차고 있는 커다란 포션 홀더, 커다란 배낭. 바람 때문에 아름다운 핑크 블론드 머리카락이 흔들린다.

시간이 멈췄다. 헌터들도, 슬라임 같은 것도 움직임을 멈추고 침입자를 쳐다봤다.

스벤은 그 여자의 이름을 알고 있었다. 빛나는 핑크색 홍채가 스벤을 보면서 미소를 짓었다.

"시트, 리. 어째서, 네가 여기에?!"

연금술사 시트리 스마트. 인정 레벨2. 《비탄의 망령》 멤버 중 한 명이다.

도저히 헌터로 보이지 않는 동작으로, 곤란하다는 것처럼 입술에 손가락을 댔다.

거리가 있다고는 해도 보물전에서도 쉽사리 볼 수 없는 괴물을 눈앞에 두고도 눈썹 하나 까딱하지 않는 담력은 정말 대단했다. 같은 연금술사인 탈리아가 눈을 한계까지 크게 뜨고, 자신이 떠날 때까지만 해도 제도에 없었던 소녀를 응시했다.

"크라이 씨가, 슬슬 위험할 것 같다고, 대신 지휘해달라고 했어요. 방해가 되지는 않을까 싶었지만, 아무래도 그냥 보고만 있을 수는 없으니까…… 이 일에는 제가 제일 적합해요. 저한테——짚이는 게 있거든요."

느긋한 말투에 오한이 일었다. 보통 천재라는 것들은 어딘가 보통 사람들과 다른 법인데, 이렇게까지 치명적인 어긋남을 느끼게 하는 인간은 헌터들 중에서도 보기 힘들다.

시트리는 분명히 제도에 없었다. 그 자식, 돌아올 때를 기다리고 있었나?

갑작스러운 난입자를 보고, 포위망을 구성하고 있던 《발자국》 동료들이 당황하고 있다.

"마력 장벽……이라고?!"

"예. 알고 계시죠, 상당히 강력한 마도사나 환수가 사용하는, 강자의 증거라고도 불리는 장벽을."

스벤이 묻자 시트리가 술술 대답했다.

분명히 알고 있다. 마력 장벽이란 방대한 마력을 그 몸에 지니고 있는 생물이 두르는 장벽이다.

　온몸에서 마력을 방출하여 온갖 공격을 튕겨내는, 단순하기에 더 강력한 힘이다.

　하지만 강력한 반면에 마력을 마술이라는 형태로 가공하지 않고 계속 방출해야 하는 일종의 무식한 기술이라, 효율이 상당히 나쁜 기술이다. 인간이라면 일류 마도사라고 해도 아주 잠깐밖에 못 버틴다.

　마리에타가 살짝 놀랐다. 시트리가 꿈틀거리는 슬라임 같을 것을 관찰하면서, 담담하게 말했다.

　"방대한 마력이 체표에 소용돌이치면서 강력한 역장을 작성하고 있어요. 스벤 씨의 화살을 튕겨내고, 온갖 마력을 상쇄하는 역장입니다. 이렇게까지 강력한 마력을 두르는 팬텀은 레벨8 보물전에서도 볼 수가 없어요. 상당히 흥미롭네요. 스벤 씨와 다른 분들이 알아차리지 못하는 것도 당연한 일이에요."

　눈을 가늘게 뜨는 시트리를 향해, 갑자기 슬라임 같은 것이 덤벼들었다.

　그 돌진은 지금까지와 달리, 지근거리에 다른 헌터가 있는데도 시트리만을 노리는 것이었다.

　"이 정도의 마력을 두른 팬텀은 이 보물전에 출현하지 않을 텐데— 몸이 용해됐어? 팬텀을 구성하는 마나 머티리얼은 말 그대로 마력의 근원으로 여겨지고 있습니다. 뜬금없는 이야기지만, 마나 머티리얼을 억지로 마력으로 변환했다고 생각한다면, 전부 설명할 수…… 있어."

아마도 지금 이 자리에서, 지금 상황을 이해하고서 저러고 있는 건 아니겠지.

연금술사의 무기는 지식이다. 스벤은 《비탄의 망령》이 탐색하는 보물전의 분석은 시트리가 전부 담당한다는 이야기를 들은 적이 있었다. 하지만 원리를 알아도 해치우지 못하면 의미가 없다. 무엇보다 마력 장벽은 단순하기 때문에 강력하고, 그래서 대책을 세우기가 곤란하다.

갑작스러운 돌진을 시트리가 몇 걸음 차이로 아슬아슬하게 피했다. 자신보다 거대한 존재가 돌진해 왔는데도 그 얼굴에서는 두려움이 전혀 느껴지지 않았고, 담담한 설명도 멈추지 않았다. 그대로, 지근거리에서 녹아서 떨어지고 있는 몸을 관찰하면서, 슬라임 같은 것의 옆으로 파고들었다. 슬라임 같은 것의 두 눈이 시트리를 좇는다.

"신체 기관은 대부분 녹았군요. 남은 건 본능…… 녹아버린 자기 몸을, 마나 머티리얼을 보급해서 벌충하겠다고? 날 노리는 건 이 자리에 있는 그 누구보다 마나 머티리얼을 많이 흡수했기 때문, 인가요? 불쌍하군요…… 저를 먹어봤자, 당신의 몸은 원래대로 돌아가지 않는데. 이 실험은 실패했습니다."

"시트리! 위험해, 일단 물러나!"

"쓰러트리는 데 필요한, 마력 장벽을 강행돌파 할 만큼의 위력을 지닌 물리 공격이나 마법 공격, 또는 그 몸이 유지하지도 못할 만큼 마나 머티리얼이 마력으로 변환될 때까지 기다리면, 되려나…… 걱정해주셔서 고맙습니다. 스벤 씨. 그래! 이런 건 어떨까요?"

연금술사는 신체능력이 빈약한데, 마도사를 포함한 모든 직업 중에서 제일 약하다.

스벤이 경고하자, 시트리가 손을 뒤로 뻗더니 배낭 밑바닥에서 막대를 하나 꺼냈다.

30센티미터 정도 되는 지팡이라고 부를 수도 없는 회색 금속 막대다.

공격을 회피당한 슬라임 같은 것이 억지로 방향을 바꿔서 시트리에게 돌격했다.

시트리는 눈썹 하나 까닥하지 않고, 금속 막대를 슬라임 같은 것에게 던졌다.

"안티 마나 메탈(대마금속강)입니다."

금속 막대가 빙글빙글 회전했고, 조금 전까지 온갖 공격을 튕겨냈다는 것을 믿을 수 없을 만큼 허무하게 슬라임 같은 것과 부딪쳤다. 놀랐는지, 순간적으로 움직임이 멈췄다.

바로 공격 궤도에서 몸을 뺀 시트리가 말했다.

"해주세요. 스벤 씨."

"————."

그렇게 되도록 위치를 조정한 걸까. 스벤이 있는 자리에서는 슬라임 같은 것의 모습이 아주 잘 보였다.

그 머리에 부딪친 안티 마나 머티리얼 금속 막대도.

물 흐르는 것 같은 동작으로 화살을 날렸다. 아까까지 느껴지

던 피로는 이미 사라져버렸다.

목표는 시트리가 투척한 금속 막대. 대상이 작기는 하지만 스벤에게는 간단한 일이다.

활이 뿌득뿌득 삐걱대고, 칠흑의 화살이 발사됐다. 혼신의 힘을 다하여 발사한 검은 화살은 금속 막대를 부수고, 아까까지 고생한 게 거짓말이었다는 것처럼 슬라임 같은 것의 머리를 날려버렸다.

머리를 잃은 슬라임 같은 것은 이름 그대로, 팬텀(환영)이었다는 것처럼 사라져버렸다.

그렇게 고생한 게 거짓말로 여겨질 만큼 허무한 결말에, 그 누구도 아무 말도 못 했다.

유일하게, 난입한 뒤로 한 번도 표정이 변하지 않았던 시트리가 안심한 것처럼 한숨을 쉬었다.

"무사하셨군요…… 늦지 않아서 다행이다."

"! 무슨 일이…… 일어난 거야?"

헌터 중 한 명이 마치 꿈이라고 꾸는 듯한 표정으로 말했다.

극히 적은 정보를 통해서 적의 약점을 간파하고 대처까지 했다.

시트리는 슬라임 같은 것에 대해 유효한 공격을 날리지 않았다. 하지만, 그 움직임은 마치 신내림이라도 받은 것만 같았다.

이어서 숲속에서 마차 한 대가 나타났다. 《발자국》에서 사용한 것과 손색이 없을 정도로 훌륭한 마차다.

"끝났냐, 시트리."

"거크 지부장님?! 어째서, 당신이 여기에?! 그런 차림으로———."

"저를 태워주셨습니다. 저는, 언니처럼, 빨리 달리지 못하니까요."

거크의 차림새는 평소에 보던 탐색자 협회 제복이 아니었다.

잘 닦아놓은 진홍색 갑옷에 옆구리에 끼고 있는 뿔 달린 진홍색 투구. 그리고 무기는 독특한 빛으로 빛나는 『도끼창(할버드)』. 그 옛 강자의 모습을 재현해놓은 것 같은 모습에, 헌터들이 술렁거렸다.

잘 단련된 육체는 아무리 봐도 은퇴한 사람으로 보이지 않았다.

뒤쪽에서 제국의 『유물 조사원』 제복을 입은 비실비실한 남자—— 유물 조사관 두 사람이 쭈뼛쭈뼛 마차에서 내렸다.

상황을 이해하지 못한 스벤에게 시트리가 진지한 표정으로 말했다.

"거크 씨께는 이미 말씀드렸지만, 다시 한번 말씀드리겠습니다. 저는—— 지금 이 현상과 그것을 벌인 자들이 짐작이 갑니다."

거짓된 눈과 귀를 통해서 얻은 예상 밖의 광경에, 노토 커클레어의 눈이 휘둥그레졌다.

"……뭐냐, 저놈은…… 마화한 팬텀을 저리도 간단히…… 저것이, 소피아가 말했던 우리를 쫓는 자, 인가!!"

마화 포션은 실험 중에 소피아가 우연히 만들어낸 것이다. 마나 머티리얼이라는 물질을 강제로 변환시키는 그것은, 노토의 숙원에 필적하는 무시무시한 것이었다.

아직 충분히 검증하지는 못했지만, 투여된 팬텀은 그 마나 머티리얼을 방대한 마력으로 변화시키고, 자기 몸이 붕괴되면서도 마나 머티리얼을 찾아 날뛰는 몬스터가 된다.

계속 변환되는 마력은 그 방대함 때문에 천연의 장벽을 만들어내서, 온갖 공격을 흘려내는 절대무적의 방패가 된다. 안정된 육체를 지녔던 시절과는 비할 수도 없는 힘이다. 전력으로서는 충분하고도 남을 것이다.

그것을, 저리도 간단히 간파하고 대처했다. 그야말로 보통 재능이 아니다.

안티 마나 메탈은 마력에 의한 간섭을 거의 받지 않는 특수한 금속이다. 강도가 낮아서 무기로 사용하는 건 적절하지 않고, 현상으로서 발현된 마술에는 효과가 없는 상당히 다루기 힘든 금속이지만, 대(對)마력 장벽이라는 단 한 가지에 있어서는 발군의 위력을 발휘한다. 마화한 팬텀에게는 그야말로 천적이다.

포션은 아직 재고가 있다. 조금 전의 그 팬텀을 잃었다고 해서 난처해지는 것은 아니다.

하지만 이 결과는 예상 밖이었다. 헌터를 전멸시킬 거라고는 생각하지 않았지만, 막대한 피해는 줄 수 있으리라고 예상했었다. 그래서 아직 실전 테스트도 해보지 않은 포션의 사용을 허가한 것이다.

그런데 결과를 보니 헌터 한 사람의 오른팔을 빼앗았을 뿐, 누구 하나 죽이지도 못하고 끝났다.

게다가 이쪽은 얼빠진 제자 두 명까지 잃고 말았다

"……이, 무슨…… 저리도 정확하게…… 헌터를, 너무 우습게 봤던, 것인가."

한 마리가 쓰러진 정도로 노토의 진영이 흔들리는 것은 아니다. 하지만 정신적인 충격은 헤아릴 수가 없다.

"왜 그러십니까, 노토 님."

"……소피아는 어디에 있느냐?"

심부름꾼 대신 곁에 두고 있는 제자에게 물었다.

그러자 제자의 얼굴이 씁쓸한 표정으로 변했다.

"……소피아는, 정보 수집과 방위 시스템을 확인하러 간다고 했고…… 아직 돌아오지 않았습니다."

"……그 아이는 제멋대로라고 해야 좋을지, 거물이라고 해야 좋을지……."

"……안심하십시오. 작전은 제가 받아놓았습니다. 반드시, 헌터 놈들을 모조리 없애도록 하겠습니다.

질렸다는 것 같은 노토의 말에, 제자가 씁쓸한 표정으로 고개를 숙였다.

"순차 투입이라고!? 그 계집, 대체 무슨 생각이냐!"

떨리는 손으로 플리크가 명령서를 쥐어서 구겨버렸다.

작전실에는 소피아와 포박된 두 명을 제외한 노토의 제자들이 모여 있었다. 플리크는 제자 중에서의 서열은 여전히 소피아보다 아래인데, 이번에는 스승의 명령으로 소피아의 지시까지 받는 입장이 됐다.

"전술이라는 것을 모른다고밖에 생각할 수가 없다. 상대는 마화 팬텀을 쓰러트릴 만큼의 힘을 지니고 있단 말이다! 하나씩 투입하면 각개격파 당하지 않겠나! 포션이 그렇게 많은 것도 아닌데, 알고는 있는 건가?! 지금은…… 단숨에 공격해야 한다."

"대체 무슨 생각이지……? 결국은 그저 연구자일 뿐이라는 것인가."

소피아는 분명히 우수한 연구자다. 그 분야에서는 플리크를 능가한다는 것도 인정한다.

하지만 그 지시는 완전히 엉망이다. 플리크는 마도사로서 전투 기술도 갈고닦았다. 지휘는 특기가 아니지만, 이 지시가 바보 같은 짓이라는 정도는 생각할 필요도 없이 명확했다.

2번 제자로서, 플리크에게 소피아는 눈엣가시 같은 존재였다.

하지만 소피아의 지시에 따르라는 것은 스승의 명령이다. 그 명령에 거역할 생각은 없다.

하지만 그것은── 소피아의 지시가 이치에 맞을 경우의 일이다.

"그 계집과의 연락은?"

"……안 됩니다. 공음석에도 반응이──."

"젠장. 지금이 어떤 상황인지 알고는 있는 건가?! 스스로 패배를 향해 매진할 셈인가!"

상대는 그 《천변만화》와 《비탄의 망령》의 멤버들이다. 지휘관이 전황을 확인하지도 않고 승리할 수 있을까. 아무리 가진 패가 우수하다고 해도, 지휘관이 무능하면 아무 의미도 없다.

"······플리크. 이건 전황을 알기 전에 나온 지시다. 임기응변으로 대응해도 되지 않을까? 이기면 그만이다. 전멸시키지는 못하더라도, 우리가 가진 무기는 이것 말고도 또 있으니까."

동료 한 사람의 말에 플리크가 순간적으로 얼굴을 찌푸렸다. 존경하는 스승의 명령과 지금의 상황, 소피아가 제대로 생각하지도 않고 내린 것 같은 명령을 저울질했다.

결론은 겨우 몇 초 만에 나왔다.

"······그래. 이대로 작전의 이치도 모르는 명령에 따르다가 손도 써보지 못하고 패배하기라도 하면 스승님을 뵐 낯이 없다. 포션을 전부 가지고 와라. 잡아둔 팬텀도 모아오고. 단숨에 놈들을 섬멸한다!"

제5장　　　최우수 연금술사

『크라이 씨, 저는, 다른 사람들한테 부족한 부분을 보충하고 싶어요.』

다 같이 트레저 헌터가 되자고 결정한 뒤에.

각자 목표를 정하려고 하는 단계에서, 시트리는 그렇게 말했었다.

힘이 넘치는 언니와 다르게 얌전하고 마음 착한, 그리고 머리가 좋은 여자아이였다.

『아마도, 그렇게 하면, 다 같이 즐겁게 헌터가 될 수 있고……저는, 몸이 그다지 튼튼하지 않으니까…….』

모두들 자기가 하고 싶은 직업을 정하는 중에, 시트리 혼자만 기준이 달랐다.

눈에 띄는 힘이 없기 때문이기도 했겠지.

리즈는 원래 발이 빨랐고, 루크는 싸움을 잘했다. 안셈은 그 당시부터 무슨 일이 있어도 흔들리지 않는 믿음직한 남자였고, 루시아도 최하급 마법을 몇 개 정도 쓸 수 있었다.

하지만 무엇보다, 시트리의 그 말은 진심에서 우러나온 것이었다. 당시에 아직 열 살도 안 된 나이였던 시트리는 그 누구보다 파티 전체를 생각하고 있었고, 나는 머리를 쓰다듬으면서 제안했다.

"그럼, 그게 괜찮을 것 같은데 말이야. 시트리는 책 읽는 걸 좋아하니까, 그거…… 연금술사(알케미스트)라든지?"

내가 연금술사가 성장하는 데 막대한 돈과 지식이 필요하고 헌터가 되기에는 그다지 적절하지 않다는 걸 알게 된 건, 그 뒤로 일 년도 넘게 지난 뒤의 일이다. 그리고 그때 시트리는 이미 돌이킬 수 없을 만큼 연금술에 푹 빠져 있었다.

시트리한테는 재능이 있어서『최우수』라고 불릴 정도로 약진했는데, 그건 단순한 결과론이다.

나한테는 켕기는 부분이 있다. 아니, 없다고 해도 파티를 위해 몸이 부서져라 일하는(엄청나게 즐거워 보이지만) 소꿉친구를 위해서 뭐든지 해주고 싶다고 생각하는 건 당연한 일이다.

"뭐야?! 왜에?! 왜 나는 안 되고 시트는 되는 건데?! 응!"

"응, 응, 그래…… 안 돼."

클랜 마스터 방. 고집쟁이 소녀가 수액 냄새를 맡고 날아온 장수풍뎅이처럼 딱 달라붙어서 항의하는 소리를 내고 있다. 귓가에서 계속 질러대는 목소리를 들으며, 나는 편안한 기분으로 고개만 적당히 끄덕이고 있었다.

티노가 소파 뒤쪽에서 슬쩍슬쩍 이쪽을 엿보고 있다.

『크라이 씨. 저를 믿고 지휘권을 주세요!』

시트리의 요구는 그야말로 청천벽력이었다.

간단한 설명을 듣기는 했는데, 아무래도 이번 사건의 원인이 시트리가 오랫동안 계속 쫓아다니던 것일 가능성이 높은가 보다. 아무래도 헌터 일이 아닌 다른 쪽과 관련된 일이라는 것 같다. 나는 잘 모르는 일이기도 하고, 오랜만에 돌아오자마자 또 일하러

갈 필요는 없다고 생각했지만, 고개까지 숙이면서 부탁하니 어쩔
도리가 없었다.

사실 나는 지휘를 맡을 생각이 없었다.

머리 좋은 시트리가 지휘를 맡아준다면 걱정할 필요도 없고,
다른 파티 멤버들도 납득하겠지.

『그리고, 가능하다면, 말인데…… 언니를 방목하지 말아주세요.』

그리고 나중에 추가한 부탁이 애수를 자아냈다.

"편애하면 안 돼. 편애하려면 나한테 해줄래? 응, 크라이!"

리즈가 응석 부리는 소리를 내며, 내 목을 끌어안고서 다리 위
에 올라와 앉았다.

항상 그렇게 공격적으로 움직이는 사람이라는 걸 믿을 수 없는
부드러운 무게와 열기. 그 아름다운 핑크색 홍채에 내 얼빠진 얼
굴이 비치고 있다.

에바가 보기라도 하면 경멸할 것 같은 광경이다. 하지만 이제
와서 뭘 어쩌겠어. 그나저나 리즈는 왜 이렇게 전장에 가고 싶어
하는 걸까. 난 토할 것 같은 기분이 들 정도로 가기 싫은데.

지금 리즈를 방목해버리면 완전히 흥분해서 다 죽여버릴지도
모른다. 시트리가 브레이크 역할을 제대로 해줄지도 미묘하고.
지금 생각해보니 방목이라는 말이 상당히 심한 표현이네.

"저기, 크라이. 나만 따돌리지 말아줄래? 응?"

"굳이 따지자면 나만 따돌림당하고 있는데 말이야."

아니, 나한테는 티노가 있다. 티노는 아직 내 편일 거야.

티노 쪽을 봤더니 고개를 돌려버렸다. 대체 무슨 의미지.

"얌전히 굴 테니까. 응? 시트 혼자 보내면 죽을지도 모르잖아? 있지, 크라이. 시트는 연금술사인데다 제일 약하잖아? 키르키르 군도 정비 중이라고 했고…… 나, 진짜 걱정돼서 그래. 저기, 괜찮지?"

리즈가 똑똑함을 발휘해서 교섭 방향을 바꿨다. 생각하지도 않는 걸 말하지 말라고.

키르키르 군이라는 건 시트리가 호위로 데리고 다니는 마법 생물이다.

생김새는 회색 돌 같은 육체를 지닌 거한이고, 눈이 있어야 할 위치에 구멍이 뚫려 있는 자루를 뒤집어쓰고, 새빨간 삼각팬티를 입고 있다. 아무리 봐도 변태고 얼핏 보면 사람처럼 보이기도 하지만, 시트리가 마법 생물이라고 주장하니까 마법 생물이 맞겠지. 무슨 마법 생물인지는 모르겠지만…….

나는 그 존재에 대해서는 최대한 생각하지 않으려고 했다.

참고로 키르키르 군이라는 이름은, 그 생물이 키르키르라는 말밖에 못 한다는 데서 따온 것이다.

머리가 이상하다고 생각하는 나는 헌터로서 실격이려나…….

리즈가 몸을 나한테 딱 붙인 채, 응석 부리는 목소리로 속삭였다.

"있지, 크라이. 나도 갈래! 그래도 되지? 허락해줘! 절대로 얌전하게 굴 테니까!"

"절대로 안 돼."

떼쓰는 어린애 같은데 말이야, 너 대체 몇 살이냐?

시트리 스마트가 그 존재를 알게 된 것은, 시트리가 아직 『최우수』라고 불리던 시절이었다.

제도에 존재하는 마도과학의 최첨단 기관. 제블디아에서도 지식의 최첨단을 달리는 프림스 마도 과학원에서 그 독특한 연구를 인정받은 시트리는, 출입이 금지된 금기의 지식을 소장한 서고 중 한곳에서 어떤 논문 하나를 발굴했다.

논문의 제목은 『마나 머티리얼의 성질과 보물전의 가능성』.

저자는 예전에 제도 제블디아에서 《대현자(마스터 메이거스)》라고 추앙받던 대마도사 노토 커클레어.

논문의 내용은 그 심플한 제목만 봐서는 상상할 수도 없는, 금서로 지정돼 마땅한 것이었다.

거기에 적혀 있는 내용을 한마디로 말하자면, 마나 머티리얼의 성질에 대한 것과 그것을 이용해서 지형을 바꾸지 않고 보물전을 컨트롤할 수 있다는 가능성에 대한 것이다. 검증이 충분하지 못하기는 하지만, 거기에 적혀 있는 이론이 사실이라면 적은 비용으로 현존하는 보물전을 파괴하거나 재생하는 것이 가능해진다.

틀림없는 신의 영역이었다.

어지간한 마도사가 제안했다면 코웃음이나 치고 넘어갔을 가능성이 있는 것이고, 그렇기에 10대 죄악 중에 하나를 저질렀는데도 불구하고 노토가 제국에서 추방되는 정도에서 끝났을 것으로 추정된다. 논문을 불태워버리지도 않았다.

하지만 트레저 헌터인 시트리는 한눈에 알아봤다. 충격이 터져 나왔다.

이건 위험하다. 논문 단계에서는 꿈같은 이야기일 뿐이지만 가능성은 있다.

그리고 확신했다. 학술기관에서 추방되고 나라에서도 쫓겨났지만, 이 논문의 저자는 틀림없이 해낼 것이라고.

시간이 걸리기는 하겠지만 틀림없이 한다.

그 무시무시한 지식욕을 채우기 위해서, 또는 제도에 대한 복수와 자신의 자존심을 위해서.

같은 프림스 마도 과학원에 소속된 후배로서 그냥 넘어갈 수는 없다.

그렇게 해서 시트리 스마트의 그 누구도 이해해주지 않는 고독한 싸움이 시작됐다.

담담하게 들려주는 시트리의 이야기에, 거점은 정숙에 휩싸였다.

황당무계한 내용이다. 거크와 같이 온 보물 조사원 중에 한 사람이 침까지 튀겨가며 큰 소리로 말했다.

"마, 말도 안 돼. 노토 커클레어는 헛소리를 떠들고 다녀서 영구 추방됐을 텐데! 두 번 다시 제국에는 들어올 수 없다고! 게다가──『아카샤의 탑』, 이라고?!"

설령 그것이 진실이라고 해도, 우연히 발견한 논문 하나 때문에, 어떻게 그렇게까지 행동할 수 있는 걸까.

의심과 두려움이 담긴 시선이 날아왔지만, 그래도 시트리는 흔들리지 않았다.

"믿어주리라고는…… 생각하지 않았어요. 바로 그게 제가 혼자서 《대현자》를 쫓아다닌 이유니까── 하지만, 실제로 이렇게…… 보물전에서는 이상한 일이 발생하고 있죠. 아마도 조금 전에 괴물은 그 연구의 부산물일, 테고."

현실은 소설보다 기이하다는, 그런 것일까. 어디까지가 진실인지, 정보가 부족해서 스벤으로서는 판단할 수 없지만, 상황 증거는 갖춰져 있다. 그리고 그 말이 사실이라면── 현존하는 보물전이 전부 파괴될 가능성도 있다. 무슨 일이 있어도 막아야만 하겠지.

그때 지금까지 침묵하고 있던 진홍색 머리카락의, 또 한 사람의 연금술사가 조심조심 손을 들었다.

"그렇다면, 지하에, 장치가 있을 거라는…… 얘긴가요?"

"……예. 탈리아가 말한 대로, 그 이론에서는 일을 벌이기 위해서 큰 규모의 『장치』가 필요합니다. …………하지만, 찾아내기는 힘들겠죠. 장치는── 그 연구의 핵심입니다. 이쪽에 그런 괴물을 보냈다는 건, 상대는 이미 전투태세를 갖췄다는 뜻입니다."

"뭐……?"

탈리아의 루비 같은 눈이 휘둥그레졌다. 시트리는 탈리아 쪽을 보지도 않고, 주위에서 이야기를 듣고 있던 사람들을 둘러봤다. 게인을 제외하면 전투불능이 된 사람은 없다.

"게인 씨가 붙잡았다는 마도사를 심문하겠습니다. 그 괴물이 포션으로 울프 나이트를 변질시킨 것이라면, 『아카샤의 탑』의 공격이 한 번으로 끝날 리가 없으니까요."

그 말에 사람들이 웅성거렸다. 그 괴물은 단 한 마리로 여기 있는 헌터들을 농락했기 때문에.

휴식을 취하고 마력이 회복돼서 안색이 좋아진 마리에타가 말했다.

"그, 그런데, 아까 시트리가 던진 그 막대가 있으면——"

"……죄송합니다. 안티 마나 메탈(대마금속강)은 그게 전부입니다. 설마 그런 괴물이 나오리라고는 상상도 못 했기 때문에……."

"크라이가 말을 안 했나……."

"? 무슨 말씀인가요?"

라일의 질문에 시트리가 고개를 갸웃거렸다. 아무래도 《천변만화》의 비밀주의는 같은 파티 멤버들에게도 적용되는 것 같다.

시트리가 던진 막대는 이미 스벤의 화살을 맞아서 산산이 부서져버렸다.

찾아보면 파편 정도는 나올지도 모르겠지만, 그것만 가지고는 부족하겠지.

사실 안티 마나 메탈은 거의 사용되지 않는 금속이다. 뭘 위해서 가지고 있었는지는 모르겠지만, 그게 전부였다고 해도 뭐라고 할 수는 없다. 얼굴이 새파랗게 질린 동료들을 격려하려는 것처럼, 시트리가 말했다.

"하지만, 승산은 충분히 있습니다. 장벽이 무적은 아니고, 마나를 그렇게까지 소모하다 보면 오래 지나지 않아서 다 떨어질 겁니다. 제가 분석하겠습니다. 헌터가 이만큼이나 있으면 어려운 일도 아니니까요."

강한 말투는 아니었지만, 신기하게도 그 말에는 믿고 싶어지는 느낌이 담겨 있었다. 무엇보다 눈앞에 있는 소녀는 여기 있는 헌터들이 고전하던 슬라임 같은 것을 아무렇지도 않게 격퇴했었다.

시트리가 주위를 빙 둘러보고 얌전한 얼굴로 고개를 푹 숙였다.

"크라이 씨는 아니지만, 열심히 해보겠습니다. 저는 연금술사, 싸우는 힘은 없습니다. 부디 제게 힘을 빌려주세요."

시트리의 지시에 따라, 각자 산개했다.

"정말…… 대단한 분이군요."

거크와 이야기를 나누는 시트리를 슬쩍 보면서, 헨리크가 말했다.

그 눈에는 처음 만난 헌터를 보는 눈이라는 걸 믿을 수 없을 정도로 존경하는 기색이 담겨 있었다.

"음…… 그래, 그렇지."

"자기한테 싸우는 힘이 없다니, 보통은 그런 말 못 하잖아요. 치유술사(라이터)도 전투에 적합한 직업은 아니지만, 저는 죽어도 그런 말 못 해요."

"……그래. 그래서 말했잖아, 저 녀석은──『강한 약자』라고."

"예……?"

스벤의 말에 헨리크가 당황한 표정을 지었다. 그런 신참에게, 스벤은 깊은 한숨을 쉬고 나서 소리 죽여 말했다.

"야, 헨리크. 정신 똑바로 차려라, 그러다 잡아먹힌다. 시트리는 보통 애가 아니야. 저 녀석은, 강해. 벌써 몇 년도 전에 힘을 손에 넣었다고. 저 녀석이 약한 건—— 감성뿐이야."

과연 정말로 약한 사람이 누구에게도 부탁하지 않고 금기를 저지른 마도사를 쫓을 수 있을까? 과연 정말로 아무것도 못 하는 사람이 처음 보는 괴물 앞에서 그렇게 여유 있게 행동할 수 있을까?

분명히 슬라임 같은 것에게 마무리를 날린 건 스벤이지만, 모든 것이 다『뒤죽박죽』이다.

"저 녀석은 자기가 약하니까 뭘 해도 용서가 된다, 무슨 수단을 써도 된다고 생각하고 있어. 눈에 보이는 것만이 진실은 아니야. 내가 아는 한 시트리는《비탄》의 다른 멤버들한테 뒤지지 않는 괴물이라고."

"……예!"

칼처럼 날카로운 스벤의 눈빛 앞에서, 헨리크가 필사적으로 고개를 끄덕였다.

수분을 보급하고, 포션으로 소모된 마력을 회복했다.

그러는 사이에 포박해뒀다는 마도사를 찾으러 갔던 게인 일행이 돌아왔다.

아무래도 도망치지 않고 쓰러져 있었던 것 같다. 어깨에 메고 있는 마도사 두 사람이 필사적으로 몸을 비틀고 있지만, 다부진 헌터 기준으로 보면 저항이라고 할 수도 없는 수준이었다.

털썩, 진 중심에 던져놓자 애벌레처럼 꾸물거렸다.

잃어버린 오른팔을 고칠 수 있는지는 둘째치고, 어쨌거나 게인이 큰 공을 세웠다고 해야겠지.

쓰러져 있는 마도사 두 사람을 봤다. 햇볕에 그을린 검은 머리카락의 중년 남자와 혈색이 좋지 않은 남자다.

지명수배된 사람의 얼굴과 이름은 거의 기억하고 있는데, 스벤은 본 적이 없는 얼굴이다.

무시무시하게 생긴 헌터들에게 둘러싸여서 식은땀을 흘리며, 마도사 중에 한 사람이 말했다.

"……저걸, 쓰러트렸다고?!"

"당신들의 보스는 노토 커클레어가 맞죠?"

"?!"

시트리의 갑작스러운 질문에, 마도사의 표정이 잠깐 달라졌다. 크게 뜬 눈이 시트리를 보고 있다.

시트리는 날씬하다. 같은 여자인 마리에타와 비교해도 덩치가 작고, 키가 큰 헌터들과 같이 있으면 어린애처럼 보이기도 한다. 하지만 시트리의 얼굴을 확인한 두 사람의 얼굴이 잔뜩 일그러졌다.

시트리가 미소 지었다. 표정이 굳어진 두 사람과 비교하면 마치 사냥감을 가지고 노는 것처럼 보일 지경이었다.

"저는…… 시트리 스마트입니다. 목숨은 보장하겠습니다. 《대현자》가 있는 곳을 말해주세요."

"큭…… 누가, 말할 줄 알고! 목숨을 버릴 각오 따위는, 이미 오래전에 해뒀다!"

온화한 미소에 넘어가지 않으려고, 마도사 중에 한 사람이 장절하게 웃으면서 소리쳤다.

크게 뜬 눈에는 확실한 각오가 담겨 있다. 이런 눈빛을 가진 사람은 상대하기 힘들다.

어떤 방법으로 불게 만들려는 걸까?

시트리는 두 손을 맞잡더니, 어딘가 들뜬 것 같은 밝은 목소리로 말했다.

"그렇군요…… 고맙습니다. 역시 당신들은 《대현자》의 제자였군요."

정말로…… 아까 시트리가 한 말이 사실이었던 건가?

의심했던 건 아니지만, 지극히 적은 정보를 바탕으로 진실을 찾아낸다. 그 수법은 스벤이 알고 있는 《천변만화》의 선견지명과도 비슷했다. 그래도 이유를 설명해준 만큼, 시트리 쪽이 받아들이기는 쉽지만.

포로 두 사람은 입이 떡 벌리고 몸을 바들바들 떨었다. 시트리는 몸을 숙이고, 두 사람의 눈을 똑바로 쳐다봤다.

"미리 말해두겠습니다. 저는 계속 당신들을 쫓고 있었습니다. 설마 본업 때문에 자리를 비웠을 때 일을 벌일 줄은 몰랐지만── 당신들에 대한 정보는 이미 어느 정도 알고 있고, 준비도 다 돼 있습니다. 거친 짓을 하고 싶지는 않습니다. 다시 한번 묻겠습니다. 노토 커클레어가 어디 있는지 말해주세요."

"!"

말투는 부드러웠지만, 그 눈에는 말로 표현할 수 없는 위압감이 담겨 있었다.

표정은 완벽한 웃는 얼굴. 입가는 풀어지고 눈꼬리도 이완돼 있다. 하지만, 그런 표정은 결코 교섭할 때 짓는 표정이 아니다. 심문을 받는 두 사람은 새파랗게 질렸지만, 그러면서도 필사적으로 입을 다물었다.

"고통을 이용한 심문은 좋아하지 않습니다. 그런데── 혹시나 필요할 것 같아서, 아주 조금 입이 가벼워지는 포션을 준비해봤습니다."

"?!"

시트리가 허리에 찬 포션 가방을 열고 유리관을 하나 꺼냈다. 안에 든 것은 투명한 연보라색 액체다.

탈리아가 살짝 놀랐다. 유물 조사원 중에 한 사람이 거친 목소리로 말했다.

"시트리, 그거…… 설마, 『보스 하이트』는 아니겠지?!"

"……."

"의식을 혼탁하게 만드는 위험한 포션이다. 제블디아 법에서는 어떠한 경우에도 제조, 사용이 금지됐고! 자백제로서 사용하는 건 더더욱 안 된다! 어째서 그런 걸 가지고 있지!? 설마 네놈이 조합했나?!"

자백제는 물론이고, 사용하기에 따라서는 기억을 지우거나 세뇌하는데도 쓸 수 있는 무시무시한 포션이다.

팔을 붙잡고 얼굴이 일그러진 남자의 표정이, 그 포션이 얼마나 위험한 것인지를 말해주고 있다.

"……그런 소리를 할 때가 아닐 텐데요. 시간이 없습니다. 그들이 도망칩니다."

"너, 공무원 앞에서 아주 당당하게 법을 어길 셈인가?!"

"정의를 위해서, 입니다."

시트리가 두 손을 슬쩍 들어서 귀를 막는 동작을 했다.

화가 나서 시뻘게졌던 남자의 얼굴색이 카멜레온처럼 다른 색으로 변했다.

대체 무슨 생각이지……?

노토와 제자들이 무슨 목적으로 스벤 일행을 공격했는지는 모르겠지만, 마도사라는 자들은 조심성이 많다. 시간이 없다는 시트리의 말은, 틀림없이 맞을 것이다.

하지만 상대가 악당이라고 해도, 무슨 짓을 해도 되는 건 아니다. 스벤 일행은 범죄자가 아니다. 증거를 남기지 않는다면 또 모를까, 이 많은 사람들 앞에서 저지르는 것은 너무나도 위험부담이 큰 행위다.

마른 침을 삼키며 지켜보는 사람들 앞에서, 시트리는 곤란하다는 미소를 지으며 말했다.

"…………농담입니다. 이건 그냥 『색소 물』이니까요."

"뭐?!"

"보세요, 그 증거로――."

병뚜껑을 열고, 말릴 틈도 없이 입으로 가져갔다. 깜짝 놀라는 마도사들 앞에서 단숨에 마셔버리더니 손등으로 입가를 닦았다. 부드러웠던 눈동자가 아주 조금 흔들렸다.

"괜찮아요…… 저는 『색소 물』에 내성이 있으니까, 괜찮아요. 그리고―― 슬슬 시간이 다 된 것 같네요. 이야기는…… 나중에 하죠."

그 말을 듣고, 스벤은 그제야 땅이 미세하게 흔들리고 있다는 사실을 알았다.

겪어본 적이 있는 현상이었고, 헌터들이 전투태세에 들어갔다. 새파랗게 질리는 자. 각오를 하는 자. 시트리 쪽을 보는 자.

구속돼서 쓰러져 있는 마도사가 필사적으로 고개를 들면서 미친 사람처럼 소리를 질러댔다.

"증원인가! 이걸로 끝이다! 진리 탐구를 방해하는 자는 전부 죽어 마땅하다!"

거크가 마차에서 꺼낸 보구인 도끼창을 쥐고, 비전투원 두 명을 감쌌다.

나무가 쓰러지는 소리. 들어본 적이 있는 기괴한 포효가 엄청난 기세로 다가오고 있다.

"……쳇. 정말로, 한 마리가 아니었잖아."

"뭐, 게인 씨 증언을 들었을 때부터 상상은 하고 있었죠. 저건 아마도 양산품일 겁니다."

"양산품…… 정말 무시무시하네. 작전은 있나?"

"순서대로, 물리공격부터 시험해보죠. 마법 장벽에도 종류가 있어요. 방어형. 반사형. 흘리기형. 계속적으로 힘을 주면 칼날이 닿을 가능성도 있고, 마법 중에서도 특정한 속성만이 통할 가능성도 있어요. 검증해보면 약점을 알 수 있을 거예요. 한 번 쓰러트렸던 팬텀(환영)이니까—— 제가 지휘를 맡겠습니다."

차분한 시트리를 보고, 흥분했던 헌터들도 정신을 차렸다.

헌터들이 시트리를 중심으로 진을 짰다. 헐렁한 로브 때문에 헌터가 아니라 학자처럼 보이지만, 불만을 늘어놓는 사람은 없다.

"이쪽에는 그 《전귀》도 있으니까 별문제는 없겠죠."

"큭큭큭…… 옛날 얘기라고, 옛날 얘기. 난 이미 은퇴했으니까, 너무 기대하면 곤란해."

레벨7 헌터였던 거크가 씩 웃었다. 어느샌가 투구를 쓰고 완전 장비를 갖췄다.

"오랜만에 해보는 전투다. 몇백 마리건 상대해주마."

"허용되는 대미지 양에도 한계가 있을 거예요. 사실 스벤 씨의 화살로 관통하지 못한 걸 보면, 그건 힘들겠지만……."

뭔가를 생각하며 고개를 갸웃거리는 시트리 앞에 슬라임 같은 것이 나타났다.

장애물을 전부 날려버리며 괴물이 달려온다.

"색이 다르잖아?!"

"아마도, 베이스가 다를 거예요!"

흑백 얼룩무늬였던 아까 그놈과 다르게, 이번에는 온몸이 진홍색인 슬라임 같은 것이다.

크기는 아까 것의 3분의 1 정도밖에 안 되지만, 그 대신에 속도가 어림짐작으로도 두 배는 되는 것 같다. 아직 회피할 수 있는 속도이기는 하지만, 아까보다는 고전할 수밖에 없을 것이다.

"전위, 앞으로. 방패가 있는 사람은 방패로 막아주세요!"

"뭐?!"

"역장의 출력과 방향을 확인하겠습니다. 힘이 실린 순간에 방패를 치우고 회피해주세요. 이건 이기기 위해서 필요한 일입니다!"

"!!"

시트리의 지시에, 길을 비키려던 라일이 멈춰 섰다. 순간, 왼손에 쥔 방패를 보고 지시대로 방패를 앞으로 내민 자세를 취했다.

괴물은 지근거리까지 접근하더니 땅을 세게 차서 도약했고, 온몸을 이용해서 몸통 박치기를 날렸다.

그 몸이 방패에 명중. 순간, 방패가 그 자리에서 빙그르 회전했다.

등에서 뭔가 차가운 게 뿜어져 나온다. 뛰어난 동체시력을 가진 스벤은 전부 볼 수 있었다.

게인이 입은 상처의 정체와 닿기만 해도 나무들이 파괴된 이유를 이해한 것이다.

견뎌낸 것은 한순간이었다. 방패 손잡이를 놓지 못했는지, 방패를 잡고 있던 두 손이 회전에 말려들어서 뼈가, 살이 뭉개졌다. 상처투성이 방패가 엉뚱한 방향으로 날아가 버렸다.

라일이 고통 때문에 신음 소리를 내고, 뒤에 있는 헌터의 팔에 이끌려서 억지로 뒤로 빠졌다.

팔이 떨어져 나가지는 않았지만 중상이다.

움직임을 멈춘 슬라임 같은 것이, 품평이라도 하는 것처럼 헌터들을 둘러봤다.

"회복 담당분은 치료, 마도사 여러분은 모든 방향에서 화염 마법으로 움직임을 멈추게 해주세요. 역장은 회전, 인가. 방향은 우회전? 부위에 따라서 다를지도? 방어하는 방패까지 힘으로 뭉갤 정도라면, 근접전 직업에게는 천적이네요. ……루크 씨가 봤다면 베려고 했을 것 같아."

하지만 시트리는 눈썹 하나 까딱하지 않았다. 추가 지시에 따라서 불덩이가 날아갔다. 수많은 마도사들에 의한 쉴 틈 없는 폭격 같은 공격에, 슬라임 같은 것의 움직임이 멈췄다.

"너무 세…… 아니, 귀찮은, 가. 이게 생성물이라니, 믿고 싶지 않군. 시트리, 아까 시간을 끌면 자멸한다고 했었지?"

"……예. 하지만, 현실적인 일은 아니겠죠. 저 괴물의 체적과 마력 장벽에 사용하는 것으로 보이는 마력량, 마나 머티리얼에서 생성되는 마나를 감안하여 계산해보면── 한 시간은 넘게 걸릴 거예요. 마법 공격으로 장벽의 마력을 상쇄시키면 조금 더 빨라지기는 하겠지만, 이쪽 마법사들의 질을 생각해보면── 하나하나 가능성을 확인하고 약점을 찾는 게 빨라요."

"그렇게 느긋한 소리를── 버틸 수 있을까?!"

"최대한 빨리 간파할게요. 도망칠 수는 없어요."

"……젠장."

다른 방법은 없을까……?

화살은 회수했지만, 온 힘을 다한 일격이 튕겨나간 걸 보면 스벤의 공격은 통하지 않는다.

아크였다면 저 장벽을 관통할 수 있었을까?

무력감이 덮쳐왔지만, 풀 죽고 있을 상황이 아니다.

대미지를 주지는 못하더라도, 발을 멈추는 정도의 서포트는 할 수 있겠지.

"그래. 공격마법을 한곳에 연속으로 날리면, 마력 장벽의 한 점을 일시적으로 상쇄, 관통할 수 있을지도? 상당히 고도의 기술── 지금 인원으로는 힘들겠네."

시트리가 중얼거리면서 분석하고 있다. 그 순간, 스벤이 알아차렸다.

"?! 또 온다!"

"예?!"

시트리가 당황해서 고개를 들었다.

새로운 슬라임 같은 것이 나무들을 부러트리면서 이쪽으로 달려오고 있다.

색은 진홍. 크기도 지금 붙잡고 있는 놈과 같다. .마법의 파상 공격으로 붙잡아놓고 있던 슬라임 같은 것이 고개를 돌렸고, 그 두 눈으로 같은 편을 확인했다.

"세상에── 아직 한 마리도, 쓰러트리지 못했는데……."

탈리아의 눈이 휘둥그레졌고, 비명 같은 소리로 말했다.

스벤은 이제 와서 크라이가 말했던 『아크가 필요한 임무』의 의미를 이해했다.

크라이의 『천 개의 시련』이 항상 절망적인 난이도였다는 건 잘 알고 있다고 생각했다. 하지만 아직도 생각이 모자랐다. 설마 한 마리만 가지고도 고전하는 상대가 몇 마리나 나올 줄이야, 그 누가 예상이나 했을까.

어느 정도 시간을 벌 수는 있겠지만, 겨우 한 마리만 가지고도 버거운 상태다. 승산이 전혀 보이지 않는다. 도망친다고 해도, 과연 이 피폐해진 멤버들이 무사히 도망칠 수 있을까?

도와주러 온 시트리도 눈이 휘둥그레져서 넋이 나가 있다.

"시트리, 도망치자. 이건 무리다."

"…………그렇군요, 설마 복수 개체를 단숨에 내보낼 줄이 야———."

시트리가 깊은 한숨을 쉬었다. 그 두 눈은 조금 전까지와 다르게 침울해 보였다.

철수하는 수밖에 없다. 노토의 연구가 신경 쓰이기는 하지만, 일단 목숨부터 부지하고 볼 일이다.

스벤이 거크에게 눈짓을 했고, 거크가 고개를 크게 끄덕였다.

설마 파도처럼 모든 것을 집어삼키고, 지칠 줄을 모르는 슬라임 같은 것으로부터 도망쳐야 한다. 목숨을 거는 일이 될 것이다.

하지만, 그래도 해야만 한다.

그리고 철수 명령을 내리려고 하는 스벤 옆에서, 시트리가 짜증 난다는 목소리로 말했다.

"김이 샜어요…… 설마 『아카샤의 탑』에 그런 바보가 있을 줄이야."

"뭐?"

생각지도 못한 말에 목이 멨다.

"마도사, 공격 중지. 전원, 뒤로 물러나 주세요."

죽음을 각오하고 파상공격을 펼치고 있던 마도사들이 망설이면서도 공격을 멈추고 후퇴했다.

슬라임 같은 것은 발을 멈추기 위해서 날려대던 공격이 멈췄지만 다시 추격을 시작하지는 않았다.

그저, 뒤따라온 같은 편을 보고 있었다.

10미터 거리까지 접근한 증원 슬라임 같은 것이 순간적으로 속도를 0으로 만들었고, 무릎을 잔뜩 굽혔다. 지금까지 공격당하고 있던 개체도 똑같이 높이 뛰어오를 준비 동작을 했다.

그리고—— 두 마리의 슬라임 같은 것이 기세 좋게 뛰어올랐고, 서로 충돌했다.

"……어?"

그것은 마치 짐승들의 결투와도 같았다. 살덩어리 하나가 손가락도 없는 팔을 휘두르면 다른 한 마리는 마치 물어뜯을 것 같은 기세로 박치기를 날려댄다. 녹다 만 슬라임 같은 것들이 부딪치고 있지만, 그렇다고 뒤섞이지는 않는다.

공기가 흔들리고, 폭발 같은 소리가 연속으로 울린다.

누구도 상상하지 못했던 내분 때문에, 조금 전까지만 해도 삶과 죽음의 갈림길에 놓여 있던 헌터들이 멍하니 입을 벌리고 구경하고 있다. 구속당한 노토의 제자들도 입이 떡 벌어졌다.

"…………추측이 증명됐어요. 그들은 지금 지능이나 증오가 아니라 본능으로, 녹아버린 육체—— 마나 머티리얼을 보충하기 위해서 저희를 공격하고 있었어요. 인간의 지시 따위를 들을 리가 없죠. 두 마리가 마주치면 서로 죽이려고 들기도 하겠죠. 팬텀은 헌터를 능가하는 마나 머티리얼 덩어리니까."

"…………아. 그렇, 군……."

시트리가 김이 샜다는 것처럼 이마에 손을 얹었다.

팬텀은 헌터의 적이니까 이 슬라임 같은 것도 당연히 공격해올 거라고 착각했었는데, 설명을 들어보니 대충 납득할 수 있었다.

슬라임 같은 것들의 싸움은 기세가 사그라들 기미가 보이지 않는다.

서로가 마력 장벽을 두르고 있기 때문에 상쇄되는 건지, 서로의 공격이 맞을 때마다 슬라임 같은 것의 몸이 녹아서 작아져갔다. 지금 그들의 눈에 스벤을 비롯한 모험자들은 들어오지도 않는다.

"……뭐, 이것도 약점 중에 하나, 네요."

"……또 온다!! 대체 몇 마리나 있는 거야?! 아……."

새로 나타난 슬라임 같은 것이, 뒤엉켜 있는 두 마리 사이로 뛰어들었다.

점액이 터지고, 이상한 냄새가 코를 찔렀다. 제멋대로 규모를 확대해버린 폭력의 폭풍 앞에서, 헌터들은 완전히 무시당하고 있다.

이 광경은 슬라임 같은 것들을 보낸 쪽에서도 예상하지 못한 일인지, 사로잡은 두 명도 깜짝 놀란 표정으로 그 광경을 지켜보고 있었다.

"말도 안 돼…… 이런 얘기는 못 들었는데?!"

"자, 사악한 당신의 동료들 덕분에 어떻게든 됐군요…… 교섭을 계속해볼까요."

유물 조사원 두 사람은 전투에 익숙하지 않은 탓인지 초췌해져서 아무 말도 못 하고 있다. 다른 헌터들도 슬라임 같은 것을 경계하느라 멀리 떨어져 있다. 더 이상 방해하는 사람은 아무도 없다.

앞을 가로막은 시트리를 보며, 두 사람이 눈빛만으로도 사람을 죽일 것 같은 얼굴로 입을 꾹 다물었다.

거기에 쭈뼛쭈뼛, 또 한 사람의 연금술사가 다가왔다.

"저기…… 시트리. 일단 제도로 돌아가서 태세를 재정비하는 게 좋지── 예상 밖의 전력, 이니까, 더 이상은 견디지 못하는 멤버도……."

거듭되는 습격 때문에 다들 초췌해져 있었다. 나중에 참가한 시트리와 달라서, 다른 멤버들은 사전에 보물전 내부 조사까지 진행하고 있었다. 체력은 물론이고 정신적으로도 한계겠지.

높은 레벨의 헌터도 인간이다. 스벤 자신도 아직 여유가 있기는 하지만, 피로는 많이 쌓여 있다.

소극적이기는 하지만 탈리아의 의견에도 일리가 있는 것 같았다.

"노토 커클레어에 대해서는 나중에 대책팀을 마련하는 게…… 그러니까……."

시트리는 잠시 허공을 바라보더니 마침내 고개를 살짝 끄덕였다.

"……그렇군요. 교대해서 경계를 세우고 잠깐 휴식하도록 하죠. 저도, 조금…… 확인할 일이 있어요. 스벤 씨, 그 두 사람을 감시해주세요. 나중에 써야 하니까요."

"그래, 알았어."

시트리가 한숨을 쉬고 그 자리를 떠났다.

아마도 다음 작전을 생각하려는 것이겠지. 치고 나가려고 해도 정보가 너무 적다. 상대가 『아카샤의 탑』 정도 되면, 전력이 이게 전부일 리가 없으니까.

자, 이제 어떻게 해야 좋을까…….

동료들에게 지시를 내리려던 순간, 문득 붙잡아놓은 마도사들 쪽으로 시선이 갔다.

포로로 잡은 두 마도사의 표정이 완전히 달라져 있었다. 조금 전까지 보여주던 무슨 일이 있어도 정보를 불 생각이 없다는 귀기 서린 얼굴이 아니라, 믿을 수 없는 것이라도 보는 것 같은 표정.

그 시선이 향한 곳에는, 진홍색 머리카락을 가진 한 사람의 연금술사가 있었다.

번쩍번쩍 빛나는 눈이 플리크를 비롯한 세 사람을 내려다보고 있다.

노토 커클레어. 문명이 발달한 제국에서 《대현자》라고까지 불렸던 대마도사.

얼굴에 새겨진 주름은 오랜 세월 동안의 연찬을 의미하고 있다. 그 몸에서 느껴지는 강대한 마력은, 소피아는 물론이고 마도사로서 일류로 구분되는 플리크 자신과 비교해도 격이 달랐다.

입꼬리를 끌어 올리고 있지만 저것은 웃는 얼굴이 아니다.

다른 제자들도 플리크와 마찬가지로 진노한 스승 앞에서 새파랗게 질려 있다

"어째서 불렀는지, 알고 있지?"

"예, 저, 정말, 죄송합니다."

마화한 팬텀이 서로를 적대시하리라고는 상상도 못 했다.

게다가 작업 관계상 동시에 전부 풀어놓지를 못했고, 그래서 실수를 알아차리는 게 늦어버린 탓에 피해가 확대되고 말았다. 하나, 하나, 연속으로 풀어놓은 팬텀은 헌터를 무시하고 서로를 잡아먹었다.

결과적으로는 소피아의 명령을 어기고 강대한 전력을 헛되게 날려버린 꼴이 됐다. 포션도 다 떨어졌다.

굴욕 때문에 어깨를 부들부들 떠는 플리크를 보며, 노토가 분노한 표정으로 지팡이 꽁무니로 바닥을 때렸다.

"소피아의 명령을 내 명령이라 여기라고, 그렇게 명했을 텐데! 네놈들의 우둔함에는 질려버렸다!"

『그건 코스트가 적게 들고 헌터에게 상당히 유효한 병기였습니다. 일격필살의 공격력과 거의 빈틈이 없는 방어능력. 수명이 짧은 것이 약점입니다만, 그래도 어지간한 상대는 압도할 수 있습니다.』

테이블 위에 놓여 있는 검은 돌─── 기동한 『공음석』에서 소피아의 목소리가 흘러나온다.

제1진 전멸. 이런 사태가 벌어졌는데도 소피아는 모습을 드러내지 않는다.

그 사실이 마음에 안 들어서, 피가 나올 정도로 입술을 깨물었다.

『높은 레벨 헌터의 위협적인 점은 전투능력이 아니라 그 대응능력입니다. 어설픈 함정이나 공격력에 특화된 마물로는 시간을 끌 수도 없습니다. 물론 결점이나 검증이 부족한 점도 있었습니다. 하지만…… 상상력을 동원하면 문제가 없었을 텐데요. 그래요, 예를 들자면—— 어째서 제가 동시 투입을 선택하지 않았을까, 라든지.』

"큭……."

그 담담한 목소리에 멸시하는 감정은 실려 있지 않았다. 하지만, 그렇기 때문에 더 화가 나서 눈앞이 새빨개졌다. 설명해주지 않았다, 그렇게 반론하고 싶지만 스승의 날카로운 시선이 그것을 용납하지 않았다.

『스승님. 무능한 사형을 용서해주십시오.』

"……전력은 아직 있다. 그건 내 연구의 일부에 불과하다."

스승이 화를 거두고 짧게 말했다.

처음부터 용납되지 않은 연구이다 보니, 위험할 때를 위한 방비에는 크게 신경을 썼다.

마물을 소재로 사용한 키메라(합성수)와 인체를 강화하는 포션. 그리고 무엇보다 막대한 비용을 들여서 만들어낸 비장의 카드가 있다. 한 가지 수단이 실패했다고 『아카샤의 탑』이 흔들리는 것은 아니다.

하지만 소피아의 목소리가 왠지 심각하게 들렸다.

『……전제 조건이 이미 무너졌습니다. 헌터들 중에 부상당한 자는 거의 없는 데다, 상대 중에는 그 전직 레벨 7—— 은퇴했던 거크 벨터가 있습니다. 그는 틀림없는 영웅이라고 부를 수 있는 사람 중 하나입니다.』

노토의 안색이 변했다. 탐색자 협회 제도 지부를 맡고 있는 남자에 대해서는 잘 알고 있었다.

그 장절하게 싸우는 모습 때문에 《전귀》라는 별명을 얻은 전직 레벨7 헌터다. 보물전 탐색보다 전투가 특기이며, 최강종이라고 날려진 용종을 때려죽였다는 믿기 힘든 소문까지 돌았던 인물이다.

현재의 지위를 생각해봐도 그렇게 쉽게 나설 수 있는 인물이 아니다. 사전에 제도에서 들어온 정보에는 없었던 일이다.

『마화 팬텀도 없는 현재 상황에서는 조금 힘든 싸움이 되겠죠.』

"큭…… 소피아! 네놈, 전부 내 책임이라는 거냐?!"

자기도 모르게 화를 내고, 돌을 향해서 소리를 질렀다.

분명히 실수를 하기는 했다. 하지만 원래 처음에 보낸 마화 팬텀으로 아무도 죽이지 못했던 것부터가 예상치 못한 일이었다.

자기 혼자만의 책임은 아니다.

소리를 질러대는 플리크를 무시하고, 정보 수집을 담당하는 남자가 탁자에 손을 짚고서 물었다.

"철수할까? 지금이라면 최소한의 피해로 끝낼 수 있다."

『성과가 없는 현재 상황에서 철수할 수는 없습니다. 지금 철수하는 것은 패주나 마찬가지입니다. 스승님의 조직 내에서의 위치에도 영향을 미치겠죠. 무엇보다 두 사람을 인질로 잡혔습니다. 언제 정보를 털어놓을지 모를 일입니다.』

"……그 두 사람을 뭘로 보는 거냐?! 아무리 죽을 지경이 된다고 해도 정보를 부는 일은 없다!"

처음에 잡힌 두 사람은 플리크의 직속 제자다. 같이 연구를 거듭해온 동료들이고, 마도사로서는 소피아보다 우수한 멤버들이다.

　그 두 사람을 모욕하는 것처럼 들이는 말에 얼굴이 새빨개진 플리크에게, 소피아가 말했다.

　『저도 그러기를 바라고 있습니다. 플리크 씨.』

　"큭⋯⋯"

　거칠게 숨을 내쉰 플리크를, 스승인 노토가 천한 것이라도 보는 눈으로 바라봤다.

　거듭된 실패. 이대로 가면 이 상황을 해결한 뒤에는 2번 제자 지위조차 위태로울지도 모른다. 그쯤 되면 소피아와의 사이에 도저히 어떻게 할 수 없는 차이가 생겨 있겠지.

　소피아가 화가 난 기색이라고는 전혀 느껴지지 않는 목소리로 담담하게 말했다.

　『일단 피폐하게 만든 뒤에 『아카샤』에서 숨통을 끊도록 하죠. 지금이 고비입니다. 전부 없애버리면 단서도 사라집니다. 『맬리스이터』를 내보내겠습니다.』

　그 말을 듣고 진심이라고 생각했는지, 플리크의 얼굴이 굳어졌다.

　맬리스이터란 노토와 소피아가 주도하고 거듭된 시행 끝에 고생해서 만들어낸 키메라── 여러 종류의 마수를 재료로 삼아 만들어낸 획기적인 생체 병기다.

　재료가 팬텀이기 때문에 지시를 내릴 수 없는 마화 팬텀과 다르게 말을 잘 듣고 강력하며, 내분을 일으키는 일도 없다.

하지만 약점도 있다. 맬리스이터는 강력하기는 하지만, 그리 쉽게 보충할 수가 없다.

그리고 무엇보다——.

"흐음…… 헌데, 그것을 제대로 쓰려면 지휘자가 있어야 할 텐데."

맬리스이터는 고도의 지성을 지녔지만, 아직 전술을 모른다. 병기로서는 교육이 부족하다. 원거리 공격 수단도 없어서, 별명을 지닌 자들을 포함한 복수의 헌터들을 상대하기에는 아직 불안하다.

플리크의 뺨에 식은땀이 흐른다. 검은 돌이 무자비하게 말했다.

『플리크 씨도 슬슬 멋진 모습을 보이고 싶겠죠. 저는 최종 준비를 해야 합니다. 육성하고 있는 맬리스이터는 전부 내보내도 됩니다. 그 지휘를…… 충분히 실력을 발휘해주세요. 당신 정도의 마도사가 그것을 사용했는데도 아무런 성과를 내지 못한다면——.』

"……알았, 다."

부글부글 끓는 감정을 억누르며, 플리크가 내뱉듯이 대답했다.

해가 반쯤 저물고, 어둠이 숲속을 감싸기 시작했다.

밤은 마물들의 세상이다. 헌터들이 오감이 강화됐다고는 하지만, 낮과 비교하면 아무래도 시야가 좁아진다.

밤에 활동하지 않는 건 헌터에게 있어 기초 중의 기초다.

거점에는 미리 불을 피워뒀다. 소리는 없다. 조금 전까지 죽어라 싸운 슬라임 같은 것들은 서로를 잡아먹은 끝에 소멸했다.

하나같이 지쳤다는 얼굴이다. 무슨 일이 일어날지 모르는 전장에서는 먼저 정신이 갈려 나간다. 훈련된 헌터라도 움직임에 지장이 생길 정도니까, 체력이 부족한 조사원 두 사람은 완전히 지쳐서 시체처럼 누워서 자고 있다.

"【백아의 화원(프리즘 가든)】이 나타났을 때는 지옥이었지. 거기에 비하면 이 정도는 일도 아니야."

"······이것보다 더, 했다고."

스벤의 말에 게인을 비롯한 외부 파티 멤버들이 술렁거렸다.

당시의 일을 모르는 헨리크도 눈이 휘둥그레졌다. 『꽃구경 사건』은 지금도 클랜 안에서 전해져 내려오는 이야기고, 클랜에 소속된 헌터들의 상식을 바꿔버리게 된 계기이기도 했다.

"이번 적은······ 팬텀이지만, 그때의 적은 『환경』이었지."

【백아의 화원】은 이름 그대로 수많은 꽃이 흐드러지게 피어 있는 아름다운 보물전이다.

하지만 그 실체는 【흰 늑대 소굴】 따위는 비교도 안 되는 지옥이었다.

인정 레벨7. 지금도 스벤은 가끔씩 그때 일을 꿈에서 본다.

"꽃가루다. 최면 작용이 있었지. 보물전이 나타난 지 몇 초 만에 《발자국》 멤버 절반이 기절했다."

원래 꽃밭이 있던 장소였다. 갑자기 마나 머티리얼에 의해 변질된 꽃의 바다와 거기서 날아오는 꽃잎과 꽃가루.

분필가루 같은 질감을 가진 그 꽃가루는, 흡입하거나 접촉한 자에게 엄청난 수면 욕구를 불러오는 성질을 지녔다.

정신을 갈고닦은 헌터라도 몇 초 만에 기절해버릴 정도로 강력한 잠기운이다.

보물전은 형상에 따라 구분하는 것 외에도 여러 가지 구분 방법이 존재한다. 【백아의 화원】은 그중에서도 환경 자체가 헌터에게 큰 장애물이 되는 『환경형』 보물전으로 분류된다.

"지맥 변화가 상당히 컸던 것 같아. 갑자기 주위 풍경이 변화했거든. 상황을 이해하기도 전에 정신이 나가버리려고 했어. 잠기운 외에도 마비와 독. 그리고 당연히── 그 환경에 적응한 강력한 식인식물과 짐승 팬텀. 【백아의 화원】은 보물전 자체가 헌터를 잡아먹으려는 함정이나 마찬가지라서, 사전 정보도 없이 대응할 수 있는 보물전이 아니다."

"……잘도 살아남았네."

"운이 좋았을 뿐이야."

처음 나타났을 무렵의 【백아의 화원】은 마나 머티리얼 축적량이 적어서, 지금의 【화원】만큼 난이도가 높은 곳은 아니었지만, 전투가 특기인 스벤과 동료들에게는 상성이 너무나 나쁜 곳이었다.

만약 거기에 있던 사람들이 스벤과 파티 멤버들뿐이었다면, 지금쯤 식물의 양분이 돼 있었을 것이다.

"그 상황을 타개한 것이 바로 시트리를 비롯한 《비탄》이다. 도저히 잊을 수가 없어."

말 한마디 없이, 마치 사전에 맞추기라도 한 것처럼 자연스러운 움직임이었다.

무슨 일이 일어났는지도 모르고 그저 정신이 몽롱해져 있는 스벤 앞에서, 리즈가 단검으로 자기 배를 찔렀다.

루크가 혀를 물어뜯었고, 루시아는 새끼손가락을 부러트렸다. 그 모든 것들은 아픔을 이용해서 잠기운을 날려버리기 위한 것이다.

그들이 처음에 한 일은 심볼인『가면』을 쓰는 것이었다.

바람이 꽃가루를 나르고, 불길이 꽃밭을 태워버렸다.

활활 타오르는 불꽃 파편이 마치 꽃잎처럼 날아다니고 있었다. 홍련의 불꽃 속에서, 태연하게 움직이는『웃는 해골』의 모습은 지금도《발자국》소속 헌터들의 머릿속에 강렬하게 새겨져 있다.

거의 순간적인 판단이었다.

지금이야《비탄의 망령》멤버들이 하나같이 별명을 지니고 있지만, 당시에는 스벤의 파티와 크게 다를 게 없었다. 레벨 차이도 거의 없고, 신체 능력도 비슷했다.

어째서 그들이 갑자기 일어난 이상 사태에 대해 자해라는, 상식적으로 봤을 때 있을 수 없는 선택을 했을까.

지금이라면 알 수 있다. 명암을 구분한 것은 경험이다.

헌터 경력은《흑금 십자가》쪽이 더 길지만,《비탄의 망령》은 헤쳐 나온 수라장의 숫자가 다르다. 헌터들 사이에서는 힘 있는 자가 존경을 받는다. 그 뒤로 클랜 안에서 대놓고 그들에 대해 험담하는 사람은 없다.《비탄의 망령》의 평판은 그다지 좋은 편은 아니지만, 일부 열광적인 팬들이 있다.

스벤도 그 상식을 벗어난 모습을 두려워하고 있다. 능력이 강하다든지, 그런 이유가 아니다. 그저 존재방식 자체가 인간을 뛰어넘었다.

그리고 같은 클랜이라는 행운에 관해서도 감사했다. 하지만 현재의 지위에 만족할 수만은 없다. 스벤에게도 헌터로서의 자부심이 있다. 그리고 아마도 같은 생각을 하고 있는 사람이 많기에, 《발자국》은 아직도 다수의 멤버를 거느리고 있고── 이렇게 다 같이, 크라이의 요청을 받아들였겠지.

헌터들에게 둘러싸여서 불 옆에 누워 있는 포로 두 명은 저항도 하지 않았고, 묘하게 얌전했다.

갑자기 두 사람의 시선이 한쪽 방향── 탈리아 쪽으로 향했다는 걸 알아차렸다.

"……이봐 탈리아. 혹시 아는 사이야?"

"? 아뇨, 전혀 모르는, 데요……."

다른 사람들을 볼 때와는 확실하게 다른 시선이다.

탈리아가 겁먹은 것처럼 고개를 숙였다. 체력이 적어서 그렇겠지. 탈리아는 피곤한 기색이 다른 사람들보다 훨씬 짙어 보였다. 같은 연금술사지만 아무렇지도 않은 시트리와는 크게 다르다.

"저기…… 스벤 씨, 아까 그…… 슬라임 죽이는 약, 정말 죄송했어요."

"아…… 응, 난 괜찮아. 크라이가 잘못한 거니까."

탈리아가 죄송하다는 것처럼 몸을 움직였다.

분명히 스벤은 탈리아가 가지고 온 포션을 비장의 카드라고 생각했었지만, 그게 먹히지 않은 건 탈리아 잘못이 아니다. 탈리아가 만든 것도 아니니까, 책임은 거의 제로다.

오히려 슬라임 같은 뭔가라는 애매한 지시를 내린 크라이의 책임이 더 무겁겠지.

하지만 탈리아의 얼굴은 풀리지 않았다.

"하지만, 저한테 시트리 만큼 지식이 있었다면……."

"음…… 넌 시트리가 아니잖아. 그 녀석은 연금술사로서는 일류고, 《비탄》에서 아주 열심히 굴러대고 있을 테니까. 그래도 후회한다면, 그만큼 강해지면 되는 거야."

"아, 예…… 고맙, 습니다."

"나도 크라이처럼 뭐든지 알 수 있다면, 적절한 작전을 세울 수 있을 텐데 말이야."

노토 커클레어. 마나 머티리얼의 악용. 보물전의 조작과 기묘한 팬텀.

상대는 거대한 위법 마술 결사인데, 그걸 『시련』으로 설정하다니. 제정신이 아니다. 스스로 선두에 서서 해결해야 할 일인데 말이야.

나중에 합류한다고 했는데, 대체 언제 오려는 걸까. 오면 제일 먼저 투덜대야지.

스벤은 그렇게 결심하고, 밤의 장막이 내려온 숲을 바라봤다.

거크·벨터는 상상을 뛰어넘는 사태 때문에 눈살을 찌푸리고 있었다.

시트리의 말을 들었을 때는 반신반의 했었지만, 증거가 이렇게까지 갖춰지면 의심할 여지도 없다.

『아카샤의 탑』은 여러 위법 마술 결사 중에서도 특히 질이 나쁘고 거대한 조직이다.

악명 높은 마도사와 연금술사를 다수 받아들이고, 진리의 탐구라는 명목으로 각국에 많은 사건을 벌였다. 그 전모는 아직도 판명되지 않았고, 높은 레벨의 헌터가 살해당한 적도 있다. 지명수배도 걸려 있다.

하지만 제국에서 활동한다는 이야기는 전혀 들어본 적이 없었다. 실험이 상당히 조용하게 진행됐기 때문이겠지. 시트리나 크라이가 없었다면 실험이 성공하는 순간까지도 알아차리지 못했을 것이다.

하지만 거크가 보기에는 그들을 쫓고 있던 시트리의 집념도 정말 대단했다. 겨우 한 장의 논문으로 시작해서 노토를 쫓고, 그 뒤에 있고 누구도 눈치채지 못했던 『아카샤의 탑』이라는 존재까지 도달하다니, 보통 일이 아니다. 그 논문이라는 것에 그렇게까지 하게 만들 정도의 망집이 담겨 있었던 걸까.

거크는 《비탄의 망령(스트레인지 그리프)》 멤버들을 잘 알고 있는데, 시트리는 정의감이 강한 아이가 아니다.

거크가 알고 있는 시트리는 리즈나 루크와는 또 다른 의미로 『악동』이었다.

굳이 따지자면 아까 붙잡은 두 명에게 위법적인 포션을 먹이려고 했던 걸 통해서 알 수 있는 것처럼, 목적을 위해서라면 수단 방법을 가리지 않는 타입이다. 그렇다면 그 목적은 뭘까?

그렇다…… 예를 들자면 놈들이 숨겨놓은 보물을 빼앗으려고 한다든지, 그런 걸까?

순간적으로 떠오른 황당무계한 상상을, 거크는 코웃음과 함께 날려버렸다.

『아카샤의 탑』 정도 되는 마술 결사라면 귀중한 아이템을 잔뜩 쌓아뒀을 수도 있지만, 정말로 있는지도 모를 물건을 찾는다는 건 말도 안 되는 일이다. 무엇보다 《비탄의 망령》 정도 되면 어떤 귀중품이건 정공법으로 손에 넣을 수 있다.

그냥 상상만으로 단정하는 것은 탐색자 협회 제도 지부 지부장다운 행동이 아니다.

마침 그때, 슬라임 같은 것이 파괴한 흔적을 통해서 출처를 확인하러 갔던 시트리가 돌아왔다. 뒤에는 다른 파티에서 선출해서 데리고 갔던 도적들이 진지한 표정으로 이야기를 나누고 있다.

거점의 수비를 담당하고 있던 스벤이 일어섰다.

"이쪽엔 특별한 이상은 없다. 시트리, 뭔가 알아냈어?"

시트리가 약간 피곤해 보이는 미소를 지었다.

"예. 거점의 위치를 대충 예상했어요."

"……뭐?"

너무나 쉽게 나온 말에 스벤의 눈이 휘둥그레졌다. 새파랗게 질린 포로 두 명을 슬쩍 보고, 시트리가 배낭에서 커다란 지도를 꺼냈다.

"사실은, 원래 어느 정도 짐작을 하고 있었거든요……."

시트리가 펼친 것은 【흰 늑대 소굴】을 포함한 제도 부근 지도

다. 하지만 일반적으로 사용하는 지도와는 구분하는 데 사용한 색이 다르고, 고저차를 포함한 세세한 정보들이 적혀 있다.

"그 장치를 설치하려면 보물전 부근에 거점을 두는 게 필요 불가결하니까요. 시간을 들여서 하나하나 조사했어요. 지맥의 흐름, 마나 머티리얼 농도, 고저차와 지질 등, 연구소를 감추기에 적합한 장소는 그다지 많지 않죠. 그리고 이번에 그 괴물을 풀어놓은 장소를 계산해보면, 답은 저절로 나와요."

지식의 수집이 연금술사의 본분이라고는 하지만, 정말 무시무시한 집념이다. 전문가인 유물 조사원 두 사람이 지도를 들여다보고는, 그 정밀도 때문에 얼굴이 굳어져버렸다.

"개인적으로 조사할 수 있는 양이 아닌데?!"

"……아주 조금, 크라이 씨한테 도움을 받았어요."

"……그 자식, 항상 탐색도 안 하고 뭘 하나 했더니 그런 짓을——."

시트리가 설명하면서 지도 위에 펜으로 체크해나갔다.

두뇌 회전 속도가 엄청나게 빠르다. 시트리는 어려운 말을 사용하지 않았다. 지맥을 통해서 생각할 수 있는 마나 머티리얼의 농도. 연구소 입지의 편리성. 방위능력. 지나다니는 사람들 숫자. 감시하기 위한 마법의 범위.

소재는 누구나 이해할 수 있는 것들이지만, 논리를 조립하는 방식이 엄청났다. 아마 추측도 섞여 있겠지만, 누구도 불만을 제기하지 않았다. 마침내, 시트리의 손이 수많은 선택지 중에서 지금 있는 숲과 가까운 한 점을 선택했다.

"——그런 이유로, 저는 이—— 절벽 근처에 있다고 생각합니다. 가로 굴 형태로—— 도주하기 위한 출구도 쉽게 만들 수 있고, 지키기도 쉽죠. 건물을 세우는 것보다 눈에 띄지 않고 땅을 파는 것보다 수고가 덜 들고요. 물이 있는 곳도 가까워요. 슬라임 같은 것을 풀어놓은 지점과도 가깝고."

"허, 헛된 짓을—— 그냥 추측으로 도출할 수 있을 리가 없다!"

갑자기 포로 중에 한 사람이 소리를 질렀다. 계속 묶여 있었는데, 아직 날뛸 만큼의 힘이 남아 있었던 걸까.

시트리는 지도 표면을 손끝으로 문지르고, 미소를 지었다.

"그럭저럭…… 자신은 있어요. 척후를 보내보죠."

"큭…… 죽여라! 소피아! 날, 해방시켜라! 이 여자가, 스승님 있는 곳에 못 가게 해라!"

갑자기 포로 하나가 미친 사람처럼 소리를 질렀다. 원한 서린 목소리가 숲속에 울렸다.

소피아? 무슨 소리지?

거크는 스벤 쪽을 봤지만 스벤도 모르는 일인지 의아하다는 표정을 지었다.

복병을 부르는 걸까? 하지만 부른다고 바로 적진으로 뛰어 들어오는 복병은 없을 텐데.

"그렇군요…… 바로 나타나 주면—— 편할 텐데."

하지만 시트리 혼자만이 눈살을 찌푸리고 있었다. 짜증 섞인 목소리에 탈리아가 움찔하고 떨었다.

"이봐 시트리…… 뭔가 알고 있나?"

"……흔적을 쫓는 중에 생각난 또 한 사람의 『목적』입니다. 노토 커클레어의 1번 제자, 제 숙적입니다. 아무리 정보를 뒤져봐도 그림자처럼 정체를 파악할 수가 없습니다. 두 사람을 포박하지 않으면 이 연구는 멈추지 않겠죠. 그래요, 굳이 따지자면——."

시트리가 우울한 눈으로 탈리아를 쳐다봤다.

"노토 커클레어와 합쳐서, 『최저 최악』의 마도사(마기)라고 할까요."

"네, 네놈은 소피아를 모른다! 겨우, 레벨2짜리 낙오자 따위가, 그 여자를 이길 수 있을 거 같으냐!"

날뛰고, 핏발 선 눈으로 소리치는 마도사를, 시트리가 오싹할 만큼 차가운 눈으로 바라봤다.

"반드시, 이길 겁니다. 지금까지 포박하지 못했던 건 제가 부덕(不德)한 탓. 이 제도에 사는 모든 사람을 위해서—— 긍지를 걸고, 사우스 이스테리아의 대감옥에 가둬버리겠습니다."

그 표정을 보고 마도사들이 얼굴이 새파랗게 질려서 입술을 부들부들 떨었다. 그 말에는 강한 의지와 각오가 담겨 있었다.

탈리아가 걱정하는 얼굴로 시트리를 보고 있다.

"시트리…… 너."

"저는 신경 쓰지 않아요, 거크 씨. 그건, 저도 문제, 였으니까."

자기도 모르게 말을 건 거크에게, 시트리는 어딘가 쓸쓸해 보이는 미소를 지었다.

"크라이, 정말 좋아해!"

난 왜 이렇게 매번 밀어붙이는 데 약한 걸까.

오른팔에 리즈가 안겨 있고, 왼쪽 뒤에서는 터벅터벅 따라오는 티노도 데리고, 나는 밤길을 걷고 있다.

제도 바깥은 새카맣게 어둡다. 하늘에는 별들이 잔뜩 빛나고 있지만 시야는 상당히 나쁘다. 보구의 마력이 거의 떨어진 상태로 밖에 나오는 건 자살 행위라고 생각하지만, 이제 와서 투덜대봤자 아무 소용도 없다.

암흑 속에서 리즈 혼자만 반짝반짝 빛나고 있다.

"빨리 가자?! 시트가 죽기 전에 가야지!?"

"아니, 안 죽는다고……."

죽으면 곤란하니까.

미안해, 시트리. 정말 미안해.

방목하지 않겠다고 약속했는데. 하다못해 내가 감독할 테니까 용서해줘…….

힘이 쭉 빠진 채로, 무거운 발을 아무 생각 없이 움직였다. 목적지는 시트리가 갔다는 【흰 늑대 소굴】이다. 이 시간에 그 울창하게 우거진 숲으로 가야 한다고 생각하니 몸이 부들부들 떨려온다. 토할 것 같다.

문득, 티노가 내 왼쪽 소매를 잡아당기면서 말했다.

"마스터어, 저기…… 저도, 어두워서 위험할지도 몰라요. 그러니까, 손을……."

응? 뭐야? 티노한테는 지금 내가 리즈랑 손을 잡고 있는 게 보이는 거야?

팔을 끌어안고 있어서 귀찮고, 그리고 더 말하자면 나는 밤눈이 어두워서 앞도 보이지 않는다. 에스코트 같은 건 해줄 수도 없고, 아까부터 계속 넘어질 뻔하고 있는 상태라고.

정말 무능하다. 너무나 한심해서 마력이 거의 다 떨어지려고 해서 절약하고 있던 보구——『오울즈 아이(올빼미 눈)』를 기동했다.

어두웠던 시야가 단숨에 대낮처럼 밝아졌다.

한없이 넓게 펼쳐진 시야 속에 움직이는 존재는 거의 없다. 살아있는 온갖 것들이 전부 숨을 죽이고 있는 것처럼.

그리고 귀신같이 티노가 한 말을 알아들은 리즈가 살벌한 목소리로 말했다.

"앙? 티 너, 지금 뭐라고 했냐?"

"리즈, 스톱."

"크라이랑 손을 잡겠다니, 백만 광년은 이르다고. 잠꼬대는 자면서 하란 말이야. 넌 호위에나 집중하라고!"

"광년은 시간이 아니라 거리야. 그리고 슬슬 위험하니까 손 좀 놓고."

리즈가 싫다는 소리를 내면서 몸을 뗐다. 이제야 조금 걷기 편해졌네.

하지만 쓸 수 있는 보구가 너무 없어서 큰일이라니까. 이번에는 티노와 리즈가 내 생명줄이다.

이제 와서, 전문점에 부탁해서라도 보구를 충전해야 했다고 후회했다. 뭐, 보구가 있어봤자 피라미는 피라미지만, 최선을 다하지도 않고 죽으면 죽어도 눈을 못 감을 것 같다.

쓸 수 있는 도구는 세이프 링(결계지) 몇 개랑 샷 링(탄지), 그리고 지난번에 【흰 늑대 소굴】에 갔을 때 결국 못 썼던, 루시아가 마법을 충전해준 『비장의 카드』 정도가 되겠다.

프로 셰프도 재료가 없으면 음식을 만들 수 없다. 게다가 나는 프로라고 할 만큼 숙달된 것도 아니고. 벌써 막다른 골목이다.

리즈가 볼이 빨개지고(어두운 탓에 정말로 빨개졌는지는 모르겠지만), 완전히 들떠서 말했다.

"안심해도 되거든? 내가 말이야, 전~부, 때려 죽여줄 테니까!"

때려 죽여줄 거야? 야호! 그런데 그거, 호위가 할 일이 아니거든?

……안셈이랑 바꾸고 싶다.

뒤따라오는 티노가 스승의 부덕(不德)을 커버해주려는 것처럼 말했다.

"마스터어…… 제가, 지켜드릴게요. 그러니까…… 저기…….

그리고는 기어들어 가는 것처럼 작은 목소리로 물었다.

"가능하면, 말이죠, 뭐가 나올지, 가르쳐주세요…….

뭐……? 그런 걸 나한테 물어봐도 곤란하거든. 내가 알고 싶을 지경이니까. 하지만 시트리는 우수하니까, 이만큼 시간을 끌었으면 내가 할 일은 없지 않을까. 아무것도 안 나오면 좋겠다.

"몰라."

"티~? 뭐가 나올지 미리 알고 가면 하나도 재미가 없잖아?! 뭐가 나오더라도 지키는 게 티 네가 할 일이야! 크라이는 스포일러 싫어하니까."

"아, 예…… 언니."

밤바람이 차갑다. 빨리 가서 얼굴이나 한번 비추고 돌아가자.

제6장   최저 최악

  탈리아 윈드먼이 그 연금술사(알케미스트)와 알게 된 것은 클랜에 참가한 직후의 일이다.

  트레저 헌터 중에 연금술사는 찾아보기 힘들다.

  연금술사는 방대한 지식과 연구가 필요하고, 수고나 비용에 비해서 직접적인 공격력은 부족하기 때문이다.

  헌터 중에서는 마도사의 열화판이라고 야유하는 경우도 많고, 그 야유를 무시할 만큼 우수한 연금술사 헌터도 없었기 때문에, 연금술사 헌터들은 오랫동안 불우한 존재였다.

  탈리아도 헌터가 된 지 벌써 몇 년이나 지났지만, 연금술사 헌터를 만나본 적이 없었다.

  탈리아가 참가한 파티가 《시작의 발자국(퍼스트 스텝)》에 가입한 이유 중 하나는, 그 클랜에는 개인이 구입하기 힘든 연금술을 배우기 위한 자료와 설비들이 전문기관 급으로 갖춰져 있다고 들었기 때문이다.

  실제로 《발자국》에는 탈리아가 상상했던 것 이상의 설비들이 있었다. 자료도, 고급 기구나 희소한 촉매도, 실험을 위한 방까지 마련돼 있었다. 어쩌면 설비만 봤을 때는 제도에서도 최고 클래스의 연구기관인 프림스 마도 과학원 수준인지도 모른다.

  그리고 그것은 클랜에 딱 한 명밖에 없는 연금술사를 위해서 마련된 것들이었다.

시트리 스마트.

예전에 제도의 모든 사람이 그 이름을 찬양했었고, 어떤 사건 때문에 사람들의 관심사에서 사라져버린 연금술사.

연금술사이자 일류 파티에 소속된 헌터지만, 다른 멤버들의 명성에 묻힐 정도로 거의 알려지지 않은 이름이다.

실제로 만나본 시트리는 상냥한데다 겸허했고, 게다가 정말 머리가 좋은 사람이었다.

핑크 블론드 머리카락을 마도사 치고는 보기 드물게 짧게 잘랐는데, 시트리는 정말 아쉽다는 것처럼 『언니가 기르고 싶다고 해서 내가 짧게 잘랐다』고 말했다. 그리고 너무 요란해서 마음에 들지 않았던 자신의 불타는 것 같은 빨간 머리와 눈동자를 예쁘다고 칭찬해줬다.

두 눈은 상냥해 보이고, 항상 수수한 회색 로브를 입었기 때문에, 엄청난 실력의 헌터처럼 보이지는 않았다.

지금까지 명목상으로는 누구나 자유롭게 사용해도 된다고 했지만 실질적으로는 단 한 사람을 위해서 존재했던 연구실에, 신참 연금술사를 기꺼이 받아들여줬다.

시트리가 많이 바쁘다 보니 클랜 하우스에 있는 시간은 얼마 안 되지만, 탈리아와 시트리는 금세 친해졌다.

전전긍긍하면서 찾아온 탈리아에게, 시트리는 많은 것들을 가르쳐줬다.

친구라고, 만나서 정말 다행이라고까지 말해줬다.

몇 년 전에 일어났던 사건과 평판에 대해서는 알고 있었는데, 그것도 잘못 알려진 일이라는 걸 알았다.

시트리는 노력파였다.

연금술에 속하는 온갖 분야에 뛰어들고, 때로는 그 난이도와 위험성 때문에 숙달된 술자조차도 기피하는 실험(물론 법을 어기는 실험은 아니다)조차도 주저하지 않고 실행하는, 그야말로 진정한 연금술사였다.

그 정열은 주위의 반대를 무릅쓰고 연금술사의 길을 선택한 탈리아를 압도했고, 얄궂게도 탈리아는 어째서 시트리한테 그런 나쁜 소문이 돌게 됐는지 이해하게 됐다.

시트리는 너무 눈에 띄었다.

그 연금술에 대한 열의와 재능은 동업자들이 보기에도 무서울 정도였다. 그리고 시트리는 그 지능에 대해서 겸허했고, 저항력이 너무나 없었다.

무슨 짓을 해도 웃으며 용서하는, 그런 사람이었다.

시트리는 악평의 원인을 미숙함 때문이라고 단언했다. 다른 사람이 씌운 죄를 전부 받아들였고, 레벨 다운이라는 평범하게 활동하면 절대로 있을 수 없는, 헌터에게 가장 큰 불명예까지 감수했다.

헌터라고 하기에는 성격이 너무나 착했지만, 만약 탈리아한테 진정한 연금술사를 한 사람 말해보라고 한다면 주저하지 않고 시트리의 이름을 말할 것이다.

탈리아는 시트리의 제자가 아니다. 시트리는 자신이 미숙하다는 이유로 제자를 받지 않았다.

하지만 실질적으로는 제자나 마찬가지다.

같이 연구를 해나갔다. 존경은 금세 동경으로 바뀌었다.

자신도 언젠가 이런 훌륭한 연금술사가 되고 싶다고.

그런 친구를 쫓아가려는 것처럼 책들을 뒤졌다. 시트리한테 배운 것들을 하나라도 놓치지 않기 위해서 메모도 했다. 클랜의 연구실에서 밤늦게까지 실험을 거듭했다.

도저히 갚을 수 없는 은혜라고, 탈리아는 그렇게 생각했다.

시트리는 항상 혼자였다. 달게 받아들인 악평 때문에 의지할 상대도 없었다.

그래서, 하다못해 무슨 일이 생기면 자신만은 시트리의 편이 되어주겠다고 생각했다.

하지만 탈리아의 실력은 아직까지도 시트리한테 한참 못 미치고 있다.

숲속에서 대열을 짜고 걸어갔다. 해는 완전히 저물었지만, 헌터의 뛰어난 시력이 있으면 어느 정도의 어둠은 문제도 안 된다. 마도사가 만들어낸 불빛도 있어서, 문제없이 진군할 수 있었다.

"거크 씨, 괜찮으신가요? ……그나저나, 위험하니까 거크 씨네는 돌아가는 게——."

"리즈도 그렇고 말이야, 날 너무 얕보지 말라고. 그렇게까지 늙진 않았다고."

"아뇨, 전력은 한 사람이라도 많은 게 좋기는 하지만…… 무슨 일이 있었나요?"

얼굴을 찌푸린 거크를 보며, 시트리가 이상하다는 표정을 지었다.

왼손에 예비 칼을 쥔 게인이 시트리에게 말을 걸었다.

"……결국, 《천변만화》는 안 오는 건가?"

"…………예. 죄송해요. 저와 인연이 있다 보니, 양보해달라고……."

"아니, 그쪽한테 불만이 있는 건 아니지만…… 그 유명한 레벨 8이라는 게 대체 어떤 인간인지 한번 보고 싶었거든."

소문은 많이 들었지만, 《천변만화》는 쉽게 모습을 드러내지 않았다. 정체불명의 레벨8.

게인의 말에 시트리가 뺨에 손을 대고서는 꽃이 활짝 핀 것처럼 웃어 보였다.

"크라이 씨는…… 트레저 헌터가 되기 위해서 태어난 사람이에요. 저희 파티는 다들 별명이 있지만, 그래도 크라이 씨는 제일 눈에 띄어요. 아마도, 언젠가는 레벨10에 도달할 수도 있겠죠."

"……뭐야, 아무리 그래도 그건 너무 심한 거 아냐. 레벨10은 이 세상에 세 명밖에 없다는 영웅인데?! 댁네 리더가 그렇게 세다는 거야?"

"강하죠. 하지만 강하다는 건 한 가지 요소일 뿐이에요. 설령 크라이 씨가 전투능력이라는 측면에서는 샌드라비트처럼 약하다고 해도, 아무 상관 없어요."

"샌드라비트……."

제도 부근에 분포하는 생물들의 먹이 피라미드 밑바닥에 있는 동물의 이름이 나오자, 게인이 미묘한 표정을 지었다.

그렇다고 시트리가 농담을 하는 것 같은 분위기는 아니었다.

"추격자가 없는데……."

스벤이 좌우에 펼쳐진 나무들을 둘러보며 신음하듯 말했다.

그렇게 격렬했던 슬라임 같은 것의 습격이 있었는데, 이번에는 뭔가가 나타날 기미 자체가 보이질 않는다.

"방심하지 마세요. 마법사는 조심성이 강하고—— 특히 『아카샤의 탑』은 각국에서 상금이 걸려 있고, 상대는 《대현자(마스터 메이거스)》입니다. 습격이 그걸로 끝날 리가 없어요."

삼림지대에는 사각이 많지만, 이쪽은 인원이 거의 백 명이나 된다. 굳이 따라오겠다고 한 비전투원인 유물 조사원 두 사람이 있다고 해도, 수많은 눈이 전후좌우를 가리지 않고 경계하고 있다.

만약 그 슬라임 같은 것이 나타난다고 해도 기습 공격을 당하는 일은 없겠지.

지도를 펼쳐서 현재 위치를 확인했다. 시트리가 점찍어둔 목표 지점인 절벽까지는 앞으로 몇 킬로미터 정도.

어느 정도 가까이 가면 색적을 전문으로 하는 도적 팀의 차례다. 만약 그래도 찾아내지 못하면 일단 제도로 돌아가서 다시 준비하는 수밖에 없다.

뒤쪽에서 걸어오고 있던 탈리아가 쭈뼛쭈뼛 시트리의 얼굴을 살폈고, 가방에서 병을 하나 꺼냈다.

"시트리. 괜찮아요? 피곤해, 보이는데. 피로 회복 포션이 있는데, 마실래요?"

"그래, 고마워. 하지만 괜찮아, 내 예상으로는 이제 얼마 안 남았으니까."

망설임 없는 대답을 듣고, 탈리아가 의기소침해진 것처럼 포션을 집어넣었다.

그때, 스벤은 시트리가 항상 데리고 다니던 호위가 주위에 없다는 걸 알아차렸다.

"……그러고 보니까 시트리. 항상 데리고 다니던, 그건 어디 갔지?"

연금술사인 시트리는 전투 능력이 부족한데, 그걸 커버하기 위해서 마법 생물을 데리고 다녔다. 그것도 골렘이나 슬라임 같은 게 아닌, 상당히 특징적인 마법 생물이다.

스벤이 묻자, 시트리가 고개를 돌리고 대답했다.

"아, 키르키르 군이라면, 정비 중인──."

그 순간, 갑자기 밤하늘이 번쩍거렸다.

상급 공격마법, 『캘러미티 썬더(유린하는 벼락)』.

그것은 그야말로, 천재지변이었다.

벼락 계열 마법은 수많은 술식 중에서도 최고의 난이도를 자랑한다. 일류 마도사(마기)에게만 허락된 속성이다.

하늘에서 쏟아진 강력 무비한 벼락은, 역전의 헌터들이 회피 행동을 하기도 전에 쏟아졌다.

빛에 이어, 굉음과 충격이 숲을 뒤흔들었다. 신의 분노가 아닌가 싶을 정도로 수많은 전격이 초목을 광범위하게 쓰러트렸고, 만전의 장비를 갖추고 있던 헌터들을 단번에 날려버렸다.

그것은 순식간에 벌어진 일이었다. 소리와 빛이 사라졌다.

남은 것은 활활 타오르는 숲. 고기 타는 냄새와 엄청난 충격과 소리, 열기 때문에 시커멓게 그을려서 바닥에 쓰러져 있는 여러 명의 헌터들이었다.

움직이는 사람이 없는 걸 확인하고, 상공에서 그림자 하나가 내려왔다. 날개 달린 짐승에 타고 있는 갈색 머리카락이—— 마도사다. 얼굴은 새파랗게 질리고 그 팔다리에는 힘도 들어가지 않았지만, 입술만은 웃고 있었다.

"큭…… 큭큭큭, 겨우 헌터 따위가…… 이 몸의 힘이 있으면, 방위 시스템 따위는 필요 없다! 이걸로…… 스승님도 기뻐하실 것이다."

마도사의 강점은 그 공격마법이다. 상급마법의 위력은 팬텀(환영)을, 마물을 간단히 없애버리고, 다른 공격 직업이 가까이 다가오지도 못하게 한다. 반면, 위력에 비례해서 긴 시간 동안 영창이 필요하고 막대한 마력(마나)을 소모한다는 단점도 있지만 딱 한 발, 그것도 확실하게 선제공격할 수만 있다면 그것도 문제가 되지 않는다.

플리크의 비장의 카드 『캘러미티 썬더』는 공격마법 중에서도 지극히 강한 위력과 범위를 자랑하는 엄청난 난이도의 공격 마법이다. 플리크처럼 재능을 타고나서 마도의 진수를 계속 추구해온 자만이 도달할 수 있는 경지다.

비틀거리면서, 맬리스이터에서 내렸다. 사자 머리와 용의 비늘과 날개, 세 개의 칼로 된 꼬리를 가진 특제 키메라는, 주인인 플리크의 명령에 따라서 그 자리에 엎드렸다.

마치 땅바닥이 흔들리는 것 같았다. 토할 것 같은 기분이 심하게 들어서 고개를 저었다. 마력 결핍 현상이었다.

그 힘없는 시선이, 땅바닥에 쓰러져 있는 헌터 한 사람의 시선과 마주쳤다.

《남격》 스벤 앵거. 쓰러져 있으면서도 팔꿈치로 땅을 짚고 몸을 일으켜서 플리크를 쳐다보고 있다.

"……헉, 허억…… 역시, 헌터……는, 튼튼, 하군."

"큭…… 뭐, 냐, 지금 그―― 마법은. 노토 커클레어의 수하, 인가."

"아직도 말을 할 수 있을 줄이야……."

벼락 마법이 강력하다고 하는 이유 중 하나는, 만약에 그 마법으로 쓰러트리지 못하더라도 소리와 충격, 마비로 대상의 움직임을 제한할 수 있기 때문이다. 마나 머티리얼을 흡수한 자는 인간의 수준을 뛰어넘는 육체를 얻는다. 지금 쓰러져 있는 헌터들 중에 대부분은 육체적인 손상이 그렇게 심하지는 않을 것이다.

그래서 맬리스이터를 땅에 내리게 했다. 어리석은 침략자들의 숨통을 완전히 끊어버리기 위해서.

아무리 레벨이 높다고 해도, 기절한 헌터 따위는 맬리스이터의 상대가 안 된다.

"하지만, 일어나지는, 못하는 것 같군."

"젠, 장⋯⋯."

스벤이 이를 악물고 일어나려고 했지만, 아직 몸이 말을 듣지 않아서 꼴사납게 꾸물거릴 뿐이었다. 맬리스이터가 천천히 그 앞으로 걸어갔다.

쇠조차도 갈라버리는 갈고리 같은 발톱이 땅바닥을 할퀸다.

마법은 더 이상 쓸 수 없지만, 그래도 충분하다. 한없는 환희, 전지전능이라도 된 것 같은 기분에, 플리크가 웃었다.

굴욕이었다. 스승 앞에서 무능하다는 소리를 듣고, 자신보다 아래라고 여기던 상대에게 명령을 받고━.

하지만 그것도 다 끝이다.

"귀찮게, 하기는. 이걸로! 끝이다! 스승이시여, 이 플리크가━."

"졌습, 니다."

들려올 리가 없는 목소리에, 플리크의 머리가 순간적으로 정지했다.

최우선으로 죽여야 하는 천적이 두 발로 서 있다.

로브에는 흙이 묻어서 더럽혀졌고 머리카락에는 검댕이 묻은 데다 마구 흐트러지기까지 했지만, 걸음걸이는 플리크보다 더 멀쩡했다.

로브를 탁탁 터는 그 모습에서는, 대미지를 전혀 찾아볼 수가 없었다.

말도 안 돼. 분명히, 확인하고 날렸는데.

극도의 혼란에 빠진 플리크에게, 천적 시트리 스마트가 곤란하다는 것처럼 웃어 보였다.

젠장. 방심하고 있던 건 아니었지만, 하늘에서 공격해올 줄은 몰랐다.

무방비하게 맞은 벼락 마법이 스벤의 갑옷을 관통했고, 의식에 막대한 대미지를 입혔다. 심장이 불규칙하게 뛰고, 팔다리에는 힘이 들어가지 않는다.

누워 있는 스벤의 시선 저편에는 마찬가지로 엎어져 있는 파티의 마도사, 마리에타가 보인다.

마리에타는 눈을 살짝 뜨고 있다. 의식은 있다. 아마도 일어나려고 하면 일어날 수 있을 정도로 육체의 손상도 경미하다. 아직 일어나지 않은 건 기습을 노리고 있기 때문이겠지.

공격마법은 마력이 강하면 강한 만큼, 그것이 저항력이 되기 때문에 잘 먹히지 않는다. 다른 파티의 마도사들도 곧 정신을 차릴 것이다.

다른 쓰러진 헌터들도 조치를 하면 소생할 가능성이 크다. 아직 전멸이라고 하기에는 이르다.

하지만, 그래도 시트리가 멀쩡한 건 너무나 자연스럽지 못했다.

"설마…… 포로가 있는데도, 범위 공격 마법을 날릴 거라고 는…… 생각도 못, 했어요. 후후…… 역시 저는, 크라이 씨를 대신하는 건 무리, 군요."

동료들이 전멸에 가까운 상태인데도 불구하고, 그 말투와 자세에는 여유가 있었다.

"뭐, 뭐냐, 어째서, 움직이지?"

"네? 반대로, 어째서 겨우 그 정도 마법으로, 못 움직일 거라고, 생각했죠?"

이상하다는 목소리에, 옆에 있는 짐승에게 덤비라고 명령하는 것도 잊고, 마도사가 한 걸음 후퇴했고.

그 얼굴에는 악마라도 만난 것 같은 공포 때문에 일그러져 있었다.

그런 마법사를 위압하려는 것처럼, 시트리가 한 걸음 앞으로 나갔다. 스벤이 있는 곳에서는 시트리가 등 뒤로 뻗은 손이 허리에 찬 파우치 안으로 빠르게 들어가는 것이 보였다.

"제 파티는── 레벨8이거든요? 제가 다니는 보물전에서는, 그 정도 마법은, 신기하지도 않아요."

"거, 거짓말! 최상급, 벼락 속성 공격 마법이, 신기하지도, 않다고?! 내, 비장의 카드가?!"

동요해서 눈이 휘둥그레진 마도사는 그 동작을 눈치채지 못했다. 시트리가 슬며시 꺼낸 것은 핑크색 권총이었다. 크기는 시트리의 작은 손바닥으로 가릴 수 있을 정도인, 장난감 같은 것이다.

말을 주고받으면서도 손은 멈추지 않았다. 눈으로 보고 있는 것도 아닌데 총신이 천천히 움직이고, 쓰러져 있는 스벤 쪽으로 향했다. 언젠가, 크라이가 시트리를 두고 빈틈없는 아이라고 칭찬했던 게 생각났다.

……정말 재주도 좋은 녀석이라니까.

머리를 자연스러운 모양으로 들고, 그 총구가 스벤의 목을 겨눴다.

시트리가 이 상황에서 의미 없는 행동을 할 리가 없겠지.

그 상태에서 떨어트린 무기를 찾았다.

"한마디로, 당신은── 상상력이 너무 부족해요."

방아쇠를 당겼다. 거의 소리도 없이 발사된『뭔가』가 스벤의 목을 찔렀다.

조금 전까지는 완전히 빠져 있던 힘이 거짓말처럼 부활했다. 벌떡 일어나서, 근처에 떨어져 있던 누군가의 검을 쥐는 스벤을, 마도사는 멍하니 지켜보고 있었다.

"살았다!"

"다른 사람들도 구하겠습니다."

시트리가 뛰어갔다. 교대하는 모양으로 앞으로 나선 스벤이 칼을 내리쳤다.

대상은 숨을 헐떡이는 마도사가 아니라 그 옆에 있는, 마도사 따위보다 훨씬 귀찮아 보이는 키메라였다.

하지만 그 전에, 칼날 모양을 한 키메라의 꼬리 세 개가 눈에 보이지도 않는 속도로 움직였다.

시간 차를 두고 날아오는 채찍처럼 긴 꼬리를, 스벤은 아슬아슬하게 칼로 쳐냈다.

"……강하잖아?!"

피라미가 아니었나?! 이게——『아카샤의 탑』인가!

예상외로 묵직한 충격에 당황해서 한 걸음 물러났다. 키메라가 사자 울음소리 같은 포효를 질렀다.

"……오래 기다리게 했군!"

스벤 옆으로, 거구가 달려 나갔다. 스벤이 주워든 칼이 장난감으로 보일 만큼 거대한 도끼창(할버드)을 치켜들고서. 제도에서는 아주 유명한 《전귀》의 무기, 냉기를 두른 보구 『풍람전아』의 칼날이, 비늘이 돋은 몸통을 향해 떨어졌다.

"『파이어 애로우(불화살)』!"

마리에타가 발사한 마법이 키메라의 머리에 착탄했다.

상황은 완전히 뒤집혔다. 조금 전까지 쓰러져 있는 자들이 시트리의 신기한 총을 맞고, 머리를 걷어차이고는 벌떡벌떡 일어났다.

"치유 마법을 쓸 수 있는 사람은 동료들을 치료해줘요! 심장이 멎었으면 걷어차고! 아직 부활할 수 있어요! 서두르세요!"

자세히 보니 시트리의 총에서 발사되는 것은 액체였다. 바늘처럼 뾰족하게 발사된 액체가 명중할 때마다, 쓰러져 있는 동료들이 일어났다.

"……뭐야, 혹시 저거 물총인가? 압력을 높여서 포션을 쏘는 거야? 내 피부를 관통하다니, 대체 압력이 얼마나 되는 거야. 잘도 생각했네."

"스벤, 잡담하지 말고."

"그래, 미안해."

마리에타가 주의를 줬고, 다시 시선을 되돌렸다.

마침 거크의 일격에 몸통이 두 토막 난 키메라가 쓰러지고 있었다.

아직 움직이고는 있지만 치명상이다. 이제 저 귀찮은 꼬리는 움직일 수 없다.

"⋯⋯말도, 안 돼. 이런, 이, 내가――."

"자, 투항해주실까. 솔직히 이젠 마법도 못 쓰잖아."

겨우 몇 분 만에 완전히 뒤집혔다.

헌터들한테 포위당한 채로 멍한 표정을 짓고 있는 마도사한테 칼을 겨누며, 스벤이 가학적으로 웃었다.

거크가 안심했다는 것처럼 말했다.

"그렇군, 사망자는 없단 말이지."

"늦기 전에 조치해서 다행입니다. 벼락 마법은 파괴력이라는 의미에서만 보면 그렇게 강한 건 아니니까요⋯⋯ 조사원분이 상당히 위험하기는 했지만, 간신히. 이게 조금만 더 파괴력에 특화된 마법이었다면 몇 명은 죽었을 겁니다."

그래도 정말 오싹한 이야기다. 벼락 마법은 절대로 약한 마법이 아니다. 쇼크 때문에 멈춰버린 심장은 바로 조치하지 않으면 영원히 멈춰버리는데, 이번에는 운이 좋았을 뿐이다.

상대가 동요해서 손쓰는 걸 멈추지 않았다면 사망자가 최소한 몇 명은 나왔을 것이다.

"시트리, 너 잘도 움직이더라. ……다친 덴 없냐?"

거크가 묻자, 시트리가 어깨를 으쓱거렸다.

"……그럴 리가요. 그저, 루시아가 공격마법 훈련을 할 때마다 실컷 맞아준 덕분에 내성이 강해져서…… 키르키르 군이 있었다면 하나도 안 다쳤을 텐데……."

"너희 파티는 대체 어떻게 돼먹은 거냐?"

우리도 마리에타한테 공격마법을 날려달라고 해서 내성을 키우는 게 좋으려나?

……그나저나, 위험했다. 하늘에서 기습이라니, 완전히 생각도 못 했다.

적의 인원이 조금만 더 많았다면 어떻게 됐을까. 생각만 해도 끔찍하다.

"하늘도 경계해야겠군."

"……그 정도 공격 마법을 쓸 수 있는 사람은, 아마 더 이상 없겠죠. 있다면 둘이서 왔을 거예요. 그 레벨을 두 번 연속으로 쐈다면 거의 대부분 죽었을 테니까."

공격 마법은 위력에 비례해서 익히기가 어려워진다. 마리에타가 얼굴의 검댕을 닦으면서 고개를 끄덕였다.

"그러게, 그 정도는 나도 무리니까…… 아무리 『아카샤의 탑』이라고 해도 그렇게 흔하지는 않을 거야."

"예. 그리고 그 정도 마도사가 공격해왔다는 건, 목표가 코앞에 있다는 뜻이겠죠."

지금까지 걸어온 오솔길이 조금 전에 그 공격마법 때문에 공터가 돼 있었다.

"심문할래?"

"시간이 아까우니까 나중에 하죠. 그게 최종 방위 라인이라면, 시간을 주면 도망칠 가능성이 있습니다. 상대가 동요한 틈에 끝내도록 하죠."

시트리가 묶어놓은 플리크 쪽을 봤다.

플리크는 소리를 질러대지도 않고, 그저 깜짝 놀란 표정만 짓고 있었다.

그리고 플리크가 보고 있는 것은—— 탈리아였다. 시선을 느끼고, 탈리아가 후드를 깊이 눌러쓰고는 겁먹은 것처럼 시트리 뒤에 숨었다. 하지만 탈리아와 시트리는 체격이 거의 비슷하기 때문에 제대로 숨지도 못했다. 시트리가 눈썹을 축 늘어트리고는 난처하다는 것처럼 물었다.

"탈리아, 인기 좋네. 어떻게 된 거야?"

"…………저도 몰라요."

탈리아가 기어들어 가는 목소리로 중얼거렸다.

태세를 재정비한 뒤에, 포로 셋을 데리고 앞으로 나아갔다. 긴장감은 조금 전과 비교할 수준이 아니다.

각자의 몸이 흐릿하게 빛나고 있다. 마법 내성을 부여하는 방어 마법이다. 익숙하지 않은 무기라고는 해도 별명씩이나 가진 헌터를 귀찮게 할 정도였던 마수와 거의 백 명이나 되는 헌터를 전부 범위 안에 넣고서 날린 강력한 공격 마법은, 스벤 일행에게 적 조직이 얼마나 강대한지 뼈저리게 이해하도록 만들었다.

길도 없는 길을 걸어서 무사히 숲을 빠져나왔다.

나무들이 없어지고 시야가 트인다. 헌터들은 신호도 없이 일제히 좌우로 산개했다.

척후를 보낼 필요도 없었다. 그곳에 있는 것은 거대한 절벽과 한눈에 봐도 인공적으로 만든 동굴이었다.

"……네 예상이 맞았다, 시트리."

마치 악몽이라도 꾸는 기분이다. 스벤의 말에, 시트리가 아무렇지도 않게 대답했다.

"제가, 감이 좋거든요. 크라이 씨 정도는 아니지만……."

구름 뒤로 숨은 달 아래에, 세 마리 정도의 검은 덩어리가 하늘에 떠 있다.

자세히 보니 알 수 있다. 사자 머리에 용의 날개와 비늘. 무엇보다 특징적인 그 꼬리.

아까 공격해왔던 키메라다.

"세 마리, 인가?"

"아니, 다섯 마리다…… 아래쪽에도 있어."

떨어져 있어도 느껴지는 농밀한 살기 때문에, 대치하고 있던 헌터들이 마른침을 삼켰다.

【흰 늑대 소굴】에 나오는 울프 나이트 따위와는 비교도 안 되는, 틀림없는 『적』이다.

하늘에 셋, 동굴 앞을 지키려는 것처럼 좌우에 한 마리씩.

거크가 『빙람전아』를 치켜들고 눈살을 찌푸렸다. 스벤도 자신의 얼굴이 굳어지는 걸 느꼈다.

"큰일인데. 숫자가 많아. 아까 싸워보니까, 저건 레벨로 환산하면 6에서 7 정도는 돼. 움직임도 빠르고 내구성도 있어. 뭘 소재로 삼아서 만들었는지는 모르겠지만, 꽤나 공을 들인 키메라야. 그런 게 다섯 마리…… 인가. 환영 인사치고는 너무 호화로운 것 같은데…… 어떻게든 너랑 내가 포위하고 한 마리씩 해치울까?"

"머리 위를 잡히면 위험하겠는데요. 어떻게든 끌어내리지 않으면 일방적으로 공격당할 겁니다."

활에 화살을 메기고, 스벤이 소용히 숨을 골랐다.

거리가 조금 멀다. 맞을지 빗나갈지, 스벤의 실력으로도 확률은 절반이겠지.

키메라는 마도사와 연금술사가 다양한 생물을 재료로 삼아서 만들어내는 끔찍한 짐승이다. 그 능력은 바탕으로 삼은 동물에 따라 다르지만, 저 정도 완성도의 키메라가 비행능력이 낮을 리가 없겠지.

지금 여기에 미숙한 헌터는 없지만, 그래도 《흑금 십자가》나 거크를 제외한 다른 사람들에게는 부담되는 상대다.

"……한 마리는 마도사가 타고 있군요. 아마도, 주인(마스터) 같습니다만."

시트리가 손가락으로 하늘을 가리켰다. 이런 때도 아주 냉정하다.

자세히 보니, 분명히 키메라 한 마리의 등에 누군가가 타고 있는 것 같다.

"아까 같은 바보가 주인이라면, 그냥 두는 게 나을지도 몰라요."

하긴, 플리크의 지휘는 끔찍했다. 적 앞에서 정신을 놓다니, 말도 안 된다.

그 말에 스벤이 자기도 모르게 웃음을 터트렸다. 시트리가 뚱한 얼굴로 동굴 쪽을 가리켰다.

"농담은 그만하고…… 넓이에 따라 달라지겠지만, 몇 마리는 저 동굴 안으로 끌어들이는 게 좋겠죠. 빠르게 하늘을 날 수 있는 키메라를 상대할 때, 밖에서 싸우는 건 악수니까요."

"……저놈들 눈앞을 가로질러서 뛰어가라는 얘기야. 그리고 저기는 적의 거점이라고."

"이렇게 아무것도 없고 넓게 트인 곳에서 싸우는 것보다 백배는 낫죠."

시트리의 말도 일리가 있다. 하지만, 솔직히 저 동굴은 적의 본거지로 추정된다. 안으로 침입하려고 하면 당연히 공격해오겠지.

긴박감 때문에 약해지는 심장 고동을 느끼며, 스벤은 확신했다.

이번엔── 몇 명쯤 죽겠는데. 까딱하면 전멸이다.

이 상황에서 중요한 건 『숫자』가 아니라 『질』이다. 그것이 압도적으로 부족한 상황이다.

같은 생각을 했는지 시트리가 눈살을 찌푸렸다.

"조금 힘들겠네요…… 이번엔 몇 명────── 아니, 그만둘래요."

"시트리, 네가 하나 맡을 수 있냐?"

지금 여기서 에이스라고 부를 수 있는 역량을 가진 사람은 스벤과 거크, 그리고 시트리다.

스벤과 거크는 근접 전투에도 익숙하다. 키메라를 상대하더라도 1대 1이라면 버틸 수 있겠지. 어쩌면, 짧은 시간에 끝낸다면 두 마리까지 해치울 수 있을지도 모른다.

하지만 시트리는 어디까지나 후위, 그것도 연금술사다. 《비탄의 망령》멤버답게 괴물처럼 빠르게 돌아가는 머리와 임기응변을 보여주고 있지만, 이번 임무에서는 지금까지 단 한 번도 적에게 대미지를 준 적이 없다.

안 좋은 상황 때문에 얼굴을 찌푸리고 있는 스벤에게, 시트리가 잠시 생각하는 표정을 지은 뒤에 말했다.

"한 마리…… 아니, 두 마리 맡겠습니다. 어떻게든 버틸게요. 그동안에 어떻게든 해치워주세요."

"두 마리?! 시트리, 너 죽을 셈이냐?"

아무리 난이도가 높은 보물전에서 마나 머티리얼을 흡수했다고 해도, 후위인 시트리의 신체능력은 뻔하다. 레벨7 수준의 키메라를 두 마리나 맡는 건 힘들 것 같다.

스벤의 말에, 시트리는 평소와 똑같은 미소를 지으며 말했다.

"안 죽어요. 할 일이 아직 많으니까…… 스벤 씨도 힘내주세요. 제가 있는데도 죽는 사람이 나오면—— 저한테 맡겨준 크라이 씨를 볼 낯이 없으니까요."

마침내 헌터 놈들이 거점까지 왔다. 방 안에는 긴장감이 감돌고 있다. 조금 전까지 있던 마지막 제자도 요격하기 위해 나가서, 지금 방에 남아 있는 사람은 노토와 정보 수집을 담당하는 남자밖에 없다.

이기고 있었을 텐데. 하지만, 플리크가 생각보다 훨씬 바보였다. 광범위 공격마법을 쓴 것까지는 좋다. 하지만 자신의 공격마법에 대한 너무나 큰 자부심과 소피아에 대한 집착이 문제가 됐다.

"젠장, 어째서 맬리스이터를 한 마리밖에 안 데리고 간 것이냐. 전부 데리고 가라고, 소피아도 그렇게 말했는데. 저 멍청한 놈이!"

사람을 잘못 본 걸까. 야심은 있지만 사리분별은 할 줄 아는 녀석이라고 생각했었다. 아니면, 최고위 벼락 마법을 쓸 정도로 재능이 넘치는 자의 눈을 멀게 만들 정도로, 소피아가 너무나 눈부셨던 걸까.

창백한 표정으로 남자가 진언했다. 이 얼굴은 벌써부터 노토의 패배를 확신하는 것처럼 보였다.

"노토 님. 뒤쪽으로 도망치시지요. 질 것 같지는 않습니다만, 저게 돌파당하면 더 이상 방법이 없습니다. 지금이라면 아무도 모르게 도망칠 수 있습니다."

"큭……."

"모든 것이 예상 밖입니다. 마화 팬텀이 돌파당한 것도, 플리크가 패배한 것도, 그리고 이 거점이 들킨 것도—— 너무나 빨랐습니다."

노토와 제자들이 보유한 전력은 압도적이었다. 하지만 생각지도 못한 일들이 너무나 많이 일어났다.

모든 열쇠는 그 여자── 소피아가 충고해준 시트리 스마트한테 있다.

저 여자가 합류한 뒤로 모든 흐름이 달라졌다. 노토는 마법으로 그 상황을 꼼꼼하게 관찰하고 있었다.

압도하던 첫 번째 마화 팬텀이 쓰러지고, 마음이 앞선 플리크의 실수로 남은 마화 팬텀을 헛되이 날려버리고 말았다. 플리크의 기습을 받은 헌터들이 다시 일어나게 만든 것도 저 여자다.

그때, 시트리가 없었다면 플리크도 헌터들을 전멸시킬 수 있었을 것이다.

처음에 소피아가 그 이름을 꺼냈을 때는 그렇게 대단한 술자인지 미심쩍게 생각했었는데, 너무나 예상 밖이다.

힘 자체는 그렇게 대단하지 않은 것 같지만, 너무나 강하다. 하필이면 그 행동 방식이 소피아와 비슷했다. 그렇기 때문에 소피아가 시트리를 신경 쓰고 있는 건지도 모른다.

노토는 하얗게 물든 머리카락을 쓸어 올리며 신음 소리처럼 말했다.

"아직이다. 아직 우리에게는 『아카샤』가 있다. 이곳을 버리는 것은 완전한 패배를 본 뒤에 해도 된다. 제자들의 싸움을 지켜보는 것도 스승의 역할이지."

소피아는 《대현자》의 1번 제자다. 언젠가 결사에 막대한 이익을 가져다줄 재능을 가지고 있다.

분명히, 시트리는 강하다. 하지만 소피아와 비교하면, 아직은 소피아가 한 수 위다. 그것은 소피아 자신이 말한 대로 선택지의 차이 때문이다 법에 얽매이지 않고 연마해온 소피아, 그리고 『아카샤의 탑』이 지닌 연줄을, 지식을, 기술을 흡수한 소피아라면, 만에 하나라도 질 리가 없다.

지금까지의 패주는 전부 소피아를 질투한 제자들의 독단전행 때문이다. 아직 소피아 자신은 결판을 내지 않았다. 제자가 집착하는 라이벌과의 결전이니, 꼭 지켜봐야만 한다.

"이겨라. 모든 것을 손에 넣어라. 소피아 블랙이여."

탁자 위에 놓여 있는 공음석에서는 아무런 대답도 들려오지 않았다.

"마법이다. 다가오지 못하게 해!"

"큭…… 아, 안 돼. 빨라!"

슬라임 같은 것처럼 이상한 능력은 없다. 하지만 하늘에서 날아오는 키메라의 힘은 상상을 초월했다.

눈대중으로 봐도 그 속도는 시속 100킬로미터 이상. 기동성도 좋아서 종횡무진으로 날아다니기 때문에, 스벤의 화살조차도 빗나갔다. 비늘은 단단하기만 한 게 아니라 마법 내성까지 있는지, 마법을 몇 번이나 맞아도 움직임이 둔해질 기미가 보이지 않았다.

무엇보다 하늘에서 펼치는 히트 앤드 어웨이는 너무나 귀찮았다. 원거리 공격 수단은 없는 것 같지만, 그 돌진은 방패를 들고 버티는 헌터를 날려버릴 정도의 위력을 자랑했고, 이빨과 꼬리의 칼날은 갑옷을 간단히 찢어발겼다. 안전을 고려하는 탓인지 추격은 하지 않아서 회복할 틈은 있지만, 급소를 맞기라도 하면 끝장이다.

무엇보다 무서운 건 키메라의 지혜다. 키메라는 노골적으로 거크와 스벤 두 사람을 경계하고 있었다.

"젠장, 저 자식들, 우리 쪽으로는 오지도 않잖아!"

키메라는 항상 거크와 《흑금 십자가》를 의식했고, 제일 먼저 스벤의 화살을 최우선으로 회피하고 있다. 어두운 밤에 까만색 화살인데, 대체 어떻게 인식하고 있는 걸까.

한 덩어리가 돼서 방어를 굳히려고 해도, 사람이 너무 많아서 어쩔 수 없이 틈이 생긴다.

그나마 다행인 건 시트리가 선언한 대로 지상에 있는 두 마리를 잡아두고 있다는 점이다.

시트리는 혼자서, 칼도 방패도 없이, 그저 멋진 몸놀림으로 전후좌우에서 덤벼드는 키메라를 피하고 있었다. 하지만 그것도 얼마나 계속될지 모르는 일이다.

상대는 압도적인 전력을 지니고 있으면서도 전혀 방심하지 않았다.

발이 꼬였는지, 시트리가 넘어졌다. 갈고리 같은 발톱이 난 앞발이 그런 시트리를 쫓아가 후려쳤다. 아슬아슬하게 피하고 다시 일어났지만, 1초의 여유도 없었다.

상대에게 유효타를 날리지도 못하고, 그저 시간만이 흘러가고 있다. 망설일 틈은 없다. 선택지는 하나뿐이다.

"다들 각오해라! 갈 데까지 가는 거다! 적진으로 뛰어든다!"

지나가면서, 키메라 두 마리를 상대하고 있는 시트리를 주워들고 동굴 안으로 뛰어들었다.

힘든 싸움이다. 상대는 쫓아오겠지. 거크와 스벤, 겨우 둘이서는 챙겨줄 수가 없다. 중간에 부상자가 생겨도 데리고 갈 수가 없다. 틀림없이 몇 명은 죽는다.

그리고 그것이 옆에 서 있는 같은 파티 멤버가 될 수도 있다.

하지만, 이것이 가장 희생자가 나지 않는 방법이다.

압도적인 전력 차이. 제공권을 빼앗긴 상황. 승산이 있다면 적의 움직임을 제한할 수 있는 실내에서 싸우는 방법뿐이다.

스벤의 말에 담겨 있는 의미를 깨닫고, 다른 동료들이 포효했다. 각오의 포효, 공포를 날려버리는 용기의 포효다. 일제히 뛰쳐나가는 헌터 집단을 향해, 예상대로 상공에 있던 키메라 두 마리가 급강하했다.

스벤이 뛰어가면서 연속으로 화살을 날렸지만, 이런 상황에서도 경계하고 있는 건지 하나도 안 맞았다.

키메라가 돌진해서 집단의 일부를 날려버렸다. 헌터 몇 명이 비명을 지르면서 쓰러졌지만 발을 멈출 수는 없었다. 헌터의 포효에 키메라의 포효가 추가되었다.

거의 다 왔다. 그때, 선두에서 달려가던 거크가 갑자기 속도를 늦췄다.

"새로운 놈이다! 젠장!"

"?!"

눈이 휘둥그레졌다. 동굴 앞에, 거대한 사람 모양의 무언가가 버티고 서 있었다.

2미터가 넘는 거크가 올려다봐야 할 정도로 큰 덩치. 흑금색 몸에 그 몸통과 비교해도 거대한 팔다리. 손에 쥐고 있는 거대한 칼과 방패에서는 혈관을 연상케 하는 진홍색 빛이 뿜어져 나오고 있다. 마치 거인 기사처럼 보인다. 평범한 인형이 아니라는 증거로, 그 팔다리가 크게 흔들리고 있다.

머리에서 빛나는 역삼각형 심볼은 언젠가 봤던 『아카샤의 탑』의 표식이다.

"골렘?! 계속해서, 끝도 없이…… 빌어먹을!"

빠르게 뛰는 심장. 긴장감 속에서, 혼신의 힘을 다 해서 화살을 날렸다.

극한 상태에서, 지금까지의 경험이 스벤에게 최고의 한 발을 선사했다. 검은 화살이 마치 유성처럼 흘러갔고, 거인의 방패 중심에 명중했다

꽝음이 울려 퍼졌다. 거구가 몇 걸음 뒤로 물러났다.

일그러진 화살이 바닥에 떨어졌다. 생각도 못 한 광경에 눈이 휘둥그레졌다.

튕겨내는 것도 흘려내는 것도 아니라, 그냥 받아냈다. 받아냈으면서도 몇 걸음 물러나는 데서 그쳤다.

"크……아아아아아아아!!"

거크가 포효했고, 빙람전아로 있는 힘껏 방패를 때렸다. 수많

은 마법이 그 거구를 때린다.

키메라가 크게 선회해서 부상을 당한 헌터를 노렸다.

거인은 맹렬한 공격을 받기는 했지만, 조금도 흔들리지 않았다. 그 옆으로 빠져나가는 건 불가능하다.

틀렸다……. 이제 끝장인가?

발이 멈췄다. 앞에는 거인, 뒤에는 키메라. 약점은 아직도 찾아내지 못했다.

도저히 손쓸 도리가 없는 상황 속에, 스벤이 화살집에서 화살을 있는 대로 꺼내서 활에 메겼다.

끝까지 발버둥 친다.

스벤에게 붙은 별명의 유래——『난격』.

이번에 쏘면 떨어진 화살을 주우러 갈 시간도 없겠지. 하지만, 이 기술이라면, 운만 따라주면 키메라 한 마리 정도는 떨어트릴 수 있을 것이다. 기적이 일어나면 두 마리를 떨어트릴 수도 있고.

아마도 이것이—— 마지막 기회다.

지금까지 쌓아온 모든 것을 실어서, 스벤이 화살을 쐈다.

열 세발의 화살이, 산탄처럼 밤하늘을 날았다. 그 기세는 하나씩 쐈을 때와 다를 게 없었다.

도저히 피할 수도 없게 날아오는 화살을 보고 키메라 한 마리가 포효했다. 몸을 비틀어서 화살을 피하려고 했다.

스벤의 입술에서 피가 흘렀다.

"……큭, 약해!"

화살은 분명히 명중했다. 하지만 날개는 빗겨나가고 급소에는 맞지도 않았다. 그저 스쳤을 뿐이다.

눈으로 보고 회피한 게 아니다. 그저, 운이 나빴다.

키메라가 공중에서 자세를 바로잡고, 승리를 확신한 것처럼 포효했다.

그리고 다음 순간, 키메라의 몸뚱이가 잡아끌리는 것처럼 땅으로 떨어졌다.

"……어?!"

땅에 추락한 키메라한테서 축축한 소리가 났다.

날아다니고 있는 다른 한 마리가 당황한 것처럼 움직임을 멈췄다.

화살은 분명히 빗나갔다. 스벤은 화살에 독 같은 걸 바르지 않았다.

무슨 일이 일어났는지 모르겠다.

그러는 동안에도 계속 공격을 회피하고 있던 시트리의 눈이 휘둥그레졌다.

땅에 내려서는 작은 소리를 듣고, 황급히 그쪽을 쳐다봤다.

검은색과 빨간색을 바탕으로 한 노출이 많은 프로텍터. 튼튼해 보이는 금속 신발과 그 오른팔을 감싸고 있는 보호대.

잘 단련된 유연한 몸은, 마치 육식동물처럼 보인다.

그 머리가 하늘을 올려다본다. 뒤로 묶은 머리카락 끝이 꼬리처럼 땅을 가리킨다.

밤하늘에, 술에 취한 것 같은 달콤한 목소리가 울려 퍼졌다.

"으아아아아…… 최고드아아아! 크라이, 진짜 최고야. 또 반했어."

제노사이더. 트러블 메이커. 조작 불능. 신출귀몰의《절영》.

"리, 리즈!? 너, 왜——."

"닥쳐줄래? 지금, 나, 진짜 기분이 좋거든."

추락한 키메라의 목이, 이제 와서 생각이 났다는 것처럼 떨어졌다.

리즈는 그걸 보고서 황홀하다는 듯이 웃었다.

가버렸다…….

나와 티노는 기력이 빠진 채, 둘이서 어두운 숲속을 걸어가고 있었다

자랑은 아니지만 나는 어둠을 싫어한다. 숲도 싫어한다. 어두운 숲은 상승효과를 주기 때문에 더 싫어한다.

아직 『오울즈 아이』 효과가 남아 있어서 다행이지, 이게 다 되면 정말 큰일이 나겠지.

리즈는 숲에 들어와서 한참을 걸어가다가 갑자기 "찾았다! 나 먼저 갈게!"라는 소리를 하더니, 호위 일을 팽개치고 혼자서 뛰어가 버렸다. 리즈는 여기에 소풍이라도 온 거라고 생각하는 걸까?

리즈에 대해서는 잘 알고 있으니까 이제 와서 뭐라고 할 생각

도 없지만, 그래도 힘이 쭉 빠진다.

"항상 폐만 끼치네."

"무슨 말씀을, 마스터어…… 괜찮아요!"

리즈를 반면교사로 삼는 건지, 유난히 착하게 구는 티노가 주먹을 꽉 쥐었다.

마물이나 팬텀은 나오지 않았다. 혹시 리즈를 무서워하는 걸까?

마침내, 시야 속에 빛이 나타났다.

숲이 불타고 있다. 폭탄이라도 터졌는지, 부러진 나무들과 불에 탄 풀들이 자극적인 냄새를 풍기고 있다.

순간적으로 놀랐지만, 시체는 보이지 않았다. 벼락이라도 떨어졌나?

티노가 잠깐 멈춰 서서 날 빤히 쳐다봤다. 어딘가 감정이 부족해 보이는 티노의 얼굴은 인형처럼 예쁘다.

"마스터어……."

"응, 그래, 그렇지."

하지만 무슨 일이 있을 때는 말로 설명해줬으면 좋겠다.

"서두르는 게 좋겠는데…… 나도 할 일을 해야지."

리즈의 감시역을 맡아 놓고 그거 하나 제대로 못하다니, 나한테 가치라는 게 있기는 한 걸까?

티노는 눈이 휘둥그레지더니 미안하다는 것처럼 고개를 숙였다.

"아, 예…… 저기…… 저한테 맞춰주셔서, 죄송해요, 마스터어. 그러니까…… 바쁘시면, 먼저 가셔도, 되는데……."

안내하는 사람도 없이 혼자서, 이 어두운 숲속을 걸어가라고?

네가 사람이냐?

티노가 진지한 얼굴로 폭탄이라도 터진 것처럼 공터가 생긴 숲을 확인하면서 말했다.

"상당히 강력한 벼락 마법의 흔적이에요…… 아마도 하늘에서—— 경계할 필요가 있어요. 신중히 나아갈 필요도 있고요."

"그렇구나……."

나는 점잖게 고개를 끄덕였다.

이게…… 헌터의 뇌인가.

나도 벼락 마법이라는 건 알고 있다. 공격마법 중에서는 가장 높은 난이도를 자랑하는 마법이고, 그걸 쓸 수 있다는 건 일류 마법사라는 증거다. 아크 로댕의 별명인 《은성만뢰》는, 아크가 벼락 속성을 자유자재로 다루기 때문에 붙은 별명이다.

하지만, 말이야. 파괴의 흔적은 상당히 범위가 넓었다. 이게 마법이라면 너무나 바보 같은 위력이다. 아무리 헌터라고 해도 제대로 맞으면 순식간에 끝장이 나겠는데.

마법이라는 건 위력과 범위에 비례해서 난이도와 소모 마력이 상승한다. 이 정도 규모의 파괴를 일으키는, 게다가 벼락 마법을 사용하는 사람이 이런 숲속 깊은 데 있을 리가 없다.

아무리 봐도 자연 현상이다. 티노는 호위를 맡은 탓에 예민해져 있을 뿐이다.

주위를 확인해봤지만 역시나 시체는 없었다. 비가 내린 흔적도 없기는 하지만, 숲속은 날씨가 자주 바뀐다고 하잖아.

솔직히 말이야, 이런 파괴를 일으킬 수 있는 마도사가 있다면,

난 죽어도 그런 데는 안 갈 거거든.

"하늘은 신경 쓰지 않아도 되니까, 빨리 가자."

"! 괘, 괜찮은가요……?"

"그래, 그래. 오케이야 오케이~."

하나도 믿음직스럽지 않은 가벼운 말을 듣고, 티노가 활짝 웃었다.

"고, 고맙습니다! 그럼, 하늘은 마스터어한테 맡길게요."

"?! ……뭐, 그렇게."

하늘을 맡아버렸다. 이거 책임이 큰데.

알았으니까, 대지랑 리즈 쪽은 잘 부탁할게.

마음을 다잡은 것처럼 앞장서서 걸어가는 티노를 따라간다.

이제 와서 하는 소리지만 말이야, 여기, 길도 없는데 방향은 맞는 건가?

트레저 헌터에게는 순수한 전투능력과 별개로 상성이라는 것도 존재한다.

예를 들어서 거크의 빙람전아는 키메라의 몸통을 단번에 두 토막을 내버릴 정도로 강력하고, 스벤의 화살은 명중만 하면 어지간한 것들을 꿰뚫어버리는 위력과 긴 사정거리를 자랑한다.

시트리는 순수한 전투능력은 없지만, 정보 처리 능력이나 지휘관으로의 능력은 강하다.

키메라는 강력하다. 히트 앤드 어웨이라는 소극적인 전법을 사용하면 근거리 공격밖에 못하는 거크는 가까이 다가가지도 못하고, 높은 기동력 덕분에 스벤의 화살도 회피할 수 있다.

그렇다면, 리즈는 어떨까?

리즈 스마트는 속도에 특화된 헌터다.

마나 머티리얼은 헌터의 운동능력을 강화하는데, 어떤 능력에 중점을 둘지는 본인의 의지에 따라 크게 달라진다. 리즈는 엄청나게 높은 레벨의 보물전을 탐색하면서 흡수한 마나 머티리얼 대부분을, 민첩성을 중심으로 하는 신체능력에 배분했다. 한계에 달한 속도와 몸놀림은 스벤의 화살을 따라잡을 정도고, 마구 쏴댄 총탄을 맨손으로 잡을 수도 있다.

"시트, 고전하고 있어? 꼴좋다!"

"어……언니?!"

상성 문제다. 스벤과 리즈의 능력 차이가 그렇게 큰 건 아니다.

하지만 기동에 특화된 리즈는 그 누구보다 키메라와의 상성이 좋았다.

무방비해 보이는 리즈를 노리고, 하늘에 있던 키메라가 날아왔다. 자신의 체중과 속도를 에너지로 바꿔서 날리는 몸통 박치기에는, 리즈보다 다부지고 튼튼한 헌터도 한 방에 날려버릴 수 있는 위력이 실려 있다.

하지만 맞지 않았다.

뒤쪽에서 고속으로 날아오는 그림자. 그리고 그것이 체격이 작은 소녀와 접촉한 그 순간, 그 모습이 흔들렸다.

스벤의 동체시력으로도 어떻게 움직인 건지 볼 수가 없었다.

속도에 푹 빠져버린 그 헌터에게, 날아오는 화살을 아무렇지도 않게 움켜쥐는 그 헌터에게, 키메라의 일격은 멈춰 있는 것이나 마찬가지였다.

리즈는 돌진하는 키메라를 보지도 않고 회피했고, 게다가 몸을 가볍게 놀려서는 고속으로 움직이는 키메라 위에 올라탔다. 리즈를 태운 채, 키메라가 상공까지 날아올랐다. 키메라가 날뛰었지만 그 작은 몸은 흔들리지도 않았다.

그 모습은 스벤 일행이 조금 전까지 원했던 돌출된 존재 그 자체였다.

거인이 그제야 생각이 났다는 것처럼 거대한 검을 치켜들었다. 거크가 도끼창으로 거기에 맞섰다.

키메라한테 공격당해서 넘어져 있던 헌터들이 서둘러서 상처를 치료했다.

"리이이이이즈! 노닥거리지 말고, 빨리 해치워! 시트리가 위험하다고!"

"시끄러! 나한테 명령하지 마, 이 망할 피라미! 이렇게 재밌는 걸, 나만 빼놓고 자기들끼리만 하다니!"

리즈가 키메라의 등에서 폴짝 뛰어내렸다. 수십 미터 상공에서 떨어졌는데, 가볍게 착지했다.

뒤늦게, 리즈가 조금 전까지 올라타고 있던 키메라가 땅에 처박혔다.

그 목이 뚝 떨어지고 피가 뿜어져 나온다.

아까까지 고전하던 게 거짓말이었던 것 같은 허무한 결말. 시트리가 비명을 질렀다.

"왜 여기 있어?!"

"크라이한테 졸라서, 와버렸지."

크라이, 그 자식…… 증원을 보냈어!

그것도 이 더할 나위 없는 타이밍, 전멸을 각오한 직후에 증원.

그야말로── 귀신같은 타이밍과 선견지명.

마구 날뛰기 시작한 거인을, 거크를 중심으로 삼은 헌터들이 포위해서 막고 있다. 강력한 골렘인 것 같지만 공격 하나하나의 속도는 느리다. 이번에는 히트 앤드 어웨이로 공격할 차례다.

스벤은 적이 듣거나 말거나 소리를 질렀다.

"《천변만화》가 증원을 보냈다. 이길 수 있어!"

소피아 블랙은 전장 한복판에서 입술을 깨물고 있었다.

모든 것이 예상 밖이다. 물론 돌발 상황은 충분히 벌어질 수 있는 일이지만, 도가 지나쳤다.

제일 컸던 것은 플리크의 폭주였다. 분명히 질투하는 구석이 있기는 했지만, 그렇게까지 생각도 못 한 행동을 하리라고는 생각도 못 했다.

마화 팬텀을 허비한 건 그렇다 치더라도, 헌터들을 향해 하늘에서 떨어지는 벼락 마법을 사용했을 때는 온몸의 피가 얼어붙은 것 같은 기분이 들었다.

사용할 수 있는 사람이 거의 없는 최상급 벼락 마법을 사형이 쓸 수 있을 거라는 생각도 못 했었고, 맬리스이터를 사용하라고 지시했는데도 공격마법을 주축으로 삼을 줄은 몰랐다.

사형의 마도사로서의 실력과 자부심을 너무 얕잡아 봤다는 뜻일까. 정말 큰 공부가 됐다.

그리고 이제 와서, 나타날 리가 없는《절영》이 나타난 덕분에 소피아의 작전은 완전히 무너져버렸다.

어지간한 헌터들이라면 수십 명을 상대하더라도 버틸 수 있는 최강의 키메라인 맬리스이터를, 마치 어린애처럼 가지고 놀고 있다. 발톱이나 꼬리를 이용한 공격도 몸통 박치기도, 맞지 않으면 아무 의미가 없다.

그리고 맞을 리가 없다. 맬리스이터는 스펙 자체도 높지만, 무엇보다 획기적인 것은 생산성이다.

맬리스이터는 하나하나 시술을 통해서 만들어야만 하는 키메라와 달리, 일반 동물과 마찬가지로 생식을 통해서 숫자를 늘리는 게 가능하다.

그건 그것대로 의미 있는 연구였지만, 한편으로는 역량 차이를 뒤집을 만큼의 능력이 없다.

설마 그 지휘를 담당한 마도사가 히트 앤드 어웨이라는 소극적인 책략을 취할 줄은 몰랐다. 이래서는 격퇴는 고사하고『성능 시험』도 완전히 실패다.

기껏 여러 명의, 직업도 제각기 다른 헌터들이 상대인데──

정말 아까운 일이다.

《절영》이 하늘 높이 뛰어올랐다. 땅을 강하게 박차고, 다리 힘만으로 높이, 높이 날아올랐다.

목표는 저 멀리 하늘 위에서 명령을 내리고 있는 사령탑. 그 몸이 목표까지 거리의 절반쯤 갔을 때, 중력의 손에 붙잡혀서 상승을 멈추고 말았다.

──그리고, 《절영》은『하늘을 박찼다』.

다시 급가속하는 《절영》을 보고, 절대로 못 올 거라고 안심하고 있던 사령탑 마도사가 동요했다.

소피아는 잘 알고 있었다.

『하이스트 루트(하늘에 도달하는 기원)』. 하늘을 『딱 한 걸음』 박찰 수 있는, 리즈 스마트의 보구다.

단순한 보구지만 뛰어난 신체능력을 지닌 《절영》이 다루면 경이적인 위력을 발휘한다.

리즈가 매달리자, 하늘에 남아 있던 마지막 맬리스이터가 마도사와 함께 추락한다.

지상에 남아 있던 두 마리도 더 이상 아무 도움이 안 된다. 상대가 《절영》이면 성능 시험도 의미가 없고.

남은 건 최강의 전력──《비탄의 망령(스트레인지)》과 싸울 것을 상정하고 만들어낸 『아카샤』뿐이다.

소피아가 스승과 함께 몸이 부서져라 열심히 설계한 골렘이다. 온몸을 빈틈없이 지켜주는 특수 합금 장갑과 모든 공격을 막아내는 방패. 검은 물론이고 포문까지 갖춰서, 원거리 공격까지도 망라하고 있다. 다양한 전황을 상정한 구성. 동력원인 마력(마나)도 잔뜩 축적해서, 전투 지속 능력도 충분하다.

　무엇보다 골렘의 가장 큰 약점인 판단능력을 인간이 보완해서, 전략 병기라고 해도 과언이 아닐 수준의 힘을 지녔다. 그야말로 『아카샤』라는 이름에 어울리는 완성도다.

　그 골렘에는 『아카샤의 탑』 본부에서 쓴소리를 할 정도의 돈이 들어갔다.

　다수의 헌터를 상대하더라도 절대로 지지 않으리라는 자신이 있었다.

　칼과 방패를 휘두르면서, 다른 헌터들이 접근하지 못하도록 움직이고 있는 『아카샤』를 확인했다.

　헌터들이 마치 벌레처럼 보였다. 거크의 일격을 무방비하게 얻어맞았지만, 그 금속장갑에 약간의 흠집만 남았을 뿐, 대미지는 없다. 아마도 조작자는 만능이라도 된 것 같은 기분에 취해 있겠지.

　싸우는 방법을 하나도 모른다고, 소피아는 입술을 깨물었다.

　무능하다. 『아카샤』의 스펙을 하나도 살리지 못하고 있다. 막대기를 휘두르면서 놀고 있는 어린애 같은 꼴이다. 사형들은 하나같이 연구자로서는 우수한 사람들이지만, 싸우는 방법을 하나도 몰라서 문제다.

　이러다간 스승님도 낙담하시겠지. 머리에서 빛나고 있는 『아카샤의 탑』 문장이 울고 있는 것 같다.

　《절영》이 남은 맬리스이터 두 마리를 순식간에 해치우고, 완전히 신이 나서『아카샤』쪽으로 돌격했다.

『아카샤』에게는 증원이 없다. 빨리 적의 숫자를 줄여야 하는데, 그런 생각도 못 하고 있는 것 같다. 다른 헌터들의 연속 공격에 대응하기도 바빠서, 지금 가장 경계해야 하는 거크에 대한 대응이 허술해져 있다.

역시 계획대로, 내가 하는 수밖에 없다.

소피아는 정신을 집중하고, 주위에 있는 다른 헌터들에게 들키지 않게 손가락을 움직여서『아카샤』의 조작 술식을 발동시켰다. 관리자 권한을 사용해서, 지금 조직하고 있는 사형의 제어를 무시해버렸다.

맹공을 받고 있던 골렘의 움직임이 멈췄다. 그리고, 진정한『아카샤』가 움직이기 시작했다.

우세다. 이대로 가면 이길 수 있다. 스벤은 승리를 확신했다.

키메라는 리즈가 해치웠고, 남은 건 거대한 금속 골렘뿐이다.

온몸이 금속으로 되어 있는 검은색 골렘은 여러 의미로 헌터들을 압도하고 있다.

거크의 일격을 맞아도 거의 흠집이 나지 않는 단단한 장갑에, 한 방에 헌터들을 날려버리는 힘. 거대한 검은 제대로 맞으면 치명상을 입을 것 같은데, 이쪽의 공격은 골렘에게 제대로 된 흠집 하나도 내지 못하고 있다.

하지만, 그래도── 적어도, 다수의 키메라보다는 훨씬 낫다.

그 이유는 금속 골렘의 전투 기술 때문이다. 솔직하게 말하자면 조잡하다.

원래 골렘에게는 그다지 복잡한 명령을 내릴 수가 없다. 시간과 수고를 잔뜩 들여서 만들어낸 골렘이라고 해도, 그 판단 능력은 사람보다 뒤떨어지기 때문에 단순작업에나 사용한다.

눈앞에 있는 골렘은 그나마 골렘이라는 걸 믿을 수 없을 정도로 뛰어난 판단 능력을 발휘하고 있지만, 멀리서 봐도 임기응변을 발휘하면서 보물전을 탐색하는 헌터들을 당해내기에는 한참 멀었다. 스벤을 비롯한 헌터들은, 제아무리 힘이 세다고 해도 그저 무작정 칼을 휘두르기만 하는 골렘 따위에게 간단히 당할 정도로 어설픈 자들이 아니다.

특히 거크의 공격은 방패를 피해서 때리기만 하면 확실하게 장갑을 깎아내고 있었다. 보통 단단한 게 아니지만, 제도의 헌터들 사이에서도 아주 유명한 빙람전아는 그 단단한 장갑을 때리면서도 이가 빠질 기미조차 보이지 않았다.

빙람전아의 효과 때문에 장갑에는 서리가 내리고, 약간 흠집까지 난 상태였다.

"시트, 나중에 크라이한테, 시트 너 고전했다고 일러줄 거다! 나한테 빚진 거야."

"언니, 조용히 해! 왜 온 거야?!"

키메라를 아무렇지 않게 해치워버린 리즈가, 농담까지 던지면서 골렘을 향해 돌진했다.

망설이지도 않고 칼을 휘둘러대는 골렘의 공격 범위 안으로 들어가다니, 여전히 제정신이 아니다.

리즈는 폭풍처럼 거세게 내리치는 칼날 사이사이로 바느질이라도 하는 것처럼 지나가더니, 그대로 방패를 걷어찼다. 4미터에 가까운 거구가 발차기 한 방에 크게 흔들렸다.

"뭐야! 딱딱해! 대단한데~!"

리즈가 환호성을 지르면서, 거의 수직으로 들어 올린 방패를 향해 달려 올라갔다.

그곳은 이미 거인의 품 안이다. 칼은 휘두를 수 없다.

그대로 방패를 휘둘러서 떨쳐내기 전에 끝까지 달려 올라가더니, 리즈는 오른발을 크게 뻗어서 돌려차기를 하는 요령으로 아카샤의 문장이 새겨진 머리를 차올렸다. 거인이 한 걸음 물러나고, 리즈는 반동을 이용해서 착지했다.

골렘이 거대한 방패를 내리쳤다. 머리를 흔들어놨지만 그 움직임에는 변화가 없었다.

리즈는 방패의 일격을 아무렇지 않게 피했고, 입술에 손가락을 대고는 조금 전과는 전혀 다르게 진지한 표정으로 중얼거렸다.

"……금속 장갑. 다리에 부스터. 두 팔에 포문. 방패와 장검. 날개는 없음. 전면(全面) 금속, 관절 부분도 가렸고. 정면에서 돌파는 곤란한가. 그래…… 그렇구나, 조금 강력한 키메라 정도 가지고 크라이가 나한테 행동을 허락했을 리가 없지."

헨리크가 아까 빗나갔던 화살들을 주워서 가지고 왔다. 적에게 명중한 건 아니니까 다시 써도 아무 문제도 없다. 스벤은 그 화살들을 받아들고, 뭔가를 중얼거리고 있는 리즈를 향해 소리쳤다.

"리즈, 협력하겠다. 이놈은 움직임이 둔해. 방패는 내 화살이나 거크 씨의 일격을 받아도 멀쩡하지만, 다른 부분은 그 정도까지는 아니야."

특히 장갑의 얼어붙은 부분은 조금 약해진 것 같다. 틈을 만들어내서 온 힘을 다한 공격을 명중시키면 무너트릴 수 있을지도 모른다. 리즈한테는 속도가 있지만, 파괴력만 따지면 스벤과 거크 쪽이 더 강하다.

"넌 도적이잖아! 우리한테도 활약할 기회를 달라고!"

문제는 리즈가 남의 말을 죽어도 안 듣는 인간이라는 점이다. 부탁하면 아주 좋아하면서 No~ 라고 말할 가능성도 있다.

스벤이 제안하자, 리즈는 눈을 깜박거리면서 아주 간단하게 말했다.

"난 알아서 할 테니까 그쪽도 알아서 하든지? 어차피 그런 화살 가지고는 나한테 맞지도 않을 테니까."

리즈가 움직이면 이 골렘은 아마도 그쪽을 쫓아갈 것이다. 빈틈은 반드시 생긴다.

약점은 모르겠지만, 골렘의 몸통을 노리고 있다. 스벤은 머리를 노려야겠지.

"어차피 시간도 얼마 없고."

"? 무슨 소리야?"

그때, 칼을 휘둘러대던 골렘의 움직임이 멈췄다.

마치 전원이라도 꺼버린 것처럼 덜컥, 하고 몸이 주저앉더니 꼼짝도 안 하게 돼버렸다.

　문제라도 생겼나? 아니면 무슨 작전인가? 어쨌거나 좋은 기회다.

　화살을 메겼다. 활을 너무 많이 쏴서 위팔이 욱신욱신 쑤신다.

　화살을 당기고 쏘는 데까지, 순식간이었다.

　노리는 곳은──── 머리.

　화살을 날린 순간, 골렘이 다시 움직이기 시작했다.

　거대한 방패를 들어 올려서 사선을 가로막았다. 조금 전과 다른, 목적을 가진 움직임이다.

　머리를 날려버릴 예정이었던 화살이 방패에 명중하고, 폭발이라도 일어난 것 같은 소리를 낸 뒤에 떨어졌다.

　골렘의 발놀림이 달라졌다. 그것은 헌터라면 누구나 알아볼 수 있는 변화였다.

　지금까지는 거의 그 자리에 가만히 서서 싸우기만 하던 골렘이, 사람처럼 움직이면서 자세를 잡았다.

　오싹, 하고 오한이 일었다.

　지금까지 싸우고 있던 골렘이 전혀 다른 생물로 변해버린 것 같은 감각.

　거대한 골렘이 몸을 낮추고 발을 내디뎠다. 공격 범위를 고려해서 회피하던 헌터들을 향해, 왼손에 쥐고 있는 방패가 움직였다.

　"피해!"

　사람이 하늘로 날아올랐다. 전위를 구축하고 있던 커다란 방패를 든 전사(워리어)가, 마치 종잇조각처럼 날아갔다. 조금 전까지만 해도 수많은 공격을 회피하고, 때로는 막아내던 헌터가 허무하게 땅바닥에 처박혔다.

아까까지 둔하고 묵직하게 움직이던 몸놀림이 거짓말 같았다. 방패로 헌터들을 날려버린 거인은, 그대로 방향을 전환해서 칼을 가로로 휘둘렀다. 그 일거수일투족은 너무나 매끄럽게 연결돼서 빈틈을 찾아볼 수가 없었다.

"물러나! 경계해!"

칼이 땅바닥을 도려냈다. 발을 내디디면서 날린 일격에는 지금까지 보여주던 무작정 휘두르기만 하던 공격과는 차원이 다른 위력이 실려 있었다.

"!"

뒤쪽으로 파고든 거크가 날카로운 기합을 지르면서 도끼창을 휘둘러 골렘의 다리를 노렸다. 제동하기 위해서 잠깐 멈춘 순간을 노린 그 일격은, 기대와 달리 허공을 갈랐다.

거대한 몸이 하늘로 뛰어올랐다. 4미터 가까이나 되는 금속 덩어리가 달을 가렸고, 그대로 중력에 이끌려서 떨어진다.

땅이 터졌다. 흙먼지가 피어올랐다. 그저, 한 번 크게 뛰었을 뿐인데 바람이 휘몰아치고, 충격과 소리가 스벤의 몸을 뒤흔들었다.

대체 무슨 일이 일어난 걸까—— 말도 안 된다.

어린애 같은 움직임만 반복하던 골렘이, 갑자기 역전의 전사처럼 움직이기 시작했다. 골렘이 칼을 들어 올렸다 내리쳤다. 딱 멈춘 칼이 공기를 가르고, 바람이 일었다.

그 칼끝이, 마치 선전포고라도 하는 것처럼 스벤을 가리키고 있다.

"……이렇게, 큰데—— 대체, 무슨 움직임이."

동료들이 쓰러진 헌터들을 회복시켜주고 있다. 골렘은 그쪽을 굳이 공격하지 않았다.

후위들이 날린 수많은 공격 마법이, 마치 빗줄기처럼 골렘을 때렸다. 하지만 골렘은 그 공격들을 신경도 쓰지 않았다. 마치 자신에게 마법 공격이 소용없다는 걸 알고 있는 것처럼.

골렘이 보고 있는 것은 거크와 스벤과 리즈, 세 사람뿐이다.

달을 가려버릴 것 같은 거대한 몸. 올려다봐야 하는 골렘의 위용을 본 거크의 머릿속에 어떤 헌터가 떠올랐다.

"……뭐야 이놈은, 마치 그 자식—— 안셈 같잖아?!"

《부동불변(不動不變)》.《비탄의 망령》의 수호신—— 철벽 방어를 자랑하는 레벨7의 수호기사(팔라딘).

그 말을 듣고, 안셈의 친동생인 리즈가 이상하다는 표정을 지으며 말했다.

"그러고 보니까, 키도 비슷해 보이네. ……모델로 삼았나?"

"말도 안 돼!"

골렘이 다시 움직이기 시작했다. 안 그래도 몇 톤이나 되는지 모를 그 몸으로 빠르게 움직인다면, 스벤을 비롯한 헌터들한테는 막아낼 방법이 없다.

길이가 몇 미터나 되는 두꺼운 칼날을 가로로 휘둘러서 리즈를 노렸다. 리즈는 도약해서 가볍게 회피. 움직임은 확실히 빨라졌지만, 《절영》을 잡을 정도는 아니다.

리즈 하나만은 자유롭게 움직일 수 있다. 아직 승산은 있다.

숨을 고리고 틈을 노리는 스벤 앞에서, 하늘로 날아오른 리즈가 눈을 깜박거렸다.

 "어?!"

 어둠 속에서 불타는 선이 그어졌다. 위팔에 장착해놓은 포문이 번쩍였고, 발사된 광선이 공중에 떠 있는 탓에 마음대로 움직일 수 없는 리즈의 옆구리를 스쳤다.

 리즈는 황급히 공중을 박차고 가속해서 회피하고 착지했는데, 그때 포문은 이미 지면 쪽으로 향해 있었다.

 "뭐야, 이거!"

 광선이 땅바닥을 태운다. 리즈가 웬일로 당황한 표정으로 땅을 박찼다.

 "원거리 공격까지 할 수 있는 거야?!"

 믿을 수 없는 성능이다. 게다가 위력은 낮지만 피하기가 상당히 힘든 열광선이다.

 아무리 리즈가 빠르다고 해도 빛보다 빠른 건 아니다. 위팔의 포문을 보고 열선이 어디로 날아올지 추측할 수는 있지만, 공중에서 멈췄을 때를 노린다면 대책이 없다.

 최우선 순위로 설정한 건지, 리즈를 향해서 칼을 연속으로 휘둘러댔다. 가벼운 몸놀림을 중시하는 데다 체격도 작은 리즈는, 스치기만 해도 치명상을 입을 것이다.

 거크가 휘두른 도끼창을, 속도가 붙기 전에 팔로 쳐냈다. 틈을 노리고 날린 화살은 방패로 막아냈다.

 골렘의 시야는 놀라울 정도로 넓었다. 마치 전장을 하늘에서 내려다보고 있는 것처럼 대응하고 있다.

"⋯⋯이 자식, 왜 리즈를 노리는 거야?!"

아까까지와 다르게 지금 이 골렘은 고도의 지능을 가졌고, 목표의 우선순위까지 설정하고 있다.

하지만, 그렇기 때문에 리즈를 집요하게 노리는 이유를 모르겠다. 분명히 리즈가 빠르기는 하지만 공격 자체는 가볍다. 온몸에 장갑을 두른 이 골렘한테는 우선순위가 높을 이유가 없다.

"⋯⋯진짜, 끈질기네!"

이동 방향을 계산해서 발사한 열선 때문에, 리즈가 짜증 난다는 것처럼 신음 소리를 냈다.

훤히 드러난 복부에 열선이 스친 부분이 빨갛게 부풀어 있다.

쓰러트리는 건 무리, 인가. 너무 튼튼하다. 맞기만 하면 쓰러트릴 수 있던 키메라하고는 전혀 다르다.

다리를 무너트릴까? 할 수 있을까? 지금 이 골렘의 움직임은 지금까지와 전혀 다르다.

갑자기 공격 대상에서 벗어난 시트리는, 언니의 분투를 감정이라고는 찾아볼 수 없는 눈으로 관찰하고 있다.

집중하고 있는 것처럼, 뭔가 중얼거리고 있다.

"시트리~! 뭔가 실마리는 있었어?!"

"⋯⋯아, 예. ⋯⋯범위 공격이 없어서 다행이네요. 언니는 광범위 공격에 약하니까⋯⋯."

"⋯⋯무슨 소리를 하는 거야?"

이런 상황에서도, 리즈의 움직임은 점점 빨라지고 있다. 포문을 회피해서 눈에 보이지도 않을 만큼 빠른 속도로 골렘의 다리를 걷어찼지만, 그래봤자 자세를 무너트리지도 못했다.

"아마도 저것의 약점은…… 지구력이에요. 연금술사의 골렘은 마력을 원동력으로 삼아요. 배터리가 내장돼 있는데, 그게 다 떨어지면 당연히 움직일 수 없게 돼요. 격렬하게 움직이면 움직일수록 빨리 소모될 거예요."

"지구전, 이라고."

"특히, 마력을 소비하는 방출 계열 공격은 소모가 심할…… 거예요. 저런 열선을 계속 쏘다 보면 오래 버티지 못할 거예요. 저 장갑, 아마도 보통 금속이 아니네요. 저걸 힘으로 무너트리는 건 정말 힘들어요."

상대의 힘이 다 하는 게 먼저일까, 아니면 리즈가 먼저 지쳐버릴까.

어째선지 골렘은 멀리 피난한 다른 헌터들한테는 관심도 없는 것 같다. 약한 상대를 노린다는 생각이 없는 건지, 아니면 우선순위가 너무 낮은 걸까.

칼이 땅을 부수고, 거대한 방패가 청소라도 하려는 것처럼 거크를 때렸다. 도끼창과 방패가 부딪치고, 거크가 데굴데굴 굴러서 낙법을 했다.

필드는 끔찍한 상황이었다. 땅에는 균열, 열선에 태워진 공기가 독특한 악취를 풍기고 있다.

지구전은 이쪽이 유리하다. 숫자는 헌터 쪽이 많다. 치료 마법 사용자도 여러 명 있다.

부담이 가장 큰 건 리즈인데, 누구보다 전의가 강한 리즈가 우는소리를 할 리도 없다.

"리즈, 지구전으로 간다! 앞으로 나서서 열선을 쏘게 만들어! 체력 소모를 최대한 줄이고! 견제는 우리가 해줄 테니까!"

"지구전?! 웃기지 마! 죽어도 해치울 거야! 시간이 없다고!"

"무슨 말도 안 되는!"

금속 덩어리를 걷어차고 있으니, 다리에 실리는 부담도 상당하겠지.

스벤의 말을 무시하고, 리즈가 등 뒤로 파고들었다. 골렘은 몸을 돌리고, 열선과 칼을 이용해서 집요하게 쫓아갔다. 맨몸과 골렘, 누가 더 튼튼한지는 굳이 따져볼 필요도 없다.

시간이 없다고? 무슨 시간이?

분명히 리즈는 서두르고 있다. 가로로 휘두른 칼을 점프해서 회피, 팔에 착지하더니 재주도 좋게 팔을 타고 뛰어 올라간다. 위팔의 포탑 앞에서 크게 도약해서 광선을 회피하더니, 골렘의 머리에 발차기가 작렬했다.

골렘이 흔들린다. 왼팔 포탑이 리즈 쪽으로 향한다. 스벤은 재빨리 화살을 날렸다.

조준은 머리—— 가 아니라 다리. 화살이 골렘의 오른쪽 무릎 뒤쪽을 때렸고, 골렘의 자세가 크게 무너졌다.

포탑에서 발사된 열선이, 자세가 무너진 탓에 빗나가고 말았다. 어느샌가 빠르게 접근한 거크가, 이마에 핏대까지 세우고, 체중을 받치고 있는 오른쪽 무릎을 후려쳤다.

"좋았어!"

행운이 불러온 결과였다. 골렘이 집요하게 리즈한테 집중한 덕분에, 선회하느라 균형이 무너진 덕분에, 거크가 바로 추가 공격을 날린 덕분에.

결국 거대한 몸의 균형이 무너졌다. 왼발이 미끄러지고, 요란하게 뒤로 자빠졌다.

온몸이 금속 덩어리다. 일단 쓰러지면 복구하는 데 시간이 걸리겠지. 사람도 전신 갑옷을 입은 상태에서 넘어지면 일어나기가 아주 힘들다.

큰 틈이 생겼다. 거크는 도끼로 머리를 노릴 수 있고, 방패를 놓치면 화살로 머리를 쏴버릴 수도 있다.

지구전이 아니라 정말로 쓰러트릴 수 있을지도 모른다. 가슴에 일말의 희망을 품었지만, 그 희망은 바로 사라져버렸다.

눈을 의심했다. 거크도 얼빠진 표정을 지었다.

골렘은── 자빠지지 않았다. 등에서 분출된 공기가 아슬아슬하게 그 몸이 넘어지는 걸 막았고, 그리고는 천천히 몸을 일으켜 세웠다. 자세를 바로잡은 골렘은 두 발로 확실하게 땅을 디디더니, 아무 일도 없었다는 것처럼 무기를 겨눴다.

"마, 말도 안 돼…… 뭐 이런 게 다 있어."

지금까지 만난 『아카샤의 탑』의 수하들은 하나같이 강적이었다.

온갖 공격을 튕겨내는 슬라임 같은 것, 백 명에 가까운 헌터를 단번에 행동 불능으로 만들어버린 최상급 벼락 마법. 높은 기동성을 지닌 강력한 키메라가 여러 마리. 하나같이 스벤이 평소에 탐색하던 레벨6 보물전에서도 쉽게 볼 수 없는 강적이었다.

그리고, 이 빈틈이라고는 찾아볼 수 없는 움직임을 보이는 규격을 벗어난 골렘.

스벤은 마술결사에 대해서는 잘 모르지만 이게 전부『아카샤의 탑』이 개발한 연구 결과라면, 『아카샤의 탑』은 세상의 적이라고 해도 과언이 아니다.

어쩌면 지구력도 시트리의 상상을 뛰어넘은 건 아닐까? 그런 생각까지 들었다.

놀라고 있는 사이에, 거크와 리즈가 동시에 접근했다.

"으아아아아아아아아아아!!"

너무나 강한 적을 앞에 두고서도 변함이 없는, 엄청난 전의가 스벤을 뒤흔들었다.

그 모습은 영웅 그 자체였다. 스벤도 그 기세에 떠밀린 것처럼 화살을 메겼다. 싸움을 따라가지 못하는 동료들이 필사적으로 전장을 뛰어다니면서 화살을 가져다줬다.

그래. 아직 할 수 있는 일은 있다. 이놈한테는 아직『남격』을 시도해보지 않았다.

지금까지 수많은 강적을 쓰러트린 기술이고, 이번에는 슬라임한테도 키메라한테도 통하지 않았던 기술이다. 『남격』은 소모가 심해서 단기간에 몇 번이나 쏘는 건 생각해본 적도 없다.

하지만, 확신했다. 피곤하기는 해도 정신력은 충분하다. 다음 화살은 틀림없이 맞는다.

모아온 화살을 받았다. 평소에는 아무 생각 없이 썼던 화살이

유난히 무겁게 느껴진다.

혼을 담아서, 활을 겨눈다. 거크와 리즈가 골렘 주위에서 뛰어다니고 있지만, 문제없다.

이번에야말로 표적을 맞힌다. 온 신경을 집중하고, 힘을 담아서 시위를 당긴다.

그때, 열화와도 같은 공세를 보이던 리즈가 갑자기 몇 미터 후퇴했다.

얼굴은 달아오르고, 호흡은 거칠어지고, 눈에는 핏발이 서고, 땀이 끝도 없이 흘러나오고 있다.

"시간, 다 됐어. 짜증 나! 끝이야!"

시간이…… 됐다고? 그러고 보니까 아까부터, 리즈가 그런 소리를 했는데──.

방약무인하다고 두려움을 산, 자타 공인이 인정하는 광전사가 강적과의 교전보다 우선시하는 것?

마치 시간이 정지한 것처럼, 골렘의 움직임이 멈춰 있었다.

그리고 이 자리에 어울리지 않는 목소리가 들려왔다.

"뭐 하는 거야, 너희들……?"

갑자기 생각이 난 것처럼, 땀이 줄줄 흘렀다.

그 시선은 전장의 그 누구도 보고 있지 않았다.

그것은 아무리 봐도 헌터 같지 않은 차림새를 하고 있었다.

힘이라고는 하나도 느껴지지 않는 선이 가는 용모에 무기 하나 들지 않은, 마치 일반인 같은 차림새.

검은 머리카락에 검은 눈동자, 어디서나 흔히 볼 수 있는 특징.

걸음을 옮기는 분위기마저 위압감이 하나도 없고, 조금만 눈을 떼면 바로 잊어버릴 정도로 평범하다.

하지만 여기 있는 헌터들 대부분은 그 얼굴과 이름을 알고 있다.

그리고 그것을 모르는 사람이라도 결코, 오늘 이날을 잊지 못할 것이다.

"……크라이…… 그렇구나…… 너, 리즈하고 같이, 온 거냐."

이 자리에 있는 그 누구보다 높은, 제도에 세 명밖에 없는──── 레벨8.

자신의 수법을 전혀 보여주지 않는 전법 때문에 붙은 별명이 《천변만화》.

어지간해서는 제도를 떠나지 않는 남자가 거기에 있었다.

이 전장을 보고도 눈썹 하나 까딱하지 않고, 스벤의 목소리를 듣고도 눈길 한 번 주지 않았다.

굳은 표정으로 옆에 서 있는 티노와 반대로, 그 표정은 너무나 태평했다.

마치 아무것도 보이지 않는다는 것 같은 그 태도는, 차라리 초월적이라고 할 수 있을 정도였다.

아플 정도로 긴장된 분위기가 감돌았다.

헌터는 물론이고 조금 전까지 그렇게 날뛰던 골렘조차도, 마치 새로 나타난 난입자에게 압도당하기라도 한 것처럼 움직이지 않는다.

제일 먼저 움직인 건 리즈였다.

"미안, 크라이. 못 쓰러트렸어!"

"응?? 응, 그래, 그러네?"

리즈의 말에도, 크라이는 이상하다는 표정만 지을 뿐이었다.

여전히, 도저히 알 수 없는 사내다.

스벤은 천천히 활을 내렸다. 골렘은 빈틈투성이지만 더 이상 공격할 필요는 없다.

그를 만난 사람들은 하나같이, 그 별명이 붙은 이유를 이해한다.

스벤은 크라이와 오래 알고 지냈지만, 그래도 이 남자의 힘은 전혀 보이지 않는다.

"……그렇구나. 이젠, 끝이군요."

시트리가 고개를 크게 끄덕이고 중얼거렸다.

지금까지 멈춰 있던 골렘이 발을 옮겼다. 바닥을 짓밟아서 폭발을 일으키고, 그 거대한 몸이 순식간에 가속했다.

조금 전까지 싸우면서도 보여주지 않았던 엄청난 속도.

그 표적은 스벤도 아니고 거크와 리즈도 아닌, 그 중간에 있는 헌터도 아니라, 제일 멀리 떨어져 있는 《천변만화》한 사람뿐이었다.

아마도 보고 배우라고 데리고 온 것 같은 티노가, 그 골렘을 보고 작은 비명을 질렀다.

"마, 마스터어……!"

"응, 그래, 그러게."

크라이는 티노의 비명소리는 신경도 쓰지 않고, 그저 앞으로 걸어갈 뿐.

거대한 칼날을 치켜든다. 크라이는 피하려 하지도 않는다.

《천변만화》를 모르는 헌터가 비명을 지른다.

그리고, 아무런 행동도 하지 않는 크라이를 향해 칼을 내리친 그 순간,

——갑자기, 거대한 골렘이 날아가 버렸다.

움직임이 전혀 보이지 않았다. 소리도 없었다. 세 사람이 죽어라 공격해서 넘어트리지도 못했던 골렘이 하늘 높이 떠오르고, 손도 써보지 못하고 땅바닥에 떨어졌다.

거대한 칼이 손에서 떨어지고, 회전한 뒤에 비스듬하게 땅바닥에 꽂혔다.

말도 안 돼. 거크의 표정이 완전히 얼어붙었다.

마법일까 물리일까, 아니면 보구일까, 그것조차 불명. 크라이를 잘 알고, 그가 나타난 걸 보고 승리를 확신했던 스벤조차, 눈앞에서 일어난 광경을 쉽사리 믿을 수가 없었다.

"이게…… 레벨8?! 저 스벤 씨가 힘들어하던 골렘이——."

"《천변만화》는 전투를 못 하는 게 아니었나?!"

"어? 크라이, 어떻게 한 거야? 대단해! 난 하나도 안 보였어!"

골렘은 땅바닥에 자빠진 채로 꼼짝도 하지 않는다. 저 골렘의 내구력이라면 저렇게 날아가 버린 정도로 파괴당했을 리가 없는데, 대체 무슨 짓을 한 걸까. 진리를 의미하는 거꾸로 된 피라미드——빛나고 있던 『아카샤의 탑』 문장에서 빛이 사라지고, 완전히 침묵했다.

《천변만화》는 사람들이 쳐다보는 속에서, 평소처럼 난처하다는 것처럼 웃으면서 말했다.

"미안, 어두워서 잘 안 보였는데, 무슨 일 있었어?"

어두워서 아무것도 보이지 않는다.

반지형 보구『오울즈 아이』의 마력이 떨어졌다. 난 올빼미가 아니다 보니 하나도 안 보이게 돼버렸다.

숲속은 정말 새카맣게 어두워서 한 치 앞도 안 보인다. 하늘에 달이 어렴풋이 떠 있기는 하지만, 올빼미가 아닌 나한테는 그 정도 달빛 가지고는 아무 소용이 없었다.

이렇게 어둠 속에 있으니까, 문명이 얼마나 고마운 것인지 절실하게 느끼게 된다.

"티노, 어둡지 않아?"

"마스터어…… 절 너무 얕보지 마세요. 저도 헌터니까, 이 정도는 잘 보여요."

티노가 볼이 통통 부어서 대답한 것 같다. 아무래도 헌터들은 밤눈이 좋은 것 같다. 오울즈 아이가 유난히 쌌던 이유를 알게 된 순간이다.

지금 당장이라도 돌아가서 목욕이나 하고 싶은 기분이지만, 혼자서는 돌아갈 수도 없고, 리즈를 던져놓고서 그냥 갈 수도 없다.

믿을 사람은 내 앞에서 주변의 기척을 살피며 걸어가고 있는 티노 뿐이다.

문득, 어둠 속에서 티노가 말했다.

"마스터어, 대규모 전투의 기척이 있어요. 가까워요."

"뭐? 난 모르겠는데——."

말해버린 뒤에 후회했다. 내 눈은 동태 눈깔(그리고 지금은 말 그대로 눈앞이 캄캄하고)이나 마찬가지니까, 당연히 도적인 티노의 의견이 옳겠지.

타노는 잠시 침묵하고는 말했다.

"그렇군요…… 마스터한테는 이 정도는, 전장이라고 할 수도 없다는 거군요…… 역시 대단해요."

역시 대단한 건 티노 쪽이다. 분명히 말해두는데, 지금 나는 지난번에 티노를 구하기 위해서 【흰 늑대 소굴】에 뛰어들었을 때보다 훨씬 무능하다. 뭐냐고, 대체 어디까지 떨어지려는 거야. 어쩌면 그런 상태인 주제에 이렇게 밖에 나와 버린 내가 리즈보다 훨씬 무모한지도 모른다.

자학하면서 믿음직한 후배를 따라가기를 몇 분, 갑자기 티노가 멈춰 섰다.

"마스터어, 근처에 생물이 있어요."

"으응?"

"저희를 알아차리고 도망쳤어요. 거친 숨소리가 들려요. 아마도 복수예요. 잡을까요?"

대체 왜. 숲속이니까 동물 한 마리나 두세 마리 정도는 있겠지.

도망쳤으면 그냥 보내주라고. 러브 앤드 피스니까.

"신경 쓸 필요 없어. 무시해. 그것보다 빨리 가자."

"……예."

가끔은 투덜대도 되거든? 역시 언니를 놔두고 제도로 돌아가자고 하면 난 대찬성이니까. 뭐, 왜 두고 왔냐고 물어보기라도 하면 티노 때문이라고 하겠지만.

그리고 숲을 빠져나왔다. 거의 아무것도 보이지 않던 나조차도 시야가 트였다는 걸 알 수 있었다.

찌릿찌릿한 전장 특유의 분위기. 희미하게 검은 덩어리가 움직이는 게 보인다.

"시간, 다 됐어. 짜증 나! 끝이야!"

어디선가 귀에 익은 목소리가 들려왔다.

리즈, 역시 먼저 합류했었구나. 그리고 상황은 잘 모르겠지만 끝난 것 같네.

잘됐네, 잘됐어. 한숨을 쉬며 어깨에서 힘을 빼고 확인했다.

"뭐 하는 거야, 너희들……?"

아무것도 안 보여. 주위를 슬쩍 둘러봤지만 죄다 시커먼 덩어리로만 보여서 판별을 할 수가 없다.

그리고 중간부터 리즈를 쫓아왔는데, 여기 【흰 늑대 소굴】이 아닌 것 같은데 말이야?

"……크라이…… 그렇구나…… 너, 리즈하고 같이, 온 거냐."

스벤의 목소리다. 일단 리즈를 방목했다고 화난 것 같지는 않으니까 잘 됐다고 치자.

상황을 모르는 나한테, 리즈가 말했다.

"미안, 크라이. 못 쓰러트렸어!"

"웅?? 웅, 그래, 그러네?"

???????.

못 쓰러트렸다고……? 뭘? 마물? 팬텀?

세상은 조용해서, 살랑거리는 바람소리 말고는 아무것도 안 들렸다.

일단 세이프 링이 있으니까. 기습을 당하더라도 한 번 정도는 막아낼 수 있겠지.

문득, 어딘가 먼 곳에서 작은 폭발 같은 소리가 났다.

어째선지 티노가 겁먹은 것 같은 목소리로 날 불렀다.

"웅, 그래, 그러게."

정말 캄캄해서 하나도 모르겠다. 내 정보 처리 능력을 초과했다.

한 걸음 앞으로 걸어갔다. 그때, 어둠 저편에서 빛나는 역삼각형이 엄청난 속도로 다가왔다.

?????

너무 혼란스러워서 몸이 굳어져버렸다. 정면에서 강한 바람이 불었고, 나도 모르게 눈을 가늘게 뜨고 응시했다.

그리고 빠르게 움직이던 역삼각형이 갑자기 사라졌다. 뒤늦게 멀리서 뭔가가 땅에 떨어지는 소리가 들렸다.

세이프 링은 발동하지 않았다. 무슨 일이 일어난 건지 하나도 모르겠다.

"어? 크라이, 어떻게 한 거야? 대단해! 난 하나도 안 보였어!"

그거…… 별일이네. 나도 하나도 안 보였는데.

누가 상황을 좀 가르쳐주면 안 될까. 그리고 불 좀 켜주고.

어떻게 해야 좋을지 몰라서, 결국 나는 평소처럼 한심하게 웃으면서 물었다.

"미안, 어두워서 잘 안 보였는데, 무슨 일 있었어?"

신중하게 동굴 안으로 돌입했던 스벤이 씁쓸한 표정으로 돌아왔다.

모닥불 앞에서 몸을 움츠리고 있는 내 앞으로 오더니, 짜증 난다는 것처럼 혀를 찼다.

"기재나 자료는 압수했지만 정작 본인은 없어. 젠장."

"뒤쪽에 출구가 있더라고. 이만큼 대비를 했으니까, 이제 와서 찾아봤자 소용없겠지."

뭔지는 잘 모르겠지만, 스벤 일행은 【흰 늑대 소굴】의 이상의 원인을 짐작하고, 그걸 쫓고 있었던 것 같다. 자객으로 나타난 강적과 싸우면서 간신히 그 거점까지 몰아붙이기는 했지만 마지막 순간에 놓쳐버렸다는 것 같고. 상당한 강적이었는지, 다들 너덜너덜할 정도로 완전히 지쳐 있었다. 스벤과 리즈, 시트리가 있는데도 간신히 이기다니, 대체 어떤 마물이었던 걸까…… 난 죽어도 만나기 싫다.

마침 결판이 났을 때 우리가 도착한 것 같은데, 타이밍이 정말 좋았다.

많은 헌터들이 피곤한 몸에 채찍질하면서, 적의 거점에서 자료와 자재를 가지고 나왔다.

비쩍 마른 유물 조사관 중에 한 사람이 말했다. 지금까지 몇 번 인가 말을 나눠본 사람이다.

"제도로 돌아가면 즉각 수배를 내리도록 하겠다. 기재와 자료 는 압수했다. 노토 커클레어의 연구가 사실이었다면 국가적인 큰 문제다. 지금부터는 기사단이 맡을 일이다."

내가 알고 있던 정보와 비교했을 때, 뭔가 큰일이 난 것 같다. 무리일 수도 있겠지만, 가능하다면 더 이상 우리 클랜을 끌어들 이지 말았으면 좋겠다.

"야, 크라이. 너, 마지막에 그거 대체 뭐였냐? 보구였냐?"

"뭐……? 딱히 아무것도…… 보구도 안 썼는데."

원래 이런 현장에 있을 리가 없는 거크 씨가 짐승처럼 으르렁 거리는 소리를 내면서 물었다.

헌터 일에서 은퇴한 지도 한참 지난 사람이 완전 장비를 갖추 고 현장에 나서다니…… 부 지부장 카이나 씨도 완전히 질려 있 겠지.

아까부터 주위에서 쳐다보는 시선 때문에 얼굴이 따가울 지경 이다.

아무래도 최후의 강적이라는 걸 내가 한 방에 날려버렸다고 생 각하는 것 같은데, 난 전혀 모르는 일인데 말이야.

뭔가가 달려온 것 같다는 건 기억하는데, 커크 씨네가 싸웠는 데도 상대가 안 되었던 골렘을 내가 쓰러트렸을 리도 없고, 게다 가 세이프 링도 기동하지 않았으니까, 공격당하지 않은 것도 분명하다.

"잘은 모르겠지만, 알아서 날아가 버린 게 아닐까…… 피융~~ 하고."

"그럴 리가 있냐!"

그렇겠지. 상식적으로 생각했을 때 그럴 리가 없겠지. 하지만 난 정말로 아무 짓도 안 했는데.

대체 왜일까, 유익한 행동이라고는 하나도 안 했는데 이상하게 몸이 무겁다.

많은 헌터(호위)들한테 둘러싸이자 겨우 여유가 생겼다.

크게 하품을 하고 허리를 폈다. 어쨌거나 다 끝난 것 같으니까 후딱 제도로 돌아가자.

"이봐, 포로가 없잖아. 누구 아는 사람 없어?"

"마법을 못 쓰게 재갈을 물리고 팔다리를 묶어서 자빠트려 놨었는데── 신경 쓸 틈이 없었으니까……."

"아직 근처에 있을 거야…… 찾아!"

낙담과 피로가 섞인 목소리들이 들려오는 속에서, 누가 내 옷자락을 쭉쭉 잡아당겼다.

"마스터어…… 그거…… 그러니까, 어쩌면…… 저희가 무시한 놈들이……."

"?! …………으, 으응, 그러게?"

나는 못 들은 거로 하기로 했다.

난 아무것도 못 들었고 아무것도 못 봤다. 그나저나 사람이었던 거냐. 포로가 도망치고 있다고, 확실하게 말을 해줬어야지…….

사람들 중심에서 지시를 내리고 있던 시트리가 다가왔다. 아무래도 할 일은 다 끝난 것 같다.

　그 얼굴에는 피곤한 기색이 전혀 보이지 않았다. 장비한 로브가 더러워져 있기는 하지만, 보물전에서 돌아오자마자 쉬지도 않고 여기로 온 사람처럼 보이지는 않았다. 후위인데도 생명력이 넘쳐난다.

　시트리는 내 앞까지 오더니, 평소처럼 생글생글 웃으면서 고개를 숙였다.

　"증원, 감사합니다. 덕분에 살았어요…… 전력 차가 생각보다 심했었는데, 덕분에 간신히 사망자는 나오지 않았어요."

　리즈의 고삐를 놔버린 건 완전히 내 실수였는데, 아무래도 결과적으로는 잘된 것 같다.

　시트리의 투명해 보이는 눈동자에 비난하는 기색은 없었다. 항상 못 미더운 리더라서 미안해.

　죄악감 때문에 가슴이 욱신거려서, 어울리지도 않는 말이 튀어나왔다.

　"……뭐 좀 도와줄까? 내가 할 수 있는 게 있다면, 말이지만."

　시트리가 활짝 핀 꽃 같은 미소를 짓더니, 내 두 손을 잡고서 확실하게 말했다.

　"고맙습니다. 필요한 게 있으면 응석 부릴게요. 하지만 이건 제 인연이니까, 제가 결판을 내야 할 것 같아요."

제도 한구석. 만약의 경우를 위한 은신처 중에 하나에서, 노토 커클레어는 머리카락을 쥐어뜯고 있었다.

　항상 단정하던 흰머리는 마구 헝클어졌고, 주름이 새겨진 얼굴, 눈 밑에는 진한 다크 서클까지 생겼다. 매섭게 빛나는 눈에는 크나큰 분노와 약간의 공포가 담겨 있었다.

　예전에 《대현자》라 불리던 남자가, 지금은 막다른 골목에 몰려 있었다.

　약 10년 동안 그 누구에게도 들키지 않고 진행해왔던 실험이 성취 직전에 암초에 걸리고 말았다.

　연구 거점을 들키고, 연구 성과도 대부분 압수당했다. 완전한 패배다.

　『아카샤의 탑』은 악명 높은 마술 결사다. 그곳에서는 진리를 탐구하기 위해서라면 그 어떤 수단을 사용해도 용납된다. 적이 많다는 건 자각하고 있었다. 그렇기 때문에 노토와 제자들은 연구를 진행하는 한편으로 만약의 경우를 위한 방위에도 적잖은 힘을 할애했었다. 의도치 않게 손에 들어온 소피아 블랙이라는 주옥같은 재능을 지닌 마도사와, 거기에는 못 미치지는 충분히 우수한 제자들을 동원해서 만전의 방위 체계를 갖췄다.

　이렇게까지 했는데도 돌파당한다면 그건 어쩔 수 없는 일이라고 생각될 수준으로.

　실제로 소피아의 지휘하에 처음으로 운용된 방위 시스템은 헌터 무리를 상대로 충분히 견뎌냈다. 만약에 그 시트리가 없었으면 거점까지 돌파당하는 일도 없었을 것이다.

특히 비장의 카드인『아카샤』는 별명을 가진 현역 헌터 여러 명과 은퇴한 영웅을 상대로 충분히 맞서 싸웠다.

노토는『아카샤』의 승리를 믿어 의심치 않았다.

──갑자기 그《천변만화》가 나타나기 전까지는.

눈을 감으면 마지막 광경이 선명하게 떠오른다.

이해할 수가 없었다. 눈 깜빡할 정도의 찰나의 순간이었다.

마법으로 전장을 내려다보고 있던 노토조차도 무슨 일이 일어났는지 알 수가 없었다.

공격하기 위해 접근한 순간에,『아카샤』가 날아가 버렸다.

연구에 연구를 거듭해서 만들어낸, 온갖 물리 공격과 마법에 강한 내성을 지닌 금속으로 만든, 영혼이 없기 때문에 높은 내구력을 자랑하는 존재가 단번에 침묵했다.

다시 생각해봐도 어떤 공격 때문인지 도무지 알 수가 없다.

게다가──《천변만화》는 그것을『전투』라고 인식하지도 않았다.

너무나 강하다. 레벨7이었던《전귀》와 비교해도 차원이 다르다.

그 충격적인 광경에 망연자실하고 있던 노토가 간신히 비밀 통로를 이용해서 탈출할 수 있었던 것은, 끝까지 같이 있었던 정보 수집 담당인 도적 사내 덕분이었다.

좁고 답답한 은신처의 한 방에는 노토와 제자 네 명, 그리고 도적 사내가 모여 있었다. 그나마 안색이 멀쩡한 건 도적 사내뿐이고, 도망친 제자들은 하나같이 저승사자라고 만난 것처럼 얼굴이 새파랗게 질려 있다.

실험은 완전히 실패했다. 여기까지 왔으면 도망치는 수밖에 없다. 다행히 실험 내용은 노토의 머릿속에 남아 있다. 몇 년이 걸릴지는 모르지만 처음부터 다시 시작하는 것보다는 낫겠지.

제자들도 리즈한테 격추당해서 중태인 상태로 포박당했던 한 명 외에는 전부 무사하다.

하지만 마음은 완전히 꺾여버렸다. 눈은 공허한 것이, 조금 전까지 깃들어 있던 야심은 보이지 않는다.

《천변만화》가 정신적인 지주였던 『아카샤』를 일격에 파괴한 광경은, 지금까지 많은 이들을 봐왔던 노회한 노토에게도 크나큰 충격을 안겨줬다. 미숙한 제자들이 받은 충격은 헤아릴 수도 없을 지경이고.

하지만 가장 큰 트라우마를 얻은 것은 플리크를 비롯한, 포로가 됐다가 틈을 봐서 도망친 자들이었다.

"《천변만화》는…… 우, 우리들을…… 일부러…… 보내줬다! 필사적으로 도망치고, 겁먹은 우리가 있다는 걸 알면서도, 『신경 쓰지 말라』, 고. 그놈은, 우리를 보고── 웃고, 있었어!!"

마도사 이외의 모든 존재를 얕보던 플리크가 벌벌 떨고 있다. 무릎을 끌어안고, 고양이 앞에 생쥐처럼.

소피아는 시트리가 요주의 인물이라고 했었다. 하지만 진실로 경계가 필요했던 것은 《천변만화》 쪽이었다.

지금까지 조심성 많은 소피아가 판단을 잘못한 일은 단 한 번도 없었다. 하지만 그 실수까지도 《천변만화》가 의도한 결과였다면── 그 남자는 대체 뭘 생각하고 있는 걸까.

"……하지만, 대체 왜…… 《천변만화》는 우리를 보내준 거지……? 그만한 힘이 있으면, 그 정도 정보 수집 능력이 있으면서, 어째서 스스로 우리를 포박하려고 움직이지 않는 거지?"

도적 사내가 이상하다는 표정으로 말했다.

하긴, 듣고 보니 맞는 말이다. 《천변만화》가 감당할 수 없는 강적이라는 것은 더 이상 의심할 여지도 없지만, 더더욱 영문을 알 수 없게 만드는 것은, 그렇게까지 몰아넣었으면서도 마무리를 하지 않았다는 점이다.

직접 제압하려고 들었다면 노토와 제자들은 이미 끝장이 났다. 『아카샤』를 일격에 제압할 수 있는 사내에게 맬리스이터는 통하지 않고, 내세울 것이라고는 마력장벽밖에 없는 마화 팬텀이 유효할 리도 없다.

냉정하게 생각해보면 이번 일에는 전부 그 사내가 관여해 있었다. 손바닥 위에서 놀아났다고 할 수도 있다.

애당초 사건의 발단부터 《천변만화》였다. 그 남자가 없었다면 【흰 늑대 소굴】의 이상이 발각되는 것도 더 늦어졌을 것이다. 그 작자가 없었다면 연구가 성취됐을 가능성도 크다. 이쪽이 철수가 아니라 헌터들을 섬멸하는 작전을 개시한 것도, 놈이 마치 경계라도 하는 것처럼 퇴폐지구의 거점을 찾아왔기 때문이다.

하지만, 원래 경고 따위는 필요 없었다.

노토의 연구는 금기다. 지난번에는 그간에 세운 공적과 실제로 실험을 개시하지는 않았던 덕분에 제국에서 영구 추방되는 정도로 그쳤지만, 마나 머티리얼의 조작은 제국법에서도 가장 무서운

『10대 죄악』에 해당된다. 실험이 발각되면 잘해야 종신형이겠지. 사형에 처해진다고 해도 할 말이 없다.

레벨8이 어설픈 생각을 했을 리도 없고, 『아카샤의 탑』을 두려워할 것 같지도 않다.

거기까지 생각한, 노토는 창피하다는 기분을 맛보며 생각을 그만뒀다.

"이제 됐다. 여기까지 왔으면 선택지는 하나뿐이다. 제블디아를 떠난다."

제블디아는 더할 나위 없는 환경이다. 주위에는 연구에 필요불가결한 보물전이 다양하게 존재하고, 대국이라서 필요한 자재를 입수하기도 쉽다. 예전에 제국에서 추방당한 노토로서는 감정적인 이유로도 떠나기가 힘들다.

하지만 버린다. 한 번 추방당했고, 다시 시작해서 여기까지 왔다. 목숨이 붙어 있으면 재기할 기회는 반드시 찾아온다.

《천변만화》가 무슨 꿍꿍이인지는 모르겠지만, 보복할 생각도 들지 않는다.

거기서 노토는 깊은 한숨을 쉬고, 도적 사내에게 물었다.

"소피아한테서 연락은 있었나?"

그 말을 들은 사내의 표정이 달라졌다. 유일하게 소피아만 행방불명이었다.

사실 작전 수행 중에도 보이지 않았지만, 패주한 뒤에도 일절 모습을 드러내지 않았다. 공음석도 아무 반응이 없다.

제자 한 사람이 차지하고 있던 『아카샤』의 제어를 중간부터 대신 떠맡은 걸 보면 그 시점에서는 무사했을 텐데. 사로잡힌 것인지 살해당한 것인지, 아니면 숨어 있는 것인지. 아무런 반응이 없다.

소피아는 강하다. 단 한 번 노토의 명령을 수행하지 못한 정도로 숨어버릴 성격도 아니다.

제자가 된 것은 몇 년 전이지만, 처음부터 소피아가 있었다면 실험을 성취하는 데까지 걸리는 기간도 대폭 단축할 수 있었을 것이다. 제도를 떠나게 된다면 꼭 데리고 가고 싶다.

플리크가 고개를 들었다. 포로로 잡혀 있던 나머지 두 명도 안색이 달라졌다.

"……스승님, 소피아에 대해서, 드릴 말씀이 있습니다."

"플리크. 그것은── 지금까지 했던 것처럼 쓸데없는 소리가 아니겠지?"

플리크는 자존심이 센 남자였다. 지금까지도 몇 번이나 노토에게 소피아의 강등을 요구했었다. 이 상황, 여기까지 와서도 또 쓸데없는 질투에 사로잡혀 있다면, 정말로 쓸모없는 녀석이라고 생각할 수밖에 없다.

강한 시선을 받은 플리크는 잠깐 몸을 부르르 떨었고, 그리고는 스승의 눈을 똑바로 보면서 대답했다.

"예…… 저도 제 눈을 의심했습니다만…… 아무래도 소피아는── 대체 무슨 생각인지 모르겠습니다만,《시작의 발자국》에 잠입해 있는 것 같습니다."

"……뭐……라고?"

플리크의 표정은 굳어져 있었다. 그 목소리는 떨리고 있다. 눈에는 강한 공포가 보인다.

"저는………… 이 두 눈으로, 봤습니다. 후드를 눌러쓰고, 안경을 쓰고, 지극히 눈에 띄지 않는 차림새였지만── 그것은, 틀림없이 소피아였습니다."

그 얼굴에서 거짓말하는 기색은 보이지 않았다. 그 옆에서는 마찬가지로 포로로 잡혔던 제자 두 명이 필사적으로 고개를 끄덕이고 있다.

아무래도 제도를 떠나기 전에 이야기를 들어야 할 것 같다

노토는 숨을 크게 들이쉬고, 새로운 명령을 내렸다.

제7장　　　순흑

제도 지하. 종횡무진으로 뻗어있는 지하 하수도.

코가 삐뚤어질 것 같은 악취와 어둠 속에서, 소피아 블랙은 젖은 바닥 위를 담담하게 걸어가고 있었다.

바로 옆에 있는 수로에는 구정물이 흐르고, 쥐와 바퀴벌레가 시야를 가로지른다.

다른 사람은 보이지 않는다. 흐릿하고 어렴풋한 불빛만이 폭이 몇 미터나 되는 수로를 비추고 있다.

몸에 걸친 것은 낙낙한 회색 로브. 그 후드 아래, 불타는 것 같은 머리카락이 희미한 빛을 받아서 둔하게 빛났다. 그 타오르는 불꽃색 머리카락에는 아무런 감정도 보이지 않는다.

결국 소피아가 심혈을 기울이고 막대한 시간과 비용을 들인 연구는 많은 과제를 남기고 끝났다.

자료를 나라에 압수당한 이상, 획기적이었던 스승의 연구도 당분간은 완성될 일이 없겠지. 안 그래도 교란 장치의 소재는 희귀품이다. 제국에서는 더 이상 손에 넣을 수 없다.

소피아가 《대현자(마스터 메이거스)》 노토 커클레어의 제자가 될 생각을 하고 그를 찾아간 것은, 금서고 깊은 곳에 있던 한 장의 논문 때문이었다.

이론도 훌륭했지만, 무엇보다 소피아의 마음을 끌었던 것은 진리 탐구에 대한 집착이었다. 《대현자》라는 칭송을 받는 데다 지위와 명예까지 있으면서도 여러 나라에서 금기로 지정된 연구에 발을 들인, 불타는 것만 같은 신념.

정신을 차려보니 그를 쫓고 있었다. 이 논문을 쓴 술사는 영구 추방 정도로 손을 뗄 인간이 아니라고 확신했다. 소피아는 힘을 원하고 있었다. 혼자서 지식을 탐구하는 데 한계를 느끼고 있었고, 자신의 목적을 이루기 위해서는 뛰어난 스승과 같은 뜻을 지닌 동료들이 필요했다.

있는지 없는지도 모르는 사람을 찾는 것은 힘든 일이었다. 그런 사람을, 하필이면 추방당한 제블디아에서 발견했을 때는 환희에 온몸이 부들부들 떨렸었다.

모든 것이 끝나버린 지금도 너무나 아쉬울 따름이다. 머지않아 제도에서 수사의 손길이 뻗어올 거라 생각은 했었는데, 설마 이렇게 빨리 그때가 찾아올 줄이야.

마화 포션에 맬리스이터. 그리고 아카샤. 노토의 지휘하에서 연구한 끝에 만들어낸 획기적인 전력들은 전부 잃고 말았다. 하지만 아직 다 끝난 건 아니다.

남은 조각은 단 하나.

시트리 슬라임. 소피아는 알고 있었다. 지식욕 끝에 만들어냈고 그 위험성 때문에 봉인됐던 그것은, 노토와 함께 만들어낸 병기와 비교해도 손색이 없는 것이다.

쓰기에 따라서는 제도 그 자체를 멸망시킬 수도 있는『최저 최악』의 병기.

지금은 구정물 속을 흘러 다니고 있을 그것을 찾는다. 시트리 슬라임도 결국은 슬라임, 본능에 따라 움직이는 생물이다. 그 특성을 알고 있으면 추적은 어렵지 않다.

먹이가 될 작은 동물의 숫자를 통해서 있을 것으로 추정되는 범위를 좁혀간다.

온갖 수단을 사용했다. 노토 커클레어를 위해서, 그리고 사형들을 위해서, 어떻게든 완수해야만 한다.

소피아는 혼자서 지하 하수도를, 《천변만화》가 놓친 괴물을 찾아서 나아가고 있다.

사건으로부터 며칠이 지나, 나는 탐색자 협회 회의실에서 거크 씨와 대면하고 있었다.

그 뒤에는 카이나가 서 있고 옆에는 유물 조사원 한 사람이 심기가 불편해 보이는 표정을 지은 채로 앉아 있다.

한편, 내 옆에는 에바가 허리를 곧게 펴고서 의연한 표정으로 앉아 있다. 이 일에 대해서는 나보다 더 관계가 없는 사람인데, 그런데도 굳이 옆에 있어주는 에바에게는 그저 감사할 따름이다.

거크 씨가 눈썹을 추켜세우고, 거친 목소리로 말했다. 여전히 악귀 같은 얼굴이다.

"아무것도 모른다고 그랬냐?!"

"아쉽게도 그랬죠."

"크라이 너, 그런 소리로 설득할 수 있을 거라고, 정말로 그렇게 생각하는 거냐?!"

그 목소리에는 노기(怒氣)라기보다는 엄청나게 질렸다는 느낌이 담겨 있었다.

【흰 늑대 소굴】사건은 생각보다 큰일로 번졌다. 현재 나라에서 정보 규제를 걸었지만, 바지런한 에바 덕분에 어지간한 정보는 내 귀에도 들어와 있었다.

최근 며칠 동안 제도에서는 제3기사단 사람들이 순찰하는 모습이 많이 보이고 있다. 『아카샤의 탑』(난 처음 들어보는 이름이지만 아무래도 유명한 마술 결사라는 것 같다)의 잔당을 찾기 위해서 비상 경계령을 내렸다나 뭐라나.

대체 뭣 때문인지는 잘 모르겠지만 이런 사건이 일어나면 이렇게 내가 불려오는 경우가 많다. 레벨8 인정 헌터의 슈퍼한 파워를 필요로 하기 때문에. 솔직히 말해서 곤란하지만.

처음에는 위축되기도 했지만, 지금에 와서는 당당하게 굴고 있다. 왜냐하면 난 아무 잘못도 없으니까.

거만하게 구는 날 보면서, 거크 씨가 머리를 긁으면서 달래는 것 같은 목소리로 말했다.

"무슨 생각인지는 모르겠지만 말이다, 크라이. 가끔은 우리한테 도와달라고 해봐라. 할 수 있는 거라면 뭐든지 해줄 테니까."

?! 왜 내가 높은 사람이라도 되는 것처럼 말하는 거지. 할 수 있는 일이 아니라 전부 다 하란 말이야.

그런 생각을 했지만, 입 밖으로 낼 수는 없었다.

솔직히 난 아무것도 안 했고, 정말로 아무것도 안 했거든요…….

"제도 전역에 검문소를 설치하고 지명수배를 내려서 헌터들한테 탐색도 의뢰했는데, 현재로서는 흔적조차 보이질 않는다. 아마도 십중팔구 제도 안에 있다. 리즈가 떨어트린 놈이 정신을 차리면 심문이라도 하겠는데…… 혼수상태에 빠진 채로 눈을 뜨질 않아서 말이야."

"지부장, 번거로운 얘기는 그만하자고."

유물 조사관 사내가 날 노려봤다.

유물 조사원은 보구나 보물전, 팬텀(환영)과 관련된 조사를 담당하는 국가기관이다. 권한이 강한 조직이고, 국가 기관 중에서 헌터들과 가장 크게 관련된 곳이다.

그리고 이게 제일 중요한 점인데, 보기 드물 정도로 무능한 나는 은근히 그 기관한테 찍히는 경우가 은근히 많았다.

"《천변만화》. 네놈의 비밀주의는 알고 있다. 어디서 구하는지는 모르겠지만 네놈의 정보 수집능력이 국가에 소속된 우리보다 뛰어나다는 점도 인정하겠다. 트레저 헌터로서 전술을 감추는 건 당연하겠지. 하지만 이번 일은 『천 개의 시련』의 영역을 넘어버렸다."

"?!"

클랜 멤버들이 내 무능한 지휘를 『천 개의 시련』이라는 미치도록 창피한 말로 표현하고 있다는 건 알고 있었지만, 그게 바깥까지 알려졌을 줄은 몰랐다. 제발 말하지 말아줘.

너무 창피해서 얼굴이 굳어진 나에게, 남자는 마치 사형선고라도 내리는 것처럼 말했다.

"마나 머티리얼을 이용하는 실험은 10대 죄악에 해당된다. 이번 건은 국가적인 대사태다. 제국 신민에게는 협력할 의무가 있지. 우리도 레벨8을 적으로 삼고 싶지는 않지만, 정보를 은폐하면 죄가 될 수도 있다는 건 알아둬라, 크라이 안드리히. 이쪽은──『트루 티어즈(진실의 눈물)』를 사용할 용의가 있다."

거크 지부장이 얼굴을 찌푸렸다. 그 말에서 엄청나게 진심이라는 기분이 느껴졌다.

『트루 티어즈』는 제국이 보유한 보구 중에서 가장 유명한 것 중에 하나다. 거짓말을 간파하는 능력을 지녔는데, 하나밖에 존재하지 않는다는 점과 인권 문제 때문에 사용하려면 귀찮은 절차를 밟아야 해서, 아무리 상대가 범죄자라고 해도 쉽사리 사용 허가가 나오지 않는 물건이다. 그걸 사용할 생각이 있다는 얘기는, 제국 쪽도 진심으로 조사하고 있다는 뜻이겠지.

참고로 나는 과거에 몇 번인가 사용당한 적이 있다. 범죄자도 아닌데, 참 이상하다니까…….

나는 그 범죄자를 보는 것 같은 시선에 오싹하는 기분을 맛보면서도 목소리에 힘을 줘서 말했다.

"바라는 바다!"

"뭐…… 바라지 말라고ㅇㅇㅇㅇㅇㅇㅇ!!"

뭐가 불만인 걸까. 지금까지 냉철하게 날 단죄하던 남자가 자기 머리카락을 쥐어뜯기 시작했다.

『트루 티어즈』는 국보인데다 정말 아름다운 보구다. 보구 콜렉

터인 나로서는 몇 번을 봐도 또 보고 싶고, 기회가 된다면 내 것으로 삼고 싶은 그런 물건이다.

무엇보다 거짓말을 하지 않았으니까······. 털어댄다고 나올 먼지도 없다. 정말로 아무것도 모르거든.

"작작 좀 해라! 매번, 매번, 네놈은 대체 어떻게 『트루 티어즈』를 회피하고 있는 거냐?! 네놈이 그렇게 할 때마다 그 보구의 신뢰성이 떨어지고 있다는 건 알고 있나?! 『트루 티어즈』를 보고 좋아하는 건 제국이 건국된 이후로 네놈 하나뿐이다!"

그건······ 내가 항상 정직하게 살고 있다는 뜻이겠네.

오히려 왜 이 사람들은 자꾸만 내가 정보를 갖고 있을 거라고 생각하는 걸까. 난 무능하다고······ 매번 말하고 있는데 말이야. 게다가 레벨8로 인정한 건 탐협이라고.

옆에 있는 에바가 잠깐 나무라는 것 같은 눈으로 날 쳐다보더니, 바로 남자 쪽을 봤다.

"아드리아 유물 조사관님. 당신도 아시다시피 『트루 티어즈』사용은 제국법으로 엄격하게 제한된 일입니다. 크라이는 죄를 저지르지 않았고 정보 은닉도 인정하지 않았습니다. 그냥 『추측』으로 그것을 선량한 일반인에게 사용하는 일을 추진하시겠다면, 저희도 정식으로 항의할 용의가 있습니다."

나는 처음으로 그 유물 조사관의 이름을 알았다.

아드리아 유물 조사관이 눈살을 찌푸렸다. 에바는 의연한 태도로 그 눈빛을 받아들였고.

공기가 삐걱대는 것 같다. 난 국가 권력하고는 사이좋게 지내고 싶은데 말이야.

짝짝 손뼉을 치며 끼어들었다.

"거기까지. ……뭐, 난 아무것도 모르지만, 시트리가 무슨 인연이 있다고 했으니까 그쪽에 물어보면 뭔가 알지 않을까. 결판을 내겠다는 말도 했었고."

"……시트리 스마트, 말인가……."

아드리아 조사관의 얼굴에 그늘이 졌다. 거크 씨가 뭔가를 못 견디겠다는 것 같은 표정을 지었다.

카이나 씨도 미안해하는 것 같다. 우리 사이에서 시트리 이름이 나오는 건 보기 드문 일이다.

시트리와 탐색자 협회 사이에는 안 좋은 일이 있었다. 시트리 본인은 신경 쓰지 않는 것 같지만, 거크 씨 입장에서는 부담되는 일이겠지.

"그녀의 건에 대해서는—— 기관은 다르지만, 국가에서 일하는 일원으로서, 그리고 사적으로도 사죄하겠다. 그리고, 고맙다는 말도 하겠다. 그녀는 분명히 우수한 트레저 헌터였다."

"……뭐, 시트리는 신경 안 쓰는 것 같으니까……."

하지만 그 뒤로 시트리가 범죄자를 대하는 방법이 달라진 건 사실이다.

"그 건은 이미 끝난 일이다. 페널티는 취소하는 건 힘들지. 몇 번인가 다시 조사했지만, 분명히 상황 증거가 갖춰져 있으니까 말이야. ……별명 쪽은 부르는 사람이 없으면 변경할 수도 있지만, 《비탄의 망령(스트레인지 그리프)》멤버라는 게 오히려 안 좋은 쪽으로 작용했어."

시트리가 어떤 사건에 말려들었고, 그 가장 유력한 용의자가 됐던 건 벌써 3년도 더 된 일이다.

결국 증거가 충분치 못해서 죄를 묻지는 않았지만, 그것 때문이 시트리는 탐험자 협회에서 가장 무거운 페널티── 레벨 강등이라는 명예롭지 못한 별명을 얻고 말았다.

아마도, 그것이 수사를 했으면서도 결국 시트리 말고 다른 유력한 용의자를 찾아내지 못한 제3기사단의 체면과 헌터를 지키는 탐색자 협회 사이에서 내린 결론이겠지. 커다란 사건이었다. 기사단은 그 수사에 온 힘을 기울였다. 정 안 되면 증거를 날조해서까지 체포해도 이상하지 않을 정도로. 한없이 검은색에 가까운 회색이라는 결론을 내리게 만든 거크 씨가 정말 잘 처리해줬다고 말할 수 있다.

하지만 나는 씩씩하게 미소를 지었으면서도, 뒤에서는 의기소침해 있었던 시트리의 모습을 절대로 잊을 수가 없다. 그리고 시트리를 감싸지 못했다는 안타까운 마음도.

지금은 다시 마음을 다잡았지만, 그때는 달래느라 정말 고생했었다. 시트리는 절대로 약한 모습을 보이지 않지만, 사실은 정말 섬세한 아이라는 걸 실감한 일이었다.

"이번 건이 잘 해결되면 위쪽의 심증도 좋아진다. 그녀는 연금술사(알케미스트)로서의 공적을 높이 평가받고 있다. 명예를 회복할 날도 그리 멀지 않았겠지."

아무래도 아드리아 조사관은 시트리 편인 것 같다.

조사에서 충분히 수완을 발휘한 것 같으니까, 그것 때문이겠지.

마음을 다잡은 것처럼, 거크 씨가 말했다.

"다친 사람은 많지만 다행히 이쪽 사망자는 한 명도 없다. 놈들이 보낸 자극의 수준을 생각해보면 기적이지. 앞으로 이 제도도 많이 시끄러워지겠지. 그런데, 시트리는 뭐 하고 있냐?"

"…………글쎄요. 뭐, 나중에 보면 말은 해둘게요."

내 뒤처리를 하기 위해서 시트리 슬라임을 찾으러 갔다는 얘기는 입이 찢어져도 못 한다.

탐색자 협회와의 아주 불편한 회합을 마치고, 시트리를 찾으러 라운지에 가봤다.

클랜 하우스에 라운지에서는, 그 뒤로 벌써 사흘이나 지났는데도 조사 임무에서 힘을 다 써버린 사람들이 축 늘어져 있었다. 그렇게 힘들었는지, 표정은 편안하지만 눈빛에 힘이 없다. 이대로 하늘나라로 가버릴 것만 같은 위태로운 표정이다.

라운지에서 일하는 직원분들이 기력이 다 빠져나간 헌터들의 모습을 보고 진절머리를 내며 뛰어다니고 계신다. 여기저기, 라운지에서는 내놓지 않는 알코올류의 병들과 통들이 굴러다니고 있다.

아직 불씨가 남아 있는 제도는 몰라도,《발자국》에는 일상이 돌아오고 있다.

조사 임무에서 보너스도 나왔으니까 밖에 있는 술집에 가라고, 밖에 술집에.

"이번 시련도 진짜 위험했어. 진짜 죽는 줄 알았다니까……."

"사, 사람이, 잔뜩 있었고, 스벤 씨도 있다고 방심했더니……."

"멤버를 반으로 줄였으면 틀림없이 전멸했어."

"슬라임, 무서. 키메라, 무서. 골렘, 무서…… 살려줘……."

"진짜 싫어. 이딴 클랜 나갈래…… 진짜 나갈 거야……."

"정했다. 나, 결혼할래. 이번 소동이 끝나면 꼭 결혼할 거야!"

"마스터어는 신. 마스터어는 신……."

헌터들은 정말 힘들구나…… 약 1명, 그렇게 힘들지 않아 보이는 여자애도 섞여 있지만.

클랜 마스터인 내가 왔다는 걸 알아차렸으면서도, 자세를 바꾸는 사람이 하나도 없다. 그저 당장이라도 죽을 것 같은 눈으로 날 보고 있을 뿐이다. 거크 씨한테 전면적으로 협력하겠다고 약속한 게 다른 사람도 아니고 나 자신이다 보니, 정말 미안해 죽을 지경이다.

"미안해. 설마 그렇게까지 큰일이 일어날 줄은 몰랐어…… 왜, 우리 클랜은 평균 레벨도 은근히 높으니까, 말이야……."

"……그야, 그 거대한 골렘을 한 방에 박살 내는 크라이 입장에서 보면 어떤 적이건 일도 아니겠지만! 하지만, 우린 아니라고오오오오오! 좀 더 살살 다뤄달란 말이야아아아아아아!"

탁자 중 하나에 엎어져 있던 라일이 눈물까지 흘리면서 탁자를 쾅쾅 두드려댔다.

무섭게 생긴, 다 큰 어른의 너무나 꼴사나운 모습을 보고 살짝 웃고 말았다. 울 정도로 힘들었나 보네.

"나한테도 그 기술 가르쳐줘어어어어어어!"

"그건 그냥 기합이야. 기합으로 날려버리는 거야."

"?!?? 기하압?! 진짜로 하는 소리냐?!"

진지한 얼굴로 농담을 했더니, 라일이 정신 나간 사람처럼 소리를 질렀다.

그나저나 다들 무사해서 정말 다행이다. 위험한 일이다 보니 언제 죽는 사람이 생길지 모른다. 그건 나도 알고 있지만, 작별은 몇 번을 겪어도 익숙해지지 않았다.

이번 추태는 눈감아주자.

라운지를 둘러보고 있는데, 헌터들이 환담을 나누는 소리가 들려왔다.

"저기, 탈리아 못 봤어? 오늘 라운지에서 보자고 약속했는데······."

"글쎄. 집에서 자거나 연구실에 있지 않을까? 풀이 많이 죽은 것 같던데."

내가 여기 있으면 다들 편하게 쉬질 못하겠지. 시트리도 없는 것 같으니까 위쪽으로 돌아가야겠다.

나는 평화로운 광경—— 반쯤 시체 같은 클랜 멤버들을 한 번 더 보고서 라운지를 뒤로 했다.

생각해보면 이상한 점은 많았다.

예를 들자면 소피아는 《발자국》의 내부 사정을 상당히 잘 알고 있었다.《천변만화》에 대해서는 잘못 판단했지만, 시트리 스마트가 귀환했다는 것을 제일 먼저 알아차렸고《비탄의 망령》이 부재 중이라는 것도 알고 있었다.

요격 중에 전혀 보이지 않았던 것도 이상한 일이다. 공음석을 이용해서 최소한의 지휘는 했지만, 돌을 사용해도 연결되지 않았던 적이 몇 번이나 있었다. 본인은 준비하느라 그랬다고 했지만, 지금 생각해보면 헌터들과 같이 있느라 대응하지 못했겠지.

그렇게 생각해보니 플리크가 패배한 뒤에 보기 드물게 거친 목소리로 말했던 것도 이해가 된다. 아군에게 예상 밖의 행동을 해서 치사성 공격을 퍼부었으니, 항상 냉정했던 소피아라도 화가 나겠지.

그밖에도 제자로서 활동하던 중에도 정기적으로 모습을 감췄던 일.『아카샤』의 설계에 관여했을 때 가상의 적으로 설정했던《비탄의 망령》의 데이터에 대해 소상했던 것. 소피아가《발자국》멤버라면 모든 것을 납득할 수 있다.

적대 조직에 잠입. 정보를 수집하는 데 있어 이것보다 효율적인 일은 없다.

하지만 동시에 위험 부담도 상당히 크다. 헌터 일을 하면서 연구까지 진행하면 부담도 크겠지. 그리고 만약 만에 하나 정체가 들통나면 그냥 넘어가지 못한다. 만약 소피아가 노토한테 그런 제안을 했다면 틀림없이 말렸겠지.《발자국》에는 높은 레벨의 헌터가 많이 있어서 너무나 위험하다.

하지만 그 소녀에게는 노토한테 들키지도 않고서 그것을 해내도 이상하지 않을 『대단함』이 있었다.

아마도 최근 며칠 동안 공음석에 반응이 없는 건, 거기에 대답할 여유가 없기 때문이겠지. 공음석은 귀중품이고 용도도 제한돼 있다. 가지고 있는 걸 들키면 누구와 통신했는지 따지고 들 것이다.

지금쯤 소피아는 새로운 책략을 구상하고 있을까. 의자에 앉아서, 노토는 눈을 살며시 감았다.

초월적인 《천변만화》의 힘을 봤어도, 그 아이라면 결코 승부를 포기하지 않을 것이다.

하지만 이젠 됐다. 잠입은 끝이다. 더 이상 손쓸 도리가 없다. 남은 전력은 자기 한 몸뿐―― 그리고 노토는 혼자서 한 나라를 상대하면서 이길 수 있을 만큼 오만한 인물이 아니다.

때로는 철수도 필요하다. 어쩌면 그것이 유일하게, 소피아에게 부족한 점인지도 모른다.

"노토 님, 간신히 소피아를 데리고 왔습니다. 미행은 없었습니다."

아무래도 무사히 명령을 수행한 것 같다. 긴장이 풀렸다.

은신처의 문이 열리고, 도적(시프) 사내가 한 소녀를 데리고 들어왔다.

이 근처에서는 흔히 보기 힘든 업화(業火)를 연상케 하는 진홍색 머리카락과 눈동자. 몸매는 날씬하면서도 여성 특유의 둥그스름한 느낌이 있고, 그 얼굴은 단정한 것이 도저히 금기를 범한 연금술사로 보이지 않는다.

데리고 온 소피아는 이상하게도, 어딘가 두려워하는 표정을 짓고 있다. 평소와 다른 굵은 녹색 테 안경을 썼고, 머리카락은 뒤로 묶고, 복장도 다른 탓인지 분위기가 다르게 보인다.

평소 같으면 플리크와 다른 제자들이 빈정대는 소리라도 한마디했을 텐데, 아무도 말이 없다. 작전 목적 자체는 달성하지 못했지만, 정보 수집을 위해서 자신을 희생한 소피아의 각오를 봤기 때문이다.

갑작스런 마중에 당황했겠지. 곤혹스러운 표정을 지은 소피아에게 치하하는 말을 했다.

"소피아, 오랫동안 고생 많았다. 잘 돌아왔다."

"예? 여, 여기………… 어디인가요? 당신들은——"

소피아가 주위를 이리저리 둘러보면서 한 걸음 뒤로 물러났다. 지금까지 들어본 적 없는 자신 없는 목소리. 그 눈에 비친 두려움은 아무리 봐도 연기가 아닌 것 같다.

항상 담담하던 소피아의 처음 보는 표정에, 제자들의 눈이 휘둥그레졌다.

"……연기는 이제 됐다. 제국을 떠난다. 소피아, 일시적으로 철수한다. 연구 결과는 머릿속에 있다. 다행이 맬리스이터가 한 마리 남아 있으니, 만약의 경우에도 호위로서는 충분하겠지."

"……예?"

소피아가 플리크와 다른 제자들을 보고, 깜짝 놀란 얼굴로 몇 걸음 더 뒤로 물러났다.

"……왜 그러냐? 걱정할 것 없다, 실수는 불문에 부치겠다. 네 실수를 따지자면 먼저 플리크와 다른 녀석들부터 단죄해야하지 않겠느냐."

"저…… 저는…… 탈리아, 인데…………."

"……농담이 과하다, 소피아. 머리카락을 묶고 안경을 쓴 정도로 변장했다고 생각하는 것이냐? 아니면, 기억이라도 잃었느냐?"

플리크가 지적하자, 소피아의 눈이 휘둥그레졌다.

그 말대로 소피아의 변장은 변장이라고 할 수도 없는 조잡한 것이었다. 생판 남이라면 또 모를까, 몇 년이나 같이 연구해온 노토와 제자들의 눈은 속일 수 없다.

아니면 이것도 책략의 일환일까? 소피아가 떨면서, 마치 자신이 선 위치를 확인하는 것처럼 방 안을 둘러봤다. 허리께로 손을 뻗었고, 얼굴에서 핏기가 사라졌다.

"제도에는 최소한 몇 년은 돌아오지 않을 것이다. 아니면, 정말로 헌터로서 뼈를 묻을 셈이냐?"

"아으…… 왜, 왜요……? 소피아??? 소피아라면, 시트리가 말했던——."

이상하다…… 소피아가 어떻게 된 거지?

노토가 얼굴을 찌푸렸다. 아무리 그래도 이렇게까지 연기를 할 이유가 없다.

이 긴급 사태에 장난이 너무 심하다. 뭔가 이유가 있어서 연기를 하고 있다고 해도, 사정을 전하기 위한 노력 정도는 할 텐데.

《천변만화》의 일격을 보고, 너무 큰 충격 때문에 기억이 혼탁해진 것일까? 아니면 추궁을 피하기 위해서 일시적으로 기억을 조작했다든지?

스스로의 기억에 손을 대다니, 정말 무서운 일이다. 하지만 소피아라면 충분히 그럴 수 있다.

"……맬리스이터를 데리고 와라."

"예……."

맬리스이터는 키메라의 틀을 뛰어넘은 키메라다. 그 강함은 물론이고, 무엇보다 큰 특징은 키메라면서도 생식능력을 지니고 있다는 점이다. 성장하는 데까지 어느 정도 시간이 필요하다는 문제가 있지만, 강력한 키메라를 양산할 수 있다는 것은 큰 장점이다.

그중에 한 마리는 만약에 대비해서 제도 안에서 키웠고, 그 덕분에 결전에 동원되는 것을 면했다.

제자 하나가 다른 방에서 맬리스이터를 데리고 왔다. 방위에 사용했던 개체보다 작은 개체다.

그 모습을 보고, 지금까지 솔선해서 돌봐왔던 소피아가 비명을 지르면서 몸을 웅크렸다.

제자들의 지시를 받은 맬리스이터는 으르렁거리는 소리를 한 번 내더니, 소피아한테 가까이 다가가서 코를 움직였다.

맬리스이터는 냄새로 아군을 구분한다. 아무리 연기를 잘한다고 해도, 몇 킬로미터 떨어진 곳에서 사냥감의 냄새를 맡을 수 있는 그 후각은 속일 수 없다.

키메라가 눈물을 머금고 몸을 움츠린 소피아의 냄새를 맡고는, 바로 유난히 큰 소리를 질렀다.

"……뭐?! 다시 한번, 확인해봐라."

"예, 알겠습니다."

맬리스이터가 다시 냄새를 확인했다. 지독한 짐승 냄새와 숨결에서 나오는 냄새를 맡은 소피아가 소리 없는 비명을 질렀다.

하지만 결과는 마찬가지였다.

"…………마, 말도 안 돼…… 이게 무슨 일이냐?!"

맬리스이터가 가장 잘 따랐던 소피아를 험악한 눈으로 노려봤다.

말도 안 되는 일이다. 맬리스이터의 후각은 눈앞에 있는 소피아를 소피아라고 판단하지 않았다.

제자들이 넋이 나가 있다. 데리고 온 도적 사내도 얼굴이 새파랗게 질려서는 소피아의 얼굴을 다시 한번 확인했다.

어디가 닮았는지 아닌지를 따질 수준이 아니다. 너무나 똑같다.

"쌍둥이…………? 아냐, 하, 하지만──."

자매가 있다는 이야기는 들어본 적이 없다.

그리고 만약에 쌍둥이라고 해도, 어째서 그 똑같이 생긴 여자가 《발자국》에 소속돼 있는 걸까? 그것과 소피아가 《시작의 발자국(퍼스트 스텝)》과 맞서 싸우는 쪽을 지지한 것이 뭔가 관계가 있는 걸까.

노토의 머릿속에 수많은 가능성들이 떠올랐다.

그리고 무엇보다── 그렇다면 진짜 소피아는 어디에 있는 걸까……?

"네 이년, 어째서, 소피아 행세를 하는 것이냐?!"

"힉…… 무, 무슨 말인지──."

플리크가 엄청난 서슬로 소피아와 닮은 소녀── 탈리아에게 따지고 들었다. 하지만 탈리아는 겁을 먹어서 고개를 젓고 있을 뿐이다. 그 언동에서 거짓말이라는 기색은 보이지 않았다.

갑자기 찾아온 오한에 노토가 몸을 바르르 떨었다.

마치 봐서는 안 되는 것을 실수로 봐버린 것만 같은 감각.

지금 당장 여기서 나가야만 한다. 그런 기분이 들었다.

하지만 그것을 입에 담기도 전에, 도적 사내가 눈썹을 움찔하고 움직였다.

"……노토 님, 누군가가, 침입했습니다."

또각또각, 작은 발소리가 들려온다.

플리크가 소피아와 닮은 소녀한테서 떨어지고, 문을 향해서 지팡이를 겨눴다.

노토를 쫓아온 헌터가 아니다. 헌터라면 발소리 따지는 내지도 않고, 기사단이라면 거세게 돌입해왔을 것이다. 무엇보다 은신처 입구에는 잠금장치가 여러 겹으로 채워져 있다.

그리고 발소리가 문 앞에서 딱 멈췄고, 문이 천천히 열렸다.

"늦어서 죄송합니다, 스승님."

하나같이, 깜짝 놀랐다. 계속 돌아오기를 기다리고 있었는데.

눌러쓴 후드 속에 있는 불타는 것 같은 진홍색 머리카락과 지성적으로 느껴지는 두 눈에서 빛나는 루비 같은 홍채. 회색 로브는 약간 커서 신체의 선을 완전히 숨겨주고 있다.

그리고 웬일로 등에 커다란 배낭을 메고 있었다.

탈리아의 얼굴에서 표정이 사라졌다. 눈을 한계까지 크게 뜨고, 떨리는 목소리로 말했다.

"어……? 나……야?"

마치 거울에 비춘 모습 같았다.

체격과 머리 모양, 소품 같은 것들은 다르지만, 그 정도는 사소한 차이다. 쌍둥이라도 이렇게까지 닮지는 않을 것이다.

소피아는 벽 쪽에서 웅크리고 앉아 있는 탈리아를 봤다. 하지만 자신과 똑같이 생긴 사람이 있는데도 딱히 놀란 기색은 없다. 여전히 온화한 미소만 짓고 있다.

"죄송합니다. 사전에 해야 할 일이 있어서…… 사실은 좀 더 일찍 오고 싶었습니다만──."

이번에야말로 진짜 소피아가 아무 일도 없었다는 것처럼 입을 열었다.

플리크가 한 걸음 뒤로 물러났다. 그리고는 긴장된 얼굴로 물었다.

"소피아…… 네놈, 저 여자를 보고도── 아무것도, 할 말이 없는 것이냐?!"

"아, 플리크 씨…… 무사해서 다행이네요. 다른 두 분도…… 무사히 귀환해서, 정말 다행이군요. 걱정했답니다? 전부, 다 모여 계신 것 같네요……."

"큭……."

"왜 그러시죠? 다들, 제게 지팡이를 겨누시고……."

자애로운 감정이 담긴 상냥한 말이었다. 플리크와 제자들은 그제야 자신들이 아직도 소피아에게 지팡이를 겨누고 있다는 사실을 깨달았다.

하지만 아무도 지팡이를 거두려고 하지 않았다. 도적 사내까지 어딘가 경계하는 분위기다.

소피아는 원래 이단이었다. 노토도 스승으로서 그 사실을 이해하고 있지만, 이렇게까지 이상하다고 느낀 건 이번이 처음이다.

"……다시 한번 묻겠다. 네놈과 똑같이 생긴 이 여자를 보고, 뭔가 할 말은 없는가?"

확인해야 할 일은 많다. 하지만, 그 말이 제일 먼저 나왔다.

조금 전에 떠오른 불길한 예감은 아직 해소되지 않았다.

스승인 노토의 말에, 소피아는 잠시 생각에 잠긴 것 같은 표정을 짓더니 마침내 빙긋 웃었다.

"스승님, 그건…… 조금, 잘못됐습니다. 『저 사람』이 『저』와 닮은 게 아니라──『제』가 『저 사람』을 닮은 것입니다."

그 말을 듣고, 누구 하나 입을 여는 사람이 없었다.

"게다가…… 똑같이 생겼다니, 너무 칭찬하지 마세요. 체격이나 얼굴은 비슷하지만, 자세히 보면 도저히 어쩔 수가 없는 차이가 있죠. 가슴이나 신장도 제가 약간 크고, 탈리아 쪽이 체중도 가벼워요. 소품으로 속이고 있는 건 그런 이유 때문이죠. 스승님, 변장의 요령은── 특징을 파악하고 어떻게 요점을 잘 흉내 내는지, 입니다. 사람은 의외로 사물을 제대로 못 본답니다."

왠지 기뻐하는 것처럼 말하는 소피아에게, 노토가 천천히 심호흡하고서 물었다.

"무슨, 말이냐?"

"이런, 말입니다."

소피아가 후드를 벗었다. 불빛 아래에, 매끄러운 진홍색 머리카락이 해방됐다.

그리고 영문을 모르겠다는 표정을 짓고 있는 플리크 일행 앞에서, 소피아는 자신의 긴 머리카락을 쥐고, 세게 잡아당겼다.

무슨 일이 일어난 건지 이해하지 못했다.

뚝, 하는 작은 소리가 났고, 불타는 것 같은 진홍색 긴 머리카락이 그대로 주르륵 떨어졌다.

순간적으로 머리 가죽이 벗겨졌다고 생각했지만, 그게 아니다.

머리카락 다발이 바닥에 떨어졌다. 그 밑에서 나타난 것은 지금까지와 전혀 다른, 연한 핑크 블론드의 머리카락이었다. 짧고 가지런하게 잘려져 있고, 조금 전까지의 눈길을 확 끌던 빨강머리와는 다른 사람처럼 보인다.

그리고 노토는 그 모습을 본 기억이 있다. 아니, 제자들도 모두, 그 얼굴을 알고 있다.

벽 앞에서 주저앉아 있던 탈리아도, 꿈이라도 꾸는 것 같은 표정을 지었다.

"오늘은, 지금까지 일에 대한 감사 인사를 드리러 왔습니다. 노토 씨."

소피아의 숙적. 헌터 연합군을 지휘해서 자신들이 쓴맛을 보게 만들었던 연금술사.

메마른 목소리가 흘러나왔다. 외모의 분위기가 달라지니까 목소리까지 달라진 것 같은 착각이 들었다.

"시트리…… 스마트……? 어, 어째서, 네놈이—— 어, 언제, 소피아와 바꿔치기한 것이냐?! 어떻게, 이곳을 알았지?!"

"바꿔치기……?"

플리크와 제자들이 위치를 옮겨서, 실내에서 할 수 있는 만큼 최대한 거리를 벌렸다. 맬리스이터가 마치 그들을 지키겠다는 것처럼 앞으로 나섰다. 이 거리는 마도사한테는 불리한 거리지만, 상대는 마도사보다 빈약한 연금술사다.

하지만 소피아로 변장했던 시트리의 말은, 노토가 예상했던 것 중에서 최악의 가능성을 보여줬다.

"아닙니다.『스승님』. 바꿔치기한 게 아닙니다. 처음부터── 저는 저였을 뿐입니다."

도저히 이해할 수 없다. 가장 말도 안 되는 가능성이다.

소피아가《발자국》에 소속돼 있다는 말을 들었을 때, 노토는 소피아가 발자국에 잠입했을 거라고, 그렇게 믿어 의심치 않았다. 반대로 이쪽에 잠입해 있을 가능성을 제일 먼저 버렸다. 그것은 노토의 실험이 금기 중에 금기이고, 목적이 잠입이라도 해도 관여하면 엄벌을 면할 수 없기 때문이다. 게다가 소피아는 중심인물로서 노토의 실험에 크게 공헌했다. 그 죄는 스승인 노토와 다를 게 없다.

목적을 모르겠다. 제자로 들어온 목적도, 그리고 지금 여기서 정체를 밝힌 목적도.

"며, 몇 년 동안, 우리를 포박할 기회를 노렸던 것이냐?!《천변만화》의 명령인가?!"

처음으로 시트리의 얼굴이 어두워졌다. 왠지 슬퍼 보이는 표정을 지으며 입을 열었다.

"노토 씨. 당신은 정말 훌륭한 마도사입니다. 명석한 두뇌와 진리를 추구하는 집념, 그것을 실행에 옮길 수 있는 힘을 지녔습니다. 마지막 순간에 절 실망시키지 마세요. 제가 제자가 됐던 것은 당신의 힘에 이끌렸을 뿐, 플리크 씨나 다른 사람들과 다를 게 하나도 없습니다."

"?? 무, 무슨 소리야…… 시트리……?"

멍하니 중얼거리는 탈리아의 말을 무시하고, 시트리가 황홀한 표정을 지으며 말했다.

"저는, 스승님을 존경합니다. 한때는 《대현자》라고 불렸을 만큼의 마술 실력과 지식도, 높은 지위에 있으면서도 금단의 지식을 추구한 탓에 쫓겨나게 만든 만족할 줄 모르는 탐구심도. 그리고 그런 사태에 빠졌으면서도 재기한 집념과 신중함까지, 모든 것을 존경합니다. 신비를 연구하는 데는 마술과 또 다른 재능이 필요합니다. 그 양쪽을 똑같은 수준으로 지니고 계신 스승님은 그야말로 『천재』입니다. 저를 제외한 다른 제자 분들도 전부 우수하고…… 스승님은── 제가 갖지 못한 모든 것을 가지고 계십니다."

시트리가 계속해서 말했다.

"『아카샤』도 『마나 머티리얼 교란 장치』도, 저 혼자서 만들기에는 방대한 시간과 금전, 그리고 위험 부담이 발생하겠죠. 여기에는 비싼 기재, 희귀한 촉매와 재료, 우수한 연구자, 그 모든 것들이 갖춰져 있습니다. 그리고 스승님은── 신참인데다 미숙한 제말을 들어주실 정도의 도량도 있었습니다. 추방당한 스승님이 다시 제도에 돌아오신 것은, 제게도 너무나 큰 행운이었답니다."

그 목소리에서 광기는 느껴지지 않았다. 그저, 당연한 일을 말하는 것처럼 담담한 목소리.

노토는 그 말을 이해할 수 있었다. 그 정열은 노토가 품고 있던 것과 흡사했다. 하지만 그 실태는 훨씬 악질이다. 적어도 노토는 그렇게까지 수단방법을 가리지 않는 짓은 못 한다.

"제가 이제 와서 정체를 밝힌 것은―― 성의입니다. 합리적인 이유는 없습니다. 그저, 오랫동안 제자로서 많은 것을 배운 주제에 배가 가라앉을 것 같으니까 종적을 감추는 그런 짓은, 너무나 실례라고 생각합니다."

겨우 상황을 이해한 제자들이 언제든 공격 마법을 쏠 수 있는 태세로 상황을 살피고 있다. 도적(시프) 사내도 긴장 때문에 굳어진 얼굴로 타이밍을 재고 있다.

아직까지 시트리를 공격하지 않은 것은 오로지 시트리한테 빈틈이 너무나 많고, 아직까지도 적인지 아군인지가 불명확하기 때문이다. 아무리 생각해도 이 여자는 밝은 세상에서 살아갈 수 있는 인간이 아니다.

"하지만, 이 유익한 시간도 이제 끝입니다. 할 수만 있다면……
좀 더 같이 연구하고 싶었습니다."

"―――."

그 비탄에 잠긴 표정을 보고, 제자 하나가 반쯤 반사적으로 지팡이를 내질렀다. 노토의 제자들은 하나같이, 일반적인 기준으로는 충분히 일류라고 할 수 있는 마도사들이다. 그걸 모르는 것도 아닐 텐데, 시트리의 태도에는 아무런 변화도 없다.

"노토 씨는 《천변만화》── 크라이 씨의 목적을 모르겠다고 하셨습니다. 거점의 위치를 알면서도 마치 경고라도 하는 것 같았다고도 하셨죠. 이유는 간단합니다."

그리고 시트리가 웃었다.

"크라이 씨는── 제게 경고하러 오셨던 겁니다. 이제 슬슬 위험하니까 그쯤에서 그만하고 돌아오라고, 말이죠."

"마, 말도 안 돼……."

믿을 수 없는 말이었다. 레벨8── 제도에도 겨우 세 명밖에 존재하지 않는 헌터가, 자신의 파티 멤버에게 금기를 범하는 것을 허가했다니.

"하지만, 맹세해도 좋습니다, 저는 노토 씨를 배신하지 않았습니다. 그 누구에게도 정보를 누설하지 않았고── 뭐, 크라이 씨한테 들킨 건 어쩔 수 없는 일이겠죠. 크라이 씨한테는 아무것도 숨길 수 없으니까."

같은 클랜인 탈리아는 죽은 사람처럼 새파랗게 질린 얼굴로 선배 연금술사의 고백을 듣고 있다.

"설마 제가 없는 동안에 일을 벌일 거라고는 생각하지 않았었는데…… 제가 돌아와 보니 이미 모든 준비가 갖춰져 있었습니다. 노토 씨, 크라이 씨는…… 정말 좋은 분입니다."

시트리가 뺨이 발그레해지고, 마치 사랑에 빠진 소녀 같은 표정으로, 자기 연인을 자랑하는 것처럼 말했다.

"크라이 씨는, 제게도 노토 씨 쪽에도 기회를 줬습니다. 지금까지의 연구 성과를── 다수의 강력한 헌터들을 상대로 확인할 큰 기회를. 지금까지의 성과를 확인하지도 않고 끝내버리면, 연구자로서 정말 아쉽겠죠?"

모든 것이 연결됐다. 맞서 싸우자고 했던 소피아의 모습이, 뜨거운 목소리가 떠오른다.

"미, 미쳤구나……."

시트리의 목소리는 마치 칭찬하는 것처럼 흥분해 있었다.

"결과는 보시는 대로입니다. 예상치 못한 일들도 여러 번 있었고 검증 항목도 부족하지만, 마화 팬텀도 맬리스이터도, 그리고 『아카샤』도── 저희의 연구는 《흑금 십자가》와 거크 벨터를 포함한 백여 명의 헌터들을 압도했습니다. 대성공이라고 해야겠죠! 사망자가 발생하지 않도록 『힘 조절』 하느라 고생했습니다."

생각해보면 여러모로 이상했다. 그 정도 전력으로, 그렇게 우세했는데, 사망자가 한 사람도 없었다는 건.

생각해보면 여러모로 이상했다. 시트리가 아무리 우수하다고 해도, 그렇게 간단히 거점을 찾아올 수 있었을까? 그렇게 간단히 처음 본 괴물의 약점을 간파할 수 있을까?

모든 것은── 시트리의 자작 연극이었다.

"아, 안심하세요. 노토 씨. 『아카샤』의 성능은 정말 흠잡을 데가 없어요. 언니처럼 재빠른 헌터와 싸우려면 범위공격 기능이 필요하다는 생각도 들기는 하지만, 제일 고생했던 내구도 측면은 충분했어요. 『아카샤』가 크라이 씨한테 한 방에 당한 건── 알아서 뛰어들라고 조작해서 그랬을 뿐이고, 성능 자체에는 아무 문제도 없어요. 좀 더 검증하고 싶었지만, 더 오래 끌었다간 스벤 씨의 『남격』 때문에 손상당했을지도 모르니까, 그만하면 딱 좋았다고 할 수도 있겠죠!"

"하, 하고 싶은 말은── 그게 전부냐?!"

너무나── 꼴사나웠다. 손바닥 위에서 놀아나고 있었다. 모든 것은── 눈앞에 있는 소피아를, 그 정열을 완전히 믿어버린 자신의 잘못이다.

공포보다 분노가 앞섰다. 너무나 화가 나서 떨리는 손으로 지팡이를 내미는 노토를 보고, 시트리가 웃었다.

"안심하세요. 연구 결과는 압수당했고, 노토 씨와 제자들은 제국 역사상 최저 최악의 범죄자로 체포당하겠지만, 여러분의 연구는 제가 이어받겠습니다. 자신의 평생을 바쳐서 진행해온 연구를 제자가 후세에 전한다, 이보다 더한 행복은 없겠죠."

악의는 없다. 눈앞에 있는 여자는 정말로 그렇게 생각하고 있다.

지금까지 계속 느껴왔던 어긋남이, 여기에 와서 치명적인 것이 돼버렸다.

"저……기…… 시트리, 맞지? 그, 모습은……?"

"아, 이거?"

더듬더듬 말한 탈리아의 질문에, 시트리가 이치를 설명해주는 것처럼 말했다.

"저기, 탈리아. 난 지난번 실수를 통해서 배웠어. 내가 앞으로 나서면── 중요한 순간에 완전히 회피할 수 없다는걸. 혼자서 할 수 있는 일은 한계가 있다고. 그래서 말이야, 노토 씨 제자로 들어갈 때 탈리아 모습을 아주 조금 빌렸어. 탈리아의 머리카락 이랑 눈은 정말 예쁘고 눈에 띄니까…… 미안해."

탈리아의 두 눈에서 눈물이 한 줄기 흘러내렸다. 그걸 보고도, 시트리의 안색은 하나도 달라지지 않았다.

진리의 탐구자. 별의 노예. 윤리를 등졌으면서도 그 사실조차 인식하지 못하는 자. 그 너무나 장절한 행동논리를 보고, 노토는 이제 와서 그 누구도 대놓고 말하지 않는 시트리의『별명』이 생각 났다.

예전에,『최우수』라고 불리던 한 연금술사가 있었다.

노토와 마찬가지로 제도 최고의 연구 기관── 프림스 마도 과학원에서 많은 성과를 낸 그 소녀는 엄청난 속도로 인정 레벨을 올렸고── 하지만, 어떤 사건을 계기로 그 명성이 추락해버리고 말았다.

당시에 그 사건은 제국 전체를 뒤흔들었다.

죄를 저지른 높은 레벨의 헌터나 마도사(마기) 등의 중죄인을 수용하는 제블디아 최대의 형무소. 난공불락의 사우스 이스테리아 대감옥에서 발생한 전대미문의 집단 탈옥 사건.

분명히 외부의 도움이 있었다. 그리고 그 직전에 교도소에 드나들었던 한 연금술사가 그 방조 용의자가 됐다. 확고한 증거는 없었지만, 상황 증거만 가지고 연금술사가 최대의 용의자가 돼 버렸다.

죄를 묻지는 않았지만 페널티로서 레벨이 마이너스까지 떨어 져버렸고, 범죄자한테나 붙는 별명까지 강요당했다. 시트리 스마트. 그녀의 별명은——.

"《최저 최악(最低最惡)》······ 그 사건을 계기로, 정신이 나가버린 것이냐?!"

《최저 최악》이 웃었다. 마치 재미있는 농담이라도 들었다는 것 처럼.

"그 별명, 정말 싫어요. 끔찍한 별명이라고 생각해요. 이젠 아무도 그 별명으로 부르지 않는데······ 그건 제 과거의 실패—— 그 증거니까요. 하지만 그것도 오늘로 끝입니다, 스승님——."

시트리가 두 손을 맞잡고, 마치 축복이라도 하는 것처럼 말했다.

"오늘부터, 당신이——『최저 최악』입니다."

"얕보지 마라, 소피아!"

플리크가 얼굴이 시뻘게져서 소리쳤다. 순간적으로 사람 하나 정도는 간단히 태워버릴 수 있는 불꽃 탄환을 발사했고, 무방비 하게 서 있는 시트리를 향해 날아갔다.

"조급해하면 안 됩니다, 플리크 씨. 플리크 씨의 약점은 감정이 앞서는 경우가 많다는 점이니까요."

시트리가 한심하다는 것처럼 말했다. 플리크의 마법을 사선을 가로막으려는 것처럼 뛰어든 맬리스이터가 막아냈다. 옆구리에 불꽃 탄환을 맞았으면서도 아픈 기색은 보이지도 않고 주인인 플리크를 향해 이를 드러냈다.

맬리스이터는 교육을 통해 주인의 말을 듣도록 키워왔다. 시트리는 그 갈기를 상냥하게 쓰다듬었다. 키메라(합성수)의 눈은 노토와 제자들, 그 전부를 적대시하고 있다.

"필요한 것은 애정입니다. 생물은 논리만 가지고 움직이지 않는답니다. 이 아이들이 정말 똑똑하기는 하지만 기계는 아니에요. 그래서 저를 최우선으로 생각하죠. 러브 앤드 피스는 크라이 씨의 좌우명이기도 하답니다."

뒤쪽에서 다른 제자가 마법을 날렸다. 맬리스이터의 꼬리가 채찍처럼 움직여서 마법을 쳐냈다.

아무리 새끼라고 해도 맬리스이터의 운동 능력은 노토와 제자들의 동체시력을 한창 웃돌고 있다.

최대의 전력이 순식간에 최악의 적이 돼버렸다. 그 성능을 알고 있기에 함부로 움직일 수가 없다.

"진정하세요, 노토 씨. 이렇게 시간이 걸린 건—— 오늘 여기에 온 것은, 작별 인사를 하기 위해서가 아닙니다."

"또 헛소리를 지껄이는가?!"

이미 관계는 결렬됐다. 시트리의 고백은 치명적이다. 만약 세상에 알려지게 되면 시트리는 노토와 제자들보다 더 큰 죄를 지은 것으로 간주된다. 시트리는 노토 일행을 놓아줄 생각이 없다.

그리고 노토와 제자들도 예전 동료라고 해서 용서해줄 생각은 없다. 여기서 해치운다. 방심한 탓인지, 전부 모여 있을 줄은 몰랐는지, 혼자서 적의 본거지까지 온 것이 실수다.

노토 일행은 하나같이 연구자인 동시에 우수한 마도사다. 강력한 공격 마법을 익힌 마도사는 일개 사단에 필적한다. 그런 자들이 다섯—— 노토와 제자들은 결코 쉽게 사냥할 수 있는 자들이 아니다.

하지만, 이 여유는 대체 뭘까?

마도사와 싸울 때의 포인트는, 강력한 공격마법을 사용하기 위한 주문을 영창할 틈을 주지 않는 것이다.

하지만 시트리는 전혀 움직이지 않았다.

겨우 십여 초 만에 영창을 마쳤고, 술식이 완성됐다.

시트리가 입술을 살짝 벌렸다. 그때, 노토의 주문은 발사되고 있었다.

"『카이저 플레임(파멸의 불꽃)』!"

중간 정도 범위를 유린하는 상급 불꽃 마법. 오랜만에 공격 마법을 썼더니 머릿속 깊은 곳이 욱신거린다.

만물을 태워버리는 불꽃이 나타나서 황금색으로 빛난다. 불꽃 파도가, 앞을 가로막고 있는 맬리스이터와 시트리를 같이 삼켜버렸다. 금속조차도 태워버리는 파멸의 불꽃이다.

고도의 컨트롤 덕분에 열기가 밖으로 새어 나가는 일은 없다. 불꽃이 닿은 벽과 문이 순식간에 타서 무너져 내렸다.

그 위력을 보고 탈리아가 비명을 질렀다. 플리크와 제자들은 짧은 환호성을 질렀다.

불꽃 파도가 서서히 가라앉고, 시커멓게 타서 쓰러져 있는 맬리스이터가 나타났다. 마법 공격 내성을 지닌 맬리스이터조차도 견디지 못한 불꽃. 나약한 연금술사 따위는 순식간에 재가 돼버 렸을 것이다.

하지만 불꽃이 완전히 사라진 뒤에 눈에 들어온 광경 때문에, 노토는 온몸에서 피가 빠져나가는 기분을 맛봤다.

"제 이야기를 들어주세요, 노토 씨."

"……이, 이게 무슨…… 어째서, 무사한 것이냐?!"

시트리는 멀쩡했다. 벽도 바닥도, 맬리스이터조차 숯덩이가 돼 버렸고, 바닥에 떨어져 있던 진홍색 가발도 흔적조차 없이 타버 렸는데, 본인은 공격당하기 전과 하나도 다를 게 없다.

단순한 파괴력만 따지자면 플리크의 비장의 카드보다 강한 마 법인데. 있을 수 없는 일이다.

시트리는 살짝 한숨을 쉬고, 볼을 빵빵하게 부풀리면서 말했다.

"마지막이니까, 들어주세요!"

시트리는 어느새 꺼냈는지 커다란 병을 두 손으로 안고 있었 다. 뚜껑은 열려져 있고, 그 안에는 아무것도 없었다.

"스승님께는 많은 것을 받았어요. 그 답례라고 하기는 그렇지 만, 저도, 스승님께 보여드리고 싶은 게 있었거든요. 계속 확인해 주셨으면 싶었는데── 조금 위험해서 크라이 씨한테 맡겨뒀었 지만, 이번이 마지막 기회니까 보여드렸으면 싶다고, 그렇게 생 각했어요. 이렇게 늦어진 것도, 지하 하수도에서 그걸 찾는데 시 간이 좀 걸린 탓이고──."

무슨 소리를── 하는 거지? 이 녀석은, 뭘 가지고 온 것인가?

반죽음 상태인 맬리스이터가, 숯덩이가 돼버린 몸을 억지로 움직여서 시트리한테서 떨어지려 하고 있다.

시트리가 실험에 이야기할 때 보여주던 열기가 담긴 목소리로 말했다.

"마화 팬텀과 거의 정반대의 성질인데— 상당히 높은 환경 적응 능력을 지닌 획기적인 슬라임입니다. 마화 팬텀은 자신의 육체를 구축하는 마나 머티리얼을 환원시켜서 막대한 마력을 얻지만, 이건— 주위의 마나 머티리얼이나 마력을 흡수해서 『성장』합니다. 사실은, 제 자신작이랍니다."

"뭐……라고?!"

그제서야 겨우, 노토는 시트리의 발밑에 황금색 슬라임이 있다는 걸 알았다.

크기는 시트리가 들고 있는 병에 딱 들어갈 정도. 반투명하고, 꿈틀꿈틀 움직이고 있었다.

마나 머티리얼을 흡수해서 성장하는 슬라임. 들어본 적도 없는 존재지만, 노토는 바로 그 의미를 이해하고 전율했다.

이 세상에는 마나 머티리얼이 가득 차 있다. 온갖 살아 있는 생명들은 마나 머티리얼을 흡수해서 그 힘을 얻는다. 보물전이나 팬텀, 보구를 구축하고, 흡수한 헌터들에게 인간의 영역을 벗어난 힘을 준다.

그 말이 사실이라면, 다른 존재의 마나 머티리얼을 먹어 치우고 성장한다는 슬라임은 진정한 의미로, 세상을 잡아먹는— 멸망시킬 수 있는 존재다. 어쩌면 노토의 연구보다 훨씬 더, 세상에 해가 될 수도 있다.

"제정신이냐……? 말도 안 돼…… 너무 위험해!"

"사실은 딱 한 가지 도저히 극복하지 못한 결점이 있는데——무슨 수를 써도 식욕을 억제할 수가 없었어요. 간신히 저와 크라이 씨는 먹지 못하게 예외 처리를 해뒀지만, 제어할 수 없는 괴물은 너무 위험해서 비장의 카드로 사용할 수도 없으니까, 가능하다면 마지막으로 조언을 해주실 수 있을까, 싶어서 말이죠. 뭐, 무리겠죠."

슬라임이 그 황금색 몸을 뻗어서 반죽음 상태인 맬리스이터를 뒤덮었다.

맬리스이터의 몸이 떨린다. 슬라임이 그대로 온몸을 감싸버리자, 완강한 육체와 표피를 지닌 맬리스이터가 엄청난 속도로 소화돼버렸다.

슬라임의 색이 황금색에서 맬리스이터와 같은 회색으로 변했다. 그제야 노토는, 그 슬라임의 황금색이 자신의 마법을 흡수한 결과라는 것을 알았다.

시트리가 싱글싱글 웃었다.

"자, 노토 씨. 이게 또 한 가지 목적이에요. 마지막으로, 시트리 슬라임의 성능 실험에 함께해주세요. 노토 씨 정도의 마도사로 이 아이를 시험할 수 있다니, 전 정말 행복하네요."

"……스승님, 도망치십시오!"

플리크가 날카로운 목소리로 말하는 동시에 마법을 날렸다.

플리크와 제자들은 그 강한 자존심에 걸맞게 우수한 자들이다. 순식간에 그 슬라임에게 공격 마법이 통하지 않는다는 걸 이해하고 보조적인 마법으로 바꾸는 수완은, 그야말로 일류 마도사 그 자체다.

짙은 연기가 방 안에 고이면서 시야를 가렸다. 시트리의 웃음이 검은 안개 너머로 사라진다.

"저 여자는…… 그냥 보내면, 틀림없이, 『아카샤』의 적이 됩니다. 여기는…… 저희가 막도록 하겠습니다."

"플리크 씨…… 『아카샤』의 적이라니…… 저는 『아카샤의 탑』 그 자체인데요?"

슬퍼하는 것 같은 시트리의 목소리는 신경도 쓰지 않고, 플리크가 계속해서 말했다.

"소피아는 한 사람입니다. 밖으로 나가기만 하면── 도망칠 수 있습니다. 본부에 알리기만 하면, 이 여자는 끝장입니다!"

그 목소리에는 강한 각오가 담겨 있었다. 다른 제자들이 보조마법을 걸어줬는지, 노토의 육체에 힘이 넘친다.

시트리가 데리고 온 슬라임은 강력하다. 노토의 공격마법을 완전히 흡수한 이상, 여기 있는 전원이 응전한다고 해도 노토와 제자들에게는 승산이 없다.

연기 속에서, 시트리가 의외라는 목소리로 말했다.

"? 괜찮으신가요? 플리크 씨. 노토 씨는── 오래전부터 제자였던 당신보다 신참인 소피아를 중용해서 당신의 긍지에 상처를 입힌 사람이잖아요. 그런 사람을 지키면서 죽는 것보다는 도망치는 쪽이 좋지 않을까요?"

"……바보 같은 소리! 네놈과 똑같이 취급하지 마라. 나는──

스승님을 존경한다! 설령 중용해주시지 않는다고 해도, 그것만은 변함이 없다!"

플리크는 우수한 제자다. 머리 회전도 빠른, 소피아와 방향이 다르지만 틀림없는 천재다. 자존심이 강한 건 단점이 아니다. 마도사로서의 힘만 따지자면 언젠가 노토를 능가할 수도 있는 인재다.

그 거짓 없는 진심에, 예전부터 따르던 제자보다 새로운 재능을 우선했던 일을 후회했다. 하지만 그것이 《대현자》로서의 긍지이기도 했다.

순식간에 여러 가지 생각을 마치고 짧게 말했다.

"……부탁한다, 플리크."

"예! 제게 맡겨주십시오!"

죽을 각오는 되어 있었다. 하지만 제자들은 도망친다고 해도 『아카샤의 탑』과 연락을 취할 수가 없다.

플리크의 결단을 헛되게 할 수는 없다.

문은 작지만 노토의 마법 때문에 벽이 무너져 있었다. 짙은 연기 속을 달려간다. 마법이 착탄하는 소리가 연속으로 울리고, 시트리가 깜짝 놀라는 소리가 작게 들려왔다.

"기다려──! 방해하지 마!"

반쯤 도박이었지만, 시트리 슬라임과 부딪치지 않고 무사히 밖으로 나왔다. 그대로 바람 마법을 병용해서 나이에 어울리지 않게 엄청난 속도로 복도를 달려갔다.

쫓아오는 기척은 없다. 거칠게 숨을 쉬면서, 확신했다. 역시 시트리의 본질은 연구자라고 봐야겠지. 레벨8 파티의 헌터에 걸맞은 신체능력을 지녔다면, 도망치는 것은 불가능했을 테니까.

일단 빠져나가면 시트리한테 따라잡힐 일은 없다. 하지만, 노토는 속도를 늦추지 않았다.

은신처라는 곳에는 항상 출구가 두 개 이상 있는 법이다. 그중에 하나── 눈에 띄지 않는 뒷골목으로 나가는 계단을 뛰어 올라갔다.

밖으로 나가면 비행 마법도 쓸 수 있다. 제도가 엄중 경계 태세에 들어가 있기는 해도, 평범한 기사들은 노토를 막을 수 없다.

이제 『아카샤의 탑』에 정보를 전하기만 하면 시트리는 끝장이다. 방심해서 모습을 드러낸 것이 패배의 원인이다.

그리고 노토는 지상에 도착했다. 한적한 골목이다. 지나가는 사람은 거의 없다.

쓰레기가 굴러다니는 길바닥. 갈라진 노면에, 커다란 외투를 뒤집어쓰고서 웅크리고 앉아 있는 부랑자. 쫓아오는 사람은── 없다.

순식간에 비행 마법을 구성했다. 한시가 바쁘다.

몸이 둥실 떠오른다.

제자의 원수, 그리고 아카샤를 우롱한 대가는 반드시 치르게 하겠다. 전에 제도에서 추방당했을 때 품었던 망집보다 더 큰 결의를 가슴에 품고 날아오르려고 한 순간── 옆에서 엄청난 충격이 덮쳐왔다.

"?!"

시야가 회전하고, 지금 막 올라온 계단으로 굴러떨어졌다. 등을, 팔을 부딪쳐서 묵직한 아픔이 느껴진다.

지팡이는 놓치지 않았다. 바닥을 손을 짚고, 몸을 질타해서 일어섰다.

계단 쪽을 봤더니, 거기에는 조금 전에 길바닥에 앉아 있던 부랑자가 있었다.

머리 위에 지저분한 외투를 뒤집어써서 상반신을 가리고 있기 때문에 얼굴은 보이지 않는다. 그나저나 덩치가 상당히 크다.

거의 반사적으로 마술을 조립해서 사출했다. 마도사로서 평생을 살아온 덕분에 손에 넣은, 상식을 벗어난 속도로 영창하고 발사한 수많은 불꽃 탄환들이 둔한 소리를 내면서 부랑자의 몸에 명중했다.

뒤집어쓰고 있는 외투에 불이 붙었다. 하지만 부랑자는 비명을 지르지도, 물러나지도 않았다. 온몸에 불이 붙은 채로, 마치 아무 일도 없었다는 것처럼 엄청난 속도로 계단을 뛰어내려 왔다.

"뭣이?!"

혼란에 빠지면서도, 연속으로 공격 마법을 날린다. 바람 칼날에 물 창, 벼락에 이르기까지, 생각나는 온갖 속성의 공격 마법을 날렸다. 하지만 그것들을 전부 맞았는데도, 전혀 기세가 죽지 않았다.

무슨 일이 일어났는지 알 수가 없다. 공격 때문에 외투가 날아갔고, 그 안에 있던 것이 드러났다.

안에서 나타난 것은—— 알몸의 거한이었다. 극도로 발달한 온

몸의 근육에 사람이 아닌 것 같은 회색 살갗. 옷도 신발도 하나도 걸치지 않았고, 하반신에 새빨간 삼각팬티만 입었다.

지금까지 본 적이 없는 이상한 모습이다. 멍하니 있는 노토에게, 뒤쪽에서 목소리가 들려왔다.

"다행이다…… 그게── 제가 보여드리고 싶었던, 또 하나의 작품이에요. 노토 씨. 【흰 늑대 소굴】로 데려가면 성능 시험을 망치게 될 게 뻔해서 보여드리지 못했는데── 미련이 남지 않게 돼서, 다행이네요."

뒤를 돌아보지도 않았다. 노토의 시선은 눈앞에 있는 작품── 눈 부분에 뚫려 있는 구멍 너머로 보이는 감정이라고는 찾아볼 수 없는 눈에 못 박혀 있었다.

포학무도(暴虐無道)라는 말을 형태로 만들어놓은 것 같은 체구는 사람과 흡사하지만, 그러면서도 어째선지 사람이 아닌 것처럼 보인다.

"노토 씨, 저는──『아카샤』의 약점이 그 비용과 성장성이라고, 감히 그렇게 생각하고 있어요. 『아카샤』는 강력하지만, 『아카샤의 탑』의 막대한 자본과 높은 기술력이 있어야만 만들 수 있었죠. 게다가 공략하는 보물전의 레벨이 올라가면 언젠가 성능에 한계도 느껴질 테고요. 이건 제 나름대로의 대답입니다. 어떠신가요?"

영문 모를 괴물이 천천히 다가온다. 혼란에 빠졌다. 노토의 명석한 두뇌로도, 눈앞에 있는 괴물의 정체를 알 수가 없었다. 뒤에서 들려오는 시트리의 목소리도 멈추지 않는다.

"창피한 이야기지만, 저는 간단하고 빠르게 힘이 필요했어요. 그게 제가 혼자서 진행하는 골렘 연구를 포기한 이유—— 그리고 키메라 연구에 주력하게 된 계기이기도 하죠."

"키메라……?"

어느 샌가 노토의 몸이 떨리고 있었다.

말도 안 돼. 무슨 동물을 합성하면 이런 괴물이 나오는 거지?

상식에서 벗어났다. 머리로는 정체를 이해하고 있지만, 감정이 받아들이는 걸 거부하고 있다.

공격마법을 맞고도 상처 하나 나지 않는 내구력과 접근하고 있는 그 육체에서 느껴지는 엄청난 에너지.

이건, 그야말로——.

"우수한 『소재』가…… 꼭 필요했거든요. 노토 씨, 저는 《비탄의 망령》에서 제일 약하기 때문에, 뭐든지 하지 않으면 따라갈 수가 없어요."

그 순간, 노토의 머릿속에서 모든 것이 연결됐다.

시트리의 명성이 추락하는 계기가 됐던 사우스 이스테리아 대감옥의 집단 탈옥 사건.

수용돼 있던 자들은 일반적인 감옥에서는 억제할 수 없을 정도로 흉악한, 전직 고 레벨 헌터 출신의 범죄자들뿐이다.

그리고 몇 년이 지난 지금도—— 탈옥한 자들 중 대부분은 찾아내지 못했다.

망연자실한 상태에서 뒤를 돌아봤다. 그 모습을 보고서 깜짝 놀랐고, 갈라진 목소리로 말했다.

"……억울한 누명이, 아니었단 말인가……."

"실패했습니다. 하지만 유의미한 경험이었죠. 쓸만한 부분들을 이어붙인 탓에 하나밖에 못 만들었지만, 훌륭하죠? 키르키르 군이라는, 이름이에요…… 자, 인사해야지?"

"키르키르……."

종이 봉투 속에서, 그 생김새를 봐서는 상상도 할 수 없는 새된 목소리가 들려왔다.

이 무슨── 사악한 짓인가. 하지만 무엇보다 무서운 것은 제도에서 추방된 노토와 달리, 눈앞에 있는 이 여자는 죄인이 되는 게 아니라 밝은 세상에서 활개 치고 살아가고 있다는 점이다.

"……《최저 최악(딥 블랙)》!!"

"안심하세요. 저는 헌터니까 죽이지는 않습니다. 기억은── 지우겠지만."

힘을 쥐어짜서 지팡이를 들어 올리고, 죽을 각오로 주문 영창을 개시했다.

노토가 마지막으로 보고 들은 건 웃는 해골, 그리고 뒤쪽에서 들려오는 키르키르라는 기괴한 소리였다.

Epilogue 비탄의 망령은 은퇴하고 싶다②

그 여자아이는 정말 착하고, 지식이 풍부한데다 머리도 정말 좋은 아이였다.

사람은 평등하지 않았다.

같은 동네에서 태어나고 같은 환경에서 자라고 똑같이 노력을 하더라도, 큰 격차가 발생한다.

《비탄의 망령(스트레인지 그리프)》는 하나같이 우수한데다 노력파였기 때문에, 재능에 의한 격차는 계속 커져만 갔다.

연금술사(알케미스트)가 되고자 하는 소녀도 노력파였는데, 그래서 고뇌했다. 앞서가는 동료들은 너무나 빠르고, 너무나 대단하고, 자신과 그들 사이에는 절망적인 벽이 있다.

소녀는 연마를 포기하지 않았다. 혼자서 계속 싸우는 그녀는, 마치 영혼을 갈아내면서까지 노력하는 것처럼 보였다.

나는 누구보다 그 노력을 잘 알고 있었다. 포기하지 않고 앞으로 나아가려고 하는 모습은 너무나 눈부시게 보였기에, 친구로서 그냥 넘어갈 수가 없었다.

나는 시트리에게 다른 사람에게 부탁하는 방법을 가르쳐줬다.

내가 걸어가지 못한 길을 걸어가는 그 소녀가, 나한테는 영웅이었다.

틀림없이 누구보다 열심인 그 노력은 많은 사람을 끌어들일 테고, 언젠가는 다른 멤버들보다 뛰어난 성과를 보이게 될 것이다. 나는 그렇게 확신했다.

그 소녀는 최강은 아니었지만 최우수였다. 난 아무 도움도 안 되지만, 기다려주는 정도는 할 수 있다.

제도에 와서, 그녀가 제일 처음으로 큰 성과를 낸 것도 나한테는 당연한 일이었고, 동시에 구원이었다.

성공은 같이 축하하고, 실패했을 때는 위로해줬다.

웃는 얼굴도 눈물도 누구보다 많이 봤다.

마음이 약하고 존재감이 약한 시트리한테는 그 누구보다 많은 고난이 찾아올 것이다. 하지만 잘못을 인정하는 강한 마음을 지녔고, 실패조차도 성공으로 연결하는 시트리라면 틀림없이 저 높은 곳까지 갈 수 있을 것이다.

"……제가, 사고 쳤어요…… 크라이 씨……."

"이제 와서 범인이 자수해봤자…… 믿어주지도 않겠죠."

"오명은, 받아들이겠어요. 저한테도 잘못이 있으니까요."

"반성할 점은…… 정말 많아요. 다음엔…… 다음엔, 실패하지 않을 거예요. 좀 더 잘할게요."

"하지만, 정말 좋은 소재를 얻었어요. 결과적으로는 잘된 일이죠."

"훌륭한 성능이에요! 이거라면 높은 레벨의 보물전에도 적응할 수 있어요! 역시 천연 소재는 다르네요. 소재를 많이 낭비하기는 했지만, 키르키르 군이라고 이름 지었어요."

"같은 연금술사 친구가 생겼어요! 엄청나게 눈길을 끄는 예쁜 머리카락이랑 눈동자를 가진 사람인데……"

"다음에는…… 마법 타입의 소재가 필요해요. 하지만, 이젠 경비가 엄중해졌어요……."

"역시 퇴폐지구의 소재는 안 되겠죠…… 질이 너무 나빠서 양산품에도 못 쓸 정도예요."

…………그리고 나는——.

내 정위치. 클랜 마스터 방에서 에바의 보고를 듣고, 나는 의욕 없는 목소리로 말했다.

"헤에…… 그렇게 위험한 연구를 했구나……."

"……관심이 없는 것 같네요."

"없으니까…… 다 끝난 일이잖아."

『아카샤의 탑』의 수괴 중 하나인 노토 커클레어와 그 일파가 붙잡힌 지 사흘이 지났다. 살벌한 분위기를 풍기면서 시내를 순찰하던 제3기사단도 겨우 안 보이게 됐고, 제도에 평화가 돌아왔다.

함구령이 내려진 탓에 일반 주민들은 무슨 일이 일어났는지도 모르고 있겠지만, 분위기를 보고 평화가 돌아왔다는 걸 눈치챘겠지.

"팬텀의 분해, 키메라, 골렘, 그리고—— 슬라임, 인가. 정말이지, 별걸 다 했네."

무슨 연금술 박람회도 아니고. 보고서에도 자세한 내용까지는 적혀 있지 않았지만, 제도의 거점에서 압수당한 슬라임이 엄청나게 위험한 물건이었다는 것 같다. 정보를 들은 스벤이 갑자기 쳐들어와서는 엄청난 얼굴로 바들바들 떨었을 정도니까, 정말 위험하다고 생각해야겠지.

나한테 슬라임은 여전히 제일 약한 생물이라는 이미지지만, 시트리 슬라임이랑 비교했을 때 어떤 게 더 위험한지 겨뤄보고 싶다는 생각도 든다. 아니, 미안. 거짓말이야. 하나도 관심 없어.

어쨌건, 이번 사건은 흑막인 노토 커클레어가 붙잡히면서 전부 해결됐다. 노토 커클레어 일파는 하나같이 체포당하기 직전의 기억을 잃었다는 것 같지만, 그 연구 내용은 나라에 압수당했고 노토 일파는 처우가 결정될 때까지 사우스 이스테리아 대감옥에 수용하기로 했다.

《발자국》을 비롯해서 조사에 관여한 사람들에게는 처음에 주기로 했던 것보다 많은 보상금이 나왔고, 헌터들은 이번 일을 통해서 알게 된 일은 누구에게도 말하지 않겠다는 맹세까지 했다.

흑막이 체포되기 전에는 그렇게 밤낮으로 쳐들어와서 날 괴롭혀대던 거크 씨네도 안 오게 됐으니, 일단은 안심이다.

평화를 곱씹으면서 평소처럼 보구에 광을 내고 있었는데, 문이 열리고 이번 일의 공로자가 들어왔다.

시트리는 이번에 믿을 수 없을 만큼 큰 공적을 세웠다.

나를 대신하여 헌터들을 지휘하고, 보물전에서 발생한 이상을 해명했다. 제도에 귀환한 뒤에는 혼자서 『아캬사의 탑』의 거점을 알아내고, 도망친 일당들을 붙잡았다. 하나부터 열까지, 정말 대단한 활약이다.

그러면서 내가 놓쳐버린 시트리 슬라임까지 처리했다고 하니, 정말 신이라도 내린 것 같다. 게다가 거의 내 뒤처리였다. 내가 황제라면 훈장을 줬을 거야. 백 점입니다.

크게 활약한 소꿉친구는 발소리도 없이 다가오더니, 환하게 웃는 얼굴로 말했다.

"겨우, 이야기도 다 끝났네요."

"수고했어, 시트리. 정말 잘했어. 페널티는 취소될 것 같아?"

시트리가 억울한 죄 때문에 페널티를 받고, 레벨이 마이너스까지 떨어지고, 《최저 최악(딥 블랙)》이라는 끔찍한 별명까지 얻게 된 건 벌써 3년도 더 된 일이다.

물론 나도 있는 힘껏 감싸줬지만, 그걸 막을 수는 없었다. 나라에서 압력을 넣었기 때문이다. 힘도 연줄도 부족했다. 확실한 증거도 없는데 페널티라니, 이상했다. 상황 증거만 봤을 때 시트리가 한없이 수상해 보이는 것도, 틀림없이 어떤 음모 때문이겠지.

시트리는 한심한 나를 웃으면서 용서해줬지만, 그때 일은 내가 제도에 온 뒤에 저지른 것 중에서 제일 큰 실패로 기억에 남아 있다(참고로 그때, 정작 시트리네 언니는 손뼉까지 치면서 큰 소리로 웃었다).

이번 사건에서 시트리는 정말 많은 공적을 세웠다. 그 공적이 있으면 과거의 페널티를 해제할 수 있을지도 모른다. 거크 씨도 뒤에서 열심히 손을 써줬을 테니까.

기대를 담아서 그렇게 물었더니, 시트리는 부드럽게 웃으면서 고개를 저었다. 그렇구나~ 안 되는구나~.

"몇 년 전에 있었던 일을 이제 와서 무를 수는, 없다고…… 하지만, 별명은 이미 부르는 사람도 거의 없으니까, 앞으로 몇 년만 더 지나면 없어질 것 같아요."

"음~ 공무원들이 하는 게 다 그렇지 뭐."

"최근의 기억이 날아가 버린 게 감점 요인이 된 것 같아요. 뭔가 거친 짓을 한 건 아닌지 의심했거든요."

"어~ 그건 시트리 잘못이 아니잖아. 솔직히 탈리아도 같이 기억이 날아갔는데 말이야?"

탈리아는 《발자국》의 멤버고, 시트리의 친구다. 『아카샤의 탑』의 거점에 잡혀 있었다가 발견됐다는 것 같다. 왜 잡혀갔는지는 조사하고 있지만, 노토 일파의 기억이 날아가 버린 이상 진상은 어둠 속에 묻혀버리겠지. 어쨌거나, 무사히 구해내서 정말 다행이다.

"그 탈옥 사건 범인이 『아카샤의 탑』이라는 증거만 나왔어도 좋았겠지만, 아무래도 욕심이 너무 크죠?"

"그러게…… 마음대로 되지 않는다니까."

"이번엔 제가 제일 먼저 거점에 들어간 것뿐이니까, 많은 것을 바랄 수는 없다고 판단했어요."

"……응, 그래, 그랬어?"

"크라이 씨와 시트리 양이 이야기할 때 말이죠, 가끔씩 서로 딴소리를 하는 것처럼 들리는 건 제 기분 탓일까요?"

아마도 그건 전반적으로 내 잘못이다. 머리가 너무 좋은 시트리를 내가 전혀 따라가지 못해서 그러는 거니까.

애당초 나는 말을 제대로 알아듣지 못해도 「응, 그래, 그렇구나」라고 말하면서 넘겨버리는 인간이다.

예전에 딱 한 번 마음을 단단히 먹고서 일일이 확인까지 해가며 이야기를 들어본 적이 있었는데, 진도가 너무 안 나가서 그냥 평소대로 넘겨버리기로 했다. 뭐, 이렇게 해도 잘 돌아가니까 그거면 된 게 아닐까.

분위기를 파악한 에바가 이만 물러가겠다는 말을 하고서 밖으로 나갔다.

파티 멤버와의 짧은 교류 시간을 존중해줬다고 봐야겠지.

시트리가 새삼 고개를 숙이고 말했다.

"크라이 씨, 이번엔 정말 고마웠습니다."

"그 말은 내가 해야지."

보물전에서 막 돌아온 시트리한테 이것저것 시킨 데다 고맙다는 말까지 듣고…… 내가 사람인가?

항상 싱글싱글 웃고 있는 시트리한테 너무 의지하고 있다. 반성해야지.

"아뇨…… 지난번보다 훨씬 잘됐어요! 성장했다는 걸 실감할 수 있었어요."

하지만 시트리의 목소리에는 나무라는 기색이 하나도 없었다. 기분 탓인지 표정도 평소보다 더 밝아 보인다.

"일이 잘 됐나 보구나?"

"예! 탈리아도 구출했으니까, 완벽하게 했다고 생각해요."

활짝 웃는 얼굴. 리즈랑 똑같은 핑크색 눈동자가 빛나고 있다. 이런 표정을 보고 있으면, 새삼 진짜 자매라는 실감이 든다.

"조금 아쉽기는 하지만 범인은 필요했고, 마법 타입 소재는 다음에 구하면 되니까요."

"응, 그래, 그렇구나."

역시 웃는 얼굴이 제일이다. 헌터 일을 하다 보면 힘든 일도 있다. 죽고 싶을 때도 있고 토하고 싶어질 때도 있다. 하지만 시트리는 계속 이렇게 웃어줬으면 좋겠다.

그러기 위해서는, 나도 내가 할 수 있는 일은 해야겠지.

헌터에서 은퇴하는 그날까지.

"그러고 보니까, 전에 말했던 인연이라는 건 해결했어?"

내 물음에 시트리는 웃으면서 양손을 모아 대답했다.

"예.『색소 물』을 썼거든요!"

Interlude 드래곤 슬레이어

그자는 올려다봐야 할 정도로 커다란 남자였다.

잘 단련된 육체는 장비를 입었어도 알 수 있을 만큼 근육이 발달되어 있다. 몸을 감싸고 있는 회색의 하프 플레이트 아머는 흠집투성이면서도 둔하게 빛나고 있는데, 그것을 통해서 그 남자가 얼마나 많은 싸움을 헤쳐 나왔을지 상상할 수 있었다.

하지만 무엇보다 눈길을 끄는 것은—— 등에 멘 거대한 검이다.

칼집도 없어서 날을 훤히 드러내고 있는 양손검은 장식도 없는 투박한 것인데, 그러면서도 칼날 부분만은 묵직한 금색으로 빛나고 있었다.

제도 제블디아에는 헌터들이 많지만, 제도에서도 가장 큰 북문의 인파 속에서, 그 모습은 주위의 눈길을 끌었다. 남자가 사람들의 시선이 짜증 난다는 표정을 지으며, 낮은 목소리로 신음하듯이 말했다.

"여기가…… 그 유명한 제블디아인가."

"헤에. 아놀드 씨. 듣던 대로 꽤나 북적대는 곳 같은데요."

아놀드라고 불린 남자는 주위에 일곱 명의 남자를 거느리고 있었다. 그중 한 명—— 경장비를 갖춘 경박해 보이는 용모의 남자가 눈을 가늘게 뜨고서 주위를 둘러봤다.

모든 것이, 아놀드 일행이 있던 세계와 달랐다.

사람 숫자, 도시의 규모. 멈출 기미가 보이지 않을 정도로 북적대는 시가지—— 무엇보다, 공기가 다르다.

하늘이 맑다. 일 년 내내 흐린 날씨인 네블라누베스와는 다르다.

항상 어렴풋이 안개가 끼어 있고, 사람들의 얼굴마다 짜증이나 험악한 기색이 서려 있는 안개의 나라와는 다르다.

신기한 것이라도 구경하는 것처럼 주위를 둘러보던 경장비의 남자가 거기서 씩, 하고 짙은 미소를 지었다.

"그런데—— 레벨은 그렇게 높지 않은 것 같은데. 이거, 그 유명한 로단도 별것 아닐지도 모르겠군요. 아주 오랜 시간을 들여서 여기까지 왔으니까, 조금이나마 재미를 봐야 할 텐데 말이죠."

다른 남자들이 거기에 동의한다는 것처럼 소리 내서 웃었다.

그들의 눈에는 강한 자신이 담겨 있었다.

해를 보는 일이 거의 없는 암흑의 세계에서 수많은 괴물을 해치워왔다는 자신.

동료들과 함께 연마해서 힘을 키우고, 그것을 과시해왔다는 자신.

그리고 무엇보다—— 한 나라를 구한 영웅이라 칭송받는 자의 위용이.

그 금색 칼날의 빛은—— 이 세상의 패자—— 용을 벤 자의 증거다.

《안개의 뇌룡(폴링 미스트)》, 안개의 나라 네블라누베스의 영웅, 《호뢰파섬(豪雷壞閃)》 아놀드는 웃지 않았다.

그저 노려보는 것처럼 주위를 둘러보고, 짧은 목소리로 지시를 내렸다.

"이 나라에서 제일 강한 전사를 찾아라."
　그 금색 눈동자에서는, 당장이라도 폭발할 것 같은 강한 전의
만이 꿈틀거리고 있었다.

3부에서 계속

외전   시트리의 성장 일기

시트리 스마트는 울보다.

리즈와 똑같은 피가 흐른다는 걸 믿을 수 없을 정도로 마음이 약해서, 예전에는 무슨 일만 있으면 울음을 터트렸다. 오빠 안셈은 과묵한 남자고, 언니는 그런 성격이다 보니, 그런 때에 이야기를 들어주는 건 리더인 내 역할이었다.

그런데 난 머리가 나쁘다. 기초 지식 정도는 머릿속에 넣어뒀지만, 시트리의 이야기를 들어도 무슨 말 하는지를 거의 이해하지 못했다. 그런 내가 시트리의 말 상대를 해줄 수 있었던 건, 시트리한테 부족한 것이 『지식』이나 『유효한 조언』이 아니었기 때문이다.

시트리는 성실한 아이라서 훌륭한 연금술사(알케미스트)가 되고도 남을 만큼 노력을 했고, 친구라서 그렇게 보이는 걸 수도 있지만, 어쨌거나 틀림없이 재능이 있다. 유일하게 부족한 것은 지식도 지혜도 아닌 『자신감』이었고.

아마도, 다른 멤버들이 눈 깜박할 사이에 강해진 것 때문에 시트리의 마음이 크게 흔들렸겠지. 내 입장에서 보면 시트리는 처음부터 강했는데, 시트리는 자기 평가가 낮은데다 이상은 너무나 높았다.

연금술사는 만능성이 강한 직업인데, 시트리는 항상 가장 우수한 연금술사가 되려고 했다.

내가 해줄 수 있는 건 너무 자신이 넘쳐서 되레 도움이 안 되는 조언으로 응원해주는 것뿐이었다.

지금의 시트리가 항상 웃는 얼굴인 가장 우수한 연금술사가 된 것은, 전부 노력의 결과다.

이것은 항상 못 미더운 어드바이저였던 내가 본, 그런 시트리의 성장 일기다.

시트리(15세)가 두 눈에 눈물을 머금고서 말했다.

"저도…… 전력이, 되고 싶어요……."

"이미 충분히, 도움이 되고 있어."

《비탄의 망령》의 공격 성능과 방어 성능은 헌터들 중에서도 손에 꼽을 수준이다. 하지만 그 파티의 대들보를 맡고 있는 사람은 시트리다. 물자 보충부터 보물전이나 마물, 팬텀(환영)의 정보 조사, 때로는 교섭까지 처리하는 시트리는, 전투 면에서의 에이스는 아니지만 파티에 없어서는 안 될 존재다.

시트리는 내가 할 일이 하나도 없을 만큼 유능했다.

나는 항상 리더로서 할 일은 하나도 안 하고, 시트리 옆에서 멀거니 서 있기만 했다.

빈말이 아니라 진심에서 우러나온 그 말을 듣고, 시트리가 고개를 도리도리 저었다.

"아니에요! 저도…… 공격을 하고 싶어요! 전투 때마다, 멀리서 지시만 내리는 건 싫어요!"

"응, 그래…… 그렇구나."

나는 내 가슴에 얼굴을 대고 있는 시트리의 머리를 쓰다듬어서 달래주면서 생각했다.

그게 연금술사가 하는 일 아닌가?

지금도 나보다 훨씬 열심히 일하고 있는데, 거기서 더 도움이 되고 싶다는 건가.

애당초 《비탄의 망령》의 전선은 항상 치열하다. 공격보다 보조 쪽으로 끝까지 가보는 게 좋지 않을까? 솔직히 우리 파티에는 싸우고 싶은 의욕이 강한 사람이 너무 많다.

나는 오랜만에 진지하게 생각해서 말했다.

"……음…… 그렇다면, 포션 같은 걸 던져보면 어떨까?"

지금 시트리가 맡고 있는 역할은 전투 중의 지시와 전투 전후의 보고, 회복이다. 지금은 전선이 너무 격렬해서 전투 중에 시트리가 끼어들 틈이 없지만, 전투 중에도 회복을 할 수 있게 되면 크게 도움이 되겠지.

시트리가 고개를 들고, 갸웃거렸다.

"그건…… 독을 조합해서 던지라는 얘긴가요?"

"뭐?! 아, 아니. 뭐, 독 조합도 연금술사의 특징이기는 하겠지만……."

공격 생각은 좀 그만하라고…….

"하지만 기존 포이즌 포션 중에 팬텀이나 마물한테 효과가 있는 건 거의——."

"……솔직히 말해서, 그런 건 위법 아냐?"

"물론 자격은 가지고 있는———— 아, 그렇군요……."

대체 언제 땄지…….

전율하는 나한테, 시트리가 진지한 표정으로 말했다.

"완전히 새로운 포이즌 포션을 조합하면 되겠네요. 한 방울만
있어도 팬텀이나 마물을 죽여버릴 수 있는 걸로."

"뭐?!"

"분명히, 지금까지는 회복이나 보조만 맡아왔어요……. 하지만,
제 투척 능력을 생각해보면, 언니나 루크 씨한테 맞을지도——."

"아니아니아니아니, 잠깐만 기다려줄래?"

대체 뭘 멋대로 납득하고 있는 거니, 얘는. 내 의도가 하나도
안 전해졌다.

크게 심호흡을 하고, 시트리를 타일렀다.

"저기 말이야…… 시트리는 동료들한테 좀 더 의지해야 한다고
생각하거든?"

공격 정도는 루크랑 다른 사람들한테 맡기자고. 걔들은 그것밖
에 못 하니까.

내 말을 듣고, 시트리가 손뼉을 탁, 쳤다. 눈물은 이미 말라 있
었다.

"그렇군요…… 맞아도 되도록, 언니네가 내성을 키우면 되겠
구나."

"?!"

"게다가 독극물 내성까지 생기니까 일석이조? 획기적인 아이디어예요! 내가, 대체 왜 고민하고 있었지. 바로 연구를 해야겠어! 고맙습니다, 크라이 씨!"

시트리는 혼자서 멋대로 납득하더니, 내가 무슨 말을 하기도 전에 활짝 웃는 얼굴을 하고서 연구실로 가버렸다.

시트리 (16세)가 입을 꾹 다물고 눈에는 눈물을 머금고서 말했다.

"크라이 씨, 이젠 틀렸어요…… 전, 이제 도움이 안 돼요……."

"그래, 그래, 진정하자, 진정해."

말로 달래려고 들었더니, 시트리가 날 끌어안았다.

요즘 들어 성장했는지 가슴이 많이 커져서, 예전처럼 마구 끌어안으면 어떻게 반응해야 좋을지 곤란하다.

두꺼운 로브 너머로도 그 부드러운 감촉이 확실히 전해져 오거든.

시트리는 신경 쓰지 않는 것 같으니까, 나도 신경 쓰면 안 되는 거지만…….

"정말이지, 상대의 레벨이 너무 높아서, 제 투척술 가지고는 포션이 맞지를 않아요!"

"응, 그래, 그랬구나……."

시트리의 포이즌 포션 전술은 엄청난 위력을 발휘했다. 한 방울만 있으면 단단한 껍질을 가진 마물도 해치워버릴 수 있는 맹독이, 때로는 어태커인 루크와 리즈를 뛰어넘는 토벌 숫자를 자랑했다. 거기에 영향을 받았는지 리즈와 루크도 더더욱 훈련에 매진하면서, 한때는 끝도 없는 토벌 수 경쟁이 벌어지기도 했었다.

시트리가 떨리는 목소리로 말하면서 내 몸에 자기 몸을 비벼댔다.

"어쩌죠…… 이대로 가면, 버림받을 거예요."

"응, 그래, 그건 아니고……."

너, 보조잖아. 왜 어태커 전쟁에 끼어든 건데. 특히 전선으로 뛰쳐나갈 때면 내가 얼마나 조마조마한지 알아.

애당초 독을 마구 던져대는 시점에서 이미 좀 이상하다.

"슬슬 연금술사로서의 본분으로 돌아가지그래? 포이즌 포션을 던져대는 데도 질렸을 테니까."

"연금술사로서의 본분……."

시트리가 마치 심장 소리라도 확인하려는 것처럼 내 왼쪽 가슴에 귀를 댄 채로 말했다.

크게 중요한 문제는 아니지만, 리즈도 그렇고 시트리 너도 그렇고, 거리감이 조금 이상한 건 아닐까? 내가 이래 봬도 남자인데 말이야…….

"하긴…… 연금술사라면, 포션을 던지는 것보다 마법 생물로 대항해야 하는 건지도 몰라요."

"뭐? ……응, 그래, 그렇구나."

시트리의 말을 듣고서 잠깐 눈이 휘둥그레졌지만, 나한테도 나쁜 얘기는 아니라서 긍정했다.

마법 생물 사역은 포션 생성에 버금가는 연금술사의 전매특허다. 호문클루스나 골렘, 슬라임을 비롯한 가짜 생물들을 만들어

내서 전력으로 삼는 것이다. 연금술사 헌터는 거의 없기 때문에 전례를 찾아보기가 힘들지만, 연구를 위주로 삼는 연금술사도 자기가 만든 골렘한테 호위를 맡기고는 한다고 들었다.

포이즌 포션을 던져대는 것보다는 훨씬 건전하겠지.

"그런데, 크라이 씨. 저도 여러모로, 연구했어요. 슬라임, 호문클루스, 골렘, 키메라―― 하지만, 전부 너무 약했어요…… 저희 헌팅을 따라오지 못하더라고요."

"음……."

"제일 강도가 강했던 건 키메라였는데…… 그건 강화하는데 강력한 마물의 사체가 필요했고, 재료 입수 난이도에 비해서 강도가―― 조합에 따라서는 면역 부전이―― 장래성이――."

눈물을 글썽이면서 호소하는 시트리. 무슨 말인지는 하나도 모르겠지만, 여러모로 노력하고 있다는 것 같다. 그나저나, 높은 레벨의 헌터한테 대응할 수 있는 마법 생물은 거의 없겠지. 그렇게 쉽게 만들 수 있다면 지금쯤 연금술사 헌터들이 넘쳐나고 있을 테니까.

"응, 그래, 그렇구나. 무엇보다 높은 레벨의 보물전을 탐색하고 무사한 건 헌터 정도니까."

역시나 시트리는 얌전히 보조 역할에 충실하는 게 좋지 않을까. 전선이 격화될수록 보조도 바빠지는 법이니까.

오만 감정을 담아서 그렇게 말했더니 시트리가 고개를 들었다. 새빨갛게 핏발이 선 눈으로 날 쳐다봤다.

"높은 레벨의 보물전을 탐색할 수 있는 건 헌터뿐…… 그렇구나, 헌터를 쓰면 되는 거야!"

"……뭐?"

내 품 안에서 시트리가 혼자서 중얼거렸다. 이렇게 돼버리면 내 말도 통하지 않는다.

어찌어찌해도, 시트리는 리즈 동생이 맞다니까.

"키메라── 강한 부분을 이어 붙여서── 같은 인간이라면 면역도── 마나 머티리얼로 보강해서── 인간이라면 마나 머티리얼 흡수율도──."

"응, 그래, 그렇구나……."

중얼중얼, 묘한 소리를 중얼거리는 시트리의 머리카락을 손가락으로 빗질하는 것처럼 어루만져줬다.

"하지만, 소재를 구할 수가 없어요. 크라이 씨. 헌터를 사냥하는 건 안 되잖아요……?"

"?! ……그러면 안 되지."

얘가 무슨 말도 안 되는 소리를 하는 거야. 당연히 안 되지.

"분명히 말해두는데, 범죄는 절대로 안 된다. 인과응보라는 말 알아?"

평소에 마물이나 팬텀을 죽여 대는 탓이려나. 윤리관이 결여되면 곤란한데.

소꿉친구들을 사람의 길로 이끄는 것은, 아마도 나만이 할 수 있는 몇 안 되는 일 중에 하나겠지.

시트리가 탁, 하고 손뼉을 쳤다.

"인과응보……, 범죄── 헌터 죄인………… 대감옥…… 그렇구나. 거기라면 분명히, 재능 있는 헌터가――."

"???????"

대체 무슨 소리를 하고 있는 걸까. 시트리가 하는 말을 이해하지 못하는 건, 머리 돌아가는 게 너무 차이가 나기 때문일까? 그런데, 갑자기 시트리가 고개를 숙였다.

가느다란 어깨가 떨리고 있다. 뭔지는 모르겠지만 오랜만에 소심한 시트리가 튀어나온 것 같다.

무슨 짓을 하려는 건지는 모르겠지만 시트리의 재능이라면, 지금까지 쌓아온 힘이 있다면 뭐든지 할 수 있겠지. 내가 해야 할 일은 등을 떠미는 것뿐이다. 시트리를 안고서, 등을 토닥여줬다.

"뭔지는 잘 모르겠지만, 시트리라면 틀림없이 할 수 있어."

시트리는 잠시 나한테 몸을 기대고 있었다. 그 몸에 힘이 돌아왔다.

몇 초 뒤에, 눈물이 다 마른 시트리가 말했다.

"…………그렇겠죠. 일단 도전해봐야겠죠. 고맙습니다, 크라이 씨! 바로 계획을 짜야겠어요!"

"그래, 그래, 열심히 해봐~."

뭔지는 잘 모르겠지만 고민은 해결된 것 같다.

힘을 되찾은 시트리를 웃는 얼굴로 배웅했다.

"……사고 쳤어요…… 크라이 씨……."

시트리가 의기소침한 얼굴로 내 앞에서 어깨를 축 늘어트렸다.

대감옥의 집단 탈옥 방조. 그 혐의를 뒤집어쓰고, 시트리는 순식간에 궁지에 몰렸다.

상황 증거가 하나같이 시트리가 범인이라고 말해주고 있다. 치명적인 증거는 없지만, 시트리 스마트가 범인이 아니라고 믿고 있는 건 나랑 《비탄의 망령》 멤버들뿐이었다.

나도 이 도시에 온 뒤로 만들어놓은 이런저런 연줄을 이용해서 시트리가 무죄라고 주장했지만, 한없이 검정에 가까운 회색에서 평범한 검정에 가까운 회색으로 만드는 게 고작이었다.

힘이 부족했다. 탈옥한 전직 고 레벨 헌터 죄수들은 하나도 잡지 못했다.

치안 유지를 담당하는 제3기사단이 출동했고, 혈안이 돼서 탈주한 죄인들과 증거를 찾고 있다.

나 자신이 너무나 한심했다. 그저 무력감만이 들 뿐이다.

"오명은, 받아들이겠어요. 저한테도 잘못은 있었으니까요. 범인을 찾을 수 없으면, 어쩔 수 없겠죠."

"반성할 점은…… 잔뜩 있어요. 다음엔…… 다음에는, 실패하지 않겠어요. 더 잘할게요."

하지만 시트리는 강했다. 명예에 심한 상처를 입고 레벨 다운이라는 헌터로서 최악의 페널티까지 받았지만, 그래도 시트리는 달라지지 않았다.

그 눈에는 지금까지처럼 눈물이 고여 있지 않았다. 거기에는 훌륭하게 성장한 연금술사가 있었다.

"하지만, 정말 좋은 소재를 손에 넣었으니까 결과적으로는 아무 문제도 없어요."

아무래도 좋은 소재도 구한 것 같다. 잘은 모르겠지만, 이미 미래를 향해 나아가고 있는 것 같다.

그리고, 시트리가 웃었다.

"전부, 크라이 씨 덕분이에요. 정말 고맙습니다!"

시트리(17세)가 볼을 발그레하게 물들이고 기뻐하며 말했다.

"이거 봐주세요, 크라이 씨! 이제야 모양을 갖췄어요. 아직 연구하는 중이지만, 제일 먼저 보여드리고 싶어서…… 데리고 왔어요."

그것은 회색 바위 같은 육체를 지니고 있었다.

키는 2미터가 넘는다. 인간형이기는 하지만 근육 발달은 인간의 수준을 벗어났고, 착용하고 있는 의상은 삼각팬티와 머리를 가리고 눈 위치에 구멍이 뚫려 있는 종이봉투 하나뿐. 갈색 종이봉투가 거친 호흡 때문에 가라앉았다 부풀었다 하고 있다.

임팩트가 너무나 강렬했다. 나도 지금까지 머리가 이상한 헌터들을 여럿 봐왔지만, 이렇게까지 크레이지한 존재는 처음 본다.

처음 머릿속에 떠오른 생각은 『누구지?』가 아니라 『뭐지?』였다. 만약에 지금 내 눈앞에 있는 생물이 시트리가 추천하는 《비탄의 망령》 새 멤버 후보라면, 난 당장이라도 은퇴할 자신이 있다.

"성능이 훌륭해요! 이거라면 높은 레벨의 보물전에도 적응할수 있어요! 역시 천연 소재는 달라요. 소재를 많이 낭비하기는 했지만…… 키르키르 군이라는 이름을 지어줬어요."

"응……?"

키르키르 군이 그 목소리에 대답하는 것처럼, 톤이 높은 목소리로『키르키르』하고 울었다.

이런 생물은 처음 본다.

나는 완전히 질려서 물었다.

"이거, 뭐야?"

"그러니까…… 마법 생물이에요."

"뭐?! 마법 생물?!"

분명히『마(魔)』같기는 하지만, 어지간한 악마보다 더 악마 같은데 말이야.

시트리가 빙긋 웃었다. 키르키르 군의 울퉁불퉁한 어깨가 거칠게 숨을 쉴 때마다 위아래로 격하게 움직인다.

"예. 마법 생물이요. 최고 걸작이에요! 마나 머티리얼 흡수 속도는 소재 시점에서부터 보증돼 있으니까, 보물전에 데리고 가면갈수록 강해질 거예요!"

지금 시점에서도 겉모습 하나만은 최강이라고 할까, 정말 흉악한데, 여기서 더 강해진다는 건가…….

그나저나, 이걸 데리고 다닐 생각이구나……. 시트리, 많이 씩씩해졌네.

……아냐, 좀 이상하지 않아? 이건 연금술사랑 아무 상관 없는

일 아닌가?

그리고 마법 생물이라고 했는데, 대체 무슨 마법 생물이냐고!
……제정신이 아니다.

검은 구멍을 통해서 키르키르 군의 번쩍번쩍 빛나는 눈이 보인
다. 토할 것 같다.

시트리가 조심스레 고개를 숙이고 쭈뼛쭈뼛 말했다.

"그래서…… 이번 일을 통해서 자신이 생겼어요. 지금까지 중
간에 그만뒀던 다른 마법 생물 연구도 계속해볼까 싶어서…… 잘
될지는 모르겠지만……."

나는 완전히 질린 기분을 얼굴에 드러내지 않고, 온화한 목소
리로 조언해줬다.

"시트리 너 말이야, 어디 밖에 있는 연구실에서 다른 연금술사
랑 같이 연구하고 오는 건 어때? 혼자서 하는 것보다 좋을 것 같
은데."

"……예?"

그리고 상식도 좀 배워오고.

작가 후기

이 졸작을 구입해주셔서 정말 감사합니다. 작가 츠키카게입니다.

2권입니다! 1권에 이어서, 전혀 타협하지 않고, 쓰고 싶은 것들을 꽉꽉 채운 책입니다.

내용이 내용이다 보니 후기에서 말할 수 있는 건 거의 없지만, 이번 권에서는 1권 마지막에 등장했던 히로인의 여동생——《비탄의 망령》멤버 중 한 명이기도 한 시트리 스마트가 등장합니다. 맞아요, 걔. 표지 일러스트에 비극의 히로인처럼 그려져 있는 그 아이입니다.

표지를 확인한 순간, 충격이 터져 나왔습니다.

그야말로, 진정한, 제가 생각한 이미지—— 그 자체였습니다.

착각물에 더할 나위 없이 어울리는 표지겠죠. 실제 내용은 직접 읽고 확인해주세요!

이 작품의 시간대는 크라이 일행이 몇 년 동안의 활약을 거쳐서 명성을 높인 이후의 이야기입니다.

당연히 전일담이 되는 모험도 잔뜩 해봤고, 리즈나 시트리 같은 캐릭터도(물론 주인공인 크라이도) 처음 헌터가 됐을 때와 비교하면 많이 달라졌습니다.

작품을 쓰면서 작성해둔 캐릭터 설정 일람을 보면, 시트리는 『소심한 아이』라고 적혀 있습니다.

맞습니다. 파티가 처음 결성됐을 때, 시트리는 크라이와 비슷한 감성을 지니고 있었죠.

그런 부분에 대해서도 나중에 조금씩 보여드리고 싶다고 생각하고 있습니다(본편에서 못 보여드리면 점포 특전이나 설문조사 특전으로 보여드리겠습니다).

그리고 세상에, 이번에 이 작품의 만화판 제작이 결정됐습니다!

처음에는 저 혼자 쓰던 소설인데, 편집자님과 일러스트레이터 님의 힘을 빌려서 이렇게 책이 나왔고, 게다가 만화가 선생님과 다른 많은 분의 힘을 빌려서 만화도 나옵니다.

기쁜 건지 쑥스러운 건지, 복잡한 기분입니다!

만화판이라는 새로운 스테이지.

파워업한 《비탄의 망령》 멤버들과 크라이의 새로운 수난을 기대해주세요.

마지막에는 항상 하던 대로 감사 인사로 마무리하겠습니다.

이번에 귀여운 히로인은 물론이고, 거대 골렘에 삼각팬티 하나 달랑 입은 근육남이라는 요망에도 상상보다 훨씬 훌륭한 일러스트로 대답해주신 일러스트레이터 치코 님. 정말 감사합니다. 이 모자란 작품은 마나 머티리얼의 소행이라는 핑계로, 시대 배경과 거의 상관없이 뭐든지 다·나타난다는 말도 안 되는 설정입니다. 앞으로도 이래저래 귀찮은 부탁을 드리게 될 것도 같습니다. 부디 용서해주세요.

담당 편집자 카와구치 님. 그리고 GC 노벨즈 편집부 여러분과 관계 각사 여러분. 정말 신세 많이 졌습니다. 확인 작업 때 '문제없습니다'라는 말밖에 못 했던 건 결코 제가 귀찮아서가 아니라, 카와구치 님의 수완이 너무나 완벽했기 때문입니다. 앞으로도 잘 부탁드리겠습니다.

그리고 무엇보다, 인터넷 연재판 때부터 응원해주신 독자 여러분과 서적판을 구입해주신 여러분께 깊은 감사를 드립니다.

2018년 12월 츠키카게

NAGEKI NO BOUREI HA INTAI SHITAI Vol.2
© 2019 by Tsukikage / Chyko
All rights reserved.
First published in Japan in 2019 by MICRO MAGAZINE, INC.
Korean translation rights reserved by Somy Media, Inc.

비탄의 망령은 은퇴하고 싶다 2

2024년 11월 30일 1판 3쇄 발행

저　　　자	츠키카게
일 러 스 트	치코
옮 긴 이	김정규
발 행 인	유재욱
총 괄 이 사	조병권
출 판 본 부 장	박광운
담 당 편 집	박차우
편 집 1 팀	박광운
편 집 2 팀	정영길 조찬희 박차우 정지원
편 집 3 팀	오준영 이소의 권진영
디 자 인 랩 팀	김보라
디 지 털 사 업 팀	박상섭 김지연 윤희진
라 이 츠 사 업 팀	김정미 맹미영 이윤서
영 업 마 케 팅 팀	최원석 박수진 이다은
물 류 팀	허석용 백철기
경 영 지 원 팀	최정연
인 쇄 제 작 처	㈜코리아피앤피
발 행 처	㈜소미미디어
등 록	제2015-000008호
주 소	서울시 마포구 토정로222, 502호 (신수동, 한국출판콘텐츠센터)
판매 및 마케팅	(070) 8822-2301

ISBN 979-11-6611-079-5
　　　 979-11-6507-865-2 (세트)

"그건, 좀 부끄러운데……. 그래, 잘 받을게. 고마워

베레타 ●

아림 ●

테토

치세 ●

여신

여신: 라리엘 ●

리리엘 ●

「주인님께서 추우시면 안 되니,
털실로 속옷을 떠 드릴게요.」

겨울이 왔을 무렵에는 [창조 마법]으로 만든 휠체어를 타고, 베레타
가 두 팔로 바퀴를 밀며 집 안을 자유○○○ 다닐 수 있었다.
그리고 뜨개질 책과 털실○○○○○○○○○○ ○로 뜨개질도 할 수
있게 되었다

셀레네가 갓난아기였을 적에 같이 살던 집을 보다 보니, 그리움에 사무쳐 밖으로 나와서 주변을 둘러보다가 약간 난처해졌다.

"다시 살펴보니, 그대로 쓰기는 좀 힘들 것 같네."

아직 마법 실력이 좋지도, 마력량도 크지 않을 적에 땅의 마법으로 지은 건물이다.

게다가 몇 년은 드나들지 않아 군데군데 건물이 상하기도 했고, 포션을 제조하기 위한 조합실도 있었으면 해서 이젠 좁게 느껴진다.

"아무래도, 다시 짓는 게 낫겠어."

"마녀님, 하지만 여기서는 크게 못 지어요!"

테토의 말에 집 주변을 살펴보니, 전에 심은 세계수가 쑥쑥 자라서 부지를 넓게 잡을 수가 없다.

세계수는 땅에 뿌리를 깊게 내리기 때문에 옮기기 힘들기도 하고 기껏 잘 자란 나무들을 베는 것도 좀 그렇다.

"일단 임시로 지은 뒤에 다시 큰 집을 짓자."

"네!"

기운차게 대답하는 테토와 협력하여 집 안에 있던 소중한 물건들을 마법 가방에 넣고, 테토가 땅의 마법으로 집을 분해하고 토대를 반반하게 다진다.

그리고 고르게 다져진 땅에 손을 꽂고 【창조 마법】을 사용한다.

"자, 후딱 재건하자. ──《크리에이션》!"

그리하여 평평한 토대 위에 【창조 마법】으로 세운 집은, 뾰족하면서도 둥그스름한 지붕이 얹혀 있어 유명한 모 마녀 배달부의 집과 비슷해졌다.

"오오, 귀여워요! 좋은 집이에요."

다시 지어야 하나 하는 생각이 잠깐 들었지만, 테토가 칭찬을 늘어놔서 그냥 그대로 두기로 하고 【허무의 황야】 외곽 부근의 집과 연결되는 【전이문】을 마법 가방에서 꺼내서 재설치했다.

"나중에는 허브처럼 이곳 중심지와 각 지점을 【전이문】으로 잇고 싶어."

"마녀님? '허브'가 뭐예요?"

"간단히 말하면 수레바퀴 같은 거야."

알기 쉽도록 지면에 수레바퀴 그림을 그리니, 테토가 금세 이해한다.

"이게 허브군요! 테토, 또 한 번 똑똑해졌어요!"

"후후, 그러게. 그리고 여기는 임시 거처니까 새로 살 거점도 고민해야지."

"맞다, 그랬죠! 그럼, 새로운 집을 지을 장소도 찾아봐요!"

그런고로 나와 테토는 새로운 거점으로 삼을 장소를 찾으러 숲속 산책을 나섰다.

"그나저나 여기도 나무들이 꽤 자랐네."

예전에는 정말로 아무것도 없는 곳이었는데 십수 년 동안 작은 숲이 되어 있었다.

지금은 겨울인지라 나무들 대부분이 낙엽이 지는 가운데, 한층 더 큰 나무──세계수는 늘 푸른 상록수라 청정한 공기를 발산하고 있다.

"세계수 주변은 마력이 짙어서 공기도 맛있어."

"기분이 아주 좋은 장소예요!"

나도, 테토도 반복해서 숨을 깊게 들이마셨다가 내쉬며 세계수의 공기를 음미한다.

앞으로 수십 년만 있으면 【허무의 황야】 곳곳에 만든 작은 숲끼리 이어져 거대한 삼림을 이루어 작은 동물들이 살아갈 수 있는 환경이 조성될 것이다.

그때쯤이면 여신 리리엘이 친 【허무의 황야】를 뒤덮은 대결계도 단계적으로 효과가 약해져 외부에서 서서히 작은 동물들이 유입되고, 더 미래에는 대결계가 소멸하겠지.

"어? 이런 곳에 샘이 있네."

"정말이네요! 물이 졸졸졸 나와요!"

숲속을 거닐다 세계수 뿌리 근처에 샘이 생긴 것을 발견했다.

추측건대, 단단하게 수축한 지반을 세계수의 뿌리가 땅속 깊은 곳까지 파고들고, 그 틈에서 물이 솟아나게 된 것이리라.

이렇게 생성된 샘은 【허무의 황야】 각처에서 목격되었는데 메마른 대지에 샘물이 스며 번지고, 바람에 날린 식물 씨앗이 싹 터 녹지가 생겨나는 중이다.

"마녀님, 물이 나오는 건 기쁜 일이에요. 그렇지만 물이 많이 나오면 집 주변이 잠기고 말 거예요!"

"그러네. 집이 잠기지 않게 작은 개울을 내서 물을 유도하거나, 지면을 살짝 낮춰서 습지로 만들어도 좋겠다. 그렇지만 그전에 집이 침수되지 않을 만한 곳을 찾자."

"알겠어요!"

그리하여 테토와 둘이 숲속을 계속 걷다가【허무의 황야】를 관리하기 위해서 풀어 준 클레이 골렘들과 마주쳤는데 골렘들이 손을 흔들어 준다.

테토가 만든 클레이 골렘들은 머리에 귀 모양 경단을 달고 있기에 곰처럼 생겨서 곰 골렘이라는 애칭이 친숙하다.

그런 곰 골렘들의 머리와 등에서 식물이 자라고 있는 것에 놀라, 걱정한다.

"너희, 머리에 식물이 자라고 있는데 괜찮아?"

「──고!」

「──고!」

「──고!」

"괜찮은가 봐요!"

곰 골렘들은 지면과 동화하여 숲속에서 자라난 묘목과 식물을 제 몸에 심어 식물이 적은 곳으로 옮겨 심는다는 듯하다.

"정말, 조금씩 윤택한 곳이 되어 가고 있어."

"테토도 그렇게 생각해요!"

곰 골렘들이 손길을 보태 준 덕분에 이 숲이 조금씩 넓어지는 거겠지.

그에 기뻐하며 산책을 이어서 하다가 새로운 거점을 세울 장소를 찾았다.

"새집은, 여기에 지으면 되려나."

테토와 탐색하여 발견한 새 집터는 작은 숲의 가장자리다.

【허무의 황야】 중심지보다 살짝 동쪽으로 치우친 곳으로, 숲의 마력이 확산하지 않도록 친 결계의 바깥쪽.

지금은 겨울이라 메말랐지만, 숲의 샘물 덕에 바람에 실려 온 식물 씨앗이 움터서 풀밭이 그럭저럭 넓게 펼쳐져 있었다.

"이곳을 조금씩 정비해서 새로운 거점으로 삼을까."

숲 가장자리 풀밭이라 나무를 옮겨 심는 수고도 안 해도 되고 숲 바깥쪽이기에 장기적으로 봤을 때 집과 토지를 확장하기 쉬운 곳이다.

"일단 후보지라는 걸 알 수 있게 말뚝을 박고 줄을 쳐 두자."

"테토는 말뚝을 마련할게요!"

테토가 지면에 손을 대니, 사전에 정해 둔 범위의 땅이 꿈실거리며 이곳이 새로운 거점을 세울 범위라고 표시해 나간다.

"오늘은 이쯤 하고 이만 집으로 돌아가자. 토지는 골랐으니 어떤 방을 만들지 정해야지."

"벌써 기대돼요!"

앞으로 긴 겨울을 나기 위해서 테토와 새로운 거점에 대한 의견을 나누었다.

어떤 방이 좋은지, 집 외관은 어떻게 하길 원하는지 등의 희망 사항은 많이 나왔지만, 깔끔하게 정리가 안 된다.

차라리 건축가에게 부탁해 건물 설계도를 그려 달라고 하는 게 나을지도 모르겠다.

나는 그날부터 새로운 거점을 【창조 마법】으로 만들 수 있도록 거점 제작용 마력을 【마정석】에 저장하기 시작했다.

봄이 와서 나와 테토는 가르드 수인국 변경에 자리한 빌 마을
로 향했다.

"설레네요."

"응, 좋은 건축가를 찾을 수 있으면 좋을 텐데……."

모험가 길드에 얼굴을 비추는 것도 마을로 온 이유이기도 하
지만, 오늘은 새로운 거점을 짓기 위해 설계도를 그려 줄 건축
가를 찾으려는 목적도 있다.

마을에 도착해 모험가 길드로 가니, 안면을 튼 고양이 수인 접
수원이 말을 건다.

"치세 씨, 테토 씨, 오랜만이에요!"

"그러게, 오랜만이네. 우리가 없는 동안, 어땠어?"

"문제 같은 거 없었나요?"

나와 테토가 겨우내 길드에서 문제가 발생하지는 않았는지 물
으니, 접수원이 미소를 지으며 대답했다.

"셀레네가 떠나서 적적해하는 사람들이 아주 많았어요. 그보
다 셀레네는 요즘 어떻게 지내요?"

"셀레네는 지금, 교회에서 공부하고 있을 거야."

"즐겁게 지내고 있어요!"

"그렇군요, 잘됐네요."

그렇게 말하면서 안도하는 접수원에게 진실을 말해 줄 수 없는 것이 조금 미안하다.

셀레네가 이스체어 왕국의 왕녀라는 사실은 비밀에 부쳐졌다.

이 사실을 아는 건 셀레네를 찾겠다고 왔던 수색대의 이야기를 듣고자 그 자리에 함께 있었던 모험가 길드 직원과 모험가, 마을 위병뿐이다.

그래서 그들이 발설하지 않도록 마법 계약을 맺어 입막음했다.

【작은 성녀】라 불렸던 셀레네는 본격적인 회복 마법을 배우려 이스체어 왕국의 오대신 교회에서 지내는 것으로 되어 있다.

귄튼 왕자가 왕녀의 존재를 감춰 주기 위해 공작한 것이다.

"늘 하던 대로 포션 납품 의뢰를 하고 싶은데, 괜찮을까?"

"네, 부탁드립니다. 어머나, A등급으로 승급하셨네요! 축하드려요!"

나와 테토가 길드 카드를 내미니, 카드에 적힌 글자를 보고 놀란다.

【전이문】으로 이스체어 왕국과 가르드 수인국을 왔다 갔다 할 수 있어서 작년 여름 무렵까지는 이 길드에도 가끔 다녔다.

이스체어 왕국에서 A등급 승급 시험을 친 뒤, 셀레네를 보호하는 위병으로 왕궁에 머물다가 셀레네와 이별하고부터 현재까지 【허무의 황야】에 틀어박혀 있었기에 열 달 만이리라.

"작년에 셀레네를 만나러 가는 김에 이스체어 왕국에서 시험을 치고 왔어."

"테토도 마녀님과 똑같이 A등급이에요!"

"역시, 【하늘을 나는 양탄자】 같은 마도구를 가지고 계시는 분들답군요. 타국의 왕도를 편하게 오갈 수 있다니……."

마차보다도 빠른 이동 수단인 【하늘을 나는 양탄자】라면, 마지막에 얼굴을 본 여름쯤부터 가을에 개최된 A등급 승급 시험 일정에 맞출 수 있는 것도 납득이 갔나 보다. 나는 쓴웃음을 지었다.

약초와 포션 납품 의뢰를 마치고 나니, 다른 길드 직원이 우리에게 말을 걸었다.

"치세 씨, 테토 씨. 길드 마스터가 부르십니다."

"마스터가?"

"무슨 일이에요?"

나와 테토가 얼굴을 마주 보고 고개를 갸웃한다.

딱히 짚이는 게 없어 어리둥절해하며 길드 직원이 안내한 2층 응접실로 들어갔다.

"여, 두 사람 다 왔구먼."

응접실에 있던 빌 마을의 길드 마스터가 한 손을 들어 허물없이 우리를 맞는다.

"무슨 일이야?"

"A등급 모험가가 됐다고 들었네. 먼저, 축하한다는 인사부터 하지."

"고마워."

"고맙습니다!"

열두 살에서 성장이 멈춘 【불로】인 나, 그리고 테토와 꽤 고령인 수인 길드 마스터는 외견상 할아버지와 손녀딸 정도의 차이가 난다.

그런 우리를 정중하게 대하는 이유는, 그가 모험가부터 시작해 길드 마스터까지 올라간 사람으로서 이제까지 이룬 우리의 실적을 제대로 이해해 주기 때문이리라.

"여러모로 힘든 일이 있었다던데……."

셀레네의 정체를 아는 몇 사람 중 한 명인 길드 마스터의 말에 나는 옅게 미소 지을 수밖에 없었다.

나이를 먹을 만큼 먹은 성인이 말을 고르면서 배려해 주는 모습이 왠지 모르게 웃겼기 때문이다.

"고마워. 우리는, 괜찮아. 그보다 일부러 이리로 부른 이유가 뭐야?"

"맞아요! 또 의뢰하려는 건가요?"

나와 테토는 【하늘을 나는 양탄자】로 기동력이 확보되어 있어, 가끔 길드 마스터가 의뢰를 맡긴 적이 있었다.

이번에도 그런 거라면 접수원이 연락을 주었을 텐데…….

"이번에는, 내가 직접 의뢰하려고 불러 달라고 했어."

"오랜만에 뵙습니다, 치세 님, 테토 님."

길드 마스터의 등 뒤로 있는 문으로 들어온 건 가르드 수인국의 제3 왕자인 귄튼 왕자와 그의 비서관 롤바커였다.

던전 코어를 양도하는 대신 가르드 수인국과 접한 【허무의 황야】의 토지 소유권을 인정받은 이후로 처음 본다.

"오랜만입니다, 귄튼 왕자님."

"오랜만이에요!"

"여전하군. 자, 그러면 바로 본론으로 들어가지…….'

지금부터는 이 두 사람의 용건이 시작되므로 길드 마스터는 응접실을 나갔다.

국내외를 바삐 돌아다닐 외교관인 귄튼 왕자가 왜, 굳이 일개 모험가인 우리를 만나러 왔는지 그 이유에 귀를 기울인다.

"두 사람에게 의뢰하고 싶은 내용은, 가르드 수인국 국내를 횡행하는 범죄 조직을 괴멸하는 데 협력해 달라는 거야."

"범죄 조직 괴멸이라, 순탄할 것 같지는 않네요."

"마녀님과 테토가, 악당을 쓰러뜨리면 되는 건가요?"

나와 테토의 대답에 긍정하며 귄튼 왕자가 자세히 설명한다.

"요 몇 년, 이웃 나라 로바일 왕국의 범죄 조직이 국내로 들어와 우리 국민을 이웃 나라로 팔아넘기고 있어."

"분명, 가르드 수인국은 범죄 노예 제도가 있었죠."

이웃 국가인 이스체어 왕국과 가르드 수인국은 범죄 노예 제도를 제정한 나라로, 국가 간에 허가한 노예상(商)만이 노예를 취급할 수 있다.

그렇기에 그 외의 자들은 국가 공인 각인이 없는 위법 노예라는 말이다.

"맞아. 그런데 근래, 여러 마을에서 아이들이 납치당하고, 마을과 도로에서는 도적이 늘었다. 흉작으로 입을 줄이려 남의 집으로 일하러 보내진 사람들이 노예로 전락하거나, 사기 때문에 생긴 빚으로 위법 노예가 되는 일까지 다발하고 있다고 해."

"해결이 안 되나요?"

내가 묻자, 지친 기색이 역력한 귄튼 왕자 대신에 롤바커가 설명을 이어 나간다.

"아무래도, 마을과 도로 순찰과 납치범 체포, 국경선 경비, 불가피하게 위법 노예가 된 자들의 보호 등으로 인원이 할당되다 보니 전력이 부족합니다."

"범죄 조직은 무력을 갖춰 놓는 경우가 많아. 그런 조직의 간부 정도 되면 대인 능력에 한해서는 A등급 모험가와도 맞먹어."

"그래서, A등급 모험가가 된 우리한테 의뢰하시려는 거군요."

"그래. 특히 이번 범죄 조직 간부 중에는 로바일 왕국에서 건너온 마법사도 있다는군. 마법 기술이 뒤떨어지는 우리나라가 섣불리 손을 댔다가는 피해가 확대될 우려가 있어."

현재는 위법 노예들을 구출하기 위해 병사를 움직이고 있지만, 그래도 범죄 조직을 몰아넣을 결정적인 수단이 없다고 한다.

이러한 상황이라 마법사이자 A등급 모험가인 우리를 발탁한 것이리라.

"위법 노예가 된 자들을 구출하는 것, 부디 힘을 보태 주지 않겠어?"

왕족으로서 고개는 숙일 수 없지만, 필사적인 눈빛으로 쳐다본다.

나도 아이들이 피해를 보는 건 그냥 두고 볼 수 없다.

"알겠습니다. 힘을 보태죠."

"테토도 아이들을 구하고 싶어요!"

"고마워. 진심으로."

우리가 긍정적인 대답을 내놓자, 귄튼 왕자와 롤바커가 고맙다며 목례한다.

"인사는 의뢰를 달성한 뒤에 하세요. 그리고 귄튼 왕자님이 보수로 뭘 주실지 기대할게요."

"좋아. 보수라면, 통상 보수와 별개로 가능한 거라면 준비해 주지."

그렇게 말하면서 자신만만해하는 귄튼 왕자에게 내가 어떤 부탁을 한다.

"그러면요, 괜찮은 건축가 아시나요? 집을 새로 짓고 싶거든요. 설계도를 부탁하고 싶어요."

"하아……. 집 설계도? 뭐, 귀족 어용상인의 건축가를 소개해 달라는 거면 해 줄게. 근데 그거로 돼?"

내가 특별 보수로 건축가 소개와 새로운 집의 설계도를 부탁하자, 귄튼 왕자가 눈썹 끄트머리를 내려뜨리며 곤혹스러운 표정을 짓는다.

"마녀님과 테토에게는 중요한 거예요."

상대방이 풍기는 냄새로 진위를 판별할 수 있는 후각을 지닌 귄튼 왕자는, 우리가 진심이라는 걸 이해하면서도 납득이 안 된다는 얼굴을 했다.

권튼 왕자가 제안한 범죄 조직 괴멸 의뢰를 수락한 나와 테토는, 권튼 왕자 일행과 함께 가르드 수인국에 둥지를 친 범죄 조직의 거점이 있는 도시로 향했다.

그곳에서 범죄 조직을 괴멸하는 데 힘쓰는 병사들과 합류하기로 했다.

"여기까지 호위하느라 수고했어. 이제부터는 이쪽의 카터 연대장을 중심으로 움직여 줘."

외교관인 권튼 왕자는 진두지휘에 나서지 않고 나라의 병사들에게 전적으로 맡긴 뒤, 이 도시의 영주와 면회한 후에 왕궁으로 돌아갈 예정이다.

그리고 연대장이라 불린 새 수인 병사를 소개받았다.

"반가워. A등급 모험가이자 마녀인 치세라고 해."

"같은 A등급인 검사 테토입니다!"

"소문은 익히 들었습니다. 저는 연대장 카터라고 합니다. 던전 공략자이신 두 분께서 협력해 주신다니, 마음이 든든합니다."

인사와 악수를 나눈 뒤에 범죄 조직에 관한 정보를 듣는다.

"납치를 일삼는 범죄 조직은 표면상으로는 동쪽에 있는 로바일 왕국의 한 상회의 지점(支店)으로 거점을 두고 있으나 그러한 상회는 존재하지 않으며, 수상한 인물이 출입하는 것을 확인한 바입니다."

"그래, 다른 건?"

"현재 확인된 범죄 조직의 전력은, A등급에 버금가는 간부가 한 명, B등급에 수준의 경호원이 네 명, 납치를 돕는 도적단 두목이 있으며 또한 모험가나 퇴물 용병도 다수 있습니다."

실제로 납치 현장 등에서 잡은 자들은 말단 도적으로, 그자들 외에도 행상인으로 변장하여 마을에서 사람을 사 모으는 조직원도 포함하면 수백 명 이상에 달하는 조직이리라.

"그 정도면 가르드 수인국의 군대로도 어떻게든 할 수 있지 않아?"

적인 범죄 조직의 정보를 확실히 수집하고 있다.

어떤 방식을 취하느냐에 따라서는 성가신 전력을 한 사람씩 제거하고 천천히 세력을 약화시키는 것도 가능할 것이다.

왜냐하면 눈앞에 있는 커터 연대장은 B등급에서도 상위 실력을 지녔기 때문이다.

"말씀하신 대로, 한 사람씩 상대한다면 가능하지만, 섣불리 손을 대면 저희뿐만 아니라 주민들에게까지 피해가 갑니다."

적의 본거지는 서민 주택가 한가운데 자리 잡고 있으며 주변은 목조 주택이 많다.

과거에 범죄 조직 괴멸을 위해 거점 제압을 시도했을 때, 그들이 주택가에 불을 질러서 조직 소탕에 가담한 군대가 급히 소화 작업을 할 수밖에 없었다고 한다.

당시, 위법 노예로 전락한 수인들을 방패로 삼는 바람에 쉽사리 손을 대기가 어려워 우물쭈물하는 사이에 도망가 버렸다고 한다.

"주택가와 납치한 사람들을 인질로 잡힌 상태구나."

"비겁해요!"

"그렇습니다. 놈들은 비열한 수단도 씁니다. 그래서 저희가 함부로 손을 댈 수가 없는 겁니다!"

카터 씨가 이를 갈며 손톱이 손에 박힐 정도로 힘을 주어 주먹을 쥐고는, 분하다는 듯 말한다.

"그렇게 세게 쥐었다가는 피가 날 거야."

"죄, 죄송합니다……."

"뭐, 우선은 그쪽의 현장을 봐 둬야 손을 써도 쓰겠지. 범죄 조직의 거점까지 안내해 주겠어?"

"네!"

너무 가까이 접근하면 눈치챌 수도 있기에 거점에서 살짝 떨어진 감시 장소까지 우리를 안내한다.

감시원은 새 수인이 많았으며 그들은 종족 특성상 시력이 좋아서 먼 곳에서 감시하기에 적임자였다.

"저기 있는 건물이 범죄 조직의 거점 중 한 곳입니다. 저곳 말고도 비슷한 거점이 국내에 몇 군데 더 있습니다."

"그렇구나. 테토, 건물 내부 상황을 알 수 있을까?"

"잠깐만요. 으으음……."

테토가 지면에 손을 대고 앓는 소리를 낸다.

"저기…… 테토 공이 지금 뭘 하시는 겁니까?"

테토의 행동을 의아해하며 묻는 카터 씨에게 내가 답한다.

"땅의 마법인 《어스 소나》로 지면의 생김새나 건물 내부 상황을 살펴보는 거야."

"마녀님, 알아냈어요!"

그리고 테토가 흙바닥의 흙과 돌을 조작하여 범죄 조직의 내부 구조를 본뜬 모형을 만든다.

"이, 이럴 수가……."

"거점의 지하 모습이에요!"

정확하게 재현된 범죄 조직 거점의 지하 구조에 카터 씨 일행이 놀란다.

원래 노예상이었다가 망한 가게를 사들여 이용해 온 모양인데 범죄 조직의 마법사가 땅의 마법으로 지하에 터널을 판 듯하다.

"성문에서 걸리지 않길래 조력자를 찾고 있었는데 설마 터널을 팠을 줄은. 대담하군요……. 그 터널은 어디로 통합니까?!"

약간 흥분한 카터 씨에게 테토가 땅의 마법으로 탐사 범위를 더욱 넓힌다.

"으으음……. 주택가 밖으로 통해요. 잠깐 찾아 보고 올게요!"

그렇게 말하고는 감시 장소 건물을 나가 지하 터널을 더듬듯 걷는 테토를 나와 카터 씨, 그리고 연대원들이 뒤따른다.

그리고 범죄 조직의 거점부터 시작된 지하 터널은 주택가의 성벽 아래를 거쳐 2km쯤 되는 거리의 숲에 있는 사냥터의 오두막집까지 통하여 있었다.

거대한 지하 터널의 존재에, 카터 씨 일동이 아연실색했다.

"이런 곳에 출입구가……."

"여기 말고도 폐촌의 낡은 우물과 절벽의 동굴로도 통해요!"

출입구 세 군데를 발견하고 사람과 짐마차가 드나든 흔적도 확인했지만, 장소만 확인한 후에 신속히 철수하였다.

우리가 출입구를 발견한 걸 눈치채서 내빼면 곤란하다. 그래서 만일에 대비해 우리의 흔적을 지우면서 다시 주택가로 돌아왔다.

"마법에 정통한 치세 공과 테토 공이 오신 지 불과 하루 만에 체포할 준비를 할 수 있을 듯합니다."

흥분한 기색으로 말하는 카터 씨와는 대조적으로 나는 아직 부족하다고 느끼고 있다.

"이것만으로는 대책으로 불충분해."

"그렇습니까?"

"응. 상대가 피습과 동시에 마을에 불을 지를 수 있다는 건, 방화를 맡은 조직원이 마을에 잠복 중일 가능성이 있어."

요컨대 습격과 동시에 방화 지시를 내릴 가능성이 높다는 뜻이다.

"길드끼리 쓰는 통신 마도구는 고가니까 분명 저렴한 방법을 쓸 거란 말이지."

지금 당장이라도 납치당하고 위법 노예로 전락한 이들을 구하고 싶어 하는 연대원들을 설득하면서 범죄 조직 감시를 계속했다.

그리고 이틀 뒤 밤——.

"왔어, 준비해."

방 한구석에서 무릎을 끌어안고 자던 내가 일어나 범죄 조직의 거점에서 마력이 발산되는 것을 확인한다.

내 말에 테토와 심야 감시를 서던 연대원들이 테이블로 모인다.

"지금부터 범죄 조직의 마법 통신을 훔쳐 들을 거야. ──《인터셉트》!"

범죄 조직 거점에서 발동한 바람의 마법 《위스퍼》는 어떤 대상에게 목소리를 전달하는 마법이다.

나의 마력으로 《위스퍼》에 간섭하니, 금속판이 떨리며 목소리가 재현된다.

「──여기는 좀. 정기 연락을 한다.」

범죄 조직 간부의 이름이 들리자, 연대원들 사이에 긴장감이 감돈다.

그때부터 일방적으로 조직원들에게 내리는 지령을 연대의 서기관이 종이에 기록한다.

한편, 나는 마력 도청을 진행하면서 감지 범위를 넓혀서 통신을 받는 곳까지 역탐지하였다.

"……찾았다. 주택가 지도를 꺼내 봐."

"아, 네!"

연대원에게 지시해, 범죄 조직의 방화 담당 조직원이 있는 곳에 표시해 나간다.

"좋았어, 이곳들을 동시에 제압할 수 있게 작전을 세우자!"

"그래. 그리고 바람의 마법을 쓰는 마법사가 한 명이라면, 범죄 조직의 거점을 덮치는 것과 동시에 건물을 중심으로 방음 결계도 쳐 두면 《위스퍼》로 전령을 보내는 걸 막을 수 있을 거야."

카터 씨를 비롯한 연대원들이 범죄 조직을 괴멸하기 위한 작전을 세워 나갔다.

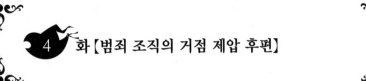

범죄 조직의 거점을 덮치는 건 이틀 뒤에 하기로 정했다.

주택가 바깥쪽에 있는 도주처 세 곳과 방화를 위한 별도 거점을 제압할 인원을 배치.

주택가에 남은 조직원을 놓치지 않기 위해 성문 경비 강화.

이러저러한 준비를 하고 사람들의 왕래가 드문 새벽녘에 거점으로 돌입하기로 결행하였다.

"비가 오네……. 최고의 날씨야."

마녀의 삼각모의 챙을 들어 올리면서 뒤덮인 먹구름 사이로 비가 내리는 하늘을 올려다본다.

설령 최후의 발악으로 주택가에 불을 지른다고 하더라도 불길이 번질 가능성은 적으리라.

"그럼, 시작할까."

"네, 부탁드리겠습니다, 치세 공."

나와 연대장 카터 씨가 연대원을 집합시켜 범죄 조직의 거점을 포위한다.

"──《멀티 배리어》."

범죄 조직의 거점을 중심으로 여러 기능을 지닌 다중 결계를 쳐, 지상부를 완전히 봉쇄한다.

"전 대원은 비열한 악당들을 한 놈도 놓치지 마라! 그리고 동포를 구출해 내자!"

"""""우오오오오오오오———.""""

완전 무장을 갖춘 수인들이 범죄 조직의 거점에 쳐들어가 안에 있던 조직원들과 전투를 벌이기 시작한다.

건물 내부에서 성난 고함이 울려 퍼지는 가운데 2층 창문에서 마법사 한 명이 튀어나와 비행하면서 이쪽을 내려다본다.

"짐승 새끼들이, 또 덤비러 왔군 그래?"

그 직후, 연대장 카터 씨가 잽싸게 활을 겨눈다.

"【검은 독수리】좀! 네 녀석의 악행도 여기까지다!"

"돌대가리 굴려서 비 오는 날을 기다렸나 본데 눈물겨운 노력에 눈물이 다 나는군."

범죄 조직 간부인 좀의 도발과 함께 연대장 카터 씨가 속사로 세 발의 화살을 쏘는 것을 신호탄으로 두 사람의 전투가 시작되었다.

비행 마법과 화려한 바람의 마법을 구사하여 활극을 보여 주는 범죄 조직의 좀을 상대로 작전은 계획대로 진행되어 갔다.

"뭐 하나?! 이러다 또 이전과 같은 결과가 나올 텐데!"

"큭…….."

궁사 카터 씨와 하늘을 날며 화살을 피하는 마법을 쓰는 좀은 상성이 안 좋아 좀과의 실력 차이가 엿보인다.

게다가 이쪽을 도발하여 주목을 이끄는 좀이 시간을 버는 동안에 납치된 위법 노예들에게 명령을 내려 연대원들을 붙잡아

두게 하고는 주택가에 불을 질러 혼란스러운 틈을 타 비행 마법으로 주택가에서 도주.

지하 측은 다른 조직원들이 노예를 데리고 터널을 통해 자취를 감출 심산일 테지만…….

"뭐야, 어떻게 된 거야? 왜 불이 안 나? 어이, 이봐, 어떻게 된 거냐고!"

주택가에 이변이 일어나지 않는 것에 의아해하면서 건물 내부도 점차 제압당해 가는 형세에 초조해하는 좀.

그런 그의 귀에는 《위스퍼》로 건물 내부의 상황이 전달되는 중인 듯하다.

「틀렸어, 좀! 저쪽에서 선수 쳐서 노예를 데려갔어! 그리고 우리가 도망칠 터널도 무너졌어!」

"뭐라고?! 쳇! ──《볼텍스》!"

그리고 혼자만 주택가에서 도망치고자 지팡이에 낙뢰를 둘러 그대로 결계로 돌격한다.

벼락 마법은 속력과 위력이 뛰어나서, 한 곳에 집중적으로 힘을 퍼부을 수 있는 강력한 마법이다.

또한 불리해지니 금세 내빼려는 판단력은 범죄 조직의 일원으로 살아가려면 꼭 필요한 필수 능력이었겠지.

하지만──.

"뭐야! 왜 안 뚫려?! 짐승 새끼들이 이런 결계를 치다니……."

수인들이 쓸 수 있는 마법과 마도구로 치는 결계의 강도를 알고 있기에 도망칠 수 있다는 자신이 있었으리라.

그러나 공격이 결계에 막히자, 자신을 가로막은 결계의 강도에 놀라고 있다.

"대인전(對人戰)에 특화됐다더니만 이것밖에 안 되는구나."

"──윽?! 네, 네 놈이냐! 이런 결계를 치다니, 넌 누구냐?!"

마력도 있는 힘을 다해 억누르는 중인 데다가 체격이 좋은 수인들 사이에 섞여 있어서 내 존재를 눈치채지 못한 모양이다.

범죄 조직 간부인 좀이 부르짖지만, 차가운 눈으로 올려다본다.

"협력 의뢰를 받은 그냥 모험가야. 우선, 불쾌하니까 내려와. ──《그래비티》!"

그저 세로로 지팡이를 살짝 휘둘렀을 뿐인데 좀의 몸이 땅으로 빠르게 떨어진다.

범죄 조직 거점의 지붕과 2층을 관통하여 1층 바닥으로 내리꽂힌다.

"범죄자용【흡마(吸魔)】수갑을 가져와!"

"네──!"

"네──!"

"네──!"

곧바로 땅에 처박힌 범죄 조직의 간부 좀의 손을 뒤로 두른 뒤에 수갑을 채워 우리 앞으로 붙잡혀 온다.

"젠장! 나는 잡혔지만, 아직 건물 안에는 간부인【암쇄】에이든과 경호원인【피철갑】버들리가 있다! 녀석들은 진성 살인마이니, 네 놈들은 싹 다 죽은 목숨이다!"

"A등급 실력자가 둘이나 더 있는 건가?!"

황급히 뛰어 들어가려던 카터 씨가 건물 안에서 나오는 큰 그림자를 보고 발길을 멈춘다.

지면에 포박된 좀이 그림자만으로 누구인지 판단한 듯하다.

"자, 에이든, 버들리! 이 녀석들을 죽이고 나를 구해라!"

"이 사람들이 그런 이름이었군요! 영차, 입니다."

큰 그림자──인간 거한과 수인 남성을 옮기던 테토가 좀의 옆에 그들을 내려놓는다.

"이럴 수가. 【신체 강화(剛化)】 구사자인 에이든과 【동물화】를 터득한 버들리가……."

"마녀님~, 붙잡혀 있던 사람들을 잘 지켰어요~."

테토에게는 정면 공격을 하는 우리와는 달리 위법 노예를 구출하고 보호해 달라고 부탁했다.

구출 방법은 범죄 조직과 똑같이 지하에 터널을 파서 위법 노예들이 있는 곳으로 직접 침투하는 것.

그리고 속속 노예를 보호하며 조직의 구성원을 몰아넣는다.

"이따가 포션을 줄 테니 제압하면서 보호 중인 사람들과 다친 동료에게 쓰도록 해."

"치세 님, 테토 님, 간부 두 명과 경호원으로 있던 흉악범의 신병을 확보하고 동포를 구출해 주셔서 감사드립니다."

우리에게 그렇게 감사 인사를 하는 카터 씨의 말을 듣고 범죄 조직 간부인 좀이 우리를 노려본다.

"치세와 테토……. 그렇군. 네놈들이 그 던전 토벌자인가."

가르드 수인국 곡창 지대에 출현한 던전을 공략한 것을 아는 모양이다.

그렇게 중얼거리면서 끌려가는 범죄 조직 간부들은, 앞으로 범죄자 감옥에 투옥되어 조직의 정보를 불게 하기 위한 취조를 받을 것이다.

그리고 남은 나와 테토, 카터 씨는 범죄 조직의 건물 내에서 조직과 관련한 정보를 수색했다.

"카터 연대장님! 숨겨 둔 금고를 찾았습니다!"

카터 씨의 부하에게 보고받은 우리는 2층에 있던 은닉되어 있던 금고 앞까지 갔다.

"이게 그 금고야?"

금고는 매우 진부하게도 그림 뒤에 감추어져 있었다고 한다.

"네, 드워프가 공들여 만든 강철 금고인 듯합니다."

"이 정도는, 테토가 벨 수 있어요!"

그렇게 말하며 마강으로 만든 마검을 뽑으려는 테토를 카터 씨가 다급하게 말린다.

"잠시만요! 범죄 조직에서 쓰는 금고는 대체로 억지로 열거나 하면 안에 있는 게 불타는 구조로 되어 있습니다!"

"그렇구나, 증거 인멸을 위한 마도구인 거네."

불법 거래를 한 증거와 이중장부, 조직 간의 중요한 연락 사항, 계약서 등의 물적 증거를 없애는 구조인가 보다.

의도적으로 부숴서 열 수 있다고 생각하게끔 마법 금속이 아닌 강철로 만들었을지도 모른다.

"일단 가지고 나가서 이 금고 마도구를 안전하게 해체해야 합니다. 우리 수인국에 있는 마법사는 이걸 해체할 수 있는 사람이 적으니, 시간이 걸릴 테지요."

또 범죄 조직을 쫓는 게 지체되겠다며 투덜거린다.

"흐~음. ──《애널라이즈》. ……아하. 여기에 마력을 쏘아 달궈서 끊으면, 좋아, 열렸다."

카터 씨의 이야기를 들으며 금고를 분석해, 해체를 시도했다.

금고 자체를 부수거나 억지로 열려고 하면 내부에서 발화하게 되어 있지만, 딱히 그 외에는 마법진이 반응하지 않는 것 같다.

그래서 외부에서 3만 마력 정도를 한 번에 마법진에 흡수시키니, 허용 한계에 달한 마법진이 끊어져 무력화된 금고가 열렸다.

"다행히 안에 든 서류는 무사해 보여."

"역시, 마녀님이에요!"

이런 내 모습에 카터 씨가 턱 빠지도록 놀라고 있다.

나는 안에 있던 서류를 손에 들어 팔락팔락 훑었다.

납치당한 사람 중에는 수인 외에도 국내에 집락을 이루어 사는 엘프나 드워프, 용인 등의 아인종(亞人種)도 소수 있었다는 기록이 있다.

"자, 이거 부탁할게."

"감사합니다! 지금 바로, 이 서류를 낱낱이 조사하겠습니다!"

"그러면 슬슬 다음 거점을 뭉개러 가자고. 이제부터는 시간 싸움이야."

"맞아요! 아직도 구할 사람이 아주 많아요."

"네, 네?"

너무 놀라 얼빠진 소리를 내는 카터 씨에게 내가 답한다.

"오늘 범죄 조직의 조직원을 붙잡아 거점 한 곳을 없앤 건, 가까운 시일 내로 알려질 거야. 그렇게 되면 상대는 일단 다른 거점을 버리고 잠복할 게 분명해."

"그러니까 그러기 전에 마녀님과 테토가 다른 거점도 없애는 거예요!"

우리가 그렇게 말하자, 꿀꺽 침을 삼킨 카터 씨의 표정이 진지해진다.

"이곳을 처리할 인원만 남기고 다른 거점을 감시하는 사람들과 합류하자."

"네, 네! 알겠습니다, 치세 공!"

그 이후로는 마치 전광석화 같았다.

카터 연대장이 이끄는 실력자들만 데리고 파발마를 갈아타 가면서 다른 범죄 조직의 거점이 있는 주택가로 향했다.

그때 나와 테토는 【하늘을 나는 양탄자】로 카터 씨 일행과 함께 이동하여 차례차례 거점을 제압해 나갔다.

거점을 제압하여 발견한 압수 물품을 분석하고, 또 새로운 거점이나 범죄 조직과 연결 고리가 있는 국내의 인물을 철저히 조사해 국내에 있는 범죄 조직을 괴멸하는 데 온 힘을 쏟았다.

 **5화【거점의 설계도】**

"후우, 이제야 일단락됐네."

"마녀님, 고생했어요!"

"당분간은, 편히 쉬고 싶어."

범죄 조직 괴멸 의뢰를 맡은 지 1년이 지났다.

연대장 카터 씨, 연대원들과 함께 가르드 수인국 동부를 동분서주하였다.

사전에 조사해 뒀던 거점 세 곳을 제압했지만, 범죄 조직의 거점을 한 곳 부수면 연쇄적으로 다른 범죄 조직이나 범죄와의 연결 고리가 드러났기 때문이다.

생각보다 뿌리가 깊은 범죄 조직을 괴멸하기 위해서 가르드 수인국 동부에 있는 병사(兵舍)에 대책 본부를 설립하여 연대원들과 협력하여 하나씩 해결해 왔다.

"여러모로 조사하느라 시간이 걸렸네."

"조사가 가장 힘들었어요!"

거점을 제압당하자 숨기 시작한 조직원을 찾아내느라 기다린 시간이 의뢰 기간의 대부분을 차지했다.

대책 본부에서 카터 씨가 각지로 연대원을 파견해 조사한다.

그리고 연대원들이 알아 온 정보를 토대로 거점과 조직원을 제압한다.

그들만으로 해결하기 어려운 현장은 나와 테토가 나서서 대응했지만, 대기 시간의 태반은 카터 연대원들과 훈련하면서 보냈다.

"헉, 헉……. 이게 【동물화】의 힘……."

특히 연대장 카터 씨는 나와 테토의 집중 지도를 받아 【동물화】 스킬을 습득해, A등급 모험가에게도 밀리지 않을 힘을 얻었다.

새 수인의 【동물화】로 비행 능력을 터득한 카터 씨라면 범죄 조직의 간부인 좀과 좋은 승부를 펼칠 수 있을 것 같다.

"치세 공, 테토 공, 두 분과 함께 임무를 수행할 수 있었던 건 우리의 자랑입니다!"

"──감사합니다!"

"──감사합니다!"

"──감사합니다!"

그리고 겨울이 지나 의뢰를 수락한 다음 해 봄, 귄튼 왕자로부터 의뢰 완료 연락을 받고 눈물을 흘리는 카터 씨와 연대원들에게 성대한 배웅을 받았다.

나와 테토는 씁쓸하게 웃으며 카터 씨 일행과 헤어지고 의뢰에 관해 보고하고자 가르드 수인국 왕도를 방문했다.

"치세 님, 테토 님. 기다리고 있었습니다. 귄튼 전하의 집무실로 안내하겠습니다."

"롤바커 씨, 부탁드릴게요."

"부탁합니다!"

가르드 수인국의 왕성은 소박하면서 견고해 보이는 그 모습이, 꾸밈없이 단단하다는 뜻을 가진 질실강건(質實剛健)이란 말을 떠올리게 했다.

"치세 님과 테토 님의 활약은 보고서로도 올라왔습니다. 저도 읽어 봤는데 가슴이 뻥 뚫리는 통쾌한 내용이더군요."

"그렇게 말씀해 주시니, 좀 부끄럽네요."

"마녀님과 테토, 아주아주 열심히 했어요."

기습 작전으로 범죄 조직의 지부를 없애고 뿔뿔이 흩어진 도적단을 찾아내어 계속 잡아들였다.

그 밖에도 범죄 조직의 조력자였던 가르드 수인국의 부족들을 조사하여 체포하고 이송 중에 수인들을 구출하기 위해 추적하는 등, 수많은 일화가 생기고 말았다.

"저희도【하늘을 나는 양탄자】를 탄 이인조 모험가가 악당을 물리친다는 이야기를 들었답니다."

"양탄자뿐만 아니라 빗자루도 탔는데 말이죠."

속력만 고려하면 빗자루를 타고 나는 편이 빠르지만, 국군 카터 씨 연대의 이동 속도에 맞춰【하늘을 나는 양탄자】를 타서 그런지 양탄자가 사람들의 인상에 더 남은 듯하다.

그렇게 잡담을 나누며 안내를 받아 도착한 집무실. 롤바커 씨가 노크를 했다.

"귄튼 전하, 치세 님과 테토 님이 오셨습니다."

"들어와."

짧은 대답을 듣고 안으로 들어가니, 서류 업무를 보는 귄튼 왕자가 있었다.

"지금, 이 서류를 정리하는 중이야. 잠시만 기다려."

무뚝뚝하게 말하는 귄튼 왕자를 기다리려 소파에 앉아서 메이드가 내온 차를 마신다.

잠시간 집무실에 펜 소리가 울려 퍼지다가 딱 멎는다.

"기다리게 했군. 범죄 조직 괴멸로 1년이나 묶어 둬서 미안했어. 우리도 현재, 범죄 조직의 뒤처리에 쫓기고 있어. 롤바커, 나도 마실 것 좀 줘."

"알겠습니다."

그리하여 차를 마시면서 범죄 조직에 관한 이야기를 한다.

이야기라고 해 봤자, 보고서에 적힌 것보다 현장감 있게 보충 설명을 하는 정도다.

나의 이야기에 귄튼 왕자는, 특히 외교관으로서 동쪽에 위치한 이웃 나라 로바일 왕국으로 끌려간 국민 반환 문제를 해결하고자 분투한 모양이다.

"우선은 판명된 범위 내에서 노예가 된 국민을 해방하고 반환하는 데 동의하게 했어. 그 외에도 데려간 국민의 행방을 조사하고 있고."

"그렇군요, 잘됐네요."

납치당해 노예로 부려지며 입은 몸과 마음의 상처를 생각하면 예전 생활로 완전히 돌아갈 수 없을지도 모른다.

그런데 이야기를 듣자 하니, 범죄 노예만 인정하는 가르드 수인국에서 대량의 노예—— 특히 여성 범죄 노예가 대거 발생하는 건 부자연스러운 일이다. 그래서 그들은 출신지를 위장하고 의식주 보장의 의무가 있는 채무 노예로 팔렸다고 한다. 그건 그나마 불행 중 다행이었을지 모른다.

"또, 로바일 왕국의 귀족들이 위법 노예를 사들였던 모양이야. 지금은 로바일 왕국측이 거국적으로 납치와 관련한 범죄 조직을 괴멸하려고 움직이는 듯해."

자국의 귀족들이 가르드 수인국에서 일어난 납치 범죄에 가담한 정황이 드러나 외교 문제로 번졌다고 한다.

관점에 따라서는 선전포고로도 볼 수 있는 행위이기에 자국과는 관계가 없다는 것을 증명하고자 로바일 왕국이 적극적으로 범죄 조직을 소탕하는 데 힘쓰는 것 같다.

이로써 로바일 왕국 내에 있는 범죄 조직의 본부는 타격을 입고 세력이 약해져, 가르드 수인국의 범죄 조직도 없어지겠지.

납치와 도적 행위가 완전히 사라지지는 않겠지만, 당분간은 조직적으로 움직이는 납치 범죄는 줄 것이다.

"의뢰 보수는 이미 길드 계좌로 넣었어. 그리고 우리나라 최고의 건축가와 예약을 잡고 내 이름으로 소개장도 준비해 뒀으니 가져가도록 해."

"고맙습니다. 그럼, 이만 실례할게요."

"차, 맛있었어요!"

그리하여 우리는 건축가에게 쓴 소개장을 들고, 왕성을 뒤로했다.

그리고 가르드 수인국 최고 건축가를 찾아가니, 안경을 쓴 원숭이 계열 수인과 만날 수 있었다.

"귄튼 왕자님께 이야기는 들었습니다! 어떤 건물을 짓고 싶으신지요?"

"음……. 일단 저희가 원하는 방향을 종이에 써 왔는데요……."

"테토는 큰 집이 갖고 싶어요!"

요 1년간, 【허무의 황야】에 세울 새로운 거점에 관해 테토와 이야기할 시간은 아주 많았다.

그때 나온 의견을 적은 종이를 건축가에게 건네니, 건축가 남성이 고개를 연신 끄덕인다.

"아하, 종이에 적으신 희망 사망이 들어간 건물의 설계도를 그리면 되는군요. 토지 제한은 있나요? 만약 왕도에 세우시는 거면 제가 목수를 소개해 드릴 수 있는데……."

"제가 사는 곳은 변경의 빌 마을 근처예요. 토지는 저희가 마법으로 개척한 장소를 쓸 거라서 제한은 없고요. 설계도만 그려 주세요."

"알겠습니다. 저택 설계만 하는 데도 반년 정도 시간이 걸립니다. 설계를 수정하는 등의 의논도 해야 하기에 좀 더 걸립니다만……."

건축가의 말에 나는 고민한다.

일반적으로는 설계와 수정을 반복하여 이상적인 집을 지을 테지만, 나는 【창조 마법】을 비롯한 각종 마법을 습득했다.

건물 양식만 있으면 나중에 마법의 힘으로 수정할 수 있으므로 딱히 필요는 없을 듯하다.

"저희는 먼저 변경의 빌 마을로 돌아가고 싶으니, 가르드 수인국에서 으뜸가는 건축가의 실력을 믿겠습니다."

"새로운 집이 어떤 집이 될지 기대할게요!"

"알겠습니다. 그러면 건물 설계도가 완성되는 대로 상업 길드에 의뢰하여 빌 마을의 모험가 길드로 보내 드리지요."

이 건축가에게 줄 대금은 이미 귄튼 왕자가 의뢰 보수의 일부로 선결제해 주었다.

따라서 이제는 새로운 거점의 설계도가 완성되기만을 기다리면 된다.

"마녀님, 기대되죠!"

"응. 나도 벌써 어떤 집일지 기대가 돼."

【하늘을 나는 양탄자】에 탄 나와 테토는 천천히 【허무의 황야】를 향해 날아갔다.

변경의 빌 마을에서 모험가 일을 하는 나날을 보내다가 가을이 오고 건축가에게 의뢰한 거점의 설계도를 받았는데…….

"뭐, 뭐야, 이거……. 완전히, 예상 밖인데."

"오~, 굉장해요!"

도착한 새로운 거점의 설계도는 도면이 몇 장이나 되는 큰 종이 다발이었다.

종이를 펼쳐 확인하니, 2층짜리의 거대한 저택 설계도였다.

방의 개수도 많고 발코니와 수십 명이 앉을 수 있는 큰 식당, 널찍한 주방, 대욕탕에다가 집 뒤편으로 정원용 공간을 확보하고 지하실도 설계되어 있었다.

또 다른 종이에는 사용인용 별관 설계도도 있어서 귀족 저택이라고 해도 과언이 아닌 설계도였다.

우리가 생각해 둔 적당히 넓고, 여러 용도로 쓸 수 있는 집의 범주를 크게 벗어나 있었다.

나는 어째서 이런 게 온 걸까 멍하니 천장을 올려다봤지만, 테토는 재미있어하며 기뻐한다.

"마녀님! 우리, 이런 집에 사는 거예요?! 설레요!"

"아니, 이렇게 넓으면 청소하느라 하루가 다 갈 것 같아."

둘이 살기에 너무 넓은 저택 설계도를 앞에 두고 건축가가 어떤 오해를 했는지 깨달았다.

"아, 귄튼 왕자가 의뢰했으니 우리를 곧 작위를 받을 귀족으로 착각한 거구나."

작위 하사가 확정된 유망한 모험가가 미리 저택을 준비할 수 있게 귄튼 왕자가 수배했다고 생각한 모양이다.

무엇보다 먼 훗날 거점을 확장할 수도 있을 것 같아서 토지를 지정하지 않은 탓에 사용인까지 고용할 예정인 것으로 알고 본격적인 저택을 설계한 듯하다.

가르드 수인국의 중앙은 수인과 용인(竜人) 등의 아인종이 중심이지만, 변경에는 인간 귀족도 소수 있어서 의아하게 생각하지 않았는지도 모른다.

"──《크리에이션》 저택 모형."

시험 삼아 저택 설계도를 기반으로 【창조 마법】으로 저택 모형을 만들어 본다.

만들어진 저택 모형은 모험가로 자수성가한 귀족이 졸부짓 한다는 소리를 듣지 않게, 정갈한 디자인과 기능성을 동시에 갖추고 있었다.

　무엇보다 조합을 위한 조합실 별채와 이제까지 모은 수많은 책을 수납할 책장이 벽 한 면을 채운 도서관 등이 있어서 이런 저택에 산다고 생각하니, 한숨이 절로 나온다.

　"아무리 생각해도 역시 둘이 살기에는 너무 넓어. 이건 잘 보관해 두자."

　"힝, 아쉬워요."

　【마정석】에 저장한 마력으로 만들 수는 있지만, 만들고 나서 관리하는 게 어려우므로 할 수 없이 포기했다.

　거점으로 삼은 지금 집으로도 충분한 우리는 좀 더 이대로 지내기로 했다.

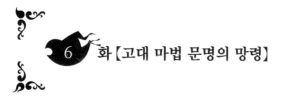

거점을 새로 짓는 건 일단 보류하고 올해도 겨울이 찾아와, 【허무의 황야】에 틀어박힐 시기가 되었다.

테토를 빗자루 뒤에 태운 나는 【허무의 황야】를 하늘에서 내려다보며 다녔다.

"작년에는 의뢰를 수행하느라 제대로 살펴보지 못했으니, 올해는 꼼꼼히 살피자."

"네!"

봉인한 대악마와 세계수를 중심으로 한 마력 지점, 결계 마도구 등을 확인하는데 갑자기 내 마력 감지 범위 내에서 묘한 움직임이 느껴졌다.

"마녀님? 왜 그래요?"

"무언가가, 【허무의 황야】의 마력을 흡수하고 있는데?"

이곳 【허무의 황야】는 여태까지 극도로 마력이 옅은…… 아니, 마력이 없는 환경이었다.

최근 십수 년 정도 나무를 심고 내 마력을 방출해서 마력 농도를 높여 왔지만, 여전히 마력이 부족한 상태다.

이런 상황에 마력을 흡수하는 존재가 나타나면, 【허무의 황야】가 재생되는 것도 늦어지고 만다.

"테토, 상황을 살피러 가자."

"그래요!"

나는 비행 마법으로 날던 빗자루 방향을 틀어 테토와 함께 마력이 흡수되는 장소로 향했다.

눈에 마력을 집중하여 마력의 흐름을 확인하며 가 보니, 여타 다를 바 없는 황야에 도착했다.

"이 밑인가 보네. ──《사이코키네시스》."

현재는 눈에 덮여 있지만, 염동력 마법으로 땅에 쌓인 눈을 치우니 살짝 균열이 생긴 지면 틈바구니로 마력을 흡수하듯 빨아들이는 게 보였다.

"테토, 여기 지하를 살펴봐 줄래?"

"맡겨 주세요!"

땅의 마법이 특기인 테토에게 부탁해, 이 지면 아래를 확인해 달라고 하니──.

"마녀님, 이 아래에 건물이 묻혀 있어요."

"아, 고대 마법 문명의 유적이 남아 있었나 보구나."

마법 문명 폭주의 여파로 지표 부분이 날아가 버리고 【허무의 황야】가 생겼지만, 당시의 건물이 땅속에 남아 있었던 듯하다.

전에, 【허무의 황야】에 있는 다른 유적을 탐색했을 때, 제어용 마도구의 자료를 발견했다.

그 자료를 토대로 【창조 마법】으로 같은 기능을 가진 마도구를 창조하여 결계 관리 시스템을 갖추었다.

【허무의 황야】에 아직 고대 마법 문명의 유산이 더 남아 있을

가능성도 생각했지만, 이제껏 조사할 기회가 없었다.

그런데 설마 이제 와서 가동하는 유적이 있을 줄은 상상도 못했다.

"우선, 주변에 영향이 가지 않도록 결계로 격리한 다음에 발굴할까."

"제가 잘할 수 있어요!"

결계 마도구를 설치하고 마력의 유입을 차단한 뒤, 테토와 함께 결계 안의 흙을 치운다.

"아무래도 생물의 마력이나 발동한 마법에는 작용하지 않는 것 같아."

마력을 흡수한다고 해도 동식물이 공기 중으로 발산하는 잉여 마력을 흡수하는지, 생물로부터 직접 마력을 빼앗는다거나 마력을 흡입하여 마법 발동을 저해하지는 않는 모양이다.

"어쩌면 공기 중의 마력을 흡수한 시설이 자동으로 가동하기 시작했는지도 몰라."

그렇다고 한다면 【허무의 황야】에 마력이 공급되면서 유적도 가동했다는 것으로 납득이 간다.

"마녀님, 뭔가 있나요?"

"이건……. 콘크리트 건축물?"

보호와 고정 마법이 걸려 있었지만, 어떻게 건축물 일부를 발굴할 수 있었다.

테토와 함께 부서지지 않게 신중하게 주변 흙과 돌을 파내어 걷으니, 투박스러운 호텔 정도 크기의 건물이 모습을 드러냈다.

"마녀님, 이게 뭐예요?"

"모르겠어. 그래도 일단 안에 들어가서 확인해 보자."

내가 입구처럼 생긴 곳을 발견해 열려고 해봤다.

그러나 2,000년 이상 땅속에 묻힌 탓에 망가졌는지, 문이 비틀려 굳게 닫힌 채 열리지 않았다.

"하는 수 없지. ──《레이저》."

나는 지팡이 끝에 빛을 모아 날을 만들어 내어 문을 가른다.

"오, 마녀님. 막 자르고 들어가도 되나요? 유적은 귀중한 것이래요."

"내부를 살피기 위한 거니까 약간은 거칠게 다뤄도 상관없어."

게다가 만약 【허무의 황야】가 생긴 원인인 마법 실험에 관한 자료가 유적에 남아 있다면, 두 번 다시 과거의 참극을 일으킬 수 없도록 자료를 파기해야 한다.

안으로 들어가니 컴컴해서 아무것도 보이지 않는다.

"어둡네. ──《라이트》. 우와……."

2,000년 이상 땅속에 묻혀 있던 건축물의 내부에는 큰 홀이 있었다.

홀의 군데군데 백골 사체와 수분이 빠져 미라화한 사체가 보였다.

백골 사체에는 인간끼리 싸웠는지 머리 부분이 함몰된 두개골도 드문드문 볼 수 있었다.

"고대 마법 문명의 폭주가 있자마자 문명이 멸망한 건 아닌가 봐. 잠깐의 유예가 있어서 지하 방공호로 도망쳤는데 갇혀서 그대로……."

"안타깝네요."

2,000년 만에 밖으로 꺼내어 양지바른 곳에 묻어 주기로 했다.

그럴 생각으로 한 발짝 내디디자, 주위에 흩어져 있던 백골 사체와 미라가 덜컹덜컹 떨기 시작하며 탁한 공기가 남아 있는 지하 방공호에서 화려한 색깔의 연기가 자욱하게 낀다.

"마녀님! 적이에요!"

"이건, 가이스트 계열 마물이야!"

모여든 화려한 연기가 거대한 가스 상태의 영체 마물 형상을 만들어, 원망하며 한탄하는 소리를 울린다.

「──아파, 괴로워, 좁아, 배고파.」

「──누가, 좀 도와줘, 여기서, 꺼내 줘.」

「──죽기 싫어, 이대로, 죽고 싶지 않아.」

"2,000년 치의 한탄과 죽음의 공포가 지하 깊숙한 곳에서 숙성된 원념의 집합 마물──피어 가이스트인가."

내가 테토의 손을 당겨 【비행 마법】으로 우리가 파헤친 구멍으로 빠져나가 지상으로 도망치자, 피어 가이스트가 우리를 쫓아 지하 방공호에서 나오려 한다.

그렇지만 어느 정도 범위부터는 빠져나올 수가 없는 듯했다.

"지박령처럼, 저 지하 방공호에 얽매여 있구나."

눈에 마력을 집중하여 지하 방공호와 피어 가이스트를 살펴보니, 지하 방공호와 피어 가이스트가 연결된 걸 알 수 있었다.

최근 【허무의 황야】의 마력을 흡수하며 지하 방공호가 가동했고, 그에 기생하듯이 2,000년 전에 남겨진 죽은 자의 원념이 현현한 모양이다.

그래서 지하 방공호에서 벗어날 수 없는 지박령이 되었다.

"2,000년 묵은 집합 영체이긴 해도 마력이 옅은 환경에 있으니 별로 위협적이지는 않네."

"마녀님, 저 사람들을 보고 있으면 슬퍼요. 얼른 구해 주고 싶어요."

테토가 애달픈 목소리로 부탁한다.

어스노이드인 테토는 원래 던전에 사로잡혀 자아가 붕괴한 정령을 클레이 골렘이 흡수하여 태어난 존재다.

한 장소에 내내 사로잡혀야 했던 것이 흡수된 정령 잔재의 심금을 울렸는지도 모른다.

"그래, 구해 주자. ──《퓨리피케이션》!"

지하 방공호 상공에서 정화 마법을 시전하니, 청정한 마력의 파동이 건물을 꿰뚫으며 쏟아져 내린다.

┌──아, 아아아──.┘

쏟아지는 정화 마법의 파동이 피어 가이스트의 안개로 된 몸을 흐트러뜨리자, 괴로워하는 목소리가 울려 퍼진다.

그러나 목소리는 점차 누그러져 피어 가이스트의 안개 형상의 몸과 함께 공기 중에 녹아들었다.

피어 가이스트에 남은 사무친 원념과 영혼이 승화한다.

"마녀님, 끝난 건가요?"

"그래, 이제 이 지하 방공호에 악령 같은 존재는 없을 거야."

10만이 넘는 내 마력 중, 반인 5만 마력을 들여 정화하였다.

압도적 마력을 퍼부어 한 정화는 어떤 악령이든 놓치지 않고 정화했다.

마무리로 바람의 마법을 써서 건물 안을 환기하고, 테토와 함께 사체와 쓰레기를 바깥으로 나른다.

"마녀님~, 사람 뼈나 시체는 다 화장해요?"

"응, 나중에 한꺼번에 태울 거야."

"알겠어요!"

다시 지하 방공호에 들어가니, 피난했던 사람들이 스트레스받지 않고 지낼 수 있게끔 개인실로 되어 있어, 방 하나씩 살펴봤다.

나와 테토는 꼼꼼하게 지하 방공호를 조사하고 각 방에서 뼈와 미라화한 사체를 지상으로 가지고 나와서 불의 마법으로 화장하고 타고 남은 재를 바람에 흩날려 보내 주었다.

"부디, 다시 태어나 새로운 인생을 걷기를."

화장한 재를 향해 그렇게 작게 기도한다.

내가 이 세계로 전생하였듯이 그들도 새 인생을 살 수 있길 바란다.

「──고마워, 덕분에 해방되었어.」

바람을 타고 우리의 귓가에 그렇게 말하는 소리가 들린 듯한 기분이 들었다.

"테토. 한 번 더 지하 방공호를 탐색할까?"

"네!"

원령 계열 마물이 출현하는 해프닝이 있었지만, 다시 한번 지하 방공호 내부를 조사하기로 한다.

방공호에 있던 쓰레기 중에는 긴급 시의 방화(防火) 도구 같은 것들의 잔해도 있었다.

실로 근대적인 물건이었는지, '1,000년 보존, 안심 방화 용품'이라는 문구가 들어간 도구의 잔해에는 보존 마법의 잔재도 보였다.

그러나 2,000년이라는 시간에는 버티지 못하고 반 정도 풍화하였다.

내부에서 폭동이 일어나 사람에 의해 파괴된 경비용 골렘 등을 옮기다가 그것을 발견했다.

"저건, 사람인가? 시체는 전부 밖으로 올린 줄 알았는데 아직 남았었나?"

"마녀님, 아니에요. 저건 사람이 아니에요."

"사람이 아니라면……. 그럼, 인형?"

외피가 세월의 흐름에 벗겨지고 노출된 금속 골격의 사지는, 피난해 온 사람들의 폭동에 휘말렸는지 떨어져 나가 있었다.

사람을 본뜬 인형은 나와 테토가 방출하는 마력을 호흡하듯이 흡수하고 있었다.

"움직이려나?"

"마녀님, 위험해요."

"괜찮아. ──《차지》."

나는 인형에 손을 대고 테토에게 마력을 보충해 줄 때와 마찬가지로 마력을 주입하였다.

내 마력을 흡수한 인형이 살짝 빛을 내더니, 천천히 눈을 떴다.

「……안녕하십니까. 저는, 봉사 인형 B20984호입니다. 현재 고장 중이므로 제조사에 보내어 수리하여 주시길 바랍니다.」

성대 기능도 저하됐는지 목소리가 갈라져서 알아듣기가 어렵다.

"봉사 인형이라……. 너는, 지금 어떤 상황인지 알아?"

「상황……. 피난자들을 보살피기 위해 방공호에 배치되었으며 재해가 일어난 날로부터 예순일곱째 날에 발생한 인간끼리의 투쟁을 중재하다가 고장. 그 후, 마력 잔량 저하로 인해 장기간 슬립 모드로 전환하였습니다. 두 분은, 구조자, 입니까?」

"아니, 유적 발굴자야. 이 방공호에 있던 사람은 전멸해서 묻어 줬어. 그리고 너희가 살던 시대로부터 2,000년 이상 흘렀어."

「……그, 렇군요. 상황을, 자세하게 여쭈어도, 되겠습니까?」

"그래. 근데 우선 우리 집으로 자리를 옮기고서 이야기하자. 테토."

"네!"

테토가 봉사 인형을 조심스럽게 안아 옮기고, 나는 떨어져 나간 팔다리 등의 부품을 찾아 집으로 데려갔다.

　자택으로 데리고 온 봉사 인형을 의자에 앉히고 몸의 각 부분을 확인한 후, 이야기를 들었다.

　「B형 봉사 인형이란 금속과 유기 조직을 융합하여 생활의 전반적인 부분을 보조할 수 있도록 만들어진 인형 마도구입니다.」

　"호문쿨루스 같은 거야?"

　「골렘에 인간의 외형을 씌웠다는 인식에 더 가깝다고 생각합니다.」

　"테토와 동지예요!"

　봉사 인형의 말에 테토가 기쁜 듯이 외친다.

　"그쪽이 'B형'이면 다른 모델도 있어?"

　「네. A형이 전투형 인형, B형이 생활 전반용 봉사 인형, C형이 성욕 해소 인형입니다.」

　이야기를 들으며 몸 곳곳을 확인하니, 기계 부품과 마도구, 그리고 인공 피부 등을 이용하며 제작된 봉사 인형은, 오파츠라고 해도 과언이 아니다.

　"마녀님, 고칠 수 있을 것 같나요?"

　"흠. 어렵겠어."

　「——봉사 인형의 보증 기한은 300년이며 제조사의 보증은 받을 수 없습니다. 새로운 봉사 인형을 구매하여 교체하는 걸 추천합니다.」

"그 제조사가 마법 문명의 폭주로 망해 버렸어. 그러니 내 힘으로 그쪽을 고쳐야 하는데……."

매우 기계적인 말투에 쓴웃음이 나오지만, 나는 【창조 마법】 소유자다.

【창조 마법】으로 부품을 하나씩 만들어 내서 조금씩 수리하면 된다.

"B형 봉사 인형의 설계도가 필요하겠어. ──《크리에이션》 설계도!"

그런 안이한 생각으로 【창조 마법】을 시전하지만, 파직 하는 소리와 함께 튀면서 마력이 흩어져 사라진다.

"역시 2,000년 전 지식을 마력으로 창조하는 건, 현재 내 마력량으로는 안 되는구나. 미안, 금방 고쳐 주지 못해서."

오버 테크놀로지를 완전하게 손에 넣으려면 시간이 좀 더 있어야 할 듯하다.

「왜 사과하시는 겁니까? 저희, 봉사 인형에게는 감사도, 사죄도 하실 필요 없습니다.」

"내가 아는 지식으로는 말이지, 애착이 있는 건 100년 지나면 영혼이 깃든댔어."

이른바, '쓰쿠모가미*'라는 개념이다.

그러니까 2,000년 전부터 존재한 봉사 인형에게도 사람을 대할 때의 태도와 비슷하게 대할 생각이다.

---

*오랜 세월을 보낸 물건이나 도구에 영혼이 깃들어 요괴 또는 신령으로 탄생한다는 일본의 민간신앙.

「그건, 고스트 이론의 형태로 이미 마법 과학으로 확립되었습니다. 봉사 인형에게는 항마(抗魔) 처리가 되어 있어, 고스트 이론 발생 확률은 0.01%까지 억제된 상태입니다.」

"그렇지만 시간이 오래 지났으니 항마 처리가 벗겨져 발생할 가능성이 있지 않겠어?"

「그러하다면 그 인형은 불량품입니다. 신속하게 폐기 처분을 검토하시길 추천합니다.」

봉사 인형 자신은 기계적으로 대답하지만, 그래도 역시 내게는 사람처럼 느껴진다.

그리고 고대 마법 문명은 기술력이 상당히 높은 현대 문명에 가까운 것 같다.

테토만 이야기를 이해하지 못하고 고개를 작게 갸웃하는 게 약간 웃다.

"뭐, 내가 발견했으니까, 그쪽을 고쳐서 곁에 둘 거야."

「……알겠습니다. 본 봉사 인형은, 소유자가 없으므로 당신께 새로운 마스터 권한을 양도합니다. 앞으로 잘 부탁드리겠습니다, 주인님.」

"그래, 나도 잘 부탁해. 난 치세야."

"저는, 테토입니다!"

"그나저나 이름이 없으니까 불편하네. 그쪽은, 음……. 베레타, 어때?"

「……저의 이름은, 베레타. 알겠습니다.」

그러면서 부자연스럽게, 혼자서 움직이지 못하는 봉사 인형이 살짝 고개를 움직인다.

내일부터는 이 봉사 인형 베레타를 수리하면서 【허무의 황야】에 지하 방공호 같은 시설이 또 없는지 샅샅이 찾아봐야 할 것 같다.

SIDE: 부서진 봉사 인형, 베레타

「나는 왜, 눈을 떴을까. 어째서 망가진 채로 있어야 하나.」

한밤중, 나를 주운 주인님들이 잠드시고 난 뒤, 침대에 환자처럼 눕혀 그렇게 중얼거린다.

인간들의 생활을 도우며 봉사하는 목적으로 만들어진 내가, 반대로 인간처럼 보살핌을 받는 것이 잘 이해되지 않는다.

삐걱거리는 목 관절을 돌려 왼쪽을 보니, 야간 활동이 가능한 암시(暗視) 기능을 지닌 눈이 유리창에 비친 내 모습을 담는다.

만신창이군…….

인공 외피와 피부 아래의 인공 근육이 벗겨져 떨어지고, 머리에 심은 인공 모발도 빠지고, 금속 골격이 죄 드러난 모습은, 께름칙하게 느껴지기도 한다.

다른 이와 소통하는 마도(魔導) 성대도 성능이 저하하여 소리가 이상한데 사고 회로만 멀쩡하다.

왜, 나만 남은 것일까. 아니, 몸이 금속으로 이루어져 살아남아 버렸다. 남겨지고 말았다.

눈을 감고 기록을 더듬으면, 주인님이 가르쳐 주신 2,000년 전의 일이 떠오른다.

주인님이 알려 주신 마법 문명의 폭주—— 그때, 이상이 발생하여 그 지하 방공호에 천 명쯤 되는 인간이 피난했다.

그리고 지표면을 날려 버리는 대폭발이 일어나고 순간적으로 마력이 소실된 세계가 펼쳐졌다.

분명 폭발에 살아남은 인간도 마력이 없는 환경에서는 살 수 없었으리라.

고대 마법 문명인들은 방대한 마력을 손에 넣어 장수와 장명에 도달했지만, 고밀도 마력 환경에서 살았다.

그렇기에 고대 마법 문명인들의 신체는 '마력에 의존한다'라고 학회에서 발표되기도 했으며, 나의 기록에도 그 논문의 남아 있었다.

그렇기에 마법 문명의 폭주 후에 찾아온 저마력 환경을 버티지 못하고 죽음에 이른 것이겠지.

마력 밀도가 낮은 상황에서 살아남은 사람들은, 세대교체를 거치며 마력에 의존적인 몸을 버린 사람들이라는 걸 예측할 수 있다.

「……그럼, 주인님들은 뭘까? 테토 님은 인간일까?」

주인님의 마력량은 고대 마법 문명인과 맞먹을 정도로 컸다.

하지만 주변의 마력 환경에 의존하지 않는 몸에, 육체가 나이를 먹지 않고 정체한 점은 고대 마법 문명인이 추구했던【불로인자】를 가진 원초의 인간과 일치한다.

그리고 테토 님은 인간처럼 보여도 인간이 아니다.

2,000년 전에는 존재하지 않았던 마족이라 불리는 미지의 존재다.

「정체가 뭐든 의미 없는 일이지. 주인님은, 주인님이니까. 생각이 다른 데로 튀었네.」

다시 하던 얘기로 돌아와, 우리가 배치된 지하 방공호는 운 좋게 폭발의 충격을 견딘 듯하다.

그러나 지하는 봉쇄되었고, 마력 소실로 인해 피난한 사람들도 비틀린 방호벽을 억지로 열 수 있는 수준의 마법을 쓸 수 없게 되었다.

그때부터의 생활은, 인간의 개념으로 말하자면 지옥이었다.

처음에는 사람들이 구조를 기다리면서 서로 위로하고 우리 봉사 인형이 시중을 들었다.

그런데 점차 방공호 내 물자가 줄고, 폐쇄된 공간이 인간의 정신을 좀먹었다.

우리는 인간의 생활을 보조하는 봉사 인형.

전투용인 A형이었다면, 폭주한 피난자를 진압하여 방공호의 환경을 유지할 수 있었겠지.

성욕 해소가 가능한 C형이었다면, 불안해하는 사람들 곁에서 위로해 줄 수 있었겠지.

하지만 생활 전반을 보조하는 B형으로서는 그저 불편하지 않도록 방공호 내 환경을 지키는 게 고작이었다.

그렇지만 그런 우리의 움직임조차 거슬려 하는 인간들에 의해 팔다리가 뜯겨 방공호 구석에서 나뒹굴었다.

가까스로 움직이는 머리로 방공호를 살펴보니, 나와 마찬가지로 인간의 분풀이로 부서진 봉사 인형과 골렘들이 있었다.

끝에는 식량도 떨어져, 인간끼리 싸우는 상황에서 마력이 끊어져 슬립 모드 상태에 빠졌다.

내가 기록한 건 피난 생활 예순일곱째 날까지지만, 그 이후로 인간들이 생존해 있었다면 주인님들이 묻은 시체 수는 원령의 집합체가 되기에는 적다.

천 명 가까운 인간의 시체가 풍화하여 대부분 사라졌거나 아니면 결국에는 인간끼리 뼈까지 발라 먹어서 시체 숫자가 준 건지도 모른다.

그런 지옥 같은 상황에서 구출된 것이 왜 당시의 인간이 아니라, 나일까.

「어째서 나만 꼼짝도 못 하는 상태로 가동하고 만 것일까.」

그 생각만이 머리에 남았다. 흉하게 망가지고, 존재 이유도 다하지 못한 상태에서도 이렇게 존재하여 주인님이 이름까지 지어 주셨다.

그것이 왜 아주 약간 기쁘게 느껴질까.

2,000년 세월의 흐름에 본격적으로 망가져 버린 걸까.

내 몸이 정말로 고쳐져, 주인님들께 봉사할 수 있을까.

잠들지 못하는 봉사 인형의 사고 회로는 여러 가지를 생각하였다.

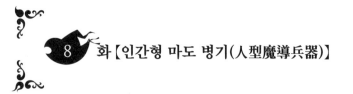

8화【인간형 마도 병기(人型魔導兵器)】

망가진 봉사 인형 베레타를 발견한 우리는, 그 밖에도【허무의 황야】에 지하 방공호 같은 시설 등이 잠들어 있지는 않은지 구석구석 수색하기 시작했다.

작은 나라의 크기에 필적하는【허무의 황야】지하 100m까지의 범위를【땅의 마법】인《어스 소나》로 조사하는 사이 겨울철이 다 가고 말았다.

그리고 조사 결과, 지하에서 서른일곱 개의 유적을 찾았다.

잔존한 유적 중에는 베레타가 있던 곳 같은 지하 방공호도 몇 곳이 있었는데, 그곳도 지난번처럼 원령 계열 마물이 생겨나서 정화하여 장례를 치러 주었다.

또 유적을 찾다가 다양한 고대 마법 문명의 마도구를 발견했다.

그중에는 봉사 인형도 있었는데 베레타처럼 기동하지는 않고, 전부 완전히 망가진 상태로 발견되었다.

【허무의 황야】의 유적에서는 이외에도 고도의 마도구 등을 찾을 수 있었다. 교회의 마법서로 습득한 감정 마법으로 살펴본 바, 역시 지금 시대의 마도구와는 차원이 다르다고 할까, 전제조건이 다르다는 걸 알았다.

유적 한 군데가 마도구 생산 공장이었는지 시설을 보니, 마도구 제작에 쓰이는 마도구 같은 것들이 남아 있었다.

또한 봉사 인형과 골렘 등의 통일화한 규격으로 봤을 때, 대규모 공장 생산이 가능하지 않았을까 생각된다.

"마도구 부품을 만들어서 그걸 대규모 공장에서 조립해, 봉사 인형 같은 복잡한 제품을 제작했구나."

남은 마도구는 그 자체로는 쓸모없는 잡동사니지만, 그런 마도구들이 상호 연동하여 초고도의 기능을 탑재한 마도구가 된 듯하다.

"몸통을 마력으로 구부리는 것보다 관절 부분에 여러 마도구를 심어서 저마력 환경에서도 운용할 수 있게끔 만든 거였어."

베레타를 수리하려고 유적에서 회수한 봉사 인형의 부품을 분해해 보니, 자세 제어와 물품을 운반할 때의 중량 제어 등이 내장되어 있었다.

마도구 하나하나의 효과는 작지만, 작은 것들이 모여서 오래전부터 사용해 온 골렘보다도 저연비로 세밀한 작업이 되는 인간과 가까운 움직임이 가능했으리라.

오히려 방공호의 피난자들이 가지고 있던 소지품들은, 지금의 손수 제작하는 마도구를 극한까지 끌어올린 수준의 아티팩트라 불릴 마도구였다.

"이 정도면 【창조 마법】으로 유사한 성능의 물건을 만들어서 다른 사람한테 건네도 이상하게 생각하지는 않으려나. 그나저나 수색한 범위치고는 별로 얻은 게 없네."

발견한 유적은 대부분 견고하게 지어진 장소이거나 【허무의 황야】의 외곽에 집중되어 있었다.

이러한 점을 미루어 보아, 2,000년 전에 마법 문명이 폭주했을 때 파괴 위력이 어느 정도였는지 짐작하게 했다.

"마녀님~, 다음이 마지막인 것 같아요."

"테토, 고마워."

봄의 기운이 느껴질 무렵, 드디어 【허무의 황야】에서의 유적 찾기가 막바지에 이르렀다.

겨울을 통으로 소국의 면적과 맞먹는 토지를 모조리 조사하며 보냈지만, 그것도 오늘로 끝이다.

"하아아아아압——흐랴아아아앗!"

테토가 익숙한 손놀림으로 땅을 마법으로 파서 찾아낸 것은, 유적이 아니라 땅속에 묻힌 대형 골렘이었다.

"세상에. 골렘, 아니, 로봇?"

발굴한 것은, 하반신에 네 발이 달린 금속제 인간형 병기였다.

크기는 몸길이가 4m인 대형 골렘으로, 어깨에 포탑을 진 모습이 왠지 전차의 이미지를 연상케 한다.

"아, 이것도 마력을 흡수해서 기동하려 하네. 이대로 두면 조만간 움직였겠어."

"마녀님, 어떻게 할까요? 부수나요?"

"어, 음. 우선 섣불리 손대지 말자. 폭주하면 곤란하니까."

마도 병기 주변에 결계를 친 우리는 일단 전이 마법을 써서 거점으로 돌아왔다.

"베레타, 우리 왔어. 좀 어때?"

"다녀왔습니다, 예요!"

「주인님, 어서 오세요. 마중 나가지 못해 죄송합니다.」

【허무의 황야】에 마련한 거점까지 전이로 돌아온 나와 테토를 집 앞 나무 덱에 걸터앉은 베레타가 맞아 주었다.

2,000년 전에 떨어져 나간 팔다리의 단면은 땅의 마법【연마】로 깔끔하게 다듬어 천으로 가렸다.

또 해질 대로 해진 메이드복 대신에 고전적인 메이드복으로 새로 입혀 주고 흔들의자에 앉혀, 담요를 덮어 주었다.

"미안해. 팔다리를 고쳐 주고 싶은데, 아직 못 고쳐서."

「원래 2,000년이란 세월 동안 형태를 유지할 수 있도록 만들어지지 않았습니다. 괘념치 마세요.」

"고마워. 실은 오늘 조사하다가 대형 골렘을 찾았어. 네 의견을 듣고 싶어."

발굴한 골렘에 관해 설명하자, 뭔가 짚이는 게 있는지 대답해 준다.

「2,000년 전에도 마물의 위협은 있었습니다. 그에 대응하기 위한 포격형(砲擊型) 마도 병기인 거겠죠. 고대 마법 문명이라고 할지라도 발동할 수 있는 마법의 위력은 현대와 비슷하리라 예측합니다.」

"헤, 그렇구나."

베레타의 말로는 고대 마법 문명은 편리하긴 했지만, 발현 가능한 마법의 규모는 지금과 별반 다르지 않다고 한다.

고대 마법 문명인은 장수·장명하며 마력도 컸으나 방위용 마도구의 발전으로 마물에게 마법을 쓸 기회는 줄었단다.

그리고 방위용 마도구에 심은 마법은 광역 섬멸 마법이 아니라, 관통력이 높은 마법이나 마물이 쓰는 【신체 강화(强化)】를 중화하고 방해하는 마법이었다고 했다.

또 마법을 쓰지 않게 된 고대 마법 문명인은 마도구를 가전처럼 발전시켜 지맥의 마력을 빨아올려서 사회 전체가 마도구를 움직였단다.

"인간이란 갈 데까지 가면 결국은 대부분 그런 사회가 되는 건가."

고대 마법 문명과 이전 생의 기억인 지구의 광경을 겹쳐 보며 중얼거리는 나의 말에 테토가 의아해하며 고개를 작게 갸우뚱한다.

그리고 스킬이란 개념도 당시에는 없었던 모양이다.

스킬은 오대신을 포함한 이 세계의 신들이 마력이 옅어진 세계에서도 남은 사람들이 살아남을 수 있도록 능력치와 스킬이라는 형태로 레벨과 기능에 따른 보정을 부여한 듯하다.

「이런 이유로 당시의 마법은, 그다지 요란하지 않다고 생각합니다.」

"그렇구나. 회오리나 해일은 일으킬 수 있지만, 여파가 크네."

그렇기에 오히려 어떤 마법 실험을 해서 마법 문명 폭주를 야기하고 멸망했는지 흥미는 있지만, 알아보는 것 자체가 금기이리라.

알아내면 실험해 보고 싶은 게 인간이니까.

「다시 하던 얘기로 돌아와서 제 소견은 제대로 움직일 리 없으니 방치하거나 해체하는 게 낫다고 생각합니다.」

"그래, 근데 난 조작 같은 거 못하는데 베레타는 할 줄 알아?"

「저희 봉사 인형과 골렘 마도 병기는 규격이 호환되지 않아, 조작은 불가능합니다.」

"그럼, 해체해서 분석한 다음에는 금속 자원으로 되돌리자."

"마녀님, 마녀님. 저 정도 크기의 골렘이면 큰 마석을 썼을 거예요. 그러니까 테토가 먹고 싶어요."

그렇게 말하면서 먹음직스러워하는 테토를 보며 못 말린다며 웃고는 베레타를 힐끔 보았다.

분위기로 보아 동시대에 존재한 마도구인지라 뭔가 느끼는 감정이 있는 걸까 했는데, 아무래도 베레타는 아무 느낌도 없는 모양이다.

그리하여 나는 베레타를 부둥켜 들고 포격형 골렘이 있는 쪽으로 돌아갔다.

전이 마법으로 테토와 베레타를 데리고 발견한 마도 병기가 있는 곳으로 돌아가니, 분명 결계를 쳐 놓은 마도 병기가 삐걱 삐걱, 삐걱 소리를 내며 움직이고 있었다.

"저기, 테토. 지금 내 눈에는 저게 움직이는 거로 보이는데, 분명 결계 쳐 뒀었지?"

"테토 눈에도 움직여요. 게다가 어깨의 긴 포신을 겨누고 있어요."

긴 세월 땅속에 묻혀 있어서 그런지 외부 장갑은 삭아서 벗겨져 떨어졌다. 오른팔은 발굴했을 때는 없었고, 다리 쪽은 네 다리 중 하나는 제대로 구동하지 않아 질질 끌고 있다.

그래도 그나마 말짱한 다리 세 개와 왼팔, 왼 어깨에서 뻗은 포탑이【허무의 황야】를 둘러보듯이 움직이고 있다.

「주인님. 아무래도 마법 흡수 기구(매직 업소버)가 내장된 듯합니다. 주인님이 치신 결계를 무력화하고, 그 마력으로 기동한 것 같습니다.」

"정말?! 괜찮은 건가?"

「글쎄요. 세월이 흐른 만큼 어딘가 고장이 났어도 이상하지 않지요. 가령 폭주 상태라고 하더라도 말이죠…….」

내가 그렇게 말하는 베레타를 부둥켜 들고 얘기를 듣는데 포격 골렘이 우리를 발견하고 포탑을 조준한다.

"설마, 이쪽을 노리는―― 피해!"

우리가 【신체 강화(剛化)】를 사용하여 공격을 피한 직후, 마도 병기가 관통력이 높은 수렴 광선을 쏘아 황야 지면을 도려낸다.

「수렴 광선 끝에 마법 무력화(매직 캔슬러)를 전개하고 있습니다. 결계를 어설프게 치면 쉽게 뚫릴 겁니다.」

그 말에 나는, 베레타의 몸을 끌어안으며 비행 마법으로 포격으로부터 도망치기 위해서 하늘로 날아올랐다.

그리고 테토는 곧장 포격 골렘에게 맞서 싸우러 향했다.

"갑니다! ――오잉?"

우리에게 한 것과 마찬가지로 테토에게도 포탑을 겨누고 마법 무력화 효과가 있는 광선을 쏘지만, 테토가 【신체 강화】로 강도를 높인 마검을 휘둘러 되받아친다.

「세상에……. 테토 님은 앞뒤 안 가리시는군요. 하지만 포격 골렘은 같은 마도 병기와 하는 전투도 익히고 있을 거예요.」

테토가 되받아친 광선을 남은 장갑으로 받는다.

장갑 표면에는 마법을 확산시키는 방어 처리가 되어 있는지 받아넘긴 광선의 위력이 경감된다.

또 자신이 쏜 광선이 사라지자, 공기 중에 떠다니는 마력을 흡수하여 또다시 광선을 발사할 준비를 한다.

그리고 다시 발사된 포격이 무수한 광선으로 분열하여 테토를 덮친다.

테토가 무수한 광선을 마검으로 베고 쳐내며 달리면서 피했다.

"마력이 옅어서 포격이 충전되기까지는 시간이 걸리지만, 마법 대책은 확실하구나. 게다가 포격 마법 종류를 바꿔 가면서 상황에 대응하고 있어."

「주인님. 손을 쓰지 않으면 테토님이 위험해지실 겁니다.」

"테토는 괜찮을 거야. 그래도 걱정되기는 하네……."

그렇다면 물리 공격력이 있는 마법은 어떨까.

"가라. ──《하드 숏》!"

그러면서 꺼낸 【마정석】은 전에 발사한 것보다 마력 용량이 열 배나 크다. 보충한 마력으로 결정체를 딱딱하게 만든다.

단단히 굳힌 결정체가 강철에 필적하는 강도로 음속보다 빠르게 포격 골렘을 향해 가서 맞는다.

"오~, 소리가 꽤 큰걸."

「하지만 견디는군요.」

결정체가 거센 소리를 내며 꽂혔지만, 마법 흡수 기구로 인해 충돌하는 순간에 경화가 풀렸다.

그나마 운동 에너지까지는 소실되지 않아서 음속으로 부딪힌 결정체가 깨지면서 장갑이 크게 패었다.

"음. 그러면 좀 더 단단한 거로 쏴야겠네. ──《크리에이션》 텅스텐 셸!"

나는 【창조 마법】으로 텅스텐 재질의 포탄을 만들어 냈다.

종 모양의 금속 덩어리를 한 발 창조하는 데 거대한 쇠 작두를 창조했을 때와 같은 3만 마력을 소비했다.

"【마정석】보다 열 배는 더 무거운 텅스텐으로 된 포탄이야. 받아라!"

오른손으로 베레타를 안은 나는 왼손으로 중력 마법을 제어하여 공중에 띄운 포탄에 고속 회전을 걸었다.

고속 회전이 걸린 포탄이 횡횡 소리를 내면서 내가 깐 바람과 중력 마법 레일을 따라서 발사된다.

경화해 봤자 마법이 흡수된다면 발사와 가속에 마력을 쏟아 물리 마법을 쓰는 편이 낫다.

음속보다 빠른 텅스텐 탄이 움직임이 둔한 골렘의 복부를 파고들어 장갑을 관통하고, 상반신과 하반신을 완전히 분리한다.

"좋아, 끝났어. 자, 우선 쓸 만한 걸 찾아보자."

「주인님, 무시무시한 공격이네요. 군대 포격급의 일격이었습니다. ——이럴 수가?! 또 움직여요!」

베레타를 안고 천천히 땅에 내려섰는데 파괴한 골렘이 아직도 움직이면서 상반신만 가지고 포탑을 내 쪽으로 향한다.

그렇게 수렴 광선이 발사되기 직전에——.

"마녀님과 베레타는, 테토가 지킬 거예요!"

이제껏 확산 포격을 피하던 테토였지만, 내 일격으로 몸통이 상하로 분리된 포격 골렘에게 접근해 포탑과 왼팔, 머리를 마검으로 마구 베었다.

그리고 발동 직전이었던 수렴 광선은, 마력이 흩어지면서 함께 흩어졌고 포격 골렘이 활동을 멈추었다.

"후우, 이번엔 진짜 끝이다. 자, 회수하자."

"네, 입니다."

나와 테토가 부서진 골렘을 회수했다.

「제어 마도구이기도 한 마석의 핵은 남아 있군요. 핵은 마석으로서의 가치도 있고, 주인님께서 생각하시는 것처럼 토지의 마력 관리 장치에 넣으실 수도 있습니다.」

포격 골렘에게서 A등급 수준 크기의 진홍색 마석을 떼어 낸 나는 테토를 바라보았다.

"——《애널라이즈》. ······구조를 파악해서 이해했으니, 이번에는 테토에게 줄게. 마석과 마력만 갖춰지면 나중에 재현할 수 있어."

"와아, 입니다!"

바로 받아든 마석을 깨부수어 조금씩 먹는 테토.

무속성의 해석 마법——《애널라이즈》로 마도 병기 골렘과 그 마석에 새겨져 있던 제어 마도구로서의 기능은 이해했다.

이거라면 A등급 이상의 마물의 마석을 손에 넣거나【창조 마법】으로 만들어 낸다면 현재 사용 중인 것보다도 더 큰, 지맥까지 관리할 수 있는 제어 마도구를 창조할 수 있을 것이다.

"이제 돌아가자. 이로써【허무의 황야】의 조사는 끝났으니, 드디어 베레타의 몸을 고치는 데 집중할 수 있겠어."

「······감사합니다.」

나는 이곳에 왔을 때와 마찬가지로 베레타의 몸을 안고 집으로 돌아갔다.

봉사 인형 베레타를 수리하는 건 상당히 어려웠다.

고대 마법 문명의 정밀 마도구는 매우 복잡한 구조를 이루고 있었다.

유적에서 발견한 세월의 흐름으로 파손된 다른 봉사 인형을 견본 삼아 해체하여 마도구 부품 하나하나를 해석하여 기록으로 남겼다.

구조와 사용된 소재를 이해한 뒤, 【창조 마법】으로 새롭게 부품을 일일이 만들어 베레타의 몸에 조립해 보기도 했으나⋯⋯.

"틀렸어. 이 부분은, 나로서는 만들지도 못하고 접속도 할 수도 없어."

"안 되나요?"

「맞습니다. 봉사 인형들의 부품 중 일부는 마도구 제조사의 블랙박스가 존재합니다. 블랙박스는 제조사의 기업 비밀이며 해석할 수 없게끔 되어 있어요.」

역시 2,000년 전의 고대 마법 문명이다.

복제품을 만들 수 없게 해 놔서 나는 수리가 불가능하다.

"하아, 속수무책이네. 기술력이 안 받쳐 줘."

기술 면에서는 수공업으로 마도구를 제작해 재현할 수 있는 것도 있다.

그러나 중심부에 가까운 부분일수록 고도의 기술력이 들어가 있거나 은폐되어 있거나 하다.

"정말 오파츠구나. 나로서는 못 고쳐."

"그럼, 베레타는 나을 수 없나요?"

불안해하는 테토에게 베레타가 담담하게 답한다.

「고칠 수 없다면 하는 수 없지요. 주인님께 봉사조차 하기 어려운 이 몸을 부디 마지막에는 고철로 해체하셔서 유용한 금속 자원으로 활용해 주시기를 간청드립니다.」

"어휴, 그런 말 하지 마. 고칠 수는 없어도 수리를 포기하겠다는 게 아니야."

일단 베레타를 수리하는 것은 다른 접근 방식을 생각해야 할 듯하다.

나는 베레타를 평소처럼 침대에 눕히고 테토와 나도 오늘은 일찍 잠자리에 들었다.

그리고 꿈속에서——.

………….

…….

….

「오호, 네가 리리엘이 맡고 있는 유망한 전생자구나.」

"어, 당신은 누구야?"

평소라면【꿈속 신탁】에 여신 리리엘이 있어야 할 터인데 눈앞에 있는 건 빨간 머리의 쾌활해 보이는 여자다.

오늘은 베레타 수리 건으로 조언을 얻고 싶어서 내가 먼저 리리엘과 교신을 시도한 건데 뭔가 잘못된 듯하다.

「나는 라리엘! 오대신의 장녀지. 잘 부탁해!」

리리엘과 똑같은 복장에 머리에는 빛나는 고리, 등에 날개가 돋친 활력 넘치는 그녀에게서 침착한 리리엘과는 다른 매력이 느껴졌다.

"아…… 나는 치세. 마녀야."

씩 하고 장난기 어린 미소를 띠는 라리엘에게 나는 기운 없이 대답하면서 내 소개를 하였다.

"여신인데 점잖지 않구나."

「여신인 것과 위엄이 있는 것은 별개니까. 그리고 나는 태양신이니, 명랑해야지!」

쾌활하게 웃는 라리엘은 보기에 밝은 성격이라고 해야 하나, 여걸 기질이 있어 보였다.

그 여걸 같은 라리엘이 내게 말한다.

「리리엘이, 아주 협조적인 전생자를 찾았어. 그【허무의 황야】를 십수 년 만에 이렇게까지 재생할 줄이야.」

그렇게 말하면서 호의를 품은 미소를 지으며 내 몸을 머리끝부터 발끝까지 쳐다보는 라리엘을 두고 약간 물러선다.

「정말이지, 우리와 만날 때마다 자랑한다니까?! 부러워 죽겠어. 그러니까 치세, 내 관리 영역의 일도 도와주지 않을래?」

다짜고짜 받은 제안에 나는 놀라서 눈을 깜박였다.

어떻게 대답할까 궁리한 후, 입을 열려는데——.

「——잠깐 기다려! 라리엘!」

「윽, 리리엘 녀석이 왔군!」

내 머리 위로 리리엘이 날아와, 나와 라리엘 사이에 내려선다.

「리리엘, 너무 치사한 거 아니야?! 유망한 전생자를 너 혼자 독점하고! 조금은 내 일을 도와줘도 되잖아!」

「싫어. 【허무의 황야】도 아직 재생되지 않은 데다 라리엘의 관리 영역도 다른 의미로 까다롭잖아!」

그렇게 갑작스런 자매 싸움을 시작한 리리엘과 라리엘이지만, 나로서는——.

"난 도와도 상관없어."

「네?!」

「뭐? 정말?!」

리리엘은 경악하고 라리엘은 기뻐하지만, 나는 도와줘도 상관 없다고 생각한다.

"돕는 건 괜찮은데 지금 당장은 말고 좀 기다려 줄 수 있어? 베레타를 먼저 고쳐 주고 싶거든……."

「오, 그럼, 그럼! 그 정도야 2,000년 세월에 비하면 별것 아니지!」

「그런 말을 하면 다른 오대신 동생들한테도 부탁받을 거예요.」

리리엘의 말을 들으니, 귀찮기는 하지만…….

"불로가 돼서 말이지. 앞으로 내 인생은 한가할 거야."

그러니까 마음이 내킬 때 신들의 의뢰도 맡기로 했다.

「정말, 사람이 참 좋다니까요.」

그러면서 한숨을 쉬는 리리엘에게 마음속으로 미안하게 생각하며 쓴웃음을 지어 보인다.

"그런 이유로 두 사람에게 상담할 게 있어. 부서진 봉사 인형 베레타를 수리할 방법을 혹시 알아? 지금의 나로서는 도저히 고쳐 줄 수가 없어."

내가 묻지만, 두 사람이 곤란한 듯 고개를 가로젓는다.

「치세가 뭔가 부탁하다니, 들어주고 싶지만 힘들 듯해요.」

「여신도 만능은 아니거든. 그건 어려워.」

"그래도 리리엘과 라리엘은 이 대륙을 쭉 지켜봐 온 여신이잖아. 힌트라든가 수리 기술을 가지고 있는 일족이 있다든가, 그런 거 없어?"

다시 한번 물었지만, 역시 대답은 변함없었다.

「응, 없어. 애초에 기술 자체가 완전히 끊긴 데다가 세계 발전의 전제가 다 다르니까 같은 기술 체계로는 성장을 안 하지 않을까?」

"무슨 뜻이야?"

나의 물음에 두 여신이 창세 신화부터 현재에 이르기까지의 흐름을 요약해 주었다.

태초에 창조신이 대륙과 신들을 탄생시키고 인간과 마물을 포함한 생물을 창조하였다.

다음으로 신들이 각 대륙으로 인간들을 인도하여 다양한 마법을 행사한 원초·혼돈의 시대가 도래하였다.

이 무렵 신들이 일으킨 자연현상의 기적이 【원초 마법】의 기초가 되었다고 한다.

그 후, 신들이 지상을 지켜보는 인간의 시대가 열렸으며 인간들은 신들이 부여한 신조(神造) 무기와 마법, 자연현상을 해석하고 그 기술을 응용하여 발전하였다. 그렇게 오랜 세월에 걸쳐 고대 마법 문명이 정점에 이르렀다.

「그러다 2,000년 전의 마법 문명의 폭주로 문명이 크게 쇠퇴했죠. 그때 마력의 대량 소실이 발생해서 살아남은 인간을 보호하기 위해 세계 규칙을 개편한 결과, 능력치 시스템이 도입된 거예요.」

그 이전의 세계에는 능력과 스킬이 없었단다.

마력을 대량으로 잃고도 살아남은 인간들은 능력치 보정으로 육체를 개조하고 스킬 보정으로 생존 능력을 높인 것이다.

「그러고 나서 우리는 이세계에서 마력을 가져오고 치세처럼 전생자들을 소환해서 세계를 재생하기 위해 노력해 온 거야. 처음에는 제법 느낌이 괜찮게 문명이 급속도로 성장했는데 어느 시기를 기점으로 정체하고는 현재까지 지속됐지.」

처음 300년 동안은 중세 유럽 전기 무렵의 문화 수준까지 발전할 수 있었다.

그러나 그 이후로는 마법과 능력치의 영향인지 특출난 개인이 일시적으로 문화를 끌어올려도 오래 유지되지는 않았다고 한다.

「마물도 있고 인간끼리 싸우는 탓에 안정적으로 발전하지 못

했어. 무엇보다 당초에 예정에 없던 이레귤러도 발생하고 있는 지경이야.」

"이레귤러?"

「그래. 능력치는 인종뿐만 아니라 도구나 마물에도 적용되었어. 그 결과, 마족이라 불리는 녀석들도 생겨났지. 우리는 제2 인류로 부르기도 해.」

창세 신화에서 신들이 창조한 인류와 그 후에 파생한 엘프, 드워프, 수인, 용인 등 여러 종류의 기본 인종이 제1 인류라면 능력치의 영향으로 탄생한 세간에서 일반적으로 마족이라고 하는 존재를 제2 인류라고 부르는 듯하다.

「그래서 말이지. 원양 항해 기술도 확립되지 않은 채 2,000년이 흘렀어. 어쩌면 다른 대륙 중에는 인간이 아니라 마족들이 주권을 가지는 곳도 있을지도 몰라.」

「우리가 관리하는 이 대륙은 마법 문명 폭주의 여파로 마력이 감소한 만큼 마족 같은 변이자는 적은 편이지만…….」

"그렇구나, 세계의 시스템 자체가 바뀌어서 다른 인종도 출현한 거구나."

도중부터 약간 신의 푸념 비슷한 것으로 바뀐 듯한 기분이 들었다.

결국 먼저 태어났느냐, 나중에 태어났느냐의 차이는 있지만, 여신들에게는 인간이든 마족이든 다 보살펴야 할 존재인지도 모른다.

이 이야기를 듣고 베레타를 수리할 가능성이 딱 한 가지 보였다.

"고마워. 이야기를 듣다 보니 베레타를 재생할 수 있는 힌트를 발견했어."

「뭐? 말도 안 돼. 잠깐, 뭘 하려는 건데…….」

"뭐냐면——."

내가 리리엘과 라리엘에게 설명하니, 라리엘은 폭소했고 리리엘은 여러모로 생각하는 표정을 지었다.

「아하하하! 정말?! 진짜로 2,000년 전이었다면 쓸 수 없는 방법이네!」

「그렇지만 가능성이, 없지는 않아요.」

두 여신의 확인을 받은 나는 꿈에서 깨어났다.

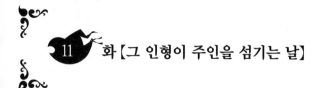
【꿈속 신탁】에서 들은 리리엘과 라리엘의 이야기로 힌트를 얻은 나는, 봉사 인형 베레타의 몸을 수리할 준비를 했다.

그리고 봄의 어느 날――.

"베레타. 오늘은, 네 몸을 고칠 거야."

「주인님, 저번에 고치기 어려울 것 같다고 하지 않으셨나요?」

그렇게 되묻는 베레타에게 나는, 어떤 식으로 접근하여 수리할 건지 설명했다.

"내게는 2,000년 전의 기술이 없어서 당시의 방법으로는 고칠 수 없어."

내가 다시 한번 그 사실을 말하자, 베레타가 눈에 띄게 실망한 듯한 분위기를 풍긴다.

"그래서 생각을 해 봤지. 현대에서 무기물을 고칠 다른 방법이 없을까 하고. 궁리 끝에 찾은 답이…… 얘야."

"테토요?"

내가 손가락으로 가리킨 건 테토였다.

본래 테토는 진흙 골렘이었으나 어스노이드라는 마족―― 아니, 제2 인류로 재탄생하였다.

자아가 붕괴한 정령을 흡수하여 능력치 시스템에 의해 자가 개조가 일어나 진화한 결과다.

그리고 무기물 재생 중에 가장 유명한 건 마검일 것이다.

마검에 자가 복구 능력을 부여하면 마력과 시간에 따라서 원래대로 돌아오려고 한다.

"그래서 베레타에게【자가 재생】스킬을 다시 부여할 거야. 그런데【자가 재생】과정에서 베레타가 변질되어 마족이라고 불리는 존재가 될 수도 있어. 이게 내가 제시할 방법이야."

「그렇군요. 그러면 저에게 어떻게 스킬을 주시려는 거예요?」

"이걸 쓸 거야."

내가【창조 마법】으로 창조한【자가 재생】스킬 오브를 꺼내었다.

【불의 마법】등의 스킬을 창조하는 것보다 소비하는 마력량이 훨씬 큰 레어 스킬이라【마정석】에 저장해 둔 마력을 상당량 소비했다.

"베레타에게 스킬 오브로【자가 재생】스킬을 부여할 거야. 다만, 이 방법을 받아들일지 말지는 베레타가 선택해 주면 좋겠어."

「제, 제가요? 주인님이 결정하시는 게 아니고요?」

"응, 내 예상만으로는 어떻게 될지 모르니까. 베레타가 자신의 의사로 정했으면 해. 이 방법으로 할지, 아니면 나중에 기술이 발전할 미래에서 수리되기를 바랄지."

물론 어떤 선택을 하더라도 베레타를 방치하는 일은 없으리라고 맹세한다.

「저는, 영혼이 없는 봉사 인형입니다. 그런 제가 인간과 동등한 존재가 되는 건 말도 안 됩니다. 하지만──.」

베레타가 나를 똑바로 마주 본다.

「영혼이 없는 몸일지라도 주인님께서 거두어 주신 은혜를 갚기 위해서, 저는 주인님이 제안해 주신 방법을 고르고 싶습니다. 이대로 거동이 불편한 몸으로 목적도 없이 시간을 보낼 바에는 주인님의 가능성에 걸어 보고 싶어요.」

"알겠어. 그런데 말이지. 우리는, 베레타에게 영혼이 없다고 생각하지 않아."

"맞아요. 테토도 처음에는 진흙 골렘이었어요. 그런 듣기에 섭섭한 말 하지 말아요."

나와 테토가 대답했다. 그리고 나서 베레타의 가슴 부분──딱 봉사 인형의 핵이 있는 바로 위쯤에 스킬 오브를 눌러서 베레타의 몸에【자가 재생】을 부여할 수 있었다.

「주인님. 성공, 한 건가요?」

"몰라. 일단은 상태를 지켜보자."

베레타에게 넣은【자가 재생】스킬 레벨이 낮아서 재생이라고 해도 스킬을 부여하자마자 두드러지는 변화를 실감하기를 어려웠다.

그런데──.

「주인님, 제 안의 마력이 급속도로 소비되고 있어요. 이대로 가다가는 슬립 모드로 전환될 겁니다.」

"재생되느라 마력이 쓰이나 봐. 지금 바로 마력을 보충해 줄게. ──《차지》."

「으, 음…… 읏?!」

테토에게 마력을 주입할 때와 마찬가지로 베레타에게도 마력을 보충해 줬는데 왠지 요염한 목소리를 낸다.

"베레타?"

「……죄송합니다. 괜찮아요.」

이것도 스킬 오브를 사용한 영향인가 하고 생각하면서 그날은 베레타를 쉬게 해 주었다.

처음에는 눈에 보이지 않는 파손된 내부에서부터 재생이 시작되었다. 그 뒤, 금속 골격에 인공 근육과 피부가 점점 붙고 벗겨진 머리에 아름다운 쪽빛 머리카락이 자라났다.

여름쯤에는 안팎의 재생이 끝나 양팔이 재생되기 시작하였다.

떨어져 나간 두 팔은 하루에 1cm 정도밖에 자라지 않아서 팔이 완전히 재생하기까지 몇 달이 걸려 겨울에 접어들었다.

겨울이 왔을 무렵에는 【창조 마법】으로 만든 휠체어를 타고 베레타가 두 팔로 바퀴를 밀며 집 안을 자유롭게 돌아다닐 수 있었다.

그리고 뜨개질 책과 털실을 무릎에 두고 뜨개바늘로 뜨개질도 할 수 있게 되었다.

「주인님께서 추우시면 안 되니, 털실로 속옷을 떠 드릴게요.」

"그건, 좀 부끄러운데……. 그래, 잘 받을게. 고마워."

첫 선물이 털실 팬티라 약간은 쑥스러웠지만, 따뜻했다.

그리고 겨우내 두 다리도 계속해서 재생되어 베레타와 만난 지 1년 하고 좀 더 지난 봄에──.

"베레타, 2,000년 만에 땅을 밟는 감각이 어때?"

"오, 베레타. 테토보다 아주 조금 크네요. 꼿꼿이 편 등이 예뻐요!"

이날을 위해 준비한 무릎 아래까지 오는 긴 메이드복을 입고 쪽빛 머리칼을 하나로 묶어 반듯한 자세로 선 베레타.

「……주인님, 테토 님. 고맙습니다. 오늘부터 서, 봉사 인형 베레타는 두 주인님의 생활을 보필하도록 하겠습니다.」

"축하해, 베레타. 다시 한번, 앞으로 잘 부탁할게."

나는 재생이 시작됐을 무렵부터 매일 베레타를 감정하며 몸에 변화는 없는지 조사해 왔다.

마족으로 변이하지 않고 예전처럼 봉사 인형 그대로지만, 2,000년 전에는 내장되어 있지 않았던 스킬을 지닌 덕분에 언동에서 프로그래밍으로 만들어진 인형이 아니라 인간다움이 엿보인다.

실제로 지금의 베레타는 자신의 두 다리로 땅에 선 것에 감동해, 예쁜 미소를 지으며 밝은 분위기를 자아내고 있다.

그런 베레타가 영혼이 없는 인형이라니, 우리는 절대 그렇게 생각할 수 없었다.

그래서 나는 봉사 인형 베레타는 언젠가 모종의 계기로 테토와 같은 마족이 되리라는 그런 예감이 들었다.

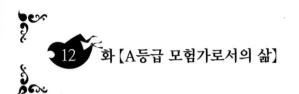

봉사 인형 베레타의 육체를 수리는 했지만, 한 가지 문제가 있었다.

봉사 인형의 몸은 2,000년 전의 고마력 환경을 전제로 만들어졌다.

공기 중에 존재하는 마력을 흡수하여 장시간 움직일 수 있었는데 현재처럼 마력이 옅은 세계에서는 전처럼 움직일 수가 없다.

「주인님들께 봉사하고 싶은데 충분히 할 수 없는 저 자신이 한심해요.」

베레타는 지금【세계수】가 있는 거점 주변에만 활동할 수 있는데 그것도 하루에 6시간 정도는 마력을 보충하느라 슬립 모드 상태로 있어야만 한다.

"그렇지 않아. 베레타가 있으니까 마음이 놓이는 거야."

"맞아요! 그리고 너무 움직이는 것도 안 좋아요!"

침울해하는 베레타를 달래는 나와 테토는【허무의 황야】의 관리를 베레타에게 맡긴 뒤, 안심하고 모험가 활동을 재개할 수 있었다.

베레타를 발굴하고 수리하며 1년 이상【허무의 황야】에 틀어박혀 있었기에 오랜만에 가르드 수인국의 변경인 빌 마을에 얼굴을 비추었다.

빌 마을의 모험가 길드의 길드 마스터도 밑바닥부터 시작해 마스터가 된 전 모험가 할아버지에서 길드 직원 남성으로 교대되는 등의 변화가 있었다.

1년간의 휴식기를 깨고 A등급 모험가로서의 활동을 재개했다.

"치세 님, 테도 님. 이 의뢰를 부탁드리고 싶은데요."

"어디 봐……. 아아, 어떤 내용인지 이해했어."

"그럼, 금방 다녀올게요!"

변경의 빌 마을에서 긴급 의뢰로 나가는 일은 연에 한두 번 안팎으로 있다.

【하늘을 나는 양탄자】로 단시간에 이동한 실적이 있어서 국내에서 전력이 부족한 지역에 지원으로 불려 가기도 한다.

그 결과 가르드 수인국의 거의 전역──주요 열일곱 도시까지 【하늘을 나는 양탄자】를 타고 이동해 전이 지점을 늘릴 수 있었다.

"전이 지점을 늘리는 의미에서는 이건 이거대로 즐겁네."

"마녀님과 함께라면 어디든 즐거워요!"

긴급 의뢰가 없을 때는 빌 마을의 최고 모험가로서 후배 모험가를 지도하고 그들의 성장을 지켜보며 길드에 포션과 약초를 납품하거나 아무도 수락하지 않아 남을 법한 잡무 의뢰를 처리하면서 지냈다.

그리고 내가 마흔 살이 될 때까지 맡은 A등급 의뢰는──.

· A등급 마물 또는 뇌조룡(雷鳥竜) 토벌.

· B등급 모험가가 토벌에 실패한 마물 토벌.

· 귄튼 왕자의 부탁인 가르드 수인국 중진 전사의 재생 치료.

· 가르드 수인국의 왕도에서 개최된 A등급 모험가 승급 시험 감독관.

· 남부 지역에서 발생한 호우로 인한 토사 재해 복구와 지원.

· 가르드 수인국에 나타난 지명 수배범 체포.

· 식인 늑대인간 루 가루를 수색하고 토벌.

· 가르드 수인국 국내에서 열린 각국 모험가 길드 회담의 회장 경비.

이 밖에도 B등급 의뢰를 다수 맡으며 A등급 모험가로서의 실적을 쌓았다.

처음에는 【하늘을 나는 양탄자】라는 매우 이상한 물건을 타고 나타나는 나와 테토에게 수많은 사람이 의아해하는 시선을 보냈다.

수인국에서는 소수파인 인간인 데다 낯선 마법을 쓰는 소녀 이인조.

그렇지만 다른 모험가들이 어려워하는 긴급 의뢰를, 위풍당당하게 【하늘을 나는 양탄자】를 타고 나타나서는 손쉽게 처리하는 우리.

그런 우리의 활약을 바탕으로 음유시인들이 지은 시가 가르드 수인국에 퍼져 【하늘을 나는 양탄자】가 나와 테토의 대명사가 되었다.

그 결과, 이제까지 정해 두지 않았던 우리의 파티명이 【하늘을 나는 양탄자】로 정해져 가르드 수인국의 어느 도시에 나타나도 우리의 존재를 알 만큼 유명해졌다.

그런데 그와 동시에 힘든 일, 슬픈 일도 많이 겪었다.

우리가 출동해 토벌하기 전까지 천공을 가르는 거센 벼락을 떨어뜨리는 A등급 마물 뇌조룡 때문에 작은 마을 세 곳이 괴멸하였으며 추산 150명 이상의 사망자가 나왔다.

나와 테토는 【하늘을 나는 양탄자】에서 낙뢰로 인해 쑥대밭이 된 마을들을 보았다.

피해를 본 마을 중에는 맞서 보려 한 사람들도 있었지만, 하늘을 날고 벼락을 부리는 뇌조룡에게는 당해 낼 수가 없어, 마치 쓰레기처럼 살해당했다고 도망친 사람들에게서 들었다.

"좀 더 빨리 왔더라면……."

"마녀님, 어쩔 수 없었어요."

오히려 A등급 마물이 나타난 것에 비하면 피해가 적은 편이었다.

최악의 상황에는 큰 마을 하나와 1,000명 이상의 사람이 죽을 수도 있어, 가히 재해라고도 할 수 있는 마물이다.

게다가 현실은 동화처럼 잘 풀리지 않는다.

내가 향한 곳에서 강한 마물이 출몰해 사람들에게 위해를 가하기 전에 쓰러뜨린 적이 없다.

무릇 의뢰란, 항상 피해가 난 뒤에서야 들어오기 마련이다.

다른 의뢰 또한 그랬다.

지명 수배범 체포와 이탈 마족 늑대인간의 토벌은, 사람과 이족 보행하는 늑대라는 겉모습 차이는 있지만, 두 쪽 다 사람들에게는 해악이므로 신속하게 제거했다.

마족 늑대인간은 【동물화】한 늑대 계열 수인과 비슷한 모습을 하고 있어서 수용하는 지역도 있다.

그러나 마물에서 진화해 탄생하거나 자신의 의지로 인간 사회의 규칙에서 멀어진 마족은 도적과 같아, 제거하지 않으면 더 큰 희생을 부른다.

그래서 잠재적 희생자가 나오지 않게끔 이탈한 마족을 무찌른 거다.

마물 토벌을 실패한 의뢰에서는 B등급 파티 인원의 반이 사망하고 나머지 모험가 반도 가까스로 도망쳐 왔다.

파티에 패배를 안긴 마물을 해치우고 도망친 모험가들의 상처를 회복 마법으로 치료했다.

하지만 동료를 잃은 상실감과 마물을 향한 공포심까지는 나도 낫게 해 줄 수 없었다.

모험가가 맡는 의뢰의 이면에는 어떤 이의 괴로움과 슬픔이 존재한다는 것을 이해하고 등급이 높을수록 그 규모와 비참함도 커진다는 것을 알았다.

그래도 힘든 의뢰가 있는가 하면 보람찬 의뢰도 있다.

가르드 수인국에서 당대 최고의 전사라고 평가를 받는 사람의 재생 치료를 맡았다.

국민을 지키기 위해 마물에서 진화한 이탈 마족에게 도전해

간신히 토벌했다고 들었다.

용감한 도전의 대가로 오른팔과 왼 다리를 잃고 수인의 특징인 한쪽 귀와 꼬리도 찢긴 참혹한 모습이었다.

재생 마법은 몸의 영양을 사용하여 자라나게 하는 것이므로 양껏 먹여서 팔다리를 조금씩 재생시켰다.

그리고 다치기 전에는 팔다리가 근육질이었으나 재생 범위가 넓다 보니, 그 근육이 예전 모습이라고는 찾을 수 없을 만큼 가늘어졌다.

"고마워, 아가씨들. 덕분에 다시 동료를 지킬 수 있겠어."

이탈 마족을 무찌른 대가라고는 해도 팔다리를 한 쪽씩 잃는 괴로운 일을 겪었다.

잃었던 팔다리가 다시 생겼다지만, 원래대로 완전히 돌리려면 앞으로 힘들 텐데 그의 입에서 나온 감사 인사에―― 강한 정신력과 후광이 보였다.

가르드 수인국 왕도에서 개최된 A등급 모험가 승급 시험 감독관으로 딱 한 번 초빙된 적이 있는데 그때 이스체어 왕국에서 본 모험가들과 또 다른 경향이 있다는 것을 깨달았다.

수인국은 수인과 드워프, 엘프, 용인 등의 아인종이 비교적 많은 나라라 각 종족이 종족의 특징을 살리는 전투 방식과 기술을 지녔다.

또한 거의 최단기간에 A등급까지의 길을 걸었다는 10대 후반의 수인 전사는 벌써 【신체 강화(剛化)】와 【동물화】 모두를 자유자재로 쓰며 수준 높은 검법을 구사하기도 하는 그야말로 천재였다.

기사였던 부친에게 정통 검법을 배워, 모험가로 활동하며 실전에서 기른 경험이 이제까지의 나와 테토의 성장 추이보다 훨씬 빠른 것을 보고—— 인간의 가능성을 느꼈다.

남부에서 발생한 재해 때는 【마법 가방】에 구원 물자를 채우고 급히 건너가서 마을의 부흥을 도왔다.

재해는 가혹한 일이기는 하지만, 다시 일어서서 재건하는 사람들의—— 강인함과 미래를 향한 희망이 느껴졌다.

모험가 길드의 수장인 그랜드 마스터들의 회합은 각국에서 번갈아 열린다.

회합에서는 국가 간을 초월한 마물 피해와 던전 대책 등을 의논했다.

국가라는 틀을 초월한 조직이라고는 하나, 그랜드 마스터도 소속된 국가 규모에 상응하는 격이 있으며 각국의 사상과 의향 따위에 따라서 이해관계와 종족적 대립 등이 있어, 서로 양보하지 않는 경우도 있다.

그래도 조직의 이념을 달성하기 위한 회합을 열어 마물로 인한 피해를 줄이고자 밤낮을 가리지 않고 노력 중이다.

그리고 이러한 의뢰들로 지친 내가 테토와 함께 【허무의 황야】에 돌아오면——.

「다녀오셨어요, 주인님, 테토 님.」

베레타가 우리를 맞아 준다.

괴롭고 슬픈 광경을 봤을 때는 반드시 마중 나온다는 그 안도

감에 내 마음이 치유된다.

지난 10년 동안, 그런 작은 행복을 때때로 느끼곤 했다.

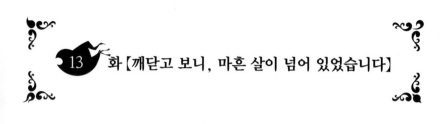

13 화【깨닫고 보니, 마흔 살이 넘어 있었습니다】

그 10년간 내가 이스체어 국왕에게 맡긴 양딸 셀레네가 열일곱 살이 되어 결혼식을 올려서【전이 마법】으로 몰래 테토와 함께 보러 갔다.

셀레네를 모르는 베레타에게는 셀레네와 살던 때 있었던 일을 이야기하기도 했다.

10년 동안 A등급 모험가로서 등급이 높은 마물과 몇 번이나 싸우고, 평소에 나는【신기한 나무 열매】를, 테토는 마석을 먹어 왔다.

이름: 치세(전생자)

직업: 마녀

칭호:【개척촌의 여신】【A등급 모험가】【흑성녀】【하늘을 나는 양탄자】

Lv.90

체력 3000/3000

마력 304430/304430

스킬【장술 Lv.5】【원초 마법 Lv.10】【신체 강화(剛化) Lv.2】【조합 Lv.6】【마력 회복 Lv.10】【마력 제어 Lv.10】【마력 차단 Lv.9】기타 등등…….

고유 스킬【창조 마법】【불로】

【테토(어스노이드)】

직업: 수호 검사

칭호:【마녀의 종자】【A등급 모험가】【하늘을 나는 양탄자】

골렘 핵의 마력 150880/150880

스킬【마검술 Lv.2】【땅의 마법 Lv.10】【신체 강화(剛化) Lv.5】【괴력 Lv.6】
　　【마력 회복 Lv.5】【종속 강화 Lv.7】【재생 Lv.6】 기타 등등…….

그 결과, 내 마력은 30만 선을 넘겼고 테토의 골렘 핵의 마력도 15만을 넘었다.

또한 주요 스킬 레벨이 전체적으로 올랐으며 테토의【검술】은 상위 스킬인【마검술】로 바뀌었다.

이 밖에도 상태창의 메인 화면에는 나오지 않았지만, 자질구레한 스킬을 습득하거나 하며 성과 있는 일상을 보내고 있다.

그렇게 내가 A등급 모험가로서 활동한 한편,【허무의 황야】에서도 조금씩 변화가 일기 시작했다.

「주인님, 테토 님, 점심 드세요.」

"베레타, 고마워. 늘 챙겨 줘서."

"감사합니다!"

모험가 활동을 하느라【허무의 황야】를 비울 때가 있는데 그때는 베레타와 테토가 만든 곰 골렘들이 거점을 관리해 준다.

베레타가 차려 준 점심을 먹으려고 나와 테토는 자리에 앉았는데 베레타는 옆에서 대기하듯이 서 있다.

"하아, 베레타도 앉아서 같이 먹자."

"그래요! 밥은 다 같이 먹어야 맛있는 거예요!"

나와 테토가 함께 식사하자고 권유하지만, 베레타는 담담하게 대답한다.

「마도구인 봉사 인형은 음식 맛을 감지하기 위한 미각 기능이 내장되어 있지만, 본래 식사할 필요가 없습니다.」

그렇게 핑계를 대는 베레타에게 내가 쓴웃음을 짓는다.

"식사는 마음의 양식이야. 그리고 같이 밥 먹으면서 오늘 있었던 일을 얘기해 줄래?"

「그건, 명령인가요?」

"명령이 아니라 부탁이야."

내가 그렇게 답하자, 베레타가 고민하는 듯 침묵하더니 이내 '알겠습니다'라고 말했다. 그날 이래로 우리는 다 같이 식탁에 둘러앉아 밥을 먹게 되었다.

그러고 얼마 뒤──.

「주인님, 집 안을 정리하다가 이런 걸 찾았습니다.」

거점으로 삼은 집을 대청소하는 날, 베레타가 큰 종이 뭉치를 품에 안아 가져왔다.

"아, 그거? 전에 이 집보다 더 큰 집을 세우려고 건축가한테 부탁했던 설계도야."

「저도 봤습니다. 그런데 이건 그냥 큰 집이 아니라 저택 아닌 가요?」

"맞아요! 그래서 마녀님과 테토 둘이 살기엔 너무 넓어서 안 지었어요!"

「그렇군요, 이해했습니다.」

베레타가 고개를 끄덕이며 잠시 저택 설계도를 바라보다가 나를 똑바로 본다.

「주인님께 제안이 있습니다. 이 정도 규모의 저택이라면 저와 같은 봉사 인형이 스무 개체만 있으면 문제없이 관리할 수 있을 듯합니다.」

베레타의 제안이 놀라우면서도 그 얘기에 관심이 생겼다.

"그래? 계속 이야기해 볼래?"

「네. 현재도 비좁지는 않습니다만, 【전이문】의 복수 설치, 토지 관리 마도구에 의한 시스템 재구축을 고려한다면 저택을 짓는 게 나으리라 생각합니다.」

맞는 말이다, 베레타의 의견은 상당히 솔깃하다.

진지하게 제안해 준 베레타를 즐겁게 바라보며 답했다.

"알겠어. 어디, 새로운 저택과 베레타의 동료를 만들어 볼까."

「어, 주인님……. 그럴 생각으로 제안한 건 아닙니다만…….」

나와 테토는 베레타가 있어, 집에 안심하고 돌아올 수 있다.

하지만 모험가 활동으로 집을 떠나 있을 때, 우리를 기다릴 베레타는 어떻게 지낼까.

테토가 만든 곰 골렘들이 있지만, 그래도 베레타와 같은 봉사 인형들이 있는 게 더 나을 것 같다.

"그럼, 간다. ──《크리에이션》!"

베레타의 제안을 받아들여, 곧바로 저택 예정 부지에 【창조 마법】으로 저택과 봉사 인형 스무 개체를 창조했다.

이어서 새로 만들어 낸 봉사 인형들에게 【자가 재생】 스킬 오브를 하나씩 부여한다.

"베레타, 잘됐네요! 이제 쓸쓸하지 않겠어요!"

「테토 님……. 감사합니다.」

베레타가 당황스러워하면서도 아주 조금 기쁜 듯한 분위기를 풍겼다.

그런 베레타는 곧장 새로 태어난 봉사 인형 스무 명을 이끌고 저택 관리와 【허무의 황야】의 마도구에 의한 관리 시스템을 재구축하기 시작했다.

"새로운 봉사 인형들은 경험이 별로 없어서 그런지 아직 무기질적인 느낌이 나네."

베레타처럼 2,000년의 세월을 지낸 개체가 아니라 【창조 마법】으로 방금 창조한 봉사 인형이라 베레타만큼 감정의 편린이 보이지 않는다.

지금은 아직 단순히 봉사 인형이지만, 언젠가 저들도 경험을 쌓아 베레타처럼 될지, 더 진화할지 기대된다.

그로부터 몇 년이 흘러, 깨닫고 보니 마흔 살이 되어 있었다.

세간에서는 필시 아줌마로 불릴 연배지만, 불로인 나와 테토, 베레타와 다른 봉사 인형의 모습은 바뀌질 않아서 별로 실감이 나지 않아 느긋하게 지내고 있다.

그리고 집에 틀어박혀 겨울을 나던 중, 【꿈속 신탁】에 라리엘이 오랜만에 혼자 나타났다.

…………．

……．

…．

「있잖아, 치세. 전에 말한 봉사 인형도 수리했으니, 이제 그만 내 관리 영역의 문제를 해결하는 데 도움을 줬으면 하는데!」

"참, 그러고 보니 전에 한 번 말했었지."

10년쯤 전에 들었는데 1년에 한 번 가르드 수인국에서 긴급 의뢰를 맡거나【허무의 황야】를 재생하고, 무엇보다 베레타와 봉사 인형들과 지내는 생활이 즐거워서 까맣게 잊고 있었다.

「치세, 묘하게 장수 종족처럼 성격이 느긋해지지 않았어?」

"아, 그건 좀 무서운걸. 요전번에 있던 일이라며 하는 얘기가 100년 전 일일 것 같아……."

그렇지만 이미 불로가 된 몸이니, 언젠가의 미래이려나…….

그런 걸 생각하니까 열심히 일할 때는 일하고 놀 때는 놀아야 겠다는 생각이 든다.

"아무튼, 알겠어. 라리엘의 의뢰를 받을 때가 됐지."

「치세, 고마워! 그러면 바로 문제가 있는 곳에 관한 지식을 심어 줄게!」

내 머리에 손을 댄 라리엘이 주입한 장소의 지식은 가르드 수인국이 아니라, 더 동쪽에 있는── 로바일 왕국의 것이었다.

"로바일 왕국이 라리엘의 관리 영역이었어? 게다가 지맥 분출 지점을 봉쇄해 달라는 게 의뢰 내용이라고?"

「맞아. 나는 태양신이니까! 태양이 뜨는 방향에 있는 건 당연한 거지!」

자신 있게 그렇게 말하는 라리엘을 보며 수긍하면서 일단 납득한다.

....

......

...

그리고 눈을 뜬 나는 여신 라리엘과의 약속을 지키기 위해서 테토와 베레타에게 봄부터 여행을 재개할 거라고 전했다.

특히 나와 여신들의 관계를 베레타에게는 자세히 알려 주었다.

「주인님, 떠나시는 건가요?」

"뭐, 지금 같은 세계의 환경에서는 베레타를 데리고 가기는 어려우니까."

"선물 사 올게요!"

나와 테토가 그렇게 말하는데 베레타가 놀란 듯 중얼거린다.

「그나저나 라리엘 신께 받은 신탁이라니……. 2,000년 전과 다를 바 없이 여전히 두터운 신앙으로 신격을 유지하고 계시는군요.」

"응? 그렇게 말하는 거 보니, 베레타도 라리엘이나 다른 신들을 아나 보네?"

「지식으로는요⋯⋯. 창조신이 만든 대신(大神)이라는 건 변함없습니다.」

베레타 말로는 여신들은 각각의 권능을 관장하며 예전부터 이 대륙을 관리했다고 한다.

──태양신 라리엘.

──지모신 리리엘.

──해모신 루리엘.

──천공신 레리엘

──명부신 로리엘.

창조신에 의해 태어난 다섯 여신이 이 대륙을 관리하고 이끄는 것이다.

"베레타를 수리하는 데 힌트를 얻은 것도 라리엘과 리리엘의 신탁 덕분이야."

「그랬군요⋯⋯. 여신님과 교신하다니, 역시 주인님이십니다.」

"테토도 언젠가 여신님들과 만나 보고 싶어요."

테토는 여신과의 해후를 부러워하고 베레타는 내 얘기를 듣고는 뭔가 참듯이 고개를 푹 숙이고 있다.

「주인님, 저도 동행할 수는 없을까요?」

"······베레타도?"

고개를 숙인 베레타가 얼굴을 든다.

베레타의 표정은 거의 바뀌지 않았으나 함께 가고 싶다는 느낌이 전해졌다.

베레타 같은 봉사 인형은 자력으로 마력 회복이 안 되므로 세계수 근방처럼 마력 농도가 짙은 곳에서만 장시간 활동할 수 있다.

마력 농도가 옅은 바깥 세계에서는 일일 가동 시간이 기껏해야 네 시간 정도이리라.

하지만 그런 베레타의 눈동자에서 강한 결의 같은 게 느껴졌다.

"그렇게 우리와 같이 가고 싶어?"

「네. 전에 주인님이 귀환하시면서 선물로 유명한 가게의 케이크를 받은 적이 있습니다.」

"그 케이크, 진짜 맛있었죠~."

테토가 기억을 떠올리며 군침을 삼키는데 베레타가 힘차게 말한다.

「그 정도 케이크가 고급 상품이라는 사실에 저는 놀라움을 금치 못하였습니다.」

"아. 뭐, 설탕은 귀하니까. 게다가 케이크는 조리 기술을 즐기는 거지······."

【허무의 황야】에서는 나의 【창조 마법】으로 창조한 고급 백설탕을 많이 쓰지만, 보통은 가게에서 설탕을 그렇게까지 쓰지 않는다.

「바로 그겁니다──.」

"응? 뭐가?"

「주인님께서 가져오시는 식재료 중에는 제 기억에 없는 재료도 있고 조리 방법이 예측도 안 될 정도로 많을뿐더러 전부 맛이 훌륭했습니다. 그런데 지금의 저는 그 맛을 재현하지도 못하거니와 최적의 조리를 할 수 없는 재료도 있습니다.」

집을 떠나 있다가 돌아올 때, 보기 드문 식재료와 요리 같은 걸 들고 오는데 그중에는 베레타가 다루지 못해 곤란해하던 것이 있긴 했다.

「그래서 저는, 바깥 세계의 상식을 갱신함과 동시에 새로운 요리를 개척하기 위해 주인님의 여정에 동행할 필요성을 강하게 느꼈습니다.」

그렇게 주장하는 베레타. 요컨대 다루지 못한 식재료가 있었던 게 분했는지도 모른다.

「마력을 보충해야 해서 주인님께서 번거로우실 테지만, 【마정석】 따위의 외부 마력 저장 장치만 있다면 장시간 가동도 가능합니다.」

베레타의 얘기를 듣고 묵묵히 생각하던 내게, 열심히 여행 동행에 대한 열의를 전한다.

베레타의 이러한 자발적인 행동이 나는 놀라우면서도 기쁘다.

"좋아. 같이 가자. 베레타에게 마력을 보충하는 게 수고스럽다고 생각 안 해. 오히려 먼저 부탁해 준 게 기뻐."

베레타는 어딘가 자신은 봉사 인형이고 자신은 우리의 사용인이라는 듯이 행동해 왔다.

하지만 이렇게 우리와 여행하고 싶다고 부탁했다.

자신이 뭔가 하고 싶다는 감정을 입 밖으로 내어 준 게 무엇보다 기쁘다.

"분명, 둘보다는 셋이 함께하는 게 즐거울 거예요!"

「테토 님, 갑자기 껴안으시면 깜짝 놀랍니다.」

베레타도 같이 여행을 갈 수 있다는 사실에 테토가 기쁜 나머지 끌어안아 베레타가 놀랐다.

그리고 지금이라면 우리가 집을 비우는 동안, 베레타의 부하인 봉사 인형들에게 【허무의 황야】의 저택 관리를 맡길 수 있다.

봄, 베레타와 동행하기 위한 준비를 마친 우리는 출발하는 날을 맞이했다.

「저는, 주인님의 여행에 동행합니다. 제가 없는 동안 집을 잘 부탁할게요.」

┌┬맡겨 주십시오, 메이드장님. 그리고 주인님이 여신께서 신탁으로 내리신 사명을 무사히 완수하고 돌아오시기를 기다리겠습니다.┴┘

우리의 출발에 맞추어 저택 내의 봉사 인형들이 배웅해 주러 모두 모였다.

베레타가 봉사 인형들에게 말하니, 전원이 질서 정연하게 입을 모아 대답한다.

"유난이야. 나는 전이 마법도 쓸 수 있고【전이문】도 있으니까 언제든 돌아올 수 있어."

"계속 그래 온 것처럼 가끔 집에 들를게요!"

그리하여【하늘을 나는 양탄자】에 테토와 베레타를 태우고 우리는【허무의 황야】를 떠났다.

처음으로 향할 곳은【허무의 황야】의 거점에서 가장 가까운 수인국의 빌 마을이다.

정기적으로 마을을 찾아, 약초와 포션을 납품하고 의뢰를 확인하기도 한다.

뭐, 다른 모험가의 일을 **빼앗지** 않으려고 등급에 맞는 의뢰를 맡거나 밀릴 듯한 잡무 의뢰만 수락하고 있어서 오히려 모험가로 실제 활동하는 시간은 적다.

【허무의 황야】를 재생하는 겸, 조기에 노후를 즐기는 반 은퇴 생활을 보내는 중인 우리는, 그래도 20년 이상 빌 마을에서 계속 활동 중인 상급 모험가로서 마을의 모험가 길드에 인사하러 가지 않을 수 없다.

"어서 오세요. 어떤 일로 방문하셨습니까?"

한 번도 본 적이 없는 젊은 접수원이 우리를 환영하기에, 최근에 새로 들어왔나 하고 생각한다.

"베레타는 여기서 기다려. 나는 이 마을에서 활동하는 모험가 치세야. 개인적인 사정으로 파트너인 테토와 함께 동쪽의 로바일 왕국에 가게 돼서 인사하러 왔어."

"어, 치세 님? 테토 님요?! 기, 길드 카드를 제시해 주시기 바랍니다!"

당황한 접수원에게 길드 카드를 내밀자, A등급이라는 글자와 【하늘을 나는 양탄자】의 파티명을 보고 히익, 짧은 비명을 지른다.

가르드 수인국 각지의 긴급 의뢰를 맡고 음유시인이 노래까지 지어 준 탓에 위인 취급이다.

"자, 잠시만 기다려 주세요!"

그렇게 말하며 길드 안쪽에 상사가 있는 쪽으로 달려가 버린다.

「주인님은 유명하시군요.」

"하아, 가는 곳마다 이런 반응을 보이지는 않겠지?"

작은 목소리로 살짝 말하길래 나도 베레타에게 답했다.

"어쩔 수 없어요. 유명세라는 거예요!"

테토는 왠지 모르게 자랑스러워하듯 대답했지만, 나는 전혀 기쁘지가 않다.

스킬과 마법이 존재하는 이 세계에서는 때때로 개인의 힘만으로도 전황을 뒤집는 일이 있다.

그중에 A등급 모험가는 그야말로 국가급 전력인 것이다.

그러나 까놓고 말해서 A등급 모험가가 되면 일이 없다.

A등급 규모의 사건은 우리가 수인국의 호출로 다니던 긴급 의뢰 같은 게 길드 한 곳당 1년에 한두 번 있을까 말까 하기 때문이다.

그래서 A등급 의뢰가 없을 때는 B등급 의뢰를 맡든가, 수지가 맞는 던전 도시로 활동 거점을 옮기든가, 다른 사람들이 건드리지 않는 마물의 영역인 마경에 자발적으로 도전하게 된다.

그러다 몸이 쇠약해지는 걸 느끼면──.

──반 은퇴하여 길드 마스터가 된다.

──후진 양성을 위해 길드의 교관으로 취직한다.

──나라에서 작위를 받아 귀족의 일원이 된다.

──나라에 고용되어 기사나 군인이 된다.

──모험가로 활동하며 번 돈으로 사업을 한다.

──그것도 아니면 토지를 매입해 시골에 처박힌다.

대체로 이러한 장래를 선택하게 된다.

그런 의미로 나와 테토는 반 은퇴 상태로, 다른 모험가의 의뢰를 가로채지 않는 데다 20년 이상이나 전성기를 누리고 있는 매우 드문 존재이다.

또 【하늘을 나는 양탄자】라는 이동 능력이 있는 마도구를 가진 편리한 모험가가 거점을 옮긴다는데 허락해 줄 곳은 그리 없으리라.

"치세 님, 테토 님! 길드 마스터가 부르시는데요?!"

"알겠어. 베레타는 여기서 기다리고 있어."

「알겠습니다, 주인님.」

돌아온 신입 접수원이 우리를 길드 마스터가 있는 방으로 안내해 준다.

"치세 씨, 테토 씨. 나라를 떠나신다는 이야기를 들었는데, 이유를 물어봐도 되겠습니까? 혹시 이 가르드 수인국이 싫어지셨나요?"

기다리던 현 길드 마스터가 우리에게 묻는다.

셀레네와 함께 길드를 다니던 때 있었던 선대 길드 마스터는 나이를 이유로 사직해서 전 길드 직원인 그가 후임 자리를 수락했다.

그가 길드 마스터 자리에 앉은 지, 이러니저러니 10년 가까이 되었다.

십수 년 전에 직원으로 있을 무렵에 셀레네의 친부를 만나러 이스체어 왕국까지 간다고 했을 때는 여러모로 걱정해 주었는데 거기서 A등급이 되어 돌아왔을 때는 기뻐해 주었다.

실적으로 따져서 나와 테토에게도 길드 마스터 취임 제안이 들어왔으나 정중히 거절했기에 그가 길드 마스터가 된 것은 여담이다.

"가르드 수인국이 싫어진 건 아냐. 다들 착하고 다정해서 좋아해. 이유라……. 로바일 왕국은 바다와 인접해 있잖아. 해산물이 먹고 싶어졌거든."

"네? 해산물요?"

이스체어 왕국과 가르드 수인국은 내륙에 위치한 국가다.

그래서 해산물이 먹고 싶어졌다고…… 한 건 표면상의 이유다.

"그런 이유라고요? 로바일의 미공략 던전에 도전한다든가 마물의 영역 개척이라든가 하는 이유가 아니라요?"

"아니야. 그저 해산물이 먹고 싶을 뿐이야."

"맛있는 생선과 새우, 게를 먹고 싶어요!"

【창조 마법】으로 해산물을 만들어 가끔 먹고는 있지만, 역시 내 상상으로 만드는 것보다는 산지에서 직접 나는 싱싱한 해산물이 먹고 싶다.

"이유가 노는 거라니……. 아, 노셔도 되는 위치네요."

"응, 덕분에 십수 년간 저축한 돈이 있으니까."

이스체어 왕국에서 대악마를 봉인하고 얻은, 함부로 쓰기가 힘든 진은화 같은 큰돈이 있다.

그 밖에도 이 10년 동안 모험가 활동을 일정하게 해 와서 포션이나 약초류 납품, 긴급 의뢰 보수 등으로 나와 테토의 길드 카드에는 돈이 쌓이기만 했다.

오히려 최근에는 어중간한 귀족보다 돈이 많아서 어디서 냄새를 맡았는지 모를 상인이나 귀족이 나와 테토를 아내로 맞거나 애인으로 삼아서 우리의 자산을 꿀꺽하려 획책을 꾸미고 있다고 한다.

【허무의 황야】에 틀어박혀 있어 우리에게 실질적인 피해는 없는 데다가 실력 행사 따위도 불가능할 정도로 우리는 강하다.

그렇지만 가끔 어리석은 사람도 있어서 무력화한 다음 위병에게 던져 준다.

뭐, 그래도 귀찮기는 하지만…….

"너무 유명해지는 바람에 요즘 이상한 인간이 구혼해서 도망치려는 이유도 있기는 해."

"마녀님은, 절대 아무한테도 안 줘요!"

그렇게 말하며 나를 옆에서 끌어안는 테토지만, 나 또한 테토를 누군가에게 시집 보낼 생각이 없고 나도 결혼할 마음이 없다.

"아, 그래요. 알겠어요, 알겠어. 마음 같아서는 두 분이 안 가셨으면 좋겠지만, 지금까지 일을 많이 해 주셨으니까요."

길드 직원에서 길드 마스터가 된 그는, 예전에 길드에서 일한 셀레네를 보살펴 준 다정한 사람이다.

그 후로 길드 마스터의 소임을 맡아 온 그는 여러 가지로 고생하는 자리에 있다.

우리가 새로운 길드 마스터의 고민거리인 의뢰를 맡기도 하고, 시간이 비면 테토가 다른 모험가를 훈련하여 단련해 준 덕에 빌 마을의 모험가 수준이 상당히 높다.

그런 우리의 배려에 은혜를 입었다고 생각하는 듯하다.

"한 가지만 여쭐게요. 두 분이 다른 나라에 가셔도 저희 길드의 의뢰를 받아 주시겠습니까?"

"그래, 마음이 내키면."

우리가 아무렇지 않게 대답하자, 길드 마스터가 쓴웃음을 후짓는다.

"치세 씨는 마음이 내키면 받겠다고 말씀하시지만, 십수 년 동안 수락한 의뢰는 대체로 의협심으로 고르셨죠."

"마녀님, 다 들켰어요~."

"…………아니거든."

그가 굳이 꼬집은 사실에 테토는 웃고 나는 시선을 피한다.

그저 우리가 마을에 약초와 포션을 납품한 후에 길드의 의뢰 게시판을 들여다봤을 때, 남아 있는 의뢰는 다른 모험가에게는 까다롭거나 보수가 적어서 수지타산이 안 맞는 의뢰였다.

그런 의뢰를 소화했을 뿐.

"두 분이 그렇게 비인기 의뢰를 소화해 주신 덕분에 우리 길드는 의뢰 소화율이 높습니다. 고맙게 생각하고 있어요. 그리고 어느 길드에 가시든지 이제까지 하신 대로 해 주신다면 저희뿐만이 아니라 모험가 길드 전체의 이익이 되는 일이니까요."

"일단 감사 인사는 받을게. 그러면 이만 가 볼게."

그렇게 말하고 길드 마스터의 배웅을 받으며 홀로 돌아왔다.

그리고 홀에서 기다리던 베레타는 표정 하나 바꾸지 않고 주변을 신기하다는 듯 보고 있었다.

"베레타. 뭐 재미있는 거라도 있어?"

「아뇨, 이렇게 마을에 나온 게 처음이라 2,000년간의 변화를 다시금 절감했습니다.」

옛날에는 꽤나 발전했던 고대 마법 문명이 쇠퇴하고 중세 수준까지 추락한 것을 직접 본 것이다.

베레타가 여러모로 놀라는 것도 무리는 아닐지도 모른다.

"그럼, 출발할까?"

우리는 20년도 더 오가던 마을을 나섰다.

마을 문으로 나온 우리는 【하늘을 나는 양탄자】를 펼쳐 그 위에 타고 큰길을 따라 로바일 왕국으로 향했다.

나와 테토, 그리고 베레타를 태운 【하늘을 나는 양탄자】가 큰 길가를 날고 있다.

나는 【하늘을 나는 양탄자】를 조종하고, 테토는 바람을 받으며 기분 좋게 웃고 있고, 베레타는 현재의 이 세계의 경치를 구경 중이다.

"베레타, 【허무의 황야】의 바깥세상은 어때?"

「마력 농도가 낮네요. 이런 환경이라면 장기적인 활동은 어려우리라 추측합니다.」

"그게 아니에요! 마녀님은, 경치가 어떠냐고 물어본 거예요!"

베레타의 동문서답에 테토가 볼을 살짝 부풀리면서 정정하니, 베레타가 잠시 고민하다가 다시 대답한다.

「······여전히 황무지가 넓게 펼쳐진 【허무의 황야】에 비해서 식물의 종류가 다양한 것 같아요. 언젠가 이렇게 아름다운 광경을 【허무의 황야】에도 만들고 싶습니다.」

베레타의 말에 내가 옅은 미소를 띠고 테토는 만족스럽다는 듯 고개를 끄덕인다.

그대로 계속 경치를 구경하던 베레타가 문득 무언가 떠올랐는지 내게 묻는다.

「그리고 보니 여신님은 주인님께 어떤 의뢰를 하신 건가요? 영역의 문제 해결이라고 함은, 뭘 하는 거지요?」

의뢰 내용을 얘기해 준다는 걸 깜박했다.

갑작스러운 질문의 내용에 시선이 방황한다.

"그거 말인데, 지맥 분출 지점을 봉쇄해 달라는 의뢰였어."

라리엘이 심어 준 지식에 의하면 그런 것 같다.

「지맥의 분출 지점을, 봉쇄하는 거라고요?」

베레타가 의아해한다.

흐트러진 지맥의 분출 지점에 마물이 둥지를 틀 경우, 그 마물들이 지맥에서 뿜어져 나오는 고농도의 마력에 노출되어 활성화할 수 있다.

방치하면 활성화하여 번식한 마물이 넘쳐나 폭주라는 형태로 마력 재해가 일어나고 만다.

"그런 이유로 여신 라리엘이 지맥이 분출하는 지점을 봉쇄하고 마물의 거처를 제거해 달라고 부탁한 거야."

이 같은 문제는 수십 년 전부터 존재했지만, 이제까지 내버려 둔 걸 보면 그렇게 급한 문제는 아닌 듯하다.

"마물이 많이 생기는 곳은 마석도 얻을 수 있어요!"

그렇게 말하며 주르륵 흘릴 뻔한 군침을 다시 마시는 테토.

"뭐, 마력 분출을 막는 일이 끝나면 로바일 왕국으로 해산물이나 먹으러 가자."

"네!"

「알겠습니다.」

그렇게 【하늘을 나는 양탄자】를 타고 수인국 변경에서 동쪽 변경으로 향했다.

전이 마법으로 동쪽 국경 근처까지 이동할 수도 있지만 서두르지 않아도 되는 여행이다.

살짝 돌아감으로써 무언가 발견하게 될지도 모른다.

좋은 것. 혹은 나쁜 것도──.

"마녀님, 저기에 도적의 근거지가 있는 것 같아요."

"잠깐만 기다려. 나도 마법으로 확인할게."

테토의 알림에 【하늘을 나는 양탄자】에서 내려다보니, 대로에서 떨어진 곳에서 사람의 흔적을 발견했다.

그 흔적을 마법으로 더듬어 가자, 대로에서 거리가 있는 절벽에서 동굴을 발견했다.

동굴 안쪽을 【생명 탐지】 마법으로 살피니, 서른 명 규모의 도적단 소굴이었고 잡혀 온 사람도 몇 명 확인할 수 있었다.

"이왕 발견한 거, 처리하자. 베레타는 어쩔래?"

「저는, 주인님께 방해가 되지 않게 후방에서 대기하겠습니다.」

도적을 어떻게 소탕할지 의논하는 사이에 동굴 앞까지 도착한 나는, 【하늘을 나는 양탄자】에서 내렸다.

"──《슬립》."

어둠의 마법 중에는 상태 이상을 유발하는 마법이 있다. 그중에서도 졸음이 오게 하는 수면 마법을 동굴 안을 향해 쐈다.

방대한 마력으로 마법을 발동하면 도적의 근거지에 있는 사람 전원을 강제로 잠들게 할 수 있다.

나와 테토는 동굴로 들어가 안에 있는 사람을 한 명씩 감정하여 도적인지 아닌지 판별했다.

도적으로 판명된 사람은 테토가 금속으로 수갑처럼 단단히 구속한 뒤에 땅의 마법으로 만든 감옥으로 던져 넣었다.

"인간의 비율이 높네. 이 녀석이 우두머리야. 전 C등급 모험가라는 칭호가 있어."

"마녀님, 인간의 비율이 높은 게 문제가 있나요?"

"여기는 수인국이야. 인구 비율로 생각했을 때, 도적이 되는 건 수인이 많을 거야."

코를 드르렁거리는 도적 우두머리를 《사이코키네시스》로 들어 올려서 구속한 후, 테토가 만들어 둔 감옥에 처넣는다.

"마녀님, 끌려온 사람들을 찾았어요!"

근거지에 있는 물자를 몽땅 가로채는 중에 잡혀 있던 사람들이 있던 곳도 찾았다.

납치된 사람들은 인간과 수인 여성들이 대부분으로, 그들 몸에는 군데군데 맞아서 생긴 멍과 생채기가 있었다. 지금은 내 수면 마법으로 잠들어 있다.

"심각하네. 일단 씻기고 치료부터 해야겠어. ──《에리어 힐》, 《클린》."

자고 있는 그들에게 회복 마법과 청결 마법을 걸어 치료한다.

"목에 걸려 있는 건 노예 목걸이야."

"예전에, 자주 봤어요!"

10년도 더 전에 귄튼 왕자가 부탁한 범죄 조직의 괴멸 의뢰

때, 같은 목걸이를 많이 봤다.

가르드 수인국에서는 범죄 노예만 인정하며 국가와 국가가 인정한 노예상 외에는 노예 목걸이를 취급할 수 없다.

또한 모든 노예의 목걸이에는 국가 공인 각인이 새겨져 있고 각인이 없는 목걸이는 위법 노예로 간주한다.

지금도 감정 마법으로 알아본 바에 의하면 여기 잡혀 있는 여성들은 모두 위법 노예인 듯하다.

"다행이야. 구할 수 있어서⋯⋯."

"마녀님, 어서 옮겨요!"

여성들의 상처나 부상을 치료하고 몸을 깨끗하게 한 뒤, 염동력 마법으로 사람들을 밖으로 옮긴다.

그러고 나서 동굴 앞에서 기다리던 베레타와 합류했는데──.

「주인님, 다녀오셨어요. 마력을 조금 소비하긴 했지만, 동굴 입구는 사수했습니다.」

보아하니, 자리를 비웠던 나머지 도적들이 마침 돌아와서 베레타와 한바탕한 모양이다.

"베레타, 싸울 수 있어?"

「네. 전에 주인님께서 찾은 A형과 C형 봉사 인형의 핵이었던 마석을 사전에 먹은 덕분에 격퇴할 수 있었어요.」

봉사 인형은 상호 간에 어느 정도 호환이 되는 듯하다.

베레타 같은 봉사 인형에는 전투용의 A형과 생활 전반을 보조하는 B형, 성욕 처리용의 C형이 존재했다.

내가 【허무의 황야】의 유적에서 발굴한 부서진 봉사 인형의 핵의 마석을 테토가 한 것처럼 동화하고 흡수함으로써 다른 핵의 정보와 성능을 그대로 물려받게 되었나 보다.

그 결과 A형의 전투 기술을 획득하고 C형의 몸에 있던 여성 생식기를 본뜬 기관이 【자가 재생】 스킬에 의해 체내에 생성됐다고 한다.

그렇게 담담하게 설명을 들으면서 베레타에게도 도와 달라고 해, 잠든 여성들을 돌보는데 감옥에 넣었던 도적이 정신이 든 모양이다.

"너, 이 자식! 우리 【황아단(黃牙團)】을 건드리고도 무사할 줄 알아?!"

한 명이 정신을 차리니, 곧이어서 다른 도적들도 눈을 뜨고는 동굴 입구에 만든 감옥 안에서 소란을 피우기 시작한다.

"자, 여자들을 마을까지 옮겨야 하니까 테토가 탈것을 만들어 줄래? 베레타는 그 사람들을 봐 줘."

"알겠어요!"

「알겠습니다, 주인님.」

"이봐, 지금 우리를 무시하는 거냐?!"

테토가 사람을 대량 운반하기 위한 짐마차를 땅의 마법으로 만들고 베레타가 마차 안에 납치되어 온 여자들을 눕힌다.

그러는 동안 도적들에게 짜증이 나, 소굴이 있던 동굴 쪽으로 향한다.

"자연 파괴는 별로 좋아하지 않지만……. ──《그래비티》!"

지팡이를 들고 피해가 커지지 않게끔 결계로 도적의 근거지였던 동굴을 감싸고 마법을 시전한다.

동굴에 생겨나게 한 건 중력장이다.

절벽 전체를 위에서 눌러 찌부러트릴 힘을 실으니, 입구에 금이 가고 자잘한 돌이 투두둑 떨어진다.

그리고 가중을 못 견딘 나머지 동굴 전체가 붕괴하여 세로로 무너져 내린다.

더욱이——.

"아……. 상공에 결계를 치는 걸 깜박했네."

마법이 걸린 상공을 우연히 새가 통과하다가 가중 압력으로 지면으로 곤두박질쳐 핏자국이 생겼다.

그것이 도적들로 하여금 본인들의 최후 중 하나로 상상하게 했나 보다.

"어디 보자, 나는 도적 같은 쓰레기를 용서할 마음이 없어. 그리고 마침 내게는 너희를 이 새처럼 만들 힘도 있지."

"……사, 살려 줘."

내가 마력을 방출하여 위압하니, 버티지 못한 도적이 눈을 부라리며 입에 거품을 물고 기절했다. 도적 우두머리도 이를 덜덜 떨며 겁먹은 채 목숨을 구걸한다.

"그럼, 입 다물어. 만약 우리를 불쾌하게 하면 어떻게 될지는 알지?"

방출하던 마력 위압을 쓱 거두고 그 한마디만 남긴 채, 테토와 베레타가 있는 곳으로 갔다.

"마녀님, 이제 어쩔 거예요?"

"일단 근처 마을로 옮기자. 운반 방법은──."

뭐, 마력은 충분하고 짐마차와 도적을 가둔 감옥을 어둠의 마법《사이코키네시스》로 견인해서 옮기면 될 듯하다.

그리고 잠들었던 여자들이 지금 눈을 뜨면 분명 여러모로 혼란스러워하리라.

"조금만 더 자도록 해. ──《슬립》."

그들의 머리를 부드럽게 한 번 어루만지며 수면 마법을 또 한 번 건다.

잠들어 있는 사이에 도적에게 납치당한 악몽은 끝날 것이다.

다음에 잠에서 깼을 때는 안전한 곳에 있을 거라고 속삭인 뒤, 근처 마을까지 옮겼다.

옮길 때는 나와 테토, 베레타가 여성들을 태운 짐마차와 도적을 가둔 감옥을 연결해서 하늘을 날았다.

마을에 도착하니, 기이한 시선을 한 몸에 받았다.

그리고 우리를 새로운 마물로 여긴 위병과 모험가들이 마을에서 뛰쳐나왔다.

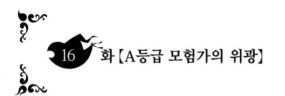

16화 【A등급 모험가의 위광】

우리는 마을에서 부리나케 뛰쳐나온 위병과 모험가들을 자극하지 않으려 마을 앞에서 공중에 띄워 두었던 짐마차와 감옥을 땅으로 내렸다.

"누구냐! 대답해!"

"나는 A등급 모험가, 【하늘을 나는 양탄자】의 치세야. 큰길을 따라서 이동하던 중에 도적의 소굴을 발견해서 납치되었던 사람들을 구출했어. 뒤쪽 감옥에 있는 건 본인들을 【황아단】이라고 칭한 도적들이야."

"그 【하늘을 나는 양탄자】?! 거기다 【황아단】이라고?!"

모여든 사람들 사이에서 그런 소리가 들린다.

그 목소리로 음유시인의 소재로도 거론되는 A등급 모험가, 【하늘을 나는 양탄자】라고 소개하는 이인조 여성 모험가가 생각보다 젊다……기보다는 어린 것에 놀란 놀라움과 잡아 온 도적단이 이 지역에서 유명한 도적이었다는 것을 읽을 수 있었다.

「주인님과 테토 님의 인지도는 굉장하군요. 섬기는 몸으로서 자랑스럽습니다.」

"그러게, 그런 것 같네."

"마녀님, 귀가 새빨게요. 쑥스럽군요!"

【허무의 황야】라는 폐쇄적인 환경에서 생활해서 베레타는 몰랐는데 이렇게 우리의 외부 평가를 듣게 하는 게 좀 쑥스럽다.

우리가 그런 이야기를 하는 동안 위병과 수인 모험가들이 감옥에 있는 도적단들을 향해 노기를 뿜고 있다.

그리고 위병의 책임자가 우리 앞으로 왔다.

"오랜만입니다! 치세 공, 테토 공!"

"누구⋯⋯."

"네! 저는 전에 카터 연대에 소속된 대원이었습니다. 현재는 로바일 왕국에서 흘러 들어오는 도적을 잡아들이기 위해서 마을 순찰 부대의 대장을 맡고 있습니다!"

'그 당시 신병이었는데 두 분의 활약을 선명하게 기억합니다!'라는 듯이 반짝반짝 빛나는 눈으로 쳐다본다.

"그, 그렇구나⋯⋯. 그러면 일단 우리 신분을 증명할 길드 카드 확인과 도적들 뒤처리를 부탁할게."

"알겠습니다! 길드 카드를 확인하겠습니다. 그리고 도적은 마을에 있는 감옥으로 이송하려 합니다!"

양 팔목이 쇳덩어리로 구속된 도적들은 수많은 모험가에게 둘러싸여 순찰 부대 대장의 지시에 끌려간다.

"치세 공, 테토 공. 그쪽에 계신 여성분은 누구십니까?"

그리고 나와 테토는 마을 앞에서 길드 카드를 제시하여 신분이 증명됐지만, 베레타는 신분증이 없다.

「주인님을 모시는 메이드 베레타라고 합니다.」

"우리 동료야."

"그렇군요, 두 분의 관계자이셨군요! 이쪽으로 오시죠!"

베레타의 신분을 딱히 더 확인하지 않고 마을 문을 통과할 수 있었던 이유는, 역시 A등급 모험가의 위광 덕분인가 하는 생각이 어쩔 수 없이 들고 말았다.

그렇게 우리는 위병 대기소로 안내받았다.

"두 분, 혹시 【황아단】의 물건도 가져오셨습니까?"

"일단 근거지에 있던 물건을 닥치는 대로 마법 가방에 넣어 오긴 했어. 근데 근거지는 다른 도적이 쓰면 곤란하니까 무너트렸어."

"마무리까지 해 주셔서 감사합니다. 조만간 저희도 조사대를 보내겠습니다."

대충 어디쯤이었다고 전하면 나중에 마을 순찰 부대가 조사하러 나간다는 듯했다.

그리고 아직 할 일이 남았다.

"실례지만, 도적의 소지품을 확인할 수 있을까요?"

"그래. 양이 꽤 되는데 여기에 꺼내면 돼?"

"부탁드립니다."

마법 가방에서 도적 근거지에 있던 것들을 꺼낸다.

그사이에 다른 사람들은 납치됐던 여성들을 쉬게 해 주기 위한 사람과 장소를 알아보는 중이다.

꺼내 놓은 도적의 소지품을 확인하는 동안 순찰 부대 대장에게 도적 【황아단】에 관해 자세하게 듣는다.

"이 지역은 로바일 왕국의 국경과 인접해서 최근에 로바일에서 도적이 다수 흘러들고 있습니다."

"그렇구나, 역시 옆 나라의 도적이었네. 어쩐지 인간이 많다 했지."

내가 느낀 위화감에 분명한 이유가 있었다는 걸 확인하고, 납득했다.

"특히 【황아단】은 이웃 나라에서도 화제인 도적단입니다. 도적의 우두머리가 그럭저럭 실력이 있는 전 모험가라서요. 동료 중에도 마법사가 있어서 성가셨습니다."

"그랬구나, 마법의 힘으로 동굴을 만들어 근거지로 삼았던 거였어."

"거기다 여러분이 괴멸한 범죄 조직의 잔당이라는 소문도 있어요. 그자들을 잡기 위해 저희가 온 이유 중 하나이죠."

"역시……."

10년도 더 전에 나와 테토가 의뢰를 맡아 괴멸로 몰아넣은 범죄 조직과 관련이 있는 도적단이었던 모양이다.

가르드 수인국 국내 지부는 철저히 짓밟았다고 생각했는데 내가 너무 물렀던 것 같아서 속에서 이가 갈린다.

아니면 로바일 왕국 내에 범죄 조직의 잔당이 남아 있었고 그들이 조직을 재건하여 다시 가르드 수인국에 손을 뻗쳤을 수도 있다.

뭐, 수인국도 대응 노하우가 생겼으니, 이 건은 수인국에 맡기기로 하자.

"됐다. 보고서는 다 썼습니다. 도적들의 장물은 어떻게 할까요? 소유자가 반환을 요구하면 치세 공께서 되사셔야 하는데 그 때까지 마을에 머무르십니까?"

"로바일 왕국으로 가던 길이라 시간을 들이고 싶지도 않으니까, 길드로 가서 매입해 달라고 할게."

"그럼, 저도 길드까지 동행하겠습니다."

도적 토벌 보수도 받을 수 있을 테고 장물의 소유자 반환과 습격당한 사람의 유품 반납 등은 길드에 맡기는 게 덜 수고스럽다.

게다가 훑어보니 그다지 갖고 싶은 것도 없었다.

돈은 소유자가 불명확하므로 그대로 받고, 길드에서 매입한 장물 매각금의 반은 피해 여성의 사회 복귀 지원금으로 길드 입회하에 순찰 부대 대장에게 맡길 생각이다.

조금이나마 회복하는 데 도움이 된다면 좋겠다는 위선이다.

길드에 도착한 우리는 도적이 소유하고 있던 장물을 길드에 적당히 팔고 도적을 토벌한 보수를 받았다.

피해 여성 지원금을 뺀 보수가 대금화 석 닢 정도이길래 나와 테토, 베레타 셋이 삼등분하려는데──

「이건 주인님과 테토 님의 몫입니다. 저는 받을 수 없어요.」

"베레타도 도와줬잖아, 받아."

「아뇨, 못 받습니다.」

나는 주려 하고, 베레타는 받지 않으려는 공방에 테토가 우리 얼굴을 번갈아 가며 쳐다본다.

결국 너무도 완고한 베레타에게 내가 져 주기로 했다.

"알겠어. 일단 내가 맡아 둘게."

받은 돈의 반은 길드 카드에 저금하고 나머지 반은 은화와 대동화로 바꿨다.

"다시 한번, 도적을 토벌해 주신 세 분께 감사드립니다!"

순찰 부대 대장에게 도적 토벌 건으로 감사 인사를 받았다. 그러고 나서 우리는 그대로 마을에 숙소를 잡고 다음 날에는 다시 로바일 왕국으로 향했다.

로바일 왕국의 국경선에 있는 보루에서는 불법으로 입국하는 자가 없는지 병사들이 감시하고 있었으나 별문제 없이 통과할 수 있었다.

국경을 통과하면서 병사에게 로바일 왕국의 이야기를 물었다.

"로바일 왕국은 요즘 좀 어때?"

"가만있자. 마물 피해가 간혹 있어. 그리고 국내는 약간 흉작이라서 밥줄이 끊긴 농민이 도적이 되는 일도 있고."

그 결과, 가르드 수인국에도 도적들이 많이 흘러들게 된 것이리라.

"그 도적 중에 마법사도 있어? 절벽에 구멍을 뚫어서 동굴로 만들 수 있는 마법사가."

"그런 기술이 있으면 그냥 마법만으로도 먹고 살 수 있잖아."

"가르드 수인국 쪽에서 활동하는 【황아단】이라고 하는 도적이 있던데."

"아아, 그 도적단. 그 녀석들은 원래 모험가였는데 범죄를 저질러 추방형을 받았어. 그 뒤로는 도적으로 전락해서 비슷한 녀석들이나 생계가 막힌 농민을 모아서 도적단을 꾸린 모양이야."

마력 치트인 마녀가 되었습니다 ~창조 마법으로 자유로운 이세계 생활~ 4

마물 피해와 흉작으로 인해 농민이 도적으로 전락하다니, 너무 슬픈 이야기다.

그러나 도적 행위는 용납되지 않는다.

게다가 같은 모험가로서 생활고에 시달리는 농민들을 이용해서 조직적으로 도적 행위를 한, 전 모험가 도적들이 한심하다.

심지어 그런 도적들과 거래하여 납치한 사람들을 노예로 만들려는 범죄 조직도 있다.

그러나 이건 어디든 있는 이 세상의 불행일지도 모른다.

"여러 가지로 알려 줘서 고마워. 그럼, 갈게."

"그래. 근데 아가씨들은 어디 귀족의 여식이야? 로바일은 지금 치안도 안 좋으니까 조심하는 게 좋아."

소녀의 모습을 한 나, 검사 테토, 메이드 베레타는 보기에 따라서 이 병사처럼 돈이 좀 있는 집안의 영애와 호위, 메이드로 보일 것이다.

특히 마법사 지팡이를 들고 망토를 걸친 나는, 마법을 배울 수 있는 유복한 집의 자식처럼 보일지도 모른다.

그렇게 나와 테토, 그리고 베레타는 국경을 넘어 로바일 왕국으로 들어왔다.

그리고 가장 가까운 마을에 있는 길드를 찾아, 주변 지역에 관해 물어가며 여행해, 라리엘이 의뢰한 목적지로 향했다.

가던 중에 【하늘을 나는 양탄자】에서 내려다본 대지의 모습에 표정이 굳고 만다.

"이럴 수가……. 대지의 마력이 안 느껴져."

"마력이 말랐어요."

「대지의 마력 농도가 극도로 옅음을 감지했습니다. 지맥에 뭔가 이상이 있는 것으로 예상됩니다.」

눈에 마력을 집중하니, 【허무의 황야】만큼은 아니지만, 대지를 채우는 마력이 옅어진 걸 알 수 있었다.

마력이 너무 짙으면 마력이 괴게 되어, 마물이 활성화하거나 던전이 발생하는 등의 마력 재해로 이어진다.

그런데 반대로 마력이 너무 옅어도 작물이 제대로 자라지 않고 메마른 땅이 된다.

"마력 정체의 범위가 꽤 넓어. 라리엘이 말한 대로 지맥에서 마력을 내뿜고 있어서 여기까지 마력이 흐르지 않는구나."

대지의 변화를 알아차리고 나니, 여행 도중에 봐 온 흉작으로 고민하던 마을들이 생각나서 나는 몰래 땅에 마력을 주입하였다.

"대증 요법이기는 해도 일단 작물의 성장은 회복했겠지."

"잠깐은 버틸 수 있겠어요!"

「주인님, 고생하셨습니다. 이쪽에서 쉬시죠.」

내 눈이 닿는 범위의 마을들이 고통받는데 무시하고 지나칠 수는 없었다.

각 마을 주변의 대지로 내가 가진 30만 마력을 거의 전부 쏟아 넣어, 부족한 마력을 보충했다.

"마녀님은, 다정해요."

"…………그렇지 않아. 단지 못 본 척하면 마음 개운치 못해서 그랬을 뿐이야."

대지에 풍작의 가호와도 같은 마력 공급으로 퍼진 나는 베레타에게 몸을 기대고 테토가 조종하는 【하늘을 나는 양탄자】를 타고 여행을 계속했다.

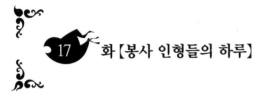

17화 【봉사 인형들의 하루】

SIDE: 봉사 인형 아이

주인님과 테토 님, 베레타 님이 여행을 떠나셨다.

그리고 이 【허무의 황야】라고 불리는 곳은 우리 봉사 인형 스무 대와 무수한 클레이 골렘들이 관리하고 있다.

「좋은 아침이에요, 여러분.」

⊓⊓좋은 아침입니다, 아이 대리님.⊔⊔

우리는 주인님을 모시기 위해 【창조 마법】으로 태어났다.

이름도 각각 붙여 주셨다. 그리고 메이드장 베레타 님의 밑에서 일한다.

현재, 메이드장이신 베레타 님도 주인님들과 함께 여행 중이시다.

그래서 스무 대 중에서 맨 처음에 태어난 봉사 인형인 내가, 메이드장 대리로서 나머지 열아홉 대의 봉사 인형들에게 지시를 내리고 있다.

「결계 마도구 파손 없음, 지표 마력 생산량 안정적. 유출 마력량은 지난달보다 1% 증가.」

「동식물 번식은 지난달에 비해 상승 중.」

「대악마 봉인 장치, 정상 가동 중. 마력 생산량은 일정량을 유지.」

우리의 일은 주인님께서 맡기신 【허무의 황야】의 지표 관리용 마도구를 살피는 것이다.

주인님이 관리자 권한을 가지고 계시고 베레타 님을 통해 내게 보조 권한을 주셔서 오늘도 동식물 상황과 지표 마력 상황의 추이를 확인한다.

일일 수지 보고와 설비 상황을 확인한 후, 뒤이어 봉사 인형들에게 일을 할당한다.

모두가 똑같이 일을 익힐 수 있도록 작업은 교대로 한다.

제1반은 주인님의 저택을 관리한다.

주인님들이 집에 안 계셔도 저택 청소부터 빨래, 침대와 침구 정리, 요리 등 다양한 일을 한다.

우리 봉사 인형은 식사를 할 필요가 없지만, 주인님께서 더 많은 경험을 쌓으라고 명령하셔서 인간을 모방하여 행동 중이다.

「이 요리는 맛있는 것으로 판단됩니다. 꼭 주인님께서 돌아오셨을 때 식탁에 올리기를 제안합니다.」

그래서 주인님들께 식사를 대접할 수 있게 우리의 식사도 차려서 매일 요리 실력을 기르고 있다.

그러던 중——.

「좀…… 짜군요.」

「죄송합니다. 설탕과 소금을 헷갈렸습니다.」

「개선책으로서 조리법에 소금이 없을 때는 멀리 두는 것을 제안합니다.」

「알겠습니다.」

고대 마법 문명이 번성했을 무렵, 제품으로 제작된 베레타 님은 명령을 완벽하게 완수하시며 요리는 절대 실패하시지 않는다.

그러나 주인님이 창조하신 봉사 인형인 우리는 기능적으로는 베레타 님과 같으나, 지식과 정보, 사고 회로를 관장하는 블랙박스만은 상상으로 보완된 듯하다.

그렇기에 우리 봉사 인형들은 처음부터 하나씩 일을 배우며, 배운 것을 토대로 지식과 경험을 축적해 왔다.

그 결과, 봉사 인형들의 행동에 개체 차이가 생겼다.

──요리를 잘하거나 못하는 개체.

──작업이 빠르지만 엉성한 개체, 느리지만 꼼꼼한 개체.

──일을 좋아하는 개체, 싫어하는 개체.

──운동 능력이 높은 개체, 자주 넘어지는 개체 등⋯⋯.

원래라면 불량품으로 선별된 개체가 섞인 건데도 주인님들은 다정하게 지켜봐 주신다.

"지금 단계에서 개성이 있어서 재미있잖아."

그래서 어느 날은, 베레타 님에게 부탁한 적이 있다.

「베레타 님. 부디 저희와 정보를 공유해 주시길 부탁드립니다. 서로의 경험을 최적화한다면 주인님께 더 도움이 되리라고 진언합니다.」

호환성이 있는 봉사 인형들은 정보 공유가 가능하다.

따라서 베레타 메이드장님의 정보를 바탕으로 우리를 최적화함으로써 높은 성능을 발휘할 수 있다.

「아이의 진언은 기각합니다. 모든 봉사 인형에게, 정보 공유는 허가하지 않겠습니다. 그리고 정보 전달은 구두 또는 염화로만 제한합니다.」

「이유를 알려 주십시오.」

베레타 님께 이유를 여쭈니, 베레타 님은 잠시 생각하시다가 답해 주셨다.

「주인님께서는 우리가 경험을 쌓고 난 다음을 기대하십니다. 또 우리의 기억은 전부 그 개체 자신의 것입니다. 안이한 공유는 각 개체의 경계를 모호하게 만듭니다.」

그런 이유로 허가받지 못해, 인간을 모방하며 활동하여 경험을 쌓으라고 명령하셨다.

「이게 개성인 걸까요.」

요즘에는 나를 비롯하여 봉사 인형들에게 선호하는 미각이 생긴 것 같다.

주인님께 차려드릴 요리에는 주인님이 좋아하시는 양념으로 만들어야 한다.

그러나 우리 자신이 먹는 음식은 각자 마음대로 해서 먹어도 되지 않겠냐는 분위기가 형성된 후로 우리 자신을 위해 시행착오를 겪고 있다.

다음으로 제2반은 밭과 축산을 관리한다.

주인님의 저택 주변에는 밭과 축산 막사가 있다.

밭에는 주식이 되는 밀과 보리를 포함해, 계절에 따른 제철 채소, 그리고 딸기와 라즈베리 등의 다년초 과일과 과일나무, 약으로도 쓸 수 있는 허브류와 의복 등에 쓰이는 목화. 화단과 화분에는 주인님이 보고 즐기셨으면 하는 관상용 꽃들도 키운다.

가끔 모험가 활동으로 바삐 돌아다니시는 주인님을 위해서 신선한 채소 등은 【허무의 황야】의 유적에서 발굴된 망가진 마도구를 본떠서 주인님이 【창조 마법】 창조하신 【보존고】에 보존한다.

【보존고】는 상온·냉장·냉동의 세 종류를 마련하였는데 안에 사람이 없을 때는 시간의 흐름이 멈추는 뛰어난 물건이다.

고대 마법 문명은 식료 생산 증가와 장기 보존 기술이 있었기에 기술이 발전할 여유가 있었다고 베레타 님이 가르쳐 주셨다.

기술이 발전한 결과, 마법 문명의 폭주라는 형태로 끝을 맞이했다는데 다음 시대에 태어난 우리는 실감도 안 날뿐더러 지식도 없기에, 주인님께 도움이 되기만 한다면 상관없다.

이러한 밭과 축산을 관리할 때도 봉사 인형들의 개성이 드러난다.

묵묵히 풀을 뽑는 개체, 금세 질려 벌레 따위를 관찰하는 개체, 물주기 등 계획적으로 주위 개체에 지시를 내리는 개체, 가축으로 기르는 닭과 염소에게 관심을 가지는 개체, 작물을 맛보는 개체 등.

자유분방한 행동거지에 봉사 인형으로서의 긍지는 있는 건지 의아하게 만든다.

베레타 님께서 돌아오시면 다시 한번 지도를 부탁드릴까 하는 생각을 하는데──.

"저 아이들, 혼내지 마. 아직 경험도 뭣도 없어서 마음이 말랑하니까."

주인님이 우리를 지켜보라고 하셨다는 베레타 님의 말씀을 떠올린다.

그래서 그들이 실패하면 베레타 님이 부재중이신 현재, 대리를 맡게 된 내가 다독이기로 하였다.

그렇게 그들이 학습하고, 나아가 한 개체로서 성장하는 것을 지켜보는 거다.

「여러분, 작업하면서 의복이 더러워졌으니 갈아입고 오세요.」

『네, 아이 대리님.』

오늘, 밭에서 일한 인형들에게 주인님께서 마련하신 대욕탕에서 깨끗이 씻고 새 옷으로 갈아입으라고 지시했다.

봉사 인형들은 방수 기능이 있어서 세정도 가능하지만, 내장된 청결 마법으로 청결을 유지할 수 있다.

그러나 건강한 문화생활로서 목욕을 한다. 그리고 맨살을 보면 다양한 발견을 할 수 있었다.

처음에는 거의 같았던 봉사 인형들도 하루하루 표정과 머리색, 체격이 미묘하게 달라진 듯하다.

하지만 내 기분 탓일지도 모르기에 경과 관찰이 필요해 보인다.

제3반은 삼림 확장반이다.

우리 봉사 인형은, 주변 마력 농도에 영향을 받는 존재다.

그렇기에 【허무의 황야】에서도 마력 농도가 높은 삼림 주변에서만 장시간 활동할 수 있다.

삼림 확장반은 이 토지의 마력 농도를 진하게 만들기 위해서 나무를 심는 게 주된 일이다.

주인님이 가꾸신 숲을 걸어 다니며, 주인님들이 곰 골렘이라 부르는 귀 달린 클레이 골렘들과 함께 식물 묘목을 회수하여 삼림 가장자리에 심어 숲의 면적을 넓히는 중이다.

작은 나라의 크기에 필적하는 토지의 약 10%에 숲을 조성했고 3%는 샘과 용수가 형성하는 강과 시내가 되어 황야에 수분을 널리 퍼트리고 있다.

앞으로 우리 봉사 인형과 클레이 골렘이 심은 나무들로 삼림 면적이 넓어져 가겠지.

그리고 마지막 제4반은 휴식반이다.

위에 적은 작업을 차례대로 한 봉사 인형들이 자유롭게 지내는 날이다.

마력 보충 장치로 가동하는 데 필요한 마력을 보충한 후, 그대로 슬립 모드로 대기해도 되고 자발적으로 요리를 해도 되며 주인님이 준비해 주신 책이나 놀이 도구를 사용해 오락을 즐겨도 된다. 각자 자유 시간을 어떻게 보낼지 모색한다.

자유 시간을 보내는 방식을 보다 보면, 나는 취미가 없는 것처럼 느껴진다.

막연하게 보내기에는 생산적이지 않아서 일단은 저택 주변을 산책하러 나가기로 했다.

걷다가 지나치게 된 닭장 주변에서 자유롭게 활보하는 닭들 사이로 평소에는 듣지 못한 울음소리가 귀에 들어왔다.

「이건……. 후후, 기대되네요.」

삐약삐약 울면서 부모 닭 뒤를 열심히 쫓아다니는 노란색 병아리들이 눈앞으로 지나간다.

가축으로 기르던 닭이지만, 가축 막사에 남겨 뒀던 유정란이 부화한 것이리라.

귀여운 병아리들을 보는 것만으로도 절로 웃음이 새어 나왔다.

또 하나, 주인님들께서 여행에서 돌아오시면 보고할 게 생겼다는 생각을 하면서 나는 마저 산책을 한 후에 저택으로 돌아왔다.

　여신 라리엘의 의뢰로 향하던 목적지는 로바일 왕국 북부 산악부와 가까운 곳이었다.

　"여기인가 봐."

　라리엘이 주입한 지식에 있는 광경이 눈앞에 펼쳐져 있었다.

　크게 도려낸 듯한 바위산과 그 산의 기슭에 줄지어 선 낙후한 건물들이 보인다.

　"이 주변의 지맥 상황 역시, 별로 좋지 않네."

　「지맥 분출 지점에서 마력이 샌다는 건 이상할 게 없지만, 마물의 둥지가 있다는 건 마력을 그쪽으로 빼앗기고 있을 가능성이 있습니다.」

　눈에 마력을 집중해서 큰 바위산과 그 주변의 대지를 둘러본다.

　지맥의 상류에 해당하는 바위산 너머에서는 대지에서 마력이 피어오르는 게 보였다. 베레타가 말한 대로 지맥이 지나가는 바위산 바로 아래를 경계로 하류 쪽 대지까지 마력이 가지 않아 약해진 것 같다.

　그래서 이제까지 거쳐 온 지맥 하류에 있는 마을들의 밭은 왠지 우중충한 인상을 받은 것이다.

　"마녀님~, 마을에 사람이 있는 것 같아요."

"우선 내려가서 사정을 들어 보자."

우리는 마을 사람들이 놀라지 않게 마을 앞에 【하늘을 나는 양탄자】에서 내려, 걸어서 마을로 들어갔다.

원래 광산 마을이었는지 번성했던 흔적이 있지만, 지금은 마을 전체가 쇠퇴해 버렸다.

우리 같은 타지인이 마을 사정을 알기에는 모험가 길드가 확실하겠지만, 모험가 길드로 보이는 건물은 이미 폐쇄되어 있었다.

"마을이 쇠퇴해서 길드도 철수했나."

건물 규모로 따지면 큰 마을이기는 하지만, 어쩌면 주민 수가 촌락 규모까지 떨어졌는지도 모른다.

"마녀님……. 좀 배고파요."

「그럼, 허기도 채울 겸 식당에 들어가 정보를 수집하는 것을 제안합니다.」

"그럴까."

점심시간은 다소 지났지만, 우리는 마을의 정보를 모으기 위해 숙박업을 같이 하는 식당을 찾아 들어갔다.

"어서 오세요. 당신들, 어디 번듯한 집안의 아가씨야?"

식당에 들어가니, 가게 의자에 나른하게 앉아 있던 사장으로 추측되는 남자 드워프가 묻는다.

전에도 그렇고 어려 보이는 겉모습에 마법사 차림을 한 나와 검사 테토, 메이드 베레타의 조합은 마법사를 동경하는 좋은 집안의 영애처럼 보이는 모양이다.

"아니, 그냥 모험가 파티야. 그래서 말인데 마을에 대해 알려

줄래? 식사도 하고 싶고."

"맛있는 밥을 먹고 싶어요!"

나와 테토가 그렇게 답하자, 가게 사장 드워프가 미안해하며
말한다.

"미안하네. 타지인에게 나눠 줄 만큼의 식량이 없어. 식사를
차려 주고 싶지만, 이 근방 마을들은 어째선지 흉작이 이어져서
자신들이 먹을 식량이 우선이거든. 뭐, 그래도 방은 내어 줄 수
있어."

미안해하는 드워프 사장의 이야기를 듣고 역시 흐트러진 지
맥으로 인한 흉작의 영향이 이 마을에까지 미치고 있다는 걸 알
았다.

그래서 나는 마법 가방에서 보관하던 걸 꺼냈다.

"밀가루, 오크 고기, 각종 채소, 말린 민물고기, 과일, 소금,
설탕이야. 이 정도면 음식을 만들어 줄 수 있어?"

"아니?! 이런 식재료가, 어디서……."

놀라 눈이 휘둥그레진 드워프 사장에게 내가 교섭한다.

"우선 식재료는 우리가 제공할 테니 식사만 차려 주겠어? 식
사비도 원래 가격대로 낼 거고 남은 재료는 마음대로 써도 돼."

"그러니, 맛있는 밥을 부탁할게요!"

나의 요구와 테토의 천진난만한 말에 놀라 있던 드워프 사장
이 심호흡을 크게 하고는 환한 표정을 짓는다.

"그런 거라면 맛있는 음식을 만들어 줄게! 만족스러운 식재료
에 오랜만에 팔이 근질근질하군! 그리고 이 마을에 관한 이야기

라면 말이지! 요리하면서도 얘기해 줄 수 있어!"

드워프 사장은 그렇게 말하며 우리의 부탁을 들어주었다.

시작은 지금으로부터 300년 전—— 이 폐갱 마을 주변은 강력한 마물이 서식하는 마경이었다.

당시 활약하던 유명한 모험가 파티가 마경의 주인이라 불리던 마물을 무찔렀는데 그 격렬한 싸움의 흔적에서 광맥이 발견되었다.

광맥에는 희귀한 미스릴과 마강,

오레이칼코스, 마력을 저장할 수 있는 광물인 【마정석】 등을 포함한 마법 금속이 묻혀 있었다.

그 후, 마경은 개간되었고 수많은 드워프가 이주해 와서 마을을 조성하고 발전시켰다.

특히 전성기에는 명장이 다수 탄생하고 갖가지 무구가 제작되면서 많은 모험가와 기사에게 도움을 주어 왕실로 헌상하기도 하고 다른 나라로 수출할 정도였다고 한다.

그런데 지금으로부터 30년 전에 땅의 마법이 특기인 드워프 광부들이 광산에서 마법 금속을 모조리 채굴한 결과, 갱이 폐쇄되고 말았다.

그때부터 더는 가망이 없다고 판단한 드워프 광부와 대장장이, 그 가족들, 드워프들의 생업을 지탱하려 장사하던 사람들, 이 마을을 찾던 상인들이 마을을 떠났다.

"뭐, 여러 가지가 원인으로 지금은 이렇게 쇠퇴하고 말았지."

"그렇구나, 그 여파에 모험가 길드도 철수했구나. 그래서, 이곳에 남은 사람들은 따라서 떠나지 않은 거야?"

"우리는 이 마을에서 나고 자란 드워프야. 달리 갈 곳이 없어."

음식을 하면서 답해 주는 드워프 사장의 말을 나는 귀 기울여 들었다.

"다행히 우리는 땅의 마법을 잘하잖아. 이런 폐갱이 있는 마을이라도 밭을 일굴 수 있고 몸도 건강해. 게다가 갱에 마법 금속은 남지 않았지만, 철과 동은 아직 캘 수 있지."

"그래. 여러모로 얘기해 줘서 고마워."

내가 고맙다고 인사하니, 유심히 듣던 베레타도 가볍게 인사하자, 드워프 사장이 쑥스러워한다.

"얘기해 주는 게 뭐 어렵다고. 그보다 준비할 시간이 없어서 이런 것밖에 못 만들었지만, 식기 전에 먹어."

그러면서 얘기를 마무리 짓는 드워프 사장이, 만든 요리를 우리 앞에 놓아 준다.

프라이팬으로 밀가루 생지를 얇게 구워 낸 것에, 고기와 채소로 만든 속을 끼운 토르티야와 비슷한 요리다.

"테토, 배가 너무 고파요!"

"먹음직스러워 보인다. 얼른 먹자."

「잘 먹겠습니다.」

폐갱 마을의 역사를 들은 뒤, 차려 준 음식에 입맛을 다시는데 드워프 사장이 흥미로워하며 이번에는 우리에 관해 물었다.

"그러고 보니, 아가씨들은 모험가인 거지? 길드도 없는 이 마을까지 무슨 목적으로 왔어?"

드워프 사장의 소박한 질문에 우리가 솔직하게 대답한다.

"우리도 광산 때문에 온 거긴 해."

"마법 금속을 캐러 온 거라면, 안됐네. 갱 안쪽에는 아직 조금 남았을 수도 있지만, 지금은 어디서 들어왔는지 벌레 마물이 번식해서 아무도 손을 못 써."

"그렇게 위험해?"

폐갱 안쪽 깊은 곳에 지맥 분출 지점이 있어서 좀 더 정보가 필요하기에 묻는다.

"폐갱에 자리 잡은 벌레 마물은 그리 센 마물은 아닌 듯한데 개체 수가 꽤 돼서 매년 느는 중이야. 게다가 폐갱 안을 파 들어가는 벌레 마물도 생겨서 지금의 갱은 미로 상태라고 하더라고."

최근에는 가까이에 있는 철과 동을 파러 가는 것도 힘들다고 한다.

그리고 벌레 마물의 폭발적인 번식 원인은 지맥에서 분출하는 마력에 의해 마물이 활성화했기 때문이리라.

또, 지맥 분출 지점을 막지 않으면 지맥 하류까지 마력이 퍼지지 않아서 흉작이 계속될 가능성이 크다.

"근처에 마물이 사는데 걱정은 안 돼?"

"그야 걱정은 돼도 갱에 눌러앉은 마물을 퇴치할 돈도 없으니까. 그래서 지금은 자경단이 폐갱 입구를 감시하다가 밖으로 나온 마물만 처리하고 있어."

우리는 식사를 이미 마치고 드워프 사장이 타 준 차를 마시며 한숨 돌린다.

대지의 마력은 약해져 있지만, 하루 이틀에 문제가 될 모습은 안 보여서 안심했다.

"일단 우리가 갱 안을 보고 올게."

내가 그렇게 말하자, 드워프 사장이 놀란 표정을 짓는다.

"아가씨들이? 나쁘게 생각하지 말고 들어. 안 가는 게 좋을 거야."

"테토는 마석을 아주 많이 모으고 싶어요!"

「들어가려면 허가를 받아야 하나요?」

이제까지 듣기만 하던 테토와 베레타가 그렇게 답하니, 드워프 사장이 난감한 듯이 수염을 어루만진다.

"아니, 그보다 아가씨들 말이야. 모험가라고는 하지만 말쑥한 걸 보면 아직 신참이나 그 언저리 맞지? 실력을 시험하려고 폐갱에 도전하지는 마."

상인 집안의 아가씨와 그 시종으로 보거나 모험가로서도 햇병아리로 보기도 하는 것에 나와 테토는 우리도 모르게 웃고 말았다.

베레타만 진지한 표정을 하고 있지만, 드워프 사장도 진지하게 우리를 타이르려 한다.

"아가씨들은 웃지만, 진심으로 걱정돼서 그래. 저 갱은 꽤 깊어. 게다가 갱에 대해서 잘 모르는 초보가 들어가면 빠져나오기도 어려워. 무엇보다 안이 어두운 데다 곳곳에 가스도 차 있어. 마물 외에도 위험한 게 많다고. 목숨을 버리는 짓은 하는 거 아니야."

"웃어서 미안해. 나는 그저 아저씨가 진심으로 걱정해 주는
게 기뻐서 그랬어."

"고마워요. 그래도 우리는 이런 사람이에요."

이런 때는 길드 카드를 내밀면 된다.

A등급 길드 카드와 【하늘을 나는 양탄자】의 파티명을 드워프
사장에게 보여 주니, 길드 카드를 손에 들고 당황해한다.

"우리는 【하늘을 나는 양탄자】라는 이름이 조금 알려진 모험
가야."

"아가씨들, A등급 모험가였구나……."

찬찬히 우리와 길드 카드를 번갈아 보는데…….

"나는 촌놈이라 【하늘을 나는 양탄자】라는 파티를 잘 몰라. 그
리고 미안하지만, 나는 아가씨들의 실력을 확인할 능력 같은 건
없어……."

그렇게 말하며 드워프 아저씨가 곤란해한다.

A등급이라는 지위도, 【하늘을 나는 양탄자】의 지명도도 타국
의 시골에서는 통하지 않는 모양이다.

마력으로 상대의 역량을 파악하려면 C등급 모험가 이상의 마
력 감지 능력이 필요하기에 일반인인 드워프 사장은 확인할 방
법이 없는 거겠지.

"애초에 이런 벽촌의 폐갱 마을에는 D등급 모험가들밖에 없
어. A등급 모험가 같은 훌륭한 사람이 여기를 찾아온 게 이해가
안 되네."

그러면서 의아해하는 드워프 사장에게 내가 말을 고르며 대답한다.

"흠……. 어떤 사람이 의뢰해서 여기에 온 거야."

"의뢰?"

"응, 누군지는 말 못 하지만, 그 사람에게 부탁받아서 왔어. 막상 와 보니, 폐갱과 관련이 있는 것 같아."

"그렇군……. 잘은 몰라도 알겠어. 그래도 약속해 줘. 들어가서 첫 일주일 동안은 매일 여기로 돌아온다고. 갱에 들어가서도 제대로 돌아올 수 있다면 나도 아가씨들을 믿고 말리지 않을게."

드워프 사장이 진지한 눈으로 쳐다본다.

이런 제안 따위 무시하고 폐갱 안쪽까지 탐색하러 가도 되지만……

"알겠어. 그러면 일주일간 여기서 묵을게. 식사 포함으로 부탁해."

"만약 진짜로 A등급 모험가라면 걱정할 필요 없겠지만, 젊은 아가씨가 무리할 것처럼 보이면 오지랖을 부리고 싶어져서 말이야."

"후후, 걱정해 주는 것만으로도 기뻐. 그런데 나, 이래 봬도 마흔 살이야."

"그리고 테토는 마흔네 살? 입니다!"

내가 길드 카드에 적힌 나이를 보듯이 말하자, 드워프 사장이 놀라 눈이 휘둥그레진다.

"아가씨들…… 인간치고는 꽤나 젊어…… 아니, 어려 보이는

군. 엘프나 드워프의 피라도 섞였어?"

"그저 마력이 클 뿐이야."

자조하듯 대답하고는 이미 갱에 들어가기에는 늦은 시간이라서 그대로 방에서 쉬기로 한다.

「주인님, 괜찮으신가요?」

"응? 뭐가?"

최대한 돌려 말한 베레타가 방에 들어오자 그렇게 물었다.

「주인님과 테토 님의 실력이면 저런 충고는 무시해도 되지 않나 해서요.」

베레타 말대로 드워프 사장의 충고를 무시하고 갱을 탐색해도 되지만——.

"그렇지만, 기쁘잖아."

「기쁘다, 고요?」

"마흔이 넘은 성인에 A등급 모험가인데 아이한테 하듯 걱정해 주니까."

그런 순수한 배려가 기뻤던 나와, 아직은 이해가 안 돼서 무표정으로 굳은 베레타.

그리고 테토는 자기 좋을 대로 방 침대에 뒹굴면서 편한지 확인하고 있었다.

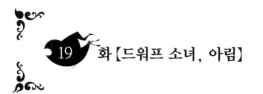

저녁 식사 시간이 되어 우리가 식당으로 내려가니, 드워프 사장의 가족이 기다리고 있었다.

"오, 왔어? 마침 아가씨들 이야기를 하고 있었어. 내 아내와 딸을 소개할게."

드워프 사장의 소개로 여관 쪽을 전담하는 부인 드워프와 인사한다.

키는 작지만, 다부진 체격에 수염을 기른 드워프 사장에 비해서 여사장은 140cm 정도의 키에 동안으로 보이는 사람이었다.

약간 몸집이 작고 스무 살 정도로 보이지만, 실제로는 마흔다섯 살에 자식까지 있으니 판타지 세계의 장수 종족은 나이를 예측할 수가 없다.

그리고 또 한 사람――.

"와. 오랜만에 손님이 왔네!"

"떼끼, 아림. 손님 앞에서 실례야."

식당 겸 여관을 운영하는 부부의 딸인 드워프 소녀가 우리에게 말을 걸었다.

나이로는 내 외견과 비슷한 열두 살 정도로 보인다.

엄마 드워프와 같이 있으면 자매로 보일 정도다.

합법 로리가 존재하는 이 이세계에서 영원한 열두 살이 된 내 존재를 그렇게까지 기이하게 여기지 않는 이유인지도 모른다.

"안녕하세요! 저는 아림이라고 해요. 손님들은요?"

"나는 치세야. 우선 일주일 정도 신세 지게 됐어."

"테토예요. 잘 부탁할게요!"

「베레타입니다. 주인님들과 함께 신세를 지고 있습니다.」

"치세와 테토, 베레타 씨! 반가워!"

베레타 씨와 치세, 테토……. 뭐랄까, 내면은 성인 여성이라 소녀 취급을 당하니 간지럽다.

그리고 베레타의 호칭만 존칭이라 조금 부럽다.

"아림, 이 녀석! 두 사람은 너보다 나이가 두 배는 많은 어른이야!"

"뭐, 정말?! 치세는 내 또래인 줄 알았는데!"

손님에게 실례되는 소리를 하는 딸을 꾸짖는 드워프 사장을 괜찮다고 달래며 활기찬 드워프 소녀를 보며 미소 짓는다.

"자, 아림. 내가 마법 한 가지 보여 줄게."

내가 손을 폈다 쥐었다 하면서 손에 아무것도 없다는 걸 보여 준다.

그리고 뭔가를 감싸듯 두 손을 합쳐 주문을 외지 않고 【창조 마법】을 발동한다.

"됐다. 마법 완성, 손 내밀어 봐."

"어? 아, 와아, 사탕이다!"

아림의 손바닥을 덮은 두 손을 열어 【창조 마법】으로 창조한 사탕을 들어 올렸다.

기름종이에 쌓인 사탕의 맛은 딸기, 레몬, 그리고 오렌지 세 종류다.

"치세 언니, 굉장하다! 정말 마법이야?! 받아도 돼?!"

"당연하지. 아림에게 주는 사탕이야."

이렇게 쇠퇴한 마을에서는 사탕 같은 간식조차 귀할 것이다.

발랄한 드워프 소녀가 기뻐하는 모습은 아주 눈부셨다.

그리고 내가 준 사탕을 부모님에게도 하나씩 나눠 주는 모습을 보고 흐뭇하면서도 왠지 그리운 마음이 들었다.

셀레네가 어렸을 적, 노래를 부르며 주머니를 톡톡 칠 때, 주머니에 몰래 비스킷이 생기게 하거나 마술처럼 손바닥에 사탕을 만들어서 깜짝 놀라게 해 줬던 일이 떠오른다.

양딸과의 추억에 아주 조금 숙연해진다.

그리고 테토는———.

"마녀님~."

"그래, 그래. 테토도 줄게."

다시 손을 쥐어서 손안에서 【창조 마법】을 쓰면 사탕이 새로 생긴다.

"고맙습니다!"

테토가 아림과 함께 사탕을 받아 기뻐하는 한편, 드워프 부부는 딸이 밝게 좋아하는 모습을 보며 나를 향해 미안하다는 얼굴을 한다.

"미안해. 식재료도 나눠 준 것도 모자라서 우리 딸이……."

"괜찮아. 나도 아이가 기뻐하는 모습을 보는 걸 좋아하니까."

그렇게 잠시 아림과 부인 드워프 사장에게 마을 얘기를 들으면서 시간을 보내고 테토, 베레타와 우리 방으로 돌아왔다.

「주인님, 부탁드립니다.」

"응. ──《차지》."

베레타의 등에 손을 대고 마력을 보충한다.

저마력 환경의 바깥세상에서는 베레타가 장기간 활동하기가 어려워서 외장 마력 저장 도구인 【마정석】 브로치를 달고 있어도 하루에 한 번은 마력을 보충해 줘야 한다.

그리고 나서 《클린》 마법으로 몸을 청결히 한 뒤, 잠옷으로 갈아입고 잠자리에 들었다.

그리고 다음 날 아침──.

"좋은 아침!"

"으음……. 아침이네. 흐아암……."

활기찬 소녀의 인사, 문을 두드리는 노크 소리에 눈이 떠졌다.

「좋은 아침입니다, 주인님.」

"좋은 아침, 베레타."

베레타는 이미 메이드복으로 갈아입은 채, 내게 아침 인사를 하면서 창문을 열고 방을 환기한다.

나도 껴안고 자는 테토의 품에서 빠져나와 옷을 갈아입었다. 뒤이어 테토도 잠에서 깼다.

"마녀님, 좋은 아침이에요."

"테토도 좋은 아침."

두 사람과 인사를 나누고 옷을 다 갈아입은 우리는 식당으로 내려와 밥을 먹었다.

어제는 드워프 사장의 요리가 맛있었는데 오늘은 간이 진해서 그런지 아침부터 무겁게 느껴져 반 정도만 먹고 숟가락을 내려 놨다.

"아가씨, 잘 못 먹네. 어디 안 좋아?"

걱정해 주는 드워프 사장에게 나는 미안하게 생각하며 답한다.

"미안. 맛있기는 한데 내가 먹기에는 아침 식사치고 좀 무거 웠어…….."

"미안하게 됐군. 드워프는 다들 대식가라서 똑같이 차렸는데 내일부터는 반으로 덜게!"

밝게 말하는 드워프 사장의 배려가 고맙다.

"남은 건, 테토가 먹을게요!"

그리고 내가 남긴 음식을 테토가 먹어 준 덕분에 식재료를 헛 되이 하지는 않았다.

그런 와중, 베레타가 나와 드워프 사장에게 제안한다.

「무례한 제안을 해서 죄송하지만, 주인님의 아침은 제가 준비 해도 될까요?」

"베레타가?"

「네. 주인님은 기본적으로 소식하는 분이십니다. 양을 적게 먹어도 간이 센 음식을 아침부터 드시면 위에 부담이 갈 겁니 다. 그러니 주방을 빌려주실 수 없을까요?」

드워프 사장의 음식은 맛있기는 하지만, 간을 세게 먹으면 부담된다.

그렇지만 식당의 주방은 드워프 사장의 영역이기에 빌려줄지 걱정되지만…….

"뭐, 식재료도 제공받고 있으니 상관없어. 아가씨들이 깨끗하게 써 주기만 한다면 내일부터 써도 돼."

「감사합니다.」

"아아, 그리고 깜박하고 말 안 한 게 있어."

내일부터 아침은 베레타가 만들기로 허락받은 뒤, 드워프 사장이 난처해하며 말한다.

"내가 갱에 들어가면 매일 돌아오라고 했잖아. 일단 어젯밤에 촌장님과 마을 자경단에도 폐갱 출입 허가를 신청해 뒀어. 갱 입구는 자경단이 지키고 있어서 다짜고짜 들어가지는 못하니까."

뭐, 모험가 길드에서 관리하는 던전이 아니니까 약간의 절차는 필요하리라는 걸 이해하고 고개를 끄덕인다.

"그래, 허가는 언제쯤 받을 것 같아?"

"원래 폐갱에 들어가는 타지인은 거의 없어서 내일까지는 조건을 정하겠다고 했어!"

그렇게 되면 오늘 하루가 시간이 빈다.

"있지, 치세 언니. 할 일이 없어졌어? 그럼 내가 마을을 안내해 줄게!"

"어디 그럼, 부탁해 볼까?"

"기대돼요!"

"웅! 나한테 맡겨!"

걱정하는 드워프 사장과 대견해하는 부인의 배웅을 받으며 우리는 아림의 안내로 마을로 나갔다.

"치세 언니! 여기가 마을의 밭이야! 나도 밭일을 돕고 있어!"

마을 교외에 폐갱 마을의 위장을 책임지는 밭이 펼쳐져 있지만, 지맥의 마력이 닿지 않아서 메마른 밭일 거라고 생각했다.

그런데 눈앞에 있는 밭은 밀과 채소가 무럭무럭 자라 있어, 이제까지 본 마을들의 밭의 모습과는 다르다는 걸 알 수 있었다.

"아주 풍성한 밭이네."

밭을 둘러보는 우리를 두고 아림은 밭일을 돕는 마을 드워프들에게로 갔다.

드워프 사장이 타지인에게 나눠 줄 식재료가 없다고 했는데 이제까지 지나온 로바일 왕국의 흉작이 있는 마을의 주민보다 폐갱 마을의 사람들이 더 혈색이 좋고 제대로 먹고 있는 듯 보였다.

그리고 밭일을 돕기 시작한 아림과 드워프들이 근처 강에서 끌어온 저수지에서 물을 퍼 밭에 주고, 잡초를 뽑고, 모두 밭 가장자리에 모여 지면에 손을 꽂는다.

그때 이 밭에 있는 작물이 무럭무럭 자란 이유를 알 수 있었다.

"""——《대지에, 우리 마력을 바쳐, 활력을 불어넣어라, 액티베이션.》"""

아림을 포함한 드워프들의 손바닥에서 황색 마력이 밭에 스며

들더니 빛이 퍼져 나간다.

그 뒤, 아림과 다른 드워프들이 조금 지친 기색을 보이면서도 기쁜 듯이 웃으며 뒤돌아본다.

"에헤헤, 치세 언니, 테토 언니, 베레타 씨! 우리 밭 어때?"

"응, 멋져. 정말 근사한 밭이야."

내가 이 마을에 올 때까지 들렀던 마을들의 대지에 발동한 활성화 마법과 같다.

분명 땅의 마법에 정통한 드워프 종족이니, 마법으로 밭의 양분을 조절하고 대지에 부족한 마력을 본인들이 정기적으로 보충했던 것이리라.

그래서 그들은 마력이 고루 미치지 않아 메마른 대지에서, 이 마을의 인구가 먹고 살 만큼의 식료를 생산할 수 있었는지도 모른다.

 20화【폐갱 마을의 지혜】

　여관집 딸 아림에게 안내받아 폐갱 마을을 구경하며 하루를 보냈다.

　밭에서 딴 식재료는 아림의 집인 여관으로도 운반되는데 마을을 위해 일하는 노동자의 점심과 저녁 식사 재료로 쓰인다고 한다.

　우리가 마을을 방문했을 때는 점심이 지나서 노동자의 식사 시간과 겹치지 않았고 저녁에도 아림 가족의 식사 시간에 맞춰 조금 일찍 준비해 준 모양이다.

　그리고 다음 날, 폐갱 출입 허가를 받아 준 드워프 사장이 갱 입구까지 안내해 주겠다고 자진했다.

　우리가 여관을 나설 무렵, 아림도 외출하는 듯했다.

　"다들 아빠랑 어딜 가는 거야?"

　"이 세 사람을 폐갱까지 데려다주러. 금방 오마."

　"우리도 저녁 전에는 돌아올 예정이야."

　"그렇구나! 나는 밭일을 도우러 다녀올게! 돌아오면 여관 일도 도울게!"

　즐거운 듯 오늘 일정을 알려 주는 아림의 미소에 나도 미소 짓는다.

"그래, 기특해라."

"아림은 기특해요!"

"에헤헤, 그래도 가끔은 친구와 놀기도 하니까 기특한 정도는 아니야."

그렇게 말하면서 부끄러운지 뛰어가려는 아림을 손짓으로 불렀다.

"자, 마법 사탕."

"와! 고마워!"

"오늘은 친구하고 나눠 먹어."

마법 가방에서 【창조 마법】으로 창조해 둔 사탕이 든 종이 꾸러미를 꺼내 아림에게 건넨다.

살짝 장난기가 발동해 한 개는 아이들이 잘 못 먹는 박하 맛 사탕을 섞었다.

실제로 먹었을 때 어떤 반응을 할지 상상하는 나는, 못된 어른이다.

"그럼, 가자고."

"그래, 안내 부탁해."

드워프 사장의 재촉으로 우리는 폐갱 입구로 향한다.

구불구불한 언덕길을 올라 멀리 보인 바위산 한편에 도착하니, 폐갱 입구가 있었다.

폐갱 입구에는 갑옷과 해머로 무장한 드워프 자경단이 감시를 서고 있었다. 드워프 사장이 우리를 간단히 소개했다.

"실례 좀 하세. 이 아이들이 요전에 말한 우리 여관에 묵는 모험가야."

"오, 당신들이 모험가 아가씨들이군. 들어가도 되기는 하는데 왜 이런 폐갱에 들어가려는 거야? 아무것도 없을 텐데."

자경단원 중 한 사람이 의아해하며 묻자, 옆에 있던 다른 자경단원 드워프도 고개를 힘차게 끄덕인다.

"간단히 조사할 게 있어서."

"들어가는 걸 말리지는 않지만, 마물이 나오니까 안 들어가는 걸 추천할게."

드워프 자경단원들의 걱정에 내가 쓴웃음을 지어 보인다.

역시 보기에 젊은 여자들이라 미덥지 못한지도 모른다.

"그래서 폐갱에 들어갈 때 뭔가 주의해야 할 점은 있어?"

"알아 둘만한 건, 전에 시험 삼아 들어갔다가 도망쳐 나온 귀족이 있었어. 실패 원인은, 불을 밝힐 수단이 적었기 때문이고."

내 질문에 감시하던 두 사람이 주의점을 일러 준다.

"불을 밝힐 수단? 횃불이나 랜턴을 말하는 거지?"

"그래, 맞아. 우리 드워프는 종족 특징상 밤눈이 밝은데 인간은 그렇지 않잖아. 그러니 불을 밝힐 만한 수단을 많이 준비하는 게 좋아."

"그리고 산소가 없는 위험한 곳은 횃불이 갑자기 꺼지니까 횃불과 마도구 랜턴 두 개는 있어야 해."

자경단 드워프가 파트너의 말에 이어받으며 폐갱 안에서의 불빛의 중요성을 거듭 강조했다. 드워프 사장이 그런 도구가 있는지 확인하듯 우리를 뒤돌아보기에——.

"일단은 괜찮아. ——《토치》, 《라이트》."

「그리고 마법 가방에 조명 기구를 준비해 뒀습니다.」

내가 마법으로 등불과 광구를 각각 만들고, 베레타에게 【창조 마법】으로 창조해 들려준 마법 가방에서 랜턴 마도구를 꺼내 확인시켜 준다.

그걸 본 드워프들이 감탄하며 우리를 본다.

"호오, 그만큼이나 있으면 문제없겠군. 아아, 그리고——."

뭔가 깜박한 게 있나 했더니 드워프 자경단원이 마지막으로 한 가지만 부탁하겠다고 한다.

"마물은 해치워도 좋은데, 안에 있는 박쥐는 되도록 다치게 하지 말아 줘."

"…………알겠어. 조심해 볼게."

"아가씨들, 조심해서 다녀와."

그리하여 나와 테토, 그리고 베레타는 드워프들의 배웅을 받으며 폐갱으로 들어왔다.

"마녀님? 마지막에 말한 박쥐라는 건 뭐예요?"

"음. 대충 짐작은 가지만, 실제로 보게 되면 설명해 줄게. 그보다 테토. 이 폐갱, 어떤 느낌이 들어?"

"깊은 곳에서 기분 나쁜 마력이 느껴져요. 그리고 길이 얽히고설켰어요."

나도 【마력 감지】와 땅의 마법 《어스 소나》를 병용하며 폐갱 내부를 파악하려고 했다.

그러나 갱도와 마물이 만든 무수한 길, 그리고 기는 듯이 꿈틀거리는 무수한 마물의 기척에 정보량이 너무 많아서 다 처리할 수가 없어 마법을 중단했다.

폐갱에 있는 벌레 마물의 수는 1,000마리나 2,000마리 수준이 아니다.

곳곳에 집단을 형성하여 만을 넘는 수가 존재할 것이다.

"갱 내부를 내다볼 수가 없어."

멀리서 폐갱을 봤을 때, 땅속 깊은 곳에서 지맥 분출 지점을 막연히 느낄 수가 있었다.

그런데 너무 강한 지맥과 무수한 마물의 기척, 테토가 말한 기분 나쁜 마력인 독기 탓에 가까이 가지 않는 한 주변 상황을 파악하기가 어렵다.

그런데 마물이 이만큼이나 번식했는데도 폐갱 밖으로 나오지 않는다는 게 이해가 안 된다.

"하는 수 없나. 일단 이 근처에 만들자."

"그럴게요. 하아아아앗!"

테토가 갱 입구에서 보이지 않는 위치의 벽에 손을 꽂고 마법을 쓴다.

둔탁한 소리와 함께 폐갱의 벽이 압축되더니 방이 되고 내가 그 방 안쪽에 손을 갖다 댄다.

"──《크리에이션》 철판."

폐갱에 구멍을 내는 마물의 침입을 막기 위해서 방 내벽을 두꺼운 철판으로 감싸서 땅의 마법으로 용접한다.

그리고 철판으로 막은 방에 조명용 마도구와 【전이문】 두 개.

이 방의 안전을 확보하는 결계 마도구를 설치한다.

한쪽 【전이문】은 【허무의 황야】로 통하고, 나머지 한쪽 【전이문】은 우리 마법 가방 속에 있는 【전이문】과 한 쌍이다.

"자, 여기를 기점으로 폐갱을 탐색해 보자."

"네, 입니다!"

「미력하나마 돕겠습니다.」

방금 만든 안전지대인 작은 방을 땅의 마법으로 숨긴다.

이로써 아무리 깊숙이 진출해도 한 쌍이 되는 【전이문】을 설치해 이 방으로 돌아오면 금세 밖으로 나갈 수 있다.

"이제 드워프 사장에게 걱정을 끼치지 않을 수 있겠어."

"그건 중요해요!"

그리하여 다시 폐갱 안쪽── 지맥의 분출 지점을 향해 나아가려는 나와 테토를 베레타가 제지한다.

「현재는 폐갱 입구와 가까워서 공기의 흐름이 느껴지지만, 이대로 안쪽까지 가면 유독 가스와 이산화탄소 등의 주인님께 유해한 물질이 괴어 있을지도 모릅니다.」

"아아, 그러네. 곳곳에 뒤얽힌 지형이 있을 수도 있겠어."

베레타의 조언에 공감하며 바로 대책 마법을 사용한다.

"우선은──《배리어》.《크리에이션》공기!"

우리 주변에 결계를 치고 결계 안쪽에는 【창조 마법】으로 만든 청정한 공기를 가득 채운다.

폐갱의 어디에 유독 가스와 이산화탄소가 고여 있을지 모르기에 우리는 공기를 두른 채 앞으로 나아가기로 한다.

"아, 마녀님. 빛이에요."

"저건 갱도가 허물어져 떨어서 바깥과 연결된 곳이야. 입구에서 자경단원이 말한 박쥐는 저기로 들어와 자리를 잡은 거야."

입구 부근에서 잠시 나아간 갱도 안에 수많은 박쥐가 천장에 매달려 있는 것을 발견했다.

"엄청나게 많아요. 굉장해요. 마녀님, 아까 테토가 물어본 거 알려 주세요."

박쥐들을 놀라게 하지 않으려 천천히 전진하는데 테토가 그렇게 말해서 내 나름의 생각을 답한다.

"저 박쥐들은 이 폐갱 마을의 중요한 생명선인 거야."

"생명선이요? 무슨 뜻이에요?"

테토가 고개를 갸웃하는데 먼저 알아차린 베레타가 정답을 말한다.

「주인님, 혹시 거름인가요?」

"아마도. 아무리 아림과 다른 드워프들이 밭에 마력을 주입해도 애초에 필요한 영양소가 부족하면 채소는 자라지 않아."

이 광산의 갱도가 폐쇄된 지 30년 이상이 흘렀고 박쥐들이 자리를 잡은 게 오늘내일도 아닐 터다.

아마 수십 년도 더 전부터 살았을 것이다.

그런데 발치에 떨어진 박쥐의 변의 양이 그다지 많지 않다.

박쥐들이 야간에는 멀리 떨어진 작은 벌레나 곤충, 과일 등을 먹고 낮에는 잠자리인 이곳 폐갱으로 돌아와 배변하고 수명이 다하면 사체가 된다.

"특히 갱이나 동굴 같은 폐쇄적인 공간에서는 변이 발효가 잘 될 거야. 마을 주변에 유기질을 함유한 토양이 적은데도 밭을 일굴 수 있었던 이유는 땅의 마법과 양질의 비료 덕분인 거지."

아림과 다른 드워프들이 아무리 대지에 마력을 넣어도 식물이 자랄 밑바탕이 없으면 자라기 어렵다.

그것을 보완해 주는 것이 박쥐의 똥이 발효한 비료이리라.

"그렇군요, 공부가 됐어요."

테토가 재미있는 듯 천장에 매달린 박쥐 무리를 올려다보았다. 나는 놀라지 않게, 또 박쥐 똥 냄새를 맡지 않으려 결계로 공기를 차단하고 갱도를 이동했다.

그 뒤로 얼마 지나지 않아서 박쥐 지대를 빠져나온 우리는 갱
도에 설치된 마물막이의 효과가 끊긴 곳에 도착했다.

"여기서부터는 벌레 마물이 나올 테니까 조심해야 해!"

"바로 나타났어요!"

"간다. ──《윈드 커터》!"

내가 지팡이를 들고 폐갱 벽을 기어 나타난 마물을 향해 무수
한 바람 날을 날린다.

테토도 마검을 뽑아 들고 간결한 움직임으로 갱도 내의 마물
을 속속 해치운다.

「주인님, 테토 님. 저도 제 전투 실력을 시험해 볼 겸, 한 마리
만 남겨 주시겠습니까?」

마물들을 쓰러뜨리는데 베레타가 그런 부탁을 하기에, 나와
테토가 눈을 맞춰 고개를 끄덕이고 한 마리만 안 죽이고 베레타
쪽으로 보낸다.

일단 도적들을 제압할 정도의 실력이 있는 건 인정하지만, 그
실력이 마물에게도 통할지 걱정된다.

「그럼, 갑니다.」

「키샤아아아아아악──.」

허리를 낮추고 자세를 잡은 베레타를 향해 대형견 크기의 벌레 마물이 턱을 열었다 닫았다 하면서 덤빈다.

「흡──!」

짧은 날숨과 함께 최소한의 움직임으로 타격하는 베레타.

봉사 인형으로서의 육체 강도에 더해 어둠의 마법에 속하는 중력 마법을 타격에 둘러서 벌레 마물의 겉껍데기가 움푹 꺼진다.

「하아아압!」

그리고 한 호흡에 두세 번의 강렬한 타격을 가하니, 그때마다 겉껍데기가 부서지고 내부가 눌려 찌부러져 체액이 날린다.

「──이것으로 끝입니다!」

그리고 크게 치켜든 다리를 힘 있게 내리찍어 발꿈치 찍기 기술에 성공한다.

「삐기익──.」

마지막에는 힘이 다한 벌레 단말마가 울려 퍼지고, 베레타는 다리를 들어 올릴 때 올라간 치마가 원래 모양으로 돌아오는 것에 맞추어 평소 자세로 돌아왔다.

그 세련된 격투술에 나도 모르게 입이 떡 벌어지고 말았다.

「주인님, 테토 님. 흉한 모습을 보였습니다.」

"베레타, 강하네요! 다음에 테토와 대련해 줘요!"

그런 베레타의 모습에 테토는 그저 기뻐하지만, 나는 베레타가 걱정된다.

"수, 수고했어……. 이게 아니라, 방금 같은 공격을 해도 되는 거야?! 어딘가 몸에 부하가 오지는 않았어?!"

강렬한 공격을 가했다.

그 반동으로 어딘가 이상이 생기지는 않을지 걱정이 된다.

「신체 부하 정도는 허용 범위 내입니다. 주인님께서 부여해 주신 【자가 재생】 스킬로 관절에 오는 부하는 시간이 지나면 낫습니다. 마력 잔량도 문제없고요.」

"그, 그래……. 다행이다."

베레타가 정확하게 보고하는 걸 보면 무리하는 걸 숨길 걱정은 없지만, 그래도 약간 놀랐다.

전투를 마친 베레타가 문득 자신의 메이드복 옷자락에 벌레 마물의 체액이 튄 걸 알아차렸다.

「벌레 마물의 체액에는 독이 있는 경우가 있으니, 조금 전의 전투 방식은 바꾸는 게 좋을지도 모르겠네요.」

"아, 응. 어떻게 될지 모르지만 그게 낫다고 봐. ……특히 내 정신 건강에."

베레타가 조금 전의 전투 방식에 스스로 판단해 결정하고는 다른 방식을 고민한다.

마물 상대로 맨주먹으로 도전하는 모험가는 있지만, 역시 팔 길이 차이 같은 것 때문에 조마조마할 때가 많다.

베레타가 꼭 내가 안심하고 볼 수 있는 다른 전투 방식을 발견해 줬으면 좋겠는데…….

「이번에는 전에 본 주인님의 전투 방식을 참고하겠습니다. 주인님, 필요치 않은 금속 같은 게 있으십니까?」

"글쎄……. 아, 전에 썼던 철판이 있어."

아주 오래전 워터 휴드라를 토벌했을 때 창조한 거대 단두대.

그 쇳덩어리로 만든 쇳날이 있다.

【마법 가방】 속에 넣어 두고 벌써 수십 년도 쓸 일이 없었던 쇳날을 꺼내자, 베레타가 흥미로운 듯이 본다.

「그거군요……. 지금 크기는 폐갱 내에서 쓰기에 너무 크네요. 마법으로 변형해야겠습니다.」

베레타가 자신의 마력을 침투시켜 쇳날에 변화를 준다.

내 키만 한 쇳날이 한순간에 여덟 등분 되어 공중에 뜬다.

그리고 금속 형상이 서서히 미세 조정되며 여덟 장의 날이 베레타 주위를 부유한다.

"오, 굉장해요! 어떻게 한 거예요?"

「【자가 재생】 스킬을 얻고 나서 제게 부족한 금속 물질을 액상화하여 흡수하고 부족한 부위의 재생을 촉진할 수 있게끔 되었는데 그때의 금속 간섭을 응용한 겁니다.」

테토가 아직 클레이 골렘이었을 때, 오크에게 당해 골렘 핵이 손상된 적이 있었다.

그때, 골렘 핵을 수리하려고 갖다 댄 마석이 액체로 변해 깨진 상처를 이어 붙였다.

그것과 비슷한 원리인가 생각하면서 베레타가 쇳날로 재생성한 무기를 올려다본다.

만든 무기는 다루기 쉬운 자그마한 여덟 장의 날이 베레타를 따르듯 떠다니는 형태다.

「주인님이 금속 포탄을 발사하신 것을 참고해 어둠의 마법

《사이코키네시스》로 무기를 조작하고 발사할 생각입니다.」

"오, 멋져요!"

테토가 염동력으로 붕붕 진동하는 여덟 장의 쇳날을 극찬하는 한편, 베레타는 걱정되는 게 있는 듯하다.

「쇳날을 이용한 전투 방식은 마물에 접근하지 않아서 체액이 묻지 않는다는 장점이 있지만, 제 마력 소비량이 커지는 단점도 있습니다.」

"그 정도는 쉴 때 내가 마력을 보충하면 되지 않을까?"

지금은 베레타 자신이 생각한 시행착오를 존중하고 싶다.

"그래서 마녀님? 쓰러뜨린 마물은 어떻게 하나요?"

"아, 마법 가방에 넣어서 가지고 가자. 마석은 나중에 꺼내고."

베레타가 개선한 전투 방식에 정신이 팔린 나머지 쓰러뜨린 마물을 처리하는 걸 깜박 잊고 있었다.

폐쇄적인 갱 안에서는 벌레 마물의 사체를 남겨 둬 봤자 다른 벌레 마물이 먹어 치울 것이다.

그렇다면 차라리 가지고 돌아가서 태우고, 나온 재를 밭에 뿌리는 게 나을지도 모른다.

그렇게 폐갱 내부의 마물을 죽이고 솎아 내면서 나아가는데 아무래도 시간이 다 된 모양이다.

"주인님, 이만 돌아갈 시간입니다."

"아, 벌써 시간이 됐구나. 일단 다음에 오면 이 주변에서 탐색을 재개할 수 있게 정리하자."

망토 안주머니에서 회중시계를 꺼내 확인하니, 오후 네 시다.

갱은 사방이 막혀 시간 감각이 둔해지는데 베레타 덕분에 점심시간이나 돌아갈 시간을 놓칠 일이 없다.

갱도 벽의 일부를 입구로 만든 비밀의 방과 똑같이 철판으로 된 벽과 결계 마도구로 보호하고 【전이문】을 설치한다.

"오늘은 이쯤에서 돌아갈까."

그리하여 저녁 전에는 【전이문】으로 입구 부근에 만들어 둔 안전지대로 돌아왔다.

입구에서 밖으로 나가자, 아침에 봤던 드워프 자경단원과 다른 자경단원들이 감시하고 있었다.

"오, 소문의 아가씨들이 무사히 돌아왔군! 성과는 있었어?"

"벌레 마물이 꽤 있어서 처리하고 왔어."

"그래? 고마워라."

기뻐하는 드워프 자경단원에게 내가 주의를 준다.

"처리라고 해 봤자 폐갱 표층뿐이야. 좀 더 숫자를 줄이면 안쪽까지 들어가서 마물을 해치울 거야."

"그래, 알겠어. 아가씨들의 충고, 유념할게."

드워프 자경단원들과 가볍게 대화를 나눈 우리는 숙소로 돌아왔다.

그리고 숙소에는 드워프 부부와 그들의 딸 아림이 기다리고 있었다.

우리가 무사히 돌아온 것에 부부는 안도했으며 아림은 우리 쪽으로 뛰어왔다.

"치세 언니! 어서 와!"

"다녀왔어, 약속대로 돌아왔어."

"또, 잘 부탁합니다!"

「오늘 밤도, 신세 지겠습니다.」

귀여운 소녀의 마중에 표정이 조금 풀린다.

그 뒤, 드워프 가족과 저녁을 먹으면서 아림에게 다양한 이야 기를 해 주었다.

그리고 식사를 마치고 방으로 돌아온 나는 테토, 베레타와 함 께 잠들었다.

22화【고독(蠱毒) 항아리】

　폐갱 탐색 이튿날——.

　폐갱에 들어가 은밀히 설치한【전이문】으로【허무의 황야】로 잠깐 돌아갔다.

　「안녕히 다녀오셨습니까, 주인님, 테토 님, 베레타 님.」

　"다녀왔어. 마물을 대량으로 처리했으니 마석 좀 빼내 줄래? 사체는 태우고 재는 숲에 뿌려 주면 좋겠어."

　「알겠습니다. 봉사 인형 일동, 협력혜 마석을 분리하겠습니다.」

　베레타의 대리를 맡은 봉사 인형 아이가 공손히 인사한다.

　우리는【허무의 황야】에서도 아직 나무를 심지 않은 황무지로 이동해, 그곳에서 어제 하루 동안 쓰러뜨린 벌레 마물의 사체를 꺼냈다.

　사체의 수는 200구가 넘었지만, 이게 폐갱에 사는 마물의 극히 일부라는 게 놀라울 따름이다.

　나와 테토는 모험가 생활로 워낙 익숙하고 베레타도 침착하게 사체 더미를 보고 있다.

　그런데 작업을 도우러 온 봉사 인형 중 몇 명은 표정이 굳은 듯이 보인다.

　"대략 214구야. E등급이나 F등급 마물일 테지만, 역시 벌레 마물은 번식력이 엄청나. 그럼, 돌아오면 또 부탁할게."

「네, 맡겨 주십시오.」

그렇게 말하고 【전이문】을 통해 폐갱으로 돌아가려는데 봉사 인형들이 탈을 쓴 듯 무표정을 짓고 있다.

그래서 내가 '아' 하고 작게 소리를 낸 뒤 발걸음을 멈추자, 구원자라도 나타난 양 봉사 인형들의 눈에 빛이 돌아오지만——.

"폐갱에는 벌레 마물이 많으니까 오늘 이후로도 잘 부탁해."

그렇게 말하니, 다시 절망의 구렁텅이로 밀려 떨어진 것처럼 눈에서 빛을 잃은 봉사 인형들에게 마음속으로 미안하다고 사과한다.

벌레 마물의 사체에서 얻을 수 있는 유기질은 필요하지만, 내일부터는 드워프 마을의 주민에게 해체를 부탁할까 고민한다.

그렇게 하면 갱이 폐쇄되어 가난해진 마을에 조금이라도 일이 생기고 봉사 인형들의 부담도 줄일 수 있다.

그런 생각을 하면서 어제 탐색을 중단했던 곳까지 전이하여, 갱 안쪽을 향해 가려는데——.

"이런…… 200마리 정도 잡아서는 하루 만에 마물 수가 원상복구되는 건가."

대량의 마물이 갱 밖으로 나가지 않는 것도 이상하지만, 【마력 감지】로 막연하게나마 확인되는 벌레 마물의 수가 늘었다 줄었다 일정 수를 유지하려는 것처럼 느껴진다.

폐갱 붕괴로 이어질 가능성이 있는 대규모 섬멸 마법을 쓸 수 없어서 벌레 마물들을 테토, 베레타와 함께 한 마리씩 죽여 나간다.

"수가 많아서 곤란하네."

"안쪽으로 들어오니, 조금씩 강해지고 있어요."

약한 벌레 마물이라 싸울 때 긴장이 되지도 않고 반복되는 갱의 모습에 질린 내게 베레타가 효율적인 토벌 방법을 제안한다.

「주인님, 생명력이 강한 벌레 마물을 없애기 위한 살충제 살포를 추천합니다.」

"안 돼. 애초에 폐갱 내의 벌레 마물을 전부 죽일 정도로 살충제를 뿌리면 이번에는 주변 토양 오염이 더 심각해질 거야."

그리고 그 정도로 강력한 약품은 인체에도 악영향을 주므로 편하게 가고 싶다는 생각과 함께 살충제 살포 제안을 떨쳐낸다.

"음. 난감하네."

"마녀님, 마녀님……. 조금씩 전진해요."

"그래. 숫자는 확실히 줄었으니, 쓰러뜨리자."

「저도 미력하나마 돕겠습니다.」

그리고 두 달 뒤──.

일일 마물 토벌 수는 첫날과 변함없이 200마리 전후를 유지하며 사체와 마석 등의 자원을 가지고 나오고 있다.

이 폐갱에는 다종다양한 벌레 마물이 살고 번식한 벌레 마물끼리 서로 잡아먹고 있었다.

그 때문에 본래 폭발적으로 번식하는 벌레 마물이 일정 수를 유지해 온 것이었다.

그런데 우리가 죽인 벌레 마물의 사체를 가지고 나가면서 동족상잔이나 사체 취식으로 의한 영양 섭취와 마력 확보가 불가능해진 벌레 마물의 성장 속도와 번식 속도가 처지기 시작했다.

죽인 벌레 마물이 1만 마리를 넘었을 무렵, 폐갱 상층에 있던 마물 둥지 제거가 꽤 진행되었다.

그 후, 또 한 달에 걸쳐서 폐갱 상층의 마물을 전부 제거하고 중층에서 마물이 다시 올라오지 못하게 폐갱 내 곳곳을 돌며 마물막이와 결계 마법을 치고 땅의 마법으로 갱도를 보강하여 마물이 판 구멍을 막아 나갔다.

"자, 드디어 중층까지 왔어."

"별로 기분 좋은 곳이 아니에요."

폐갱 상층의 벌레 마물 제거 작업을 완료하고 《어스 소나》와 【마력 감지】로 중층을 살핀다.

요 석 달간 모인 벌레 마물의 마석을 오도독오도독 씹어 먹은 테토가 나와 함께 중층에 발을 들인다.

"역시 테토가 말한 기분 나쁜 마력은 독기였구나. 공기 성질이 단숨에 바뀌었어."

중층까지 오니, 벌써 공기가 정체됐을 뿐만 아니라, 폐갱 안쪽에서 피어오르는 고인 마력——독기를 느낄 수 있었다.

"먼저——《퓨리피케이션》!"

"오오, 마력이 원래대로 돌아왔어요."

괴어 있던 독기를 마력으로 분해하는 정화 마법은 매우 편리하다.

마력 재해와 사악한 마력 생명체, 강력한 저주에도 효과가 있는 마법이다.

게다가——.

"내가 생각하는 최악의 상황이 이 폐갱 안쪽에서 발생하지 않기를 바라."

「주인님께서 상상하시는 상황이란 게 혹시—— 【고독(蠱毒)】인가요?」

"마녀님? 방금 베레타가 말한 【고독】이란 게 뭐예요?"

내가 중얼거리는 소리에 베레타가 가장 근접할 가능성을 예로 들었다. 테토는 몰라서 고개를 갸웃하고 있다.

베레타가 나 대신에 테토에게 이해하기 쉽게 설명한다.

【고독】혹은 【고독 항아리】란 옛날부터 존재한 주술의 한 종류이다.

한 개의 작은 항아리 속에 독충을 대량으로 넣어, 서로 잡아먹게 하여 마지막으로 남은 강력한 독을 가진 독충을 사역하여 대상을 저주해 죽이는 주술의 일종이다.

「——즉, 그런 주술을 폐갱 내부에서 유사하게 재현하고 있다고 추측합니다.」

"지맥에서 넘치는 마력을 뒤집어쓰고 활성화한 벌레 마물이 번식. 그리고 서로를 잡아먹으며 이룬 진화와 변이, 마물이 대량으로 죽으면서 발생한 독기가 축적되기라도 한다면……."

최악의 상황에는 나라를 멸망시킬 막강한 마물이 탄생하거나 폐갱 안쪽에서 독기가 넘쳐흘러 이 주변을 사람이 살 수 없는 토지로 만들 가능성이 있다.

"잘은 모르겠지만, 위험하다는 건 알았어요!"

심각한 상황에도 한없이 밝은 테토가 있으면 이런 음울한 독기로 가득한 폐갱에서도 기분이 조금 좋아진다.

'좋았어!'라며 뺨을 치며 다시 기합을 넣는다.

"여신이 직접 신탁으로 부탁한 의뢰야. 테토, 가는 길은 이쪽이 맞아?"

"마녀님, 괜찮아요. 그냥 마물이 많아서 마녀님의 부담이 클 뿐이에요!"

「주인님, 전투는 저희에게 맡기고 정화 작업에 전념해 주세요.」

전투는 테토와 베레타에게 맡기고 폐갱 중층 탐색을 시작한다.

폐갱 중층에서는 광원 《라이트》 마법에, 괸 독기를 정화하는 데는 《퓨리피케이션》, 독기와 갱에 누적된 유독 가스로부터 몸을 지킬 결계 마법 《배리어》와 공기를 확보하는 《에어 컨트롤》 마법까지 필요하다. 게다가 봉사 인형인 베레타에게 마력도 보충해 줘야 하므로 내 마력 소비가 상당하다.

또 중층은 사람의 손을 타지 않은 지 오래라서 천장과 벽의 강도가 불안한 부분이나 허물어진 곳이 다수 있어 그것을 보강하고 길을 개통하는 데도 시간이 걸린다.

"이 속도면 하루에 여섯 시간이 한계겠어."

내 마력량은 현재, 30만 마력을 조금 넘긴 정도다.

매일 【신기한 나무 열매】를 먹어서 마력량은 계속 늘고 있기에 이렇게 복수 종류의 마법을 동시에 사용할 수 있다.

그래도 복수 마법을 동시에, 계속해서 사용하게 되면 마력 소비량이 많아서 장시간 탐색하기는 어렵다.

거기다——.

"마녀님, 최근에 너무 일을 많이 했어요! 점심까지 힘내고 한 번 돌아가요!"

「동의합니다. 상층 마물도 다 제거했으니, 일주일 정도는 휴식을 취하시지요.」

"어……? 내 딴에는 쉬고 있는 건데……."

폐갱의 마물 제거는 하루라도 쉬면 또 번식해서 원래 숫자로 돌아가려 한다.

하지만 상층 마물 제거 작업을 완료한 이때가 쉬어야 할 타이밍인지도 모른다.

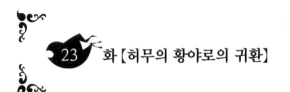

23화 【허무의 황야로의 귀환】

폐갱에 틀어박혀 있으면서 여관에 식재료를 계속 제공하면 드워프 사장이 의심할 수 있다.

그래서 일주일에 한 번, 식재료를 사러 다녀오겠다는 핑계로 마을 밖에 설치한 【전이문】으로 【허무의 황야】로 돌아오곤 했다.

그런데 테토와 베레타가 이건 휴식이 아니라면서 일주일간 강제 휴가 조치를 했다.

하는 수 없이 드워프 가족에게 사흘 동안 외출한다고 말하고 마을 밖에서 【전이문】을 통해 【허무의 황야】의 저택으로 돌아왔다.

「주인 님, 테토 님, 베레타 님, 안녕히 다녀오셨습니까.」

"다들, 안녕."

"다녀왔어요!"

우리가 돌아오자, 금세 저택에서 일하는 봉사 인형들이 찾아온다.

「세 분은 이미 식사하셨습니까? 필요하시다면 저희가 지금부터 차리겠습니다.」

마중을 나와 준 봉사 인형의 제안을 기꺼이 받으려는데…….

「아뇨, 그럴 필요 없습니다. 주인님 식사는 제가 준비합니다.」

베레타가 그렇게 답하자, 제안해 준 봉사 인형의 표정은 바뀌지 않았지만, 약간 분위기가 처진 것처럼 느껴졌다.

자신의 역할을 빼앗기지 않으려는 베레타와 시중을 들 수 없어 낙담한 봉사 인형, 두 사람에게서 감정 같은 게 보인 듯한 게 살짝 기뻐서 키득키득 웃음이 터졌다.

"마음 써 줘서 고마워. 오늘은 베레타에게 부탁할게."

"다음에 해 줘요!"

나와 테토도 거절하면서 제안해 준 봉사 인형에게 고맙다고 하니, 공손히 인사하고 다른 일을 하러 갔다.

「그럼, 금방 준비해 오겠습니다. 잠시만 기다려 주세요.」

"베레타의 요리, 기대돼요!"

그리하여 나와 테토는 베레타의 요리를 기다렸다.

식재료는 밖에 있는 채소밭에서 나는 채소와 마을에서 산 식자재, 토벌해서 해체한 마물의 식용 부위, 【창조 마법】으로 만들어 둔 조미료 등을 보관하는 【보존고】──보냉·시간 정지 기능 있음──가 있어서 거기서 식재료를 꺼내고 있다.

우리가 없는 동안 봉사 인형들이 밭에서 딴 채소 등을 가공하여 이것저것 만들어 놓았는지 베레타가 그것들을 조리하는 데 쓴다.

「오늘은 여름 채소인 토마토가 있길래 다양한 맛을 즐기실 수 있도록 여러 요리를 조금씩 준비해 보았습니다.」

베레타가 만들어 온 건 야트막한 산 모양으로 담은 치킨라이스와 미트 스파게티, 닭튀김 두 개와 미니 햄버그스테이크. 그리고 샐러드와 수프, 디저트로는 푸딩을 가져왔다.

"이거…… 아무리 봐도 어린이 런치 세트잖아."

"맛있어 보여요! 잘 먹겠습니다, 입니다!"

곧바로 기쁘게 먹기 시작하는 테토와 달리 나는, 약간 표정이 굳은 채로 숟가락을 손에 들었다.

설마 이세계로 전생해서 마흔을 넘긴 나이에 어린이 런치 세트를 먹을 줄이야.

그렇지만 음식 하나하나가 단독으로도 먹을 수 있는 것이었고 실제로 한 입 먹어 보니, 다 맛있었다.

"베레타, 맛있어."

「칭찬해 주시니 영광입니다. 주인님은 몸집이 작고 소식가이시기에 한 번에 다양한 맛을 즐기실 수 있게 연구했습니다.」

"맛있어요! 또 먹고 싶어요!"

테토가 또 해 달라고 요청하지만, 나로서는 이 나이에 어린이 런치 세트를 먹는다는 게 뭔가…… 그래, 진 기분이 든다.

"내, 내 생각에는 조금씩 만드는 건 베레타도 부담되기도 하고 이 정도 식사량은 테토에게 약간 부족하지 않을까 싶은데."

"앗, 그 말을 들으니까 부족한 기분이 들어요!"

「제게 마음 써 주셔서 감사합니다. 그런데 그러한 의견도 있을 수 있다는 걸 잊고 있었습니다. 앞으로 그렇게 하겠습니다.」

좋아, 다음부터는 단골 메뉴로 어린이 런치 세트는 피할 수 있겠다면서 마음속으로 작게 주먹을 쥔다.

그래도 정말 맛있고 조금씩 먹는 건 호화롭다.

"……그래도 가끔은 이렇게 먹는 것도 나쁘지 않은 것 같아."

어른의 정신이 거부감을 느끼는데 지구에서 먹던 것과 비슷한 식사를 해서 그런지 아주 조금 고향 생각이 났다.

그 후, 식사를 마친 우리는 베레타가 내어 준 차를 마시며 베레타의 대리인 봉사 인형 아이에게 【허무의 황야】의 근황을 듣는다.

봉사 인형들의 활동 범위는 현재, 이 저택과 마력 유출을 막는 결계 안에 있는 숲이다.

그런 그들이 하는 일은 저택 관리와 채소밭과 가축 돌보기. 그리고 삼림에 나무 심는 걸 돕는 것이다.

휴일에는 내가 각지에서 수집한 장서를 읽는 것만으로도 그럭저럭 즐겁게 보내는 듯하다.

게다가 최근에는 내가 부탁한 벌레 마물 사체를 해체하는 작업도 한다.

「주인님, 이 책은 정말로 훌륭했습니다.」

아이가 눈을 반짝이며 손에 든 책은 내가 【창조 마법】으로 만든 것이다.

이세계 언어로 번역된 그 책은 다양한 요리 조리법과 채소밭을 가꾸는 비결, 집에서 가능한 화초 키우는 법, 가축 돌보는 법, 집안일 할 때의 기술 등의 내용이 실린 책이다.

「봄에는 이 채소를 길러 보고 싶습니다. 그리고 이 꽃도 키우고 싶어요, 주인님. 혹시 씨앗을 구해다 주실 수 있을까요?」

"알겠어. 그나저나 봉사 인형 모두 즐겁게 지내는 것 같아서 기뻐."

이야기에 맞장구를 치면서 즐겁게 듣던 나는, 아이가 펼친 책에 있는 꽃과 채소 씨앗을【창조 마법】으로 만들었다.

그 밖에도 봉사 인형 아이는 베레타의 지시로 저택 관리를 하면서 일어난 일들을 보고해 주었다.

사이사이에 최근 축사에서 부화한 병아리의 이야기가 끼어 있다거나 살짝 서툰 봉사 인형이 있다는 얘기를 들으니, 그게 봉사 인형들 각자의 개성이 아닐까 살짝 기대한다.

「주인님, 여러모로 감사드립니다. 그리고 한 가지, 주인님과 테토 님, 베레타 님께 의논하고 싶은 게 있습니다.」

"뭔데?"

「현재, 서서히 재생 중인 이 토지 말인데요. 벌레의 수가 증가했습니다. 슬슬 다음 단계로 넘어가도 좋지 않을까 합니다.」

봉사 인형 아이의 보고에 드디어 그 단계에 도달했나 하는 생각과 함께 이제까지의 재생 과정을 돌이켜보며 기쁨에 고개를 끄덕인다.

"알았어. 그건, 내가 생각해 볼게."

"마녀님? 벌레가 증가하면, 안 되나요?"

테토가 어리둥절해하며 묻기에 내가 설명한다.

"먹이사슬의 하층부가 생겨서 벌레 수가 늘었으니까, 이제 벌레를 잡아먹을 생물을【허무의 황야】로 데려올 생각이야."

부엽토와 테토의 체내에서 숙성된 흙, 그 흙에 섞여 있는 미생물과 작은 벌레가 늘어【허무의 황야】곳곳이 곤충의 낙원이 되었다.

식물의 낙엽과 생물의 사체를 먹고 분해하는 개미와 지렁이 등의──【분해자】.

나뭇잎을 먹고 성장하는 벌레인 초식 곤충 등의──【소비자】.

분해자와 소비자가 성장했으니, 다음은 그 생물들을 먹는 육식성 곤충이나 벌레, 나무 열매를 먹는 잡식성 동물을 풀까 생각 중이다.

"그렇군요. 그러면 뭐가 좋은데요?"

"장기적으로는 그 육식성 곤충을 먹으러 온 새가 숲에 둥지를 틀면 알을 낳고, 사냥하면 고기를 먹을 수 있지."

「현재는 급한 대로 가축으로 들인 닭 개체 수를 늘려, 일부를 들에 방생할 계획이지만 그렇게 하면 자연의 다양성이 생성되지 않습니다.」

"그건 아주 중요한 거예요! 먹을 것의 종류는 아주 중요해요!"

기본적으로 먹는 것으로 이해하는 테토를 보고 못 말린다는 듯이 웃지만, 우리는 그런 자연의 먹이사슬 일부를 나눠 받은 것에 지나지 않는다.

"우선은 예전에 리리엘이 신탁으로 심어 준 지식이 있으니까 【허무의 황야】에 들여도 문제없을 생물을 찾아볼게."

「부탁드립니다.」

보고를 들은 우리는 【허무의 황야】에서 사흘간 쉬었다가 나흘째에는 폐갱 마을로 돌아가기 위해서 【전이문】을 통과했다.

폐갱 마을에 돌아와서도 테토와 베레타가 강제로 쉬게 했는데 쉬는 동안에 【허무의 황야】에 풀 생물이나 찾을까 하는 생각을 했다.

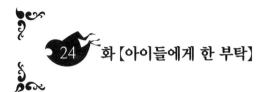

24화 【아이들에게 한 부탁】

【허무의 황야】에서 폐갱 마을로 돌아온 우리는 마을을 돌아다니던 드워프 자경단원들과 인사를 나누었다.

"수고. 다른 마을까지 다녀온 모양이네. 어때? 폐갱 조사는 순조로워?"

"응, 조금씩 전진하는 중이야. 의뢰인에게 보고도 할 겸 쉬다 왔어."

표면상으로는 어디 사는 누군가의 의뢰로 폐갱을 조사하는 것으로 되어 있어서 그 방편을 쓰고 있다.

그래서 드워프 자경단원들에게 의심받을 일도 없다.

그리고——.

"그러고 보니, 전에 맡긴 마물 해체가 끝났는데 어떡할래?"

"마석은 가지러 갈 건데 그 외에는 좋을 대로 해도 돼."

드워프 자경단원과 함께 마물 해체장으로 향한다.

폐갱을 탐색하는 동안에 쓰러뜨린 마물 중 일부는 드워프 자경단에 해체해 달라고 부탁했다.

특히 쉬러 가기 전에 폐갱 입구 부근에서는 볼 수 없는 C등급 벌레 마물의 사체를 드워프들에게 맡겼다.

"여전히 마석 크기가 꽤 큼지막해. 우리도 이렇게 강한 마물을 퇴치하기는 힘들어.”

“의뢰하지도 않았는데 항상 고마워. 아가씨들이 마물을 퇴치해 줘서 그런가, 최근에는 우리 일이 적어서 살 것 같아.”

“그만큼 안전해진 광맥까지 철을 캐러 갈 수 있고 마물 해체 작업을 부탁하기는 하지만!”

“맞는 말이야.”

해체장에 있던 드워프 자경단원들이 하하하하 웃는다.

그렇게 말하며 한바탕 웃어 젖힌 드워프 자경단원들이 우리를 뜨뜻미지근한 눈으로 쳐다본다.

분명 폐갱 안쪽에 조금 남은 미스릴과 오레이칼코스를 원한다고 생각했던 것이리라.

그런 뜨뜻미지근한 시선을 받으며 비번인 드워프 자경단원들에게서 지난번에 해체를 부탁한 벌레 마물의 마석을 건네받는다.

“늘, 고마워.”

“그래! 근데 이것도 다 우리를 위한 일이야!”

해체한 벌레 마물의 마석은 우리가 갖지만, 남은 유용 부위는 마을 주민들이 쓴다.

원래는 대장장이가 있던 광산 마을이어서 대장일에 정통한 주민이 아주 많다.

또 상층 마물 제거로 안전하게 철과 동을 캘 수 있게 되어, 요즘은 마을에서 망치를 두드리는 소리가 들린다. 벌레의 겉껍데기와 금속을 사용한 방어구를 만든다고 들었다.

그리고 남은 소재는 큰 마을로 팔러 가기도 한다.

그러한 작은 폐갱 마을의 광경을 보면서 나는 테토, 베레타와 함께 여관으로 돌아갔다.

사흘 만에 돌아오니, 드워프 가족이 식당에서 기다리고 있었다.

"오, 어서 와! 어때? 아직 낮이지만, 한잔할래?"

드워프 사장이 돌아온 우리를 작은 술통과 함께 환영해 준다.

이 마을의 술인지 작은 컵에 따른 술을 들어 보여 준다.

"미안해. 나는 술을 못 마셔."

「저도 주인님들을 모셔야 하는 몸이기에 사양하겠습니다.」

"대신 테토가 마실게요!"

나는 나이상으로는 음주가 가능한 스무 살이 넘었지만, 몸은 열두 살에서 멈춘 탓에 술에 약하다.

【신체 강화】의 응용으로 간 기능을 끌어올려 알코올을 분해하면 못 마실 정도는 아니지만, 그렇게까지 해서 굳이 마시고 싶지는 않다.

그런 나 대신, 테토는 술을 좋아해서 가끔 마신다.

"자, 한 잔 받아!"

"받을게요! 꼴깍, 꼴깍……. 푸하……. 맛있어요!"

테토가 꼴깍이는 소리를 내며 술을 단숨에 들이켜고, 뜨거운 날숨을 뱉고는 기분이 좋아졌다.

"마녀님, 마녀님이 갖고 있는 술도 주세요!"

"그래, 그래. 브랜디면 되지?"

술은 안 마시지만, 최근 십수 년간 모험가로서 일하며 저축한 돈을 적당히 소비하려고 술을 사 모으고 있다.

가격이 괜찮은 와인과 만든 지 얼마 안 된 증류주를 사거나 【창조 마법】으로 창조한 술을 시간 경과 마법 가방과 【허무의 황야】 저택의 지하실에 두어 숙성하고 있다.

나는 불로의 몸이기에 100년 후…… 아니, 장수 종족이 있으니까 300년 후인가.

그렇게 숙성한 술이 대체 어느 정도의 가치가 있을지, 어떤 맛이 날지 등을 상상하면서 약간의 투자처럼 술을 수집하거나 【창조 마법】으로 창조해 쌓아 두는 중이다.

그중에서 【창조 마법】으로 창조한 브랜디가 든 작은 술통을 테토에게 건네자, 드워프 사장과 함께 술잔을 주고받기 시작한다.

"이 술은 테토의 눈 색깔 같아서 좋아해요~."

"오오, 이 술 맛있는걸! 이런 술이 있었어?!"

그렇게 테토와 드워프 사장이 맛있게 술을 마시기 시작해, 딸 아림이 흥미로운 듯이 술을 보고 있었다.

"오, 아림도 마셔 보고 싶어? 아주 조금만이다?"

"이 술, 아주 맛있어요!"

테토와 드워프 사장이 아림에게 술을 권유하는 모습을 내가 이상하게 쳐다본다.

"잠깐, 아이에게 술을 권유하면 안 되지."

"왜 이래, 드워프의 자식도 술은 세니까 괜찮아!"

종족 특성상, 술에 대한 미각과 알코올 분해 능력이 뛰어난지 아이도 조금은 마셔도 괜찮다고 한다.

그리하여 흥미를 보이던 아림이 브랜디를 입에 대더니──.

"와……. 맛있다! 좋은 향도 나고 몸이 아주 따뜻해지는 느낌이 들어!"

"으하하하! 아림은 술맛을 아는구나! 그래도 이제 그만 마셔."

술이 들어가 기분이 좋은 드워프 사장이 말리자, 아림이 살짝 불만스럽다는 듯이 볼을 부풀린다.

"우리는 우리대로 얘기하자. 아림, 치세 씨, 베레타 씨 어때?"

테토와 드워프 사장이 술잔을 기울이는 한편, 나와 베레타, 아림, 그리고 부인 드워프는 이 마을에 관한 이야기를 하거나 들으면서 시간을 보낸다.

그리고 테토가 만취했을 즈음 방으로 돌아왔다.

우리와 교대하듯 여관 식당에 마을 드워프들이 찾아왔으니, 저녁 식사 겸 술을 마시겠지.

그럴 것 같아서 방으로 돌아오기 전, 드워프 사장에게 술이 꽤 담긴 술통을 주고 왔다.

"음냐, 음냐……. 마녀님, 미스릴은 파삭파삭해요."

"하여간, 정말 무슨 꿈을 꾸는 거람. ──《클린》."

내게 달라붙는 테토에게 술 냄새와 오늘 하루 생활하며 지저분해진 오염을 지우기 위해 청결 마법을 걸고 나도 잠자리에 들었다.

그리고 다음 날 아침──.

"마녀님! 좋은 아침이에요!"

숙취라고는 전혀 찾아볼 수 없이 기운차게 기상하는 테토를 보고 못 말린다는 듯 웃으며 나도 일어난다.

드워프 사장도 술을 많이 마셨다는데 숙취도 없고 오랜만에 맛 좋은 술을 마셨다고 아침부터 기분이 좋아 보인다.

"여, 좋은 아침. 베레타 씨가 아침을 준비하고 있어."

「주인님 식사는, 이쪽입니다.」

"와, 아빠, 맛있어 보여!"

"하하하, 네 몫도 있단다."

여관 주방을 빌린 베레타는 내가 좋아하는 메뉴로 아침을 차리면서 드워프 사장과 함께 서로의 요리 레시피를 교환하며 돈독해졌다.

그런 베레타가 만든 요리를 부러워하며 바라보던 아림과 우리는 요리를 한 입씩 교환하며, 즐거운 아침 식사 시간을 보냈다.

"치세 언니네는 오늘도 폐갱에 가?"

"아니. 계속 일만 했으니까 사흘 정도는 쉴 생각이야."

"그러면 치세 언니와 놀 수 있겠다!"

"아림! 세 사람은 쉬어야 해. 너랑 놀아 주다가 피곤해하면 어쩌려고."

드워프 사장이 아림을 꾸짖자, 삐친 듯 입술을 비죽 내민다. 나는 그러지 말라고 타이른다.

"그러고 보니 치세 언니, 테토 언니, 베레타 씨. 나한테 부탁할 게 뭐야?"

어젯밤에 아림에게 일손이 비는 아이들을 소개해 달라고 부탁했다.

"실은 말이지. 우리가 동물을 찾아야 해."

"벌레나 개구리, 뱀 같은 생물이 있는 곳을 알려 줬으면 해요!"

우리는 쉬는 김에, 지금도 재생 중인 【허무의 황야】 생태계에 도움을 줄 생물을 모을 생각이다.

"그러니까 이 마을 주변에 사는 생물에 관해 우리에게 가르쳐 줄래?"

"동물은 곳곳에 널렸는데? 재미있는 소리를 하네."

그렇게 말하며 웃는 아림이 이내 가슴을 젖히며 자신만만하게 안내해 주겠다고 한다.

"하지만 그런 일이라면 맡겨 줘! 다른 아이들도 모아서 동물을 잡으러 가자!"

아림의 갑작스러운 제안이었으나 생각해 보니 동물을 모으려면 사람이 더 필요할 수도 있다.

한가한 아이를 모아 부탁해야겠다.

"알겠어. 다 함께 동물을 찾으러 가자!"

"그러면 가서 친구를 불러올게."

아림이 동물을 같이 찾으러 가 줄 친구를 부르겠다고 여관을 뛰쳐나간다.

아이들이 올 때까지 우리는 여관에서 차를 마시는 여유를 즐기면서 【허무의 황야】로 데려갈 생물에 관해 의논한다.

"그러고 보니 벌레를 먹을 테니까, 박쥐도 몇 마리 있으면 좋겠네."

"암수 몇 쌍을 황야에 풀면 분명 늘어날 거예요!"

「바깥세상의 생물은 마력 의존도가 낮아서 【허무의 황야】에서도 별 탈 없이 활동하겠지요. 그리고 봉사 인형들에게 생물들의 거처를 조성하라고 지시를 내려 두겠습니다.」

우리가 【허무의 황야】에 풀 생물에 대해 의논하는데 아이들을 모은 아림이 돌아왔다.

"치세 언니! 다들 데려왔어! 숲으로 가자!"

"아림, 다치지 않게 조심하렴."

"알겠어, 엄마!"

그렇게 아림이 이끄는 아이들에게 안내받으며 동물 찾기에 나선다.

"얘들아, 다들 어디로 가는 거야?"

"산의 동쪽! 거기에 숲이 있거든!"

폐갱 마을에서 나와 도보 10분 거리에 숲이 있는데 거기로 간다고 한다.

"있지. 숲에는 다양한 동물이 살아!"

쥐, 토끼, 집비둘기, 오리, 여우, 너구리, 족제비, 늑대, 곰 등이 산다고 한다.

다만 오늘의 목적은 육식 계열 동물이 아니라 풀을 먹거나 곤충을 먹는 동물이다.

그리고 뱀 같은 파충류와 개구리와 도롱뇽의 양서류, 물에 서식하는 담수성 민물 게와 새우, 조개 등의 수생 생물 등 다양한 동물도 숲에서 볼 수 있다고 한다.

"우리 다 같이 찾는 걸로 대결하자!"

"좋아!"

"그래!"

"좋아!"

숲에 도착한 아이들은 우리를 내팽개치고 동물 찾기 대결을 시작한다.

우리는 아림과 함께 숲을 걷는데 나보다 아림이 한발 앞서 동물이 있는 굴을 찾아낸다.

그리고 점심쯤에는 아이들이 모아 온 동물을 우리에게 건넸다.

"치세 언니, 테토 언니! 어때? 굉장하지!"

뽐내듯이 가슴을 편 아림과 아이들이 찾은 동물은 정말 많았다.

개구리, 뱀, 도마뱀, 도롱뇽, 도마뱀붙이, 두더지, 다람쥐, 쥐, 우렁이, 민물 게, 줄새우 등 다양했다.

우리도 숲을 걸으며 아이들은 잡기 어렵고 식용에 적합한 토끼와 집비둘기, 오리, 나뭇가지로 천연 댐을 만드는 비버 등을 잡았는데 예상보다 폐갱 근처 산 주변에는 다양한 동물이 숨어 있던 모양이다.

"얘네는 땅에 굴을 파거나 나무 동굴에 살고 있었어!"

"얘는 오래된 우물과 저수지에서 찾았어."

"이 생물은 강에서 발견했어!"

아이들이 잡은 생물을 받은 우리는 마법 가방에서 꺼낸 채집통 속에 종류별로 넣어 보관하고 아이들에게 답례를 했다.

"다들 고마워. 그럼, 한 마리당 동화 한 닢이면 될까?"

많이 잡은 아이는 뜻밖의 용돈 소식에 기뻐하고 적게 잡은 아이는 많이 잡은 아이를 부러워하면서도 내게 받은 동화를 소중하다는 듯 꼭 쥐었다.

그런데 아림은 좀 불만스러워 보인다.

"치세 언니, 치세 언니, 그 달콤한 알맹이는?"

"응? 사탕이 더 좋아?"

"응! 단것 좋아!"

그런 아림의 말에 아이들의 관심이 동화보다도 사탕에 쏠린다.

전에 아림에게 보여 준 사탕이 나타나는 마술──【창조 마법】
이지만──로 아이들을 기쁘게 해 주며 한 사람씩 답례로 사탕
을 주었다.

그랬더니 다음 날부터는 동화보다도 사탕을 좋아해서 한 마리
당 사탕 한 개라는 규칙이 생겼다.

"그러고 보니 모은 생물을 어디에 쓰는 거야?"

갑자기 생물을 모으기 시작한 우리에게 의문을 품은 아림이
물었다.

"……폐갱에 있는 벌레 마물을 유인할 미끼로 쓰려고."

【허무의 황야】에서 번식시키기 위해서 모은다고는 할 수 없어
서 그렇게밖에 말 못 하는 게 미안해서 마음이 괴로웠다.

애써 잡은 생물을 마물을 유인하는 미끼로 쓴다니.

아이들이 불쌍하다며 비난하는 말을 하지는 않을지 불안해하
는데──.

"뭐, 하는 수 없지. 치세 언니는 모험가니까. 힘내."

"그러는 우리도 강에서 물고기 잡을 때 벌레를 미끼로 쓰잖
아. 게와 새우는 참 맛있어."

"밭에 나오는 두더지도 모피 크기는 작아도 촉감이 좋아서 겨울 전에 행상인 아저씨에게 팔면 좋은 가격을 받을 수 있어."

약간 현대 일본의 동물 애호 문화의 오만함이 나왔던 것 같다.

아이들에게는 친숙한 생물이 반려나 관심의 대상일 뿐만 아니라 생활 양식의 일부이기도 한 듯하다.

전생하고 28년째에 한 새로운 발견이 신선했다.

이러니저러니 폐갱 마을에서 사람들의 씩씩함을 느끼며 폐갱을 탐색하는 나날이 이어졌다.

쉬는 동안, 아이들과 잡은 동물을 몰래 【허무의 황야】로 옮긴 우리는 봉사 인형들에게 뒤를 맡기고 다시 폐갱 탐색을 재개했다.

짙은 독기가 퍼져 있는 중층부터는 다소 특수한 진화를 이루어 상층보다도 강력한 벌레 마물들이 나타나기 시작했다.

그렇지만 그래도 우리의 상대는 되지 못했다.

오히려 힘들었던 건 폐갱 내부의 정비였다.

폐갱 안쪽으로 가면 갈수록 관리가 안 되어 있어, 허물어질 위험이 있는 곳과 이미 무너져 갱도가 끊긴 곳, 벌레 마물들이 판 땅굴 등이 나왔다.

그때마다 나와 테토가 땅의 마법으로 수리하거나 메워서 막고, 괴어 있던 독기가 폐갱에 퍼지지 않도록 천천히 정화해 나갔다.

탐색 최전선에 결계 마도구를 설치해 내부를 정화하면서 천천히 전진한다.

"마녀님~, 미스릴을 발견했어요!"

"정말? 잘됐다."

오늘도 폐갱 탐색을 이어 가는데 테토가 《어스 소나》 마법으로 조금 남은 미스릴 광석을 찾은 모양이다.

가끔 폐갱 안에 남은 광맥과 파헤쳐진 흙과 돌에서 소량의 미스릴을 발견할 수 있었다.

「그럼, 광석에서 추출하겠습니다. ──《익스트랙션》.」

찾은 광석을 긁어모아서 베레타의 금속 조작 능력으로 광석에서 추출하면 정제한 미스릴을 얻을 수 있다.

얻었다고 해도 폐갱에 남은 미스릴을 그러모아 봤자 새끼손가락 한 마디 크기밖에 안 된다.

"치세 언니, 어서 와~! 오늘도 잡아 왔어!"

"다들, 고마워."

그날도 여관으로 돌아가, 아림과 아이들에게 오늘 찾은 생물을 보여 달라고 하고는 우리도 이제까지 있었던 모험담을 들려주며 즐거운 시간을 보냈다.

아이들이 잡은 생물은【허무의 황야】에 있는 봉사 인형들에게 넘겨 관리를 맡기고 있다.

개체 수가 많은 생물은 그대로 각각 적합한 환경에 풀고 개체 수가 적은 생물은 저택에서 어느 정도 수가 늘어날 때까지 번식시킨 후에 숲에 풀어 줄 예정이다.

"마음 같아서는 생물들이 자연스럽게 찾아와서 생태계를 구축하기를 바라지만."

최저한의 생태계를 구축하는 것이므로 방생한 생물들이【허무의 황야】의 환경에서 정착할 수 있기를 기도할 뿐이다.

그런 나날이 석 달쯤 이어져 계절이 가을이 되었다.

"치세 언니, 오늘도 폐갱에 가?"

오늘도 여관에서 나가는 우리에게 아침이 묻는다.

"응, 폐갱 안쪽에서 해야 할 일이 있거든."

"테토와 마녀님, 베레타도 내일 있을 수확제가 기대되니까 일찍 돌아올게요!"

「도와드려야 하니, 일찍 오겠습니다.」

이 마을에 온 지 반년이 지나, 수확제가 열릴 시기가 되었다.

우리가 폐갱 내부에 괸 독기를 정화해 나간 결과, 청정한 마력으로 바뀌어 폐갱 주위에 마력이 확산하였고 아주 조금이나마 주변 토지에 활력이 돌아왔다.

그 결과, 아림과 다른 드워프들이 하던 토지 마력 보충 효과까지 더해져 오랜만에 마을은 풍작이었다.

"얼른얼른 다녀와! 다들 세 사람이 참가하는 걸 기대하고 있으니까!"

아림의 배웅을 받은 나는 못 말린다는 듯 웃었다.

마을의 드워프 주민들은 우리가 폐갱에서 뭘 하는지 모른다.

그렇지만 분명 풍작의 원인 중 하나가 우리라는 것은 눈치챘을지도 모른다.

그리고 풍작을 빼더라도 드워프 자경단에 해체를 부탁하는 마물의 겉껍데기 등의 소재를 가공한 물건을 다른 마을로 팔러 가서 임시 수입을 벌고 있다.

올해는 작년보다 좋은 축제가 되리라고 마을 사람들이 기뻐했다.

"자, 우리도 준비를 마치고 수확제를 도우러 가자."

"네!"

「그럼, 저는 【허무의 황야】로 가서 수확제에 필요한 물품을 갖춰 오겠습니다.」

베레타는 일단 따로 행동하고 나와 테토는 폐갱 안쪽으로 이동한다.

요 반년 동안 마물의 둥지를 없애며 돌아다니면서 독기 정화도 병행했다.

그 결과 폐갱 내부 9할을 정화하고 정비를 마쳤으며 그간 B등급 마물은 약 100마리, A등급에 달하는 5마리를 확인하고 토벌했다.

처치한 벌레 마물의 합계도 5만 마리를 넘겼다. 이제 남은 탐색 범위는 지맥 분출 지점이 있는 폐갱 가장 깊은 곳뿐이다.

현재는 최심부에서 새로운 벌레 마물과 독기가 나오지 않도록 결계를 강화하고 돌입 준비만 정비하고 있다.

그리고 최심부 공략과 지맥 분출 지점 봉쇄는 마을의 수확제가 끝나고 개시할 예정이다.

"마녀님, 그만 돌아갈 시간이에요!"

"그러네. 이 정도면 충분하겠지?"

내가 무리하지 않는 범위에서 결계에 여유 있게 마력을 주입해 강화했다.

시간을 들였기에 마력 소비량과 회복량의 균형이 잡혀, 마력을 그렇게까지 소비한 느낌도 안 들고 강대한 마물도 돌파하지 못할 강도의 결계가 됐을 것이다.

"베레타와 합류해서 나가자."

"알겠어요!"

그리고 폐갱 입구 부근에 숨겨 둔【전이문】앞에서 기다리던 베레타와 만나 폐갱에서 나오니, 항상 우리를 맞아 주던 드워프 자경단원들이 없다.

높은 곳에 있는 폐갱 입구에서 마을을 내려다보니 마을 곳곳에서 검은 연기가 피어오르는 게 보인다.

"마녀님, 불 난 거예요?!"

"불타는 형태가 이상해! 이건 습격에 의한 방화야!"

「주인님과 테토 님은 먼저 가십시오! 저도 금방 뒤따르겠습니다!」

"알겠어!"

나는 마법 가방에서 하늘을 나는 빗자루를 꺼내 테토를 뒤에 태우고 마을로 향했다.

베레타도 특기인 중력 마법을 몸에 두르고 공중으로 뛰어올라 우리를 쫓아온다.

하늘을 나는 빗자루는【하늘을 나는 양탄자】보다 빨라서 금세 마을 상공에 도착했다.

내려다본 마을 곳곳에는 방화로 인해 타는 건물이 보이고 거리에는 드워프 자경단과 도적으로 추정되는 사람들이 대치 중이었다.

"테토는 도적을 부탁해! 나는 사람들을 치료하고 불을 끌게."

"맡겨 줘요!"

테토가 빗자루에서 뛰어내려 주먹 하나로 도적들을 일격에 기절시킨다.

"자, 나도 움직여야지. ──《에어 컨트롤》, 《헤비 레인》, 《에리어 힐》!"

나는 타오르는 건물 주변의 공기를 조종하여 산소를 배제해 불이 타는 걸 멈추었다.

그에 그치지 않고 불똥이 남은 건물 상공에서 국지적 호우를 내려 불을 완전히 끈다.

또한 그와 동시에 마을 거리에서 다친 드워프 주민들에게 회복 마법을 걸었다.

그리고 뒤따라온 베레타와 함께 하늘을 나는 빗자루의 고도를 낮추었다.

"치세, 테토?! 그리고 베레타 씨?!"

"다들, 괜찮아? 어떤 상황인지 알려 줘!"

드워프 자경단이 우리의 등장에 놀라는 와중, 나는 현재 상황을 묻는다.

"갑자기 도적이 쳐들어왔어! 우리도 같이 싸우기는 했는데 도적 수가 워낙 많아서 마을에 불을 지르는 걸 막지 못했어."

"알겠어. 그럼 나와 테토가 협력해서 도적을 상대할게! 베레타는 자경단원들과 함께 다친 사람을 치료하고 주민들 안부를 확인해 줘!"

「알겠습니다, 주인님.」

그렇게 우리는 도적을 상대하러 향한다.

주민 대부분은 마을의 집회소로 피난해 있었고 다친 사람도 그곳으로 이송되고 있었다.

베레타가 마법 가방에 있는 포션을 사용해 부상자를 치료하는 한편, 나와 테토는 함께 도적들을 포박한다.

그러는 동안 드워프 자경단원이 주민의 안부 확인을 맡아 주었다.

그리고 마을에 침입한 도적을 거의 다 잡은 우리에게 새로운 보고가 들어왔다.

"치세! 아이들의 모습이 안 보여!"

"아이들?! 그럼……."

그 보고와 함께 자경단이 낯익은 아이들을 데려왔다.

항상 【허무의 황야】에 방생할 동물을 잡아 와 주는 아이들의 동생들이다.

그 아이들이 울면서 내게 호소한다.

"흐에에에에엥! 형, 형이, 숲에, 숲에 갔어! 누나들한테, 먹으라고 준다고, 가을 제철 채소를, 따러, 으아아아아앙!

"아림 언니, 하고 같이, 갔는데, 가서 안 와, 우아아아앙!"

근처 숲은 가끔 아이들이 놀거나 산나물을 따러 들어갈 정도로 안전한 곳이다.

나도 생물을 찾으러 갔을 때 아이들이 알려 준 곳인데, 오늘은 수확제 식재료를 찾으러 들어간 것이리라.

아이들이 숲 쪽으로 갔다면 얼른 찾으러 가야 한다——.

"알려 줘서 고마워. 우리가 데리러 갈게."

나는 아이들을 안심시키듯 미소 지으면서도 동시에 아이들이 없어졌다는 사실에 생각하기도 싫은 기억이 떠오른다.

도적이 마을을 습격하고 납치당한 아이들……. 수법이 범죄 조직의 납치 방식과 비슷해.

예전에 괴멸시킨 범죄 조직의 납치 방식 수법을 떠올린다.

도적이 마을들을 급습하고 그 틈에 아이를 납치해 노예로 만드는 수법이 유사하다.

아직 납치당했다고 확실해진 건 아니지만 불길한 예감이 든다.

마을은 테토와 베레타에게 맡기고 나는 드워프 자경단원들과 함께 숲으로 향한다.

"──《어스 소나》. 아이들이 있는 곳은 저쪽이야!"

땅의 마법의 탐지로 숲에 있는 아이들을 찾아 데리러 간다.

마치 도망치듯 달려오는 아이들을 데리러 가니, 아이들이 필사적인 표정으로 우리에게 매달린다.

"아저씨! 치세 언니! 도와줘! 납치당했어! 아림과 아이들이 끌려갔어!"

그 한마디에 불길한 예감이 적중한 것을 깨닫고 하늘을 올려다보았다.

숲에서 도망쳐 나온 아이들의 이야기를 들으니, 마을 습격에 맞춰 숲에도 도적이 나타나 아이들을 납치해 도망쳤다고 한다.

납치된 아이 중에는 여관집 딸 아림도 포함되어 있어서 나의 무력함에 화가 치민다.

"일단, 마을로 돌아가자."

지금은 눈앞에 있는 아이들을 안전하게 마을까지 데려다줘야 한다.

분한 마음과 납치당한 아이들에 대한 초조함을 느끼면서도 마을로 가니, 테토와 베레타가 이미 도적을 잡아 땅에 머리만 내놓은 모양새로 묻어 놨다.

"마녀님~, 여기는 전부 정리했어요!"

그렇게 말하며 손을 흔드는 테토는 도적들을 한 명도 죽이지 않고 무력화한 모양이다.

그리고 베레타와 드워프 자경단원들의 취조로 자세한 내막을 알 수 있었다.

이번 도적들은 가르드 수인국에서 만난【황아단】과 마찬가지로 원래 흉작으로 밥줄이 끊긴 근처 마을의 주민들이었다.

그들은 주변 지역에서는 드물게 풍작을 이룬 폐갱 마을을 습격해 식재료와 금품을 탈취하라는 꼬드김을 당했다고 했다.

"선동당했다는 건 주범이 있다는 거네. 그래서 마을의 피해는 어느 정도야?"

"촌장님 댁에 보관 중이었던 명장의 마검을 빼앗겼고 아이들도 납치당했습니다."

"이 도적들은 미끼였어."

"이쪽이 진짜예요!"

그리고 테토가 격리해 둔 도적 한 명은 선동된 자들에게 섞여 초라한 행색을 하고 있었다.

하지만 그자가 소지한 무기와 움직임이 평범한 도적은 아니어서 테토가 우선하여 포박하고 베레타가 심문해 단념하고 정보를 자백했다.

그 결과, 10년도 더 전에 가르드 수인국에까지 손을 뻗쳤던 납치 범죄 조직의 잔당임을 알 수 있었다.

가르드 수인국과 로바일 왕국의 외교 문제로 범죄 조직은 크게 약해졌다.

그런데도 재기를 꾀하는 범죄 조직의 잔당이, 가르드 수인국으로 도적【황아단】을 보내고 로바일 왕국에서는 새로운 노예를 손에 넣기 위해 사람을 납치한다고 한다.

"이번 습격의 목적은 명장의 마검과 드워프 아이들이었구나."

마검은 전력을 끌어올리거나 팔면 돈이 된다.

아인종인 드워프 아이는 다양한 용도의 노예로서 인기 상품이란다.

그래서 생활고에 시달리는 농민을 꼬드겨 미끼로 마을을 습격 시키고 그 틈을 타 명장의 마검을 훔치고 아이들을 납치해 어딘 가로 데려갈 생각인 듯하다.

"베레타와 자경단원들은 이대로 도적을 감시하고 마을을 경비해. 그리고 베레타가 가진 포션으로 계속해서 주민을 치료해 줘."

「알겠습니다, 주인님.」

"치세와 테토는 어쩌려고?"

자경단 대장이 그렇게 물었다. 당연히 대답은 하나뿐이다.

"도적을 추적해 납치당한 아이를 되찾을 거야."

일반적으로 아이들을 납치해 이미 도주하고 있는 도적을 쫓기는 힘들다.

게다가 도망친 아이들의 증언에 따르면 도적들은 말을 탔고 이미 날이 저물려고 한다.

보통은 단념할 것이다.

그러나——.

"치세라면, 괜찮겠지."

자경단원들은 보았다.

말보다 빠른 하늘을 나는 빗자루에 탄 우리의 모습을.

그리고 말처럼 중간에 쉴 필요도 없이 만 하루를 날 수 있기에 상대가 누구든 놓치지 않고 추적할 수 있다.

"아림을, 아림을, 찾아줘, 부탁해."

자경단원들 사이로 내가 묵는 여관의 드워프 부부와 납치당한 드워프 아이의 부모들이 나타났다.

"응, 꼭 데리고 돌아올게. 가자, 테토!"

"네!"

나는 하늘을 나는 빗자루 뒤에 테토를 태우고 다시 하늘로 날아올랐다.

그리고 크게 빙 돌아 상공에서 멈춘다.

"아이들이 끌려간 곳은……."

나는 빗자루를 타고 가면서 【마력 감지】의 범위를 넓힌다.

1km, 5km, 10km……. 아직 보이지 않는다.

15km, 20km……. 감지 범위를 더욱 넓힐수록 폭발적으로 증가하는 정보량을 【병행 사고】 스킬로 처리해도 과다한 정보량에 머리가 아프다.

30km………. 찾았다!

"동쪽으로 37km 앞에서 이동 중인 마차 안에 있어!"

【신체 강화】 마법이라도 걸었는지 보통의 배의 속도로 달리는 말이 끄는 마차 안에서 아이들의 마력이 느껴졌다.

날이 저무는데 아이들을 납치한 도적의 마차는 멈출 기미를 보이지 않는다.

이대로 바다로 가서 배에 타 추적을 따돌릴 심산인지도 모른다.

"자, 어서 가요!"

결계 마법으로 하늘을 나는 빗자루 주변을 감싸고 공기 저항을 줄여 단숨에 하늘을 가로지른다.

비행 마법을 조합한 하늘을 나는 빗자루가 발하는 마력광이 초록색 꼬리처럼 공중에 남는다.

시속 100km/h를 넘는 속도로 장애물조차 없는 하늘을 질러, 마력 감지로 찾아낸 마차로 일직선으로 향한다.

그리고 마침내——.

"따라잡았어. 테토!"

"네! ——《어스 월》입니다!"

가속하는 하늘을 나는 빗자루에서 뛰어내려, 관성이 걸린 그대로 지면을 전속력으로 달리는 테토가 대지에 손을 대자 도망치던 마차의 전방에 3m 높이의 흙벽이 올라와 길을 막는다.

그 후, 여유롭게 하늘을 나는 빗자루에서 내린 나는 테토의 옆에 서서 도적들을 바라보았다.

SIDE: 여관집 드워프 소녀, 아림

"아빠…… 엄마……."

그날은 여느 때보다 특별한 하루가 될 예정이었다.

아침에 일어나 여관 일을 돕고 치세 언니와 테토 언니, 베레타 씨와 함께 아침 식사를 했다. 그리고 수확제 준비를 도운 뒤에 오후부터 아이들과 근처 강과 숲까지 가서 수확제에서 요리할 때 쓸 식재료를 구하러 다녔다.

올해는 밭과 나무의 열매도 잘 열리고 숲에서 나물도 많이 뜯었다.

나보다 나이가 더 많은 아이는 새와 토끼 마물을 잡아 수확제에서 대접하는 걸 기대하고 있다.

어쩐지 치세 언니와 테토 언니, 베레타 씨가 우리 마을에 온 뒤로 우리의 생활이 조금씩 나아지기 시작한 기분이 든다.

그런 세 사람도 수확제를 만끽할 수 있도록 열심히 나물을 찾았다.

열심히 해서 가면 치세 언니가 또 달콤하고 맛있는 사탕을 우리에게 줄지도 모른다는 생각도 했다…….

사탕은 설탕이라는 고급 재료로 만들어서 우리는 좀처럼 맛볼 수 없다.

그래서 다른 아이들은 치세 언니에게 받은 사탕을 집에 가져가서 잘게 부수어 동생들, 아빠, 엄마와 나눠 먹는다.

그리고 올해도 이제까지처럼 수확제 식재료를 찾으러 숲으로 갔는데, 숲속에서 못 보던 어른들을 만났다.

심지어 우리에게 검을 겨누었다.

"도망쳐! 어른들께 알려!"

소꿉친구 남자아이가 우리 앞에 서서 참마 등을 파던 삽을 들고 경계한다.

아이들 몇 명은 마을을 향해 달렸지만, 나는 무서워서 다리가 얼어붙고 말았다.

꼼짝도 못 하는 동안 소꿉친구 남자아이가 도적에게 맞고 땅에 쓰러졌고 우리는 잡혀서 포대 자루에 담겨 옮겨졌다.

그러고는 준비해 둔 감옥이 설치된 마차에 태워 어딘가로 이동하고 있다.

덜컹덜컹 거세게 흔들리는 마차 안에서 아이들이 울면, 마차의 벽을 강하게 쳐서 울 수도 없다.

"이 녀석들은 상품이야."

"노예로 팔면 얼마나 받을까?"

"여자 일곱, 남자 여섯이야."

"바다까지만 나가면 기사단도 못 쫓아와."

도적들이 하는 그런 이야기를 듣고 납치당해 노예로 팔린다는 생각에 우울해졌다.

외롭고, 앞으로 어떻게 될지 모른다는 불안감에 울음이 터질 것 같다.

아빠와 엄마가 보고 싶어.

그리고 가득 실린 마차의 덮개 사이로 밖을 보니, 하늘은 이미 어둡다.

함께 붙잡혔다가 도적에게 맞은 소꿉친구 남자아이는 얼굴이 부었다.

"누가…… 좀 도와줘……."

「따라잡았어. 테토!」

「네! ──《어스 월》입니다!」

내가 작게 중얼거린 직후, 익숙한 목소리가 들리더니, 땅이 흔들리며 마차를 끌던 말들이 소리 높여 울고는 멈추었다.

무슨 일이지?

불안이 점점 심해지는데 도적들이 소란스러워지기 시작한다.

그리고 얼마 동안 도적들의 비명과 성난 목소리가 울려 퍼졌다.

나는 납치당한 아이들과 함께 마차 구석에서 서로 기대 있었는데 신기하게도 더는 무섭지 않았다.

왜냐하면 바로 옆에 부드럽게 웃는 치세 언니와 한없이 밝은 테토 언니가 있다는 걸 알았기에.

27화【조직 박멸의 마녀】

상인을 가장한 도적들을 따라잡은 우리는 도적들의 마차 앞을 흙벽으로 막고 정지한 마차 뒤에 내려섰다.

흙벽과 우리가 나타난 이상 사태에 당황한 도적들이 우리 쪽으로 무기를 겨누고 위협한다.

"이건, 너희들 짓이냐! 목적이 뭐야!"

그렇게 소리를 지르는 말쑥한 노년 상인처럼 꾸민 남자가 우리를 노려보기에 나도 냉담한 눈으로 쳐다보았다.

"납치한 아이들을 돌려받으러 왔어. 얌전히 항복해."

"아이들? 헹, 다른 사람과 착각한 모양이군. 이 마차에 실은 애들은 가난한 마을에서 산 노예들이야. 요즘 이 주변의 작황이 안 좋아서 어느 마을이든 입을 줄이려고 제 아이를 팔거든. 납치한 아이들 따위 없어."

"노예상이란 말이지……."

이스체어 왕국과 가르드 수인국과 다르게 로바일 왕국에서는 일반인이 노예 매매를 하는 것이 가능하다.

하지만 그건 노예라는 명목의 노동자 알선이라는 약자 구제 제도이다.

정규 노예상의 대부분은 남들이 본인의 일을 꺼리고 싫어하는 것을 이해하고 나라에 필요악이라는 사실도 안다.

그렇기에 필요악을 행하기 위한 각오와 자긍심, 그리고 저마다 미학을 지녔다.

뻔한 거짓말로 경솔하게 자신을 노예상이라고 소개한 노년의 남자는 어둠에 천천히 눈이 익어 이 흙벽을 세운 우리가 어린 소녀란 걸 보고 욕심이 그득한 눈으로 쳐다본다.

"멋대로 착각하고는 장사를 방해하다니. 방해한 만큼 성의를 보여 줘야겠어."

그렇게 말한 노년의 남자가 부하에게 지시하니, 부하 도적들이 한 발 한 발 우리를 에워싸려 한다.

그리고 감지할 수 있는 범위의 도적이 전부 마차에서 떨어지자마자, 지팡이를 들어 올려 결계를 친다.

"매우 불쾌해. ──《배리어》."

"뭐야?!"

"아이들을 인질로 잡으면 성가셔지니까 먼저 확보했어."

내 말의 의미를 알아차린 도적 몇 명이 마차로 향하지만, 돔 형태의 결계에 막혀 아이들이 있는 마차에 가까이 가지 못한다.

"마녀님도, 테토도 화났어요! 아이들을 노리다니……"

그러면서 테토가 땅을 발로 굴러서 흙벽을 더 만들어 낸다. 도적을 한 사람도 놓치지 않을 태세다.

"뭐야. 뭐 하는 것들이야, 네놈들──."

부들부들 떨면서 목소리를 쥐어짜는 노년의 남자를, 나는 눈에 마력을 집중하여 감정 마법을 발동한다.

내 방대한 마력을 이용한다면 아무리 은폐하려 용을 써도 이력 따위 하나부터 열까지 알 수 있다.

다만, 한 사람의 전부를 알아내는 건 뇌에 부담이 심하기에 【죄업 판정 보옥】처럼 죄와 과거에 저지른 범죄만 솎아 낸다.

──【사기】, 【납치】, 【절도】, 【강도】, 【살인】 등 수많은 죄가 내 앞에 드러난다.

"참, 내 소개를 깜박했네. 나는 모험가 파티 【하늘을 나는 양탄자】의 마녀 치세야."

"저는 테토고요!"

그 이름에 수많은 도적이 경계한다.

"네놈들이 【하늘을 나는 양탄자】라고?! 설마, 정말로, 그 A등급 파티?!"

당황해하며 경계하는 도적들의 반응을 보고, 내가 한숨을 쉰다.

"정말이지, 그 마을에는 아는 사람이 한 명도 없었는데 도적들에게는 알려져 있다니, 어쩐지 기분이 복잡하네."

"하, 알 게 뭐야! 죽어라아앗!"

도적 한 명이 참지 못하고 우리에게 덤벼든다.

나는 덤비는 도적을 향해 손을 올려 무영창《사이코키네시스》로 무기를 제지한다.

허공에서 한 차례 멈춘 무기에 놀란 도적의 손에서 이내 무기가 완전히 빠져나왔다. 그리고 무기를 놓친 틈을 타, 테토가 도적 하나를 때려눕혔다.

"힉?! 이 자식들이, 사람을 죽였어!"

"실례야, 안 죽었어. 기절했을 뿐이라고."

우리는 맡은 도적 토벌 의뢰의 대부분에서 도적을 생포해서 각 도시의 위병에게 인계해 왔다.

그 결과, 사형을 당하거나 광산으로 보내져 죽은 사람은 있지만, 적극적으로 사람을 죽인 기억은 없다.

"겁먹지 마! 싸워! 죽여! 제기랄, 왜 너희 같은 상급 모험가가 여기에 있는 거냐! 또 우리를 방해하는 거냐?! 이【조직 박멸의 마녀】가!"

"헤에, 도적…… 아니, 범죄 조직에서는 나를 그런 식으로 부르나 봐?"

가르드 수인국에서 발생한 범죄 조직 등은 철저하게 적발해 괴멸해 왔다.

납치 범죄 조직 외에도 위법 약물 장수나 도적단 등을 눈에 띄는 대로 각 도시의 위병들과 협력해 쳐부수고 다니긴 했지만, 그쪽 사람에게 그렇게 불린다는 건 처음 알았다.

20년 이상 상급 모험가 노릇을 하며 미움받은 결과, 내게 자객을 보낸 적이 한두 번이 아니다.

그러나【허무의 황야】라는 신들의 대결계의 보호를 받는 곳으로 도망칠 수 있는 우리는 궁지에 몰린 적이 없었다.

"그래, 뭐라고 부르든 상관없어. 아이들은 무사히 마을로 돌려보내고 범죄 조직의 조직원은 잡아서 이 나라의 기사단에게 넘길 테니. 이번에는 우연히 우리가 있었던 불운을 저주하도록 해."

"웃기지 마! 네놈이 우리 조직의 지부를 쳐부수고 다닌 탓에 나라에서도 주시해서 장사가 안돼! 우리가 어떤 마음으로 조직을 다시 일으킨 줄 알아?!"

우리가 범죄 조직의 지부를 없애고 다녔을 때의 일을 아는 듯하다.

노발대발하긴 하지만, 본인은 늙어서 우리에게 맞설 수 없다는 걸 잘 아는지 옆에 대기하던 남자에게 지시를 내린다.

"내가 이런 곳에서 끝날 것 같아?! 어이, 길버드! 죽여 버려!"

"편한 일인 줄 알았더니 괴물을 상대하라는 거야? 하지만 우리 조직의 원수인 거지? 이 녀석들을 쓰러뜨리고 잡으면 당신의 간부 자리를 내게 양보해 주겠어?"

한 발짝 앞으로 나온 건 호위로 보이는 젊은 사내다.

단련한 몸에 마력량도 꽤 되고 【신체 강화(强化)】 정도는 다룰 수 있다.

그러나 범죄 조직의 지부를 괴멸했을 때 대치한 A등급 간부와 비교하면 빈약하다.

점수를 높이 쳐 봤자 실력으로는 B등급 모험가와 같은 수준이리라.

"그래! 저 괴물을 쓰러뜨리면 너를 다음 간부! 아니, 차기 보스로 추천해 주마!"

노년의 범죄 조직 간부가 큰 소리로 선언하자, 약속한 거라며 흉포하게 웃으면서 장검을 뽑아 내게 달려든다.

범죄 조직의 간부와 젊은 사내의 대화를 냉담하게 보던 나는 다시 손을 올려서 친 결계로 공격을 막는다.

"아니?!"

"마법사가 어슬렁어슬렁 상대 눈앞에 모습을 드러낼 때는, 대책 정도는 세우지 않았겠어?"

그렇게 말하는 동안에도 결계를 깨부수려 장검으로 여러 번 덤비지만, 저 정도로는 금도 안 간다.

평범한 마법사가 마력 전체를 사용해 만든 결계보다도 마력이 더 담겼으니까.

기껏해야 B등급 수준의 실력으로 부술 수 있는 강도가 아니다.

"후우. ──《에어 배럿》."

"크헉……."

결계를 부수는 데 열중한 젊은 사내의 복부에 압축한 공기포를 쏘았다.

작은 총알 크기로 압축된 공기가 부딪친 순간 팽창하였고, 사내는 굉장한 기세로 후방으로 날아가 버렸다.

그런데 썩어도 B등급 수준의 실력은 있는지 타이밍에 맞게 뒤로 뛰며 충격의 세기를 죽였다.

"테토, 이쪽은 내가 맡을 테니 다른 사람들은 테토가 제압해."

"알겠어요!"

테토가 제자리걸음 하는 도적들에게 【신체 강화(剛化)】로 더욱 빨라진 속도로 접근해 칼집에 든 마검으로 때려눕혀 간다.

그러는 동안에도 나와 젊은 사내는 서로를 노려본다.

"애 같은 게 꽤 하는군."

"사람을 겉모습으로 판단하지 않는 게 좋아. 그리고 그쪽은 어중간하게 강해서 힘을 적당히 조절하는 게 어려워."

"적당히……라고……."

도발하는 줄 알고 가볍게 응수하긴 했지만, 실제로 눈앞의 남자를 잡기에 적당한 게 어느 정도인지 조절하기가 어렵다.

테토가 상대하는 도적 정도면 포박용 마법을 사용해서 쉽게 구속할 수 있다.

하지만 B등급 이상의 실력자는 어설픈 구속 마법은 피하거나 힘으로 돌파한다.

"범죄 조직에 관해 잘 아는 듯 보이니까, 전원 산 채로 기사단에 넘기고 싶거든."

단순히 죽이는 것뿐이라면 급소를 치면 되니, 일정 기량을 가진 사람에게는 간단하다.

그런데 반대로 산 채로 포획하는 건 압도적인 힘과 살리기 위한 궁리와 기술이 필요하다.

"내가, 어중간하다고…… 산 채로, 넘긴, 다고! 웃기지 마라! 이【암검(暗劍)】의 길버드 님을! 깔보다니, 이 계집이!"

가벼운 도발로 이렇게까지 격분하다니, 끓는점이 낮은 건 아닐까.

더군다나 이 정도 실력으로【암검】이라는 이명이 있으리라고는 생각도 못 해서 코웃음을 치니, 더욱이 격분한다.

"애써 손에 넣은 전리품을 여기서 쓸 줄은 생각도 못 했군!"

도적단의 젊은 사내가 뽑은 건 허리에 차고 있었던 한 자루의 검이었다.

사내가 조금 전까지 쓰던 검도 나름대로 좋은 검일 텐데 지금 뽑은 검은 더 격이 높은 마법 무기일 테지.

그런데 그와 동시에 꺼림칙하기도 하다.

"그거, 촌장님 댁에서 훔친 마검이구나."

"그렇다! 너무 위험하다면서 촌장이 계속 은밀하게 간직한 저주받은 마법 무기지! 듣기로는 대가만 있으면 엄청난 힘을 손에 넣을 수 있다는군!"

"그럼, 덤벼. 격의 차이라는 걸 보여 줄 테니."

나는 느긋이 지팡이를 들어 꺼림칙한 느낌이 드는 저주받은 마검을 든 도적단 사내를 맞아 싸운다.

28화【저주의 마검】

저주의 마검은 도적 사내의 마력을 흡수해 수상쩍게 빛났다.

어떻게 만들면 저렇게 불길한 무기가 탄생하는 걸까.

수많은 명검을 탄생시킨 폐갱 마을이 낳은 어둠의 일부분일지도 모른다는 생각을 하는 도중, 도적단 사내가 덤벼든다.

"빠르네."

"뭐야! 손도 못 쓰겠나?!"

조금 전보다 몇 단계 더 속도가 오르고 다양한 각도에서 결계를 공격해 온다.

그때마다 결계 표면이 삐걱삐걱 소리를 낸다. 나는 결계가 부서지지 않게 일정 거리를 유지하듯 회피하며 침착하게 분석한다.

"힘으로는【신체 강화(剛化)】를 익힌 A등급 모험가와 맞먹을 정도이고."

무기 하나로 많은 모험가가 넘기 힘들어하는 A등급과 B등급 사이의 벽을 넘을 수가 있다는 건 엄청난 일이다.

저주받은 마검의 힘은 사용자의 마력을 취하여 신체 강화가 이루어지는 건가.

하지만──.

"저주의 마검의 힘은, 그저 사용자를 강화하는 것뿐만이 아니지? ──《윈드 커터》."

"이 마검의 진정한 힘은 베면 벨수록 더 강해지는 궁극의 마검이다! 이 검으로 네년을 죽이고 나는 마검으로 더 큰 힘을 얻을 것이다! 그러니 죽어어어엇!"

견제하려고 쏜 바람 날을 마검으로 튕겨 내고, 높아진 신체 능력으로 피하면서 달려든다.

나도 마검으로 막을 수 없는 다양한 각도에서 바람 날을 날리면서 공격을 계속 피한다.

전위 검사와 후위 마법사의 접근전은 후위인 내가 압도적으로 불리하다.

그리고【암검】이라는 이명대로, 휘두른 검이 굽이치고 예측 불가능한 움직임에 결계가 갈라져 간다.

휘두른 마검이 결계를 때릴 때마다 마검의 위력으로 결계가 삐걱거리다가 결국 결계가 깨진다.

"이거로 끝이다. ──죽어어어어어!"

온 힘을 다해 치켜든 마검으로 내려친다. 그리고── 다시 결계에 튕겨 나갔다.

"하?"

"바보야? 내가 언제 결계가 한 장이랬어?"

"뭐라고? 큭!"

또 한 번 압축한 공기포를 쏘니 아까처럼 뒤로 날아간다.

"나는 늘 결계를 여러 장 겹쳐서 발동한다고."

"다중, 결계……라고……."

내 결계는 한 장 한 장이 평범한 마법사가 전력을 다한 수준의 결계다.

그런 결계를 여러 장 쳐서 몸을 보호하는 나는 한 장이 깨지는 사이에 새로운 결계를 또 쳤다.

"지금의 당신은, 내 털끝 하나 건드릴 수 없어."

나는 담담하게 사실을 늘어놓으며 상대방의 기를 꺾으려 시도한다.

마검을 든 도적단 사내도 전력을 다해 부순 결계가 눈앞에서 복구되는 걸 보고 믿기지 않는 눈을 한다.

"이럴 수가……. 이게【조직 박멸의 마녀】의 힘……."

이미 노년의 범죄 조직 간부는 포기한 듯 무릎이 꿇렸다.

"자, 순순히 항복해."

"칫…… 그래. 지금 이대로는 네놈을 쓰러뜨릴 수 없겠지. 하지만——!"

남자가 혀를 차며 마검에 마력을 더 주입한다.

"나는, 나는 더 싸울 수 있어! 마검이여, 내게 더 큰 힘을 넘겨라아아아앗!"

한 번 더 마검에 마력을 흘려보내니, 마검의 수상쩍은 빛이 커지며 사용자인 남자의 몸에 변화가 나타난다.

체격이 서서히 비대해져 한 아름 커지고 몸의 색이 검붉게 변한다.

또 커진 몸에 맞춰 마검도 그에 맞는 크기가 되려는 듯 불길하게 성장한다.

"으하하하, 더 큰 힘이다! 이제 네년을 죽일 수 있어!"

"더 큰 힘을 얻었다 해도 겉모습까지 바뀌었잖아. 인간이기를 포기했구나."

비대해진 근육 때문에 옷이 찢기고 마치 오거처럼 바뀌었다.

변이로 흥분한 그대로 내리친 마검이 지면을 깨고 충격파를 일으킨다.

""""으아아아아악——.""""

"젠장, 길버드! 우리까지 죽일 셈이냐!"

테토가 상대하던 다른 도적들도 충격파에 휘말려 땅에 구른다.

나는 아이들이 있는 마차를 보호하기 위해서 마차 쪽으로 이동해, 마력을 더 넣어 결계를 강화했다.

테토는 무력화해서 땅에 잡은 도적들이 다치지 않게 마검을 든 사내로부터 거리를 두듯 옮기고 있다.

"이거로도, 아직 못 죽였나! 그렇다면——."

내게서 시선을 돌려 노년의 간부에게 검 끝을 겨눈다.

"이봐, 길버드! 어째서 내게 검을 겨누는 것이야!"

"사람을 베면 벨수록 힘이 세지거든. 나한테 간부 자리를 양보한다고 했으니, 이왕이면 나와 마검의 양분이 되어라아아앗!"

"히이이이익——.!"

노년 간부가 겁에 질려 뒤로 물러난다.

그런데 사내가 내려친 마검이 결계에 막혔다.

"눈 멀뚱멀뚱 뜨고서 마검이 세지는 걸 두고 보지만은 않아."

내가 범죄 조직 간부와 다른 도적들을 보호하듯 여러 장의 결계를 쳤다.

"사, 살려 줘! 아직 죽고 싶지 않아!"

"당신들은 범죄 조직의 중요 참고인이야. 이렇게 죽게 둘 수 없어."

"이년이이이이익! 나를 방해하지 마라아아아앗!"

커진 몸과 세진 완력으로 마검을 휘둘러 사방팔방에서 충격파가 난무한다.

그 위력에 깨지는 결계도 몇 장 있지만, 그때마다 결계를 다시 쳐서 막는다.

"테토, 제압하자."

"알겠어요."

"——《어스 바인드》!"

"——《어스 바인드》입니다!"

나와 테토가 지면에 손을 꽂으며 외치자, 지면에서 흙으로 된 팔이 나와서 마검을 든 도적을 제압하듯 잡는다.

"그아아아아아——."

마검을 든 도적이 포효하며 팔을 휘둘러, 육체의 힘만으로 흙의 구속을 부수고 빠져나와 눈에 띄는 사람을 공격하려 달려든다.

그러나 나와 테토가 끝없이 만들어 내는 흙 팔이 마검을 든 도적을 계속 방해해 서서히 흙의 구속으로 꼼짝 못 하게 된다.

"더! 더 내게 힘을 넘겨라아아앗! 마검이여어어어!"

사내가 마검에 마력을 주입해 더 큰 힘을 얻자, 흙의 구속이 조금씩 부서진다.

"틀렸어! 저건 이길 수 없어!"

범죄 조직 간부가 단념하듯 소리치지만, 나와 테토에게는 이 싸움의 끝이 보인다.

"크아아아아! ―――크, 헉, 끄어어어어어억!"

마검에게서 한계 이상으로 힘을 끌어내려 마력을 퍼붓다가 결국 마력이 바닥을 친 모양이다.

그러나 마검의 힘은 마력이 다해도 멈추지 않고 이번에는 사내의 생명력까지 빼앗아 간다.

비대해진 덩치가 쭈그러들고 홀쭉해진다. 머리카락이 서서히 하얗게 세고 얼굴도 늙어 간다.

"떨어져! 떨어지란 말이야! 왜, 안 떨어지는 거야!"

'저주받은 장비는 떼어 낼 수 없다'라는 말이 머릿속을 스친다.

아무래도 저 저주의 마검은 마력을 대가로 사용자에게 힘을 주는 모양이다.

그 대신 마검은 사용자의 손에서 떨어지지 않는다.

그리고 사용자가 다룰 수 있는 이상의 힘을 끌어내면 그 힘을 유지하려고 소비 마력도 커지고, 그에 걸맞은 마력을 붓지 않으면 생명력을 대신 빼앗긴다.

마검의 힘을 유지하고 마검에 목숨을 뺏기지 않으려 다른 사람을 베어 마력과 생명력을 빼앗아야 한다. ――완전히 살육에 미친 검이잖아.

"살려 줘, 죽기 싫어! 죽기 싫어!"

이런 사내여도 죽으면 꿈자리가 사납다――.

"하아. ──《윈드 커터》."

조용히 주문을 왼 마법이 예리한 바람 날이 되어 도적 사내의 양팔을 팔꿈치부터 자르니, 두 팔이 마검과 함께 공중에서 춤춘다.

"끄아아아아악! 팔이! 내 팔이!"

"시끄러워. ──《섀도 바인드》!"

【원초 마법】 스킬에 포함된 【어둠의 마법】을 사용해 물리적으로 간섭력을 얻은 그림자를 조작하여 몸을 구속하고 입을 막는다.

"이제 처치를 해 줘야겠지. ──《힐》."

입이 그림자에 막힌 도적단 사내가 팔이 잘린 고통으로 흐린 비명을 지르지만, 아랑곳하지 않고 손을 얹는다.

응급 처치 【회복 마법】으로 절단된 팔꿈치 쪽 상처를 막으니, 살이 살짝 부풀어 오르는 형태로 피부가 팽팽해진다.

그리고 그사이에 땅에 떨어진 마검을 쥔 남자의 두 팔은 팔에 남았던 생명력을 빨아 먹혀 순식간에 바짝 말라 버렸다.

"웃?! 으응! 으으으으응!"

치료받은 팔꿈치 끝과 바싹 마른 자기 팔을 본 도적 사내가 신음을 더 내며 버둥거린다.

그러나 나의 방대한 마력으로 강화되어 옥죄는 그림자를 도적 사내는 깨부술 수 없다.

"다행이야. 아이들이 못 보게 결계를 쳐 둬서."

이런 고문 같은 방법으로 무력화하는 내 모습을 아이들이 보지 못해 다행이라고 생각한다.

팔이 절단됐을 때 거는 회복 마법의 정석은 상처 부위를 막지 않고 잘린 팔을 붙인 뒤 치료하는 것이다.

하지만 이번에는 이어야 할 팔이 마검에 의해 말라 버렸기에 잇댈 수가 없어 그대로 양팔의 상처를 막은 것이다.

붙일 팔이 없으므로 회복 마법의 정석에서 벗어난 치료 행위는 불가항력이다.

게다가 부차적인 효과로는 도적의 마음을 확 꺾기에 유효한 수단이다.

막힌 상처에 회복 마법이 듣지 않는다. 그러니 이 도적의 팔을 원래대로 하려면 고도의 재생 마법으로 새로 자라게 하든가 고가의 결손 부위 회복 약이 필요하다.

"으윽! 으으으응!"

팔이 잘린 고통과 두 팔이 사라진 정신적 충격으로 사내가 눈에 흰자를 보이고, 소변을 지리며 쓰러졌다.

"그나저나 생명력을 빨아먹는 마검이라니. 무시무시한 힘이지만 솔직히 위험하니까 존재할 필요는 없지."

땅에 떨어진 마검에 정화 마법 《퓨리피케이션》을 사용하면 마검의 저주도 사라지겠지.

그렇지만 마검의 힘은 저주와 밀접하게 얽혀 있어, 저주가 소멸되면 마검도 같이 붕괴하리라.

"저주의 마검이나 주술이나 요술로 강해져 봤자, 제대로 된 결말을 맞을 리 없지."

예전에 대치한【악마 빙의】로 힘을 얻은 B등급 모험가나 저주의 마검으로 힘을 키운 도적단 사내가 치른 대가는 어마어마하다.

"역시 꾸준히 실력을 기르는 게 최고라니까. 괜히 남겨 뒀다가 봉인하는 것보다는 없애는 편이 낫겠어. ──《퓨리피케이션》!"

내가 그렇게 중얼거리고 저주의 마검을 향해 정화 마법을 발동한다.

께름칙한 독기가 정화되어 정상적인 마력으로 돌아와 마검 자체가 울 듯이 끼익거리며 검의 몸체가 세 조각으로 부서진다.

그리고 께름칙했던 몸체에서 색이 빠져 미스릴의 아름다운 은색이 드러난다.

이제 이 마검은 문제없으리라.

"아, 내 마음대로 정화해 버렸네. 촌장님께 허락받는 거 깜박했다……."

뭐, 화내면 화내는 대로 솔직하게 사과하기로 하고 부러진 마검을 천으로 싼 뒤에 마법 가방에 넣고 주변을 둘러본다.

"마녀님~, 이쪽은 정리됐어요~."

"……테토, 고생했어."

"네!"

뒤에서 살짝 껴안아 오는 테토에게 고개만 돌린다.

내가 마검을 처리하는 동안 테토는 묵묵히 도적들을 생포한 모양이다.

그 뒤, 내가 【창조 마법】으로 만든 수갑과 쇠사슬로 다시 포박하여 늘 해 온 것처럼 땅의 마법으로 감옥에 가둔다.

그리고 마침내 도적을 정리한 나는, 마차 주변에 친 결계를 풀고 마차 안을 확인한다.

"치세 언니, 테토 언니……."

좀 어두워서 잘 보이지 않는 마차 안에는 무릎을 껴안고 서로 기댄 아이들이 있었다.

그중에 있는 아림이 가냘픈 목소리로 내 이름을 부르기에 안심하게 해 주려고 말을 걸었다.

"이제 괜찮아. 구하러 왔어."

"마을까지 데려다줄게요!"

"""으아아아아아앙!"""

아이들이 일제히 울음을 터트린다.

납치당해, 자신들에게 어떤 미래가 닥칠지 모르는 공포와 불안. 그리고 큰 소리로 우는 것조차 막던 도적이라는 존재.

억압하던 존재가 사라지고 구조되었다는 안도감에 아이들의 감정이 폭발했다.

나와 테토는 아이들이 진정될 때까지, 그저 아무 말 않고 받아 주었다.

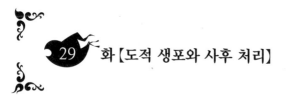

29화【도적 생포와 사후 처리】

아이들을 구조한 나는, 밤이라 위험해도 하늘을 날아 마을로 돌아갔다.

"우와아, 굉장하다, 신기해!"

"치세 언니, 대단한 마법사였구나!"

"하늘을 날고 있어!"

하늘을 나는 양탄자에 탄 나와 테토는 아이들을 태운 마차와 도적들을 가둔 감옥을 공중에 띄워서 가는 중이다.

하늘을 난다고 해 봤자, 높이는 고작 몇 m밖에 안 될뿐더러 속도도 아이들이 무서워하지 않을 정도의 속도다.

가는 길에 아이들을 위해 식사도 하고 휴식을 취하며 천천히 가니, 새벽쯤에는 마을에 돌아올 수 있었다.

"얘들아, 일어나. 도착했어."

마차에서 지쳐 잠든 아이들을 깨우자, 잠이 덜 깬 눈을 비비며 일어난다.

"저게 뭐지?!"

"하늘을 나는 양탄자와 마차?! 갈 때는 빗자루를 탔는데?!"

"그보다 아이들이 돌아왔어!"

마차 밖에서 나는 소란스러운 소리에 잠에서 깬 아이들이 마

을로 돌아온 것을 알아차리고 마차에서 몸을 내밀어 손을 크게 흔든다.

"아빠! 엄마!"

""——아림!""

납치당한 아이들이 차례로 가족의 품으로 달려가는 모습을 보는 우리에게 베레타가 다가온다.

「주인님, 테토 님. 어서 오세요.」

"다녀왔어, 베레타."

"다녀왔습니다!"

이렇게 사건이 하나 마무리된 뒤에 베레타가 마중해 주니, 어쩐지 마음이 놓여서 힘 빠진 미소가 새어 나온다.

아이들이 돌아와 마을이 활기를 되찾은 와중, 마을의 조정자인 촌장 드워프 노인이 내 쪽으로 왔다.

"고맙습니다. 어찌 보답해야 할지……."

"아이들을 보호하는 건, 어른의 의무인걸요. 괘념치 마세요."

열두 살에서 성장이 멈춰 버린 내 말에 촌장이 난감해했지만, 그런 그를 마음에 두지 않고 앞으로의 일에 관해 이야기한다.

"그보다 도난당한 마검 말인데요……."

그렇게 운을 띄우며 마법 가방에서 정화한 부러진 마검을 꺼내자, 촌장 드워프의 눈이 놀라 커진다.

"사람의 생기를 빨아먹는 위험한 저주의 마검이라 제가 멋대로 정화했습니다. 허락도 안 받고 죄송합니다."

"……이건 강한 힘에 집착한 명장인 내 조부께서 당신의 피와 목숨을 바쳐 만든 저주받은 마검입니다. 지금까지 몇 번이나 정화하려고 교회 성직자가 파견됐지만, 한 사람도 정화에 성공하지 못했지요. 오히려 제가 고맙습니다."

부러진 마검의 자루를 들고 촌장님이 작은 목소리로 말한다.

촌장님이 마검을 보며 마음의 정리를 하는 것을 묵묵히 지켜보다가 진정된 후에 잡아 온 도적을 어떻게 처리할지 묻는다.

"생포한 도적은 어떻게 하기로 하셨어요?"

"동틀 녘에 마을의 젊은이가 마차를 타고 근처 마을로 가서 도움을 요청할 예정이었습니다."

원래 광산 마을이었지만, 갱을 폐쇄한 후에는 작은 마을로 규모가 축소되었다.

주재하는 기사가 없고 도적을 가둘 감옥도 없어서 재판을 할 수도 없다.

게다가 이 정도 규모의 도적을 돌볼 여유도 없다.

무엇보다──.

"어이! 이 자식들! 감히 우리 마을을 습격해?!"

"나와! 내가 죽여 주마!"

"너희 다 우리 마을을 습격한 걸 후회하게 해 주겠어!"

혈기 왕성한 자경단원들이 도적을 가둔 감옥으로 칼집에 든 검과 창 자루로 찌르고 발로 차고 있다.

저 정도 충격으로는 감옥이 부서지지 않는다. 다만 가만히 두면 흥분한 자경단이 자기네들이 벌을 주겠다고 한다던가, 그에 저항하는 도적에게 반격당하는 일도 있을 것 같다.

"저희가 이대로 가까운 마을까지 옮겨서 기사단에게 도적을 넘기겠습니다. 그러니 기사단과 원만하게 이야기를 진행할 수 있는 분을 동행하게 해 주시겠어요?"

"알겠습니다. 치세 님 일행이 도적을 옮겨 주신다니까 안내를 부탁한다. 같이 다녀오거라."

조정자인 촌장의 아들과 자경단의 대장, 두 사람이 우리와 동행해 주기로 했다.

촌장 아들과 자경단 대장을 마차에 태우고 베레타에게도 함께 같이 가자고 했다. 범죄 조직에 선동당했던 농민 도적도 같이 데리고 근처 마을로 출발했다.

그렇게 근처 마을에 도착한 게 오후 세 시쯤이다.

유동 인구가 꽤 있는 마을로, 수상한 부유물을 이끌고 나타난 우리에게 마을을 지키는 기사와 위병이 다가온다.

사정을 설명하고 마을로 들어가, 범죄 조직의 조직원과 농민 도적들을 인계하였다.

또 도적들을 【죄옥 판정 보옥】으로 죄를 확인하고는 우리도 확인했다. 그 뒤, 면밀한 조사가 이루어졌다.

마지막으로 도적들을 완전히 인계하고 생포한 도적에게 걸린 현상금을 받았다.

특히 범죄 조직의 간부와 두 팔이 잘린 마검 도적 길버드는 로바일 왕국과 가르드 수인국의 양국에서 납치 범죄를 저지르고 근래 흉작으로 생계가 어려워진 농민을 선동한 죄로 거액의 현상금이 걸려 있었다.

현상금을 받았을 때는 이미 밤이 되어 있었다.

"역시…… 어젯밤부터 한숨도 안 자고 움직였더니 피곤하네."

"그러게요. 여기서 묵고 내일 돌아가기로 해요."

「주인님, 그러실 줄 알고 숙소를 확보해 뒀습니다.」

종일 쉬지 않고 일했더니 지쳤다.

졸려서 눈이 끔벅거린다.

"미안해. 우리 마을 일인데 전부 다 처리해 주고……."

그런 내게 미안해하는 촌장 아들과 자경단 대장이지만, 내가 다 한 게 아니다.

"두 사람이 있어서 다행이야. 이야기가 원만하게 끝났잖아."

A등급 파티【하늘을 나는 양탄자】로서 지명도와 실적이 있다.

그러나 우리의 용모 때문에 확인하느라 시간이 지체된 적이 많다.

그래서 폐갱 마을의 신뢰할 만한 사람이 동행하여 상황을 설명해 준 덕분에 우리의 신원과는 관계없이, 사후 처리가 원만하게 진행되었다.

"이제 맛있는 밥을 먹고 내일 돌아가자."

"수확제를 해야 해요!"

「현상금도 나왔으니, 돌아가기 전에 선물을 사서 가는 건 어떨까요?」

베레타의 제안에 우리는 좋은 생각이라며 내일 계획을 짰다.

그런데 이 마을의 길드 마스터에게 우리 얘기가 전달되어 면회하는 데 하루.

거기다 타국에서 유명한 A등급 모험가가 방문한 걸 들은 마을을 관리하는 영주와 면회하는 데 하루.

그뿐만 아니라, 라리엘과 리리엘을 섬기는 오대신 교회의 신부님께 우리의 체재 사실이 알려져 면회하는 데 하루.

사흘이나 발이 묶여 버렸다.

"하아, 드디어 돌아갈 수 있어……."

"피곤해요. 드워프 여관의 맛있는 밥이 그리워요!"

「고생하셨습니다, 주인님, 테토 님. 사흘이나 지났으니, 수확제는 이미 끝났을지도 모르겠군요.」

마을을 나선 우리는 하늘을 나는 양탄자와 짐마차에 탔다.

우리 때문에 생각지도 못하게 체재 기간이 연장된 촌장 아들과 자경단 대장에게는 미안한 마음뿐이다.

"치세 님과 테토 님, 엄청난 사람들이었구나."

"폐갱에 들어가는 괴짜 아이들인 줄 알았는데 생각보다 거물이었어."

마을에 훌쩍 나타난 괴짜 모험가에서 한순간에 A등급 모험가 삼인조──뭐, 정확하게 베레타는 모험가가 아니지만──라는 대단한 사람이 되어 버렸다.

그런 그들은 우리의 사정으로 계획이 꼬인 탓에 마을을 위해서 산 선물을 짐마차에 가득 싣고 돌아가는 중이다.

그리하여 예상치 못한 납치 소동을 해결한 우리는 마을로 돌아왔다.

여담이지만, 납치 범죄를 저지른 범죄 조직의 간부를 잡은 것으로, 이제까지 규모를 축소하며 도주해 왔던 범죄 조직의 전모가 드러나, 로바일 왕국 기사들의 손에 의해 조직은 괴멸되었다.

범죄 조직을 괴멸할 수 있는 계기를 제공한 인물로 모험가 파티 【하늘을 나는 양탄자】의 이름은 로바일 왕국에도 기록이 남게 되었다.

하늘을 나는 양탄자에 탄 우리와 그 뒤로 끌어오듯 띄운 짐마차에 촌장 드워프 아들과 자경단 대장이 타고 폐갱 마을로 돌아왔다.

짐마차에는 그쪽에서 산 수많은 선물이 쌓여 있다.

폐갱 마을로 돌아오자, 바로 환영하는 목소리가 울려 퍼진다.

"다들~ 안녕히 다녀오셨어요!"

작은 몸으로 손을 크게 흔드는 아림의 목소리에, 마을 입구를 감시하던 자경단원들과 집 안에 있던 마을 주민들도 우리가 온 걸 알고 밖으로 나온다.

그리고 얼마 뒤 마을에 도착한 우리는 아림과 마을 주민들과의 재회를 즐겼다.

"치세 언니, 테토 언니, 베레타 씨! 어서 와!"

"다녀왔어, 아림."

"마을에서 선물을 잔뜩 사 왔어요!"

나는 솔직하게 재회를 기뻐하고 테토는 뒤에 있는 짐마차에 실은 선물을 자랑한다.

"와, 고마워!"

「좀 괜찮아요?」

짐마차에 실린 선물을 살짝 보고 고마워하는 아림에게 베레타가 걱정하며 묻는다.

아이들이 납치당했던 것으로 여전히 힘들어하는지 걱정하는 거다.

"우리는 이제 괜찮아! 그보다 세 사람을 기다리고 있었어!"

"우리를 기다렸다고?"

"응! 우리를 위해 애써 준 세 사람이 없는데 축제를 시작할 수는 없잖아!"

아림의 말에 모인 마을 사람들이 당연하다며 고개를 끄덕인다.

아무래도 우리가 돌아올 때까지 수확제를 미룬 모양이다.

"자, 가자!"

"응, 알겠어."

나는 아림의 손에 이끌려 마을 광장으로 향했다.

우리가 마을로 돌아왔다는 소식을 듣고 마을 주민들이 잇달아 말을 걸었다.

"치세 님, 테토 님, 베레타 님, 노고 많으셨습니다. 여러분이 돌아오셨으니, 지금부터 수확제 준비를 할 겁니다. 밤까지 푹 쉬시면서 기다리세요."

그렇게 말한 촌장님은 분주하게 수확제 준비하기 시작하는 주민들을 지휘한다.

언제든 시작할 수 있게끔 순서를 정해 놨는지 요리를 순조롭게 조리해 나간다.

각 집의 부엌에서 맛있는 냄새를 풍긴다.

그리고 짐마차에 가득 실어 온 선물과 술통을 옮기고 아이들도 접시를 놓는 등 준비를 돕는다.

그런 상황에 기다리기만 하는 우리——.

"우리도 돕는 게 좋겠어."

"테토가 맛있는 식재료를 찾아올래요!"

「봉사해야 하는 제가, 이런 대접을 받는 건 메이드의 체면이 안 섭니다. 우리도 돕죠.」

편하게 쉬라는 말을 들어도 마냥 기다리기만 하는 게 마음이 불편했던 우리는 손을 빌려주러 돌아다녔다.

테토는 바로 사냥하러 근처 숲으로 뛰어갔는데……. 뭐, 밤이 되기 전에는 돌아오겠지.

"하, 하지만……."

"괜찮아요. 기다리는 것보다 같이 준비하는 게 재미있고요."

촌장님이 배려해 주지만, 내가 웃으며 그렇게 답했다.

「생각해 보니, 우리가 준비 작업을 돕는 건 오히려 방해될 수가 있겠어요. 차라리 우리끼리 요리를 몇 접시 만드는 게 어떨까 싶은데요.」

"그러면 그렇게 하자."

베레타와 함께 여관집 조리장 한구석을 빌린다.

"치세 씨하고 베레타 씨가 쓰는 건 물론 괜찮은데, 정말 도와주려고?"

여관의 주인이자 아림의 부친인 드워프 사장이 그렇게 묻기에 쓴웃음을 지으며 고개를 끄덕였다.

"보고만 있는 건 재미없잖아."

「주인님, 뭘 만드실 건가요?」

"음. 그러게……. 쿠키 같은 건 어때?"

다른 요리장에서는 축제용 큰 접시 요리와 안줏거리, 그리고 수프류를 많이들 만들고 있다.

그런데 거의 어른을 위한 요리라고 해야 하나, 술안주 메뉴가 많고 아이들을 위한 과자를 만드는 모습은 못 봤다.

「좋은 것 같은데요? 쿠키를 굽는 데 필요한 재료는 마을에서 구할 수도 있고요.」

밀가루, 염소 우유와 버터, 달걀, 설탕 대신 꿀을 넣어 만들 수 있겠지.

"그래, 기본적인 버터 쿠키를 되는대로 만들어 보자."

「그럼, 재료를 준비하겠습니다.」

마법 가방에서 필요한 재료를 꺼내 쿠키를 만들기 시작한다.

버터와 설탕, 약간의 소금을 이기듯 섞어서 거기에 달걀노른 자를 넣고 또 섞은 뒤, 밀가루와 섞어 반죽이 차지면 발효한다.

발효되는 사이, 생지를 만들며 남은 달걀흰자를 쳐다본다.

"쿠키를 만들 때마다 남는 달걀흰자가 아까워."

쿠키 만들기 재료로 들어가는 달걀노른자를 분리하고 나니, 달걀흰자만이 남고 말았다.

「설탕을 첨가해서 머랭 쿠키를 만들면 어떨까요? 아니면 달걀 국 재료로 넣어도 되고요.」

"음, 그러네. 그러면 두 가지 다 만들자."

나는 머랭 쿠키를, 베레타는 달걀국을 만들기 시작한다.

나는 달걀흰자에 설탕을 넣고 섞어서 머랭을 만들고 있다.

보통은 안이 깊은 식기에 달걀흰자를 거품기로 달그락달그락 저어서 섞지만, 나는 마법사다.

바람의 마법으로 일으킨 회오리바람으로 달걀흰자를 섞어서 순식간에 뿔이 선 머랭을 완성했다.

베레타도 닭 뼈로 육수를 내, 채소와 달걀흰자를 적당히 넣어서 섞고 소금과 후추로 간을 해서 요리를 마무리했다.

「주인님, 맛 좀 봐 주세요.」

"알겠어. 와, 맛있어. 부드러워."

수확제 다음 날 숙취로 고생할 사람의 위에 부담이 안 될 것 같다.

뭐, 숙취가 오는 드워프를 본 적은 없지만…….

"아, 이제 예열이 됐겠어."

빌린 여관집 오븐에 쿠키 반죽을 넣어 굽는다.

모양을 내는 틀처럼 편리한 도구는 없지만, 막대기로 굴려서 편 생지를 마법으로 같은 두께로 잘라 나란히 놓았다.

그리고 다 구워진 쿠키를 오븐에서 꺼내니, 버터와 설탕 향기가 주변에 폴폴 퍼진다.

"아빠, 엄마, 도와주러 왔어……. 맛있는 냄새가 나네."

여관집 드워프 부부가 만든 수확제 요리를 옮기는 걸 도우러 온 아림이 쿠키 냄새에 이끌려 부엌 안쪽을 들여다봤다가 우리가 요리하는 걸 보고는 볼을 볼록하게 부풀렸다.

"치세 언니네는 소중한 은인이야! 편하게 쉬라니까!"

"뭐라고 할까, 기다리기만 하는 건 성미에 안 맞아서. 자, 먹어 봐. ──아, 해."

내가 쓴웃음을 지으며 구운 쿠키를 한 개 집어서 아림에게 내민다.

쿠키에서 나는 버터 향기를 맡고 입에 넣는다. 갓 구워서 바삭바삭한 소리가 여기까지 들린다.

"음?! 우와, 바삭바삭해서 맛있어!"

눈을 반짝거리며 쿠키 맛을 즐기는 아림을 보니, 귀여움에 피로가 녹는다.

그리고 나도 한 개 집어먹어 보니, 소박한 버터 쿠키의 바삭바삭한 식감과 버터 향기와 엷은 단맛이 맛있다.

「주인님, 홍차를 타 드릴까요?」

"그래, 고마워. 다음 쿠키가 구워질 때까지 잠깐 쉬자."

나는 베레타에게 홍차 한 잔을 부탁하고 한숨 돌린다.

그리고 저녁 전에 나는 쿠키와 머랭 쿠키를 한가득 담은 접시를, 베레타는 달걀국을 끓인 냄비를 들고 수확제 회장으로 옮겼다.

집집마다 요리한 음식을 거의 다 가져다 놨을 즈음, 숲으로 나간 테토도 돌아왔다.

"마녀님~, 큰 사냥감을 잡았어요~! 이거로 꼬치구이를 잔뜩 먹을 수 있어요!"

마을 주민들의 함성을 받은 테토는 어깨에 커다란 사슴을 이고 왔다.

숲에서 발견한 걸 기절시킨 후, 팔다리를 밧줄로 묶어 옮긴 모양이다.

아직 피를 뺀 게 아니어서 자경단원들이 테토에게서 급히 받아 들고 해체소로 운반한다.

"테토, 수고했어. ──《클린》."

"다녀왔습니다! 아, 마녀님하고 베레타한테서, 좋은 냄새가 나요~."

사냥하고 돌아온 테토에게 청결 마법을 걸어 깨끗하게 해 주자, 나한테 안겼는데 쿠키 냄새를 맡았나 보다.

그렇게 해가 지기 전에 수확제 준비가 끝나, 촌장님이 축제의 시작을 알린다.

"우리가 올해도 무사히, 밭의 은혜를 누릴 수 있음에 감사하며, ──건배!"

"──건배!"

"──건배!"

"──건배!"

애주가로 유명한 드워프들이 저마다 신앙하는 누군가에게 건배를 외친다.

자경단원들은 전쟁의 여신인 라리엘에게, 농업과 수렵업에 종사하는 자들은 풍요의 신이기도 한 리리엘에게, 대장일로 불을 숭배하는 자들은 불의 정령에게──.

여신 신앙과 정령 신앙 등이 혼재한 가운데, 곧 찾아오는 혹독한 겨울을 대비해 원기를 보충하기 위한 수확제가 시작되었다.

회장 중앙에는 대형 화톳불을 피워, 그 불길을 바라보면서 다들 요리와 술을 즐겼다.

31화 【아림의 꿈】

「주인님, 테토 님, 요리와 마실 것을 가져왔습니다.」

"고마워, 베레타."

"고마워요!"

나는 베레타가 가져온 요리를 받아 들고 테토는 음식이 수북한 접시와 술이 든 큰 목제 술잔을 테이블에 놓는다.

그리고 수확제가 시작하자, 마을 주민들이 차례차례 우리에게 감사 인사를 하러 온다.

주민들의 상처를 치료해 준 것, 방화로 마을이 다 탈 뻔한 걸 막은 것, 납치당한 아이들을 구해 준 것 등.

한 명 한 명에게 웃으며 인사를 받았다.

인사가 얼추 끝나니, 이번에는 주민들이 술과 음식을 즐기기 시작해서 그 광경을 바라보는 우리도 즐겁다.

특히 나와 베레타가 만든 쿠키를 맛있게 먹어 주는 아이들의 웃는 얼굴을 보고 납치당했던 일로 괴로워하지 않는다는 걸 깨닫고 안도와 기쁨이 섞인 기분이 들었다.

"흐헤헤, 마녀님~. 귀여워요~. 베레타도 귀여워요~."

"아이참, 테토. 너무 많이 마셨어."

술꾼인 드워프들에게 맞춰 술을 마시다 취한 테토가 내 몸에 들러붙어 뺨을 비벼 댄다.

「주인님. 제가 테토 님을 침대에 눕히고 오겠습니다. 수확제를 즐기고 계세요.」

"오잉? 베레타 세 명이 테토를 옮기고 있어요~."

요리를 하나씩 맛본 베레타가 이제 충분히 즐겼는지 자진해서 술에 취한 테토를 방에 데려다주겠다고 한다.

그리고 나는 축제의 화톳불을 멍하니 바라보는데 사람 그림자가 쓱 졌다.

"치세 언니. 잠깐, 괜찮아?"

화톳불을 바라보고 있던 내 옆으로 아림이 앉아도 되냐고 묻는다.

내가 고개를 끄덕이자, 낮에 봤던 밝은 모습이 아니라 어른스러운 표정으로 고맙다고 말한다.

"치세 언니는 정말로 대단한 모험가였구나."

그렇게 작게 툭 말한 아림이 화톳불을 보며 이야기한다.

"뭐랄까, 이렇게 대단한 모험가들한테 너무 허물없이 군 것 같아. 미안해."

"신경 안 써. 오히려 이제까지처럼 대해 주면 기쁠 거야."

지금까지 친근하게 대하던 사람이 갑자기 태도를 딱딱하게 바꾸면 조금 섭섭하니까.

"고마워, 치세 언니. 그리고 있잖아. 나, 고민이 있는데 들어 줄래?"

아림이 어른스러운 진지한 표정으로 나를 쳐다보기에 잠자코

이야기에 귀를 기울인다.

"──나 있지, 치세 언니처럼 모험가가 되고 싶어. 나쁜 사람들 때문에 곤란해하는 사람을 도와주는, 그런 모험가가 되고 싶어."

분명 납치를 경험하고 자신들을 구해 낸 나를 동경하고 존경하는 마음에 그렇게 말하는 거겠지.

"그런데 내가 좋아하는 이 마을이 활기가 되찾게 하는 것도 꿈이야."

그렇게 아림이 조금씩 꺼내 놓으며 이야기한 건 후회와 꿈이었다.

이런 가난한 마을이라서 마을에서 떨어진 숲까지 산나물 등을 캐러 가지 않으면 만족스러운 양의 식재료를 확보할 수 없다.

마을에서 멀어질수록 마물을 맞닥뜨리거나 납치당할 위험이 커진다는 걸 이번에 몸소 깨달은 듯하다.

"그래서 말이지. 위험한 일을 겪지 않아도 되는 그런 좋은 마을로 만들고 싶고 위험한 일을 당하는 사람을 구해 주는 치세 언니 같은 모험가가 되고 싶어."

"그렇구나……. 둘 다 멋진 꿈이다."

"……응. 근데 뭘 해야 할지 모르겠어."

그러는 아림에게, 나는 내 생각을 말해 준다.

"나는 말이야. 모험가가 되면 좋다고 안이하게 말할 수는 없지만, 마을 밖을 아는 게 좋다고 봐."

"마을 밖?"

"응. 너는 이 마을이 가난하다고 했지만, 그래도 다른 크고 작은 마을들에는 없는 좋은 점이 몇 가지 있어."

폐갱에 사는 박쥐의 변 거름은 다른 마을에는 없다.

게다가 땅의 마법으로 밭에 마력을 넣는 농법은 땅과 친화력이 높은 드워프만이 쓸 수 있는 방법이다.

아림의 부친인 여관집 사장의 요리 또한 이스체어 왕국과 가르드 수인국에서는 볼 수 없는 향토 요리다.

이 밖에도 찾아보면 이 마을에는 좋은 점이 아주 많다.

"모험가가 돼서 마을 밖을 여행하며 발견한 것을…… 우리 마을로 들여온다……. 응, 맞아! 내가 생각한 게 바로 그거야! 고마워, 치세 언니!"

"음……. 마을 밖을 여행하고 싶은 거면 행상인이 되는 선택지도 있는데."

지금은 모험가가 된다는 목적 말고는 다른 건 눈에 들어오지 않는 아림을, 못 말린다는 듯이 웃는다.

"그러면 모험가가 되고 안 되고는 나중 문제라고 치고. 치세 언니! 내가 여행을 다닐 수 있게 단련해 줘!"

아림의 부탁에 난감해하는 그때, 아림에게 생각지도 못한 지원군이 도착했다.

「아림 님은 이제 열세 살입니다. 게다가 여관집 사장님께는 신세도 지고 있으니, 따님이신 아림 님의 장래를 위해 도움을 드리고 싶습니다.」

"베레타……."

만취한 테토를 침대에 눕히고 돌아온 베레타가 우리의 대화를 들었는지 찬성을 하고 나섰다.

아림의 부탁은 어떤 의미로는 베레타가 이번 여행에 동행한 이유와도 비슷한 결이라 공감한 게 아닐까 하고 나는 생각했다.

"……알겠어. 대신, 조건이 있어."

내가 조건부로 모험가의 이모저모를 가르쳐 주기로 했다.

"우리가 이번 의뢰를 끝낼 때까지만이야. 의뢰를 마치면 아림이 얼마나 성장했든 다시 여행을 떠날 거야."

"응! 알겠어! 겨울에는 농사일 도울 것도 별로 없으니까, 그때까지 가능한 한 많이 가르쳐 줘!"

아림이 기뻐했지만, 이제 아이는 잘 때다.

이미 다른 아이들과 그 어머니들은 집으로 돌아갔다. 이 뒤는 어른의 시간이다.

우리도 취한 테토가 기다리는 방으로 돌아가, 잠자리에 들었다.

납치 소동과 수확제 등 여러모로 있었지만, 내일부터는 폐갱의 최심부에 도전해야 한다.

수확제 다음 날, 우리는 곧장 폐갱 탐색을 재개했다.

그렇지만 납치 소동과 수확제 등으로 폐갱에 드나든 지 좀 되어서 우선은 폐갱 곳곳에 새로운 벌레 마물이 생기지는 않았는지 살펴보고, 최심부를 봉쇄한 결계의 상태를 확인하고, 【허무의 황야】에 잠깐 돌아가서 다른 봉사 인형들이 어떻게 지냈는지도 보고 왔다.

그리고 수확제가 끝나고 사흘 뒤——. 여러 준비를 마친 나와 테토, 베레타는 A등급을 비롯해 무수한 강력 마물들을 퇴치하며 폐갱 안쪽으로 나아가다가 마침내 최심부에 도착했다.

"여기가, 마물의 발생 근원지구나."

"으엑, 질척질척해요……."

「고농도의 독기를 감지했습니다. 인체에 매우 유해한 환경이군요.」

폐갱 최심부에 난 큰 구멍에는 눈으로 볼 수 있을 정도로 진한 음의 마력——독기가 퍼져 있었다.

저주의 마검이 지닌 께름칙한 독기는 비할 바가 아니다. 독기가 진흙으로 실체화했다.

그런 독기의 진흙이 고인 큰 구멍 앞에 거대한 벌레 마물이 있었다.

벽에 기대듯이 자리 잡고는 땅속에 긴 관 같은 것을 꽂고 뭔가를 빨아들이고 있다.

그 마물은 독기의 진흙 속으로 벌레 마물의 알을 낳고 있었다.

그리고 그 독기 진흙 속에서 부화한 여러 종류의 벌레 마물 유충이 자기들끼리 서로를 죽이고 먹기 시작한다.

죽은 마물의 잔해가 독기 진흙 밑으로 가라앉고 살아남은 유충이 성충으로 진화해서 큰 구멍으로 기어 나온다.

"이게 폐갱에 잔뜩 나타났던 벌레 마물들의 정체구나. 징그러워……."

"밑에서부터 올라온 거예요."

「고농도 독기에 노출된 결과, 전부 아종(亞種) 마물로 진화했습니다.」

동족상잔에서 생존하여 아종으로 진화한 벌레 마물이 나약한 먹잇감으로 보이는 눈앞의 우리에게 덤벼든다.

그러나 나의 바람 날 마법과 테토의 마검, 베레타의 염동력으로 조종하는 여덟 장의 쇳날로 달려드는 벌레 마물을 순식간에 죽여 나간다.

이제 막 태어났는데도 C등급 하위 마물만큼 센 걸 보니, 성장하면 최심부까지 오는 동안 마주친 A등급 정도까지 세지는 것이리라.

그리고 독기 진흙이 고이는 큰 구멍과 마물끼리 먹고 먹으면서 성장한 마물의 몸에서 방출되는 원망과 한탄의 염이 담겨 고인 독기, 그를 흡입하며 거대 모체 마물이 환희하듯 떨고 있다.

"아주 고약하네. 라리엘은 이 마물을 무찔러 줬으면 해서 우리에게 부탁한 것 같아."

"얼른 무찌르고 이 기분 나쁜 장소를 산뜻하게 해요!"

우리는 거대한 벌레 마물의 모체──마더(가칭)에게 무기를 겨눈다.

"우선 시험 삼아 날려 볼까. ──《윈드 커터》!"

"가요! 호잇!"

나는 지팡이를 가로로 휘둘러 특대 바람 날 다섯 장을 만들어 마더를 향해 날렸다.

테토는 땅의 마법으로 무수한 돌멩이를 손바닥에 만들고 【신체 강화】의 마력을 더해 전력으로 던진다.

바람 날이 벌레 마물의 몸통을 가르고 산탄처럼 발사된 돌멩이가 마더의 몸을 꿰뚫어 벌집으로 만든다.

「키샤아아아아아아──.」

"먹혔어요! 한 번 더, 입니다!"

이번에는 주먹만 한 돌을 만들어 온 힘을 다해 던진다.

투척한 돌이 마더의 복부를 스쳐, 살덩이를 크게 도리고 뒤에 있는 벽에 꽂혔다. 그 충격으로 천장에서 작은 돌멩이들이 투두둑 떨어진다.

「테토 님, 과합니다. 갱이 무너질 위험이 있어요.」

"미안해요, 입니다!"

베레타에게 주의를 받은 테토가 사과한다.

그러는 사이에도 베레타는 염동력으로 조종하는 여덟 장의 쇳날로 마더의 몸을 벤다.

우리에게 공격당한 마더의 몸에서는 독성이 있을 듯한 자줏빛 액체가 뿜어져 나오고 께름칙한 독기도 주위에 퍼진다.

"일단 효과가 있는 것 같기는 한데……."

그리고 대지에 꽂은 관이 맥박치며 녹색으로 빛나는 무언가를 빨아들이더니, 꿀렁거리며 마더의 상처 입은 몸이 재생된다.

「주인님. 아무래도 마더는 지맥의 농도와 밀도가 높은 마력을 흡입하여 회복하는 듯합니다.」

다양한 부정을 머금은 독기와는 대조적으로 아름답게 빛나는 지맥의 마력을 빨아먹는 듯하다.

이렇게 마력을 빨아먹어 대니 지맥 하류에는 충분한 마력이 퍼지지 않아 흉작이 계속되는 것이겠지.

"그렇구나, 지맥에서 오는 화수분 같은 마력……. 성가시네."

「그렇지만 오랜 세월에 걸쳐 이 폐갱의 안쪽 깊은 지맥의 마력과 고독의 독기를 마시거나 뒤집어써 와서 몸이 마력 의존도가 높아 보입니다.」

베레타의 말에 테토가 고개를 갸우뚱하길래 내가 알기 쉽게 설명한다.

"즉, 폐갱 밖에서는 살 수 없는 몸이라는 뜻이구나."

「추측이지만, 벌레 마물들이 폐갱 밖에서는 안 보였던 이유가 폐갱 이외의 환경에서는 살지 못하는 성질을 물려받은 게 아닐까 생각합니다.」

벌레 마물들이 폐갱 안에서 서로 잡아먹음으로써 독기가 고였지만, 밖에서는 살 수 없는 성질 덕분에 마을이나 지상에는 피해가 없었다는 건 불행 중 다행이다.

"그나저나 마더를 해치우는 건, 꽤 애먹을 것 같아."

나와 베레타가 재생한 마더의 생태를 분석하고 고찰하는 사이, 마더가 우리를 팔로 내리치려 한다.

단순하기 짝이 없는 내려치기 공격을 비행 마법으로 피하고 테토와 베레타도 폐갱 내를 뛰어서 피한다.

그러자 나와 테토를 향해 입에서 맹독액을 뱉지만, 결계에 가로막혀 땅으로 떨어진다.

"하아, 귀찮게 됐어. 마더의 공격이 우리에게 닿지 않지만, 마더도 죽지 않아."

공격을 침착하게 처리하면서 나는 눈에 마력을 집중하여 마더에게 휘감겨 붙은 거무칙칙한 마력 덩어리를 본다.

마더의 몸에 동거하는 마력이 가스 상태의 망령 마물인 피어가이스트처럼 독립적인 의사를 지니고 꿈틀거리고 있다.

「키샤아아아아아아악———.」

마더의 째진 비명이 이중으로 들리고 마더를 둘러싼 마력이 검은 마법탄을 발사한다.

한 발, 한 발이 사람을 죽음에 이르게 하는 저주가 담긴 마법탄이다. 마물로서의 위험도는 예전에 토벌한 워터 휴드라보다 훨씬 높다.

"내 결계로 막을 수는 있지만, 그래도 역시 위험해! 핫!"

마법으로 대미지를 주고는 있지만, 지맥에서 빨아들인 화수분 같은 마력이 마더의 상처를 치료한다.

"역시, 내 마력을 30만 마력까지 늘려도 위에는 위가 있는 법 이구나."

마력이 옅은 바깥세상에서는 살 수 없겠지만, 만약 등급을 매 긴다면 A등급을 돌파해 전설의 재해급 마물인 S등급으로 분류 될 것이다.

만약 폐갱 밖에서 살 수 있는 몸이었다면 벌레 마물을 끝없이 낳아서 대지를 마물로 뒤덮어 나라를 멸망케 했겠지.

그런 상상을 하니, 소름이 끼친다.

"일단 마력 공급원을 끊을 수밖에 없겠어. ──핫!"

사방팔방에서 날아드는 10연속 바람 날이 지맥과 연결된 관을 노리지만, 마더는 관이 약점임을 알기에 자기 몸으로 덮어 방패 로 쓴다.

그 거대한 몸을 방패로 바람 날 공격을 막고 몸을 에워싼 검 은 마력이 마법탄을 난사해, 폐갱 내부의 벽과 천장이 터져 벌 어진다.

「키샤아아아아아아아앗──!」

몸이 잘게 썰려 비명 같은 째진 소리로 날뛰는 마더에게 빈틈 이 생겼다.

"테토! 베레타!"

"네, 입니다! ──하아아앗, 에이!"

「거기예요. 핫!」

우리 공격을 막으리라는 것은 이미 예상했다.

베레타가 염동력으로 조종하는 날을 고속으로 발사해서 땅속에 박힌 관을 절단한다.

관에서 녹색 마력광이 새기 시작하는 가운데 테토가 지면에 손을 꽂아서 폐갱 내의 대지를 조작한다.

테토의 마력이 대지를 쥐니, 폐갱 내부가 드드드 흔들린다.

폐갱의 지반이 꿈실거리고 지맥에 꽂은 마더의 관이 뽑히듯 지면에서 튀어나온다.

그 순간, 지맥으로 통하는 구멍에서 녹색 마력광이 확 넘쳐흘렀지만, 테토가 곧장 구멍을 암반으로 막아 단단히 닫는다.

"해냈어요! 이제 대지에서 마력을 못 빨아먹어요!"

"테토, 베레타, 잘했어. 이거로 간다. ──《윈드 커터》!"

지팡이를 한 번 휘둘러 바람 날 열 장을, 또 한 번 휘둘러 두 배인 스무 장의 바람 날을 다양한 각도에서 마더의 몸으로 내리쏟는다.

재생을 돕던 마력 공급원이 끊겨서 고독으로 저장한 독기를 소비하여 상처를 재생하려 시도하지만, 그것조차 늦다.

「키샤아아아아악──.」

궁지에 몰린 마더를 둘러싸고 있던 께름칙한 마력체가 튀어나와서 우리에게서 도망치려 한다.

"몸을 버리고 도망칠 셈이군!"

남겨진 몸은 더는 마력 강화도 사라져, 바람 날로 생긴 상처와 비대해진 몸의 무게를 버티지 못하고 아스러져 체액 상태로 흘어진다.

께름칙한 마더의 마력체가 이 지하 공간에서 빠져나가려 하지만, 미리 친 독기 유출을 막는 결계에 가로막혀 도망칠 곳이 없다.

"하나, 둘이에요!"

테토가 그런 마더의 마력체 뒤로 돌아가서 허리에 찬 마검을 뽑는다.

검은 안개 같은 마력체가 마력이 담긴 테토의 검압에 몸을 흐트러뜨렸다가 바로 다시 뭉쳐서 재생한다.

「테토 님, 지금 마더의 마력체는 마력 생명체와 같습니다. 보통 방법으로는 쓰러뜨리지 못해요!」

"으, 어떡해요."

테토가 재생하는 마력체에 여러 번 마력을 담은 검압을 때려박지만, 그때마다 뭉쳐서 재생한다.

"대악마처럼 완전히 실체화를 한 것도 아니고 그릇이었던 마더의 몸도 잃었어. 천천히 흩어져 없어질 거야."

대악마처럼 실체화해서 존재가 안정적이지 않고 피어 가이스트처럼 지박령으로서 한 곳에 묶여 존재를 유지하는 것도 아니다.

게다가 마물의 핵인 마석을 마더의 몸에 남기고 나왔기에 마력체의 구성 요소도 불안정한 상태다.

내가 보기에는 께름칙하지만 매우 약한 존재다.

"정화 마법을 준비할게! 잠깐만 시간을 벌어 줘!"

내가 정신을 집중해 이 주변에 있는 독기를 분산시키기 위한 정화 마법을 준비한다.

정화 마법을 시전할 것을 알아차리고 마더의 마력체가 더욱 격하게 날뛴다.

소멸을 피하고자 새로운 그릇으로 테토에게 마력을 뻗치지만, 테토가 마검을 휘둘러 다시 흐트러진다.

그런데——.

"베레타, 뒤!"

「——윽?!」

주변에 독기가 충만한 탓에 마력 감지가 잘 안돼서 눈치채는 게 늦었다.

테토가 흐트러뜨린 마더의 마력체 일부가 베레타의 등 뒤에서 재생하여 독기를 막고 있던 결계를 파괴하고 베레타 몸으로 들어가고 있다.

"——《퓨리피케이션》!"

마더의 마력체를 포함한 주변의 독기를 전부 없앨 생각으로 온 힘을 다해 정화 마법을 발사한다.

「키샤아아아아아아앗——.」

마더의 마력체가 째진 비명을 지르며 청정한 마력에 분해되고 폐갱의 독기가 사라져 정적이 찾아온다.

그리고 마더의 마력체 일부가 몸에 들어간 베레타는 비명이나 고통스러운 신음도 내지 않고 조용히 쓰러졌다.

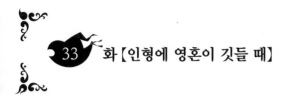

33화【인형에 영혼이 깃들 때】

SIDE: 베레타

비명조차 지르지 못하고 쓰러진 나의 의식은 새하얗기만 한 봉사 인형의 정신 공간에 있었다.

「──마력 생명체에 의한 간섭으로 정보와 기억 보호를 우선함. 또한 마력 생명체 격리를 실행함…… 성공했습니다.」

마더의 마력체에게 침식당한 나는, 내 기억을 잃지 않기 위해 정보를 보호하는 것을 우선시했다.

그 후, 기억 용량의 일부에 침식한 마더의 마력체 격리에 성공했으나, 그런데도 적은 내 몸에 저장된 마력을 흡수해 이 몸을 빼앗으려 하고 있다.

「어째서 인간도 아닌 도구인 네가 살아 있나.」

「어째서, 태평하게 평범한 생활을 보내지?」

「우리를 도와야 할 존재인 네가, 왜 우리를 돕지 않고 이 세계에서 삶을 지속하나.」

격리한 마력체로부터 새어 나오는 검은 안개 같은 독기가 사람의 형상을 하고 입을 열 때마다 나를 비난하는 말을 던지고는 형체가 스러지더니 다른 사람의 형상을 만든다.

「정신 공격을 하는 겁니까. 하지만 고대 마법 문명의 사람들은 그런 말을 하지 않습니다.」

나는 봉사 인형.

고대 마법 문명의 편리한 도구 중 하나이며 사람들에게 인간 취급을 받은 기억은 없다.

누구도 봉사 인형인 내게 '살아 있다', '생활을 한다' 등의 인간다운 표현을 쓰지 않았다. 그런 표현을 하는 건 오직 주인님과 테토 님뿐이다.

「이건, 나 자신이 품고 있는 죄악감입니까?」

갇히게 된 지하 방공호에서 지옥 같은 사건을 그저 보기만 할 수밖에 없었던 나 자신이 품은 감정이라면, 참으로 인간다운 감정이라고 생각한다.

「그런데 이런 장면을 계속 보여 주는 건 불쾌하네요.」

정신 공격을 통해 마더의 마력체를 억제하는 격리를 풀려는 것이리라.

나는 이 정도 정신 공격에는 동요하지 않는다. 그저 내 감정과 마주한다.

「인형인 나는, 역시 주인님들과 같은 인간이 되고 싶었군요.」

부서졌던 몸이 낫고 주인님들께 봉사할 수 있어 기뻤다.

하지만 성장하지 않는 봉사 인형에 머물러서는 주인님들과 나란히 설 수 없을 것이다.

그래서 성장할 수 있는 인간이 되고 싶다는 욕구를 품고 그에 부수한 다양한 감정을 손에 넣었다.

이번 여행에 동행해도 되겠냐고 청한 것도 바깥세상의 정보와 조리 기술을 갱신한다는 이유를 댔지만, 진심은 기다리기만 하는 존재가 아니라는 것을 보이고 싶었다.

그리고——.

「외부에서 정화 마법을 감지했습니다. 이건, 주인님이시네요. 느리지만, 이 몸에 들어온 독기가 사라져 갑니다.」

검은 안개 같은 것에 에워싸여 있던 마더의 마력체의 독기가 가시고, 안에서 나타난 건 벌레 마물에 깃들어 있었다고는 생각되지 않는 사람 형상의 그림자였다.

그냥 새카맣게 칠한 것 같기는 하지만, 독기처럼 께름칙한 느낌이 없는 순수한 그림자다.

「그 모습……. 당신은, 누구입니까?」

내가 검은 그림자에게 물으니, 그림자는 남자도, 여자도, 젊은, 늙은 목소리로도 판별되지 않는 기묘한 목소리로 대답해 주었다.

「형체를 잃은 어둠의 정령이다.」

「대화가 가능할 만큼의 지식이 있는 걸 보니, 고위 정령으로 판단됩니다.」

내가 그렇게 답하지만, 인형의 그림자는 느리게 고개를 젓는다.

「형체를 잃었다고 했잖아. 나는, 그 벌레에게 먹혔어.」

그 벌레라면, 우리가 무찌른 거대한 벌레 마물 마더를 말하는 거겠지.

정령 같은 마력 생명체를 먹는 존재는 고대 마법 문명 이전부

터 전해져 내려와, 정령 포식자라고 불리며 마력 생명체의 천적
으로 두려움의 존재였다.

「그래도 용케 그 상태로 자아를 유지하시는군요.」

「먹힌 뒤에 녀석의 몸에 파고들어 유지해 왔던 의식도, 독기의
영향으로 미쳐서 악령이 되어 있었어. 정상적인 자아는 거의 안
남았어.」

「그럼, 어떻게?」

「지금 대화할 수 있는 건, 정화로 죽기 직전의 마지막 기적 같
은 거야.」

그것도 독기가 완전히 정화되면 얼마 남지 않은 의식조차도
사라진다며 정령의 잔영이 자조적으로 웃는다.

「어떻게, 안 되는 건가요?」

「힘들지. 벌레에 먹혀 형체를 잃고 독기에 함락된 존재야. 무
엇보다 독기가 없으면 존재할 수 없어. 이 세계에 해악이 된다
면 이대로 사라지는 편이 나아.」

온화하게 웃은 듯 보이는 그림자의 몸이 서서히 옅어지는 것
을, 나는 바라보았다.

「왜 네가 그런 표정을 짓는 거야. 나는 악몽 같던 상태에서 해
방됐어. 이제 만족해.」

내가 지금, 어떤 표정을 짓고 있는지 모른다.

그러나 정령의 그림자가 나를 걱정하는 투로 말한다.

「그렇, 습니까. 그러면 메이드로서 한 말씀 올리지요. ——오
랜 시간, 고생하셨습니다.」

내가 공손히 정령의 잔영에게 고개를 숙이자, 그림자가 웃는다.

「마지막으로 사람과 이야기를 나눌 수 있어서 좋았어. 내 마력은 세계로 환원되어 새롭게 태어날 정령의 근원이 될 테지만, 내게 남은 정령의 잔해는 네 속에 남기고 갈 거야.」

봉사 인형인 나를, 정령의 잔영은 사람으로서 대해 주었다.

그리고 그대로 사라져, 내 안에 침입한 위협이 없어졌으므로 봉사 인형의 의식을 재가동하였다.

SIDE: 마녀

"간다. ──《퓨리피케이션》!"

마더의 마력체가 몸에 들어가 쓰러진 베레타를 벌써 몇 번이나 정화 마법으로 뒤덮는다.

검은 안개 같은 마더의 마력체는 베레타의 마력을 흡수해 힘을 되찾으려 했지만, 정화 마법을 반복했더니 서서히 그 움직임이 둔해졌다.

그리고 마침내 베레타에게 파고든 독기를 제거하니, 베레타가 눈을 떴다.

「음……. 안녕하세요. 주인님, 테토 님.」

"베레타!"

"다행이에요, 일어났어요~."

천천히 상체를 일으킨 베레타가 나를 똑바로 마주 본다.

"베레타, 어디 안 아파? 독기가 몸에 들어갔는데 괜찮아?"

「네. 의식을 보호하려고 육체 활동을 정지한 것뿐이라 문제없습니다. 주인님이 밖에서 정화 마법을 써 주신 덕분에 내부에 침입한 독기는 전부 소멸했어요.」

"그래, 다행이다……."

"잘됐어요~, 걱정했어요~."

베레타가 너무 걱정된 나머지 울상이었던 테토는 일어난 베레타에게 달려들어 안겨서 엉엉 울기 시작한다.

나도 베레타를 걱정했는데 무사히 눈을 떠서 눈물이 나올 것 같다.

「주인님, 테토 님, 걱정을 끼쳤습니다.」

"다행이야. 마력도 흡수당했으니 보충해야지. ──《차지》."

계속 우는 테토의 머리를 쓰다듬으면서 달래는 베레타의 등 뒤로 간 나는 베레타의 등에 손을 대고 마력을 보충한다.

바로 그때, 베레타의 체내 마력의 움직임에 생긴 변화를 알아차리고, 놀란다.

"베레타……. 너, 스스로 마력을 생성하고 있어."

「네?!」

봉사 인형은 마도구로 분류되어 스스로 마력을 생성하는 존재가 아니다.

그런데 지금 베레타는, 내부 핵에서 조금씩이지만 마력을 생성하여 자신의 핵에 마력을 채우려 하고 있다.

그러한 변화에 짐작 가는 게 있었다.

"베레타, 잠시 감정 마법 좀 쓸게."

나는 그 말만 하고, 베레타에게 감정 마법을 걸어 몸의 변화를 조사한다.

폐갱 최심부에 돌입하기 전에 마력 보충을 했을 때까지만 해도 봉사 인형이었다.

그런데 마더의 마력체에 침식당한 몸을 정화하고 눈을 떴을 때는 이미 진화한 상태였다.

【베레타(메카노이드)】

직업: 봉사 시녀

칭호: 【마녀의 종자】【전투 시녀】

골렘 핵의 마력 27000/100000

스킬 【격투술 Lv.8】【신체 강화(剛化) Lv.1】【어둠의 마법 Lv.5】【재생 Lv.1】

　　【마력 회복 Lv.1】【마력 제어 Lv.8】【봉사 Lv.10】【고속 연산 Lv.5】

　　【병행 사고 Lv.5】【예의범절 Lv.7】【지휘 Lv.5】 기타 등등……

메카노이드란, 기계 계열 마족이라는 거겠지.

무엇이 계기인지는 모르지만, 테토처럼 마족으로 진화했다.

"베레타. 넌 지금 마족·메카노이드가 되어 있어."

마족이 된 사실을 들은 베레타는 조용히 고개를 숙이고 눈물을 흘렸다.

그래서 이번에는 나와 테토가 베레타를 부드럽게 부둥켜안고 달랬다.

"축하해요. 베레타도 마석 먹을래요?"

테토가 우는 베레타를 위로한다고 마석을 내민다.

베레타도 예상하지 못했는지 순간 놀랐다가 웃고 울며 테토에게서 마석을 건네받아서 사탕을 먹듯 마석을 먹는다.

그리고 한바탕 울고 진정한 베레타는 침식해 온 마더의 마력체에 관해 이야기해 주었다.

"그래……. 형체를 잃은 정령이었구나."

"그러면 베레타는, 테토와 똑같아요!"

테토도 자아가 붕괴한 정령의 힘을 흡수해서 어스노이드로 진화했다.

베레타도 어둠의 정령의 힘을 흡수해 메카노이드로 진화한 것 같다.

그 뒤, 우리는 폐갱 최심부 주변을 둘러보았다.

"다시 보니, 심하네."

우선 폐갱의 공기는 정화했지만, 마더의 사체는 방치한 그대로 있고 최심부에 난 큰 구멍에 고여서 실체화한 독기 진흙도 남아 있는 상태다.

이걸 정화하려면 마법사와 성직자를 수십 명 모아서 협력해 수십 일 동안 정화 마법을 발동해야 한다.

"방치했다가 모종의 원인으로 이 독기 진흙이 유출되면 큰일 날 것 같은데."

만약 독기 진흙이 유출되면 가장 피해를 보는 건 이 근처에 사는 폐갱 마을 사람들이다.

이 독기 진흙을 어떻게 처리할지 생각하는데 우리 눈앞에 지

맥에서 새어 나온 녹색 마력광이 한데 모이는 게 느껴진다.

혹시나 정화한 마더의 마력체가 남아 있는 건가 해서 경계하는데 녹색 마력이 사람 형상을 만들더니 내가 아는 사람이 나타난다.

"설마, ——라리엘?"

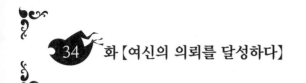

「여, 치세! 그리고 같이 있는 건 테토, 베레타 맞지? 수고했어.」

지맥의 마력광이 한데 모여 나타난 라리엘이 친근하게 말을 건다.

"반가워요, 입니다! 평소에 마녀님께 얘기는 많이 들었어요!"

「처음 뵙겠습니다, 라리엘 님. 지난번에는, 정말 감사했습니다.」

테토도 라리엘에게 편하게 대답하고 베레타도 부서진 몸을 수리하는 거로 의논해 준 것에 감사 인사를 전한다.

"왜, 당신이 여기서 나타나는 거야. 꿈속 신탁에서만 만날 수 있는 거 아니었어?"

지하 깊숙이 있던 강대한 마물을 쓰러뜨린 직후에 나타난 라리엘의 존재를 의아하게 쳐다본다.

「여긴 나의 관리 영역이니까. 상황과 조건만 맞으면 짧게 강림할 수 있어.」

이번에는 지맥에서 샌 마력을 이용했다며 라리엘이 웃는다.

"여러모로 묻고 싶은 게 있어. 애초에 왜 우리한테, 폐갱의 마물을 퇴치하게 하고 싶었던 거야?"

로바일 왕국의 마물이 발생한 관리 영역을 도와 달라는 부탁은 받았지만, 구체적으로 기한이나 토벌 방법, 그리고 토벌 목적도 전혀 알려 주지 않았다.

신의 사정이 있었는지도 모르지만, 역시 베레타가 독기에 다칠 위험성이 있었던 건 미리 알고 싶었다.

결과적으로 베레타가 메카노이드로 진화할 수 있었지만 그래도 가까운 동료가 쓰러지는 걸 보고 간담이 서늘했다.

「뭐, 얘기하면 길어지는데 말이지. 2,000년 전의 마법 문명의 폭주로 지맥이 엉망진창이 된 건 알지? 그때, 엉망진창이 된 지맥을 재생하려고 고위급 어둠의 정령이 있던 이 산의 지하에 길을 뚫었어.」

베레타가 흡수한 정령의 본체인 어둠의 정령은, 오랜 세월 이 땅에 존재했으며 대지를 다루는 것에도 뛰어난 존재였다.

그래서 라리엘은 토지 관리자로서 신앙으로 모인 마력을 건넸다고 한다.

「나는 지상에 간섭하거나 꼼꼼하게 관리하는 걸 잘 못하거든. 이렇게 다른 녀석에게 맡기는 경우가 많아.」

어둠의 정령이 라리엘에게 받은 마력을 이용해 지맥과 대지를 재생하여 이 땅은 점점 안정되어 갔다.

그 부수 효과로 재생한 지맥에서 새어 나온 마력이 땅속에 다양한 마법 금속을 생성케 했는데, 사정이 변한 건 30년 전이라고 한다.

"드워프들이 지맥에 구멍을 뚫어 버려서 넘쳐난 마력으로【정령 포식자】가 탄생한 거구나."

「얼추 그런 셈이지. 정령을 먹고 힘을 길러도 약할【정령 포식자〕가, 언제부턴가 벌레들끼리 서로 잡아먹으면서 생기는 독기에 노출되며 무시무시한 괴물로 성장했어. 설마 광산 개발로 일이 이렇게 흘러갈 줄은 예상도 못 했어.」

정말로 인간의 욕심은 대단하다며 라리엘이 재미있다는 듯 웃는다.

수천, 수만 년의 단위로 세계를 지켜보는 여신이다.

인간의 무지와 실패도 많이 봐 왔으리라.

"근데 너무 느긋했다고 봐. 10년도 더 전부터 저런 마물이 땅속에 있는 걸 알았으면서. 라리엘도 위기의식이 없어."

「그건 어쩔 수 없었어. 인간들이 자기들끼리 알아차리고 대처하면 그게 가장 좋은 거라고 생각하거든. 나는 최악으로 치닫지 않게 치세 일행에게 부탁했을 뿐이야.」

그러면서 즐거운 듯 웃는 라리엘을 보고 신이란 존재는 역시 우리와 어딘가 사고방식이 다르다는 생각이 들었다.

라리엘의 말대로 나나 라리엘이 전부 나서면 피해는 미연에 방지할 수 있다.

그러나 그러면 인간이라는 종의 성장과 발전을 방해하고 만다.

「게다가 그 마물은, 이 폐갱의 깊숙한 곳에서밖에 못 살잖아. 어떤 의미로는 인간이 가까이 가지만 않으면 당분간은 위험할 일이 없는 거지.」

갱이 폐쇄되고 30년간, 폐갱에서 나온 벌레 마물을 쓰러뜨리는 대증 요법으로도 어떻게든 넘겨 온 것이다.

"그러면 라리엘이 생각한 최악의 상황은 뭐였어?"

「어떤 마물이든 수명이나 생물의 한계가 있어. 그【정령 포식자】의 모체도 앞으로 20년 정도만 지나면 수명이 다해 죽었을 거야. 그랬을 때, 고이고 고여 독기 진흙과 남겨진 벌레 마물 사체의 혼합물이 지맥을 경유해 퍼졌겠지.」

벌레 마물의 사체에는 독이 섞여 있고 실체화한 독기 진흙은 사람과 동식물을 좀먹고 마물을 활성화한다.

지맥에 그러한 이물이 흘러들면, 여기서부터 남쪽 지방 대지에도 퍼져 독과 독기로 오염되어 마물들이 번식하고 흉포해질 것이다.

「로바일 왕국 국토의 반이 맹독과 독기에 오염돼, 그것들이 흐르면 바다가 더러워지고 이 대륙의 동쪽은 인간이 살기에는 힘든 땅이 돼. 그러면 나의 다른 관리 영역에도 영향이 가고, 끝내 동생인 해모신 루리엘에게도 피해를 끼치게 되지.」

그것이 라리엘이 생각한 최악의 상황이리라.

확실히 나라 하나가 독기에 오염되어 사라지는 건 최악 중의 최악이다.

어떤 의미로 유예가 있는 부류의 문제였던 게 다행이라고 생각한다.

이렇게 내가 늦지 않고, 누구도 눈치채지 않고, 사람들이 혼란에 빠지지 않고 끝낼 수 있었으니까.

「자, 그래도 이렇게 내 의뢰는 거의 끝이 났네. 이제 거기 남은 마물 사체가 가라앉은 독기 진흙을 정화하면 임무 완료야.」

"아니, 저 독기 진흙은 정화하는 데도 시간이 걸리는데……."

「아, 뭐……. 그래서 보수 말인데, 잠깐 그쪽 벽을 파 봐.」

"알겠어요!"

라리엘이 가리킨 곳을 테토가 찾는다.

테토의 땅의 마법으로 넓힌 토석 안쪽에는 백은색과 다홍색의 광석 덩어리가 있었다. 그리고 그 중심에는 녹색 결정이 존재했다.

"라리엘, 이게 뭐야?"

「그 광석은 예전에 여기로 지맥을 끌어올 때, 새어 나간 고농도의 마력으로 생긴 미스릴과 오레이칼코스야. 그리고 부유석이지.」

"부유석이라면, 섬이 뜨는 거?"

지맥 관리란, 하나는 마력이 부족한 지역으로 마력을 퍼뜨리는 것. 그리고 또 하나는 한 장소에 마력이 너무 고이지 않도록 하는 것이다.

한 곳에 마력이 너무 고이면 마력 굄 현상으로 던전이나 강한 마물이 태어나거나 부유석이 생겨서 지면을 들어 올려 부유도가 되기도 한다.

부유도가 되면 세계를 관리하기가 더욱 어려워진다고 라리엘에게 들었다.

「그만 한 크기로는 대지가 떠올라 부유도는 안 돼! 기껏해야 배나 떠오를 수 있지!」

하늘을 나는 배를 상상하니, 엄청난 광석 같다.

이 판타지 이세계에는 드래곤을 비롯해 와이번이나 거대 괴조

(怪鳥) 등, 하늘에는 위협적인 마물이 존재한다.

그런 마물에 대응하기 위해 대공 공격용 투석기를 배치하거나 강력한 마법사가 하늘을 날아 요격하거나 용기사(龍騎士)가 와이번 등의 마물을 사역해서 싸운다.

그러한 제공권 확보가 이 부유석을 활용함으로써 개인의 자질에 좌우되는 상황부터 일반적인 상황까지 격차가 크다.

그 끝에 기다리는 건 좋은 방향으로 발전하면 수송의 고속화.

나쁜 방향으로 흘러가면 공중전 격화다.

"하아, 라리엘. 보수인 양 말하지만, 사실은 성가신 물건을 떠넘기는 거 아니야?"

「헤헤, 들켰네. 확실한 건 인간이 가지기에는 아직 이른 물건이야. 고대 마법 문명 전에도 부유석 다루는 것에는 마음을 졸였으니까.」

언젠가는 인간이 발견하여 연구할 테지만, 아직 그때가 아니다.

"필요 없다고 해도 여기에 남겨 둘 수도 없는 노릇이니, 고맙게 받을게."

그런 우리에게 라리엘이 사라지면서 얘기한다.

「베레타가 정령의 힘을 흡수해서 봉사 인형에서 마족으로 진화해서 다시 태어났지? 환영할게, 이 세계에 태어난 것을. 이 세계를 만끽하도록 해.」

'그럼 간다'라며 마지막에는 가볍게 인사하고는 라리엘이 우리 앞에서 사라졌다.

폐갱에 마력광의 잔해와 정적이 퍼졌다.

남겨진 큰 구멍에는 독기 진흙이 고여 있고 이를 다 정화하려면 얼마간은 또 다녀야 한다.

지금은 우선 해치운 마더의 사체를 회수하고 【전이문】을 사용해 폐갱 입구로 돌아왔다.

"최근 로바일 왕국의 흉작은 이제 해소되려나."

그리고 지맥의 마력을 가로채려는 존재가 없어지면서, 폐갱 입구에서는 정상적으로 마력이 흐르기 시작한 대지가 색을 되찾는 듯한 광경을 볼 수 있었다.

　폐갱 안쪽에 도사리던 위협을 제거했다고 해서 폐갱 마을의 일상이 바뀌는 일은 일어나지 않았다.

　다만 수확제가 끝나고 겨울이 찾아와, 농사일에 쫓기지 않게 된 드워프들이 술을 찾아 식당으로 모이는 듯했다.

　"치세 언니, 테토 언니, 베레타 씨, 다녀와!"

　"응, 다녀올게."

　우리는 폐갱 최심부에 남은 실체화한 독기 진흙을 정화하기 위해 매일 폐갱으로 간다.

　"자, 오늘도 해 볼까. ──《퓨리피케이션》!"

　내가 가진 마력을 거의 다 써서 폐갱 내 독기를 정화해 나간다.

　30만이 넘는 마력으로 정화해도 독기 진흙은 조금밖에 상쇄되지 않는다.

　"후, 오늘 분량은 이거로 끝이네."

　정화하는 데 걸리는 작업 시간은 30분도 채 안 되지만, 정화가 끝날 때까지는 폐갱 마을에 머무를 예정이다.

　"마녀님, 애썼어요!"

　"고마워, 테토. 【허무의 황야】에 있는 베레타와 합류하자."

　폐갱 정화 작업에는 나와 곁에서 보조할 테토만 착수하고 베레타는 갱에 만들어 둔 안전지대에 있는 【전이문】으로 【허무의 황야】로 넘어가서 준비하고 있으라고 했다.

「주인님, 테토 님. 기다리고 있었습니다.」

그리고 우리가 정화 작업을 마치고 【허무의 황야】로 돌아가니, 베레타가 다른 봉사 인형들을 모아 주었다.

"다녀왔어. 그리고 다들 모아 줘서 고마워."

"오늘은 요전에 무찌른 거대 마물을 해체해서 마석을 꺼낼 거예요!"

테토가 그렇게 말하니, 모인 봉사 인형들이 맡겨만 달라는 듯이 각자 해체 도구를 꺼낸다.

이미 반년 이상, 벌레 마물의 마석 분리 작업을 해 와서 다들 익숙하다.

「그럼, 주인님. 해체 장소는 저쪽입니다.」

그리하여 안내받은 야외에서 모체 마물인 마더의 사체를 꺼내어 테토가 마검으로 어느 정도 해체하기 쉽도록 크게 썰고, 메이드들이 각 부위를 해체한다.

「주인님, 특대 크기의 마석을 발견했습니다.」

"알겠어. ──《사이코키네시스》."

나는 절개한 몸에서 나타난 자주색 마석을 중력 마법으로 들어 올려서 물의 마법으로 세척했다.

거대 마물인 마더의 마석은 추정하건대 S등급이다.

"예쁜 색이에요. 먹고 싶어요."

얼추 해체를 끝낸 테토가 내가 띄운 거대 마석을 바라본다.

30계층급 던전보다도 두 아름 정도 큰 거대 마석에 군침을 흘리지만, 이건 쓸 데가 있다.

"테토, 이건 안 돼. 【허무의 황야】의 지맥을 관리하는 용도로 쓸 거야."

"그래요? 아쉬워요."

그렇게 말한 테토는, 마법 가방에서 마석을 꺼내어 아작아작 먹는다.

반년 동안 무찌른 5만 마리가 넘는 벌레 마물의 마석을 메카노이드로 진화한 베레타와 똑같이 나누고 있기에 일단 그거로 참아 달라고 했다.

"이걸로 【허무의 황야】는 더 재생될 거야."

현재 【허무의 황야】는 나무를 심은 덕에 삼림이 조금씩 재생되면서 동식물이 발하는 마력이 공기 중에 채워지는 중이다.

다만 마력이 채워진 건 표면뿐이며 땅속에 있는 지맥은 여전히 끊겨 있는 상태다.

이대로 방치해도 지표의 마력이 지하로 침투해 언젠가 지맥이 재생되기 시작하리라.

그래도 지맥의 재생 과정에서 마력이 한 곳에만 고이면 던전이나 마물이 발생할 가능성이 있다.

"그러니 우리가 지맥을 관리하고 제어할 수 있도록 제어 관리 마도구를 만들 거야."

라리엘이 어둠의 정령에게 재생과 관리를 맡겼듯이 우리는 마도구에게 시키는 것이다.

"어디, 만들어 볼까. ──《크리에이션》지맥 제어 마도구!"

나는 내 마력과 마정석에 저장해 둔 마력──합계 150만 마력을 사용해 마도구를 만들었다.

지맥 관리에 필요한 마력 제어 시스템에 관해서는【허무의 황야】에 잠들어 있던 인간형 마도 병기의 핵의 마석을《애널라이즈》로 해석했을 때, 지식을 손에 넣었다.

그 지식을 토대로 이제까지【허무의 황야】의 결계 마도구를 일원적으로 관리하던 관리 마도구의 상위 호환 마도구를 창조한다.

그리고 창조 마법의 빛이 한데 모여 제어 마도구── 정확히는 마석을 고정하는 받침형 제어 마도구가 만들어졌다.

"베레타, 제어 마도구를 설치하기 적합한 장소를 알려 줄래?"

「그럼, 저택 별관에 제어 마도구를 설치하지요. 주인님의 관리용 마도구와 연동해 두면【허무의 황야】의 지맥 상황을 항상 확인하실 수 있습니다.」

"고마워, 베레타."

바로 지맥 제어 관리 마도구를 설치하고 받침에 마더의 거대 마석을 올린다.

그리고 설치한 지맥 제어 마도구를 연결한 관리용 마도구로 확인한 결과,【허무의 황야】의 지맥은 그야말로 괴멸 상태였다.

"이렇게 다시 보니, 심각하네."

갈가리 찢긴 지맥이 빨간 점선처럼 되어 있다.

그래도 지표면에서 생성된 마력이 조금씩 땅속으로 스미고, 찢긴 지맥끼리 자라서 이어질 조짐이 보인다.

우리는 이 지맥 제어 마도구를 통해 대지에 마력을 주어 지맥의 재생을 촉진할 것이다.

또 지맥에 잉여 마력이 고여 있으면 마력 재해를 일으키기 전에 빨아올려서 제어 마도구의 마석에 저장되거나 공기 중으로 발산하는 것이 가능하다.

"우선 지금은 폐갱의 독기를 정화해야 하니까 지맥을 재생하기 위해 마력을 보내는 건 조금 미뤄지겠어."

「그때까지는 관리는 저희에게 맡겨 주십시오.」

마도구 관리와 제어에 관한 건 고도의 연산 능력을 지닌 베레타와 다른 봉사 인형들에게 맡기는 게 마음이 놓이기에 부탁하고 맡긴다.

그 후, 해체한 마더의 사체에는 마석 외에 쓸 만한 소재가 없어서 전부 불의 마법으로 소각하여 처리했다.

그러고 나서【전이문】을 통해 폐갱으로 돌아왔는데 입구에———.

"치세 언니! 테토 언니! 베레타 씨!"

"아림."

"에헤헤헤! 기다릴 수 없어서 입구에서 기다렸어."

모험가로서 지도해 주겠다고 약속한 아림이 아무래도 폐갱 입구에서 기다린 모양이다.

나는 별수 없다는 듯 쓴웃음을 지으며 아림을 데리고 산에서 내려온다.

마을에서 떨어진 공터로 이동해 거기서 모험가가 되기 위한 기본적인 걸 지휘한다.

가르드 수인국에서는 수인 모험가를 지도하는 일이 많았기에 드워프의 적성을 고려하여 여러모로 조정해야 한다. 그리고 지도 첫날은 아림이 녹초가 되어 테토에게 업혀 집으로 돌아갔다.

36화【여신의 사도】

겨울 동안은 폐갱 깊숙한 곳의 독기를 정화하고 아림을 지도하며 하루하루를 보냈다.

아림의 부모님인 드워프 부부는 아림이 모험가가 되어 여행하고 싶다는 것은 반대하지 않았지만, 우리에게 지도 비용에 관해 할 얘기가 많은 듯이 보였다.

큰 마을에서 검술 도장이나 모험가 길드 강습 등을 다니는 경우, 수업료나 강습료 같은 게 든다.

우리가 무료라고 해도 안 된다고 하길래 겨울 동안의 숙박비를 무료로 해 달라고 했다.

물론 식재료는 이제까지처럼 제공하기로 했지만, 이 부분은 이해해 주었다.

그리고 아림은——.

"하아, 하아……. 하아, 하아……."

"달리는 자세가 무너졌어요! 이제 한 바퀴 남았어요!"

"으, 응!"

봄이 오기까지의 시간과 아림의 적성을 고려해서 기본적인 것만 가르치기로 했다.

「주인님, 아림 님은 어떻게 될 것 같으세요?」

지금, 아림이 받는 교육은 테토 감독하에 기초 체력 증진을 위한 달리기, 체력이 다하면 휴식 겸 마력량과 마력 제어 능력 강화를 위한 명상.

그리고 체력을 회복하면 베레타에게 체술을 배운다.

저녁이 되면 집으로 돌아와, 밥을 먹은 뒤에는 간단한 읽고 쓰기를 가르치고 우리가 모험가로서 받은 의뢰에 관한 경험담을 들려준다.

"어디까지나 이제 막 모험가가 된 아이에게 필요한 기능과 운동량을 참고로 교육 중이니까 최종적으로는 E등급 모험가 정도려나."

제대로 익혀 두면, 신입 모험가가 됐을 때 별로 고생할 일은 없으리라.

그러다 무기를 들고 【신체 강화(強化)】를 배우고 토벌 의뢰 등을 완수하면서 제 몫은 하는 D등급이 된다면 파티를 맺고 마을에서 마을로 여행할 수 있을 것이다.

솔직히 양딸 셀레네처럼 어렸을 때부터 영재 교육을 받은 건 아니라서 반복 훈련을 통한 기본기 습득만 하고 있지만, 아림은 우는소리도 하지 않고 훈련을 계속하고 있다.

그런 날이 이어지고 겨울이 끝나 가는 어느 날──.

"──《퓨리피케이션》!"

큰 구멍에 고여 있던 독기 진흙의 정화 작업을 계속해 오다 보니, 마침내 전부 정화할 수 있었다.

진흙 바닥에는 벌레의 겉껍데기와 썩은 벌레 살덩이 등이 쌓여 있어서 그것들도 마법 불꽃으로 소각했다.

"후, 이제야 라리엘의 의뢰가 전부 끝났네. 그나저나——."

"마녀님, 뭔가 마음에 걸리는 거라도 있어요?"

"폐갱을 이대로 남겨 둬도 괜찮을까 싶어서 말이야."

지맥의 분출 지점은 메웠지만, 뒤얽혀 복잡한 폐갱은 그대로 남아 있다.

폐갱의 벌레 마물들이 갱 밖으로 나올 일은 없었지만, 외부에서 들어온 다른 마물이 눌러앉아서 번식하면 마을에 위협이 될 것이다.

뭐, 그 문제는 좀 더 생각해 봐야겠다.

이제 폐갱에 다닐 필요가 없어져서 【전이문】 등을 회수하고 나가니, 오늘도 아림이 입구에서 기다리고 있었다.

"치세 언니, 테토 언니, 베레타 씨, 오늘도 잘 부탁할게!"

"그래, 잘 부탁해. 그리고 아림. 오늘은 우리가 맡은 폐갱에서의 의뢰를 드디어 마쳐서 가까운 시일에 마을을 떠날 거야."

내가 조만간 마을을 떠난다고 알리자, 아림이 쓸쓸한 듯이 웃는다.

"……그렇구나. 에헤헤헤, 그러면 오늘도 열심히 해야지!"

그리고 그날은, 아림이 평소보다 더 의욕이 넘쳤다.

그렇게 일과를 마치고 여관으로 돌아와서 잠자리에 들었다.

………….

…….

….

꿈속——. 항상 꿈속 신탁 때 여신과 만나는 공간에 있다는 걸 알아차렸다.

꿈속 신탁으로 라리엘과 만난다면 남은 독기 진흙 정화 작업까지 맡긴 것에 불평 한마디라도 해 주려 했다.

그런데——.

「아야, 아파라! 잠깐, 아파, 아파, 아파!」

「라리엘, 내가, 내가 전생시키고 지켜보던 치세에게 부탁한 것도 모자라 뒤처리까지 맡기다니 어떻게 된 거야!」

도착한 그 공간에서는 뜻밖의 광경을 보게 됐다.

게다가 옆에는 어째선지 테토와 베레타도 나란히 서서 신기한 듯 고개를 갸우뚱하고 있다.

"아아, 꿈이구나. 늘 꾸던 꿈속 신탁이 아니었어."

"마녀님? 라리엘 님?이 모르는 여자에게 꺾여지고 있어요."

「주인님, 테토 님. 상황을 헤아려 보건대 정신 간섭의 일종인 듯합니다.」

"테토, 베레타, 괜찮아. 저 사람은 여신 리리엘이니까…….아, 꿈속의 테토와 베레타에게 얘기해도 소용없나?"

리리엘이 언니 라리엘에게 코브라 트위스트를 걸며 나타났다.

이건 꿈속 신탁이 아니라, 내 꿈일지도 모른다며…… 아련한 눈을 한다.

「사, 살려 줘! 나 좀 살려 줘! 치세, 테토, 베레타!」

「라리엘이 자초한 거잖아! 하여간 옛날부터 생각 없이 일만 저지르고! 뒤치다꺼리는 내가 하고!」

자세를 바꿔 프로 레슬링 기술을 더 깊이 거는 리리엘의 모습에 우리는 놀라 말을 잃었다.

도중에 라리엘이 힘이 빠진 걸 본 리리엘이 라리엘을 풀어주고 자세를 고쳐 우리와 마주한다.

「어서 와요, 치세. 그리고 반가워요. 테토와 베레타죠? 저는 리리엘이에요. 치세를 이 세계로 전생시킨 여신입니다.」

생글생글 웃으며 인사하지만, 부활해서 숨이 끊어질 듯한 라리엘의 모습을 보고 '뭐야, 꿈 맞네'라고 생각한다.

"아아, 이거 꿈 맞구나. 테토와 베레타도 있고."

「꿈이 아니에요. 저기 있는 바보 같은 언니 라리엘이 의뢰를 달성했는데도 치세와 테토, 베레타의 세 사람에게 뒤처리까지 시키면서 오랫동안 구속해서 추궁 좀 했어요. 그리고 이제 치세는 제 사도니까 사도의 권속도 포함해 이렇게 초대할 수 있었답니다.」

이럴 수가, 꿈이 아니라니……

놀라는 나와 달리, 테토와 베레타를 보니 여전히 어리둥절해한다.

"저기……. 애초에 사도라는 게 뭔데?"

「사도란, 신의 사자예요. 신이 지상에 직접 영향을 끼치는 건 제한되기에 신 대신, 영향을 미칠 수 있는 인물이지요. 뭐, 저쪽의 바보 언니가 독기 진흙 처리까지 부탁한 덕분에 정화 작업으로 나온 대량의 마력을 이용해 치세를 사도로 지목할 수 있었지만요.」

이래서 치세 일행이 라리엘의 부탁을 들어주는 게 싫었다. 어중간한 정보만 전달해서 최선의 상황을 만들 수 없다는 걸 알았다면서 불평하고는 저주를 퍼붓는다.

「뭐, 사도 인정도 강력한 계기가 없다면 부여할 수 없으니, 그 점만은 다행이지만요.」

그사이에 천천히 일어난 라리엘이 전혀 주눅 든 기색도 없이 대화에 끼어든다.

「사도 인정이란 거, 깊이 생각할 필요 없어. 그냥 신탁을 내리는 신의 목소리가 더 듣기 쉬워질 뿐이니까……. 신앙심이 두터운 인간이라면 울며 기뻐하겠지만, 우리 입장에서는 너희를 친구로 생각한다는 정도라…….」

결과적으로 나의 정화로 나온 청정한 마력과 여신 대행자로서의 행위로 인해 내가 리리엘의 사도가 됐다는 얘기인 것 같다.

그건 그렇고──.

"와~, 새로운 친구가 생겼어요!"

「여신님들의 친구라니, 황공합니다. 그리고 리리엘 님께는 주인님이 제 몸을 수리할 때 조언해 주신 것을 감사 인사를 드리고 싶었습니다.」

테토와 베레타는 각자 리리엘에게 호의적으로 대하고 있다.

그에 비해서 나는──.

"사도가 친구라니, 가볍네……."

라리엘의 단어 선택에 내가 쓴웃음을 지었다.

「설마, 치세는 저와 친구 하기 싫어요?」

"아니, 리리엘은 친구라기보다 동지에 가까운 느낌이지."

【허무의 황야】의 삼림을 키우고 동물을 풀고 생태계를 구축하는 일은 개인적으로 좋아서 하는 거다.

그런【허무의 황야】가 재생되어 가는 모습을 함께 지켜보며 황량하고 쓸쓸한 대지에서 초록이 풍부한 숲을 만들려는 동지, 그런 느낌이라는 걸 전한다.

「으으, 치세에에에! 고마워요오오오오!」

그러면서 내게 안기는 리리엘.

처음에는 무기질 같은 여신이었는데 대화해 보니, 지적이면서도 고생하는 일이 많아서 나도 모르게 버팀목이 되어 주고 싶어진다.

"착하지, 착해. 열심히 하는 거 알아."

"얘기 많이 들었어요. 힘들었겠어요……."

「고마워요오오오오!」

여신이지만 이제까지 쌓아 뒀던 것을 진심으로 토해 내듯 울기 시작하는 리리엘.

그 얘기의 대부분은 삼림을 만들어 소동물을 풀고 간신히 지맥 재생까지 이르러 준 것에 대해 고맙다는 것이었다.

나도 고마워하고 있다.

【허무의 황야】를 처음부터 재생하면서 이곳이 내가 있을 장소라고 강하게 느꼈으니까.

리리엘은 우는데 나는 문득 한 가지 의논할 게 떠올랐다.

"참. 실은 마더가 있던 폐갱을 어떻게 할지 좀 고민되거든."

「폐갱요?」

"응, 그대로 방치했다가 마물이 자리 잡으면 안 되지만, 그렇다고 해서 내가 산을 뭉개 버리는 것도 뭔가 아닌 듯하고……."

「그렇군요. 그런 거라면 저한테 맡겨 줘요! 저는 대지를 관장하는 지모신이니까 폐갱을 좋게 좋게 무너뜨리는 건 일도 아니랍니다.」

리리엘의 말에 나는 우리에게 잘해 준 마을 사람들의 생활을 지킬 수 있을 것 같아 마음이 놓였다.

그리고 어느 정도 진정한 리리엘과 여러 고민거리를 안고 있는 리리엘의 불만을 듣고 시선을 피하는 라리엘.

「애초에, 애초에 말이에요! 라리엘이 300년도 전에 부른 전생자가, 그 폐갱이 있던 산에 둥지를 튼 마물을 쓰러뜨린 뒤, 미스릴과 오레이칼코스를 발견해서 광산 개발이 시작된 건데! 자기가 담당하는 전생자 때문에 생긴 문제인데! 왜 우리 치세 일행에게 해결해 달라고 부탁하는 거냐고요!」

「하는 수 없잖아! 그 녀석을 전생시켰을 때는, 이렇게 될 줄 몰랐으니까!」

「게다가! 토벌한 후의 처리도 엉성해! 아무리 자기가 태양신이라고 해도 그렇지, 조금은 대지도 생각하란 말이야! 치세에게 남은 독기 진흙 정화 작업을 죄 떠넘기기나 하고! 만약 내버려 뒀다가 잘못해서 근처 대지에 퍼졌으면 어쩔 뻔했어!」

그러한 속사정을 들으면서 나는 라리엘을 약간 차가운 눈으로 보았다. 테토와 베레타는 대놓고 리리엘을 달래 준다.

그리고 마지막으로——.

「치세 일행에게는 정말 고마운 마음뿐이에요. 지맥 제어 마도구로 조금씩이라도 지맥이 회복되게 해 줘서 고마워요. 마음 같아서는 더 격식을 차리고 싶은데, ——치세를 지모신 리리엘의 사도로 인정하고 사도의 권속인 테토와 베레타에게도 여신의 축복을. 우선 앞으로도 잘 부탁할게요.」

「그리고 동생의 사도는 내 친구이기도 하니까 앞으로도 잘 부탁해!」

울어서 약간 부은 눈으로 그렇게 선언하는 리리엘.

그리고 약삭빠르게 우리에게 친구 선언을 하는 라리엘의 말을 듣고 우리는 꿈에서 깨어났다.

………….

…….

….

"뭔가, 일이 커졌네. 여신의 사도라……."

내가 눈을 뜬 뒤, 리리엘과 라리엘을 모시는 교회라도 세워야 하나 생각하는데 밖에서 빗소리가 나는 걸 알아차린다.

창문을 열고 밖을 보니, 큰비가 내리고 있었다.

겨울이 끝나면 봄의 장마가 오기 마련인데, 이 비는 여신 리리엘의 기적이라는 생각이 어렴풋이 들었다.

"마녀님, 비가 엄청나게 와요."

「주인님, 이러면 외출하기에는 적절하지 않겠어요.」

"그래도 이 비는, 리리엘의 비니까 분명 폐갱을 어떻게든 해 주겠지."

나와 테토, 베레타는 셋이 빗소리에 귀를 기울였다.

봄장마는 사흘 밤낮 이어진 큰비가 되어 우리가 폐갱 마을을 떠나는 것을 늦추었다.

세찬 비가 계속 내리며 여관 창문을 바람이 거세게 두드린다.

리리엘이 내리는 비는 폐갱이 있던 산에 스며들어 번져, 갱 내부를 보호하려 강화해 둔 땅의 마법이 서서히 풀리게 하겠지.

큰비가 내린 뒤, 드워프들이 땅의 마법으로 단단히 다졌을 폐갱이 무너졌다.

다행히 마을의 건물이나 밭, 주민들에게는 피해가 가지 않고 폐갱이 있던 산만 무너져 새로운 마물이 자리 잡을 수도 있는 갱도와 지맥에 가까운 최심부까지 무너져 묻혔다.

겨우 남은 갱도 일부에는 갱이 무너지며 도망쳤던 박쥐가 다시 찾아와 정착했고 살짝 들여다보이는 암반에서 철과 동의 광맥을 발견하여 폐갱 마을은 이전과 달라지지 않았다.

우리가 폐갱 탐색을 마친 직후에 갱이 완전히 붕괴한 건 우연치고는 타이밍이 너무 절묘하다.

그러나 그것을 의심하는 사람은 없었고, 또 여신 리리엘의 기적이라는 걸 아는 사람은 나와 테토, 그리고 베레타뿐이다.

마력 치트인 마녀가 되었습니다 ~창조 마법으로 자유로운 이세계 생활~ 4

여담이지만, 나중에 【허무의 황야】에 돌아와서는 저택에서 조금 떨어진 곳에 【창조 마법】으로 리리엘과 다른 오대신을 모시는 교회를 지었다.

그 건물 안에는 리리엘과 라리엘의 여신상을 만들어 세워 두었다.

37화【다시 휴가를 즐기러 항구 도시로】

뜻밖의 큰비로 발이 묶인 우리는 폐갱 마을 주민들의 배웅을 받으며 여행을 나섰다.

여신 리리엘이 뿌린 기적의 비는 폐갱을 무너뜨렸을 뿐만 아니라, 주변 나무들과 대지에 활력을 불어넣어서 전보다 풍요로운 대지로 바뀌었다.

"치세 언니, 테토 언니, 베레타 씨. 가는구나."

우리를 많이 따르게 된 아림이 울면서 우리와 작별한다.

"응, 이곳에서 있었던 일을 잊지 않을게."

"네! 함께해서 즐거웠어요!"

「아림 님, 작별에 눈물은 어울리지 않아요. 평소처럼 웃어 주세요.」

여행을 계속하는 모험가이기에 또 만나러 온다는 보증이 없어, 섣부른 약속은 하지 않는다.

하지만 서로 잊지 않고 즐거운 추억으로 남기기로 했다.

"응! 세 사람이 가르쳐 준 거, 살려서 꼭 모험가가 될 거야! 나도 언니들처럼 멋진 모험가가 돼서 우리 마을을 부흥하겠어!"

그런 아림의 꿈에 우리가 응원해 준다.

"그래, 먼 하늘 아래서 응원할게."

그리고 우리는 배웅하러 온 마을 주민들이 보이지 않을 때까지 손을 흔들며 걸었다.

「지금 드는 이 감정은…… 분명 쓸쓸하다는 거겠죠.」

나지막이 말하는 베레타의 말에 내가 씁쓸하게 웃는다.

"그럴지도. 나와 테토는 몇 번이나 이런 이별을 반복해서 익숙해."

이별에 익숙해졌다고는 해도 섭섭하지 않은 건 아니다.

대신에 하나하나가 소중한 추억이 되기에 오래 섭섭해하지는 않는다.

게다가──.

"여행이니까 새로운 것을 만날 수 있는 거예요! 테토는 얼른 바다로 가서 맛있는 생선을 먹고 싶어요!"

"그래. 여행이기에 만남의 즐거움이 있는 거지."

밝은 테토의 말에 동의하자, 베레타가 우리를 눈이 부시다는 듯 본다.

「그러네요. 그렇게 생각할 수도 있겠군요.」

그리고 잠시 걷는데 갑자기 베레타가 발걸음을 멈추었다.

"베레타, 왜 그래?"

"얼른 가요~!"

나는 베레타 쪽으로 돌아보고 테토는 얼른 가자고 재촉하는데 베레타는 걸음을 멈춘 채 조용히 우리를 바라보았다.

「주인님, 테토 님, 이번에도 제멋대로 부탁드립니다만, 저는 여기서【허무의 황야】로 돌아가고 싶습니다.」

"왜요?"

아무 말 없이 보기만 하는 나와 달리, 테토가 솔직하게 의문을 표한다.

베레타가 이번 여행에 동행하게 해 달라고 부탁하면서 든 이유는 바깥세상을 알고 싶다는 것, 요리 레시피를 늘리고 싶다는 것이었다.

앞으로 해산물을 먹으러 방문할 예정인 항구 도시에 가면 사람도, 정보도, 식재료도 이제까지보다 많이 수집할 수 있을 것이다.

그런데——.

「주인님들과 여행하면서 바깥세상을 경험하고 아림 님과 다른 이들과 깊게 교류한 결과, 저는 메카노이드라는 종족이 될 수 있었습니다.」

"그렇지. 그러니 앞으로 더 바깥세상을 즐길 수 있지 않아?"

베레타는 메카노이드가 되어 스스로 마력을 생성할 수 있게 돼서 봉사 인형이었던 때보다 활동 시간이 늘어났다.

「말씀대로 제 활동 시간은 연장되었고 전체적인 성능도 향상했습니다. 하지만 여러 생각이 들었습니다. 제 진짜 마음이 무얼까 하고요——.」

한 번, 호흡을 가다듬고는 마음을 정리하듯 말이 없어진 베레타의 이야기를 나와 테토는 기다렸다.

「저의 진짜 마음은 주인님의 집인【허무의 황야】를 지키고 돌보면서 부하인 봉사 인형들이 메카노이드가 될 수 있게 교육하는 겁니다. 그리고 주인님들이 돌아오셨을 때는—— '다녀오셨어요'라고 인사하는 것이 저의 역할이라고 생각합니다.」

그래서 베레타는 이쯤에서 【허무의 황야】로 돌아가기로 마음먹었는지도 모른다.

지식과 정보를 갱신하기 위해서 여행에 동행한 베레타는 여행하며 한 성장을 발판 삼아 우리가 돌아갈 【허무의 황야】를 지켜줄 것이다.

그 마음은 이제까지 본 베레타 본연의 자세와 별로 바뀌지 않은 것 같기도 하지만, 베레타 개인으로서는 바뀌었으리라.

"알겠어. 그러면 【전이문】을 꺼낼게."

"그래도 베레타하고 여행하는 게 이번이 마지막은 아니죠?"

나는 마법 가방에서 【전이문】을 꺼내 설치하고 테토는 베레타에게 묻는다.

「테토 님, 물론입니다. 【허무의 황야】에서 집을 지키는 몸이지만, 언젠가 또다시 주인님들의 여행에 동행하고 싶습니다.」

베레타가 공손히 인사한다.

「주인님, 테토 님. 다시 한번—— 안녕히 다녀오십시오.」

"그래, 다녀올게. 어딘가에서 머무르게 되면 【허무의 황야】로 돌아갈게."

"선물, 기대하면서 기다려요!"

「네, 그럼 실례하겠습니다.」

그렇게 인사한 베레타는 미소 지으며 【전이문】을 통화했다.

그리고 베레타가 간 뒤, 【전이문】을 정리한 나는 테토 쪽으로 돌아섰다.

"자, 다시 가 볼까. 근처에 있는 모험가 길드에 들러서 의뢰를 수행하면서 바닷가 마을로 가자."

"네! 가서 맛있는 요리가 있으면 베레타에게 알려 줄 거예요!"

나는 테토의 말에 맞장구치면서 이번에는 마법 가방에서 하늘을 나는 양탄자를 꺼내 같이 탔다.

우리는 최초의 예정대로 관광과 해산물을 즐기러 바닷가로 향했다.

베레타에게 【허무의 황야】를 맡기자 마음이 놓여서, 우리는 아직 보지 못한 바닷가 마을을 만끽할 수 있을 것 같다.

Extra

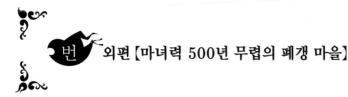

　최근 바빴던 일이 일단락되어, 드디어 테토, 베레타와 함께 외출할 수 있게 되었다.

　「주인님, 그 차림 그대로 가시면 매우 눈에 띕니다. 잠행 차림으로 갈아입으시는 것을 추천합니다.」

　베레타의 조언대로 500년 동안 우리의 이름은 널리 알려졌다.

　특히 【창조의 마녀】라고 불리는 나는, 나의 상징인 마녀의 삼각모를 쓰고 검은 망토를 걸치고 나가면 상당히 알아보게 되었다.

　그래서 이번에는 원피스를 입고 챙이 넓은 밀짚모자를 쓴 잠행 차림으로 테토와 베레타를 데리고 여행에 나선 것이다.

　"이 마을에 온 게 몇백 년 만이지. 많이 변했네."

　예전에는 폐갱 마을로 바위만 보이던 바위산과 먼지 많은 낙후한 마을이라는 인상이 강했다.

　광산이 폐쇄되면서 쇠퇴한 드워프들의 마을이었는데, 현재는 마을 밖에는 과수원이 펼쳐져 있고 마을도 벽돌로 건물을 새로 짓고 아무것도 없던 땅에 벽돌 길을 깔아 세련되어졌다.

　"뭐, 아무리 장수 종족인 드워프라도 다들 죽고 없겠지."

　드워프의 수명은 길어도 150년 정도다.

　옛날에 이 마을에서 만난 사람들은 이미 다 세상을 뜨고 지금 있는 사람들은 그들의 손자가 낳은 자손들의 세대이거나 타지에서 온 사람들이다.

마을의 모습이 바뀌어서 기억 속의 폐갱 마을은 이제 어디에도 없다는 것이 조금 쓸쓸하다.

"마녀님! 어서 가요! 저쪽에 과수원의 과일로 만든 과자를 파는 것 같아요!"

「테토 님, 진정하세요. 가게는 도망가지 않습니다.」

테토는 평소처럼 가죽 갑옷을 입고 허리에 검을 찼고 베레타도 평소와 다르지 않은 고전풍 메이드복을 입었다.

잠시 마을을 걸으며 둘러보니, 큰길에 관광객과 상인들이 오가는 활기찬 마을로 바뀌었다.

북적거리는 큰길을 테토, 베레타와 함께 구경하며 이따금 가게에 들른다.

마을 주변에 심은 다양한 과일나무 열매를 활용한 상품이 늘어져 있다.

과자에 과실주, 나무토막을 사용해 익힌 훈제 요리 등을 보고 입맛을 다시며 걷다 보니 중앙 광장에 도착했다.

마을의 중앙 광장에는 몸집이 작은 여성 드워프의 동상이 세워져 있고 그 동상 앞에서 드워프 여성이 마을의 역사를 관광객에게 설명하고 있었다.

"이 동상은 우리 마을 출신의 모험가이자 마을 발전에 힘쓴 주역이기도 한【암벽(岩壁)】아림을 기리기 위해 세워졌습니다."

여성 드워프가 이야기하는 마을 이야기에 우리도 발길을 멈추고 귀를 기울인다.

여성 드워프 모험가인 아림은 모험가로서 각지를 여행하면서 고향의 발전을 위해 애썼다고 한다.

어떤 때는 마경 깊은 곳에 자생하는 과일 씨앗을 가져와, 재배를 시도해 새로운 특산품을 만들려고도 했단다.

땅의 마법이 특기인 마을 주민들과 함께 협력해 재배 방법을 확립하여 과수원이 생기고 아무것도 없던 마을을 과일 생산지로 활성화할 수 있었다.

또 그 과일을 활용한 술을 빚기 위해 주조 장인을 찾아가기도 했다.

모험가로서도 동분서주하며 의뢰 수행에도 성실하여 인맥을 넓혔다.

"모험가로서 아림은 모범적인 모험가라는 평가를 받으며 곤란한 사람을 적극적으로 도왔다고 합니다. 도움을 받은 사람들은 아림을 존경하였으며 그들의 조력과 연줄도 한몫하여 마을이 이렇게 발전할 수 있었던 겁니다. 그런데——."

부정적인 말로 운을 띄운 여성의 말에 우리는 몸을 앞으로 숙이면서까지 이야기에 빨려 들어갔다.

"그런 모험가 아림에게 최대의 적은 놀랍게도 같은 드워프였습니다. 술을 좋아하기로 알려진 우리 드워프는 술을 빚으며 맛을 본다는 핑계로 술을 마셔댔으니까요."

익살을 떠는 여성의 이야기에 이야기를 듣던 관광객들도 웃음을 터트렸고 우리도 작게 웃고 말았다.

그런 우여곡절을 겪으면서 과일로 만든 술을 빚을 수 있었다고 한다.

게다가 그 술을 쓴 증류주를 만들기 위해 폐갱에 남아 있던 광맥에서 금속을 채굴해, 대장장이 마을로 알려진 드워프들의 기술을 사용해 증류기도 만들어 냈단다.

그런 마을의 명물인 술을 숙성하기 위해서 마을에 남은 폐갱의 갱도를 벽돌로 보강하여 정비한 어둡고 춥고 습도 적당한 곳에서 발효한 브랜디는 폐갱 마을의 역사와 발전에 빠질 수 없는 명산품이 되었다고.

"과거부터 지금까지 이어진 시행착오가 있었기에 우리 마을의 【폐갱 브랜디】가 탄생한 겁니다. 여러분께서도 꼭 【폐갱 브랜디】를 한 잔씩 드시며 향긋한 향기와 함께 발효한 연수 이상으로 마을의 역사를 음미하시어 주시기를 바랍니다."

그렇게 이야기를 마무리한 관광 안내 드워프가 마을의 곳곳을 안내해 주었다.

증류주 제조 초기의 증류기 시작품이 전시된 술집.

술병을 제조하며 기술을 기르게 된 유리 세공 공방.

마을의 과일이나 술을 활용한 과자 가게 등을 손짓 몸짓을 섞어 가며 안내한다.

"모험가이자 마을 발전에 힘쓴 아림의 유언은 이러하였습니다. ──'꿈을 이룰 수 있었습니다. 근사해진 우리 마을을 보러 와 주세요'──라는 말을 남겼다고 합니다."

관광 안내 드워프가 이어서──.

"아림의 꿈은 무엇이었을까요? 그리고 이렇게 관광업으로 발전하여 여러분이 올 것을 예견했는지는 알 수 없지만, 부디 우리 마을에서 즐거운 추억을 쌓으시길 바랍니다."

그렇게 말하며 이야기를 끝맺는다.

"……마녀님, 울어요?"

"어? 거짓말……."

나는 밀짚모자의 챙을 내려 얼굴을 숨기고 베레타가 살며시 건넨 손수건으로 눈물을 닦았다.

아림의 마지막 말을 들은 순간, 아림의 목소리로 들은 듯한 기분이 들었다.

"테토, 베레타. 저 말, 분명 우리에게 남긴 말이겠지?"

"테토도 그렇게 생각해요. 모험가로서의 꿈도, 마을을 크게 만들고 싶다는 꿈도 다 이뤘어요!"

「아림 님은 훌륭한 인생을 사셨군요.」

우리는 저마다 한마디씩 하며 아림의 동상을 올려다보았다.

조금 전의 관광 안내 드워프의 이야기로 아림이 어떤 인생을 살았는지 상상할 수밖에 없지만, 그래도 시간을 초월해 그런 유언을 남긴 것은 조금 치사한 것 같다.

나도 나이를 먹고 눈물샘이 조금은 약해진 걸까? 하는 생각이 든다.

"……좋았어, 슬픈 얘기는 이쯤하고, 가자!"

내가 작게 손뼉을 짝 치고 기분을 가다듬는다.

"그러면 테토는 맛있는 요리를 먹으러 가고 싶어요!"

「주인님, 곧 무더운 날씨가 찾아올 테니, 저는 유리 다기를 구경하고 싶습니다.」

"나는 과일 따기 체험이나 갱도의 숙성소 견학 투어를 하고 싶어."

시간을 초월한 추억을 떠올리고 마음이 숙연해졌지만, 계속 슬퍼하기보다는 지금 이 마을을 즐기고 새로운 추억을 가슴에 새기고 싶다.

언젠가 또 페캥 마을을 찾았을 때, 변화를 더 실감할 수 있도록, 예전에 머물렀을 때와 변하지 않은 장소를 찾아 그리워할 수 있도록.

후기

처음 뵙는 분들께, 오랜만에 뵙는 분들께, 안녕하세요. 아로하자초입니다.

이 책을 손에 들어 주신 분들, 담당 편집자 I 씨, 작품에 근사한 일러스트를 그려 주신 테츠부타 님, 또 출판 전부터 인터넷에서 제 작품을 봐 주신 분들께 대단히 감사하는 말씀을 올립니다.

호평 일색이었던 3권 이후의 이야기로 독자 여러분의 기대에 부응할 수 있을지 불안하지만, 부응할 수 있도록 4권도 열심히 집필하였습니다.

4권을 집필할 때, 몇 가지를 중시하면서 웹 버전을 재구성하여 내용을 더하거나 수정하였습니다.

첫째로, 4권의 메인 캐릭터입니다.

원래 웹 버전 4장은 3권에 등장한 양딸 셀레네 같은 메인 캐릭터가 없었습니다.

메인 캐릭터라고 부르기에는 등장 빈도나 에피소드가 부족해서 서적 버전에서는 봉사 인형 베레타를 중심으로 이야기를 파고들어 쓴 결과, 웹 버전과는 약간 전개가 다르게 완성되었습니다.

둘째로, 전체적으로 가독성을 보완하기 위해 단락 나누기 등을 의식하여 이야기를 재구성하고 책이 두꺼워지게끔 에피소드에 살을 덧붙이거나 고쳤습니다.

그 결과, 글자 수가 3권을 뛰어넘어서 책이 두꺼워졌는데 즐겁게 봐 주셨으면 좋겠습니다.

참고로 책 1권 0화에 봉사 인형 베레타가 살짝 등장했는데요. 이때가 웹 버전 4장 집필 시기와 딱 겹쳐서 전개가 어느 정도 정해진 단계에서 출판이 가능한 웹 소설 작가의 강점을 살렸다는 비하인드가 있습니다.

불로의 마녀 치세와 테토, 그리고 베레타라는 새로운 동료가 등장해 자유롭게 여행하는 이야기와 【허무의 황야】를 가꾸는 여유롭고 느긋한 이중생활 계속해서 지켜봐 주시면 감사하겠습니다.

앞으로도 저, 아로하자초를 잘 부탁드립니다.

마지막으로 이 책을 손에 들어 주신 독자 여러분께 다시 한번 감사 인사를 올립니다.

Maryoku Chiito Na Majyo Ni Narimashita Vol.4

마력 치트인 마녀가 되었습니다 4

2024년 7월 15일 1판 1쇄 발행

저　　　자	아로하자초
일 러 스 트	테츠부타
옮 긴 이	변성은
발 행 인	유재옥
담 당 편 집	정지원

이　　　사	조병권
출판본부장	박광운
편 집 2 팀	정영길 조찬희 박치우 정지원
편 집 3 팀	오준영 이소의 권진영
디자인랩팀	김보라
디지털사업팀	박상섭 김지연 윤희진
라이츠사업팀	김정미 맹미영 이윤서
영업마케팅팀	최원석 박수진 이다은
물 류 팀	허석용 백철기
경영지원팀	최정연
발 행 처	(주)소미미디어
인쇄제작처	코리아피앤피
등　　　록	제2015-000008호
주　　　소	서울시 마포구 토정로 222, 502호(신수동, 한국출판콘텐츠센터)
판　　　매	(주)소미미디어
전　　　화	편집부 (070)4164-3962, 3963 기획실 (02)567-3388
	판매 및 마케팅 (070)8822-2301, Fax (02)322-7665

ISBN 979-11-384-8348-3
ISBN 979-11-384-8083-3 (세트)